VIRGINIA HENLEY

Symphonie der Herzen

Buch

Lady Louisa, die bildschöne und viel umschwärmte Tochter des Duke of Bedford, bekommt schon im süßen Alter von neun Jahren ihren ersten Heiratsantrag. Denn für James Hamilton, den Marquis of Abercorn, ist schon beim ersten Blick klar: Louisa Russell ist die Frau, die er heiraten wird! Dabei ist er selbst noch ein Kind, und Louisa macht ihm ganz schnell klar, dass sie ihn niemals ehelichen wird, schließlich ist er auch noch Ire! Außerdem steht der Wunsch nach einem Ehemann ganz unten auf ihrer Liste, sie weiß ganz genau, was sie will: ihr Leben selbst bestimmen und eigenständig über ihre Zukunft entscheiden. Über die Jahre werden die beiden Freunde, doch James gibt den Gedanken an eine Ehe mit ihr niemals auf, und als sie – Jahre später – in die Gesellschaft eingeführt wird und alle Junggesellen bezaubert, versucht er sein Glück erneut. Und Louisa hat nicht mit der aufreizenden Überzeugungskraft und sinnlichen Beharrlichkeit des teuflisch attraktiven Marquis gerechnet, der insgeheim ihr Blut zum Kochen bringt …

Autorin

Virginia Henley zählt zu den Meisterinnen des historischen Liebesromans. Ihre Bücher fanden sich allesamt auf den Bestsellerlisten. Zu den zahlreichen Auszeichnungen, die Henley erhielt, gehört auch der »Lifetime Award« der Zeitschrift »Romantic Times«. Sie lebt abwechselnd im kanadischen Ontario und in St. Petersburg, Florida.

Weitere Informationen finden Sie unter: www.virginiahenley.com

Von Virginia Henley bei Blanvalet lieferbar:

Die Waffen des Herzens (35258) · Kerker der Liebe (35575) · Gefährliche Begierde (35994) · In den Armen des Normannen (36035) · Die irische Wildkatze (36173) · Schwert und Samt (36713) · Der Wolf und die Lilie (36983) · Die unbeugsame Braut (37406)

Virginia Henley

Symphonie der Herzen

Roman

Aus dem Amerikanischen
von Elke Bartels

blanvalet

Die Originalausgabe erschien 2010 unter dem Titel
»The Irish Duke« bei Signet Eclipse, published by New American Library,
a division of Penguin Group (USA), Inc., New York

FSC
Mix
Produktgruppe aus vorbildlich
bewirtschafteten Wäldern und
anderen kontrollierten Herkünften

Zert.-Nr. SGS-COC-001940
www.fsc.org
© 1996 Forest Stewardship Council

Verlagsgruppe Random House FSC-DEU-0100
Das FSC-zertifizierte Papier *Holmen Book Cream*
für dieses Buch liefert Holmen Paper, Hallstavik, Schweden.

1. Auflage
Deutsche Erstausgabe Oktober 2010
bei Blanvalet Verlag, einem Unternehmen der
Verlagsgruppe Random House GmbH, München

Umschlaggestaltung: © HildenDesign, München, unter Verwendung
eines Motivs von Franco Accornero via Agentur Schlück GmbH
Redaktion: Barbara Müller
LH · Herstellung: sam
Satz: DTP Service Apel, Hannover
Druck und Bindung: GGP Media GmbH, Pößneck
Printed in Germany
ISBN: 978-3-442-37556-1

www.blanvalet.de

Prolog

Montagu House, London
August 1894

»Das wüsstet ihr wohl gerne, nicht wahr?« Mit einem verschwörerischen Zwinkern beugte sich die Herzoginwitwe Louisa zu ihren beiden Urenkelinnen hinüber.

Sofort breitete sich eine verräterische Röte über die Wangen der beiden, hatten sie doch gerade darüber diskutiert, wie viele Liebhaber die temperamentvolle alte Dame in ihren achtzig Lebensjahren wohl gehabt hatte.

Immerhin war die *très grande dame* die unangefochtene Herrscherin über genau einhundertundeinen Nachfahren. Das ließ natürlich gewisse Rückschlüsse zu.

Doch die alte Herzoginwitwe besaß noch immer eine gehörige Portion Humor, und so antwortete sie mit einem verschmitzten Lächeln: »Nun, lasst es mich einmal so formulieren: Es waren so einige! Schließlich habe ich meine Jugend in der dekadenten Ära unseres hochverehrten Königs George verlebt. So etwas prägt! Die verknöcherten Moralvorstellungen von Königin Victoria jedenfalls haben nur noch sehr bedingt Eingang bei mir gefunden.«

»Und ist es dann auch wahr, dass Ihr es einst abgelehnt habt, Königin Victoria als *Mistress of the Robes* zu dienen? Immerhin wärt Ihr damit die oberste Kammerfrau der Königin gewesen.« Mit bewunderndem Blick schaute Maud ihre Urgroßmutter an.

Louisa legte den Kopf in den Nacken und stieß ein herzhaftes Lachen aus. »Ja, auch das ist wahr. Und ich habe diese Ehre nicht nur einmal abgelehnt, sondern gleich zweimal, meine Lieben. Ihr müsst bedenken, dass meine Garderobe von jeher eine meiner großen Leidenschaften gewesen ist. Ich war eben schon immer mehr für das Kostbare und Ausgefallene, wie zum Beispiel die Farbe Rot. Die öden und altbackenen Gewänder unserer verehrten Königin dagegen – Himmel Herrgott! Mir fehlen schlicht die Worte, um diese Garderobe zu beschreiben. Jedenfalls hat mich die Vorstellung, für ein solches Sammelsurium an Scheußlichkeiten verantwortlich zu sein, derart mit Grauen erfüllt, dass ich einfach ablehnen musste.«

»Ihre Schwiegertochter, Prinzessin Alexandra, hat dagegen einen ganz vorzüglichen Geschmack, wie ich meine«, wandte Maud mit Kennermiene ein.

»Oh ja, den hat sie. Gott sei's gedankt. Es dürfte also wirklich eine willkommene Abwechslung sein, einmal eine Königin zu haben, die wenigstens ein klein wenig Schick besitzt. Ich kann es kaum erwarten, dass sie den Thron besteigt.«

Die beiden Mädchen tauschten einen verwunderten Blick. Erwartete ihre Urgroßmutter denn allen Ernstes, auch die derzeitige Regentin, Königin Victoria, noch zu überleben?

Louisa wiederum lächelte bloß geheimnisvoll und mit einem leicht spöttischen Zug um die Lippen. »Ich für meinen Teil habe noch lange nicht vor, den Löffel abzugeben. Eine weitere Dekade möchte ich schon gerne noch erleben, ehe der Herr mich abberuft. Vor allem will ich noch einmal in jenen Sinnenfreuden schwelgen, wie der alte König George – Gott hab ihn selig! – sie uns vorgelebt hat und die mit der nächsten Königin hoffentlich eine kleine Renaissance erleben.« Gelassen wedelte sie sich mit ihrem karmesinroten Straußenfedernfächer ein wenig frische Luft zu. »Also, wie gesagt: Zehn weitere Jahre werden ja wohl noch drin sein für mich.«

Schweigen breitete sich über den Salon, als Evelyn, Louisas jüngste Tochter und Marquise von Lansdowne, sich einmal geräuschvoll räusperte und dann das Glückwunschschreiben von Ihrer Majestät, der Königin Victoria, und seiner Königlichen Hoheit Edward, dem Prinzen von Wales, verlas.

Anschließend reichte der zukünftige Herzog von Leeds, der mit Louisas Lieblingsenkelin verheiratet war, Lu ein Glas Champagner und küsste sie einmal zart auf die Wange. »Auf die bestgekleidete Dame in ganz London«, rief er mit volltönender Stimme, während er sein eigenes Glas erhob. »*Cheers!*«

»Danke, mein Lieber, vielen lieben Dank«, erwiderte die alte Dame gerührt. »Und darum will auch ich nun einen kleinen Toast ausbringen. Einen Trinkspruch, den mir ein alter Ire einst beigebracht hat.« Sie reckte demonstrativ das Kinn und verkündete:

»Lass uns trinken! Einen auf dich und einen auf mich.
Und kommt der Tag, da das Schicksal unsere Freundschaft anficht –
so scher dich zum Teufel, auf dass ich allein weitertrinke: einen auf mich!«

Ganz verzückt von ihrem eigenen Scherz straffte Louisa in ihrem prunkvollen Sessel die Schultern und schaute einmal herausfordernd in die Runde. Doch keiner rümpfte die Nase, sondern die meisten lächelten nur milde. Überhaupt war es nun an der Zeit, dass die Redner mit ihren kleinen Festansprachen begannen. Zuvor aber beugte sich Lady Louisa noch einmal zu ihrer Urenkelin Maud und deren Cousinen hinüber, die ihre Urgroßmutter ehrfürchtig anstarrten und am liebsten noch so viel mehr über deren bewegtes Leben erfahren hätten.

»Nun, Fräulein Naseweis, noch irgendwelche Fragen offen? Oder können wir jetzt mit dem eigentlichen Fest beginnen?«

»Ach, wenn Ihr schon fragt, Euer Hoheit«, entgegnete Maud keck, »dann wüsste ich doch zu gerne noch, ob es stimmt, dass Ihr noch ein kleines Mädchen wart, als Ihr James Hamilton das erste Mal begegnet seid?«

»Ja, das war ich«, entgegnete Louisa verträumt und wanderte in Gedanken zurück in das Jahr 1819. »Es war in Carlton House … Und ich erinnere mich noch so genau daran, als wäre es erst gestern gewesen.«

Carlton House, London
Juli 1819

»Also, Lady Louisa? Wollt Ihr mich nun heiraten oder nicht?«

Verwirrt starrte Louisa Jane Russell, die Tochter des Herzogs und der Herzogin von Bedford, den attraktiven Burschen an, der sich da so frech und fest entschlossen vor ihr aufgebaut hatte. »Wer … wer zur Hölle seid Ihr eigentlich?«, verlangte sie zu wissen.

Stolz straffte James Hamilton, der damals gerade sieben Jahre alt war, die Schultern – schließlich wollte er die auffallend hübsche Fünfjährige gehörig beeindrucken – und erwiderte: »Ich bin der Marquis von Abercorn.« Dabei sprach er das B wie ein V aus, sodass es am Ende klang wie *Avercorn*.

»Habt Ihr etwa einen Sprachfehler?«, hakte Louisa schonungslos nach und stemmte die kleinen Hände in die Hüften.

»Aber ganz sicher nicht!«, widersprach ihr Gegenüber und reckte sich noch ein wenig mehr in die Höhe.

»Und warum sagt Ihr dann *Avercorn* statt *Abercorn*?«

James musste sich sehr beherrschen, um nun nicht lauthals loszulachen. Und noch mehr: Ganz Gentleman, verzichtete er sogar darauf, die dunkelhaarige kleine Schönheit auf ihren eigenen Fehler hinzuweisen und darauf, dass man den Buchstaben B in diesem Falle eben wie ein V aussprach. Er wusste schließlich, was sich gehörte, und so zuckte er nur einmal galant mit den Achseln, während er erklärte: »Von mir aus dürft *Ihr* auch ruhig *Abercorn* zu mir sagen – wenn Ihr Euch dafür im Gegenzug bereit erklärt, mich zu ehelichen.«

»Aber ist der Marquis von Abercorn denn nicht ein irischer Titel?«, wich Louisa abermals geschickt seiner Frage aus.

»In der Tat, das ist er. Und mein richtiger Name lautet ja eigentlich auch James Hamilton. Aber im letzten Jahr ist dann eben auch noch der Titel hinzugekommen. Ich habe ihn von meinem Großvater übernommen.« Hochmütig schaute er sie an, während sein Herz abermals einen wilden Purzelbaum schlug, so sehr hatte er sich in die kleine Louisa verliebt. Schließlich nahm er nochmals all seinen Mut zusammen und hakte nach: »Also, Lady Louisa, was ist? Wollt Ihr mich nun heiraten oder nicht?«

Statt ihm die erhoffte Antwort zu geben, riss Louisa jedoch bloß die Augen auf und schnappte entrüstet nach Luft. »Ja, glaubt Ihr denn allen Ernstes, dass ich einen Iren mit einem Sprachfehler heirate? Ihr seid wohl nicht bei Trost!«

Wütend stampfte Louisa zu ihrer älteren Schwester Georgy hinüber, die gerade ein Glas schmackhaften Kinderweins in den Händen hielt. »Wo ist denn Mutter?«, fragte sie, während sie sich durstig über die Lippen leckte.

»Die ist im Purpurroten Salon bei Jack und Charles. Die beiden haben Prinny in die Mangel genommen und durchlöchern ihn gerade mit Fragen über die vielen Orden an seiner Brust. Unsere Brüder sind einfach unmöglich. Aber jetzt erzähl mal: Wer war denn dieser hübsche kleine Bursche, mit dem du dich da gerade unterhalten hast?«

»Der? Ach Gott, sein Name ist James Hamilton, und er sieht zwar in der Tat ziemlich gut aus, aber der erste Eindruck täuscht. Er ist dumm wie Bohnenstroh!« Missmutig schüttelte Louisa den Kopf, als wollte sie die Erinnerung an diesen aufdringlichen Kerl möglichst schnell wieder verdrängen. »Ich sterbe vor Hunger. Vorhin, vor meiner Aufführung, konnte ich noch nichts essen, da war ich noch zu nervös. Mittlerweile aber knurrt mir schon richtig der Magen und ich –« Abrupt brach Louisa ab, sah sie doch ganz genau, dass ihre Schwester ihr überhaupt nicht zuhörte, sondern stattdessen suchend den Blick über die Schar der kleinen Gäste schweifen ließ, die zur Kinderparty nach Carlton House geladen worden waren. Mit einem Mal sprang Georgy von ihrem Platz auf und stürmte mitten zwischen den kleinen Grüppchen hindurch, Louisa ihr dicht auf den Fersen. »Nun warte doch mal!«, rief diese empört. »Wo ist denn jetzt das Büfett aufgebaut?«

Doch statt ihrer Schwester eine Antwort zu geben, steuerte Georgy geradewegs auf James Hamilton zu und begann eine Unterhaltung mit ihm. Angewidert blieb Louisa auf der Stelle stehen, um dann in die entgegengesetzte Richtung davonzumarschieren. Ihr Ziel war der Purpurrote Salon, wo sie das Büfett vermutete. Praktischerweise begegnete sie auf dem Weg dorthin dem Prinzen von Wales.

»Meine Liebe«, hauchte er und ließ seine kurzen dicken Finger durch die Fransen ihres roten Schals gleiten, »Eure Darbietung war ganz vorzüglich. Zudem scheint mir, Ihr habt die Schönheit Eurer Mutter geerbt.« Ernst schaute er sie an. »Wie kann ich Euch meine Verehrung beweisen?«

»Organisiert mir ein Schinkensandwich, Hoheit, und ein Glas Kinderwein, bitte, ja? Ich habe solchen Hunger.«

Galant verbeugte Prinny sich, wobei er ein zufriedenes Grinsen verbarg. »Euer Wunsch ist mir Befehl, Lady Louisa. Es ist mir wie immer ein echtes Vergnügen, wenn ich einer so zauberhaften Dame, wie Ihr es seid, behilflich sein darf.«

Vorsichtshalber folgte Louisa ihrem Verehrer bis zum Büfett, wobei sie mit jedem Schritt munter die Kastagnetten klappern ließ, die sie bei ihrem spanischen Tanz benutzt hatte. Sie hatte es ja bereits geahnt: Wenn es hier irgendwo etwas Essbares gab, dann hatte der korpulente Prinzregent es mit Sicherheit bereits erspäht, ganz ähnlich einer Sau, die sogar unter den dicksten Erdklumpen noch frische Trüffel witterte.

Prinny wiederum freute sich sichtlich über den gesunden Appetit seiner hübschen Begleiterin und versuchte abermals, sie mit Komplimenten für sich zu gewinnen: »Ich muss schon sagen, Lady Louisa, Eure Familie hat mich sehr beeindruckt. Besonders Eure Brüder sind zwei ganz famose junge Herren.«

Lu aber runzelte nur misstrauisch die Brauen. Ihre Brüder famose junge Herren? Um Himmels willen!, dachte sie. Die beiden benehmen sich doch kaum besser als ein Haufen Wilder. Aber bitte, wenn der junge Prinzregent meinte … Hastig schluckte sie den letzten Bissen von ihrem Sandwich hinunter, um sich gleich darauf auch schon wieder zu verabschieden. »Vielen Dank für den kleinen Snack, Euer Hoheit. Überhaupt finde ich die Party hier einfach fantastisch. Aber nun würde ich mich gerne ein wenig zurückziehen, um meinen Wein zu genießen.« Mit wichtiger Miene knickste sie einmal kurz vor Prinny und eilte dann auch schon davon.

Aufmerksam musterte Louisa die Reihen der stolzen Eltern, die natürlich mit zu diesem Fest geladen worden waren, und suchte nach ihrer Mutter. Doch die war nirgends zu entdecken. Stattdessen schaute sie plötzlich direkt in die strahlenden Augen einer auffallend attraktiven jungen Frau, die einen weißen Turban trug, an dessen Vorderseite wiederum ein dicker Rubin prangte. »Prinzessin Lieven«, hauchte Louisa bewundernd und lächelte höflich, als sie sich wieder daran erinnerte, dass dies die Frau des russischen Botschafters war. Die Prinzessin erwiderte Lus Lächeln und forderte sie mit freundlicher Geste auf, zu ihr zu kommen; frohgemut nahm Louisa neben der Prinzessin Platz. »Prinzessin Lieven, wie schön, Euch zu sehen. Gefällt Euch die Party?«

»Ich muss gestehen, ich fand es zunächst ein wenig langweilig hier – bis ich Eure kleine Darbietung gesehen habe.« Neugierig strich die Botschaftergattin mit den Fingerspitzen über Lus feinen roten Seidenschal. »Das ist aber eine ziemlich gewagte Nuance für eine so junge Dame, nicht wahr? Es ist wohl Eure Lieblingsfarbe?«

»Ja, ich liebe alles, was rot ist. Ich fühle mich irgendwie lebendiger, wenn ich Rot trage.«

»Ihr habt ein feines Gespür für die Wirkung von Farben, Lady Louisa. Und Rot hat in der Tat seine ganz eigene Magie, da gebe ich Euch Recht. Im Übrigen steht es Euch ganz vorzüglich – mit Eurem schwarzen Haar und den funkelnden grünen Augen. Ihr solltet öfter etwas Rotes tragen.«

Louisa wusste kaum, wo ihr der Kopf stand, so verwirrt war sie darüber, von einer solch ehrwürdigen Dame ein Kompliment zu erhalten. »Und was ist mit Euch? Ihr tragt ja auch etwas Rotes – an Eurem Turban, meine ich. Seid Ihr etwa eine Zigeunerin?«

Amüsiert brach die Botschaftergattin in perlendes Gelächter aus. »Oh, nein, meine Liebe«, gluckste sie. »Ich bin blaublütig, darauf könnt Ihr Euch verlassen. Aber es stimmt schon, ich habe tatsächlich ein klein wenig von einer Zigeunerin an mir. Ich kann nämlich in die Zukunft sehen. Das ist eine ganz besondere Gabe, für die man dankbar sein muss – meistens jedenfalls.«

»Das gibt es doch nicht!«, staunte Louisa und nahm noch einen Schluck von ihrem Kinderwein. »Könnt Ihr vielleicht auch in meine Zukunft sehen?«

Nachdenklich fuhr Dorothea Lieven sich einmal mit der Zungenspitze über die geschminkten Lippen, ehe sie entgegnete: »Das könnte ich sicherlich. Die Frage ist nur, ob Ihr auch tatsächlich wissen wollt, was Euch die Zukunft bringt?«

»Aber ja! Natürlich will ich das.« Louisa war schon ganz aufgeregt.

»Nun, dann setzt Euer Weinglas ab und reicht mir Eure Hand.«

Wissbegierig stellte Lu ihr Glas auf dem kleinen Beistelltisch ab und streckte der feenhaften Prinzessin ihre Hand entgegen. Ernst betrachtete die Botschaftergattin die kleine Kinderhand.

»Ihr habt ein langes Leben vor Euch, Louisa Russell«, begann sie schließlich mit ihrer Prophezeiung. »Ja, so an die einhundert Jahre dürften es wohl werden. Und Ihr werdet stets wohlgelitten sein bei Hofe, wobei Ihr nicht weniger als fünf verschiedene Monarchen auf dem englischen Thron erleben werdet.«

Nun ja, der erste Thronwechsel steht ja schon kurz bevor, dachte Louisa. Der alte König George liegt bereits im Sterben, sodass in Kürze Prinny der neue Regent sein wird. Im Geiste malte sie sich aus, wie der dickliche kleine Prinny auf dem Thron Platz nehmen würde, auf seinem weichen Haupthaar die mächtige glitzernde Krone – Lu musste unwillkürlich lachen.

Die Botschaftergattin aber ließ sich davon nicht beirren, sondern fuhr mit konzentrierter Miene fort: »Und ich sehe sehr viele Nachfahren rund um Euch herum –«

»Oh, ja«, gluckste Lu. »Das kann ich mir denken. Vater nennt unser Zuhause, Woburn Abbey, schon jetzt nur noch den ›Karnickelbau‹. Unsere Familie wird sich also noch weiter vergrößern? Das heißt aber doch wohl hoffentlich nicht, dass die alle von meiner Mutter zur Welt gebracht werden – oder?« Mit Schaudern erinnerte Louisa sich an das letzte Weihnachtsfest, als Georgina, die Herzogin von Bedford, einen toten kleinen Jungen geboren hatte. Sie sorgte sich sehr um ihre Mutter, was natürlich auch Prinzessin Lieven nicht verborgen blieb.

»Macht Euch bitte keine Gedanken um Eure Mutter, Lady Louisa«, beruhigte sie sie. »Der lieben Georgina geht es prächtig, und ich sehe keinen Grund, warum sie nicht noch mehr Kinder bekommen sollte. Wobei ich im Übrigen von vornherein nicht von meiner lieben Freundin, also Eurer Mutter, gesprochen habe, als ich meinte, dass Eure Familie noch um viele weitere Mitglieder anwachsen wird. Nein, ich meinte damit vielmehr, dass *Ihr* einst eine sehr große Familie gründen werdet.«

Entsetzt starrte Lu die adlige Wahrsagerin an. »Ihr müsst Euch irren! Ich habe vor, Schauspielerin zu werden und Tänzerin. Von einer Horde Kinder jedenfalls träume ich ganz bestimmt nicht. Vielleicht könnte ich mich eines Tages dazu durchringen, ein kleines Mädchen zu bekommen. Ja, ein einziges Mädchen wäre noch in Ordnung. Aber keine Jungs!«

Liebevoll strich Prinzessin Lieven Louisa eine dunkle Locke aus der gerunzelten Stirn und entgegnete: »Ihr wollt Euch Euer Leben auf der Bühne verdingen? Solch ein Unsinn. Nein, meine Liebe, glaubt mir, Ihr werdet mehr als ein Dutzend Kinder zur Welt bringen. Allesamt sehr hübsche kleine Kinder, wie ich meinen möchte.« Doch der erschrockene Ausdruck auf Louisas Gesicht wollte einfach nicht weichen, sodass die Prinzessin schließlich beruhigend hinzufügte: »Und es werden in jedem Fall mehr Mädchen als Jungen sein. Ganz bestimmt.« Sanft ergriff sie abermals Louisas Hand.

Die aber hatte genug von der ganzen Wahrsagerei und sprang von ihrem Platz auf. »Bitte entschuldigt mich, Prinzessin Lieven«, entgegnete sie. »Aber ich muss mich jetzt von Euch verabschieden. Ich muss Mutter finden.« Der bloße Gedanke an die wahre Horde von Nachkommen, die sie laut Prophezeiung der Prinzessin einst in die Welt setzen würde, jagte ihr bereits eine Gänsehaut über den Rücken. Lu erinnerte sich nämlich noch ziemlich genau an die gellenden Schmerzensschreie ihrer Mutter, als diese in den vergangenen drei Jahren mit schöner Regelmäßigkeit ein Kind nach dem anderen zur Welt gebracht hatte.

Ein wenig verdutzt schaute die Prinzessin ihrer kleinen Freundin hinterher, während Louisa sich hastig erst nach rechts und dann nach links wandte und nach ihrer Mutter suchte – und schließlich ganz am anderen Ende des Salons den hochmodischen Hut von Georgina über der Menge schweben sah. Keine andere Dame trug solch extravagante Hutkreationen wie ihre Mutter, sodass es Louisa nicht schwerfiel, die Herzogin im Blick zu behalten, während sie sich energisch zu ihr durchdrängelte. Zu ihrer Enttäuschung aber war ihre Mutter nicht allein, sondern umringt von einer ganzen Schar von jungen Leuten, die alle lebhaft auf sie einredeten. Charles und Jack, Lus Brüder, sowie ihr Cousin Arthur Lennox sprachen alle wild durcheinander. Wahrscheinlich erzählten sie irgendwelche langweiligen Geschichten aus der Schule; Louisa jedenfalls konnte kaum ein Wort davon verstehen. Zudem drängte auch noch eine ganze Reihe von Charles' und Jacks Schulkameraden aus Westminster heran, zu denen augenscheinlich auch ein gewisser James Hamilton gehörte, woraufhin Georgy sich mit einem Mal angestrengt bemühte, mit klimpernden Wimpern den jungen Abercorn auf sich aufmerksam zu machen. Louisa konnte nur verächtlich schnauben. Ihre Schwester führte sich ja so lächerlich auf!

Und dann kamen auch noch Tante Charlotte, die Herzoginwitwe von Richmond, und deren drei jüngste Töchter Madelina, Lottie und Sophia angerauscht. Dummerweise lag Fife House, das Zuhause von Charlotte und ihren Kindern, nämlich gleich um die Ecke, sodass man kaum einmal etwas ohne die drei Mädchen unternehmen konnte.

»Ah, da bist du ja, mein Kätzchen«, sagte Georgina schließlich und schaute liebevoll auf ihre Tochter hinab. »Deine Aufführung war ganz fantastisch. Ich bin sehr stolz auf dich.«

Auch Madelina, Lottie und Sophia sahen Louisa bewundernd an, während ihre Brüder nur höhnisch kichernd von dannen zogen – doch die zählten für Lu ja ohnehin nicht.

»Hast du Hunger? Der Tanz war doch sicher anstrengend«, fragte Georgina ihre Tochter besorgt und strich ihr einmal über den Schopf.

Louisa wollte gerade etwas erwidern, als plötzlich James Hamilton sich vordrängte und irgendetwas aus seiner Tasche hervorzerrte. Wieso war er denn nicht mit den anderen Jungs gegangen? Doch es war zu spät, um sich nun noch zu verstecken, und so wartete Lu mit mürrischer Miene ab, was er von ihr wollte.

»Ich habe Euch etwas mitgebracht, Lady Louisa«, verkündete Abercorn und streckte ihr die geöffnete Hand entgegen.

Lu aber schnitt ihm höflich, doch unmissverständlich das Wort ab. »Nein, vielen Dank«, entgegnete sie. »Seine Königliche Hoheit, der Prinz von Wales, hat mir bereits ein paar Sandwiches gereicht.« Mit einem Mal jedoch blitzte es in ihren smaragdgrünen Augen auf, als sie sah, was James Abercorn ihr darbot, und sie schnappte sich begeistert das kleine Präsent. »Eine Marzipanmaus!«, jauchzte sie ehrlich erfreut. »Oh, wie lieb von Euch. Da kann ich natürlich nicht Nein sagen.« Genüsslich knabberte sie an der Leckerei.

Wenige Augenblicke später wandten sich die beiden Herzoginnen mitsamt ihren Töchtern auch schon wieder von dem jungen Abercorn ab und steuerten auf die imposante Haustür von Carlton House zu – sie waren nun lange genug auf diesem Fest gewesen und sehnten sich nach etwas Ruhe. James hingegen stand noch immer wie angewurzelt an seinem Platz und schaute Lady Louisa Russell hinterher. Ihr Tanz hatte ihn geradezu verzaubert, und ihre geschmeidigen, anmutigen Bewegungen in Kombination mit ihrer exotischen Schönheit hatten sich so unauslöschlich in sein Herz eingebrannt, dass es fast schon schmerzte und er an keine andere mehr denken konnte als an sie. Tatsächlich war er regelrecht hingerissen von ihr, und auch dass sie an diesem Tag ganz in Rot gekleidet war, schien ihm wie ein verheißungsvolles Omen, denn schließlich war die Farbe des Wappens der Abercorns ebenfalls ein dunkles Karmesin.

»Ich wusste, wie ich dich letztendlich doch noch kriege«, murmelte er mit einem selbstgefälligen kleinen Grinsen. »Ich musste dich nur dazu bringen, mir aus der Hand zu fressen. Ein Trick, der auch schon bei meiner arabischen Stute gut funktioniert hat!«

Montagu House, London
August 1894

»Und? Hat das deine Neugier fürs Erste befriedigt?«, fragte die Herzoginwitwe Louisa ihre Urenkelin mit einem verschmitzten kleinen Lächeln, woraufhin Maud eifrig nickte.

»Ja, Euer Hoheit, ich danke Euch, dass Ihr uns diese Geschichte erzählt habt. Immerhin ist das hier ja Euer Geburtstagsempfang. Es gibt für Euch gewiss Spannenderes, als uns aus Eurem Leben zu berichten.«

Die Herzoginwitwe aber schüttelte nur einmal nachsichtig den Kopf und ließ sich in den wuchtigen Polstersessel zurücksinken, um dann scheinbar hochinteressiert den diversen Festreden auf sie zu lauschen, die allesamt ihre unnachahmlichen Vorzüge lobten. In Gedanken allerdings hing sie noch immer den Erinnerungen an einen gewissen James Hamilton nach.

Mehr als zehn Jahre sollten seit der Party in Carlton House vergehen, bis sie ihn als junge Frau plötzlich wieder traf. Und auch bei dieser zweiten Begegnung hatte sie keinen Blick für ihn übrig gehabt, denn sie litt an gebrochenem Herzen, und zwar so schlimm, wie wohl nur jemand leiden konnte, der zum ersten Mal im Leben verliebt war.

· 1 ·

Woburn Abbey
Mai 1830

»Darf ich *jetzt* gucken?« Liebevoll streichelte Louisa über den glänzenden Hals ihres Ponys, während ihr Herz wie wild klopfte – ein einziger Blick auf den attraktiven jungen Mann, der dort gerade an ihrem Porträt arbeitete, genügte, und schon glaubte sie, vor lauter Verzückung in Ohnmacht zu fallen.

»Nein, jetzt noch nicht, Fräulein Ungeduldig. Das Licht ist im Augenblick gerade ganz fantastisch. Das muss ich ausnutzen. Zehn Minuten noch, ja? Mehr verlange ich gar nicht.«

»Und dann seid Ihr fertig, Lanny?«

»Nein, auch dann bin ich noch lange nicht fertig.« Leicht enerviert, doch mit einem nachsichtigen Lächeln auf den Lippen schaute er sie an. »Vielleicht ja morgen ... oder übermorgen. Ich weiß es noch nicht. Ihr findet das Posieren wohl schrecklich langweilig, wie?«

»Aber nein, ganz und gar nicht!« Louisa spürte genau, wie sie gerade vom Hals bis zum Haaransatz puterrot anlief, und fügte ein wenig schüchtern hinzu: »Tatsächlich freut es mich sogar, wenn ich wieder einmal einen meiner Nachmittage in Eurer Gesellschaft verbringen darf.« Wenn's nach mir ginge, seufzte sie im Stillen, würde Euer Gemälde niemals fertig werden.

Louisas Vater, der Herzog von Bedford, war nun schon seit mehr als vier Jahren der Mäzen von Edwin Landseer, und vor Kurzem hatte er den talentierten Künstler angewiesen, einige Porträts von Georgina und seinen jüngeren Kindern zu malen.

Lange Zeit hatte Louisa in dem Künstler bloß einen der vielen Freunde der Familie gesehen – bis er sich schließlich daranmachte, sie zu porträtieren. Denn kaum dass sie damit begonnen hatte, für ihn Modell zu stehen, war auf einmal ihre Liebe zu ihm entflammt, und so klammerte sie sich nun immer fester an die Zügel ihres geduldigen kleinen Ponys, während sie sich Pinselstrich um Pinselstrich mehr in den jungen Maler verliebte.

»Ich möchte auf dem Bild gerne genauso schön aussehen wie meine Mutter!«, erklärte sie voller Ungeduld. »Meint Ihr, Ihr kriegt das hin?« Natürlich hatte man ihr im Laufe ihres Lebens schon ein ums andere Mal gesagt, dass sie quasi das Ebenbild ihrer überaus attraktiven Mutter sei, doch Louisa hatte noch immer ihre Zweifel, was ihr Aussehen anbelangte.

»Aber Lady Louisa, was redet Ihr denn da? Ihr seid so oder so die schönste junge Dame, die ich je porträtiert habe. Und überhaupt seid Ihr Eurer Mutter mit Eurem wundervollen dunklen Haar und den leuchtend grünen Augen quasi wie aus dem Gesicht geschnitten.«

Schüchtern senkte Louisa den Blick zu Boden. Solch ein herrliches Kompliment – und dann auch noch aus dem Munde von Edwin Landseer! Überhaupt war dies das erste Mal, dass ein Mann ihr zu schmeicheln versuchte, und in Louisas Magen flatterte plötzlich ein ganzer Schwarm von Schmetterlingen.

Mit einem Mal spürte sie, wie irgendetwas sie an der Wange traf. Zuerst dachte sie noch, es wäre womöglich ein Insekt, und tastete vorsichtig danach, als nur einen knappen Wimpernschlag später auch schon das nächste Geschoss folgte. Diesmal traf es sie mittig am Kinn, und aus dem Gebüsch ertönte gedämpftes Gekicher. Geistesgegenwärtig ließ Louisa die Zügel ihres Ponys los, griff auf gut Glück in den Maulbeerbusch hinein und zerrte wenig später ihren jüngsten Bruder, den kleinen Alex, daraus hervor. »Ihr verdammten Strolche solltet ihm nicht so gemeine Streiche beibringen!«, rief sie mahnend ihren anderen, noch immer in dem Gebüsch verborgenen

Brüdern zu. Dem kleinen Alex hingegen drückte sie trotz seiner Frechheiten einen herzhaften Kuss auf die Wange, und ein glückliches Grinsen breitete sich über sein rundliches Gesicht.

Cosmo und Henry wiederum, die in diesem Jahr bereits elf beziehungsweise zwölf Jahre alt geworden waren, lachten nur noch umso lauter, traten aber vorsichtshalber den Rückzug an, nur um dann aus sicherer Entfernung noch einmal höhnisch zu rufen: »Fang uns doch, du alter Nussknacker! Nussknacker! Nussknacker!«

»Ignoriert sie einfach«, seufzte Edwin Landseer und schaute sorgenvoll Louisa an, die drauf und dran war, ihren Brüdern hinterherzujagen.

»Pah, ihr seid ja *soo* clever!«, entgegnete sie wütend, um sich dann wieder für ihren Maler in Positur zu stellen. »So nennen sie mich schon, seit ich damals als Kind meiner Stoffmaus den Namen ›Nussknacker‹ gegeben habe. Überhaupt haben die Burschen so gar kein Benehmen mehr. Seit Vater krank ist, hat meine Mutter sich nur noch um ihn gekümmert und die Erziehung der Jungs einfach schleifen lassen.« John Russell, der Herzog von Bedford, hatte vor gut zwei Jahren einen Schlaganfall erlitten. Ursprünglich war er sogar halbseitig gelähmt gewesen und hatte kaum noch seine rechte Hand bewegen können. Mittlerweile war bloß noch sein Mund ein klein wenig verzerrt.

»Andererseits«, wandte Edwin Landseer ein, »hat sich der Zustand Eures Vaters ja gerade dank der aufopferungsvollen Pflege Eurer Mutter schon wieder erheblich gebessert. Und auch sein Temperament und seine Lebensenergie sind wieder zurückgekehrt.« Sorgfältig wischte er seine Pinsel an einem alten Stofffetzen ab, ehe er Louisa anschaute und erklärte: »So, das war's. Schluss für heute. Müssten nicht jeden Augenblick auch Eure älteren Brüder aus Oxford zurückkommen? Ich habe gehört, dass sie den Sommer wieder hier in Woburn Abbey verbringen. Wartet nur, bis sie wieder hier sind, dann werden sie Cosmo und Henry schon gehörig die Ohren lang ziehen, wenn sie sehen, dass die Euch ärgern.«

»Nein, das werden sie ganz gewiss nicht!«, lachte Louisa, mit einem Mal wieder bestens gelaunt. »Gerade wenn es darum geht, mich zu ärgern, halten meine Brüder zusammen wie Pech und Schwefel. Und statt drei Nervensägen werden dann plötzlich sogar sechs Flegel hinter mir her sein. Von den zahlreichen Schulfreunden meiner Brüder einmal ganz zu schweigen. In wenigen Tagen wird sich unser Karnickelbau also in ein Irrenhaus verwandelt haben. Der Einzige, der sich manchmal für mich einsetzt, ist mein Halbbruder Johnny. Aber der ist ja leider nur so selten hier. Seine parlamentarischen Pflichten erlauben es nicht.«

»Dann passe in Zukunft einfach ich auf Euch auf«, bot Edwin sich mit einer galanten Verbeugung an.

»Das wäre wirklich zu gütig von Euch, edler Ritter.« Louisa seufzte betont theatralisch und beobachtete jede von Edwins Handbewegungen, während er seine Malutensilien zusammenpackte, die Leinwand und die Staffelei ergriff und sich auf den Weg zurück ins Haus machte. Im Geiste sah sie ihn bereits auf einem weißen Streitross über einen Turnierplatz jagen, um, gekleidet in die Farben ihres Familienwappens, für ihre Ehre zu kämpfen.

Vorsichtig setzte sie ihren kleinen Bruder wieder auf dem Boden ab. »Komm mit!«, forderte sie ihn auf. »Dann kannst du mir helfen, Huflattich zurück auf die Koppel zu bringen.«

»Ich will aber nicht. Ich will lieber bei Cosmo und Henry bleiben. Wir spielen Krieg, und ich bin ein römischer Legionär.« Schmollend blickte Alex sie an.

»Wie bitte? Ich dachte, du wärst auf meiner Seite! Aber ich verstehe schon«, schimpfte Louisa scherzhaft mit ihm. »Na, Alexander der Große, dann nichts wie ab mit dir. Oder sollte ich besser sagen ›Alexander der Wankelmütige‹?« Leise lachend führte sie ihr Pferd den sorgsam geharkten Pfad zu den Ställen hinab und war in Gedanken sowieso schon längst wieder bei Lanny angelangt; vor allem bei seinen himmelblauen Augen. Mit Ausnahme des jüngsten Mitglieds ihrer Familie, das noch den hellen Haarflaum der meisten

Kleinkinder besaß, hatten nämlich sämtliche von Louisas Verwandten dunkle Augen und dunkles Haar. Edwins lichtblonder Schopf und seine strahlenden blauen Augen hatten also eine geradezu unwiderstehliche Wirkung auf sie. Und dann hatte er auch noch gesagt, dass sie ohnehin die hübscheste junge Dame sei, die er je porträtiert hatte!

Verträumt entriegelte Louisa das Koppelgatter, als sie plötzlich Georgy und einen Pferdeknecht entdeckte; die beiden waren gerade von einem Ausritt zurückgekehrt. Und wie so oft genügte ein einziger Blick auf ihre Schwester, und schon schämte Louisa sich wieder, dass sie dermaßen selbstverliebt in dem Bewusstsein ihrer eigenen Schönheit geschwelgt hatte. Georgy hatte nämlich nahezu überhaupt nichts vom umwerfenden Aussehen ihrer Mutter geerbt, sondern konnte, zumindest, was ihr Äußeres betraf, bestenfalls als ›langweilig‹ beschrieben werden. Und genau das war auch der Grund, weshalb Louisa – ohne sich dessen bewusst zu sein – stets das Gefühl hatte, ihre Schwester beschützen zu müssen, und diese gerade aufgrund ihrer mangelnden Attraktivität umso inniger liebte.

Der junge Pferdeknecht streckte die Arme hoch, um Lady Georgianna aus dem Sattel zu helfen, woraufhin diese sich betont langsam und aufreizend mit der ganzen Länge ihres Körpers einmal an dem seinen hinabgleiten ließ. Anschließend sank sie graziös ins Gras und griff nach seiner Hand – bis sie plötzlich ihre Schwester entdeckte, wieder aufsprang und hastig einige Schritte zurücktrat. »Lu, was machst du denn hier? Spionierst du mir etwa nach?«

»Nein … natürlich nicht«, stammelte Louisa und nahm ihrem Pony das Zaumzeug ab. »Es ist nur so, dass Lanny gern wollte, dass ich gemeinsam mit Huflattich posiere. Und jetzt will ich sie zurück auf die Koppel bringen.« Misstrauisch schaute sie zu, wie Dick scheinbar vollkommen unberührt von der peinlichen Situation sein eigenes Pferd und die Stute ihrer Schwester zurück in den Stall brachte.

»Aber du musst doch zugeben: Er sieht schon höllisch gut aus, nicht wahr?«, flüsterte Georgy Louisa in alter Komplizenschaft ins Ohr, nachdem Dick mit Georgys Pferd in dessen Box verschwunden war.

»Darauf kannst du wetten!«, erwiderte Louisa mit einem verschmitzten Grinsen. »Ich kann es kaum erwarten, bis er endlich das Bild fertig hat.«

»Aber Louisa!«, stöhnte Georgy genervt auf und verdrehte die Augen. »Ich meine doch nicht Lanny, um Himmels willen. Ich meine Dick!«

»Ach so.« Louisa stutzte einen Augenblick und schaute ihre Schwester eindringlich an. »Trotzdem solltest du dich nicht *derart* von ihm berühren lassen. Das schickt sich nicht.«

»Das schickt sich nicht«, äffte Georgy ihre Schwester nach. »Meine Güte, Lu, jetzt sei doch nicht so prüde. Du hast aber auch überhaupt keinen Sinn für Humor. Aber was rede ich da! Du warst ja schon immer ein Spätzünder, nicht wahr? Hast du überhaupt schon bemerkt, dass es nicht bloß Mädchen auf der Welt gibt?«

Louisa errötete und dachte an das Herzrasen zurück, das sie vor kaum mehr als einer halben Stunde verspürt hatte.

»Na, habe ich recht?«, stichelte Georgy weiter. »Ich jedenfalls wette, dass du trotz deiner sechzehn Jahre noch keinen Jungen geküsst hast!«

Im Geiste stellte Lu sich vor, wie Lanny ganz zart ihre Lippen berührte, und die Farbe ihrer Wangen wechselte prompt von Rosé zu Purpurrot.

»Ja, genau! Das ist es!«, kreischte ihre Schwester, ohne eine Antwort abzuwarten. »Wir wetten um eine Guinea, dass du bis zu deinem nächsten Geburtstag im Juli noch immer nicht geküsst worden bist.«

»So ein Quatsch. Aber gut, wie du willst. Die Wette gilt. Wenn ich es mir in den Kopf setze, werde ich bis dahin nämlich sehr wohl einen Mann geküsst haben. Darauf kannst du dich verlassen!«

Mitleidig lächelte Georgy ihre Schwester an. »Ein kleiner Tipp am Rande, Schwesterherz: Benutze dazu ausnahmsweise einmal deine Brüste und nicht dein Hirn.«

Hastig zog Louisa sich aus und schlüpfte in ein neues Kleid, um dann so schnell sie konnte in den Venezianischen Salon hinabzueilen. Sie wollte unbedingt noch ein paar Worte mit ihrer Mutter wechseln, ehe man sich zum Abendessen zusammenfand. Das Abendessen auf Woburn wurde nämlich immer um Punkt sechs Uhr serviert, und es saßen nur höchst selten einmal weniger als zwanzig Personen am Tisch, sodass ein persönliches Gespräch mit Georgina wirklich eine Seltenheit war; ungefähr genauso selten wie die Van Dykes, die Louisas Vater im Laufe der Jahre gesammelt hatte und die nun die Wände des großen Esszimmers schmückten.

Georgina unterhielt sich gerade ganz in Ruhe mit ihrer besten Freundin, Lady Holland, deren Anwesen Ampthill ebenfalls in Bedfordshire lag. »Hallo, Tante Beth«, sagte Louisa und musterte besorgt ihre Mutter, die in letzter Zeit ein wenig ausgezehrt und abgekämpft ausgesehen hatte. Andererseits war das ja auch kein Wunder, wenn man bedachte, dass Baby Rachel gerade erst zwei Jahre alt war und noch nicht durchschlief, sodass ihre Mutter Nacht für Nacht stundenlang an Rachels Wiege wachen musste und die Kleine in den Schlaf sang, ehe sie todmüde endlich selbst wieder ins Bett sinken konnte. Heute jedoch sah ihre Mutter ausnahmsweise einmal entspannt und ausgeglichen aus, sodass auch Louisas sorgenvoll gerunzelte Stirn sich bald wieder glättete.

»Hallo, Lu. Und? Was hast du heute an diesem wundervollen Tag so alles unternommen?« Einladend klopfte Beth neben sich auf das leuchtend blaue Sofa und forderte Lu auf, sich neben sie zu setzen.

»Lanny hat mich gemalt!«, erzählte Louisa stolz. »Und Huflattich ist auch mit auf dem Bild. Nur durfte ich das Werk leider noch nicht sehen. Er will es mir erst zeigen, wenn es ganz fertig ist.«

»Oje, mit einem Tier zu posieren kann ganz schön anstrengend sein. Ich erinnere mich noch daran, wie ich einst mit einem völlig überdrehten Cockerspaniel auf den Knien posieren sollte. Ich sage dazu nur eines: nie wieder!«

»Aber warum denn? Was ist denn passiert?«, neckte Georgina ihre Freundin. »Hat er dich etwa nass gemacht? Edwin jedenfalls hat eine echte Schwäche dafür, Tiere zu malen, und überhaupt gibt es niemanden, der so talentiert ist wie er. Als wir im Herbst in den Highlands waren, hat er ein solch fantastisches Bild von einem Hirsch gemalt – so etwas hast du noch nicht gesehen! Und obgleich ich ja auch schon mein ganzes Leben lang zeichne, sehen meine Bilder verglichen mit den seinen doch ziemlich jämmerlich aus. Ich wünschte, ich könnte mir von seinem Talent eine Scheibe abschneiden.«

»Da wir gerade von den Highlands sprechen …«, wandte Louisa mit zaghaftem Unterton in der Stimme ein. »Ist es wahr, dass Großmama dich, als du in meinem Alter warst, einfach mitgenommen hat auf eine ihrer sagenumwobenen Rekrutierungstouren und dass du da jedem Mann, der bereit war, sich dem Highlanders Regiment unter Gordon anzuschließen, eine Guinea und einen Kuss gegeben hast?«

»Und ob das wahr ist. Ich muss doch sehr bitten! Zumal wir damals auch noch überaus erfolgreich waren und der schottischen Armee auf diese Weise mehr als eintausend neue Soldaten zugeführt haben!«

Erschrocken schnappte Louisa nach Luft. »Wie bitte? Dann hast du also über *eintausend* Männer geküsst?«

»Nun ja, ganze eintausend waren es vielleicht nicht unbedingt.« Georgina zwinkerte ihr zu. »Meine Schwester und meine Mutter hatten mir schließlich ein paar Hundert von ihnen abgenommen. Aber den Rest, also den Großteil besagter eintausend Soldaten, habe ich tatsächlich ganz allein geküsst.«

Verlegen und beeindruckt zugleich schaute Louisa ihre Mutter an und mochte kaum den Kopf heben, als sie schließlich sagte: »Ich dagegen habe noch nicht einmal einen einzigen Mann geküsst!«

Schweigen breitete sich in dem farbenfrohen Salon aus, während Lus düstere Worte noch immer in der Luft zu schweben schienen und Georgina und Beth einen bedeutungsvollen Blick miteinander austauschten.

»Aber, Lu, du darfst nicht alles glauben, was deine Mutter dir erzählt«, erbarmte Beth sich ihrer schließlich. »Georgina übertreibt zuweilen ganz gerne, und überhaupt liebt sie es, dich zu necken. Hast du das denn noch immer nicht gemerkt?«

»Genauso ist es, Liebling«, bestätigte nun auch Georgina. »Und überhaupt, mein Schatz: Was ist denn schon ein Kuss? Nichts, gar nichts. Zumal auch du in deinem Leben gewiss noch so oft geküsst werden wirst, dass du es bald schon gar nicht mehr zählen kannst – später, wenn du debütierst und wir dich offiziell in die Gesellschaft eingeführt haben, meine ich. Die jungen Männer werden sich prügeln, um einen Tanz mit dir zu ergattern. Du wirst schon sehen.«

Na dann!, dachte Louisa, schon wieder wesentlich optimistischer gestimmt. Dann werde auch ich mir demnächst einfach irgendeinen Burschen suchen, der mich noch vor meinem Geburtstag küsst. Schließlich hat Georgy das auch so gemacht, und überhaupt ist das alles ja angeblich keine große Sache. Vor allem aber kann ich unmöglich eine Wette gegen meine Schwester verlieren! Nein, das geht nun wirklich nicht. Nur ein klitzekleines Problemchen gäbe es da noch: Eigentlich möchte ich gar nicht so gerne *irgendeinen* Jungen küssen, sondern lieber nur einen ganz bestimmten …

»Hörst du?«, unterbrach Georgina Lus Grübeleien mit einem Mal wieder. »Ist das nicht der Gongschlag zum Dinner? Also, nichts wie auf, meine Liebe. Du weißt ja, dein Vater hasst es, wenn man zu spät zum Abendessen kommt.« Georgina wartete, bis Lu das Zimmer verlassen hatte, ehe sie sich mit einem leisen Seufzer zu ihrer Freundin hinüberbeugte: »Ich muss schon sagen, Lu ist doch noch recht naiv und ein klein wenig … weltfremd. Das kommt eben davon, dass sie hier in der Wildnis statt in London aufgewachsen ist. Es ist alles meine Schuld, denn als meine vier Schwestern und ich in ihrem Alter waren, da waren wir doch schon wesentlich kühner, ja, fast schon erfahren, wenn man so will.«

»Da hast du wohl recht«, neckte Beth sie. »Andererseits seid *ihr* ja auch in der Obhut der unnachahmlichen Jane Gordon aufgewachsen. Da konntet ihr ja gar nicht anders, als quasi schon mit der Muttermilch die Tricks und Kniffe dieser so unsäglich dekadenten Welt aufzusaugen.«

»Ganz richtig«, sinnierte Georgina. »Die Frauen in meiner Familie waren von jeher ausgesprochen weltklug und wagemutig.«

Als die beiden Damen schließlich langsam ins Esszimmer geschlendert kamen, hatten Henry und Cosmo bereits am Tisch Platz genommen. Gleich nach Georgina und ihrer Freundin folgte Alexanders Kindermädchen mit dem jüngsten von Louisas Brüdern auf dem Arm. Vorsichtig setzte sie ihren Schützling in seinen Hochstuhl und zog sich anschließend mit einem dezenten Knicks wieder zurück. Wenig später kam, auf einen Gehstock gestützt, auch schon der Herzog von Bedford herein; rechts von ihm sein alter Freund Lord Holland, links Edwin Landseer. Und ganz zum Schluss erschien dann auch endlich Harry Halford, der junge Arzt des Herzogs, der seit dessen Schlaganfall gemeinsam mit dem Rest der Familie im herrschaftlichen Hause der Bedfords weilte.

Galant zog der alte Lord Georginas Stuhl zurück, wartete, bis die Herzogin sich darauf niedergelassen hatte, und rückte ihn dann sachte wieder an den Tisch heran. Anschließend wandte er sich zu Louisa um und schob auch ihren Stuhl an den Tisch, woraufhin Lu sich mit strahlendem Lächeln einmal umschaute und geschmeichelt flüsterte: »Danke, Onkel Holly.« Als wenig später allerdings auch Edwin Landseer sich als Kavalier gab und Lady Holland den Stuhl an den Tisch rückte, jagte auf einmal ein schmerzhafter Stich durch ihre Brust, und ihr eben noch so fröhliches Lächeln verblasste. Für einen kurzen Moment war sie rasend eifersüchtig auf Tante Beth.

Plötzlich aber runzelte John Russell mürrisch seine dunklen Brauen und fragte mit dröhnender Stimme: »Wo ist Georgy? Zu meiner Zeit galt Unpünktlichkeit noch als ein Zeichen für sehr schlechtes Benehmen.«

Louisas Vater gab mal wieder eine seiner »Russellschen Verhaltensmaßregeln« zum Besten, wie Lus Mutter seinen geradezu autokratischen Erziehungsstil zuweilen nannte. Sofort kam Louisa ihrer Schwester zu Hilfe: »Soweit ich weiß, hat Georgy eben noch gelesen«, improvisierte sie rasch. »Sie muss wohl so in das Buch vertieft gewesen sein, dass sie den Gong zum Essen nicht gehört hat.«

»Georgy hat ein Buch aufgeschlagen?«, hakte ihr Vater skeptisch nach. »Welches denn, wenn ich fragen darf?«

»Eines von deinen herrlichen botanischen Werken.« Lu musste sich arg zusammennehmen, um sich nicht zu verschlucken, so sehr schämte sie sich, ihren Vater zu belügen. Streng genommen beschränkte sich Georgys Interesse an der heimischen Flora und Fauna nämlich darauf, mit Dick im Gras herumzurollen – doch das behielt Lu natürlich für sich.

Genau in dem Moment, als Georgy endlich auf ihren Platz glitt, wurde auch schon die Suppe serviert. Ein rascher Blick auf das Kleid ihrer Schwester verriet Louisa, dass Georgy noch immer ihr Reitkostüm trug, und die grünen Grasflecken auf ihrem Rock sprachen Bände. Georgy dagegen schien von den Flecken auf dem Kleid nichts bemerkt zu haben und lächelte charmant: »Bitte entschuldige, Vater, dass ich mich verspätet habe.«

»Georgianna –«, wollte John Russell gerade ansetzen, als Louisa ihn abermals und geradezu todesmutig unterbrach und ihn listig fragte: »Vater, darf ich nach dem Abendessen für euch tanzen? Georgy wird mich auf dem Cembalo begleiten.«

»Aber ja, das wäre wunderbar!«, rief Beth und klatschte begeistert in die Hände.

Und noch nicht einmal Henry und Cosmo, die auf derlei Vorschläge hin normalerweise lauthals protestierten, widersprachen. Stattdessen lächelten sie nur betont galant. Misstrauisch schaute Louisa ihre Brüder an. Diese beiden Teufelsbraten gaben sich doch sonst nicht so fügsam und so brav. Was also hatten sie nun schon wieder ausgeheckt?

»Lanny«, mischte sich nun auch noch Georgina in die Unterhaltung mit ein. »Wenn Ihr damit fertig seid, Louisa mit ihrem Pony zu malen, dann möchte ich, dass Ihr auch noch ein Bild von ihr in ihrem Ballettkleid anfertigt. Was haltet Ihr davon?«

»Eine ganz vorzügliche Idee, Euer Hoheit«, pflichtete Edwin ihr bei. »Es wäre mir ein Vergnügen.«

Etwas verlegen senkte Louisa den Blick und starrte stattdessen auf ihren Teller aus feinstem Meißener Porzellan hinab. Zarte Vögel und Schmetterlinge bevölkerten das kostbare Tischgeschirr, und Louisa empfand es geradezu als Sakrileg, als der Diener den Teller kurz darauf mit einer kräftigen Consommé füllte. Lanny will mich noch mal malen, dachte sie glückselig. Und er hat gesagt, dass es ihm ein Vergnügen sei. Ihr Herz begann vor lauter Aufregung geradezu zu rasen, und so schloss sie für einen kurzen Moment die Augen, während sie in Gedanken bereits bei ihrem nächsten Porträt war: Lanny und sie hatten als Hintergrund die kleine Fontäne in der Mitte des Irrgartens ausgewählt, und er war ihr so nahe wie noch niemals zuvor. Langsam neigte er den Kopf zu ihr hinab, schaute sie noch einen Moment lang zärtlich an, und dann küsste er sie, und zwar mitten auf den Mund! Lu wiederum verharrte vollkommen reglos, wie gebannt von der Magie des Augenblicks. Schließlich blickte auch sie kühn zu ihm empor und schaute geradewegs in diese fantastischen blauen Augen –

Im nächsten Moment löste sich Lus romantischer Tagtraum abrupt in Nichts auf, nämlich als Georgy sie unauffällig, doch ziemlich energisch einmal in die Rippen stieß. Erschrocken riss Lu die Augen auf, nur um geradewegs in Lannys Gesicht zu blicken, der sie mit einem vielsagenden Lächeln ansah und ihr einmal kurz zuzwinkerte. Louisa stockte der Atem. Ob er wohl meine Gedanken gelesen hat?, dachte sie bang und schaute verlegen zur Seite.

Derweil hatten die Erwachsenen sich – und zwar noch ehe die

Suppenteller wieder abgetragen wurden und die Dienerschaft das Lamm servierte – einer angeregten Diskussion über die diversen Vorzüge der weiblichen Brust zugewandt. Als ausgebildeter Mediziner schlug Doktor Halford sich natürlich auf die Seite der Herzogin von Bedford und lobte die Vorzüge des naturgemäßen Stillens gegenüber dem Füttern mit der Flasche, und schon bald schmunzelte der gesamte Tisch über Georginas teils recht gewagte Erläuterungen zu diesem Thema.

»Nicht wahr?«, lachte auch die Herzogin aus vollem Halse. »Wofür die weibliche Brust doch so alles gut ist! Sogar die Konversation beim Abendessen gewinnt durch sie noch an Unterhaltungswert.«

Verstohlen blickte Louisa einmal rasch zu ihrem Vater hinüber, der angesichts dieser frivolen kleinen Scherze offenbar vollkommen vergessen hatte, dass er ja eigentlich noch Georgy für deren Zuspätkommen zurechtweisen wollte. Und zu ihrer großen Erleichterung wandte sich auch die eindeutig zweideutige Unterhaltung der Erwachsenen schon bald dem aktuellen politischen Geschehen im Lande zu, so wie es quasi bereits Tradition war während der Mahlzeiten in Woburn Abbey. Einzig Louisa hatte an diesem Abend so gar kein Ohr für das politische Tagesgeschehen. Stattdessen schwelgte sie in ihren Gefühlen für den jungen Edwin Landseer und schwieg für den gesamten Rest des Dinners. Heute werde ich ganz allein für ihn tanzen, dachte sie verzückt und überlegte sich bereits einige besonders verführerische Pirouetten.

Vor einigen Jahren, als Louisa gerade zwölf Jahre alt gewesen war, hatte man sie noch ermahnt, dass die Tochter eines Herzogs unmöglich auf einer öffentlichen Bühne auftreten könne. Lu war am Boden zerstört gewesen, als sie das hörte, bis ihr plötzlich eingefallen war, dass Woburn Abbey ja glücklicherweise sein ganz privates kleines Theater hatte; sofort hatte sich ihre Stimmung wieder gebessert, und sie hatte sich mit neuem Ehrgeiz ihren Ballettübungen zugewandt. Denn wenn sie auf der Bühne stand oder für eine Aufführung probte, dann hatte sie immer das Gefühl, plötzlich eine ganz andere Person zu sein. Eine deutlich selbstsicherere und charmantere Person, als sie es in Wirklichkeit war. Zudem trug sie dann ja auch noch ein Kostüm, das zusätzlich dazu beitrug, ihre Schüchternheit und ihre Unsicherheit zu kaschieren. Ja, auf der Bühne fühlte Louisa sich eindeutig am wohlsten; dort war sie die, die sie sonst nicht zu sein wagte.

Nach dem Abendessen zogen sich die Damen für gewöhnlich in den Blauen Salon zurück, während die Männer einen Drink zu sich nahmen. An diesem Abend jedoch strömte die Gesellschaft geschlossen in den Theatersaal von Woburn Abbey, wo Louisa wieder einmal eine ihrer Privatdarbietungen gab.

Müde, doch gleichzeitig auch aufgeregt stapfte Alexander neben seiner großen Schwester her. »Ich mag es, wenn du tanzt, Lulu«, lachte er.

»Danke, mein Lieber«, flüsterte Louisa gerührt und blickte ihren kleinen Bruder an. Schon bald würde er seine liebevolle Unschuld verlieren und genauso ein Satansbraten werden wie seine Brüder. Im Augenblick aber vergötterte Alex seine Lulu noch geradezu, und sanft streichelte sie ihm über den Schopf.

Wenig später nahm Georgy gähnend am Cembalo Platz, während Louisa rasch hinter die Bühne eilte, um in ihr Ballettkostüm zu schlüpfen. Hastig stemmte sie den schweren Deckel der Kleidertruhe auf und zog ihr Tutu und ihre Schläppchen heraus, bis ihr mit einem Mal auffiel, dass jemand die Satinbänder von ihren Schuhen abgeschnitten hatte. Ohne die konnte sie jedoch nicht tanzen. »Ihr verdammten Bastarde!«, rief sie und stampfte wütend mit dem Fuß auf.

Fluchend tauchte sie abermals kopfüber in die Truhe hinab und zog schließlich ein Paar uralte Spitzenschuhe hervor, die ihre Brüder glücklicherweise übersehen hatten. Zwar hatte sie eigentlich nicht vorgehabt, einen Spitzentanz aufzuführen, doch andererseits konnte sie sich von ihren Brüdern ja nicht so einfach austricksen lassen, und überhaupt war es für sie keine große Sache, sich rasch einen anderen Tanz auszudenken. Unter leisem Ächzen schälte sie sich aus ihrem Kleid und dem voluminösen Unterrock, um dann in ihr weißes glockenförmiges Ballettröckchen zu schlüpfen, auf die Truhe hinabzusinken und sich rasch die Schuhe anzulegen, wobei sie sorgsam darauf achtete, die Bänder immer schön fest und über Kreuz zu binden, auf dass die Spitzenschuhe sich nicht während ihrer Aufführung plötzlich verabschiedeten.

Schließlich war sie fertig herausgeputzt und schritt langsam und mit erhobenem Kinn auf die Bühne hinaus. Es folgte eine dramatische Pose, die sie, ganz die professionelle Tänzerin, ohne zu schwanken oder auch nur mit der Wimper zu zucken, souveräne drei Atemzüge lang durchhielt, bis Georgy endlich mit ihrem Lied begann. Leider kannte Louisas Schwester zwar nur einige wenige Ballettkompositionen, doch Lu hatte mit der Zeit gelernt, ihre Schritte so ziemlich jedem von Georgys Liedern anzupassen, und so atmete sie erleichtert auf, als endlich das melancholische Brummen des Cembalos erklang.

Es war ein trauriges Lied, und entsprechend sachte tanzte Lu zunächst nur einen *demi pointe*, also einen Tanz auf halber Spitze, der sie in grazilen kleinen Schritten einmal vom einen Ende der Bühne ans andere führte. Sie war so zart wie eine Gazelle und ließ sich von der Musik tragen, als wäre sie ein Teil von ihr, bis sie mit einem Mal hoch in die Luft sprang und wie ein Schwan dabei graziös die Arme ausstreckte, nur um gleich darauf – und ohne auch nur einen einzigen Takt zu verpassen – auf der vollen Spitze zu landen. Es folgten einige schmetterlingsleichte Pirouetten zurück in die Mitte der Bühne, wo sie schließlich so anmutig und doch so temperamentvoll tanzte, als ginge es um ihr Leben und als könnte nur ein Mensch auf Erden sie noch retten – ein gewisser Edwin Landseer.

Die Musik endete schließlich in einem mitreißendem Crescendo, und schwer atmend verbeugte Lu sich vor der begeisterten Zuschauerschar; fast schon hätte ihr Kopf ihre Zehen berührt, so weit beugte sie sich hinab. Dann, nach einigen Sekunden, richtete sie sich unter dem donnernden Applaus ihrer Bewunderer wieder auf und streckte grazil die Hand nach ihrer Schwester aus, die ebenfalls in einen kleinen Knicks sank, und beide Mädchen strahlten übers ganze Gesicht. Mit dem kleinen Unterschied, dass Lus Lächeln nur einem Einzigen galt.

Wie berauscht von ihrer Aufführung verließ Louisa die Bühne, und dann spürte sie es! Mit einem Mal hatte sie das Gefühl, als hätte jemand Glasscherben in ihre Schuhe gestreut, und so humpelte sie mit schmerzverzerrtem Gesicht zu der alten Truhe hinüber und riss sich unter Tränen die Schuhe und die langen Strümpfe vom Leib. Natürlich hatte ihr niemand etwas derartig Boshaftes angetan, doch die Schuhe von damals – sie hatten ja schließlich auch ganz unten auf dem Truhenboden gelegen – waren mittlerweile einfach zu klein, und so musste Louisa zu ihrem Schreck feststellen, dass jedes einzelne ihrer Zehen blutete und ihre Zehenspitzen ganz aufgescheuert waren. Tapfer versuchte sie, mit ihrem Unterrock das Blut abzutupfen, wobei sie immer wieder empfindsam zusammenzuckte. Am Ende aber breitete sich doch ein triumphierendes Lächeln über ihre Lippen. Das war's in jedem Fall wert!, dachte sie und lachte leise.

Ehe sie zu Bett ging, fügte sie ihrem Tagebuch noch einen kleinen Eintrag hinzu. Eigentlich hatte sie nicht sonderlich viel übrig für diese Tagebuchschreiberei, sodass sie meist nur die wirklich wichtigen Ereignisse in ihrem Leben darin notierte, doch eine kurze Erwähnung ihren geliebten Lanny betreffend musste unbedingt hinein. Sorgsam und in ihrer besten Schönschrift machte sie ihren Eintrag. Als sie fertig war, verschloss sie das Buch wieder mithilfe des winzigen Vorhängeschlosses und des kleinen Schlüssels und stopfte es in die hinterste Ecke ihres Sekretärs. Anschließend verbarg sie auch den Schlüssel noch an einem geheimen Ort. Niemand darf dieses Buch jemals in die Finger bekommen!, dachte sie. Denn was ich dort hineinschreibe, ist nur für meine Augen bestimmt. Es sind die Geheimnisse meines Herzens.

· 2 ·

William, tut mir leid, aber ich fürchte, ich kann deine Frau nicht ausstehen, dachte Louisa, und das höfliche Lächeln auf ihren Lippen wirkte seltsam starr.

»Niemand würde vermuten, dass du und Georgy – dass ihr beide Schwestern seid!«, staunte derweil Elizabeth Russell ganz ungeniert und schaute die Halbschwester ihres Ehemannes interessiert an. Elizabeth und William hatten die vergangenen Jahre ausschließlich im Ausland gelebt, und so war es kein Wunder, dass seine Frau nun so manches Mitglied seiner Familie plötzlich mit ganz neuen Augen betrachtete. »Ihr beide habt so gar keine Ähnlichkeit miteinander. Ich meine, Georgy ist irgendwie so plump und unscheinbar.«

»Ich finde Georgy bildhübsch«, verteidigte Louisa ihre Schwester in gewohnter Manier. »Außerdem spricht sie nie schlecht über andere Leute.«

»Aber ist sie nicht schon über zwanzig?«, hakte Elizabeth nach. »Zumal sie doch bestimmt auch schon mehr als ein Jahr auf dem Heiratsmarkt ist. Und noch immer hat ihr keiner einen Antrag gemacht? Nun ja …«

»Georgy ist erst neunzehn«, verbesserte Lu ihre Schwägerin und fügte in Gedanken ein wenig zerknirscht hinzu: zumindest noch für die nächsten vierzehn Tage. »Außerdem hat sie ganz bewusst noch nicht debütiert. Schließlich ist es noch nicht allzu lange her, dass unser verehrter Großvater Gordon verstorben ist, sodass meine Eltern Georgys Einführung in die Gesellschaft um ein Jahr verschoben hatten. Meine Schwester und ich werden in diesem Herbst gemeinsam debütieren.«

»Das ist in der Tat eine kluge Entscheidung von deiner Mutter. Denn wenn ihr beide zusammen auftretet, wird alle Welt nur auf dich schauen – sodass die kleinen Unzulänglichkeiten deiner Schwester dann hoffentlich kaum auffallen.«

Louisa kochte innerlich geradezu vor Wut und hätte ihrer Schwägerin am liebsten einen gehörigen Tritt in deren flachen Hintern versetzt. Doch natürlich bezähmte sie sich und sprach im Stillen ein rasches Stoßgebet, dass Elizabeth möglichst nicht allzu lange bleiben möge. »Ich habe gehört, ihr habt ein Stadthaus in London erworben? Das ist ja hochinteressant!«, wechselte sie das Thema.

»Ja, ganz recht, wir haben uns ein kleines Häuschen direkt am Cavendish Square gekauft. Ein fürchterlich verunstaltetes Gebäude, wenn du mich fragst. Darum konnten wir auch nicht sofort einziehen, sondern bleiben erst noch einmal eine Weile hier in Woburn Abbey, bis alles ordentlich hergerichtet ist. Deine Mutter war im Übrigen so lieb, mir ihre Hilfe anzubieten, was die Auswahl der Möbel und der Innendekoration angeht. Leider hat sich jedoch herausgestellt, dass unsere Geschmäcker ziemlich verschieden sind …«

»Also, ich finde den Geschmack meiner Mutter einfach fabelhaft. Sie hat ein so feines Gespür für alles, was mit Innendekoration und Mode zu tun hat. Schade, dass ihr beide da offenbar unterschiedlicher Meinung seid.«

Elizabeth und Louisa befanden sich gerade im Frühstücksraum, der unmittelbar zwischen dem Esszimmer mit den Van Dykes und dem Venezianischen Salon gelegen war, und mit weit ausholender Geste deutete Louisa einmal rund um sich. »Sieh dir bloß dieses exquisite Frühstückszimmer an. Die Tapete, zum Beispiel, hat Mutter ganz gezielt im Hinblick auf die alten englischen Meister ausgewählt, die hier hängen. Und in den Bücherschränken stehen die gesammelten Werke von Shakespeare und so ziemlich sämtlicher englischer Poeten, die es je gegeben hat. Und auch das Porzellan ist vom Allerfeinsten: Mutter lässt hier nur auf Sèvres servieren.« Louisa gab sich alle Mühe, ihrer Schwägerin zu imponieren. »Und dann haben wir hier noch das berühmte Irish-Waterford-Kristall. Überhaupt ist die ganze Atmosphäre in diesem Raum so einladend! Ich liebe es, nach dem Frühstück noch ein Weilchen hierzubleiben und mir eines der Bücher aus dem Schrank zu nehmen –«

»Ich ziehe die französische und griechische Klassik vor.« Mit mürrischem Blick unterbrach Elizabeth Louisas Redeschwall, schaute sich einmal kurz um und zog dann angewidert die lange Nase kraus.

Nun ja, Bessy, vielleicht hast du recht!, dachte Louisa nach einer ersten Schrecksekunde. Im Augenblick ist die Atmosphäre hier in der Tat nicht sonderlich einladend. Genauer gesagt exakt seit dem Augenblick, als du den Salon betreten hast! Sie atmete einmal tief durch und erwiderte schließlich mit zuckersüßem Lächeln: »Liebste Elizabeth, bitte entschuldige mich. Ich möchte mich nur sehr ungern verspäten. Meine nächste Sitzung steht an.«

»Du meinst deine Sitzung bei diesem – wie heißt er doch gleich? Landseer?« Spöttisch zog Bessy die dünnen Brauen hoch. »Wundert mich, dass er überhaupt noch Zeit findet, sich von seiner *Muse* zu lösen und an deinem Porträt weiterzuarbeiten.«

Muse?, stutzte Louisa ein wenig irritiert. Nun, damit kann sie ja wohl nur Mutter meinen. Kein Wunder, dass Bessy neidisch auf sie ist. »Ja, genau, Lanny wird mein Porträt malen«, erwiderte sie betont gelassen, ohne auf die kleine Stichelei einzugehen. »Ich posiere im Übrigen in meinem Ballettkostüm. Wie wäre es, wenn er, solange ihr noch hier seid, auch euren Sohn porträtiert?«

Bessy erstarrte geradezu. »Wohl eher nicht. Hastings wird bereits von Lawrence auf Leinwand gebannt. Und nicht von irgendeinem Feld-Wald-und-Wiesen-Amateur.«

Abrupt sprang Lu von ihrem Platz auf. Sie sagte zwar nichts, doch das zornige Funkeln in ihren Augen sprach Bände. Wie kannst du es nur wagen, Lannys Arbeit derart zu denunzieren?, fluchte sie im Stillen. Er ist ein Genie!

Raschen Schrittes verließ Louisa den Salon und marschierte geradewegs in das kleine Ankleidezimmer hinter der Theaterbühne, wo sie, noch immer rasend vor Wut, aus ihrem luftigen Sommerkostüm schlüpfte und sich den glockigen Ballettrock umband. Die abgeschnittenen Bänder ihrer Schläppchen hatte sie in der Zwischenzeit natürlich längst wieder angenäht – ihre Brüder hatten nicht ein einziges Paar heil gelassen! – und wählte nun aus den reparierten Schuhen ein Paar in Zartrosé. Schließlich bändigte sie mit einigen hastigen Bürstenstrichen noch ihr lockiges schwarzes Haar und fasste es im Nacken zu einem festen Chignon zusammen. Abschließend folgte ein letzter Blick in den uralten Spiegel und ein stummer Seufzer: Hoffentlich findet er mich schön!

Im Gegensatz zu Louisas romantischer Fantasie wurde das Porträt jedoch nicht im Garten angefertigt, sondern gleich hier, mitten im Theatersaal. Edwin hatte seine Staffelei ganz dicht vor eines der hohen Fenster gerückt, wo er das beste Licht hatte, und bat Lu nun, verschiedene Posen auszuprobieren. Gehorsam folgte sie seinen Anweisungen, woraufhin Lanny ein paar rasche Skizzen anfertigte, bis er sich entschieden hatte, welche der verschiedenen Posen die größte Dramatik barg.

Stocksteif und ohne ein einziges Mal zu schwanken, hielt Lu die gewünschte Haltung ein, und nach und nach verebbte ihr Zorn auf ihre Schwägerin. Wenn sie mit Lanny zusammen war, gab es einfach keinen Platz für Verstimmungen gleich welcher Art – stattdessen war sie einfach nur froh, in seiner Nähe zu sein. Er gibt mir das Gefühl, etwas ganz Besonderes zu sein, dachte sie verzückt. Und wenn ich sein neckisches Zwinkern richtig deute, dann hat auch er sich mittlerweile in mich verliebt! Stumm versank sie in ihren Tagträumereien, die sie diesmal weit aus dem gepflegten Garten von Woburn Abbey hinausführten.

Frei und wild galoppierten Lu und Lanny durch die zerklüfteten Täler von Schottland. Dann, vollkommen allein und fernab des nächsten Dorfes, zügelten sie ihre Pferde und schauten einander verliebt an, ehe Lanny Lu galant aus dem Sattel half und sie Hand in Hand über einen plätschernden Bach sprangen. Romantischerweise pflückte er ihr sogar einen Strauß roter Heide, und Lus Herz klopfte wie verrückt, als er sie mit einem Mal in seine starken Arme zog und in einem leidenschaftlichen Kuss seine Lippen auf die ihren presste.

»Halt! Was fällt euch ein?«

Schuldbewusst zuckte Louisa zusammen. Ihre zauberhafte Vision zerbarst wie hauchdünnes Glas, und an ihrer Stelle erschienen Henry und Cosmo auf der Bildfläche, die den keuchenden Hastings jagten. Ihnen wiederum folgten ein Mops und ein Cockerspaniel, und das Ganze wurde untermalt von wütendem Gebell.

»Was ist hier los?«, schimpfte Edwin und fuchtelte erbost mit dem Pinsel.

»Wir hatten bloß Stöckchen geworfen – für Scamp!«, schnaufte Cosmo. »Aber dann hat Hastings auf einmal angefangen, mit einem dieser Stöcke auf meinen Hund einzuschlagen und –«

»Ja, weil dein Hund mich gebissen hat!«, schrie der zehnjährige Hastings erbost dazwischen. »Das werde ich meinem Vater erzählen. Er wird deinen Hund erschießen. Das garantiere ich dir!«

»Hier in Woburn Abbey werden grundsätzlich keine Hunde erschossen.« Mit drohendem Grollen in der Stimme trat Louisa dazwischen. »Hier respektieren wir die Tiere. Gehässige kleine Neffen hingegen, die versuchen, anderen die Schuld in die Schuhe zu schieben, die sind zur Jagd freigegeben.«

»Himmel Herrgott«, versuchte Landseer, die wütende Schar zu beruhigen. »Es wird doch wohl noch irgendein anderes Spiel geben. Eines, bei dem man nicht mit Stöcken wirft oder schlägt.«

»Ja, ein Spiel mit Schwertern!«, rief Henry. »Lanny, wir spielen Piraten! Spielt Ihr mit uns? Bitte, bitte!« Hoffnungsvoll blickte er den jungen Künstler an. »Wir haben auch schon ein Floß zusammengezimmert, aber wir brauchen noch jemanden, der uns beim Tragen hilft. Ihr seid doch stark. Seid Ihr dabei, wenn wir es zum See hinunterbringen?«

»Also gut, ihr habt mich überstimmt.« Landseer grinste gutmütig, während er einmal hilflos mit den Achseln zuckte.

Louisa dagegen reagierte betrübt. »Wir können ja heute Nachmittag weitermachen.«

Landseer aber lächelte nur und entgegnete leichthin: »Nein, nein, bemüht Euch nicht. Am Morgen ist das Licht ohnehin besser. Am besten, wir verschieben unsere Sitzung einfach auf morgen früh.«

»Und? Wie findest du Williams Frau?«, raunte Louisa leise, als sie auf der großen Freitreppe plötzlich ihrer Schwester Georgy begegnete.

»Sie ist eine widerwärtige Schlange, die uns nicht ausstehen kann.«

»Aber *warum* kann sie uns nicht leiden? Wir haben ihr doch nichts getan.«

»Sie ist neidisch und eifersüchtig. Sonst nichts. William hat immer betont, wie viel Wert er auf Mutters Meinung legt. Und nun denkt Bessy, dass Mutter und sie in Konkurrenz zueinander stehen. Konkurrentinnen um Williams Liebe, wenn man so will. Außerdem ist Mutter eine echte Leitwölfin. Du weißt ja selbst, wie groß ihre Entourage ist.«

»Ja, Mutter hat ein ganzes Heer von Bewunderern, das ist wohl wahr. Aber warum hasst die alte Schlange nicht bloß Mutter, sondern auch *uns*?«

»Weil wir die Kinder der Leitwölfin sind, ist doch klar. Sicherlich, Vater liebt auch seine Söhne aus erster Ehe – Francis, Johnny und eben William. Aber uns liebt er doch ein kleines bisschen mehr. Mutter jedenfalls ist er hoffnungslos verfallen.« John Russell hatte, als er Georgina Gordon heiratete, bereits drei Söhne mit in die Ehe gebracht.

»Aber das stimmt doch gar nicht. Vater liebt alle seine Kinder gleichermaßen.«

»Wie dem auch sei, Lu. Denk besser nicht drüber nach. Das Leben ist einfach zu kurz, um sich über Leute wie Bessy aufzuregen.«

Nachdenklich schaute Louisa ihre Schwester an. »Du hast recht. Ich sollte mir nicht so viele Gedanken machen.« Dann musterte sie Georgy einmal neugierig von Kopf bis Fuß. »Willst du etwa reiten gehen? Warte einen Moment, bis ich mir mein Reitkostüm angezogen habe. Dann begleite ich dich.«

»Allerdings, ich will ausreiten«, bestätigte Georgy und nickte. »Aber ohne dich. Eine Aufpasserin ist so ziemlich das Letzte, was ich jetzt gebrauchen kann. Such dir irgendeinen anderen Zeitvertreib.«

»Wie bitte? Na, das lässt ja tief blicken. Ich würde sogar sagen, dass eine Aufpasserin in deinem Fall wahrscheinlich genau das Richtige wäre. Ich rate dir nur eines, Georgy: Übertreibe es nicht.«

»Himmel Herrgott noch mal! Du klingst ja schon wie Wriothesley, der gerade mal wieder eine seiner Predigten hält. Glaub mir, einen Vikar als Bruder zu haben ist schon schlimm genug. Ich brauche nicht auch noch eine Schwester, die sich als Nonne aufspielt.«

Übellaunig schaute Lu Georgy hinterher, wie diese die Treppe hinunterhüpfte und durch die Haustür entschwand. Schließlich marschierte Lu in Richtung Küche, um nachzusehen, ob die Köchin womöglich gerade einen Krug frischer Limonade zubereitet hatte. Um den Weg dorthin abzukürzen, huschte Louisa einmal quer durch den Wintergarten und durch den schmalen Seitenkorridor, von dem unter anderem auch Lannys Atelier abzweigte, als sie mit einem Mal stehen blieb, denn ihr war da plötzlich eine ganz fabelhafte Idee gekommen. Wie wäre es, wenn sie einfach schon einmal einen Blick auf ihr Porträt im Ballettkostüm wagen würde? Lanny jedenfalls würde sie das Bild bestimmt nicht sehen lassen, bis es vollkommen fertig war. Ich werde auch nicht lange in seinem Atelier bleiben, dachte sie, während ihre Wangen vor lauter Aufregung bereits zu glühen begannen. Nur ein klitzekleiner Blick auf die Staffelei – und dann bin ich auch schon wieder weg.

Vorsichtig öffnete sie die Tür zum Studio, schlüpfte hinein und schloss sie sofort hinter sich. Unmittelbar darauf schlug ihr auch schon ein durchdringender Geruch nach Ölfarbe und Terpentin entgegen, doch sie mochte diesen harzigen Duft, erinnerte er sie doch an Lanny. Zaghaft und neugierig zugleich sah Lu sich um und suchte nach ihrem Porträt, doch sie konnte es nirgends entdecken. Stattdessen sah sie einige Staffeleien, auf denen zahlreiche halbfertige Bilder warteten, sowie diverse Tischchen mit Lannys Malutensilien: Es war, als besäße er einen ganzen Laden voller Pinsel, Spatel, Farbtuben und Schabemesser. Und ganz hinten an der Wand warteten noch zwei weitere Stapel Leinwände auf ihre Vollendung; links standen Lannys Darstellungen der heimischen Flora und Fauna, rechts die Porträts der Familie.

Neugierig betrachtete Lu ein besonders großes Bild und dann noch ein halbes Dutzend kleinerer Gemälde, die hinter der großen Leinwand verborgen gewesen waren. Sämtliche der Porträts stellten ihre Mutter dar, was Lu nur wenig verwunderte. Die schöne Herzogin von Bedford war nun einmal Edwins Lieblingsmodell. Plötzlich aber sog sie scharf die Luft ein und starrte ungläubig auf eine Skizze von ihrer Mutter, die diese in liegender Pose und mit entblößten Brüsten zeigte. Louisa war schockiert über die Intimität, die auf diesem Bild zum Ausdruck kam, denn der Blick ihrer Mutter war geradezu auffordernd, und ihre nackte Brust war rund und rosig. Wie konnte Mutter sich Lanny nur derart darbieten?, dachte Louisa verbittert.

Dann, einen knappen Wimpernschlag später, schlug auch schon eine Woge der Scham und der Selbstvorwürfe über ihr zusammen. Selbst schuld, wenn sie solch pikante Werke entdeckte! Woher nahm sie sich auch das Recht, in Lannys Atelier durch dessen Bilder zu stöbern? Hastig verließ sie das Zimmer wieder und schloss die Tür hinter sich. Außerdem war es ja auch nicht das erste Mal, dass sie die entblößte Brust ihrer Mutter sah. Wie oft schon war sie just in dem Augenblick in Rachels Kinderzimmer gekommen, da ihre Mutter gerade das Baby stillte? Folglich war wahrscheinlich auch an einer nackten Brust auf einem Porträt nichts sonderlich Anstößiges. Vielleicht war es sogar das Natürlichste auf der Welt. Oder ist es gar Vaters ausdrücklicher Wunsch gewesen, dass Lanny Mutter in dieser Pose darstellt?, überlegte sie. Abermals errötete Louisa und schimpfte im Geiste mit sich selbst, weil sie derart schockiert reagiert hatte.

Nachdenklich steuerte sie auf den Salon ihrer Mutter zu, um dort eine Tasse Tee mit Georgina zu trinken. Plötzlich hörte sie gedämpftes Stimmengemurmel aus dem Raum dringen, und als sie näher kam, erkannte sie, dass es die Stimmen von William und ihrer Mutter waren. Sofort blieb Lu stehen, wollte erst hören, ob womöglich auch Elizabeth dabei wäre, denn dann hätte sie sich gewiss nicht zu ihnen gesellt.

»Ich begegne Bessy stets mit dem größtmöglichen Respekt, aber sie behandelt mich, als ob wir Rivalinnen wären. Sicherlich, ich bemühe mich natürlich, ihre kalte und hochmütige Art zu ignorieren, denn ein offener Streit würde deinem Vater gewiss sehr zusetzen … aber insgeheim betrübt mich ihr Verhalten doch sehr –«

»Auch ich wünschte, ihr beide könntet Freundinnen sein …«, seufzte William wehmütig.

»Zumal ich auch nicht weiß, wie ich mich in ihrer Gegenwart überhaupt noch verhalten soll«, fuhr Georgina aufgebracht fort. »Denn ganz gleich, was ich tue oder sage: Sie rümpft ja doch bloß angewidert die Nase. Das ist nicht zu übersehen. In einigen ihrer Briefe hat sie mir sogar vorgeworfen, ich sei ›extravagant‹. Unverschämt! Mein Angebot, die Kosten für die Renovierungsarbeiten und die neuen Möbel eures Stadthauses am Cavendish Square zu tragen, hat sie jedoch nicht abgelehnt.«

»Das ist ja auch in der Tat überaus großzügig von dir, Georgina, und ich danke dir vielmals. Ich denke also, dass du dir Bessys Animositäten wahrscheinlich bloß einbildest.«

»Nein, das tue ich nicht. Nicht zuletzt hat sie mir ja sogar vorgeworfen, die Erkrankung deines Vaters ›aufzubauschen‹. So schlimm stände es ja gar nicht um ihn. Aber lassen wir das. Ich für meinen Teil bin einfach nur froh, dass sich sein Zustand schon wieder so weit gebessert hat. Und ich freue mich, dass du gekommen bist, um ihn zu sehen. Zumal du nun ja auch auf Dauer in England bleiben willst, nicht wahr?«

Langsam wandte Lu sich wieder ab und ging in die gleiche Richtung zurück, aus der sie gekommen war. Bessy kapiert einfach nicht, dass es Vater nur deswegen schon wieder so viel besser geht, weil Mutter sich so aufopferungsvoll um ihn gekümmert hat!, dachte sie wütend. Doch sie kam nicht weit mit ihren stummen Hasstiraden gegen ihre Schwägerin, denn völlig unvermittelt kam selbige plötzlich aus der Bibliothek von Lus Vater getreten und baute sich vor Lu auf.

»Louisa, wie nett, dich zu sehen. Ich habe gerade ein bisschen Zeit mit Seiner Hoheit verbracht. Ich bin gerne bei ihm. Er ist so galant und so … umgänglich.«

»Ja, sein Gesundheitszustand hat sich in den letzten Monaten enorm gebessert. Und das verdanken wir allein meiner Mutter, die sich so liebevoll um ihn gekümmert hat. Unentwegt hat sie an seinem Bett gewacht, nicht selten sogar vierundzwanzig Stunden am Stück, bis langsam eine Besserung in Sicht war. Sie hat sich fürchterliche Sorgen um ihn gemacht.«

»Absolut verständlich, dass deine Mutter Angst gehabt hat«, entgegnete Elizabeth erstaunlich verständnisvoll, wechselte dann, nach einem knappen Lächeln, aber auch schon wieder das Thema: »Wo steckt denn eigentlich mein kleiner Hastings?«

»Ich schätze, er ist unten am Fluss. Gemeinsam mit meinen Brüdern. Ich kann dich ja hinbringen, wenn du das möchtest.« Zuvorkommend bot sich Lu ihrer Schwägerin an und führte sie dann im Gleichschritt den Korridor hinab in Richtung Garten.

»Wie gesagt«, ergriff Bessy schließlich als Erste wieder das Wort, »kein Wunder, dass deine Mutter schier außer sich vor lauter Sorgen war. Denn wo hätte sie denn auch hingesollt, wenn der Herzog gestorben wäre, nicht wahr? Sie und ihre zahlreichen Kinder.«

Empfindlich getroffen zuckte Louisa zusammen und musste sich regelrecht zwingen, um gemessenen Schrittes weiterzugehen. »Wie meinst du das?«

»Aber das liegt doch auf der Hand, meine Liebe: Sollte dein Vater irgendwann sterben, dann wäre deine Mutter quasi mittellos. Denn dann erbt Francis, Herzog Russells ältester Sohn, nicht nur den Titel, sondern auch Woburn Abbey, das Geld und all die Häuser und Besitztümer, die sonst noch dazugehören. Es ist also nur verständlich, dass deine Mutter alles tut, um den Herzog, so lange es noch irgend geht, am Leben zu erhalten.«

»Wie kannst du es nur wagen, derart abschätzig und gehässig über meine Eltern zu reden? Meine Eltern lieben einander. Darum kümmert Mutter sich um Vater.«

»Wie dem auch sei. In jedem Fall besteht kein Zweifel daran, dass dein Vater sie regelrecht vergöttert. Was sie sich auch wünscht: Ihr Wunsch ist ihm Befehl. Und darum zahlt es sich für sie am Ende ja doch irgendwo aus, wenn er noch nicht so schnell verstirbt.«

Nun war es mit Louisas Geduld endgültig vorbei. Wütend blieb sie ganz in der Nähe von Georginas Salon stehen und stemmte die Hände in die Hüften. »Elizabeth, ich denke, du findest den Weg in den Garten auch ohne mich. Und sowieso ist Hastings meist schon von Weitem zu hören: Er ist der, der so schrill kreischt wie ein Mädchen.« Damit machte sie auf dem Absatz kehrt und betrat energischen Schrittes den Salon von Georgina Russell.

»Ah, da bist du ja, William«, steuerte sie geradewegs auf ihren Stiefbruder zu und improvisierte rasch: »Bessy zieht es nach unten an den See. Sie hat Sehnsucht nach ihrem Kind. Am besten, du begleitest sie.« Energisch nahm sie William einfach den kleinen Teller und das leere Weinglas aus den Händen und stellte beides mit Nachdruck auf dem Teewagen ab.

William lächelte ein wenig verwundert, erhob sich aber gehorsam von seinem Platz und erwiderte: »Dann sollte ich sie wohl tatsächlich besser begleiten. Wir wollen ja schließlich nicht, dass sie sich von ihrem Ehemann vernachlässigt fühlt.«

»So ist es«, nickte Louisa knapp und wandte sich, kaum dass William den Salon verlassen hatte, ihrer Mutter zu. »Bessy sagt, du hättest nur deswegen Angst, dass Vater stirbt, weil Francis dann alles erbt und wir quasi auf der Straße stehen.« Unumwunden berichtete sie ihrer Mutter von Elizabeths Boshaftigkeiten.

»Das wundert mich überhaupt nicht«, seufzte ihre Mutter und warf verzweifelt die Hände in die Luft. »Diese verquere Person braucht bloß den Mund aufzumachen, und schon kommt nur Unsinn dabei heraus. In jedem Fall habe ich euren Vater gepflegt, weil ich ihn liebe, und nicht aus irgendwelchen subsidiären Gründen. Und ich bin überglücklich, dass er schon wieder so weit genesen ist. Nichtsdestotrotz hat Bessy recht, wenn sie behauptet, dass nach Vaters Tod alles an Francis fällt: das Herzogtum, der Titel und natürlich Woburn Abbey.«

»Und wenn schon. Ich hätte besser schweigen sollen. Es war unklug von mir, dir brühwarm weiterzuerzählen, was Bessy gesagt hat. Ich wollte dich nicht aufregen.«

»Ach, Lu, Bessy hat schon viel Schlimmeres zu mir gesagt. Sie ist geradezu besessen von William. Und sie ist eifersüchtig, dass er sich noch immer so gut mit mir, seiner Stiefmutter, versteht. Aber lange wird sie nicht mehr bleiben. Ihr Londoner Stadthaus wird schon bald fertig sein, das verspreche ich dir.«

Georginas Worte beruhigten Louisa wieder etwas. Mutter scheint sich ja keine allzu großen Sorgen zu machen, dass Francis eines Tages alles erbt, dachte sie. Überhaupt ist sie ja offenbar der Ansicht, dass Vater noch recht lange zu leben hat und somit auch weiterhin für uns sorgen wird.

»Rachel hat jetzt ihre Spielstunde«, riss Georgina Lu mit sanftem Lächeln aus deren Grübeleien. »Willst du mit hochkommen ins Kinderzimmer? Wir könnten dort eine Weile mit ihr spielen.«

»Nein, ich denke, ich möchte lieber in die Bibliothek gehen und Vater ein bisschen Gesellschaft leisten.« Entschlossenen Schrittes marschierte Louisa den langen Gang hinab, bis sie die Bibliothek von Woburn Abbey erreicht hatte, und klopfte einmal höflich an, ehe sie die Tür öffnete.

»Na, meine kleine Puss«, begrüßte John Russell sie. »Puss« war seine ganze private Abkürzung für »Kätzchen«, und Louisa freute sich jedes Mal, wenn er sie so ansprach. »Bist du gekommen, um dir ein Buch auszusuchen?«

»Nein, eigentlich nicht, Vater. Stattdessen möchte ich dir gerne ein paar Fragen stellen … Aber nur, wenn du dich auch kräftig genug dazu fühlst.«

»Ich bin stark wie ein Ochse, liebes Kind. Mach dir also keine Sorgen um mich, sondern komm her und setz dich zu mir.« John Russell hatte von jeher eine sehr entschlossene Art an sich, und was er sagte, das meinte er auch so. Es lag ihm einfach nicht, um den heißen Brei herumzureden.

Entsprechend kam auch Louisa rasch auf den Punkt und fragte unumwunden: »Was ist, wenn du stirbst? Dann erbt doch Francis alles, nicht wahr? Und wo sollen dann Mutter und der Rest von uns hin?«

Aufmerksam musterte John Louisas Gesicht. »Vor ein paar Jahren habe ich doch Campden Hill in Kensington gekauft. Du erinnerst dich? In jedem Fall habe ich das Anwesen sofort auf den Namen deiner Mutter eintragen lassen. Zumal sie sich das Haus auch selbst ausgesucht hatte. Unter anderem hatte sie sich nämlich deshalb für Campden Hill entschieden, weil es gleich neben Holland House liegt. In der Zwischenzeit habe ich das Anwesen zudem komplett umbauen und renovieren lassen, sodass ihr dort in jedem Fall eine angemessene Bleibe habt.« Er lächelte ein wenig wehmütig. »Deine Mutter liegt mir ja schon seit geraumer Zeit in den Ohren, dass sie sich in Woburn Abbey wie in einem überdimensionierten Mausoleum fühlt.«

Louisa atmete erleichtert auf.

»Außerdem stehen deiner Mutter für den Fall, dass ich sterben sollte, ja auch noch das Haus in Devon und diverse Ländereien zu. Und Francis weiß auch, dass Georgina und ich Endsleigh quasi ganz allein entworfen haben. Es sollte einmal unser Altersruhesitz werden. Ich bin mir also ziemlich sicher, dass er im Zweifelsfall keine Ansprüche darauf erheben wird. Aber warum fragst du? Hat irgendwer dir Angst gemacht und dir irgendwelche Schauermärchen darüber erzählt, was aus euch werden würde, wenn ich mal nicht mehr bin?«

»Nein, nein«, beschwichtigte Lu ihren Vater rasch. »Ich frage nur so und ohne besonderen Hintergrund. Zumal du doch bereits ganz fantastische Fortschritte gemacht hast, nicht wahr?«

Versonnen lächelte er sie an. »Nichtsdestotrotz wird *deine* Zukunft so oder so nicht von Francis' Wohlwollen abhängen, mein Kind. Denn für dich wird dein Ehemann sorgen, so viel ist gewiss. Und damit du auch einen wirklich vermögenden Kandidaten an Land ziehst, habe ich für dich schon vor geraumer Zeit eine Mitgift von fünftausend Pfund zurücklegen lassen. Es wird also nicht mehr lange dauern, und die Verehrer werden bei dir Schlange stehen. Im Übrigen kannst du beruhigt sein, dass wir für dich sowieso nur eine Ehe mit einem wirklich einflussreichen Mann – am besten einem aus dem Hochadel – in Betracht ziehen werden.«

»Aber ich will doch noch gar nicht heiraten! Nein, wirklich nicht. Ein Leben als Ehefrau und Mutter entspricht so gar nicht meinen Vorstellungen. Und dann die ganzen Kinder …« Denn obgleich Louisa ihren Vater von Herzen liebte, so war es in ihren Augen doch eine maßlose Unverschämtheit von ihm gewesen, seiner Frau gleich zehn Kinder zu schenken – zusätzlich zu den drei Jungen, die er mit in die Ehe gebracht hatte.

Doch in Johns Augen blitzte es bloß amüsiert; er nahm Lus Einwände gar nicht ernst. »Wie du meinst, meine Liebe. Dann mach dir aber auch bewusst, dass es gewiss kein Zuckerschlecken wird, eines Tages als einzige noch unvermählte Frau der Familie von der Gnade deiner Brüder abhängig zu sein. Da macht es doch schon mehr Spaß, selbst ein ansehnliches Anwesen zu haben und darauf schalten und walten zu können, wie es dir gefällt.«

In diesem Moment kam Mr Burke, Woburn Abbeys Butler, in die Bibliothek getreten, um dem Herzog ins Obergeschoss hinaufzuhelfen, wo dieser sich für das Abendessen umziehen würde. Und auch Louisa verließ die Bibliothek wieder, wobei sie diesmal jedoch gleich durch eine der hohen Doppeltüren auf die Veranda hinaustrat, um von dort aus zu der romantischen kleinen Grotte hinunterzuschlendern, deren Wände über und über mit Muscheln besetzt waren. Nachdenklich ließ sie sich neben dem glitzernden Schwimmteich nieder und dachte über die niederschmetternden Neuigkeiten nach, die sie soeben von ihrem Vater erfahren hatte.

In Louisas Vorstellung war die Ehe nämlich zwangsläufig auch mit einer ganzen Schar von Kindern verbunden, und schon mehrfach hatte sie ihre Mutter danach gefragt, wie es war, ein Kind auf die Welt zu bringen. Doch Georgina hatte immer nur gesagt, dass Louisa sich nicht zu sorgen brauche und dass es ganz natürlich für eine Frau sei, Kinder zu gebären. An Louisas Ängsten hatte diese Aussage jedoch überhaupt nichts geändert. Im Gegenteil. Eigentlich hatte sie nun nur noch mehr Angst vor der Ehe und allem, was damit verbunden war. Denn nicht immer verlief eine Geburt glatt, und manchmal passierte sogar das Unsägliche, nämlich dass ein Kind tot auf die Welt kam; dieses schreckliche Schicksal war ihrer Mutter ja bereits selbst einmal widerfahren. Und so fürchtete Louisa sich, dass das Gleiche womöglich auch ihr passieren könnte, was ihre Angst vor dem Heiraten im Allgemeinen nur noch förderte.

Louisa erschauderte, als sie sich an den immer wiederkehrenden Albtraum erinnerte, den sie seit ihrer Kindheit hatte: Seit sie ein kleines Mädchen war, hatte sie immer wieder davon geträumt, dass ihre Mutter plötzlich in einem blutdurchtränkten Kleid vor ihr stände. Mit den Jahren wandelte sich dieser Traum, und sie sah nicht mehr ihre Mutter vor sich, sondern sich selbst, wie sie in einem blutbesudelten Nachthemd vor dem Spiegel stand. Schließlich hatte sie im vergangenen Jahr endlich den Mut aufgebracht, ihre Mutter einmal zu fragen, ob diese jemals eine Fehlgeburt gehabt habe.

»Ja«, hatte Georgina leise geantwortet. »Wir waren damals im Garten gewesen und hatten Blumen gepflückt. Es geschah ganz unvermittelt und ohne jede Vorwarnung. Ich weiß noch, wie ich dich losschickte, um Hilfe zu holen. Aber du kannst dich bestimmt nicht mehr daran erinnern. Du warst ja damals erst drei.«

»Was für Blumen waren das denn, die wir damals gepflückt haben?«

»Lupinen, mein Liebes.«

Mit einem Mal wurde Louisa jäh aus ihren düsteren Gedanken gerissen, als unmittelbar vor ihr Georgy im gestreckten Galopp durch das Gebüsch geprescht kam. Als sie Louisa sah, zügelte sie ihr Pferd, und gemeinsam gingen Lu und Georgy zum Haus zurück.

»Wusstest du, dass wir in unserem Leben nur ein Haus haben werden, in dem wir uns wirklich sicher fühlen können, nämlich das Haus unseres Ehemannes?«

»Ja, Lu, das ist ja nichts Neues. Dumm nur, dass ich schon fast zwanzig bin. Mir bleibt wesentlich weniger Zeit, einen passenden Mann zu finden, als dir.«

»Und wenn wir uns weigern zu heiraten, dann stehen wir irgendwann mit leeren Händen da.« Louisa war ehrlich empört.

»Also, was mich betrifft, so werde ich mich bestimmt nicht sträuben zu heiraten. Stattdessen werde ich mich jedem einzelnen Mann, der mir begegnet, an die Fersen heften, bis ich den Passenden gefunden habe. Ich sage dir: Das wird ein Spaß! Auf alle Fälle deutlich lustiger, als irgendwann als alte Jungfer dazustehen.«

»Ich will aber keinen Herrn und Meister, der mich nur als seine Zuchtstute ansieht. Viel lieber wäre ich Tänzerin. Ja, genau, ich würde nach wie vor liebend gern auf der Bühne stehen. Immer noch besser, als als Ehefrau und Mutter zu enden.«

»Aber selbst eine Tänzerin kann nicht überleben, wenn sie nicht einen Mann im Hintergrund hat, der ihre Rechnungen bezahlt. Die so genannten Künstlerinnen haben doch allesamt ihre Liebhaber, die für ihre Wohnungen, ihre Kleidung und ihre Kutschen aufkommen und was die Damen sonst noch so haben.«

»Liebhaber? Du meinst Männer, die erwarten, dass man mit ihnen schläft?«

»Männer, die als Gegenleistung für ihre Großzügigkeit sexuelle Dienste erwarten. Ganz recht. Bitte, Lu, jetzt spiel nicht die Naive. Ich jedenfalls schnappe mir da lieber irgendeinen braven Ehemann. Die sind nämlich ziemlich gefügig, wenn man erst mal weiß, wie man sie anzupacken hat.«

Ungläubig starrte Louisa auf das von Grasflecken übersäte Kleid ihrer Schwester und schluckte einmal hart. »Ein kleiner Tipp am Rande, Georgy: Du solltest dir vor dem Abendessen besser ein anderes Kleid anziehen. Wenn Vater herausfindet, was für eine Art von Umgang du mit den Pferdeknechten pflegst, dann ist hier aber die Hölle los.«

»Wie, bitte schön, soll er das denn herausfinden, hmm? Ich meine, solange *du* es ihm nicht erzählst. Und davon mal abgesehen mache ich auch nichts anderes als Mutter. Alles, was ich weiß, habe ich mir von ihr abgeschaut. Kein Mann kann ihr widerstehen. Und Mutter wiederum hat auch ihren Spaß daran, sich umschwärmen zu lassen. Dick ist für mich also nur eine Art Testobjekt.«

»Sich umschwärmen zu lassen ist ja auch noch nichts Verbotenes. Onkel Holly hat sogar schon ganze Gedichte über Mutters Schönheit verfasst. Das ist rein platonisch.«

»Platonisch?«, spottete Georgy. »Dass ich nicht lache. Glaub mir, diese so genannte ›platonische Liebe‹ gibt es nicht.«

Angewidert wechselte Louisa das Thema. »Was wünschst du dir denn eigentlich zu deinem Geburtstag?«

Verschwörerisch zwinkerte ihre Schwester ihr zu. »Was ich mir wünsche und was ich bekommen werde, das sind wohl zwei ganz unterschiedliche Dinge. Denn am liebsten hätte ich eine ganze Reihe von Verehrern, die mir den Hof machen.« Sie seufzte. »Aber da muss ich wohl noch ein bisschen warten. Und bis es so weit ist, werde ich mich eben mit Dick begnügen.«

Wenige Tage später hatte Edwin Landseer Louisas Porträt fertiggestellt und ließ sie sein Kunstwerk zum ersten Mal sehen.

»Oh, Lanny, auf dem Bild da bin ich ja richtig … schön. Ihr schmeichelt mir!« Ihr Puls raste, und fast schon glaubte sie, ihren eigenen Herzschlag zu hören.

»Ich habe bloß Eure natürliche Schönheit auf Leinwand gebannt, meine Liebe: Die rosige Frische der Jugend, die Eure Wangen überhaucht; Euer schlanker, elegant geschwungener Hals; und die knospende Weiblichkeit, die sich hinter Eurer Unschuld erahnen lässt.«

Louisa stockte der Atem. Ich glaube, ich liebe Euch, dachte sie verzückt. Erwartungsvoll beugte sie sich zu dem jungen Maler vor, stolperte dann aber etwas unglücklich über ihre Ballettschläppchen.

»Vorsicht! Nicht umkippen«, lachte Lanny unbekümmert und packte sie fest an den Schultern. Gleich darauf aber ließ er sie auch schon wieder los und nahm das fertige Bild von der Staffelei. »Kommt, lasst uns losgehen und Eure Mutter suchen. Sie will das Bild bestimmt auch sehen.«

Louisas Haut kribbelte regelrecht an den Stellen, wo seine starken Hände sie berührt hatten, und schier außer sich vor lauter Erregung dachte sie: Er hat mich berührt! Er hat mich tatsächlich berührt! Und bestimmt hätte er mich auch noch geküsst, wenn er nicht Sorge gehabt hätte, dass ich womöglich aus meinen verdammten Ballettschuhen kippe.

Sie fanden Georgina schließlich in ihrem Salon, wo sie mit selbstvergessenem Lächeln auf dem Teppich kniete und Baby Rachel dabei beobachtete, wie diese mit strampelnden Beinchen auf ihrem Schaukelpferd ritt.

»Mein Porträt ist fertig!«, platzte Louisa begeistert in die friedliche Runde. »Lanny hat es gerade eben erst beendet. Willst du es dir mal ansehen?«

»Oh, das ist aber wirklich schön geworden«, lobte Georgina den jungen Maler. »Ihr habt Lus zarte Gestalt vortrefflich eingefangen.«

»Aber, Euer Hoheit, das war doch kein Kunststück bei einem so entzückenden Modell. Zumal Ihr beide eine verblüffende Ähnlichkeit habt.«

»Ihr schmeichelt mir, Lanny.«

»Nicht doch.« Aufmerksam blickte er Georgina an. »Im Übrigen kommt mir da gerade eine Idee: Ihr und Baby Rachel gebt solch ein hübsches Bild ab – wie wäre es, wenn ich auch Euch einmal zusammen porträtiere? Vielleicht sogar, während ihr Rachel dabei helft, ihre ersten Schritte zu unternehmen? Sie lernt doch jetzt gerade laufen, nicht wahr?«

»Was für eine bezaubernde Idee«, rief Louisa, hob Baby Rachel hoch und drückte ihr einen liebevollen Kuss auf die rundliche Wange. »Dann haben wir auch diesen kleinen Lockenschopf endlich einmal in Öl gefasst. Ich finde, sie hat die hübschesten roten Locken auf der ganzen Welt, nicht wahr?«

Galant streckte Edwin der Herzogin unterdessen die Hand entgegen und half ihr, aufzustehen, woraufhin Georgina ihrer Tochter Baby Rachel wieder abnahm und die Kleine sanft in den Armen wiegte. Sofort ertönte ein fröhliches kleines Glucksen aus dem rosigen Mündchen, und alle lachten entzückt.

In genau diesem Moment kam plötzlich Elizabeth in den Raum getreten, blieb dann, als sie die vier sah, aber mit eisiger Miene wie angewurzelt stehen und murmelte: »Ich bitte um Entschuldigung. Es war nicht meine Absicht, in eine solch … intime … Familienzusammenkunft hineinzuplatzen.«

»Aber Bessy, du störst doch nicht«, entgegnete Georgina mit mildem Lächeln. »Mr Landseer hat nur gerade Lus Porträt fertiggestellt und wollte es uns zeigen.«

»Erstaunlich, dass Woburn Abbey offenbar einen eigenen Haus- und Hofmaler braucht.« Elizabeths Tonfall war schneidend, und man merkte ihr an, wie sehr ihr diese »Extravaganz« missfiel.

»Wie du meinst. Wir jedenfalls schätzen uns glücklich, ihn zu haben«, erwiderte Georgina leichthin. »Zumal die regelmäßige bildliche Darstellung unserer Familie eine durchaus zeitraubende Aufgabe ist. Im Übrigen ist Edwin nicht ausschließlich für uns tätig, sondern unterhält in London noch ein weiteres Atelier, wo er zudem auch seinen Hauptwohnsitz hat.«

»Was Ihr nicht sagt«, gähnte Elizabeth mit kaum verhohlener Skepsis. »Da fällt mir gerade ein, dass William jeden Augenblick von der Jagd zurückkommen müsste. Mal sehen, ob er schon wieder da ist. Ihr entschuldigt mich?«

Starr blickte Baby Rachel der hochmütigen Frau hinterher, als diese den Salon verließ. Dabei verzog sich ihr Gesicht zu einer solch jämmerlichen Grimasse, dass es aussah, als ob sie jeden Moment in Tränen ausbrechen wollte.

»Aber, aber, meine Kleine!«, lachte Georgina und kitzelte das Baby am Bauch. »Lass dir von der mal nicht die Laune verderben. Obgleich mir in Bessys Gegenwart auch manchmal zum Heulen zumute ist …« Schon hoben sich Rachels Mundwinkel wieder, und sie gab ein zufriedenes Glucksen von sich, sodass auch die Erwachsenen schließlich wieder erleichtert aufatmeten.

Unterdessen nahm Louisa vorsichtig das Porträt auf. »Ich denke, ich möchte das Bild gern für ein paar Tage mit in mein Zimmer nehmen, ehe es in der Gemäldegalerie aufgehängt wird.« Sie errötete zart und murmelte: »Vielen Dank noch mal, Lanny.«

»Es war mir wie immer ein Vergnügen, Euch porträtieren zu dürfen, Verehrteste.«

Louisa schwebte geradezu auf Wolken, als sie den Salon ihrer Mutter verließ und das noch frische Ölgemälde die Treppe hinauftrug. In ihrem Zimmer angekommen, nahm sie sogleich eine der Zeichnungen, die ihre Mutter einst angefertigt hatte, von der

Wand und hängte an ihrer Stelle das Porträt von Lanny auf. Dann trat sie einige Schritte zurück und bewunderte das Bild eingehend. »Ich sehe so wunderschön aus auf diesem Bild«, murmelte sie. »So hübsch bin ich doch eigentlich gar nicht. Aber wahrscheinlich sieht Lanny mich so.« Ihr Herz schien ihr schier zu zerbersten vor lauter Freude, denn spätestens mit diesem Bild war Louisa davon überzeugt, dass Lanny in ihr etwas ganz Besonderes sah.

Lanny ist so ganz anders als all die anderen Männer, sinnierte sie. Er ist nie arrogant oder selbstsüchtig. Stattdessen ist er einfach unheimlich talentiert und witzig und so wahnsinnig attraktiv. Sobald ich debütiert habe, wird er mir den Hof machen – hoffe ich. Und auch wenn ich eigentlich gar nicht heiraten will, noch nicht einmal Lanny, so stelle ich es mir doch ganz wunderbar vor, wenn er mich offiziell umwerben würde.

Wieder einmal versank Louisa in einer ihrer Tagträumereien, in der, wie so oft, ein Paar blitzende blaue Augen die Hauptrolle spielte. Und fast schon glaubte sie zu spüren, wie Lanny in einem leidenschaftlichen Kuss seine Lippen auf die ihren presste.

Schließlich besann sie sich wieder und warf einen letzten verliebten Blick auf ihr Porträt, ehe sie spontan nach ihrem grünen Reitkostüm griff. »Was für ein wunderbarer Tag!«, jubelte sie laut. »Und da auch das Wetter so schön ist … Ja! Ich denke, ich unternehme einen kleinen Ausritt. Vielleicht sollte ich sogar Lanny fragen, ob er sich mir nicht anschließen will?« Gut gelaunt schlüpfte sie in ihr Reitkostüm, das mit seiner engen Schnürung und dem runden Ausschnitt ihre Brüste so herrlich zur Geltung brachte, zog ihre Stiefel an und bürstete sich rasch noch einmal durch ihr lockiges schwarzes Haar, um es im Nacken zu einem tiefen Pferdeschwanz zusammenzuschlingen. Abschließend setzte sie noch den kecken kleinen Federhut auf und blinzelte verschmitzt ihrem eigenen Spiegelbild zu. »Auf geht's! Vielleicht will Lanny mit mir ja sogar eine spontane Treibjagd wagen.«

Fröhlich steuerte sie auf die große Freitreppe zu, dabei musste sie jedoch erst den halben Ostflügel durchqueren, jenen Teil von Woburn Abbey, in dem derzeit William und Elizabeth residierten. Kaum dass Lu sich deren Apartment näherte, schallte ihr auch schon Elizabeths schrille Stimme entgegen. Abrupt blieb Louisa stehen.

»... und dass sie dabei auch noch so schamlos zu Werke geht! Wie selbstverständlich saß sie da und hielt ihr Kind in die Höhe. Ganz so, als ob Rachel eine Art Trophäe für sie wäre. Die Trophäe ihrer Liebe! Die Frau hat überhaupt keinen Anstand. Vor allem bringt sie mit ihrem Verhalten Schande über die gesamte Familie.«

»Bitte mäßige dich etwas, Bessy. Sonst hören dich noch die Diener.«

»Die Diener wissen auch so schon, was los ist, mein lieber William. Die sind doch nicht blind. Ein einziger Blick auf diese feuerroten Locken reicht, und jeder weiß, dass dieses Mädchen definitiv keine Russell ist. Es ist mir unverständlich, wie dein Vater unter diesen Umständen noch immer gute Miene zum bösen Spiel machen kann und weiterhin duldet, dass diese schamlose Frau hier mit ihm unter einem Dach lebt.«

Entsetzt schnappte Louisa nach Luft. Warum sagt William denn nicht endlich etwas?, dachte sie. Wie kann er es nur dulden, dass diese boshafte Person derart abschätzig über unsere Mutter spricht? Nun behauptet sie doch allen Ernstes auch noch, dass Baby Rachel Mutters und Edwins gemeinsames Kind sei!

Am liebsten wäre Louisa nun geradewegs in Elizabeths und Williams Zimmer gestürmt und hätte ihrer Schwägerin eine schallende Ohrfeige verpasst. Wie konnte diese sich nur derartige Lügen ausdenken? Schämte sie sich denn nicht? Stattdessen aber hielt Lu sich nur die Ohren zu und verließ im Laufschritt das Haus. Sie wollte einfach nicht noch mehr von diesen schrecklichen Vorwürfen hören.

Ihr Herz hämmerte wie wild, als sie Huflattich die Trense anlegte und schließlich aufsaß. Im vollen Galopp stürmte sie vom Hof, wobei die fächerschwänzigen Tauben, die sonst so gemächlich vor den Stallungen auf- und abstolzierten, erschrocken auseinanderstoben.

Lus Ziel war der kleine Wald, der ebenfalls zum Anwesen von Woburn Abbey gehörte und durch den ein schmaler, glasklarer Bach verlief. Dort, ganz in der Nähe des Baches, entdeckte sie plötzlich Georgys Pferd. Ihre Schwester hatte es an einem Baum festgebunden, während sie mit geschürzten Röcken durch das Wasser watete. Am Ufer lag Dick und betrachtete versonnen die Tochter seines Herrn.

Mit einem knappen Nicken bedeutete Louisa Dick, dass er verschwinden solle; er gehorchte sofort, schwang sich in den Sattel seines Pferdes und ritt davon. Erst dann wandte Lu sich ihrer Schwester zu und schaute sie mit ernster Miene an. »Ich habe dir etwas zu erzählen. Etwas *ganz* Schreckliches.«

»Um Himmels willen! Was ist denn passiert? Du machst ein Gesicht, als ob du gerade einen Geist gesehen hättest.«

Louisa rang die Hände. »Ja, so ähnlich war es auch. Ich weiß gar nicht, wo ich anfangen soll.«

»Fang einfach beim Anfang an.« Gelassen kletterte Georgy das Ufer hinauf und ließ sich auf der saftig-grünen Böschung nieder.

»Lanny hat heute mein Porträt fertiggestellt.« Louisa schluckte einmal. »Nachdem er den letzten Pinselstrich getan hatte, schlug ich ihm vor, das Bild Mutter zu zeigen. Wir sind also losgegangen, um sie zu suchen, und haben sie dann im Salon gefunden. Sie hatte gerade mit Rachel gespielt. Mutter fand das Bild sehr schön, und Rachel gluckste vergnügt, und es war gerade so richtig lustig, als plötzlich Bessy reinkam. Kannst dir ja vorstellen, dass sofort Eiszeit herrschte, wie immer, wenn sie den Raum betritt.

Zum Glück hat sie sich aber bald wieder verabschiedet, und auch ich bin kurz darauf wieder gegangen, um das Bild noch für ein Weilchen in meinem Zimmer aufzuhängen. Anschließend wollte ich einen Ausritt unternehmen. Genau in dem Moment, als ich durch den Ostflügel ging, hörte ich plötzlich die liebe Bessy, wie sie William die schrecklichsten Lügen über unsere Mutter erzählte.«

»Was auch immer sie ihm erzählt hat – er hat ihr mit Sicherheit nicht Paroli geboten, nicht wahr? Der hat doch Angst vor ihr!« Mit kämpferischem Blitzen in den Augen schaute Georgy ihre Schwester an. »Meiner Meinung nach hätte diese Frau mal ein paar schallende Ohrfeigen verdient.«

»Bei Gott!«, stimmte Louisa ihr zu. »Ich wäre auch beinahe reingegangen und hätte ihr welche verpasst. Denn sie hat doch allen Ernstes behauptet, Rachel sei Lannys und Mutters *gemeinsames* Kind! Ein Kind der Liebe, sozusagen. Bessy sagte, Rachels Locken wären der Beweis dafür, dass sie keine echte Russell sei. Diese gehässige Kuh meint, dass Mutter und Edwin eine Affäre haben und dass Rachel ihr gemeinsamer Spross ist!«

»Oje«, war alles, was Georgy dazu sagte. Dann seufzte sie einmal schwer und klopfte neben sich auf das Gras. »Komm, Lu, und setz dich zu mir. Denn, ehrlich gesagt, hatte ich das Gleiche gedacht.«

»Wovon um alles in der Welt redest du da?«

»Na, du weißt doch selbst, dass Vater schon über sechzig ist und dass der Schlaganfall ihm gehörig zugesetzt hat. Wenn du mich fragst, so weiß ich wirklich nicht, wie er in dem Zustand noch ein Kind gezeugt haben sollte.«

Louisa hatte das Gefühl, als ob sich mit einem Mal eine eiskalte Hand um ihr Herz schlösse. »Was sagst du da? Du meinst, dass Edwin Landseer Rachels Vater ist?«

»Alles, was ich sage, ist, dass Lanny offenbar vollkommen verrückt nach Mutter ist. Er hat schon mehr als ein Dutzend Porträts von ihr angefertigt – so viele wie von keinem anderen aus unserer Familie. Außerdem war er in genau dem Herbst mit uns in den Highlands, als Mutter mit Rachel schwanger wurde.«

»Du glaubst also, dass Lanny Mutter *liebt*?« Louisa schrie regelrecht, so schockiert war sie.

»Schau dir die beiden doch bloß mal zusammen an. Wenn Mutter im Raum ist, nimmt Lanny keine andere Frau mehr wahr. Sie hat ihn regelrecht verhext – wie alle ihre Verehrer, möchte ich meinen.«

»Aber Lanny ist doch erst Mitte zwanzig. Und Mutter ist siebenundvierzig.«

»Na und? Ich bitte dich, Lu! Das Alter hat damit doch wohl nur herzlich wenig zu tun. Im Gegenteil sogar. Die meisten verheirateten Frauen haben Affären, wenn ihre Ehemänner langsam gebrechlich werden.«

Mit einem Mal fiel Louisa wieder das höchst intime Bild ein, dass Edwin von Georgina angefertigt hatte: das Bild mit den entblößten Brüsten. Abermals schienen sich die eisigen Finger in ihrem Brustkorb zu einer wütenden Faust zusammenzuballen, bis Lu glaubte, kaum noch Luft zu bekommen. Es war, als ob irgendjemand ihr das Herz zerdrücken wollte. Schluchzend erhob sie sich, wobei sie wie blind war vor lauter Tränen; nur gut, dass Huflattich auch von allein den Weg nach Hause fand.

Im Laufschritt stürmte sie die Treppe zu ihrem Zimmer hinauf und riss das Bild von der Wand. Anschließend trug sie es in die Gemäldegalerie, wo sie es einfach in eine Nische stellte. Lu ahnte bereits, dass sie wahrscheinlich für den Rest ihres Lebens keinen Farbgeruch mehr ertragen könnte, weil er sie stets an Edwin Landseer erinnern würde. Allein der Gedanke an Edwin reichte bereits aus, dass Lu sich am liebsten übergeben hätte.

· 3 ·

»Heute kommen die Jungs aus Oxford zurück. Ich hoffe bloß, dass sie ein paar ihrer Freunde mitbringen – sonst wird das nichts mehr mit dem Heiraten. Himmel Herrgott! Ich weiß überhaupt nicht, was ich heute Abend anziehen soll.« Aufgeregt und mit hochroten Wangen wühlte Georgy durch ihren Kleiderschrank.

»Ich glaube«, erwiderte Louisa und verzog das Gesicht, »ich verzichte heute lieber aufs Abendessen. Denn das Einzige, was noch schlimmer ist als ein Dinner mit Edward, Charles und Jack, das ist ein Abendessen mit ihren ungehobelten Freunden.« Männliche Wesen, besonders jene um die zwanzig, waren für Louisa im Augenblick ein rotes Tuch. Dieses Gerücht, das ihre Mutter und den jungen Landseer umrankte, hatte ihr schwer zugesetzt, und sie mied Edwin und mit ihm alle anderen jungen Männer seither geflissentlich. Sogar ihr sonst so herzliches Verhältnis zu ihrer Mutter war merklich abgekühlt, und überhaupt hatte Louisa das Gefühl, als ob ihr alle Welt mit einem Mal fremd geworden sei.

»Bist du dir sicher? Immerhin gelten die Oxford-Absolventen als die Crème de la Crème der verfügbaren Junggesellen. Die meisten unserer Premierminister zum Beispiel haben ihre Ausbildung in Oxford genossen. Sie haben einen politischen Intellekt, der seinesgleichen sucht. Du bist doch sonst so politikinteressiert.«

»Ja, schon, aber nicht heute. Denn, ehrlich gesagt, ist auch das noch kein Argument für mich, mich mit diesen Kerlen einzulassen. Und auch du wirst dich wohl nur schwerlich für ihren ›Intellekt‹ begeistern. Nein, dich interessiert doch etwas ganz anderes.«

Georgy lachte unbekümmert und überging den beißenden Spott

ihrer Schwester galant. »Ich fürchte, da hast du wohl recht. Ich interessiere mich in der Tat mehr für die Physis als für den Geist dieser Herren.«

Gegen Spätnachmittag nahmen sechs junge Adlige in John Russells Bibliothek Platz, jeder mit einem bauchigen Glas Bordeaux in der Hand. Die drei Söhne des Herzogs hatten jeder einen Freund mitgebracht, um gemeinsam die Ferien in Woburn Abbey zu verbringen. Edwards bester Freund hieß Teddy Fox und war der Sohn von Lord Holland. Die beiden jungen Männer hatten gerade ihr Studium in Oxford abgeschlossen.

»Und was habt Ihr nun vor, Teddy?«, fragte der Herzog interessiert. »Ich nehme an, Ihr wollt jetzt erst einmal all Euren Freunden einen Besuch abstatten?«

»Nein, Sir. Das halte ich für reine Zeitverschwendung. Ich konzentriere mich lieber gleich auf die Politik.«

»Dann strebt Ihr also einen Parlamentssitz an?«

»Ja, das wäre in jedem Fall schon einmal ein ganz guter Anfang. Und irgendwann würde ich dann gerne in den diplomatischen Dienst eintreten.«

»Soweit ich weiß, ist zurzeit das Mandat für Horsham in West Sussex vakant. Ich könnte ja einmal mit Eurem Vater sprechen. Wenn wir uns gemeinsam für Euch einsetzen, solltet Ihr keine Schwierigkeiten haben, diesen Posten zu erlangen.« Denn obgleich der Herzog von Bedford politisch schon lange nicht mehr aktiv war, besaß er doch noch eine ganze Reihe nützlicher Kontakte und konnte, wenn er wollte, noch so mancherlei Geschicke lenken.

»Ich danke Euch vielmals, Sir.« Frohgemut prostete Teddy dem Herzog zu und leerte sein Glas mit einem einzigen Zug.

»Prima!«, lobte auch Edward Russell Teddys Entscheidung. »Ich werde dich in jedem Fall unterstützen. Aber sobald du gewählt worden bist, möchte ich gerne eine Karriere als Marineoffizier beginnen, und dann setze ich auf deine Rückendeckung.«

»Was mich betrifft, so möchte ich lieber zur Armee«, mischte Charles sich in die Unterhaltung ein. »Nur dauert es leider noch ein Jahr, bis ich meinen Abschluss in der Tasche habe.«

John Russell ließ seinen Blick von Charles zu Edward schweifen und erklärte mit leisem Missfallen: »Ich wünschte, auch ihr beide würdet den Weg in die Politik anstreben und nicht eine Karriere beim Militär. Aber wie ihr meint. Ich werde in jedem Fall versuchen, auch euch behilflich zu sein. Vielleicht könnte ich sogar mal den Herzog von Clarence nach Woburn einladen. Sicherlich, es ist schon einige Jahre her, seit William seinen Posten als Großadmiral aufgegeben hat. Aber ich schätze, er könnte noch immer so manches bewegen. Am besten, ich schreibe ihm noch heute Abend einen Brief.«

Interessiert spitzte auch George Grey die Ohren. »Das wäre wirklich fantastisch, Euer Hoheit. Denn auch ich würde gern der Marine beitreten.«

»Was mich angeht, so kannst du dir ruhig noch ein bisschen Zeit lassen, ehe du deine alten Kontakte reaktivierst«, lachte dagegen Jack. »Ich weiß noch nicht, wohin es mich zieht. Dafür hat James schon umso genauere Vorstellungen von seiner beruflichen Zukunft, nicht wahr, mein Lieber? Abercorn hat nämlich eine ganz besondere Leidenschaft.«

Neugierig schaute John Russell den jungen James Hamilton an. »Und die wäre, Abercorn?«

»Irland, Euer Hoheit. Mich zieht's auf die grüne Insel. Überhaupt habe ich schon seit Jahren den Tag herbeigesehnt, Euch endlich einmal persönlich kennenlernen zu dürfen, denn genauso wie Euch die irisch-katholische Emanzipation stets am Herzen gelegen hat, so ist es auch mein erklärtes Ziel, mich dieser Bewegung anzuschließen. Lang lebe Euer Sohn, Lord John, wie einer unserer führenden Liberalen einst gesagt hat!«

»Amen. Zumal sogar der König dem Gesetz schließlich zugestimmt hat. Abercorn, ich glaube, Ihr seid ein Mann ganz nach meinem Geschmack. Und ich bin in der Tat stolz auf meinen Sohn.« John schmunzelte vergnügt. »Obgleich auch die Torys unter Wellington nicht nur Schlechtes angezettelt haben.«

»Oh, aber ganz gewiss nicht, Euer Hoheit. Zumal Wellington sogar so clever war, Lord John gerade so viel Gegenwind zu geben, dass dieser erst recht alles daransetzte, um das Gesetz durchzubringen.«

»Wenn Ihr Glück habt, dann könnt Ihr Johnny sogar persönlich kennenlernen. Ich denke, er müsste bald bei uns sein.«

»Ich kann es kaum erwarten, ihm die Hand geben zu dürfen. Ich hoffe bloß, er erreicht Woburn Abbey, ehe ich wieder nach Irland aufbreche; ich reise so oft nach Irland, wie ich nur irgend kann. Nichtsdestotrotz ist es mir eine große Ehre, hier nach Woburn Abbey eingeladen worden zu sein, und ich denke, ich kann, was die irisch-katholische Emanzipation betrifft, noch eine ganze Menge von Euch lernen.« Denn wenn ich ehrlich sein soll, habe ich sogar zwei Leidenschaften, fügte James im Geiste hinzu. Zum einen natürlich Irland; und zum anderen Eure Tochter Lady Louisa. Ihr könnt mir glauben, ich werde nicht eher lockerlassen, als bis ich sie zu meiner Frau gemacht habe!

»Wenn das so ist, dann dürft Ihr mich nachmittags gerne einmal in meiner Bibliothek aufsuchen«, bot John ihm geschmeichelt an. »Es wäre mir ein echtes Vergnügen, mit Euch zu disputieren.«

In diesem Moment trat Woburn Abbeys Butler in die Bibliothek ein. »Ah, da ist ja unser lieber Mr Burke«, erklärte der Herzog mit einem gutmütigen Nicken. »Ich schätze mal, er ist gekommen, um Euch Eure Zimmer zu zeigen. Wir sehen uns dann zum Abendessen, Gentlemen.« Geschlossen marschierten die jungen Männer aus der Bibliothek. Nur Charles blieb zurück; John hatte ihm zuvor ein kleines Zeichen gegeben, und gelassen schlenderte Louisas Bruder nun auf seinen Vater zu.

»James Hamiltons Stiefvater ist doch der Graf von Aberdeen, nicht wahr?«

Charles nickte.

»Ein ziemlich ungemütlicher Zeitgenosse, soweit ich weiß. Laut und prahlerisch, ein richtiger Schotte eben, der es aber offenbar zu einigem Reichtum gebracht hat. Und trotzdem fühlt James sich in Irland wohler. Wie kommt denn das?«

»Er und der alte Aberdeen kommen nicht gut miteinander aus. An seinen richtigen Vater erinnert James sich nicht mehr; seinen Stiefvater allerdings hasst er. Und seinen Titel hat er von seinem Großvater geerbt, genauso wie die zahlreichen Ländereien, die Güter von Barons Court in Tyrone.«

»Ich kannte sowohl seinen Vater als auch seinen Großvater. James' Großvater und ich waren beide Parlamentsabgeordnete, damals noch als Abgesandte Cornwalls. Der alte Abercorn jedenfalls war einer der ganz wenigen Aristokraten in unserem Land, die sowohl irische als auch englische und schottische Besitztümer ihr Eigen nannten. Die Hamiltons waren eine wirklich einflussreiche Familie, ja, das muss man schon sagen. Es freut mich also zu sehen, dass der junge Abercorn sich mit der Geschichte seiner Familie offenbar noch stark verbunden fühlt und ein so ausgeprägtes Interesse an seinem irischen Erbe hat.« Bedächtig nahm John Russell einen Schluck von seinem Bordeaux. »Aber wie steht es denn jetzt eigentlich mit Jack? Hat er seit den letzten Ferien irgendwelche Fortschritte gemacht?«

»Er hat noch immer seine Anfälle, Vater. Es tut mir leid, dass ich keine besseren Nachrichten für dich habe.«

Sorgenvoll runzelte der Herzog die Stirn. »Es stimmt mich sehr traurig, dass er noch keinen Abschluss in der Tasche hat. Ein Gelehrter wird aus ihm jedenfalls nicht mehr werden. Ich fürchte sogar, es war reine Zeitverschwendung, dass wir ihn nach Oxford geschickt haben.«

»Zumal er im Gegensatz zu Edward und mir auch keinerlei Bestrebungen zeigt, sich dem Militär zuzuwenden. Und anders als du und Johnny interessiert er sich auch nicht für die Politik.«

»Trotzdem ist er ein guter Bursche. Wir werden schon irgendetwas für ihn finden, womit er sich seinen Lebensunterhalt verdingen kann.«

Von der Galerie im Obergeschoss aus beobachteten derweil die beiden Russell-Schwestern höchst interessiert die Gruppe junger Männer, die gemeinsam mit ihren Brüdern gerade die Bibliothek verließen. Tatsächlich waren die beiden Mädchen sogar regelrecht verzückt von den Burschen – zumindest von einem ganz bestimmten.

»Gütiger Gott, sieh dir bloß mal diese Schultern an. Selbst der dicke Tweed-Gehrock kann seine Muskeln nicht verbergen.« Begierig leckte Georgy sich einmal über die Lippen.

»Ja, er ist sehr groß. Und so dunkel …« Louisa erschauerte. Der junge Mann, von dem sie sprachen, bewegte sich mit der Geschmeidigkeit eines Panthers und hielt stolz den Kopf erhoben. Jede einzelne Faser seines Körpers verriet seine edle Abstammung. Das ist der verführerischste Mann, den ich je gesehen habe, dachte Louisa irritiert. Er sieht aus wie ein junger Gott, der vom Olymp herabgestiegen ist, um sich gnädigst unter das Menschenvolk zu mischen. Sie war ehrlich verblüfft. Zugleich ahnte sie bereits, dass gerade seine Attraktivität diesen jungen Mann zu einem gefährlichen Gegner machte.

»Gott hat meine Gebete erhört«, seufzte unterdessen Georgy. »Endlich hat er mir einen unverheirateten Mann geschickt, der so gut aussieht, dass mir schon beim bloßen Hinsehen die Knie schwach werden.«

Louisa dagegen rümpfte leicht angewidert die Nase. »Meiner Erfahrung nach sind die attraktivsten Männer meist auch die arrogantesten. Sie denken nur an sich. Andere existieren für sie überhaupt nicht.«

»Ach, Lu! Wen kümmert das denn schon, wenn sie dafür so gut aussehen? Und überhaupt –«

»Nanu, wen haben wir denn da?«, fiel Louisa ihr ins Wort. »Das ist doch Teddy Fox! Warum verbringt der die Ferien denn nicht auf seinem eigenen Anwesen?«

»Wahrscheinlich aus dem gleichen Grund, weshalb auch sein Vater, Lord Holland, ständig hier ist: Es muss an der rätselhaften Magie von uns Russell-Frauen liegen.« Georgy kicherte keck. »Ich frage mich bloß, wen Jack wohl eingeladen hat?«

»Hoffentlich nicht Lord Käsefuß von Kneif-in-den-Arsch! Erinnerst du dich noch an den? Diesen seltsamen Kerl, den er das letzte Mal mitgebracht hat?«

»Oh, ja. Der war ja hinter allem her, was einen Rock anhatte. Obwohl ich diesen Charakterzug irgendwie auch wieder anziehend fand … Mich jedenfalls hat es nicht gestört.«

»Nun ja, mittlerweile sind unsere Brüder ja schon ein Jahr älter. Lass uns also hoffen, dass sie in der Zwischenzeit ein bisschen erwachsener geworden sind und gelernt haben, wie man sich in Gegenwart von Damen benimmt.«

»Dass unsere Brüder inzwischen gelernt haben, wie man sich benimmt, das mag schon sein. Was hingegen diesen dunkelhaarigen jungen Gott angeht – keine Chance. Der nimmt sich, was er haben will, und schert sich nicht um Konventionen.«

»Georgy, ich habe ja verstanden, dass du dich für ihn interessierst. Trotzdem brauchst du nicht gleich so zu übertreiben.«

»Und du könntest dir mal deine mahnenden Kommentare sparen.«

Louisa seufzte einmal ziemlich enerviert und verdrehte die Augen zur Zimmerdecke.

»Ich glaube, Mr Burke weist ihnen gerade ihre Zimmer zu«, sinnierte Georgy mit listigem Blinzeln. »Bestimmt im Westflügel, wenn ich mich nicht irre, also ganz in der Nähe unserer Brüder.«

»Ja, wenn er klug ist, behält er die Unholde dicht beisammen.«

»Dann warten wir doch einfach, bis Burke wieder zurückkehrt! Er kann uns dann mit Sicherheit auch verraten, wer genau diese Burschen sind.«

»Ihr erinnert Euch doch gewiss noch an George Grey, Mylady, nicht wahr? Er ist schon einmal hier gewesen; damals noch in Begleitung seiner Eltern. Und da wir gerade vom Grafen und von der Gräfin Grey sprechen: Auch sie werden in Kürze zu Besuch kommen.«

Georgy aber lachte bloß und spottete: »Hätte ich diesen George angeschaut, hätte ich ihn bestimmt auch wiedererkannt, das kann schon sein. Aber, ehrlich gesagt, hatte ich nur Augen für diesen verflixt attraktiven Teufel. Ich meine diesen großen Burschen mit dem dunklen Haar.«

»Ihr meint sicherlich James Hamilton, den Marquis von Abercorn«, erklärte Burke, ohne eine Miene zu verziehen. Dann verbeugte er sich einmal knapp. »Wenn Ihr mich nun bitte entschuldigen würdet, meine Damen.«

Plötzlich schlug Georgy sich die Hand vor den Mund und keuchte: »Meine Güte! Louisa! Jetzt fällt's mir wieder ein. Wir sind diesem Abercorn sogar schon einmal begegnet. Und zwar damals, in Carlton House. Er sah schon früher verdammt gut aus, aber immer noch kein Vergleich zu diesem Adonis, zu dem er sich mittlerweile entwickelt hat.« Aufgeregt rannte Georgy dem Butler hinterher. »Mr Burke, wartet! Achtet bitte darauf, dass Ihr mich beim Abendessen unbedingt neben Abercorn platziert, ja?«

Georgy war eindeutig begeistert von dem jungen Grafen. Für Louisas Geschmack hingegen war er ein klein wenig zu selbstsicher. Sicherlich, seine schwarzen Locken waren schon recht verführerisch. Und auch das lustige Blitzen in seinen dunklen Augen war nicht unbedingt unattraktiv. Dennoch! Sie wollte sich von ihm nicht den Kopf verdrehen lassen. Und auch Georgy sollte besser Abstand wahren. Doch die war ja schon ganz hin und weg von ihm. Ich will einfach nicht, dass er ihr das Herz bricht!, seufzte Louisa im Geiste. So, wie Lanny mir das Herz gebrochen hat …

Schon als Louisa das Speisezimmer betrat, hatte sie so ein ungutes Gefühl in der Magengegend. Hoffentlich hat Burke mich nicht neben Edwin Landseer platziert!, dachte sie beklommen. Und neben William und seiner Frau Bessy wollte sie am besten auch nicht sitzen. Doch es kam noch schlimmer. Denn Mr Burke hatte den Russell-Schwestern die Plätze neben James Hamilton zugewiesen – Louisa rechts von ihm und Georgy zu seiner Linken.

James wiederum, der aus der Nähe fast schon ein Riese war, gab sich charmant und rückte erst Louisas Stuhl zurecht und dann Georgys. Als alle drei saßen, lächelte er die Schwestern eine nach der anderen an und erklärte: »Wie schön, Euch endlich wiederzusehen, Ladys. Ich habe Euch vermisst.«

Louisa zog die Brauen hoch und blickte ihren Tischnachbarn ratlos an. »Sind wir uns denn schon einmal begegnet, Sir?«

»Aber ja, und zwar in Carlton House. Wir waren damals noch Kinder … Ich bin James Hamilton.«

»Ich kann mich nicht daran erinnern, Euch schon einmal gesehen zu haben.«

»Doch, doch, glaubt mir. Ihr habt damals diesen spanischen Tanz mit dem roten Fransenschal aufgeführt.«

»Ja, kann sein. Trotzdem ist mir unsere Begegnung irgendwie entfallen.«

Beschwörend schaute James ihr einmal tief in die Augen. Und ob du dich an mich erinnerst, Lady Lu!, schien sein dunkler Blick zu sagen. Du erinnerst dich sogar noch so gut an mich, dass dir dies eine kleine Lüge wert ist. Aufmerksam musterte er ihre schlanke Gestalt und stellte fest, dass sie noch immer eine unwiderstehliche Grazie an sich hatte. Sie war so zart, ja, regelrecht verletzlich. Und dabei gab sie sich offenbar alle Mühe, sich diese Verletzlichkeit nicht anmerken zu lassen, was sie in seinen Augen nur noch begehrenswerter machte. Am liebsten hätte er spontan den Arm um Louisa gelegt und sie fest an sich gedrückt, um sie von nun an bis in alle Ewigkeit vor jeglichen Gefahren zu beschützen.

»*Ich* erinnere mich noch sehr gut an Euch, James«, mischte Georgy sich mit keckem Lächeln ein. »Und ich finde, es war eine ganz hervorragende Idee von Charles, Euch nach Woburn Abbey einzuladen.«

Wenig später stellte die Herzogin von Bedford den Dinnergästen auch schon die Freunde ihrer Söhne vor: »Dies ist Teddy Fox, der Sohn von Lord und Lady Holland. Und das hier ist George Grey. Und auch Georges und Teddys Eltern werden in den nächsten Tagen bei uns eintreffen, um gemeinsam mit ihren Söhnen bei uns die Ferien zu verbringen. Und, *last but not least*: James Hamilton, der Marquis von Abercorn. Er gehört in Oxford dem Ruderteam an und hat schon so manchen Preis gewonnen.« Das Lächeln, mit dem Georgina ihre Gäste willkommen hieß, war wieder einmal atemberaubend.

»War der Ehemann Eurer werten Schwester Susan nicht auch einst ein preisgekrönter Ruderer?«, fragte plötzlich Bessy mit süßlichem Unterton.

Starr schaute Georgina ihre Schwiegertochter an und zischte: »Ich verbitte mir, an meinem Tisch den Herzog von Manchester zu erwähnen.« Es folgte ein weiterer drohender Blick, und dann kehrte auch schon das berühmte Lächeln auf ihre Lippen zurück. »Meine Lieben, Ihr werdet sehen, dass Woburn Abbey so einiges zu bieten hat. Wir haben hier mehr als vier Quadratkilometer Land, auf dem man Ausritte unternehmen und jagen kann. Außerdem gibt es auch noch einen Teich, der sich vorzüglich zum Schwimmen und Rudern eignet. Und dann wären da noch der kleine Privatzoo, die riesige Voliere, der Tennisplatz, der Irrgarten, die Grotte und ein kleiner Lusttempel. Nicht zu vergessen unsere Bibliothek – eine der am besten ausgestatteten Bibliotheken von ganz England, wie ich meinen möchte. Und für die Kunstinteressierten haben wir natürlich auch noch einige antike Skulpturen zu bieten sowie die Gemäldegalerie. Nicht zu vergessen den Ballsaal, das Kartenzimmer, das Theater – ach, Ihr werdet Euch schon die Zeit zu vertreiben wissen. Da bin ich mir ganz sicher.«

»Außerdem haben wir einen Wintergarten, der in ein Gewächshaus übergeht!«, fügte Georgy hinzu und schaute dabei mit fast schon bohrendem Blick den jungen Abercorn an. »Dort gibt es unter anderem einige sehr seltene Kamelien, die ich Euch gerne einmal zeigen würde.«

»Und dann steht in Kürze ja auch noch ein kleines Fest bei uns an«, verkündete Georgina. »Da Georgy nämlich Ende Juni Geburtstag hat und Louisa Anfang Juli und ich wiederum kurz nach Louisa Geburtstag feiere, feiern wir einfach alle zusammen! Und zwar am ersten Samstag im Juli. Es wird eine fantastische Party werden, und natürlich sind alle hier am Tisch herzlich eingeladen.«

»Das ist dann wohl Georgys *zwanzigster* Geburtstag?«, hakte Bessy mit süffisantem Grinsen nach.

Lu schnaubte und wäre beinahe von ihrem Platz aufgesprungen, doch sie bezähmte sich und entgegnete mit einem betont mitleidigen Lächeln: »Und du wirst dieses Jahr sogar schon *sechsunddreißig*, liebe Bessy, nicht wahr?«

Fast hätte Bessy sich an ihrem Wein verschluckt, doch sie erwiderte nichts.

Die Herzogin hingegen verbarg ein kleines Schmunzeln. »Mein Alter wird bitte nicht erwähnt«, mahnte sie kokett. »Das Alter einer Dame sollte stets ein Rätsel bleiben. Ein, zwei kleine Geheimnisse machen uns nämlich nur noch begehrenswerter.«

»Eine wirklich schöne Frau hat sowieso kein Alter«, deklamierte Edwin Landseer mit ernster Miene und prostete seiner Gastgeberin zu.

»Wer zum Teufel hat dich denn gefragt?«, murmelte Lu, jedoch so leise, dass nur ihr Tischnachbar es hörte.

James ahnte bereits, dass nicht alle Dinnergäste sich wohlgesonnen waren, doch trotz der leicht angespannten Stimmung ging das Mahl ohne weitere Zwischenfälle vonstatten – bis die Erdbeeren serviert wurden. Da er wusste, dass Lady Louisa eine Schwäche für Süßes hatte, reichte er ihr die kleine Zuckerschale hinüber, die Louisa auch dankend annahm, um ihre Erdbeeren großzügig mit den kleinen weißen Kristallen zu bestreuen. Anschließend gab sie noch eine gehörige Portion geschlagener Sahne darüber und schob sich genüsslich den ersten Löffel von ihrem Dessert in den Mund.

Der Geschmack war geradezu widerwärtig, und Louisa musste all ihre Willenskraft aufbringen, um nicht zu würgen. Stattdessen riss sie sich zusammen, tupfte sich dezent die Mundwinkel ab und musterte verstohlen ihre Brüder, um zu sehen, welcher dieser Teufelsbraten wohl das Salz und den Zucker vertauscht hatte.

Charles, der ihr gleich gegenüber saß, machte das unschuldigste Gesicht, sodass Lu sofort ihn verdächtigte. Sie fragte sich, ob Abercorn wohl in den Streich eingeweiht worden war – möglich wär's. Und so schluckte sie, ohne auch nur mit der Wimper zu zucken, lächelte ihren Tischnachbarn an und wandte sich dann wieder dem allgemeinen Gesprächsthema zu: »Ich finde, das Alter ist sowieso relativ. Denn erst die geistige *Reife* macht einen Mann zum Mann. Es gibt nichts Unattraktiveres, als wenn ein Kerl noch immer nicht erwachsen geworden ist.«

Sofort stimmte Charles ihr zu. »So ist es, Schwesterherz, so ist es. An einer Frau wiederum ist nichts so anziehend wie eine gute Portion Humor.«

Graziös streckte Louisa die Hand nach einer Pflaume aus und stieß dabei »ganz zufällig« Charles' Glas um. Großzügig ergoss sich der Rotwein über sein schneeweißes Halstuch. »Wie recht du doch hast, Charles. Ich bin ganz deiner Meinung. Ein kleiner Scherz im passenden Moment ist doch das Charmanteste, was man sich denken kann.«

Bis auf Charles brachen plötzlich alle fünf Brüder in schallendes Gelächter aus und schauten sich vergnügt an.

Abercorn wiederum konnte nur raten, was da wohl gerade vor sich ging, denn man hatte ihn nicht in den Scherz eingeweiht. Er ahnte nur, dass die Geschwister sich wohl gerade gegenseitig einen Streich gespielt hatten, und verspürte mit einem Mal eine unbeschreibliche Sehnsucht danach, Teil dieser großen und humorvollen Familie zu sein.

Nach dem Abendessen begab man sich in die Galerie, an deren Seitenwänden einige höchst bequeme Sofas bereitstanden, ebenso wie ein paar Kartentische für diejenigen, die gern ein Spielchen wagen wollten. Außerdem gab es Raum genug, um eine kleine Scharade zu improvisieren oder Blindekuh zu spielen.

Kaum dass er den Raum betreten hatte, schnappte Charles sich auch schon eine der Sofarollen und jagte hinter Henry her. Als er ihn erwischt hatte, prügelte er spielerisch mit dem Kissen auf dessen Rücken ein und grollte: »Das war aber ein ganz schön übler Streich, den du deiner Schwester da gespielt hast, mein Lieber. Ich schätze, jetzt ist wohl ein Wort der Entschuldigung angebracht.«

Schützend hob Henry die Arme vors Gesicht und erklärte prustend: »Bitte entschuldige, Lu. Ich werde nie wieder das Salz mit dem Zucker vertauschen.«

Erstaunt blieb Louisa stehen. »Du warst das? Oh, Charles, ich danke dir, dass du dich so für mich einsetzt. Kannst du mir verzeihen, dass ich dir den Wein über dein Halstuch gekippt habe?«

»Schon gut, kleine Schwester, schon gut. Ich habe dir in der Vergangenheit ja bereits so viele gemeine Streiche gespielt, da habe ich den Wein in meinem Schoß wohl verdient. Aber von nun an sollten wir alle Freunde sein. Es ist doch reichlich albern, wenn die Jungs und die Mädchen sich ständig bekriegen. Ich bin dafür, dass wir in Zukunft mehr zusammenhalten. Das ist es doch schließlich, was eine Familie ausmacht.«

Unmittelbar darauf traf ihn auch schon ein weiches Kissen am Hinterkopf, und Charles jagte hinter Jack her. Wenig später nahmen auch der Rest der Geschwister und deren Freunde an der ausgelassenen Schlacht teil, und in null Komma nichts wurden die Kartentische auf die Seite gelegt und zu Bollwerken umfunktioniert, während Kissen, Spielkarten und Kerzen als Wurfgeschosse dienten.

James hatte eindeutig Spaß an dem lustigen Treiben und zog Louisa schützend hinter einen der Kartentische. »Lady Louisa«, keuchte er, »wollt Ihr bitte –«

»Nein, Ihr verdammter Heuchler! Ich werde Euch ganz sicher nicht heiraten.« Energisch hieb sie ihm die geballte Faust in den Brustkorb. »Ich habe Euch schon damals in Carlton House gesagt, dass ich Euch nicht heiraten will, und ich habe meine Meinung seither nicht geändert.«

Seine dunklen Augen blitzten amüsiert. »Eigentlich wollte ich nur vorschlagen, ob Ihr bitte Euren Kopf unten behalten wollt. Von einem Heiratsantrag habe ich nichts gesagt.« Er grinste verschmitzt. »Außerdem habt Ihr vorhin doch behauptet, dass Ihr Euch nicht mehr an mich erinnern könnt.«

»Dann habe ich eben gelogen. Außerdem wusstet Ihr doch, dass ich gelogen habe, Ihr arroganter Teufel.« Louisa errötete, während James amüsiert den Kopf in den Nacken legte und mitten in der Schlacht in schallendes Gelächter ausbrach. Louisa war das Lachen dafür gründlich vergangen. Stattdessen schämte sie sich – und war stinkwütend: wütend auf sich selbst und auf diesen blöden Hamilton.

In genau diesem Moment kam Georgy kichernd auf sie beide zugerannt und stürzte sich, bewaffnet mit einem Sofakissen, auf den jungen Abercorn. Spielerisch schlug sie ihn mit dem Kissen immer wieder gegen seine breiten Schultern, doch statt sie zu überwältigen und zu Boden zu ringen – wie Georgy gehofft hatte –, ließ James sich einfach fallen und bat um Waffenstillstand. Verärgert ließ Georgy sich neben ihm auf die Knie sinken und zischte: »Verdammt aber auch! Eigentlich wollte ich doch diejenige sein, die sich über den Teppich wälzt.«

Louisa dagegen hatte die Kissenschlacht mittlerweile gründlich statt, erhob sich wieder und rief mit fuchtelnden Armen: »Feuerpause! Ladys und Gentlemen, ein klein wenig mehr Benehmen, wenn ich bitten darf. Lasst uns das Spiel für heute besser beenden und die Entscheidung morgen bei einem Rennen austragen.«

Inzwischen hatte auch James sich wieder aufgerappelt, trat hinter Louisa und erklärte dicht über sie gebeugt: »Eine fantastische Idee. Zumal Woburn Abbey ja einen eigenen Rennparcours hat, nicht wahr? Fraglich ist nur, ob Euer Vater uns auch erlauben wird, das Rennen dort auszutragen.«

»Das wird er schon, nur keine Sorge. Das heißt, solange jeder sein eigenes Pferd nimmt. Die Pferde von Woburn Abbey lässt er uns nämlich ganz bestimmt nicht reiten.«

Man kam überein, dass das Rennen gleich am nächsten Morgen um elf Uhr stattfinden sollte, und ließ die Kissenschlacht fürs Erste sein. Stattdessen räumten alle gemeinsam die Galerie auf, um sich dem Kartenspiel zuzuwenden. Lu empfand Abercorns Gegenwart als derart verstörend, dass sie sich ganz bewusst von ihm distanzierte und lieber mit ihren Brüdern spielte. Verbissen konzentrierte sie sich darauf, ihnen die eine oder andere Guinea abzuluchsen; sie brauchte dringend etwas Geld, um bei dem morgigen Pferderennen mitwetten zu können.

Georgy dagegen spielte um etwas ganz anderes. Sie pokerte fast ausschließlich mit den Freunden ihrer Brüder, Teddy Fox, George Grey und James Hamilton, und ging so manches Risiko ein. Dabei flirtete sie ganz ungeniert und deutete an, dass sie unter Umständen dazu bereit wäre, um gewisse kleine »Gefälligkeiten« zu spielen.

Müde folgte Georgy ihrer Schwester in deren Schlafgemach. »Wenn ich es mir recht überlege, ist es eigentlich kein Wunder, dass James Hamilton so außerordentlich muskulös ist«, sinnierte sie. »Ich meine, er ist schließlich einer der besten Ruderer von ganz Oxford. Wie sagt man doch so schön? Muskeln machen Männer!«

Louisa vermied es lieber, an den irischen Charmeur zu denken, geschweige denn, dass sie sich zu einer Diskussion über dessen muskulöse Schultern verleiten lassen wollte. Hastig wechselte sie das Thema. »Ich fand es übrigens ziemlich gemein von Bessie, das Gespräch auf Mutters Schwester Susan zu bringen. Sie weiß doch ganz genau, was für einen Skandal diese Scheidung damals verursacht hat.«

»Nach allem, was ich vernommen habe, muss der Herzog von Manchester wohl genauso ein Adonis gewesen sein wie Abercorn. Und offenbar hatte er eine ganze Schar von Mätressen. Die Frauen haben sich ihm scheinbar regelrecht an den Hals geworfen – was Susan schließlich schier zur Verzweiflung brachte, sodass auch sie sich in eine Affäre stürzte. Doch dieser schlitzohrige Teufel hatte natürlich genau aufgepasst und diese *eine einzige* Affäre dann prompt gegen sie verwendet: Er ließ sich von ihr scheiden und hat ihr dann auch noch die Kinder weggenommen.«

»Männer können so selbstsüchtig und so grausam sein … besonders die, denen Gott auch noch ein attraktives Äußeres geschenkt hat. Und im Gegensatz zu uns Frauen müssen sie für ihre Sünden auch nie bezahlen.« Nur unter Mühen schaffte Louisa es, den jungen Abercorn aus ihren Gedanken zu verbannen. »Aber so ist das nun einmal im Leben: Manche kommen eben mit allem davon. Wenn ich es richtig verstanden habe, soll er sogar zum Gouverneur von Jamaika berufen worden sein.«

»Wo er garantiert ebenfalls eine ganze Horde von Bastarden in die Welt gesetzt hat.« Georgy gähnte herzhaft und öffnete die Tür zu ihrem eigenen Schlafzimmer, das gleich nebenan lag. »Gute Nacht, Lu. Ich wünsche dir süße Träume. Träume voll begieriger, gut aussehender Junggesellen.«

Als Louisa in ihrem Bett lag, musste sie wieder an die Wette denken, die sie mit ihrer Schwester geschlossen hatte. Es war nicht mehr lange hin bis zu ihrem Geburtstag, und ihre Möglichkeiten, zuvor noch einen Mann zu küssen, waren begrenzt. Dann muss ich mich wohl an einen der Freunde meiner Brüder wagen, dachte sie. Ja, genau, ich werde einfach irgendeinem von meiner Wette mit Georgy erzählen, und dann wird derjenige sich meiner schon erbarmen. Wen von den Jungs kenne ich denn am längsten? Teddy! Der wird mich bestimmt nicht hängen lassen. Interessanter wäre natürlich dieser Abercorn … Doch der bloße Gedanke an den groß gewachsenen Iren genügte, und schon krampfte sich Louisas Magen wieder unangenehm zusammen. Nein, der war viel zu arrogant und zu attraktiv, als dass sie ihn freiwillig um irgendetwas bitten würde. Wenn er mich mit diesen dunklen spöttischen Augen ansieht, fühle ich mich jedes Mal wieder wie eine Achtjährige, schimpfte Louisa im Geiste. Ein Blick von ihm genügt, und mein ganzes Selbstvertrauen ist wieder dahin.

Langsam sank Louisa in den Schlaf hinüber und träumte davon, dass Georgy, ihre Mutter und sie selbst sich in Schottland befanden, um junge Männer für das Militär anzuwerben. Sie boten den angehenden Soldaten je eine Guinea und einen Kuss, wenn diese sich dafür dem Regiment unter Gordon anschließen wollten. Und in der Tat war die Reihe an raufwütigen jungen Männern schier unendlich: mindestens anderthalb Kilometer lang. Doch immer, wenn Louisa einen der Männer küssen wollte, tauchte der Betreffende einfach unter ihr hinweg und reichte sie weiter an den nächsten. Und als wollten sie Lus Demütigung noch auf die Spitze treiben, stellten die Burschen sich stattdessen bei der verführerischen Herzogin von Bedford an und bei der unscheinbaren Georgy.

Nach einer ziemlich unruhigen Nacht stieg Louisa am nächsten Morgen früh aus den Federn. Glücklicherweise verblassten die Erinnerungen an den scheußlichen Traum schon bald und waren wenig später bereits gänzlich vergessen, denn Louisa hatte Wichtigeres im Sinn. Vor dem Frühstück – vor allem aber vor dem Rennen – wollte sie rasch einmal in die Ställe schlüpfen, um die Pferde von Teddy, George und James in Augenschein zu nehmen. Hastig zog sie sich ihr Reitkostüm über, schnürte die Stiefel fest, und dann war sie auch schon verschwunden.

Ihr Weg führte sie direkt am Westflügel vorbei, wo die jungen Männer untergebracht waren, und ganz unbedacht hob Louisa einmal den Blick und schaute zu der langen Reihe von Fenstern hinauf. Prompt entdeckte sie dort einige Gestalten, die den Gästen aus Oxford verdächtig ähnlich sahen, und wandte den Blick rasch wieder ab. Hoffentlich war nicht auch dieser Abercorn unter ihnen gewesen! Denn Louisa war schüchtern und mochte sich gar nicht ausmalen, was die jungen Kerle nun wohl gerade über sie sagten. Ein Glück, dass sie nicht ihre Stimmen hören konnte!

»Lady Lu und Georgy sind so verschieden wie Tag und Nacht«, erklärte besagter James Hamilton.

Teddy lachte. »Das kann man wohl sagen. Die eine ist schön, und die andere ist willig. Die eine tugendhaft und die andere begierig.«

Munter stimmte George Grey in die Spottverse mit ein: »Oh ja, die eine ist zum Heiraten. Die andere bekommt man ins Bett. Und da soll man sich entscheiden können? Das ist aber gar nicht nett!«

Abercorn wünschte sich unterdessen bereits, er hätte besser geschwiegen, und kehrte in sein eigenes Zimmer zurück, um sich ein Jackett anzuziehen und in den Frühstückssalon hinunterzugehen.

Teddy reimte derweil unverzagt weiter: »Die eine ist fromm, die andere ist ein Teufelsweib –« Woraufhin George Grey nur mit weiser Stimme entgegnete: »Die Hässlichen legen sich eben mehr ins Zeug.«

Teddy lachte. »Ja, es ist ein echtes Dilemma, mein Lieber. Das muss man schon sagen. Die eine ist reizend, die andere fad – da fällt's nicht schwer, zu entscheiden, welche man lieber hat.«

Unten in den Ställen musterte Louisa derweil mit Kennermiene die Tiere der Gäste. Eines der Pferde hob sich ganz klar vom Rest ab, und sanft ließ Lu ihre Hand an dessen schlankem Hals hinabgleiten. Das Tier, eine Stute, war etwas kleiner als die imposanten Wallache, und sein Kopf war so fein geschnitten, wie es zumeist nur bei Arabern der Fall war. »Ein echtes Prachtexemplar«, murmelte Lu anerkennend und winkte den Stallmeister von Woburn Abbey heran. »Nach dem Frühstück werden wir uns auf unseren Pferden ein Wettrennen liefern. Würdet Ihr bitte die Wettkasse verwalten, Toby, und darauf achten, dass auch keiner schummelt?«

»Aber sicher doch, Mylady. Ihr könnt Euch auf mich verlassen. Heute wird fair gespielt.«

»Passt aber gut auf!«, warnte Louisa mit einem grimmigen Grinsen. »Die Burschen haben es in sich und werden bestimmt so manchen Trick versuchen.« Auf ihrem Weg zurück zum Frühstückssalon zählte sie die Münzen, die sie am Tag zuvor beim Pokern gewonnen hatte, und überlegte, wie sie ihre Wetten am geschicktesten platzierte.

Als sie den Salon betrat, hatten ihre Brüder und deren Freunde bereits Platz genommen. Louisa nickte einmal knapp, setzte sich aber ganz bewusst neben ihre Schwester. Interessiert beäugte sie deren Teller und flüsterte: »Das willst du doch wohl hoffentlich nicht alles essen, oder? Wenn du das alles verdrückst, gewinnst du nie!«

»Na und? Männer mögen sowieso keine Frauen, die besser sind als sie. Von daher habe ich kein Problem damit zu verlieren, wenn ich dafür auf einem anderen Gebiet gewinne. Und du? Wie steht es mit dir? Du willst doch wohl nicht auf dich selber wetten, oder etwa doch?«

Stolz reckte Louisa das Kinn. »Mag ja sein, dass ich nicht als Erste durchs Ziel gehen werde. Aber ich lasse mich in jedem Fall auch nicht kampflos schlagen!« Galant reichte sie die Platte mit dem geräucherten Vorderschinken weiter, dann die Schale mit den Eiern und den Würstchen und wählte stattdessen bloß ein wenig dunkles Brot und Honig. Anschließend schnappte sie sich noch einen Apfel und goss sich ein Glas Milch ein – das war's. Verstohlen schaute sie zu ihren Brüdern und deren Freunden hinüber, die sich ihre Teller so hoch vollgetürmt hatten, als nähmen sie an einem Wettessen teil. Erstaunt runzelte sie die Stirn, und zwar besonders, als sie sah, dass Edward bereits zum Frühstück Champagner trank! Eigentlich hatte sie ja gedacht, dass sie gerade ihn wohl niemals würde schlagen können – nun jedoch sah die Sache schon wieder etwas anders aus.

Als alle fertig waren, marschierte man gemeinsam zu den Ställen hinüber. Die Stimmung war ausgelassen, und besonders die jungen Männer schubsten einander und prahlten, wer wohl gewinnen würde, während Lu nur bescheiden lächelte und schwieg. Schließlich, im Stall angekommen, steuerte James Hamilton schnurstracks auf die kleine Araberstute zu und schnappte sich ihren Sattel – habe ich also richtig geraten, dachte Louisa.

Teddy Fox und George Grey sattelten unterdessen ihre beiden Wallache und führten sie anschließend aus dem Stall.

Einen Moment später kamen auch schon Cosmo und Henry hereingestürmt und machten sich daran, ihre Ponys aufzuzäumen. Edward jedoch stellte sich ihnen mit mürrischer Miene in den Weg und fragte: »Wer zum Teufel hat euch erlaubt, an dem Rennen teilzunehmen?«

Sofort drehten die beiden sich zu Louisa um und schauten sie Hilfe suchend an.

»Die beiden brauchen nicht um Erlaubnis zu bitten«, entgegnete diese keck. »Sie haben ihre eigenen Pferde … sie haben das Geld … und ihr Name ist Russell. Sämtliche Voraussetzungen für die Teilnahme am Rennen sind also erfüllt. Oder hast du etwa Angst vor der Konkurrenz, Edward?«

Der aber zuckte nur lässig mit den Achseln und erwiderte im Hinausgehen: »Von mir aus. Ich habe nichts dagegen, noch ein paar Guineas mehr zu gewinnen.«

Louisa zwinkerte Cosmo und Henry einmal verschwörerisch zu, während sie ihrem älteren Bruder nachrief: »Dazu musst du sie aber erst einmal schlagen. Und du musst, wenn du als Sieger tatsächlich die gesamten Preisgelder einkassieren willst, noch eine Extra-Guinea in den Topf legen. Ach ja, und schummeln kannst du auch nicht! Denn Toby verwaltet diesmal die Wetteinsätze.«

Als alle Pferde gesattelt waren, traf man sich im Innenhof, um sämtliche Tiere einmal in Augenschein zu nehmen und um seine Wetten zu platzieren. Georgy, die allein nach der Größe der Pferde ging, teilte ihren gesamten Einsatz auf zwei Teilnehmer auf: Sie wettete, dass Teddy als Erster durchs Ziel gehen würde und dass George Grey in jedem Fall schneller wäre als James Hamilton.

Cosmo und Henry hingegen wetteten, dass sie schneller wären als ihre Schwestern; und sie stimmten mit Georgy überein, dass Teddy in jedem Fall der Schnellste wäre, gemessen an seinem riesigen Pferd.

Die drei älteren Russell-Brüder ließen es sich nicht nehmen, mit jedem der Teilnehmer ihre ganz persönliche Wette abzuschließen und am Ende auch noch eine Extra-Guinea in den Topf zu werfen, wobei jeder der drei im Brustton der Überzeugung behauptete, dass er sicherlich als Erster durchs Ziel gehen würde.

Und zumindest auf George Grey machte ihr selbstsicheres Auftreten auch in der Tat Eindruck, denn seine Wette lautete lediglich darauf, dass er schneller sei als die Mädchen, dass ansonsten jedoch Edward Russell der Erste sein würde.

Aufmerksam, wenngleich auch nur ganz heimlich, musterte Louisa den jungen Abercorn. Vielleicht geschah es aus Galanterie, vielleicht auch bloß aus Hochmut, dass er keine Wetten gegen die Mädchen oder die jüngeren der Russell-Brüder abschloss. Stattdessen behauptete er schlicht, dass er gewinnen würde.

»Und jetzt bist du dran, Lu!«, rief Edward. »Und bitte beeile dich.« Er konnte es kaum noch abwarten, bis das Rennen endlich losgehen würde. Was Lu dann hingegen verkündete, damit hatte er wahrlich nicht gerechnet.

Zu jedermanns Überraschung stellte Louisa die kühne Behauptung auf, dass nur einer schneller wäre als sie, nämlich James Hamilton. Ansonsten würde sie alle schlagen. »Zuerst hatte ich ja noch gedacht, dass Edward vielleicht gewinnen könnte«, erklärte sie mit einem boshaften kleinen Grinsen. »Aber dann habe ich meine Meinung wieder geändert – habt Ihr das notiert, Toby? Ich glaube nämlich, dass Edward es gar nicht bis ins Ziel schafft, sondern schon vorher ausscheidet!«

Edward lachte so laut und spöttisch, dass Lu sich bereits besorgt fragte, ob er nicht womöglich ein bisschen zu viel getrunken hatte. Doch ihre Sorge war vorerst umsonst, und so schwangen sich die zehn Teilnehmer schon bald auf ihre Tiere und trotteten der Rennbahn entgegen. Georgy ritt genau zwischen Teddy Fox und George Grey und gab sich alle Mühe, mit beiden gleichzeitig zu flirten.

Anschließend reihte man sich ruhig und gesittet entlang der Startlinie auf und wartete auf das vereinbarte Signal. Mit gewichtigem Ausdruck auf dem Gesicht hob Toby die Startfahne und ließ sie dann mit einer abrupten, blitzschnellen Handbewegung wieder sinken. Sofort flogen die Dreckklumpen in alle Himmelsrichtungen, während die Pferde mit donnernden Hufen davongaloppierten. Auf dem ersten Viertel der Rennstrecke waren die Reiter noch alle gleichauf, bis Georgy sich als Erste hinter die anderen zurückfallen ließ. Auf der Hälfte der Strecke übernahmen dann die beiden Wallache die Führung. Um sie zu überholen, drängte Edward sein Tier auf die Außenbahn, wobei er leider prompt das Gleichgewicht verlor, aus dem Sattel fiel und auf die weiche Grasnarbe stürzte. Die anderen Brüder versuchten verzweifelt, ihrem Bruder auszuweichen, verloren dabei jedoch wertvolle Zeit. Als etwa drei Viertel der Strecke hinter ihnen lagen, zeigte die Araberstute von Abercorn plötzlich, was in ihr steckte, und drängte sich bis ganz nach vorn an die Spitze. Und auch Louisa, die zwar genau wusste, dass sie James nicht mehr würde einholen können, setzte zum entscheidenden Endspurt an, indem sie sich tief über den Hals ihres Pferdes beugte und geradewegs an Teddy und George vorbeipreschte, deren große, schwere Tiere mittlerweile ziemlich außer Atem waren.

Während Toby wenig später also in aller Seelenruhe die Gewinnanteile berechnete und sorgsam ein Münzhäufchen neben dem anderen aufschichtete, überschütteten die Russell-Brüder Edward geradezu mit Beleidigungen und machten ihn für ihre Niederlage verantwortlich.

Schließlich hatte Toby die Gewinne alle aufgeteilt und verkündete mit breitem Grinsen: »Lady Louisa hat den Löwenanteil gewonnen.«

»Wie zum Teufel hast du es geschafft, gleich als Zweite durchs Ziel zu gehen?«, verlangte Jack wütend zu wissen.

»Weil mein Pferd am wenigsten Gewicht zu tragen hatte.«

»Und woher, bitte schön, hast du gewusst, dass Abercorn uns alle besiegen würde?«

Louisa schaute zu James Hamilton hinüber, während dieser gerade seinen Gewinn entgegennahm, und für einen kurzen Moment trafen sich ihre Blicke. Nur eine knappe Schrecksekunde später wandte Lu sich aber auch schon wieder ab und erwiderte mit betont nonchalantem Lächeln: »Ich habe gar nicht auf ihn gesetzt; stattdessen habe ich auf sein Pferd gewettet. Es ist schließlich allgemein bekannt, dass bei der Zucht der Araber die Schnelligkeit der Tiere und ihr leichter Körperbau im Vordergrund stehen. Und genau das war mein Auswahlkriterium. Sonst nichts. Mit Abercorn dagegen hatte meine Entscheidung überhaupt nichts zu tun.« Dreist log sie ihren Brüdern mitten ins Gesicht. Denn natürlich hatte sie längst bemerkt, dass der junge James Hamilton einen geradezu unbezwingbaren Willen hatte.

Der Starrsinn scheint ihm regelrecht angeboren zu sein, dachte sie und musterte abermals seine sportliche Gestalt. Sicherlich, er gibt sich zwar immer größte Mühe, möglichst charmant aufzutreten, und er lächelt viel. Andererseits glaube ich, wenn der sich was in den Kopf gesetzt hat, dann lässt er nicht so schnell locker. Nein, der gibt ganz bestimmt nicht auf, bis er endlich hat, was er will. Louisa erschauerte.

Mit steifen Gliedern folgte Georgy ihrer Schwester in deren Schlafgemach. »Himmel Herrgott!«, fluchte sie. »Hilf mir endlich aus diesem verdammten Reitkostüm heraus. Ich kriege kaum noch Luft.«

Hilfsbereit öffnete Louisa die Knöpfe am Rücken von Georgys

Kleid, ehe sie damit fortfuhr, sich aus ihrem eigenen Kostüm herauszuschälen.

»Das Schlimmste, was man machen kann, Lu, ist, besser zu sein als ein Mann«, erklärte Georgy. »Denn das demütigt ihn! Wenn du dagegen verlierst, dann fühlt er sich als der große Gewinner, und das schmeichelt ihm. Aber du hast offenbar noch immer nichts dazugelernt …« Seufzend schaute sie ihre Schwester an.

»Nun, ich weiß zumindest, dass ich es ziemlich peinlich finde, irgendwelche Spielchen zu spielen, nur um einen Mann an Land zu ziehen.«

Schnaufend ließ Georgy sich auf Louisas Bett fallen. »Da irrst du dich aber, meine Liebe. Denn einen Ehemann zu finden ist definitiv kein Spiel, sondern bitterer Ernst. Hast du denn immer noch nicht begriffen, dass du ohne Ehemann auch keinerlei Status und kein Zuhause hast?«

Lu überlief ein Schauder, als sie wieder an diesen Traum zurückdachte, den sie kürzlich gehabt hatte und in dem sie plötzlich heimatlos gewesen war. Trotzdem straffte sie die Schultern und widersprach: »Und du hast offenbar vergessen, wie oft Mutter sich schon über Großmama beschwert hat. Großmama kannte offenbar nur ein Ziel: Ihre Töchter so gut wie irgend möglich zu verheiraten. Tatsächlich war sie sogar regelrecht besessen von diesem Gedanken. Mutter jedenfalls sagt immer, dass Geld und Titel vollkommen unwichtig sind. Stattdessen hat sie uns schon mehrfach ermutigt, allein aus Liebe zu heiraten.«

»Aber, Lu, ich bitte dich. Gib dich doch nicht dümmer, als du bist. *Natürlich* sagt Mutter, dass Geld und Titel keine Rolle spielen. Aber das meint sie doch nicht wirklich so. Schau dir lieber mal die Fakten an. Und ich meine, du kennst doch die Geschichte der Gordon-Schwestern! Sie alle haben reiche, mächtige Männer mit altehrwürdigen Titeln geheiratet. Und genau dieses Ziel wollte auch Mutter, die Jüngste aus dem Kreise ihrer Schwestern, gerne erreichen. Sie war schließlich sehr ehrgeizig. Und wie sich zeigte, hatte sie auch schon sehr bald Erfolg und schaffte es, sich den Herzog von Bedford – den Ältesten der Bedford-Brüder – zu angeln. Nur dass Francis Russell dann leider bald darauf verstarb. Und dennoch verlor Mutter nicht den Mut sondern setzte alles daran, trotzdem die Herzogin von Bedford zu werden, nämlich indem sie sich statt Francis Russell einfach dessen nächstältesten Bruder, unseren Vater, schnappte. Auf diese Weise behielt sie den angestrebten Status, den Reichtum, Woburn Abbey und, *last but noch least,* den Titel.«

Louisa konnte kaum glauben, was ihre Schwester da gerade sagte, und schrie empört: »Sie hat Vater allein aus Liebe geheiratet!«

»Aber sicher doch«, witzelte Georgy und lachte.

· 4 ·

»Du hast dich aber herausgeputzt«, staunte Lu am nächsten Morgen, als sie sah, dass ihre Schwester eines ihrer besten Kleider angezogen hatte.

»Aber natürlich! Hast du denn vergessen, dass schon bald die Hollands und die Greys hier eintreffen werden? Ich möchte bei den beiden Elternpaaren einen so guten Eindruck wie nur irgend möglich machen.«

Und Georgy lag ganz richtig mit ihrer Vermutung, denn bereits kurz nach dem Frühstück trafen Lord und Lady Holland in Woburn Abbey ein, und eine knappe Stunde später folgten der Graf und die Gräfin Grey. Fröhlich bat die Herzogin von Bedford die vier in den Blauen Salon, auf dass die stolzen Eltern Zeit und Muße fänden, endlich einmal wieder ein paar entspannte Stunden mit ihren Söhnen zu verbringen.

Wütend beobachtete Louisa, wie Graf Grey und Lord Holland um Georgina herumschwarwenzelten und sich offenbar alle Mühe gaben, einander mit dummen Komplimenten und peinlichen Flirtversuchen gegenseitig zu übertreffen. Die benehmen sich gerade so, als wollten sie um Mutter werben!, empörte Lu sich im Stillen. Wie gerne hätte sie die Teegesellschaft einfach wieder verlassen. Doch sie musste sich noch gedulden, bis auch ihre Brüder Edward und Charles hinzukamen, um sich unter die Schar der Gäste zu mischen, ehe sie endlich die Gunst des Augenblicks nutzen konnte und unbemerkt aus dem Salon verschwand.

Langsam schlenderte sie hinab zu den Hundezwingern, wo ihr Bruder Jack gerade seine Meute begutachtete. Kaum dass die Tiere ihn sahen, nahm ihr sonst schon recht lautes Gebell mit einem Mal geradezu ohrenbetäubende Ausmaße an. »Sie haben dich vermisst«, schmunzelte Louisa.

»Und ich habe sie vermisst«, lachte Jack und öffnete das Tor, woraufhin ein halbes Dutzend Jagdhunde und ebenso viele Gordon Setters ihn hektisch umkreisten, an ihm hochsprangen und dabei wie wild mit den Schwänzen wedelten. »Sie wollen offenbar beschäftigt werden. Komm, Lu, und hilf mir, ein paar Stöckchen zu finden.«

Gut gelaunt schloss Lu sich dem Spiel an und freute sich zu sehen, dass auch ihr Bruder Spaß hatte. Denn obgleich er bereits einundzwanzig war, war er im Herzen ein kleiner Junge geblieben, der sich noch immer für seine Hunde begeistern konnte, und so lachte auch Lu aus vollem Halse, während Jack sich unter die Meute mischte, die Hunde jagte oder sich wiederum von ihnen jagen ließ.

Mit einem Mal nahm Jacks ohnehin schon gerötetes Gesicht eine beängstigend intensive Farbe an, und der Schweiß rann ihm förmlich die Wangen hinab. »Da, sieh mal, sie haben eine Fährte aufgenommen«, keuchte er. »Und weg sind sie! Schnell wie der Wind. Die werden wir wohl erst wiedersehen, wenn sie ihre Beute gefasst haben.«

»Dann lass sie«, entgegnete Lu, »und setz dich lieber hin.« Besorgt sah sie ihn an. »Du scheinst mir ein bisschen außer Atem zu sein.«

Jack aber reagierte schon gar nicht mehr, sondern starrte nur blicklos ins Leere. Er wirkte regelrecht orientierungslos. Einen knappen Atemzug später brach er auch schon zusammen.

Sofort eilte Lu zu ihm und kniete neben ihm nieder; ein Blick auf ihren Bruder genügte, und sie wusste, dass er wieder einmal einen seiner Anfälle hatte. »Jack! Jack!«, schrie sie und griff voller Panik nach einem spitzen Stein, der geradewegs unter seinem Schädel gelegen hatte. Im hohen Bogen schleuderte sie ihn von sich fort, als sie plötzlich hörte, wie jemand durch das Gebüsch gebrochen kam. Es war James Hamilton, doch kaum dass Louisa ihn sah, sprang sie auch schon auf und stellte sich schützend vor ihren großen Bruder. »Bitte geht wieder …«, stammelte sie. »Jack hat … ich denke, er würde nicht wollen, dass Ihr ihn so seht.«

Abercorn aber packte sie nur wortlos am Ellenbogen und schob sie behutsam beiseite, während Lu ihn noch mit einem flehenden Blick bat, sie und Jack wieder alleinzulassen.

»Schon gut, Louisa«, raunte James leise. »Ihr braucht Euch seinetwegen nicht zu schämen. Ich habe schon einmal gesehen, wie er einen dieser Anfälle hatte. Das war in Oxford gewesen.«

Dann ließ er sie wieder los, nahm einen Stock zur Hand und klemmte ihn zwischen Jacks Ober- und Unterkiefer, auf dass er sich nicht an seiner eigenen Zunge verschluckte.

Hilflos sah Louisa zu, wie ihr Bruder sich zuckend hin- und herwand und mit den Fersen auf den Boden trommelte, bis seine Glieder schließlich erschlafften und er ganz ruhig und friedlich liegen blieb. Sie seufzte erleichtert, als James ihn in eine sitzende Haltung emporzog. Zwei, drei Atemzüge später öffnete Jack auch schon wieder die Augen, spuckte den Stock aus und murmelte: »Tut mir leid … Entschuldigt bitte.«

James aber ignorierte Jacks verlegenes Gestammel einfach und fragte: »Wie fühlst du dich denn?«

»Wie ein Idiot.«

Mit energischem Griff half James seinem Freund wieder auf die Füße. »Aber, Jack«, mahnte er ihn. »Vor mir brauchst du dich doch nicht zu schämen.«

Verunsichert griff Louisa nach dem Arm ihres Bruders. Es war ihr wahrlich unangenehm, dass der junge Abercorn nun wusste, dass ihr Bruder ein kleines Handicap hatte. Dennoch bedankte sie sich höflich und murmelte: »Vielen herzlichen Dank, dass Ihr ihm geholfen habt.«

»Nicht der Rede wert«, entgegnete James und wandte sich mit freundlichem Lächeln wieder seinem Studienkollegen zu: »Hast du es denn schon einmal mit Roter Betonie versucht?«

»Nein. Normalerweise nehme ich hinterher immer einen kräftigen Drink. Das entspannt mich wieder.«

Louisa dagegen war schon deutlich hellhöriger. »Soll Betonie denn gegen die Anfälle helfen? Und woher wisst Ihr das überhaupt?«

»Einer der Wildhüter auf meinem Anwesen in Irland hat die gleichen Beschwerden. Aber er nimmt dagegen regelmäßig den Sud der Roten Betonie ein, sodass die Krämpfe, wenn sie wieder auftreten, dann nicht mehr so kritisch sind.«

Natürlich wollte Lu ihrem Bruder gerne helfen. Andererseits ahnte sie bereits, dass er sich von ihr bestimmt nicht bemuttern lassen würde, und so wechselte sie rasch das Thema. »Die Greys und Hollands sind übrigens eingetroffen. Ich denke, ich sollte mal zu ihnen gehen und Guten Tag sagen. Ach, und viel Glück mit den Hunden. Wenn die einmal eine Fährte aufgenommen haben, dann kann es dauern, bis sie wieder zurückkehren.« Statt sich jedoch abermals zu den Eltern von George und Teddy zu gesellen, hatte Louisa natürlich etwas ganz anderes im Sinn: Sie wollte lieber in John Russells botanischen Fachbüchern nachschlagen, was sie dort vielleicht noch über die Rote Betonie herausfinden könnte.

Eilig strebte sie in die Bibliothek und erklomm die schmale Wendeltreppe hinauf zu der kleinen Galerie, auf der sich die besonders wertvollen Werke befanden. Dort zog sie ein Buch nach dem anderen aus den Regalen und schaute sich bewundernd die farbenprächtigen Illustrationen an – jede der angeblich Wunder wirkenden Pflanzen war gesondert aufgeführt und bildlich dargestellt, und Lu verlor sich geradezu in ihrer Betrachtung. Schließlich entdeckte sie eine antike Ausgabe von *Culpeper's Complete Herbal*, einem mehr als zweihundert Jahre alten Werk über die botanische Welt Englands, das eine Unmenge an Informationen bereithielt. Begeistert ließ Lu sich mit dem Buch auf den Boden sinken, suchte nach der Roten Betonie und fand sie schließlich, woraufhin sie sich aufmerksam die purpurroten Blüten ansah und die lange und detaillierte Beschreibung las. Während ihrer Lektüre konnte sie sich allerdings das eine oder andere Lächeln nicht verkneifen, denn die Ausdrucksweise war doch schon sehr gestelzt und altertümlich:

Vorkommen – Sie wächst zumeist im Gehölz und liebt es schattig.

Zeit – Ihre Blüte treibt im Mai, wonach ihre kostbare Saat reift; die prächtigste Farbe jedoch zeigt sie im Juli.

Hoch konzentriert fuhr Louisa mit dem Finger die Liste mit den Eigenschaften und Wirkungsbereichen der Roten Betonie hinab. Ah, da haben wir's ja!, triumphierte sie schließlich und las:

Sowohl das Blattwerk als auch die Wurzel und die Blüte helfen – mit ein wenig Malzgebräu eingenommen – gegen Fallsucht und schmerzhafte Krämpfe. Außerdem ist ihre Einnahme angeraten, um die Wunden des Fallens zu kurieren. Die Wurzel schmeckt bitter; die Blätter und die Blüten hingegen sind süß und würzig und schmeicheln dem Gaumen auf gar angenehme Art.

Louisa wollte sich gerade wieder erheben und das Buch mitnehmen, als sie plötzlich unten in der Bibliothek Stimmen hörte. Der brummige Bass, das war ihr sofort klar, konnte nur ihrem Vater gehören. Und der etwas mildere Bariton – ja, das war zweifellos James Hamilton. Mucksmäuschenstill blieb sie auf ihrem Platz sitzen und beschloss, sich noch nicht zu erkennen zu geben, sondern stattdessen lieber ein wenig zu lauschen, was die beiden wohl miteinander zu bereden hatten.

»Scheint ganz so, als ob wir so manche Gemeinsamkeit hätten, mein lieber James«, dröhnte ihr Vater. »Auch ich habe bereits in jungen Jahren meinen Vater verloren. Ich war damals noch nicht einmal drei Jahre alt, und mein Großvater verstarb wenige Jahre später. Ich fühle mit Euch.«

»Ja, das ist in der Tat eine betrübliche Gemeinsamkeit. Was mich betrifft, so kann ich mich an meinen Vater überhaupt nicht mehr erinnern. Meinen Großvater dagegen habe ich sehr geliebt. Als meine Mutter erneut heiratete, holte er mich zu sich nach Stanmore Priory. Er hielt nicht sonderlich viel von seinem neuen Schwiegersohn.«

»War nicht Abercorns Tochter, Catherine, Aberdeens erste Frau?«

»Ja, das ist richtig. Überhaupt sind die familiären Verquickungen ein wenig kompliziert. Mein Vater und Aberdeens erste Frau waren Geschwister. Folglich hat meine Mutter, als ihr erster Mann verstarb, quasi ihren Schwager geheiratet. Es war eine reine Zweckehe, mehr nicht, denn sowohl meine Mutter als auch Aberdeen standen nach dem Tod ihrer ersten Ehepartner plötzlich jeder mit zwei kleinen Kindern da. Trotzdem hatte mein Großvater meiner Mutter von der Heirat abgeraten, und leider behielt er mit seinen Befürchtungen Recht. Denn die Ehe nahm schon kurz nach der Hochzeit eine sehr unschöne Wendung.«

»Und als dann schließlich auch Euer Großvater starb, wart Ihr gezwungen, wieder zu Eurem Stiefvater zurückzukehren. Das ist Euch sicherlich nicht leichtgefallen.«

»Tatsächlich war ich am Boden zerstört«, gestand James leise ein. »Aber schon bald, im Januar, werde ich einundzwanzig, und dann stehe ich endlich nicht mehr unter der Vormundschaft von Aberdeen. Gottlob habe ich die Güter meines Großvaters in Irland geerbt und natürlich seinen Titel. Damit bin ich unabhängig und kann für mich selbst sorgen, statt dass ich noch weiterhin meinen Stiefvater um Unterstützung bitten müsste.«

»Noch so ein Punkt, der uns beide verbindet, James. Denn auch ich liebe Irland sehr.«

»Ein ganz wundervolles Land. Und ich habe mir Euch sogar als Vorbild genommen, Euer Hoheit. Ich weiß, dass Ihr einst als offizieller Vertreter der Krone in Irland gedient habt, und auch ich möchte diese Stelle irgendwann einmal bekleiden. Zudem ist es mein erklärtes Ziel, am Ende meiner Karriere Vizekönig von Irland zu sein.«

»Bravo! Da habt Ihr einen wirklich ehrenwerten Entschluss gefasst.«

»Ich freue mich schon jetzt darauf, endlich meinen Platz im

Oberhaus einnehmen zu dürfen, wenn ich im Januar volljährig werde.«

»Ganz vorzüglich, wie gesagt. Ich muss mir unbedingt notieren, dass ich Euch bei Gelegenheit zu einer Eurer Parlamentssitzungen begleite.«

Louisa war ehrlich verblüfft darüber, wie schnell ihr Vater und James Hamilton Freunde geworden waren. Sie bewunderten einander sehr, so viel war auf jeden Fall schon einmal klar. Abercorn wünscht sich bestimmt, dass Vater auch sein Vater wäre, dachte Lu und verzog das Gesicht zu einer übellaunigen Grimasse. Und sowieso überhäufen sie einander ja geradezu mit Komplimenten. Kein Wunder, dass Vater so begeistert von diesem Abercorn ist. Er hätte bestimmt nichts dagegen gehabt, ihn als Sohn zu haben.

Mit einem Mal ertönte Mr Burkes sonore Stimme.

»Bitte entschuldigt, dass ich Euch unterbreche, aber Ihre Hoheit bat mich, Euch mitzuteilen, dass sie Euch zu sich in den Blauen Salon bitten lässt, wo sie gerade mit den Herrschaften Holland und Grey den Nachmittagstee einnimmt.«

»Man vermisst mich offenbar als Gastgeber«, schmunzelte John Russell. »Nun gut, Mr Burke, dann wollen wir sie nicht länger warten lassen. Geht ruhig schon einmal voraus.«

»Dürfte ich in der Zwischenzeit vielleicht einen kurzen Blick auf Eure Bücher werfen, Euer Hoheit?«

»Aber sicher doch, James, fühlt Euch ganz wie zu Hause. Es freut mich zu sehen, dass Ihr auch solch ein Büchernarr seid wie ich.«

Verdammt aber auch!, fluchte Louisa im Stillen. Das heißt dann wohl, dass ich jetzt den ganzen Nachmittag hier oben auf der Galerie ausharren muss. In einem ihrer Beine entwickelte sich bereits ein Wadenkrampf, und so verlagerte sie ihr Gewicht vorsichtig ein wenig, um ihr Bein ausstrecken zu können, was ihre Situation aber auch nicht wesentlich verbesserte. Und dann, eine knappe Minute später, hörte sie auch schon, wie James Hamilton langsam die Treppe heraufkam. Verzweifelt schaute sie sich nach einem möglichen

Fluchtweg um, als bereits sein dunkler Schopf über der obersten Treppenstufe erschien.

Als James Lu sah, stutzte er einen Moment und erklärte schließlich mit süffisantem Lächeln: »Dann hat mir mein Instinkt also doch den richtigen Weg gewiesen. Irgendetwas in der Art hatte ich mir nämlich schon gedacht.«

»Ich sitze hier bloß, weil ich einen Wadenkrampf hatte«, spie Lu ihm regelrecht entgegen, während sie vor lauter Scham am liebsten im Erdboden versunken wäre – hatte dieser dumme Hamilton sie doch tatsächlich beim Lauschen erwischt!

»Einen Wadenkrampf? Nun ja.« Sein Grinsen wurde noch eine Spur breiter. »Wie Ihr meint. Lasst mich Euch trotzdem noch einen kleinen Tipp geben: Wenn Ihr das nächste Mal eine private Unterhaltung belauschen wollt, dann solltet Ihr ein weniger eindringliches Parfüm auflegen. Den süßlichen Jasminduft jedenfalls, den Ihr da gerade tragt, habe ich schon beim Eintreten in die Bibliothek wahrgenommen.« Mittlerweile war er oben auf der Galerie angelangt und schlenderte lässig auf Lu zu.

Ihr Puls raste. »Ich habe Euch ja nicht absichtlich belauscht. Ich war bloß hier hochgekommen, um mich einmal ein bisschen über diese sagenhafte Rote Betonie zu informieren.« Wütend schaute sie von ihrem Platz auf dem Galerieboden zu ihm auf, während James plötzlich das drängende Bedürfnis überkam, schützend die Arme um Lu zu legen. Sie wirkte so schutzlos, so arglos, wie sie dort auf dem Boden saß.

Er streckte ihr die Hand entgegen, um ihr beim Aufstehen behilflich zu sein, und schweigend blickte Louisa für einen Augenblick auf seine raue Handfläche. Wie gerne hätte sie nun ihre Hand in die seine gelegt! Doch sie zögerte, hatte Angst, seiner magischen Ausstrahlung zu erliegen. Er hatte eine solch bezwingende und maskuline Aura, dass Louisa befürchtete, eine einzige Berührung könnte genügen, und schon würde sie ihm verfallen. Entschlossen drückte sie ihm einfach bloß das Buch in die Hand.

»*Culpeper's Complete Herbal*«, las er in bewunderndem Tonfall. »Das ist aber ein wirklich rares Werk. Schreibt er denn auch etwas über die Rote Betonie?«

Anmutig erhob Louisa sich vom Boden. »Ja. Ich zeige es Euch.« Ohne seine Hand zu berühren, blätterte sie Seite um Seite um, bis sie schließlich bei der farbenprächtigen Illustration angelangt war, nach der sie gesucht hatte, und tippte einmal mit dem Finger darauf. Dann wich sie ganz bewusst wieder einen Schritt von James zurück; irgendwie sagte ihr Bauchgefühl ihr, dass sie dringend auf sicheren Abstand gehen sollte. Abercorn war einfach zu groß, zu muskulös, zu mysteriös, zu bezwingend – ach, und sowieso war er viel zu attraktiv. Gedanklich versuchte Louisa, sich mit einem imaginären Schutzschild ganz bewusst von ihm abzuschirmen.

»Wie es aussieht, steht die Rote Betonie gerade in voller Blüte. Was haltet Ihr davon, wenn wir einen kurzen Spaziergang durch den Wald unternehmen und sehen, ob wir ein paar von den Pflanzen finden?«

Lu schluckte einmal trocken. Wenn sie sich jetzt weigerte, mit ihm zu gehen, dann glaubte er bestimmt, sie fände ihn so wahnsinnig anziehend, dass sie sich bereits vor ihm fürchtete. So viel Selbstüberschätzung konnte sie ihm auf gar keinen Fall durchgehen lassen, und so erwiderte sie betont kühl: »Das wäre überaus hilfsbereit von Euch. Wartet einen Moment, dann hole ich rasch das Messer aus der Destillationskammer.«

Wenig später marschierten sie auch schon Seite an Seite durch den Ziergarten und über die riesige Rasenfläche von Woburn Abbey, bis sie schließlich beinahe den Wald erreicht hatten. Lu war unterdessen angestrengt bemüht, die Unterhaltung so unpersönlich wie möglich zu halten.

»Und wie heißt Euer Anwesen? Das in Irland, meine ich.«

»Barons Court. Es liegt in der Grafschaft Tyrone. Der eigentliche Burgturm stammt noch aus dem Mittelalter, aber mein Großvater hat zu Lebzeiten noch eine ganze Reihe von modernen Nebengebäuden anfügen lassen.«

Louisa war überrascht zu erfahren, dass James nicht nur einige landwirtschaftliche Güter, sondern auch noch eine Burg gehörten. »Das ist ja interessant. Und wie ist Irland so? Ist es mehr wie England oder mehr wie Schottland? Oder eine Mischung aus beidem?«

»Weder noch. Irland ist einzigartig. England ist ja zum überwiegenden Teil sehr geordnet und zivilisiert, wohingegen Schottland eher wild und ungezähmt ist. Und Irland – nun, Irland hat seinen ganz eigenen Charme. Auf meinem Anwesen, zum Beispiel, gibt es verschiedene miteinander verbundene Seen, in denen es vor lauter Lachsen, Forellen und Hechten nur so wimmelt. Und überhaupt ist Irland von der Nordspitze bis hinunter in den Süden wunderbar saftig und grün. Für einen Naturliebhaber ist die Insel ein echtes Paradies, voller alter Bäume und Wildblumen, die wiederum Myriaden von Schmetterlingen und Vögeln anlocken.«

»Klingt wie nach einem Land aus einem Märchen. Kein Wunder, dass die folkloristischen Traditionen in Irland noch so lebendig sind.«

»Dann habt Ihr also bereits von den Kobolden dort gehört?« James grinste. »Und von den Elfen und Gnomen und den kleinen Wichten? Sagt, glaubt Ihr an Übernatürliches, Mylady?«

»Vielleicht. Vielleicht nicht. Ich kenne diese sagenhaften Erscheinungen ja eigentlich nur aus den Stücken von Shakespeare. Beispielsweise aus dem *Mittsommernachtstraum* –«

»– oder aus dem *Sturm*! Ich denke da nur einmal an diesen zauberhaften kleinen Ariel«, unterbrach James sie begeistert und zitierte: »*Wo die Biene trinkt, dort trink auch ich. Verstecke mich im Blütenkelch –*«

»*– wenn die Eulen schreien*«, setzte Louisa den Vers spontan fort. »*Reite auf dem Rücken der Fledermaus dem Sommer hinterdrein.*« Verdammt! Mit einem Mal verblasste ihr Lächeln wieder.

Da hat er mich doch tatsächlich dazu verleitet, gemeinsam mit ihm Shakespeare zu zitieren. Wie konnte ich nur so schnell in seine Falle tappen? Ich muss unbedingt aufpassen, dass er mich mit seinem Charme nicht bald ganz einlullt. Verwirrt entfernte Louisa sich ein Stück von ihm und suchte im Unterholz nach Betonien.

»Ihr sucht schon hier?« Erstaunt blickte James Louisa an. »Nun ja, ich schätze mal, wir müssen noch ein wenig tiefer in den Wald hinein. Die Betonie liebt es schattig.« Er verließ den Wanderpfad und strebte auf jenen Teil des Waldes zu, wo die Bäume so dicht zusammenstanden, dass kaum noch Licht durch das Blattwerk drang. Misstrauisch blickte Louisa ihm nach.

»Suchet, so werdet Ihr finden!«, rief James ihr kurz darauf auch schon frohgemut zu und zückte sein Taschenmesser. Vorsichtig ging er in die Hocke, um die ersten Betonien zu schneiden.

Nun wagte auch Lu sich in das dichtere Gehölz vor, stellte ihren Korb auf den Boden, zog ebenfalls ihr Messer und hockte sich gleich neben das dicke Betonienpolster. »Sie stehen in voller Blüte«, staunte sie. »Genau wie Culpeper es beschrieben hat. Lasst uns aber nur die Blätter, die Stängel und die Blüten mitnehmen. Nicht die bitteren Wurzeln.«

Im Handumdrehen hatten sie ihr Körbchen randvoll gefüllt und erhoben sich wieder. »Ich werde sie gleich mit in die Destillationskammer nehmen und noch vor dem Abendessen einen Absud daraus bereiten. Am besten sogar, ich nehme dazu Culpepers Rezept.«

»Jack kann sich freuen, eine so liebevolle Schwester zu haben.«

»Liebevoll? Ach, im Grunde sind meine Brüder echte Nervensägen«, beschwichtigte sie ihn. »Und eigentlich kommen wir auch nicht sonderlich gut miteinander aus.«

»Aber das ist doch bloß oberflächlich. Diese kleinen Streiche zählen doch nicht wirklich. Unter all den Neckereien verbindet Euch nämlich eine tiefe Zuneigung und Loyalität. Glaubt mir, das ist mir sofort aufgefallen.«

»Nein, ich fürchte, da täuscht Ihr Euch«, blieb Louisa hartnäckig.

Sie hatte sich fest vorgenommen, nicht zu persönlich mit Abercorn zu werden, und stolzierte zügigen Schrittes wieder aus dem Unterholz hinaus.

Mit einem Mal kamen Georgy, Teddy und George auf sie zugaloppiert. »Da seid ihr ja!«, rief Louisas ältere Schwester und zügelte ihr Pferd. »Wir wurden schon ausgeschickt, um nach euch zu suchen. Abercorn soll schleunigst ins Haus kommen! Die Hollands und die Greys wollen ihn sehen.« Forschend schaute sie erst James an und dann Louisa und fragte schließlich misstrauisch: »Wo seid ihr überhaupt gewesen? Im Wald etwa? Was habt ihr denn da gemacht?«

Energisch straffte Louisa die Schultern – sie wollte auf keinen Fall zugeben, dass sie nach einer Heilpflanze für Jacks Krankheit gesucht hatten – und entgegnete: »Das geht dich gar nichts an! Kümmere dich lieber um deinen eigenen Kram. Wie mir scheint, ist das für dich nämlich schon Herausforderung genug.«

Georgy aber überging den beißenden Spott einfach und kreischte: »Jetzt weiß ich es!« Ihr Gesicht strahlte geradezu, ganz so, als hätte sie gerade ein köstliches Geheimnis entdeckt. »Ihr habt geknutscht! Lu, ich muss schon sagen: Da habe ich dich ganz schön unterschätzt.«

Nun begann auch Teddy laut zu johlen: »Hut ab, James! Ihr lasst wirklich nichts anbrennen.«

»Du lügst, Georgy! Schäm dich!«, übertonte Louisa sie wütend. »Wir haben nicht –« Sie schluckte. »Wir haben nichts dergleichen gemacht. Wir haben nur nach Roten Betonien gesucht.«

Nun konnte Teddy sich vor lauter Gelächter kaum noch im Sattel halten: »Betonien? Habt Erbarmen! Mir scheint es eher, als ob da jemand auf der Suche nach Rosenknospen gewesen wäre!«

James zwinkerte ihm verschwörerisch zu. »Ein Kavalier genießt – und schweigt.«

Louisa errötete, wollte aber dennoch das letzte Wort behalten, auch wenn es gerade vier gegen eine stand, und erklärte schmollend: »Wie du meinst, Georgy. Vielleicht hast du ja recht. Dann schuldest du mir jetzt in jedem Fall eine Guinea.«

»Nichts da!«, erwiderte ihre Schwester aufgebracht. »Ich will den Kuss erst mit eigenen Augen sehen.«

Hamilton musste sich wahrlich Mühe geben, um seine Belustigung zu verbergen. Denn obgleich er Louisa ja gar nicht geküsst hatte, wollte sie wohl, dass ihre Schwester glaubte, es wäre so. Wahrscheinlich irgendeine Art von Wette, überlegte er im Stillen und musterte Georgy und Lu höchst interessiert.

Ziemlich genau in dem Moment, als die jungen Leute schließlich ins Haus zurückkehrten, kam auch Charlotte, die Schwester der Herzogin von Bedford, mit ihrem Sohn Arthur und ihrer Tochter Sophia in Woburn Abbey an, den einzigen beiden ihrer insgesamt vierzehn Sprösslinge, die noch nicht verheiratet waren. Und da Arthur Lennox genauso wie seine Freunde und Cousins ebenfalls in Oxford studierte, war auch keine weitere Vorstellungsrunde mehr nötig. Man kannte sich ja bereits.

Galant verbeugte James Hamilton sich vor der Herzogin von Richmond und führte sachte ihre Finger an seine Lippen. »Es ist mir eine Ehre, Euer Hoheit.«

»Was für ein Charmeur«, seufzte Charlotte fasziniert. »Abercorn, dies ist meine Tochter, Lady Sophia.«

Sophia zwinkerte ihm neckisch zu. »Es ist zwar lange her, dass wir uns zuletzt gesehen haben, Mylord, aber ich erinnere mich dennoch sehr gut an Euch. Auch wenn Ihr damals in Carlton House nur Augen für meine Cousine Louisa hattet.«

»So, hatte ich das?« Betont bescheiden erwiderte er ihr Lächeln. »Nun, dann bitte ich um Vergebung für meine Unhöflichkeit.«

»Tante Georgina, was habt Ihr denn eigentlich für Euren Geburtstag geplant? Wie wäre es, wenn wir dieses Jahr auch einen kleinen Ball veranstalten?«

»Tja, eigentlich hatte ich das zwar nicht vorgehabt, aber wenn ihr unbedingt wollt, dann habe ich nichts dagegen. Wie wäre es mit übermorgen Abend? Das heißt, natürlich nur, falls auch die anderen Damen verfügbar sind.«

»Was für eine herrliche Idee!«, stimmte Lady Holland ihrer Freundin zu. »Die Musiker von Woburn sind so begabt – die können quasi alles spielen, angefangen bei einem englischen Volkstanz bis hin zu einem schottischen *Reel.*«

»Das läuft ja wie am Schnürchen«, zischte Georgy, während sie ihre Schwester heimlich in die Seite stupste. »Wo könnte man sich besser näherkommen als bei einem Ball?«

Louisa hingegen runzelte nur nachdenklich die Stirn. Sophia sieht sich offenbar schon in den Armen von Abercorn übers Parkett schweben, dachte sie mürrisch. Gleichzeitig wunderte sie sich, warum sie diese Vorstellung eigentlich so wütend machte.

»Der Herzog von Clarence wird übrigens auch dabei sein«, mischte John Russell sich mit gutmütigem Brummen in die allgemeine Planung mit ein. »Ich habe heute Morgen einen Brief von ihm bekommen, in dem er meine Einladung nach Woburn Abbey gnädigst annimmt und auch gleich seine Frau mit angekündigt hat. Sie werden im Laufe des morgigen Tages hier eintreffen. Obgleich William wohl bereits ein klein wenig zu alt sein dürfte, um sich noch an einen der Tänze aus den schottischen Highlands zu wagen, meinst du nicht auch?«

»Dann setzt er sich eben einfach an den Rand und guckt zu«, lachte Georgina. »Du kannst ihm ja Gesellschaft leisten. Oder meinst du, du kriegst diese komplizierten Sprünge noch hin? Ich glaube nicht. Seine Frau hingegen, Prinzessin Adelaide, ist ja ganze zwanzig Jahre jünger als er. Die lässt es sich bestimmt nicht nehmen, so viel zu tanzen wie irgend möglich, genauso wie die anderen Damen hier.«

»Und für den folgenden Tag könnte ich eine Jagd organisieren«, bot Jack sich an. »Die englischen Thronfolger sind von jeher formidable Schützen, und Woburn Abbey bietet einen der besten Jagdgründe im ganzen Land.«

»Eine ganz vortreffliche Idee, Jack. Prima!«, lobte John ihn, fügte dann, als er die missmutigen Mienen seiner Frau und seiner beiden Töchter sah, aber rasch hinzu: »Nur die Damen lasst ihr diesmal wohl besser hier. Denen ist es sicherlich lieber, sich zu einem kleinen Kaffeekränzchen zu treffen und sich zu unterhalten, als mit euch auf die Jagd zu gehen.«

Sofort steckten die Damen die Köpfe zusammen und diskutierten eifrig, was sie zu dem Ball anziehen wollten, woraufhin die Männer sich verabschiedeten und in den Waffensaal hinübergingen, um die Gewehre für die Jagd auszuwählen, wobei man sich natürlich auch den einen oder anderen Schluck schottischen Whisky gönnte.

Louisa verschwand unterdessen in der Destillationskammer, um den Absud für ihren Bruder Jack herzustellen. Zuerst kochte sie die Blüten und Blätter der Roten Betonie in Rotwein und Honig, dann wartete sie, bis die Mischung wieder erkaltete. Eine gute Stunde später goss sie den Sud durch ein sauberes Tuch und füllte den duftenden Sirup in eine kleine Klarglasflasche, die sie sorgfältig mit einem Korken verschloss. Diese stellte sie dann oben in Jacks Schlafzimmer auf dessen Nachttisch und schrieb auf einem kleinen Zettel dazu, dass er von dem Sirup laut Culpepers Anweisungen jeden Morgen einen Löffel voll nehmen solle.

Kurz bevor der Gong zum Dinner erschallte, kam Lord John Russell an. Mit einem herzlichen Lächeln zog er seine Stiefmutter in seine Arme und flüsterte: »War doch klar, dass ich pünktlich komme, oder? Nicht im Traum würde ich es wagen, zu einer deiner Abendeinladungen zu spät zu erscheinen.«

»Johnny, wie schön dich wiederzusehen«, lachte Georgina und erwiderte seine Umarmung. »Dein Vater erwartet dich bereits. Außerdem sind schon jede Menge Gäste eingetroffen – aber auf keinen habe ich mich mehr gefreut als auf dich.«

Auch Lady Holland küsste den jungen John Russell auf beide Wangen. Er war wie eine Art zweiter Sohn für sie, denn er hatte oft bei Beth und Henry gewohnt, wenn seine Eltern durch Europa reisten.

Atemlos kam schließlich auch Louisa, die sein Pferd natürlich längst bemerkt hatte, die Treppe heruntergerannt und keuchte: »Johnny! Da bist du ja. Habe ich es mir doch gleich gedacht, dass du Georgys Geburtstag nicht vergessen würdest. Überhaupt feiern wir in diesem Jahr wieder alle zusammen, und übermorgen gibt es sogar einen spontanen Ball.«

»Na, das hört sich doch großartig an. Ich kann jetzt nämlich gut ein wenig Zerstreuung gebrauchen – nach diesen elendig langen Parlamentssitzungen, meine ich.« In diesem Moment erklang auch schon der Gong zum Essen, und Arm in Arm mit Georgina und Beth strebte Johnny dem Van-Dyke-Esszimmer entgegen. Kurz vor der Salontür blieben sie jedoch plötzlich stehen, denn aus dem Waffenzimmer kamen in genau diesem Augenblick unter Gelächter Johnnys Brüder und Cousins und deren Freunde geschlendert, gefolgt von seinem nicht mehr ganz so energetischen Vater.

»Johnny!«, jubelte der Herzog, der seinen Sohn trotz allem als Erster entdeckte. »Ich habe Abercorn bereits erzählt, dass du uns besuchen kommen würdest. Hast du eigentlich meine Glückwünsche bekommen? Ich hatte dir geschrieben, als du das Gesetz über die irisch-katholische Emanzipation durchgebracht hast. Ich kann dir gar nicht sagen, wie stolz ich auf dich bin. Und nun komm, lass mich dir noch mal von Mann zu Mann gratulieren.« Strahlend zog der alte Herzog seinen Sohn in die Arme, und alle passten sich ihrem gemächlichen Schritttempo an, als die beiden schließlich als Erste das Esszimmer betraten.

Auch Johns Brüder und Schwestern und die anderen Gäste begrüßten den jungen Lord überaus herzlich und zugleich völlig ungezwungen, eben so, wie es üblich war im Hause Russell.

»Übrigens, John«, erklärte der Herzog gut gelaunt, »wenn ich dir vorstellen darf – das ist James Hamilton, der Marquis von Abercorn und ein echter Irland-Freund. Wie wäre es, wenn du einfach zwischen James und mir Platz nimmst und uns ein wenig über die Details des neuen Gesetzes verrätst?«

Louisa ahnte bereits, dass Johnny und Abercorn noch vor Beendigung der Mahlzeit die dicksten Freunde sein würden. Dabei haben sie doch bloß eine einzige Gemeinsamkeit, schimpfte sie im Stillen. Diese lächerliche Liebe zu Irland. Mehr wissen sie ja noch gar nicht voneinander, zumal jeder Mann in diesem Raum – mit Ausnahme von Abercorn, der sich als strenger Tory sieht – ein überzeugter Whig ist. Entschieden räusperte sie sich und wandte sich direkt an Johnny: »Wusstest du eigentlich, dass James Hamilton ein Anhänger der *Konservativen* ist?«

Die beiden Männer schauten sich für den Bruchteil einer Sekunde an, dann warfen sie zeitgleich den Kopf in den Nacken und brachen in schallendes Gelächter aus.

»Lu«, entgegnete Johnny. »Ich hoffe doch, du hast nicht vergessen, dass ich von jeher ein überzeugter Verfechter des Zweiparteiensystems bin? Wie heißt es doch so schön: Vielfalt bereichert!«

»Das liegt in der Familie«, mischte die Herzogin von Bedford sich in die Unterhaltung mit ein. »Denn meine Mutter, Jane Gordon, war zwar eine der führenden Damen in der Gesellschaft der Torys, andererseits aber hatte sie keinerlei Einwände dagegen gehabt, mich mit einem der energischsten Whigs zu verheiraten. Und zum Glück ist es ja nicht gegen das Gesetz, jemanden vom anderen Ufer zu heiraten.«

Alle am Tisch waren ganz hingerissen von diesem herrlichen Bonmot – alle bis auf Louisa, versteht sich.

Noch immer leise glucksend meldete der alte Herzog sich wieder zu Wort: »Auch der Herzog von Wellington war schon diverse Male zu Gast bei uns, seit er Premierminister geworden ist. Und ich muss sagen, dass seine Regierung, auch wenn sie zum Großteil aus Torys besteht, doch keine schlechte Arbeit macht.«

»Nun, da das Gesetz zur irisch-katholischen Emanzipation durch ist, habe ich übrigens vor, mich gemeinsam mit den Liberalen abermals für eine Parlamentsreform einzusetzen«, setzte Johnny das Thema fort. »Meine Bemühungen zur Begrenzung der Wahlbestechungen jedenfalls hatten bislang nur wenig Erfolg.«

»Das ist wahrlich ein Problem«, stimmte auch Abercorn ihm zu. »Zudem ist es überhaupt nicht hinnehmbar, dass die kleinen Grafschaften mit wenig Einwohnern, die dafür aber den besonders Wohlhabenden gehören, mehr Stimmen bei der Wahl der Parlamentsmitglieder haben als die großen Industriestädte wie zum Beispiel Birmingham oder Manchester.«

»Und genau aus dem Grund haben wir alle uns schon seit Jahren wiederholt für die Neustrukturierung der Wahlordnung ausgesprochen«, dröhnte Lord Holland dazwischen. »Man beschimpft uns seitdem zwar als ›Radikale‹, aber das muss man in diesem Fall wohl einfach aushalten.«

»Richtig, wir brauchen dringend eine Reform. Sonst werden wir hier bald ebensolche zerstörerischen Aufstände erleben, wie sie auf dem europäischen Festland ja fast schon gang und gäbe sind«, warnte auch Graf Grey.

»Oh, meine Herren, ich bitte doch sehr«, rief Bessy erschrocken. »Lasst uns jetzt bitte nicht über eine mögliche Revolution sprechen. Das ist nämlich genau der Grund, weshalb wir das Festland erst kürzlich verlassen mussten.«

»Aber, aber, Bessy«, schmunzelte Johnny und schenkte der Frau seines Bruders ein beruhigendes Lächeln. »In Mayfair seid Ihr doch in Sicherheit. Euer Stadthaus liegt ganz in der Nähe vom Russell Square, und Francis und seine Frau wohnen gleich nebenan.«

»Richtig, ich habe sogar bereits eine Korrespondenz mit Anna Maria aufgenommen«, stimmte Bessy zu. Das Thema »Revolution« war für sie offenbar schon wieder vergessen, da es neue gesellschaftliche Kontakte zu knüpfen gab. »Residiert Ihr nicht ebenfalls am Russell Square?«, horchte sie Johnny begierig aus. »Ich meine, da Ihr und Francis doch beide tagein, tagaus so fleißig für das House of Commons politisiert?«

»Wie Ihr vielleicht wisst, bin ich auch noch in diversen Komitees vertreten, Lady Bessy. Folglich arbeite ich meist deutlich länger als Francis und habe darum ein paar bescheidene Räumlichkeiten gleich um die Ecke von Whitehall angemietet. Aber ich besuche meine Geschwister am Russell Square natürlich, so oft ich kann.«

»Dann erwarte ich Euch schon bald zum Tee am Cavendish Square«, bat, nein, befahl Bessy.

Louisa warf Johnny einen vielsagenden Blick zu und verdrehte demonstrativ die Augen, um ihm zu bedeuten, dass er sich auf gar keinen Fall zu irgendwelchen Zusagen hinreißen lassen sollte. Glücklicherweise verstand Johnny, was sie ihm damit sagen wollte, und verbarg dezent ein amüsiertes Lächeln.

Abercorn war die heimliche Kommunikation zwischen den beiden natürlich nicht entgangen. Johnny und Lady Louisa verstehen sich offenbar ohne Worte, sinnierte er. Ich beneide ihn!

»Lu, wie sieht es aus? Hast du Lust, uns heute Abend mal wieder einen deiner herrlichen spanischen Tänze vorzuführen?«, fragte John seine Lieblingsschwester.

»Aber gewiss wird sie das!«, mischte Lady Georgina sich ein. »Ich bin mir sicher, wir dürfen uns schon jetzt auf eine fantastische Darbietung freuen.« Als Mutter war sie natürlich sofort Feuer und Flamme, als sich die Chance bot, Lu zum Mittelpunkt der Aufmerksamkeit zu machen und sie somit gleich einer ganzen Schar potenzieller Heiratskandidaten zu präsentieren.

Louisa lachte geschmeichelt und versprach: »Ich werde tanzen – wenn Johnny dafür einen von Shakespeares Monologen rezitiert! Keiner kann sie so gut wiedergeben wie er.«

Ihr Bruder schnalzte nur verächtlich mit der Zunge und machte eine wegwerfende Handbewegung. Er bildete sich nicht viel darauf ein, Shakespeare gleich passagenweise zitieren zu können, und auch sein schauspielerisches Talent war ihm im Grunde eher peinlich. »Auf einen dieser langweiligen Monologe habe ich eigentlich gar keine Lust«, erwiderte er. »Aber da du ja ohnehin nicht lockerlassen wirst, biete ich dir King Henrys Ansprache an seine Truppen an.«

»Hurra!«, rief Henry begeistert, und auch Cosmo und der kleine Alexander trommelten mit ihren Messern auf den Tisch.

James Hamilton grinste und raunte, an Louisa gewandt: »Ihr habt einen ziemlich aufrührerischen Einfluss.« Und Eure Familie liebt Euch dafür, fügte er in Gedanken hinzu. Wie gerne wäre auch ich Teil dieser Familie! Aber vielleicht ist es mir ja eines Tages vergönnt, dazuzugehören.

Nach dem Abendessen schlenderten die Russells und ihre Gäste geschlossen in das kleine Theater hinüber, während Louisa sich mit Georgy darüber beriet, welches Stück diese spielen sollte, und die Entscheidung schließlich auf eine spanische Komposition fiel. Freundlicherweise bot Johnny sich an, als Erster auf die Bühne zu treten; auf diese Weise gewann Louisa noch ein wenig Zeit, um sich in Ruhe umzuziehen.

Langsam teilte sich der Vorhang, und beleuchtet von einem mächtigen Kronleuchter stand Johnny mitten auf der Bühne. Ernstes Schweigen breitete sich über die Kunstsinnigen, und man erwartete voller Spannung die dramatische Ansprache.

Selbstbewusst atmete Lord John Russell einmal tief durch, legte den Kopf in den Nacken und zitierte mit so lauter und klarer Stimme, als ob er gerade eine Rede vor dem Unterhaus hielte:

»Stürmt noch einmal auf die Barrikaden, meine Freunde, nur einmal noch,
oder schließt die Mauer mit den Leibern unserer toten Gefährten!
In Friedenszeiten gibt es nichts Ehrbareres für einen Mann,
als ruhig und bescheiden seinem Tagwerk nachzugehen;
wenn jedoch die Fanfaren des Krieges in unseren Ohren dröhnen,
dann gilt es, das Wesen des Tigers anzunehmen:
Spannt Eure Sehnen,

lasst Euer Blut wallen,
und verbergt Eure sanfte Natur hinter dem heiligen Zorn.
Lehrt unsere Feinde bereits mit Eurem bloßen Blick das Fürchten,
auf dass die edle Stirn des Engländers nur noch Böses birgt
und sogar die sonst so sanften Brauen den fürchterlichen Blick nur noch schärfen,
ganz wie ein zerklüfteter Fels bereits von Weitem den weichen Fuß des Berges zornig überragt,
wenn um ihn herum plötzlich die unersättlichen Fluten des Ozeans toben.
Zeigt die Zähne und bläht die Nasenflügel,
nehmt tief die gute Luft in Eure Lungen auf.
Und schärft Eure Sinne,
bis Eure Wahrnehmung klar ist wie ein Kristall.
Und dann, Ihr englischen Edelleute,
heißt es auch schon: Voran, voran!
In Euch fließt das Blut von kriegsbewährten Vätern,
von denen jeder einzelne sich bereits als wahrer Alexander bewies
und vom frühen Morgen bis spät in die Nacht gekämpft hat,
als der Feind, statt weise Worte zu wählen, lieber Schwerter sprechen ließ.
Entehrt nicht Eure Mütter, sondern beweist, dass die, die sich zu Euch bekennen,
auch tatsächlich Eure Väter sind.
Seid unseren Untertanen von einfacherem Geblüt ein Vorbild,
und zeigt ihnen, wie man kämpft.
Auf dass auch Ihr,
Ihr guten Bauern und Knechte,
die Ihr doch nicht weniger Engländer seid als wir, uns zeigt,
welch glühender Funke auch in Eurer Brust schwelt.
Lasst uns gemeinsam einen Eid darauf schwören, dass Ihr es wert seid,
Euch ›Engländer‹ zu nennen!

Denn es gibt niemanden,
und sei er noch so einfach oder von noch so niederer Geburt,
der nicht den noblen Funken der Leidenschaft in seinen Augen hat.
Dort steht Ihr nun wie die Windhunde,
begierig, endlich die zähmende Leine abzustreifen,
und sehnt Euch nach dem Beginn der Jagd.
Das Wild ist schon ganz nah.
Und darum folgt nun Eurem Drängen
und setzt der Beute nach und schreit:
›Mit Gott für Harry, England und den Heiligen Georg!‹«

Nach einem Augenblick der Stille folgte ein ohrenbetäubender Applaus, und die anwesenden Herren brüllten unisono: »Mit Gott für Harry, England und den Heiligen Georg!«

Johnny hingegen lächelte nur stumm, verbeugte sich einmal zackig, und dann wurde der Vorhang auch schon wieder geschlossen. Lässig sprang er den Seitenaufgang der Bühne hinab, ließ sich gleich neben Abercorn in seinen Sessel fallen und genoss sichtlich die begeisterten Glückwünsche zu seiner flammenden Ansprache.

Nun nahm Georgy ihren Platz am Cembalo ein und wartete, bis der Lärm wieder verebbte. Anschließend legte sie ganz sachte die Finger auf die Tasten und ließ sie dann in einem unerwartet donnernden Akkord erbeben.

Abermals schwang der Vorhang zur Seite, und auf der Bühne stand Louisa, den schlanken, grazilen Körper zu einer dramatischen Pose gespannt. Ihr schwarzes Haar trug sie straff zurückgebunden, und hinter ihr eines Ohr hatte sie sich eine große rote Rose gesteckt. Dazu hatte sie einen fließenden langen Rock ausgewählt, einen seidenen Schal und einen schwarzen Spitzenfächer, der ihre untere Gesichtshälfte verbarg.

Alle hielten für einen winzigen Moment ergriffen den Atem an, als die stakkatoähnliche Musik begann und Lu beide Hände hoch über den Kopf erhob, während sie im perfekten Einklang mit Georgys strengem Takt ihre Kastagnetten klappern ließ. Ihr roter Rock bauschte sich und entblößte ihre schwarzseidenen Strümpfe und hohen Stiefeletten. Louisa tanzte einen Paso Doble, stampfte in rasantem Tempo mit den Fersen auf den hallenden Bühnenboden, während die Musik immer mehr Tempo aufnahm und schließlich sogar das Publikum ansteckte. Hinzu kam der hochmütige und dramatische Blick, den wohl selbst eine geborene Spanierin nicht überzeugender hätte aufsetzen können, sodass Louisas Darbietung am Ende mindestens ebenso theatralisch wie lebendig und ganz einfach atemberaubend war. Zum Schluss peitschte sie noch einmal mit ihrem seidenen Schal durch die Luft, bis man meinte, die Silhouette eines wütenden Stieres zu erkennen.

Der Applaus war schier ohrenbetäubend, während Lu einmal bescheiden knickste und unter lauten »Bravo!«-Rufen die Bühne verließ.

»Sie hat wirklich ein unglaubliches Talent«, staunte Johnny, während Abercorn zustimmte: »Ja, sie ist unvergleichlich. Und eines Tages, das garantiere ich Euch, mache ich sie zu meiner Ehefrau.«

· 5 ·

Entspannt nippte der Herzog von Clarence an seinem Bordeaux und genoss die angenehme Gesellschaft, in der er sich gerade befand: Der Herzog von Bedford hatte alle in Woburn Abbey weilenden Herren zu einem Drink in die Bibliothek geladen.

Nach einer Weile gab John Russell seinem Sohn ein kleines Zeichen, woraufhin dieser sich ein Stückchen vorbeugte und ganz nonchalant erklärte: »Euer Hoheit, wenn ich anmerken darf – wir haben Euch zu Ehren für morgen eine kleine Jagd organisiert. Die Fasane sind dieses Jahr wirklich reichlich. Entsprechend brauchen wir wohl auch keine Treiber. Die Hunde werden das Federvieh schon von ganz allein aus dem Gebüsch aufscheuchen. Ein anregenderes Jagderlebnis findet Ihr in ganz England nicht.«

»Fabelhaft! Genau darauf hatte ich gehofft. Zumal ich in weiser Voraussicht auch schon einmal meine Waffen mitgebracht habe.«

»Ja, ab sofort ist Jack unser Erster Jagdaufseher«, schmunzelte John Russell. »Wir haben dieses Jahr nämlich mal wieder so viele Freunde zu Besuch, die allesamt auf den einen oder anderen Jagdausflug hoffen, dass ich die Organisation von nun an meinem Jack übertragen habe. Er hatte ja ohnehin bereits angeboten, mir bei der Verwaltung des Anwesens ein wenig unter die Arme zu greifen.«

»Bedford, ich kann Euch zu Euren Söhnen nur gratulieren. Ganz famose junge Burschen, die Ihr da habt.«

Abercorn bewahrte eine möglichst teilnahmslose Miene, während es in seinen Augen belustigt funkelte, war es doch allgemein bekannt, dass auch der Herzog von Clarence eine ganze Reihe von Söhnen hatte – wenngleich natürlich allesamt Bastarde. Allein die irische Schauspielerin Dorothea Jordan hatte ihm bislang bereits ganze fünf geschenkt, die auch noch alle den gleichen Beinamen trugen: FitzClarence.

Nachdem der Bruder des Königs sich an dem einen oder anderen Gläschen Wein gütlich getan hatte und in Gedanken bereits bei der anstehenden Jagd verweilte, kam John Russell betont beiläufig auf das ehrgeizige Vorhaben seines Sohnes zu sprechen, Karriere bei der Marine zu machen. »Nun, da Edward sein Studium in Oxford hinter sich gebracht hat, redet er nur noch davon, Marineoffizier zu werden. Ich habe ihm daraufhin natürlich gesagt, dass er sich am besten mal mit Euch, als ehemaligem Großadmiral, unterhalten sollte. Wir wissen ja alle, dass es nicht einen einzigen Mann in ganz England gibt, der besser über die Entwicklungen und Aussichten in der Marine informiert wäre als Ihr, Euer Hoheit.«

Abercorn war ehrlich verblüfft, wie geschickt und mit welcher Leichtigkeit Bedford den Herzog einzuwickeln wusste. Mit einer Kombination aus Witz, Schmeichelei und Vertraulichkeit verführte Edwards Vater den Herzog von Clarence dazu, im Marineministerium einmal ein gutes Wort für seinen Sohn einzulegen, auf dass die Kommission, die über die Aufnahme in die Marine entscheiden würde, ihm gewiss wohlgesonnen wäre.

Edward hat wirklich Glück, John Russell als Vater zu haben, seufzte James im Stillen. Wenn ich da an Aberdeen denke … Er ist so aggressiv und unnachgiebig. Und egal, mit wem er auch zu tun hat: Irgendwann überwirft er sich mit jedem.

Großzügig schenkte Bedford Clarence noch einmal nach. »Trinkt, lieber William, damit Ihr gewappnet seid für den Ball, den unsere Damen für den heutigen Abend anberaumt haben.«

Im Venezianischen Salon berichteten die Damen derweil Prinzessin Adelaide von dem geplanten Geburtstagsball, den die Herrin des Hauses schon in wenigen Stunden geben wollte.

»Ich tanze für mein Leben gern!«, schwärmte Adelaide. »Ich bin mir nur nicht ganz sicher, ob ich auch ein passendes Kleid dabeihabe.« Unsicher strich sie sich über ihre ein klein wenig altmodische Frisur.

»Aber solch ein Unsinn, Euer Hoheit!«, widersprach Georgina im Brustton der Überzeugung. »Hier auf dem Land geht doch alles ganz informell zu. Und speziell bei uns in Woburn trägt garantiert niemand die neueste Pariser Mode. So viel jedenfalls kann ich Euch versichern.« Sie lächelte charmant. »Und wenn Ihr wollt, schicke ich Euch gern eine meiner Zofen, die Euch das Haar aufstecken kann.«

»Dieses Angebot müsst Ihr unbedingt annehmen«, stimmte Louisa begeistert zu. »Überhaupt habt Ihr solch herrlich volles und glänzendes Haar, Prinzessin Adelaide. Ihr könntet es in Korkenzieherlocken legen und dann mit ein paar kristallbesetzten Nadeln aufstecken lassen. Das sieht bestimmt ganz fantastisch aus.«

»Wenn Ihr meint, meine Liebe, dann will ich Eurem Rat gerne folgen«, entgegnete die Prinzessin schon wieder deutlich positiver gestimmt. »Und überhaupt freut es mich, hier so viele junge Gesichter zu sehen. Ich bin gerne in Gesellschaft junger Leute. Ich finde, das erfüllt einen irgendwie wieder mit neuer Lebensenergie.«

Mit hochroten Wangen kam Lady Sophia in Louisas Schlafzimmer gehuscht. »Da unten stimmen sie bereits ihre Instrumente. Beeilt euch, ich möchte nicht zu spät zum Ball erscheinen. Ach, Lu, könntest du mir vorher bitte noch mein Kleid schließen?«

»Ich habe dir doch gesagt, dass unsere Klamotten vollkommen aus der Mode sind, Lu«, schimpfte Georgy unterdessen. »Diese schmalen Dinger mit der Empiretaille sind schon lange nicht mehr en vogue. Heute sitzt die Taille wieder da, wo sie auch von Natur aus hingehört. Außerdem trägt man schwingende ausgestellte Röcke und Puffärmel. Alle Londoner Damen, die etwas auf sich halten, kleiden sich jetzt so.«

»Aber zumindest heute Abend dürften wir uns mit unseren Kleidern wohl noch einmal blicken lassen«, widersprach Louisa leicht enerviert. »Unsere Herren aus Oxford haben doch sowieso keine Ahnung, was modisch gerade angesagt ist. Und bevor wir debütieren, wird Mutter uns gewiss noch einmal ganz neu einkleiden. Du weißt doch, wie modeverrückt sie ist.«

Nicht so ganz überzeugt von den Reden ihrer Schwester musterte Georgy abermals das schicke Abendkleid ihrer Cousine und schmollte: »Trotzdem möchte ich dich bitten, Sophia, dich heute Abend nicht vorzudrängeln. Wir haben schließlich nur drei Junggesellen zur Auswahl. Du wirst dir deinen Zukünftigen also wohl oder übel woanders suchen müssen.«

»Aber, Georgy, ich bin doch nicht hier, um mir einen Ehemann zu angeln. Das habe ich gar nicht nötig. Es gibt da nämlich bereits jemanden, der mir den Hof macht.«

Georgy war so erstaunt, dass ihr der Mund offen stand. »Wie bitte?«, keuchte sie. »Und wer ist das, wenn ich fragen darf?«

Sophia dagegen errötete nur abermals und erklärte: »Er heißt Thomas. Lord Thomas Cecil.«

»Ich glaube«, warf Louisa ein, »sein Bruder ist der Marquis von Exeter, nicht wahr? Das ist doch der, der damals –« Weiter jedoch kam sie nicht, denn schon zischte Georgy erbost: »Verdammt und zugenäht aber auch! Sieht ja ganz so aus, als ob ich die einzige Zwanzigjährige in ganz England bin, die keinen Verlobten hat.«

»Aber die Nacht ist doch noch jung«, versuchte Sophia sie zu beruhigen. »Kann doch gut sein, dass du noch vor Ende des Balls einen Verehrer hast.«

Die Musiker waren gerade damit fertig geworden, ihre Instrumente zu stimmen, als die drei jungen Damen den Ballsaal betraten, gefolgt von der Herrin und dem Herrn des Hauses. Endlich waren alle versammelt, das heißt, zumindest was die jungen Mädchen und die Paare unter den Gästen anbelangte – die besagten Junggesellen hingegen glänzten noch immer mit Abwesenheit. Erbost und amüsiert zugleich stemmte Georgina die Hände in die Hüften und marschierte, kaum dass sie den Saal betreten hatte, auch schon wieder hinaus, um die jungen Männer höchstpersönlich in den dritten Stock des riesigen Anwesens zu scheuchen. Wieder oben angekommen, befahl sie den Musikern, sofort mit ihrem Spiel zu beginnen.

Als Erstes wurde eine Quadrille angestimmt, und begeistert willigte Georgy ein, als Teddy Fox sie zum Tanz aufforderte. Anschließend verbeugte Abercorn sich vor Prinzessin Adelaide, die ihm wiederum ein strahlendes Lächeln schenkte und fast so leichtfüßig wie ein junges Mädchen mit ihm auf die Tanzfläche schritt. George Grey forderte Lady Sophia auf, und Johnny schnappte sich kurzentschlossen Louisa, der es, genau genommen, sogar ganz recht war, dass ihr Bruder sie begleitete. Er war nämlich der Einzige unter den jungen Männern, bei dem sie sich nicht unbehaglich fühlte. Ein wenig steif bildeten diese vier Paare also das erste Quartett und folgten mit zunächst noch ziemlich ernsten Mienen den komplizierten acht Figuren, aus denen dieser Tanz bestand. Spätestens bei der abschließenden Verbeugung aber war das Eis dann doch gebrochen, und alle lachten und scherzten gut gelaunt.

Als Nächstes befahl Georgina einen *mazey dance* – einen sehr alten und fast schon labyrinthartig verworrenen Tanz aus dem schottischen Hochland. Diesmal forderte Teddy Fox Louisa auf. »Würdet Ihr mich bitte durch diesen Tanz geleiten?«, fragte er ganz formell. »Ich bin mir nämlich nicht so ganz sicher, ob ich die Schritte noch richtig im Kopf habe.«

Freundlich lächelnd blickte sie ihn an. »Die meisten kommen bei diesem Tanz ein bisschen durcheinander, dabei ist er eigentlich so simpel. Als Erstes bilden die Damen und die Herren Schulter an Schulter je eine Reihe, wobei sie sich die Gesichter zuwenden. Dann hebt das vordere Paar die Arme zu einem kleinen Bogen, und die anderen Paare tanzen darunter hindurch. So einfach ist das.«

Zuerst ging auch tatsächlich alles glatt, und die Tänzer konzentrierten sich, bis – ja, bis George Grey und Georgy an der Reihe waren. Die beiden vergaßen nämlich kurzerhand, dass eigentlich sie die Arme zum Bogen heben sollten, und tanzten einfach weiter, während die Nächsten bereits vordrängten, sodass das ganze Gebilde schließlich in einem heillosen Chaos endete. Doch keiner nahm dem vergesslichen Pärchen das Durcheinander übel. Stattdessen stellte man sich unter viel Gelächter einfach noch einmal neu auf und führte den Tanz korrekt zu Ende.

Unterdessen hatten die Herzogin und ihre beste Freundin einen kleinen Plan ersonnen. »Ich denke, *jetzt* wäre der richtige Augenblick«, flüsterte Lady Holland Georgina verschwörerisch zu.

Sofort hob Georgina die Hand und bat um die Aufmerksamkeit der Gäste. »Und jetzt, meine Damen und Herren, wird ein Kotillon gespielt. Für alle, die vergessen haben, wie es geht, hier noch einmal die Regeln: Jedes Mal, wenn die Musik stoppt, werden die Partner getauscht. Anschließend geht es weiter und immer so fort. Und da Lady Holland mir gerade erzählt hat, dass der letzte Schrei in London zurzeit ein Kusstanz ist, schlage ich vor, dass als Krönung des Ganzen auch wir diesem neuen Ritual folgen. Also, es wird getanzt, bis die Musik pausiert, die Partner tauschen, und ganz zum Schluss, wenn das Stück zu Ende ist, geben die Herren ihrer letzten Partnerin einen Kuss!«

Die Männer im Ballsaal pfiffen anerkennend, während die anwesenden jungen Damen teils mehr, teils weniger begeistert dreinschauten.

Besonders Louisa musste erst einmal tief durchatmen, während ihre Wangen sich bereits verdächtig röteten.

Das haben Mutter und Beth sich doch bloß ausgedacht, weil ich noch nie geküsst worden bin! Was für eine Schmach. Ich sollte den Saal sofort verlassen.

Eine innere Stimme jedoch riet ihr, besser zu bleiben; schließlich konnte sie nur so ihre Wette mit Georgy gewinnen. Dennoch zögerte sie, als George Grey sie fragte, ob sie mit ihm tanzen wolle. Sollte sie es tatsächlich wagen? Für einen winzigen Moment schien Louisa wie auf ihrem Platz festgewurzelt, bis George ihr die Entscheidung kurzerhand abnahm und sie lachend mit auf die Tanzfläche zog.

Die Musiker hatten ganz bewusst ein sehr langes Stück gewählt, und jedes Mal, wenn sie in ihrem Spiel innehielten, lag eine deutlich spürbare Anspannung in der Luft. Dann, wenn die Musik wieder einsetzte, kicherten alle verlegen und führten den Tanz fort. Und so ging es immer weiter und weiter, das kleine Orchester spielte, pausierte ein paar Takte und nahm die Melodie schließlich von Neuem auf.

Derweil behielt Georgina die Paare die ganze Zeit über aufmerksam im Auge. Als schließlich James Hamilton und Louisa ein Paar bildeten, gab sie den Musikanten ein rasches Zeichen, den Tanz für heute zu beenden.

Louisa stockte vor Schreck regelrecht der Atem, als die Musiker ihre Instrumente niederlegten und die letzten Klänge verhallten. Ach, bitte, bitte spielt weiter!, flehte sie im Stillen. Doch alle Hoffnung war umsonst. Stattdessen herrschte erwartungsvolles Schweigen rings um sie herum, und die Takte verstrichen. Einer, zwei, drei, vier – Louisa wäre am liebsten schreiend aus dem Saal gerannt. Das kann doch nicht wahr sein!, fluchte sie im Stillen. Warum passiert so etwas immer mir? Zaghaft hob sie den Blick und entdeckte in Abercorns Augen ein eigentümlich triumphierendes Funkeln. Sofort schaute sie wieder zu Boden, und ihre dunklen Wimpern breiteten sich wie winzige schwarze Fächer über ihre bleichen Wangen. Stocksteif stand sie da, als James langsam seine muskulösen Arme um sie legte, und ihr Herz klopfte so laut, dass sie es fast schon in ihren Ohren dröhnen hörte, während ihr Magen sich zu einem einzigen schmerzhaften Knoten zusammenzukrampfen schien.

Und dann schien die Zeit mit einem Mal stillzustehen. Eindringlich spürte Louisa den Druck von James' Händen in ihrem Rücken, fühlte, wie er sie Stückchen für Stückchen näher an sich zog. Entsetzt riss sie abermals die Augen auf, und zwar gerade noch rechtzeitig, um dicht über sich seinen dunklen Lockenschopf zu erblicken und seine sinnlichen Lippen – nur ein Atemzug noch und dann würde er sie auf die ihren pressen. Lu schnappte ein letztes Mal angstvoll nach Luft, schloss wieder die Augen, und dann spürte sie auch schon seinen leidenschaftlichen Kuss.

Zunächst ließ sie seinen Kuss einfach nur absolut reglos über sich ergehen, dann aber raubte seine geradezu bezwingende Ausstrahlung ihr förmlich die Sinne. Alles Denken, alle Angst hatten mit einem Mal ein Ende, und sie begann in seinem Kuss zu schwelgen. Ihre verkrampften Muskeln lockerten sich, und ihr Mund wurde weich und nachgiebig unter seinen fordernden Lippen. Sein männlicher Duft brachte sie schier um den Verstand, und sein harter durchtrainierter Körper, der sich fest an den ihren presste, verführte sie dazu, ganz gegen ihren Willen die Arme zu heben und sich an ihn zu klammern. Ganz sachte hörte sie das Rascheln ihres Kleides, als der feine Stoff gegen seine stahlharten Schenkel gedrückt wurde, und deutlich schmeckte sie auf ihren Lippen das Verlangen, das in seinen Adern pulsierte, während er sie seinem Willen unterwarf.

Und dann war plötzlich alles wieder vorbei. Leicht verstimmt darüber, dass der Kuss schon wieder endete, taumelte Louisa ein Stückchen zurück, als James Hamilton sie abrupt losließ. Verwundert schaute sie zu ihm auf und sah direkt in seine dunklen Augen. An diesen Kuss werde ich mich auf ewig erinnern, schien sein Blick zu sagen.

Louisa blinzelte benommen, so als wäre sie ganz plötzlich aus einem süßen Traum erwacht. Gütiger Gott, dachte sie erschrocken. Niemals darf dieser verdammte irische Teufel erfahren, wie wundervoll sein Kuss doch eigentlich war! Spontan hob sie die Hand und versetzte James Hamilton eine schallende Ohrfeige. Doch noch während ihre Hand auf seine Wange niedersauste, ahnte sie bereits, dass dies der schlimmste Fehler war, den sie nur irgend hätte begehen können – denn statt eines erbosten Runzelns auf seiner Stirn erschien in seinen nachtschwarzen Augen plötzlich ein wissendes

Glitzern. Ihre Ohrfeige war also der spürbare Beweis dafür, dass sie ihm schon längst verfallen war.

Rings um sie herum hingegen wurde begeistert applaudiert, während Lus Wangen vor lauter Verdruss heiß brannten. Verstört schaute sie sich um, erkannte dann aber, dass nicht etwa sie und Abercorn der Mittelpunkt der Aufmerksamkeit waren, sondern der Herzog und die Herzogin von Bedford, die sich in einer leidenschaftlichen Umarmung aneinanderschmiegten. Wieder hörte Lu in ihrem Kopf die Worte ihrer Mutter: »Aber, Liebling, was ist denn schon ein Kuss? Nichts, überhaupt nichts!« Der Kuss ihrer Eltern hingegen sprach eine ganz andere Sprache, und auch Abercorns Kuss war alles andere als »unbedeutend« oder »trivial« gewesen. Und plötzlich begriff Louisa, dass ihre Mutter sie schlichtweg angelogen hatte.

Auf ein kleines Zeichen von Herzog Russell hin nahmen die Musiker ihre Instrumente wieder auf und spielten einen langsamen Walzer. Ohne zu zögern zog Hamilton Lu abermals an sich und führte sie in langsamen sinnlichen Drehungen über die Tanzfläche, und widerspruchslos ließ Lu sich von ihm führen. Allerdings verfolgte sie damit eine ganz gezielte Taktik, wollte sie ihm mit ihrer Nonchalance doch beweisen, dass er in Wahrheit nicht die geringste Wirkung auf sie hatte und dass sie weder für sein fantastisches Aussehen noch für seinen Charme irgendwie empfänglich war. Solch ein Fauxpas wie mit dieser Ohrfeige durfte ihr nicht noch einmal passieren. Zudem musste sie in Zukunft vor allem auf eines höllisch Acht geben: Er durfte sie auf gar keinen Fall noch einmal küssen!

Verliebt schaute John Russell auf seine wunderschöne Frau hinab. »Ich liebe dich, mein kleines Mädchen.«

Ganz zart streichelte Georgina ihm übers Gesicht und erwiderte: »Ich weiß, Geliebter.«

»Dann darf ich dich also zu einem Tanz auffordern?«

»Es gibt nichts, was mir lieber wäre!« Dabei verkniff Georgina sich die bange Frage, ob John denn überhaupt schon wieder in der Lage sei zu tanzen, und lächelte ihm stattdessen aufmunternd zu.

Doch John schien ihre Sorge bereits erahnt zu haben und raunte: »Mach dir keine Sorgen, Liebes. Ich schaffe das schon. Genau genommen steckt hinter meinem Wagnis sogar Kalkül: Ich habe den Musikern nämlich gesagt, dass sie nach diesem Tanz mit den schottischen *Reels* beginnen sollen, und dann, das weißt du selbst am allerbesten, bricht hier die Hölle los. Besser also, du und ich tanzen jetzt einen langsamen Walzer, und dann habe ich meine Schuldigkeit als Gastgeber getan.«

»Ich erinnere mich noch gut daran«, kicherte Georgina, »als du das erste Mal einen Kilt angezogen hast und wir beide uns vor aller Augen an einen *Strathspey* wagten.«

»Ja, ich kann mich auch noch daran erinnern. Dieser verdammte Kilt wirbelte hoch und entblößte meinen nackten Hintern!«

»Aber das ist doch keine Schande. Immerhin hast du von jeher ein sehr ansehnliches Hinterteil gehabt.«

John aber überhörte ihre Schmeichelei und schalt sie scherzhaft: »Schäme dich, so mit einem alten Mann zu reden! Dafür wirst du noch im Fegefeuer landen.«

»Nun, dann muss ich da wohl durch«, erwiderte die Herzogin mit einem kleinen Achselzucken. »Ich fürchte ohnehin, man hat mir dort schon längst mein Plätzchen reserviert. Dabei fällt mir gerade auf – meine Schwester Charlotte tanzt mit dem Herzog von Clarence! Sieh mal dezent hinüber. Ich möchte darum wetten, dass nicht er sie aufgefordert hat, sondern umgekehrt.«

»Die Wette hast du gewonnen. Die Gordon-Schwestern waren ja schon immer reichlich keck.«

»Armer John. Ich bedaure dich. Deine Frau und ihre Schwester sind wirklich der Gipfel der Vulgarität. In was für eine Familie hast du da nur eingeheiratet?«

»Schon gut, Geliebte, kein Grund sich zu entschuldigen. Immerhin habe ich im Gegenzug genau die Frau bekommen, die ich haben wollte. Und das können nicht viele Männer von sich behaupten.«

Spontan erhob Georgina sich auf die Fußspitzen und gab ihrem Mann einen Kuss. »Um Mitternacht hat Georgy Geburtstag. Ich denke, wir sollten den Mädchen dann bereits ihre Geschenke geben. Was meinst du?«

»Du weißt doch, dass ich stets genau das will, was auch du dir wünschst. Das war schon immer so … und wird immer so bleiben.«

»Und darum liebe ich dich.« Lachend blickte sie auf und schaute ihm tief in die Augen.

Während der nächsten beiden Stunden hatten die Dudelsackspieler ihren großen Auftritt und spielten ein Lied nach dem anderen, zumeist schottische *Reels*, die den Tänzern das Äußerste abverlangten, ergänzt von einigen lebhaften *Strathspeys*. Aus dem zuvor noch so amüsant-galanten Ball war also eine ausgesprochen schweißtreibende Angelegenheit geworden, und der Champagner und der Whisky flossen in Strömen, was der Stimmung im Übrigen keinen Abbruch tat, eher im Gegenteil. Spätestens mit Beginn der schottischen Hochlandtänze waren also auch die letzten Hemmungen gefallen, und man genoss das Leben in vollen Zügen.

Um Mitternacht ging die Gesellschaft geschlossen hinüber ins Esszimmer, in das soeben eine große, mit Kerzen bestückte Torte hereingerollt wurde, und alle stimmten ein herzliches Happy Birthday an. Gerührt betraten Georgy und Louisa den Raum.

Anschließend reichte Georgina ihren beiden Töchtern je ein kleines Päckchen – beide waren in identisches Papier eingewickelt –, und die Gäste drängten heran, um den Schwestern beim Auspacken ihrer Geschenke zuzuschauen.

Sorgsam löste Louisa zuerst das feine Seidenband und riss dann, von plötzlicher Ungeduld getrieben, unter lautem Knistern das seidige Geschenkpapier ab, unter dem wiederum ein samtummanteltes Kästchen zum Vorschein kam. Gespannt hielt sie den Atem an, hob ganz vorsichtig den Deckel, und dann entdeckte sie das glitzernde Collier. Ein Schauer der Erregung rieselte über ihren Rücken, und ihre Freude kannte schier keine Grenzen. Schon immer hatte sie sehnsüchtig nach den Diamantcolliers aus der berühmten Russell-Kollektion geschielt, und nun schenkten ihre Eltern ihr gar eines dieser Stücke! Neugierig blickte sie zu Georgy hinüber, ahnte sie doch bereits, dass ihre Schwester gleich ein ganz ähnliches Geschenk in ihren Händen halten würde. Alles in allem waren es nämlich vier kostbare Diamantcolliers sowie verschiedene Broschen, Armbänder und einige Paare an Ohrhängern.

Mit strahlendem Lächeln schaute Louisa ihren Vater an, während ihre Mutter ihr das Collier um den Hals legte und die winzige Diamantschließe einhakte. Schließlich fragte sie regelrecht ehrfürchtig: »Aber tut es euch denn nicht leid, diese kostbaren Stücke schon jetzt aus der Hand zu geben?«

»Aber was redest du denn da!«, schimpfte ihre Mutter. »Juwelen müssen getragen werden und dürfen nicht irgendwo in einer Schatulle vor sich hin stauben. Also, trage sie mit Stolz, mein Liebes. Und vergiss nie, dass deine eigene Schönheit sogar die schönsten Diamanten noch bei Weitem überstrahlt.«

Anschließend legte Georgina auch Georgy deren Collier um; allerdings glaubte Louisa, einen flüchtigen Ausdruck der Enttäuschung über das Gesicht ihrer Schwester huschen zu sehen. Doch dieser Eindruck war im Nu wieder verflogen, als nämlich die anderen Damen herandrängten und mit lauten »Ohs« und »Ahs« die kostbaren Stücke bewunderten.

Bessy hingegen machte mit einem Mal auf dem Absatz kehrt und stürmte aus dem Salon. Widerwillig folgte William ihr, spürte er doch schon, dass in Kürze einer von Elizabeths berüchtigten Wutausbrüchen folgen würde.

»Bessy!«, rief er ihr nach, wohl wissend, dass sie sich weder umdrehen noch auf ihn warten würde. Stattdessen stürmte sie wie blind vor Zorn weiter in Richtung jener kleinen Suite im Ostflügel, die man ihnen für ihre Zeit in Woburn Abbey zugewiesen hatte. Kaum dass William seine Frau eingeholt und die Tür hinter sich geschlossen hatte, wandte sie sich mit weidwundem Blick zu ihm um und starrte ihn wortlos an.

»Wie *konnte* sie es nur wagen?«, zischte sie und trommelte mit den Fäusten gegen Williams Brust. »Die Diamantkollektion ist doch Teil des Russellschen Familienerbes. Sie hat ganz einfach nicht das Recht, ihren verdorbenen Töchtern schon jetzt diese Diamanten zu schenken. Die Russell-Kollektion ist von unschätzbarem Wert, so etwas zerteilt man nicht.« Sie schluckte einmal. »Ich verlange, dass du auf der Stelle zu deinem Vater gehst und ihm mitteilst, dass wir gegen diese Schenkung protestieren – dass wir sogar ganz *entschieden* dagegen sind! Es ist doch nicht zu fassen, mit welcher Dreistigkeit diese Frau zu Werke geht.«

Plötzlich klopfte es an der Tür; überrascht hielt Elizabeth in ihrer Tirade inne.

William öffnete die Tür und ließ seinen Bruder Johnny ein.

»Diese *Frau*, wie Ihr sie zu nennen beliebt«, entgegnete Letzterer mit ruhiger, beherrscht klingender Stimme, »ist keine Geringere als die Herzogin von Bedford.«

Wutschnaubend wandte Bessy sich von ihm ab und marschierte einmal quer durch das gesamte Zimmer, um dann energischen Schrittes kehrtzumachen und sich mit blitzenden Augen vor Lord John aufzubauen: »Ja, in der Tat, das ist sie! Und ich kann Euch gar nicht sagen, wie leid uns das tut. Und dennoch gibt ihr das noch lange nicht das Recht, einfach so mir nichts, dir nichts die Russell-Diamanten zu verschenken.«

»Oh, und ob sie dieses Recht hat«, widersprach Johnny kühl. »Die Diamanten gehören nämlich ihr. Mein Vater hat sie ihr damals zur Hochzeit geschenkt.«

»Aber das zählt doch nicht. Ihr wisst doch selbst, dass sie ihn geradewegs um den kleinen Finger gewickelt hat. Sie hat ihn verhext. Mehr sogar noch: Sie ist die extravaganteste Frau, die England je gesehen hat. Sie führt sich auf, als sei sie die Königin und –«

»So, jetzt reicht's!«, unterbrach Lord John sie kurzerhand. »Mehr will ich davon nicht hören. Vor allem gebe ich Euch beiden jetzt mal einen guten Rat: Hütet Euch davor, Euch Georgina zur Feindin zu machen. Denn Vater liebt sie noch immer sehr, und wenn sie will, könnte sie ihn sogar dazu bringen, sein Testament noch einmal ganz neu aufzusetzen. Er könnte seine Söhne aus erster Ehe beispielsweise komplett enterben und alles Georginas Kindern vermachen.«

»Da hat er leider recht, Bessy«, stimmte William seinem Bruder leise zu. »Du musst endlich damit aufhören, sie ständig anzugreifen.«

»Aber William, ich bitte dich, was redest du denn da?«, fauchte Bessy ihn voller Verachtung an. »Du hast wirklich nicht das kleinste bisschen Mumm in den Knochen. Dir fehlt der Mut, für deine Überzeugungen einzustehen. Warum, zur Hölle noch mal, beschützt du sie?«

»Weil«, stammelte William voller Verzweiflung, »weil Georgina unseren Vater von jeher liebte und respektierte – beides Dinge, die in der Ehe mit unserer leiblichen Mutter offenbar fehlten. Sie hat ihn von Anfang an unterstützt, wo sie nur konnte. Und auch mich hat sie ohne Wenn und Aber angenommen, als ob ich ihr eigener Sohn wäre. Ich weiß, sie kann manchmal sehr exzentrisch sein, und auch aus ihrer Meinung über andere Leute macht sie nur selten einen Hehl. Dafür aber ist sie der großzügigste Mensch, dem ich je begegnet bin, und das wiegt meines Erachtens alle ihre Fehler wieder auf.«

Er schwieg einen Moment, dann fügte er leise hinzu: »Ich denke, die anderen werden uns langsam vermissen. Besser, wir gehen wieder in den Ballsaal zurück.«

»Nein. Ich weigere mich, dem Schrein der Heiligen Georgina

und ihrer beiden verdammten Töchter noch weiter zu huldigen. Du kannst ja von mir aus zurückkehren und weiterhin vor ihr den Kotau machen. Ich dagegen bleibe lieber hier. Gute Nacht, meine Herren.«

William wusste weder ein noch aus, blickte zuerst seinen Bruder an, dann seine Frau und entschied sich schließlich doch, mit Johnny zu gehen.

»Bessy hat leider eine etwas hochmütige und unnachgiebige Natur«, flüsterte William fast schon entschuldigend.

»Und darum wird sie Georgina mit Sicherheit auch nicht mehr in ihr Herz schließen«, stimmte John ihm zu. »Dennoch täte sie gut daran, ihr von nun an mit ein bisschen mehr Respekt zu begegnen.«

Gegen zwei Uhr in der Früh waren die meisten der Herren zu dem Entschluss gekommen, dass sie wohl für den Rest ihres Lebens genug getanzt hätten. Wobei, denn auch das darf nicht vergessen werden, wohl auch der reichlich genossene Whisky eine gewisse einschläfernde Wirkung auf sie hatte. Doch auch die Mehrheit der geladenen Damen hatte sich inzwischen verabschiedet, und einzig Georgy, Charlotte, Lu und Georgina, gemeinsam mit ein paar wenigen noch standhaften Herren, waren übrig geblieben und zogen sich nun in die Galerie zurück, wo man an den langen Spieltischen noch einmal sein Glück versuchen wollte.

Die Herzogin von Bedford beispielsweise spielte an der Seite von Lord Holland gegen ihre Schwester und den Herzog von Clarence, und man lieferte sich manch spannende Partie Whist, bis Charlotte nach etwa einer Stunde erbittert ihr Blatt auf den Tisch warf und seufzte: »Also sowas, diesmal habe ich sogar versucht zu schummeln. Und trotzdem habe ich verloren!«

»Die Karten sind eben gegen uns, meine Liebe«, entgegnete der Herzog charmant.

»Macht Euch nichts daraus, William«, scherzte Georgina, mittlerweile ebenfalls ein wenig ermattet. »Vielleicht habt Ihr dafür ja morgen auf der Jagd mehr Glück.« Dabei warf sie einen vielsagenden Blick auf die Uhr, befürchtete sie doch bereits, dass der Herzog, wenn er nicht bald zu Bett ginge, bestimmt kein einziges Stück Wild zur Strecke bringen würde.

»Ich denke, ich sollte mich jetzt ebenfalls zurückziehen«, verkündete er mit einem Mal, ganz so, als hätte er ihre Gedanken gelesen. »Wenn Ihr nun so freundlich wärt, mich zu meinem Zimmer zu geleiten, Euer Hoheit.«

Lächelnd erhob Georgina sich, während Charlotte ihre Tochter Sophia herbeiwinkte, die gerade mit ihren Cousins Pharo gespielt hatte. »Und was ist mit deinen Töchtern, Georgina? Hältst du es tatsächlich für vernünftig, sie mit diesen jungen Burschen bis in die frühen Morgenstunden alleinzulassen?«

»Charlotte«, mahnte die Herzogin von Bedford leicht empört. »Du weißt doch ganz genau, dass ›vernünftig‹ nicht zu meinem Wortschatz gehört. Ich schieße grundsätzlich ein wenig über das Ziel hinaus. Und was meine Töchter anbelangt …« Suchend ließ sie den Blick durch die lange Galerie schweifen, wo sie jedoch als Erstes ihren Stiefsohn William entdeckte, der mit einem Drink in der Hand auf der Couch eingeschlafen war. Als Nächstes erspähte sie Johnny und den jungen Abercorn, die offenbar in eine angeregte Unterhaltung vertieft waren, und dann, ganz hinten bei den Spieltischen, sah sie schließlich auch Georgy, die fröhlich kichernd mit Teddy, George, ihrem Bruder Edward und Lu weiterhin Pharo spielte. »Nun ja, ich gebe zu«, seufzte Georgina mit einem kleinen Achselzucken, »die liebe Georgy ist ein wenig impulsiv. Andererseits – ich war in ihrem Alter doch genauso.«

Als Louisa sah, dass ihre Mutter im Begriff war, sich zurückzuziehen, erhob auch sie sich von ihrem Platz. Sie hatte sich ohnehin nie so richtig auf ihr Spiel konzentrieren können, weil ihre Gedanken an diesem Abend ausschließlich um Abercorn kreisten – und um seinen leidenschaftlichen Kuss. Noch immer konnte sie den Druck seiner warmen Lippen auf den ihren spüren. Natürlich hatte sie sich im Geiste schon mehrfach dafür gescholten, dass sie so unkonzentriert war, doch es half nichts – ihre Gedanken wollten einfach nicht beim Kartenspiel verweilen. James Hamilton hatte ihr gründlich den Kopf verdreht.

Verstohlen blickte sie zu James und Edward hinüber, als sie zu ihrer Mutter ging und diese liebevoll auf die Wange küsste. »Nochmals vielen Dank für den wunderbaren Geburtstag und das kostbare Geschenk.« Sie tastete behutsam nach den Diamanten an ihrem Hals. »Ich werde stets gut auf sie aufpassen. Versprochen.«

»Aber natürlich, mein Schatz. Im Übrigen habe auch ich viel mehr Freude daran, wenn ich sehe, wie meine Töchter die Diamanten tragen, als wenn ich sie selbst anlege.« Damit hakte Georgina sich beim Herzog von Clarence unter, während Lord Holland Charlotte und Louisa hinausgeleitete.

Gemessenen Schrittes verließen sie die Galerie, und Louisa warf nicht einen einzigen Blick zurück.

Am Pharo-Tisch hatte Edward unterdessen jedes einzelne Spiel verloren, das während der letzten Stunde gespielt worden war, und George Grey erging es nicht viel besser. Ihr Rückstand war also kaum mehr aufzuholen, sodass Edward schließlich grimmig murmelte: »Es kann doch wohl nicht mit rechten Dingen zugehen, dass ich nur verliere und meine Schwester die ganze Zeit gewinnt.«

»Und ob das mit rechten Dingen zugeht!«, lachte Georgy. »Ich habe schließlich Geburtstag. Ich kann nicht verlieren.«

»Nun, wenn das so ist, dann bin ich draußen. Ich habe sowieso kein Geld mehr, das ich noch einsetzen könnte.«

»Und ich passe ebenfalls«, erklärte George mit vor Müdigkeit glasigen Augen. »Wie sieht denn das aus, wenn man nur Nullrunden hat. Und das auch noch gegen ein Mädchen, das vor lauter Diamanten nur so trieft.« Unsicher erhob er sich von seinem Platz und machte sich gerade daran, schwankend die lange Galerie zu durchmessen, als Georgy leise seufzte: »Eigentlich wollte ich die Diamanten ja gar nicht. Ich wollte viel lieber ein neues Pferd. So einen großen kräftigen Wallach, wie Ihr ihn habt, Teddy.«

»In dem Fall können wir ja gerne noch ein letztes Spiel wagen«, bot dieser sich plötzlich wieder hellwach an. »Mein Pferd gegen Euer Collier.«

Mit einem warnenden Funkeln in den Augen hob Georgy ihr Champagnerglas und leerte es in einem einzigen Zug. »Wie ich schon sagte, mein Lieber: Heute ist mein Geburtstag. Ich kann nicht verlieren.«

»Und ich lasse nicht zu, dass ein Weibsbild besser ist als ich!«, tönte Teddy.

Edward dagegen schnarchte nur einmal laut auf, während sein Kopf langsam auf die Mahagonitischplatte hinabsank.

Das wiederum rief Johnny auf den Plan. »Sehe ich richtig, oder bin ich tatsächlich der letzte Russell, der noch nicht eingeschlafen ist?«, scherzte er, nahm William das Glas aus der Hand und hob dessen Füße sachte auf das Sofa. »Trotzdem, auch ich werde mich jetzt zurückziehen. Gute Nacht, Abercorn. Wir sehen uns dann morgen bei der Jagd.«

Auch James Hamilton erhob sich und reckte sich einmal genüsslich. Die Unterhaltung mit Lord John war für ihn überaus anregend gewesen, und seit Louisa und deren Mutter den Saal verlassen hatten, hatte er sowieso nicht mehr sonderlich oft zu den Spielern hinübergeschaut, sodass er nun neugierig zu ihnen hinüberschlenderte. Als er aber sah, dass nicht nur seine Freunde aus Oxford, sondern auch Georgy noch immer am Spieltisch saß und ein Glas Champagner nach dem anderen leerte, runzelte er irritiert die Stirn. Ohnehin ahnte er bereits Böses, als er Teddys verschlagenes Lächeln sah.

Georgys Augen glitzerten vor lauter Siegesbewusstsein, als sie den Verschluss ihres Diamantcolliers öffnete und es mit bebenden Händen auf den Tisch legte. »Gleich werdet Ihr Euer Lieblingspferd verlieren, werter Teddy. Und darum lasst uns lieber kurzen Prozess machen. Wer das höchste Blatt hat, gewinnt.« Selbstsicher griff sie nach dem Kartendeck und erwischte prompt einen Buben. »Sag ich's doch«, jauchzte sie. »Die Buben haben mir schon immer Glück gebracht.«

Auch Teddy wirkte ehrlich verblüfft und griff wenig zuversichtlich nach den Karten. Seine Finger zitterten, als er eine Karte zog und sie schließlich langsam umdrehte. Und siehe da: Er hatte einen König. Es dauerte eine Sekunde, dann legte er brüllend den Kopf in den Nacken und schien sich vor lauter Lachen kaum noch einzukriegen.

Georgy dagegen sprang wütend von ihrem Platz auf und schleuderte ihm die kostbare Halskette entgegen. »Zur Hölle mit Euch, Teddy Fox! Da! Und Euer blödes Pferd könnt Ihr behalten.« Sie war dermaßen außer sich vor Zorn, dass sie kurzerhand ihren Stuhl umwarf, um dann mit steifen Gliedern davonzustaksen.

»Nun kommt schon, Georgy«, rief Teddy ihr nach, »seid doch nicht so eine schlechte Verliererin. Ich bin mir sicher, Euch wird schon noch eine Möglichkeit einfallen, wie Ihr mich dazu überreden könnt, Euch das Collier zurückzugeben.«

»Hast du etwa dein Pferd gesetzt?«, erkundigte Abercorn sich leise, doch Teddy grinste nur: »Das hätte doch wohl jeder. Immerhin ging es hier um ein Diamantcollier.«

»Nun, ich muss zugeben, mein Pferd liegt mir schon am Herzen … Aber du hast recht! Es geht um ein Diamantcollier. Wie wäre es also, wenn auch wir beide noch eine Partie miteinander spielen? Ich schlage vor, wir würfeln.« Lässig zog Abercorn zwei kleine Würfel aus seiner Hosentasche und würfelte eine Sieben. Dann nahm er sie mit eleganter Geste auf und reichte sie Teddy, der sie aber zunächst dreimal hintereinander fallen ließ, ehe er sie überhaupt richtig zu fassen bekam. James war überzeugt davon, dass Teddy bereits dermaßen betrunken war, dass er sich am nächsten Morgen ohnehin an nichts mehr würde erinnern können.

Mit dumpfem Grinsen ließ schließlich auch Teddy die Würfel rollen – und warf eine Drei. Es dauerte eine Weile, bis er begriff, dass er verloren hatte. »Verdammt aber auch!«, brüllte er. »Ich wollte meinen Wallach gerne behalten.«

»Beruhige dich, Teddy. Du hast ihn ja auch gar nicht verloren. Wir haben um das Collier gespielt.«

Ein erleichtertes Lächeln breitete sich über Teddys Gesicht. »Oh, ach so, na dann soll's mir recht sein.« Mit fahriger Geste griff er in seine Westentasche und legte die diamantenbesetzte Halskette auf den Tisch.

· 6 ·

Als Louisa in dieser Nacht einschlief, träumte sie abermals, dass sie sich im schottischen Hochland befände, um gemeinsam mit ihrer Mutter und ihrer Schwester Soldaten für das Regiment unter Gordon zu rekrutieren. Die Reihe an braven schottischen Patrioten schien unendlich und erstreckte sich über mehr als anderthalb Kilometer. Seltsamerweise aber verwandelte sich jeder der kampfesmutigen Soldaten, kaum dass er vor Lu stand, in James Hamilton. Ein ums andere Mal raubte er ihr den versprochenen Kuss, um sie dann, mit einem triumphierenden Glitzern in den Augen, an den Nächsten weiterzureichen. Doch auch der verwandelte sich prompt wieder in James Hamilton, diesen galanten irischen Teufel, unter dessen Küssen ihre Knie weich wie Butter wurden.

Abrupt schreckte Louisa aus ihrem Traum auf, als ihre Schwester plötzlich mit lautem Türenknallen in ihr Schlafzimmer gestürmt kam. »Bist du das, Georgy?«, fragte sie verschlafen, während sie sich langsam aufsetzte.

»Natürlich bin ich es. Wer sollte denn wohl sonst in dein Schlafzimmer kommen?«

Trotz ihrer Müdigkeit nahm Lu sofort den panischen Unterton in der Stimme ihrer Schwester wahr und drehte die Flamme in ihrer Nachttischlampe ein wenig höher. »Was ist denn los?«, wollte sie wissen.

»Nichts. Warum denkst du immer gleich, dass irgendetwas Schlimmes passiert ist, wenn man dich mal spontan besucht?«

»Ganz einfach: Weil du nämlich meist mal wieder ein echtes Drama angezettelt hast, wenn du mich zu nachtschlafender Zeit ›spontan besuchen‹ kommst.« Ein kurzer Blick in das stark gerötete Gesicht ihrer Schwester verriet Lu, dass diese offenbar ein klein wenig zu viel getrunken hatte. »Musst du dich etwa übergeben? Du siehst so komisch aus.«

»Aber nein, ich spucke schon nicht. Obwohl – doch, ich glaube, ich fühle mich gar nicht gut.«

Rasch griff Louisa unter ihr Bett, zog den Nachttopf hervor und schob ihn zu ihrer Schwester hinüber. »Wo ist denn eigentlich dein Collier?«

Georgy schwieg einen Moment. Schließlich entgegnete sie mürrisch: »Weiß ich nicht. Hab ich wohl irgendwo verloren.«

»Kein Wunder, dass dir übel ist«, erwiderte Louisa. »Aber mach dir keine Sorgen. Gemeinsam werden wir es schon wiederfinden. Also, als ich mich verabschiedet habe, um ins Bett zu gehen, da hattest du es noch«, überlegte sie laut. »Dann kann es ja nur irgendwo in der Galerie liegen. Wahrscheinlich unter einem der Spieltische.«

»Mach dir keine Mühe. Es ist weg. Glaub mir.«

»Aber was redest du denn da? Irgendwo muss es doch sein, und wir werden es finden. Sag bloß Mutter nicht, dass du es verloren hast. Es würde ihr das Herz brechen, wenn sie erführe, wie sorglos du mit den Russell-Diamanten umgehst.«

Georgy schleuderte ihre Schuhe von den Füßen und schwankte dabei bedenklich hin und her.

»Komm, leg dich besser hin, ehe du noch umfällst. Nimm einfach mein Bett. Ich gehe derweil runter, um nach deiner Kette zu suchen.« Gähnend griff Louisa nach ihrem Morgenmantel. »Eines jedenfalls ist gewiss: Wenn irgendeiner von der Dienerschaft morgen früh das Collier findet, dann übergibt er es sofort Mutter, und dann ist alles aus.«

In der Sekunde, als Georgys Schopf das Kopfkissen berührte, war sie auch schon eingeschlafen. Leicht verärgert starrte Lu ihre Schwester an, schlüpfte aber nichtsdestotrotz in ihre Samtpantoffeln, nahm die kleine Petroleumlampe und tastete sich die Treppe hinab. Zum Glück begegnete sie keinem der Diener; sie schienen alle schon zu schlafen. Leise schlich sie weiter. In der Galerie entdeckte sie dann Edward, der mit dem Kopf auf dem Spieltisch eingenickt war. Louisa stellte ihre Lampe ab und entzündete noch zwei weitere Lampen, deren sanfter Schein geradewegs auf William fiel, der schnarchend auf einem der Sofas lag. Geräuschlos, um ihre Brüder nicht zu wecken, ging Louisa auf die Knie und suchte rund um die Spieltische herum nach der teuren Diamanthalskette ihrer Schwester.

Plötzlich hörte sie hinter sich ein Geräusch und hätte vor Schreck beinahe laut aufgeschrien.

»Sucht Ihr irgendwas?«

Mit spöttisch hochgezogener Augenbraue musterte Abercorn Lu, wie diese – mit nicht mehr als ihrem Nachthemd, einem Paar Pantoffeln und dem Morgenmantel bekleidet – auf allen vieren über den Teppich kroch. Sie wäre am liebsten im Erdboden versunken vor lauter Verlegenheit, entgegnete aber trotzig: »Ja, allerdings, ich suche etwas. Meine Schwester hat eines ihrer Schmuckstücke verloren.« Hastig erhob sie sich, denn wenn sie schon kaum etwas am Leibe trug, so wollte sie diesem Kerl doch wenigstens in aufrechter Haltung gegenübertreten.

»Interessant. Könnte es sich bei dem verlorenen Schmuckstück vielleicht um ein gewisses … Diamantcollier handeln?«

Sofort leuchtete Hoffnung auf in Louisas Augen. »Habt Ihr es etwa gefunden, Mylord?«

»Nun ja, ›gefunden‹ kann man dazu eigentlich nicht direkt sagen. Denn Eure Schwester hat die Halskette nicht etwa irgendwo auf dem Boden verloren, sondern im Spiel gegen Teddy Fox. Und ich habe sie wiederum von ihm gewonnen.«

Empört schnappte Louisa nach Luft. »Ihr lügt! Meine Schwester würde niemals ihr Diamantcollier verspielen.« Wie schon einmal an diesem Abend hob sie abermals die Hand, um ihm eine schallende Ohrfeige zu verpassen.

Dieses Mal allerdings war James Hamilton schneller, packte ihr Handgelenk und hielt es mit schraubstockartigem Griff umfangen. »Dafür werdet Ihr Euch entschuldigen, Lady Lu. Nicht für die Ohrfeige, meine ich, sondern dafür, dass Ihr mich einen Lügner genannt habt.«

Louisa stockte der Atem, ihr Mund wurde plötzlich ganz trocken, und ihre Knie fühlten sich an, als ob sie aus Wackelpudding wären. Drohend und groß gewachsen, wie er nun einmal war, hatte Abercorn sich vor ihr aufgebaut, während seine dunkle maskuline Aura sie schier zu überwältigen drohte. Doch Louisa nahm all ihren Mut zusammen, schluckte ihre Angst hinunter und erklärte kühl: »Aber, Abercorn, ich bitte Euch, macht Euch nicht lächerlich. Eher würde ich sterben, als dass ich mich bei einem Iren entschuldige! Noch dazu bei einem so arroganten Kerl, wie Ihr es seid.«

Eigentlich war James schon drauf und dran gewesen, Lu das Collier zurückzugeben. So, wie sich die Sache nun jedoch darstellte … Langsam ließ er ihr Handgelenk los, griff in seine Westentasche, zog die Halskette heraus und wog sie nachdenklich auf seiner rauen Handfläche, während die Diamanten im schwachen Lichtschein glitzerten wie ein ganzes Sternenmeer. Dann aber ließ James die Kette einfach wieder in seine Tasche gleiten, verbeugte sich knapp und entgegnete betont würdevoll: »Ganz wie Ihr wollt, Mylady.«

»Wach auf, Georgy! Wach auf!« Ganz blass vor Müdigkeit hockte Louisa neben ihrem Bett und wartete darauf, dass Georgy sich endlich regte. Eine ganze Stunde lang hatte sie ihre Schwester nun schon beim Schlafen beobachtet und darüber nachgegrübelt, ob Abercorn vielleicht doch die Wahrheit über ihre Schwester gesagt hatte. Mittlerweile war sie mit ihrer Geduld am Ende.

Georgy aber stöhnte nur missmutig und murmelte: »Was willst du?«

»Ich will wissen, ob du die Diamantkette gegen Teddy Fox verspielt hast.«

Mit kleinen, vom Schlaf verquollenen Augen blinzelte Georgy ihre jüngere Schwester an. »Ich habe keine Ahnung, wovon du sprichst.«

»Ich dagegen bin mir ziemlich sicher, dass du sogar ganz genau weißt, wovon die Rede ist«, gab Lu ärgerlich zurück.

Abermals stöhnte Georgy laut auf und kämpfte sich dann endlich in eine sitzende Haltung hoch. »Um Himmels willen, Lu. Jetzt mach doch nicht wieder so ein Drama. Ja, ich habe das Collier verspielt. Ich gebe es ja zu. Aber ich werde schon einen Weg finden, wie ich es Teddy wieder abnehmen kann. Ganz bestimmt.«

»Schön wär's!«, zischte Lu. »Aber die Mühe kannst du dir sparen.«

Georgy stutzte einen Moment, dann blickte sie ihre Schwester ein wenig irritiert von der Seite an und fragte: »Und wieso, wenn ich fragen darf? Glaub mir, wenn ich erst einmal meine Verführungskünste einsetze, frisst mir jeder Mann aus der Hand.«

»Wie ich schon sagte: Das wird diesmal leider nicht funktionieren.«

»Aber warum denn nicht, um Himmels willen?«

»Weil Teddy die Kette gar nicht mehr hat.«

»Was zum Teufel noch mal soll das heißen?«

»Die Kette ist jetzt bei Abercorn. Kaum dass Teddy das Collier von dir gewonnen hatte, hat er es nämlich offenbar auch schon wieder verloren – an diesen James. Georgy, ich kann es einfach nicht fassen, wie du dein Diamantcollier aufs Spiel setzen konntest. Hast du auch nur die blasseste Ahnung, was die Kette wert ist? Wie konntest du nur!«

»Es war mein Geburtstag … und ich dachte, dass ich an diesem Tag einfach nicht verlieren könnte.« Nachdenklich musterte Georgy ihre jüngere Schwester. »Aber noch ist ja nicht alles verloren. Wer weiß? Vielleicht kann ich ja auch diesen Abercorn bezirzen.«

»So, wie ich diesen irischen Teufel kennengelernt habe, ist er für weibliche Tricks und Raffinessen vollkommen unempfänglich. Der lässt sich nichts vorschreiben. Im Gegenteil, ich glaube sogar, meistens ist er derjenige, der die Marschrichtung angibt.«

»Ach, Lu, vertrau mir. Kein Mann ist unbezwingbar.«

Während Louisa noch immer mit ihrer Schwester wegen des Verlusts der Kette stritt, meldete sich langsam ganz leise, doch unüberhörbar ihr schlechtes Gewissen zu Wort. Vielleicht hätte er mir die Kette ja wiedergegeben, wenn ich ihn nicht einen Lügner genannt hätte? Vielleicht sollte ich mich tatsächlich bei ihm entschuldigen. Vielleicht würde er ja dann – nein!, dachte Louisa. Wie komme ich bloß darauf, dass eine simple Entschuldigung ausreichen könnte, damit der mir das Collier zurückgibt? Am liebsten hätte sie sich diesmal selbst geohrfeigt, dafür, dass sie so blauäugig gewesen war und kurzzeitig geglaubt hatte, mit James Hamilton einen Ehrenmann vor sich zu haben. Dieser irische Teufel will doch etwas ganz anderes von mir! Und ich glaube, ich ahne auch schon, was das sein könnte.

»Jetzt schau nicht so verloren drein«, versuchte Georgy ihre Schwester nach einer kleinen Atempause aufzumuntern. »Bis zum Mittagessen habe ich die Kette wieder zurück.« Sie war sich ihrer Sache augenscheinlich sehr sicher.

»Du hast vergessen, dass die Männer heute auf die Jagd gehen –«

»Dann eben bis zum Abendessen! Ich warte, bis sie wieder da sind, und dann wirst du schon sehen. Meine Verführungsküste wirken auch bei Abercorn.«

Zweifelnd blickte Louisa ihre Schwester an und seufzte schließlich: »Und wenn nicht, dann können wir uns ja mit meinem Collier abwechseln. Mal trägst du es, und mal ich, damit Mutter nicht merkt, dass du deines verloren hast.«

»Daran hatte ich auch schon gedacht.«

Teddy Fox hatte diesmal so gar keinen Spaß an der Jagd. Die Russell-Brüder und George Grey hatten schon sehr viel mehr Fasane erlegt als er; sogar sein eigener Vater hatte ihn bereits übertrumpft, und Teddys Selbstbewusstsein bekam stündlich mehr Risse. Als Ausgleich stärkte er sich von Zeit zu Zeit mit einem Schluck aus einer Whisky-Flasche, die er heimlich in seine Satteltasche gestopft hatte. Und als auch das nicht mehr half, kehrte er der Jagdgesellschaft einfach irgendwann grummelnd den Rücken. Verwundert schauten die anderen ihm nach, als er ganz allein zurück zum Anwesen der Russells trottete. Unmittelbar vor den Stallgebäuden jedoch hielt er plötzlich an, denn dort stand Georgy – offenbar hatte sie dort bereits auf ihn gewartet.

»Ich wünschte, Euer Pferd würde mir gehören«, seufzte sie betont theatralisch. »Aber ich gebe zu, dass es nicht sonderlich umsichtig von mir war, dafür ausgerechnet meine Diamanthalskette aufs Spiel zu setzen. Ihr erinnert Euch doch noch? Letzte Nacht am Spieltisch, meine ich.« Mit scheinbar vollkommen arglosem Lächeln reckte sie sich auf die Zehenspitzen und streichelte seinem Pferd einmal über die samtige Nase.

Langsam dämmerte Teddy wieder, dass auch er eine ziemlich gewagte Wette eingegangen war, als er beim Kartenspiel einfach so mir nichts, dir nichts sein Pferd gesetzt hatte. »Aber ich bitte Euch. Ihr hattet schließlich Geburtstag. Da darf man schon einmal ein wenig über die Stränge schlagen. Und überhaupt: Von Rechts wegen hättet an diesem Tag ja Ihr gewinnen müssen …« Er räusperte sich, während er begehrlich Georgys volle Brüste betrachtete, die sich unter dem eng anliegenden Oberteil ihres Kleides abzeichneten. »Möchtet Ihr gerne einen Ausritt mit mir unternehmen, Lady Georgy?«

»Aber liebend gerne«, säuselte diese und leckte sich voller Vorfreude über die Lippen.

Sofort streckte Teddy beide Arme zu ihr hinab und hob sie vor sich in den Sattel. Als er langsam auf eine kleine Baumgruppe zutrabte, konnte er Georgys rundlichen Po bei jedem Schritt gegen sein Geschlechtsteil drücken fühlen. Die Berührung erregte ihn augenblicklich, und fest presste er seine Erektion gegen ihr weiches

Fleisch. »Gefällt Euch der Ritt?«, fragte er mit süffisantem Grinsen.

»Aber ja«, hauchte Georgy. »Ich liebe große Tiere!«

Teddy verlagerte beide Zügel in seine linke Hand, umfasste mit der Rechten eine ihrer vollen Brüste und rieb provozierend mit dem Daumen über ihre Brustwarze, die vor Erregung sofort hart wurde. Eine wahre Feuersbrunst schien durch seine Lenden zu jagen, als Georgy schließlich auch noch die obersten Knöpfe ihres Kleides öffnete und ihn auf diese Weise freimütig dazu aufforderte, ruhig noch ein wenig forscher zur Sache zu gehen. Mit weichen Knien dirigierte Teddy sein Pferd auf den dunklen See zu und suchte nach einem geschützten Plätzchen, wo sie ungestört wären, damit er sich noch ein bisschen eingehender mit Georgy beschäftigen konnte.

»Ich bin kein großer Jäger«, gestand James Hamilton Lord John Russell ein. »Lebendig gefallen mir die Fasane einfach besser.«

»Da geht's mir ganz ähnlich«, schmunzelte John. »Meine beiden älteren Brüder haben sich oftmals über mich lustig gemacht, weil ich dauernd danebenschieße. Überhaupt ist gerade William ja ein begnadeter Schütze. Was ihnen hingegen nie aufgefallen ist, das ist die Tatsache, dass ich die Tiere zumeist ganz bewusst verfehle.«

James lachte. »Ich ziele auch am liebsten auf leere Flaschen.«

»Trotzdem hat mir der Ausritt mit Euch Spaß gemacht. Ihr müsst wissen, bei den vielen Parlamentssitzungen, die ich habe, bekomme ich ja nicht allzu viel Bewegung.«

»Nun, das Wetter heute war jedenfalls perfekt. Den ganzen Nachmittag über hat sich nicht ein einziges Wölkchen am Himmel blicken lassen. Und wie es aussieht, hat wohl auch der Herzog von Clarence seine Freude an unserem Jagdausflug gehabt –«

»Seht mal, da kommt mein Vater«, unterbrach Johnny James und zügelte sein Pferd, um auf den alten Bedford zu warten. »Na, willst du langsam wieder umkehren?«, rief er ihm schon von Weitem zu. »Ich muss schon sagen: Hut ab, dass du so lange durchgehalten hast!«

»Ja, ich denke, es ist an der Zeit, zurückzukehren. Mit den Burschen da vorne kann ich sowieso nicht mehr mithalten. Ich vermute mal, die sind noch bis Sonnenuntergang unterwegs.«

Gemächlich ritten die drei zurück in Richtung Stallungen, wo sie sich mit steifen Gliedern aus ihren Sätteln schwangen. Johnny verzichtete ganz gezielt darauf, seinem Vater aus dem Sattel zu helfen. Er wusste, dass der Herzog sich ja ohnehin nicht helfen lassen würde; sein Stolz verbot es ihm.

»Die Tiere sind ziemlich in Schweiß geraten, Euer Hoheit«, erklärte James mit fachkundigem Blick auf die Pferde. »Ich werde meine Shammar noch eine Runde durch den Hof führen und sie dann abreiben. Wenn Ihr wollt«, bot er sich höflich an, »kümmere ich mich im Anschluss auch um Euer Pferd.«

»Das wäre wirklich sehr freundlich von Euch, James«, nickte Herzog Russell. »Ich habe nämlich das vage Gefühl, als ob ich meinen Beinen schleunigst mal ein bisschen Ruhe gönnen sollte.« Müden Schrittes humpelte er davon.

Doch auch die beiden jungen Männer waren ein wenig ermattet und zogen sich ihre Jacken aus, um ihre Tiere zu versorgen. Nach dem Trockenreiben führte Johnny sein Pferd zurück in dessen Box und betrachtete bewundernd James' Araberstute. »Da habt Ihr aber ein ganz besonders schönes Exemplar. Habt Ihr sie selbst gezüchtet? Wahrscheinlich sogar auf Eurem privaten Anwesen in Irland, nicht wahr?«

»Ja. Ich besitze dort zwar nur ein kleines Gestüt, aber ich habe schon immer mehr Wert auf Qualität als auf Quantität gelegt.«

»Die Jagdpferde meines Vaters stammen allesamt von Gimrack ab. Ich erinnere mich noch, dass der Hengst damals, als ich noch ein kleiner Junge war, sogar eine Auszeichnung gewonnen hat. Es ist wirklich eine exzellente Linie, die mein alter Herr da gezüchtet hat.«

»In der Tat, das ist mir auch schon aufgefallen. Und ich muss zugeben, dass ich sogar schon ein bisschen neidisch auf seine Tiere war.« Mit einem energischen Ruck hob James den Sattel vom Pferd des Herzogs und griff nach der Striegelbürste, während er sich mit dem Hemdsärmel den Schweiß von der Stirn wischte. »Wie steht's mit Euch, John?«, fragte er. »Ist Euch auch so warm? Wenn ich fertig bin, möchte ich gern noch eine Runde im See schwimmen gehen. Wir haben ja schließlich noch etwas Zeit bis zum Abendessen. Habt Ihr Lust, mitzukommen?«

»Oh, nein, James, so sportlich bin ich nun auch wieder nicht«, lachte Johnny und winkte ab. »Ich ziehe mich lieber noch ein Stündchen in die Bibliothek zurück, als ins kalte Wasser zu springen.«

Während die Männer auf der Jagd waren, hatten die Damen ein ausgiebiges Mittagessen genossen und sich anschließend auf einen kleinen Spaziergang begeben, bei dem Georgina allen stolz den neu angelegten Garten von Woburn Abbey präsentierte. Der Architekt dieses grünen Wunderwerks war kein anderer als Humphrey Repton, und besonders der chinesisch inspirierte Teil der Anlage hatte es Georgina wirklich angetan, wo sich neben einer zierlichen Pagode eine reich mit Schnitzereien verzierte Brücke über einen kleinen Teich spannte, in dem wiederum farbenprächtige Kois und zarte Wasserlilien um die Wette glitzerten.

Später am Nachmittag nahm man im Venezianischen Salon den Tee ein und tauschte den neuesten Klatsch über Londons *haut ton* – die so genannte »bessere Gesellschaft« – aus. Irgendwann wandte sich das Gespräch dann Charlottes Tochter, Sophia, zu, und man diskutierte eifrig über deren anstehende Verlobung. Georgy hingegen verzog schon nach wenigen Minuten angewidert das Gesicht, wie Louisa sehr wohl bemerkte, und so dauerte es dann auch nicht mehr lang, bis Georginas Älteste sich verdrückte.

»Ich hätte ja auch so gerne eine Tochter gehabt«, klagte Prinzessin Adelaide mit einem bedauernden Lächeln. »Aber immerhin verbringe ich dann und wann etwas Zeit mit meiner Nichte. Alexandrina Victoria, übrigens die Tochter des Herzogs von Kent, ist eine überaus intelligente und aufgeweckte junge Frau – auch wenn sie für ihr Alter zugegebenermaßen ein wenig klein ist.«

»Hochinteressant«, murmelte Lady Holland wenig überzeugt, um dann ganz ungeniert nachzuhaken: »Was ist eigentlich mit der Herzogin von Kent? Stimmt es, dass sie noch immer diese Affäre mit John Conroy pflegt, diesem irischen Offizier, der ihr eigentlich nur als Privatsekretär dienen sollte?«

»Mein Mann jedenfalls glaubt, dass an dieser Geschichte etwas dran ist«, flüsterte die Prinzessin, während sie sich verschämt die Serviette vor den Mund hielt. »Ich dagegen kann nur sagen, dass Conroy ein extrem attraktiver, aber auch sehr dominanter Ire ist. Prinzessin Victoria hingegen verabscheut ihn.«

Noch so ein herrischer irischer Teufel!, überlegte Louisa und musste sofort wieder an ihre letzte Begegnung mit Abercorn zurückdenken. Hätte ich ihn doch bloß ein bisschen mehr umgarnt, statt ihn geradeheraus einen Lügner zu nennen! Wie auch immer – ich glaube, er empfindet etwas für mich. Wenn ich mich nun also doch bei ihm entschuldigen sollte, vielleicht lässt er dann ja mit sich reden und gibt Georgy ihre Halskette zurück? Ich werde einfach warten, bis er wieder da ist, und dann spreche ich einfach mal mit ihm.

Wenige Minuten, nachdem Georgy sich verabschiedet hatte, verließ auch Louisa den Salon und traf an der Haupttreppe passenderweise auf ihren Bruder Johnny. »Du bist aber früh von der Jagd zurück«, begrüßte sie ihn mit leicht amüsiertem Lächeln, während er müden Schrittes die Treppe hinabgeschlendert kam.

»Ja, wir haben uns schon etwas eher von den anderen verabschiedet. Wie du weißt, bin ich kein allzu begeisterter Jäger und Abercorn auch nicht, und da Vater ebenfalls irgendwann müde wurde, sind wir einfach schon mal wieder nach Hause geritten. Gott allein weiß, wann der Rest der Jagdgesellschaft zurückkehren wird.«

»Abercorn ist auch schon wieder da?«, fragte Louisa so beiläufig wie irgend möglich. »Aha. Dann nehme ich mal an, er ist oben in seinem Zimmer und ruht sich ein wenig aus?«

Johnny verkniff sich ein belustigtes Grinsen und erwiderte stattdessen mit gleichmütiger Miene: »Ganz im Gegenteil sogar. Nachdem er Vaters Pferd trockengerieben hat, ist er nämlich hinuntergegangen zum See, um dort noch eine Runde zu schwimmen. Wer so athletisch gebaut ist wie er, hat wohl ein Übermaß an Energie, fürchte ich.«

»Oder ein Übermaß an Arroganz«, erwiderte Louisa und warf den Kopf in den Nacken.

Während James Hamilton gemächlich auf den See zuschlenderte, zog er sich voller Vorfreude auf das erfrischende Bad bereits das Hemd aus und warf es sich lässig über die Schulter. Es war ja nur ein sehr kleiner See, und das andere Ufer war kaum mehr als einen guten Kilometer entfernt, sodass James im Geiste bereits plante, einfach einmal bis zur anderen Seite hinüberzuschwimmen.

Plötzlich entdeckte er Teddys Pferd, das an einen der Bäume gebunden war, und nahm an, dass sein Studienkollege aus Oxford wohl ebenfalls eine kurze Abkühlung genösse. Er wollte gerade laut Teddys Namen rufen, als er beinahe über einen Mann und eine Frau gestolpert wäre, die sich im Gras liebten. Sofort erkannte James, dass es sich bei der nackten jungen Frau um Georgy Russell handelte und dass der Mann, der auf ihr lag, kein Geringerer war als Teddy Fox. »Gütiger Gott«, keuchte James angewidert. »Was zur Hölle treibt Ihr da?«

Zu Tode erschrocken, dass man sie entdeckt hatte, sprang Teddy auf und zog sich seine Hose hoch, während er James mit großen Augen stumm anstarrte.

»Das ist doch kein Dienstmädchen, Fox!«, fluchte James. »Das ist die Tochter des Herzogs von Bedford. Verschwinde, ehe ich dir eine Tracht Prügel verabreiche. Verdient hättest du's.«

Teddy erwiderte noch immer nichts, sondern stieg mit bebenden

Knien auf sein Pferd und galoppierte dann quer durch das kleine Wäldchen schnurstracks davon, während Georgy deutlich weniger verlegen nach ihrem Unterrock griff, um ihre Blöße zu bedecken.

Galant bot ihr James seine Hand an und half ihr, aufzustehen. »Dieses durchtriebene Schwein hat Euch wahrscheinlich versprochen, Euch die Diamanten zurückzugeben, wenn Ihr dafür mit ihm –« Er sprach den Satz nicht zu Ende. Stattdessen reichte er Louisas älterer Schwester ihr Kleid. »Aber er hat die Diamanten nicht mehr, Verehrteste. Ich habe sie.«

Georgy hingegen sagte ganz bewusst nichts und ließ ihren vermeintlichen Retter somit im Unklaren darüber, ob er mit seiner Vermutung nun recht hatte oder nicht. Scheinbar vollkommen ohne jede Eile schloss sie die Knöpfe an ihrem Unterkleid und griff dann nach ihrem Reitkostüm. »Und? Was werdet Ihr jetzt tun? Gebt Ihr mir meine Diamanten zurück?«

»Aber natürlich. Selbstverständlich gebe ich Euch Euer Collier zurück.« Mittlerweile plagten James starke Gewissensbisse, weil ja auch er nicht ganz unschuldig war an der Entwicklung, die diese Posse nun genommen hatte. Hätte er die Diamantkette gleich gestern Abend Georgys Schwester übergeben, dann wäre nichts von alledem passiert – so dachte er zumindest und versprach: »Ich werde sie Euch nach dem Abendessen aufs Zimmer bringen.«

Wie angewurzelt stand Louisa auf dem Pfad, der hinunter zum See führte, und starrte fassungslos auf die abstoßende Szene vor ihr: Ein halbnackter Abercorn hielt das Kleid ihrer Schwester in Händen, und ihre Schwester war sogar vollkommen nackt gewesen, bis sie schließlich träge nach ihrem Unterrock gegriffen hatte! Lu mochte ihren Augen kaum trauen, so entsetzt war sie, und doch sprach das Bild, das sich ihr dort darbot, Bände. Dann hatte Georgy es also tatsächlich geschafft, James Hamilton zum See hinunterzulocken, wo sie sich ihm splitterfasernackt hingegeben hatte, um ihre Halskette zurückzuerlangen. Hohl, ja, fast schon höhnisch hallten Georgys

Worte in Louisas Kopf wider: »Ich warte, bis sie wieder von dem Jagausflug zurück sind, und dann wirst du schon sehen. Meine Verführungsküste wirken auch bei Abercorn.«

»Und ich habe auch noch behauptet, dass Abercorn für weibliche Tricks und Raffinessen unempfänglich wäre! Wie konnte ich nur so naiv sein!«, murmelte Louisa vor sich hin, als sie sich wie in Trance umdrehte und zurück zum Haus ging. Ihr Herz hämmerte, und in ihrer Brust breitete sich ein stechender Schmerz aus. Sie hatte das Gefühl, betrogen worden zu sein, und zwar sowohl von Abercorn als auch von ihrer Schwester. »Ich hasse ihn!«, fluchte sie. »Ich hasse ihn!«

Louisa musste sich dringend wieder beruhigen und ging darum nicht geradewegs zurück auf ihr Zimmer, sondern stattete zuvor noch Baby Rachel einen kleinen Besuch ab.

»Lulu!« Kaum dass Rachel ihre große Schwester sah, streckte sie ihr auch schon freudestrahlend die Ärmchen entgegen.

Louisa nahm die Kleine auf und drückte sie fest an sich. Rachel war noch so unschuldig und so rein, dass Lu im Gegensatz dazu das Verhalten von James Hamilton und ihrer Schwester noch widerwärtiger erschien. Heiß brannten ihr die Tränen in den Augen, und sie wischte sich einmal hastig mit dem Handrücken über die Lider, schließlich sollte keiner ihren Kummer sehen. »Wer ist das süßeste und hübscheste Mädchen auf der ganzen Welt?«, fragte sie.

Vorsichtig berührte Rachel mit ihren winzigen Fingern die nasse Wange ihrer Schwester und schaute sie aus großen Augen an, als hinter ihnen plötzlich die Tür geöffnet wurde und ihre Mutter eintrat.

»Das Abendessen wird heute ausnahmsweise erst um sieben serviert«, verkündete Georgina. »Die Reiter können sich ja sonst noch nicht einmal mehr umziehen.«

Louisa nickte. Dann kam ihr mit einem Mal eine Idee. »Ich glaube, ich esse heute Abend ohnehin lieber hier oben mit Rachel. Es macht mir solchen Spaß, sie zu baden und zu Bett zu bringen …« Ganz verzückt schaute sie ihre jüngste Schwester an. »Ohnehin verbringe ich viel zu wenig Zeit mit ihr.«

»Nun dann –« Georgina zuckte einmal mit den Schultern. »Danke, Liebling. Dann lasse ich euch beiden einfach ein Tablett hochbringen. Auf diese Weise bleibt mir etwas mehr Zeit, um mich um unsere Gäste zu kümmern. Tu mir nur einen Gefallen, ja? Halte dich an Nannys Regeln.«

»Mach ich«, versprach Louisa und zwinkerte ihrer kleinen Schwester verschwörerisch zu. »Komm, mach winke-winke und sag Gute Nacht zu Mama.« Rachel gluckste einmal. »So, und was wollen wir beide jetzt anstellen, bis das Essen kommt?«

»Schaukeln!«

Gehorsam trug Louisa die Kleine zu dem großen hölzernen Schaukelpferd hinüber und setzte sie in den Sattel. Sofort begann Rachel, eifrig vor- und zurückzuschaukeln, und wurde immer schneller, während sie so begeistert lachte, dass sie sich, als das Kindermädchen mit dem Abendessen kam, schlichtweg weigerte, wieder abzusteigen.

»Komm, Rachel«, versuchte Lu sie zu locken. »Wir veranstalten jetzt eine kleine Dinnerparty. Wir könnten ja zum Beispiel auch deine Puppen einladen und deinen Stoffhasen.«

»Und Nussknacker!« Ein wenig unsicher ließ Rachel sich von dem Schaukelpferd hinabgleiten und marschierte zu ihrem burgartigen Puppenhaus hinüber. Daraus zog sie dann ein kleines Stofftier heraus, das einer Haselmaus ähnelte.

»Das ist ihre Lieblingspuppe«, erklärte das Kindermädchen und lächelte.

Nachdenklich starrte Louisa auf das abgewetzte kleine Tier, das über und über mit Flicken besetzt war. »Das war früher einmal meine.«

»Nein, ist sie nicht!«, beharrte Rachel mit gerunzelter Stirn.

»Schon gut, mein Liebling. Nussknacker gehört ganz allein dir.

Also, setz sie mit an den Tisch, und dann hole ich die anderen Gäste.« Bereitwillig ließ Rachel sich auf ihrem kleinen Kinderstuhl nieder, die Stoffmaus gleich neben sich platziert, während Louisa die anderen Puppen und den kleinen Hasen auf den Puppenstubenstühlchen arrangierte und sich schließlich gegenüber ihrer Schwester auf den Fußboden setzte. Leider reagierte Rachel zunächst ein wenig mürrisch, als Louisa ihr ihr Lätzchen umbinden wollte, wurde dann aber gleich schon wieder sanftmütiger, als Lu sich selbst ebenfalls eines umlegte.

Eigentlich löste zwar schon der bloße Gedanke an Essen bei Lu leichte Übelkeit aus, doch ihrer kleinen Schwester zuliebe gab sie vor, die Suppe ganz köstlich zu finden, und aß im Anschluss sogar noch eine kleine Portion Käsesoufflé. Auch Rachel langte kräftig zu, und Louisa lächelte zufrieden – bis die Jüngste aus dem Hause Russell plötzlich damit begann, die Karotten von ihrem Teller eine nach der anderen an ihren Stoffhasen weiterzureichen. Mahnend schüttelte Lu den Kopf. »Aber Rachel! Dein Stoffhase kann die Möhrchen doch nicht wirklich essen. Das musst du schon für ihn erledigen. Bunny nascht nur Zaubermöhrchen, unsichtbare Möhren, sozusagen.«

Angewidert zog Rachel die Nase kraus.

»Außerdem bin ich mir ziemlich sicher, dass auch deine Möhren magische Kräfte haben«, erklärte Lu. »Ich habe mal gehört, dass kleine Mädchen, die Möhren naschen, im Dunkeln sehen können.« Ich sollte ihr nicht solchen Unsinn vorgaukeln, schimpfte sie im Geiste mit sich selbst. Rachel ist noch so unschuldig; sie glaubt einfach alles, was ich ihr erzähle. Ganz unwillkürlich wanderten Louisas Gedanken wieder zurück zu der überraschenden Szene, die sie am Nachmittag beobachtet hatte. Die Unschuld ist etwas so Kostbares, sinnierte sie. Die bittere Realität des Lebens holt uns alle noch früh genug ein. Auch Baby Rachel wird davon nicht verschont bleiben – vor allem, wenn Bessy damit fortfährt, diese hässlichen Geschichten über sie zu verbreiten. In diesem Augenblick schwor

Lu sich hoch und heilig, in Zukunft mehr Zeit mit ihrer kleinen Schwester zu verbringen und alles in ihrer Macht Stehende zu tun, um sie vor den üblen Gerüchten, die Bessy überall herumposaunte, zu beschützen.

Nachdem Rachel schließlich auch ihr Himbeertörtchen gegessen und ihr Glas Milch geleert hatte, las Lu ihr noch eine Geschichte vor. Anschließend badete sie sie in dem kleinen Zinnzuber vor dem Kaminfeuer und zog ihr das Nachthemd an. Rachel sah darin so anmutig aus, dass Louisa sie unwillkürlich hochhob und einmal fest an sich drückte, ehe sie ihr leise ein Gutenachtlied vorsang und sie so lange wiegte, bis Rachel irgendwann einnickte. Vorsichtig legte sie die Kleine ins Bett und deckte sie zu, während sie flüsterte: »Schlaf gut und träum was Schönes, mein Schatz. Sollte ich jemals eine kleine Tochter haben, dann hoffe ich, sie wird genauso süß wie du.« Kaum dass sie diesen Wunsch ausgesprochen hatte, schlich sich auch schon wieder der junge Abercorn in ihre Gedanken. Hastig verbannte Louisa ihn in die hinterste Ecke ihres Bewusstseins.

Anschließend kehrte sie bedrückt in ihr eigenes Zimmer zurück, schloss leise die Tür hinter sich und stand dann für eine Weile vollkommen reglos da, während sie nachdenklich in die Dunkelheit starrte. Schließlich seufzte sie einmal schwer und schwor sich, trotz allem niemals schlecht von Georgy zu denken. Sie darf auf keinen Fall erfahren, dass ich sie beobachtet habe, überlegte Lu und schüttelte traurig den Kopf, denn obgleich sie ihre Schwester noch immer liebte, waren mit diesem Erlebnis doch wieder einmal ein paar ihrer Illusionen schlagartig zunichtegemacht worden. Vielleicht ist diese ganze Sache von wegen »ewiger Liebe« ja ohnehin bloß eine Erfindung, dachte sie niedergeschlagen; eine romantische Fantasie, mehr nicht. Denn nach allem, was ich bisher gesehen habe, ist wohl eher die Wollust die bestimmende Kraft, die das Leben und Handeln der Menschen lenkt.

Plötzlich vernahm sie aus dem angrenzenden Schlafzimmer eine tiefe männliche Stimme. Was genau der Besucher sagte, konnte sie zwar nicht verstehen, aber sie ahnte bereits, dass das wohl Abercorn war, der sich dort im Zimmer ihrer Schwester aufhielt. Leise huschte sie zu der Verbindungstür hinüber und drückte ihr Ohr dagegen.

»James! Danke, dass Ihr Euer Versprechen gehalten habt und mir meine Diamanten zurückbringt.«

»Geht es Euch auch wirklich gut, Georgy?«

»Ja – wenn Ihr mir schwört, dass Ihr niemandem erzählt, was am See vorgefallen ist.«

»Ich habt mein Wort als Ehrenmann.«

Louisa schloss die Augen, während eine schier überwältigende Woge des Zorns über ihr zusammenschlug. Ausgerechnet der wagt es, von »Ehre« zu sprechen?, fluchte sie in Gedanken. Schämt Euch, das Wort überhaupt in den Mund zu nehmen. Ihr wisst doch überhaupt nicht, was Ehre ist, Ihr ungehobelter irischer Halunke!

· 7 ·

»Vater, ich schätze, wenn ich für Horsham ins Parlament einziehen will, dann sollte ich mich wohl besser bald mal auf Stimmenfang begeben.« Teddy konnte es kaum erwarten, Woburn Abbey endlich wieder zu verlassen. Nicht nur, dass Abercorns mahnende Blicke ihn zutiefst verunsicherten, sondern er befürchtete auch, dass seine Eltern ihn bestimmt dazu anhalten würden, Georgy einen Heiratsantrag zu machen, wenn sie von seinem Intermezzo mit der Tochter des Herzogs von Bedford erfahren sollten.

»Ja, ich muss sagen, das klingt mir nach einer überaus vernünftigen Idee«, stimmte Lord Holland ihm mit wohlwollendem Lächeln zu. »Denn so, wie ich die Konservativen einschätze, haben die bestimmt schon längst jemanden ins Rennen geschickt. Da fällt mir gerade ein: Ich habe seinerzeit mal einige nicht unbeträchtliche Lieferungen Ale von William King geordert, der eine Brauerei in Horsham betreibt. Wenn wir es also schaffen könnten, ihn und seine Leute auf unsere Seite zu ziehen, dann dürfte es da mit der Wahl sicherlich keine Schwierigkeiten geben. Allerdings muss man, wenn man sich als offiziellen Vertreter von West Sussex wählen lassen will, auch einen ordentlichen Wohnsitz dort haben. Ich denke also, ich komme am besten mit, um dir dort ein Haus anzumieten.«

»Meinen ergebensten Dank«, murmelte Teddy. »Dann will ich auch nicht länger warten, sondern gehe schon mal hoch, um meine Koffer zu packen. Ach, und übrigens … Edward wird mich auf meiner Wahlkampftour begleiten.«

James Hamilton betrat die Bibliothek und räusperte sich einmal vernehmlich.

»Ja, bitte?«, ertönte die sonore Stimme des Herzogs von Bedford.

»Euer Hoheit, ich wollte Euch nur noch einmal für Eure Gastfreundschaft danken. Denn so gerne ich auch noch den Rest des Sommers hier in Woburn Abbey verbringen würde, so sehr drängt es mich doch mittlerweile, vor meiner Rückkehr nach Oxford noch einmal auf meinem Gut in Irland nach dem Rechten zu sehen. Zumal ich meinem jüngeren Bruder Claud versprochen habe, ihn diesmal auf jeden Fall nach Barons Court mitzunehmen. Er entwickelt mehr und mehr Interesse an den politischen Geschicken unseres Landes und beabsichtigt, eines Tages für die Grafschaft Tyrone ins Parlament einzuziehen.«

»Als Vertreter der Konservativen, wie ich annehme?«, neckte der Herzog von Bedford ihn.

»So ist es in unserer Familie nun einmal Tradition, Sir. Alle Hamiltons stehen von jeher auf Seiten der Konservativen –«

»Was Euch aber hoffentlich nicht daran hindern wird, uns irgendwann einmal wieder zu besuchen«, unterbrach John Russell ihn mit einem beschwichtigenden Lächeln. »Ihr seid uns hier jederzeit willkommen, vergesst das nicht.«

Als Abercorn sich schließlich auch von der Herzogin von Bedford verabschiedete, waren auch Georgy und Louisa anwesend, hielten sich aber, soweit dies die Höflichkeit zuließ, eher im Hintergrund. Überhaupt waren beide Mädchen ehrlich erleichtert, dass James endlich abreiste, wenngleich die Gründe bei beiden höchst unterschiedlich waren.

»James, ich hoffe, Euer Aufenthalt hat Euch gefallen, und wir alle würden uns sehr freuen, wenn dies nicht Euer letzter Besuch bei uns war.« Charmant wie eh und je schenkte Georgina dem jungen Abercorn eines ihrer strahlendsten Lächeln. »Zumal Ihr ein solch angenehmer Hausgast wart. Und auch mit meinem Mann und Lord John habt Ihr Euch ja offenbar blendend verstanden. Ja, und dann habt Ihr meiner Zweitältesten ja auch noch ihren ersten Kuss gegeben! Wie konnte ich das bloß vergessen?«

Prompt verfärbten sich Louisas Wangen zu einem glühenden Rot, während sie im Geiste darum betete, dass sich bitte *sofort* der Erdboden zu ihren Füßen auftun möge und sie am besten mit Haut und Haar verschluckte. »Aber, Mutter, was ist denn schon ein simpler Kuss?«, versuchte sie die Sache herunterzuspielen und fügte in Gedanken hinzu: Besonders, wenn man diesen Kuss mal jenem sehr viel intimeren Intermezzo gegenüberstellt, das der werte James und meine Schwester miteinander hatten!

»Schon richtig, meine Liebe, ein Kuss ist bloß ein Kuss. Allerdings war dies dein *erster* Kuss, und an den erinnert sich eine Dame zumeist für den Rest ihres Lebens.« Mit verschwörerischem Lächeln zwinkerte die Herzogin Louisa einmal zu, ehe sie sich wieder James Hamilton zuwandte: »Und Ihr wollt jetzt weiter nach Irland reisen? Ich kann mich noch gut an meine Zeit als Vizekönigin dort erinnern.« Sie seufzte. »Ja, das waren schon wirklich sehr, sehr aufregende Jahre.«

Ehrerbietig küsste Abercorn ihr die Fingerspitzen. »Mylady, ich danke Euch vielmals für Eure Gastfreundschaft.«

»Aber gerne doch, James. Wir sehen uns dann im September in London, wenn meine Töchter debütieren. Und bringt bitte unbedingt auch Euren Bruder Claud mit. Bis dahin: *Au revoir!* Und natürlich gute Reise!«

Abercorn verbeugte sich höflich und zog sich dann zurück, um sich von seinem Studienkollegen Charles zu verabschieden.

»Warum um Himmels willen hast du ihn zu unserem Debütantinnenball eingeladen?«, verlangte Louisa empört zu wissen.

»Aber, Liebling, das liegt doch auf der Hand. Wir brauchen sämtliche verfügbaren Junggesellen, die wir nur irgend kriegen können. Zwei von ihnen verlassen uns doch heute schon wieder, womit dann nur noch George Grey als Versuchsobjekt übrig bliebe – um ein wenig eure weiblichen Tricks und Kniffe zu trainieren, meine ich.«

Sie sah ihre beiden Töchter forschend an. »Es ist euch doch sicherlich nicht entgangen, was für ein ansehnlicher junger Mann dieser James Hamilton ist, nicht wahr?«

Lu warf ihrer Schwester einen raschen Blick zu und entgegnete: »Ja, attraktiv ist er. Das muss man schon sagen. Geradezu *sündhaft* attraktiv.«

Am nächsten Tag genossen die Familie Russell und ihre Gäste gerade ein ausgedehntes Frühstück auf einer der überdachten Veranden von Woburn Abbey, als plötzlich Mr Burke mit einem Kurier erschien. Der Herzog von Clarence hatte sich soeben einen kleinen Rebhuhnflügel auflegen lassen und kaum mehr als ein paar Bissen von seinem selbst erlegten Tier genossen, als er mit einem Mal überrascht die opulente Livree des Boten zur Kenntnis nahm, die ihn als Kurier des Königs auswies.

Der Mann vollführte eine formvollendete Verbeugung vor dem Herzog und reichte ihm ein Sendschreiben. Mit einer raschen Bewegung öffnete Clarence den Brief, und sein Gesicht, das sonst von einer ausgesprochen gesunden Farbe war, wurde plötzlich aschfahl.

John Russell spürte sofort, dass sich irgendetwas Tragisches ereignet hatte, und musterte betrübt seinen alten Freund. »Schlechte Neuigkeiten, lieber William, nicht wahr?«, hakte er vorsichtig nach.

»Das kann man wohl sagen.« Der Herzog zögerte. »Mein Bruder – der König – hat einen Schlaganfall erlitten. Es steht nicht gut um ihn. Er hat mir befohlen, umgehend nach Schloss Windsor zurückzukehren.«

»Um Gottes willen!«, seufzte Prinzessin Adelaide. »Wir müssen sofort unsere Koffer packen und wieder abreisen. Wie sollen wir nur so schnell –« Hilflos rang sie die Hände.

Sogleich wies John Russell Jack an, Williams und Adelaides Kutsche anspannen zu lassen.

»Meine Zofen werden Euch schon helfen, meine Liebe. Macht Euch darum mal keine Sorgen«, versuchte unterdessen auch Georgina, ihre Freundin wieder etwas zu beruhigen. »Und was die Rebhühner betrifft: Ich lasse Euch einfach ein paar leckere Häppchen davon einpacken. Als Proviant für die Reise.«

Nachdem Georgina ihre Diener und ihre Töchter instruiert hatte, wer dem Herzog und der Herzogin nun auf welche Art behilflich sein sollte, nahm sie den königlichen Boten kurzerhand mit in die Küche, wo sie ihm erst einmal einen gut gefüllten Teller vorsetzen ließ sowie einen ordentlichen Humpen Ale. Als Nächstes setzte sie sich einfach neben ihn und horchte ihn – ganz unauffällig, natürlich – ein wenig aus. Georgina hatte sich nämlich von jeher gerühmt, dass sie in der Lage sei, jedem männlichen Wesen auf Gottes weiter Erde die Zunge zu lösen, und stellte somit wieder einmal ihr Geschick als stilvolle Charmeurin unter Beweis.

»Es muss äußerst unangenehm sein, wenn man dazu ausgewählt wird, dem Herzog von Clarence diese schreckliche Nachricht zu überbringen. Andererseits überträgt man derlei Aufgaben ja nicht irgendwem, sondern nur denen, die man auch für wirklich vertrauenswürdig hält.« Sie schwieg einen Moment. »Der König – der gute Prinny – und ich sind schon unser ganzes Leben lang eng miteinander befreundet. Meint Ihr, dass er sich wohl jemals wieder von diesem schrecklichen Schlaganfall erholen wird?«

Laut schmatzend leerte der Bote seinen Humpen und beugte sich dann mit gewichtiger Miene zu der Herzogin hinüber: »Wenn Ihr mich fragt, Euer Hoheit, so fürchte ich, dass das unter den gegebenen Umständen höchst unwahrscheinlich ist.«

Großzügig schenkte Georgina ihm noch einmal nach und legte ihm ein weiteres gegrilltes Rebhühnchen auf. »Esst, mein Lieber, und stärkt Euch ordentlich. Es könnte die letzte Mahlzeit für Euch an diesem Tage sein.«

Anschließend ging Georgina ohne Umwege zu ihrem Mann und erklärte: »Ich glaube, der gute George ist bereits tot. Der Kurier hat so etwas angedeutet.«

»Wenn das so ist, dann dürfen wir uns wohl gerade doppelt geschmeichelt fühlen: Schließlich haben wir hier nicht nur den Herzog und die Herzogin von Clarence zu Gast, sondern damit zugleich auch den neuen König und die neue Königin von England.«

Ganz diskret informierte Georgina auch ihre Kinder und ihre Gäste über den betrüblichen Vorfall und dessen logische Konsequenzen, sodass man sich, als der Herzog und die Herzogin die Treppe herunterkamen, bereits geschlossen in der Halle versammelt hatte und ehrerbietig in eine tiefe Verbeugung sank, um den beiden, dem neuen Königspaar, einen gebührenden Abschied zu bereiten.

Eine knappe Stunde später hatten der Herzog von Bedford, Lord John und Graf Grey sich auch schon in der Bibliothek zusammengefunden und diskutierten eifrig die neue politische Lage.

»Wenn wir davon ausgehen dürfen, dass das, was wir soeben vernommen haben, der Wahrheit entspricht, dann stehen schon in Kürze Neuwahlen an.«

Lord John nickte bedächtig. »Womit sich uns die historische Chance bietet, endlich die Whigs an die Macht zu bringen.«

»Bislang waren wir Wellington und den Torys ja durchaus wohlgesonnen«, stimmte Graf Grey zu, der seinem Land bereits seit seinem zweiundzwanzigsten Lebensjahr als Parlamentsabgeordneter diente. »Aber diese Zeiten sind jetzt wohl ein für alle Mal vorbei. Man muss das Eisen schmieden, solange es heiß ist!« Er räusperte sich einmal, ehe er erklärte: »Und darum kandidiere ich diesmal als Premierminister. Ich hoffe doch, meine Herren, ich darf auf Eure Unterstützung zählen?«

»Aber selbstredend«, versprach der Herzog von Bedford ihm.

Und auch Johnny Russell nahm das Vorhaben des Grafen begeistert auf: »Denn nur die Whigs setzen sich wirklich nachhaltig für einen Reformprozess ein. Und jetzt haben wir erstmals die Chance, auch tatsächlich zu gewinnen!«

»Schade, dass mein Freund Henry und sein Sohn gestern schon abgereist sind«, seufzte der Herzog betrübt. »Die Nachricht hätte sie sicherlich interessiert. Aber wisst Ihr was? Ich setze einfach sofort einen Brief auf und schicke ihn ihnen mit einem Boten hinterher.«

Aufgeregt tuschelnd zogen die Damen aus dem Hause Russell, Lady Holland und Lady Grey sich in den Blauen Salon zurück, wo man nicht weniger eifrig als die Männer über die aktuellen politischen Ereignisse diskutierte. Sie alle waren, was die Geschicke ihres Landes anging, nämlich höchst interessiert, und ganz besonders natürlich die Herzogin von Bedford, die inoffizielle First Lady der Whigs, die nun instinktsicher die einmalige Chance erahnte, ihre Partei ganz nach vorn zu bringen.

»Natürlich hat uns das Dahinscheiden unseres lieben Prinny alle schwer getroffen«, versicherte sie ihren Freundinnen, woraufhin alle nachdrücklich nickten. »Auf der anderen Seite jedoch hat uns das Schicksal damit plötzlich ganz neue Perspektiven eröffnet. Denkt doch nur einmal, was für ein herzliches Verhältnis sich gerade in den letzten Tagen zwischen dem König und der Königin von England und uns entwickelt hat! Ich bin mir sicher, dass William und Adelaide uns dafür noch reich belohnen werden.« Frohgemut goss Georgina sämtlichen anwesenden Damen einen guten Tropfen Wein ein.

Mit hochroten Wangen beugte nun auch Mary Grey sich zu ihren Freundinnen vor. »Ich sage Euch dies natürlich nur ganz im Vertrauen, Ladys. Aber mein Mann trägt sich schon seit Längerem mit dem Gedanken, als Premierminister zu kandidieren, und nun, wie aus dem Nichts heraus, stehen plötzlich auch noch Neuwahlen an!«

Auch Lady Holland konnte ihre Erregung nun nur noch schlecht verbergen. »Wenn die Whigs die Wahl diesmal gewinnen, und wenn Teddy dann auch noch den Platz für Horsham ergattern kann, dann wären sowohl mein Mann als auch mein Sohn als Mitglieder der Regierungspartei im Parlament vertreten.«

»Zumal sie beide dann ja auch noch enge Freunde des Premierministers und des Königs sind«, fügte Georgina mit einem verschmitzten Lächeln hinzu.

»Und auch Johnny wird dann einen sehr viel besseren Stand haben als jetzt in der Opposition«, meldete sich schließlich auch Louisa zu Wort. »Die Chancen stehen also gut, dass er sein Reformwerk schließlich doch noch durchbekommt.«

Georgy hingegen lauschte dem aufgeregten Geschnatter der Damen mit stetig wachsendem Zorn. »Und was ist mit mir?«, platzte es irgendwann mürrisch aus ihr heraus. »Nun, da Prinny verstorben ist, wird der Hof eine offizielle Trauerperiode ausrufen, so viel ist schon einmal klar. Und das wiederum bedeutet, dass meine Einführung in die Gesellschaft wieder um ein ganzes Jahr verschoben wird. Warum muss das ausgerechnet mir passieren, dass immer dann, wenn ich debütieren will, irgendwer stirbt?«

»Das ist wirklich ein ganz unglücklicher Zufall, Liebes. Da stimme ich dir ja zu.« Mitfühlend schaute Georgina ihre Älteste an. »Und der Hof wird mit Sicherheit eine offizielle Trauerzeit festsetzen, auch das ist klar. Aber die *ton*, da bin ich mir ebenfalls sehr sicher, wird nach allerspätestens drei Monaten wieder auf Bälle gehen und an Unternehmungen teilnehmen. Die Krönungsfeierlichkeiten des neuen Königs und seiner Königin werden zwar frühestens im nächsten Frühjahr stattfinden, aber von da an wird Königin Adelaide dich bestimmt dann und wann mal in ihren Salon im St. James's Palace bitten. Stell dir doch bloß mal vor, wenn das bekannt wird! Wenn die Leute erfahren, dass du eine enge Freundin der Königin bist! Ich sag's dir, wenn sich das herumspricht, dann wirst du dich vor Verehrern überhaupt nicht mehr retten können.«

Ein klein wenig besänftigt, lehnte Georgy sich wieder in ihrem Sessel zurück und beugte sich mit gedämpfter Stimme zu ihrer Schwester hinüber: »Auf jeden Fall werden wir schon einmal bei der Beerdigung von König George dabei sein. Das ist ja für den Anfang auch nicht schlecht. Zumal wir dann dort bestimmt auch Teddy Fox wiedersehen.«

»Teddy? Ich dachte, du hättest es auf diesen James Hamilton abgesehen?« Louisa gab sich alle Mühe, möglichst unbeteiligt zu wirken.

Georgy aber reckte nur hochmütig das Kinn und schmetterte die Stichelei ihrer Schwester nonchalant ab: »Hamilton? Was interessiert mich dieser Hamilton! Der war doch nur so lange interessant, bis ich meine Diamanten wiederbekommen habe.«

Louisas Herz setzte einen winzigen Moment lang aus, dann aber jubelte sie im Stillen: Siehst du wohl, Abercorn? So schnell wird man abserviert! Zur Hölle mit dir!

Zur Hölle mit Euch, Aberdeen!, fluchte in diesem Moment auch James Hamilton. Dieses Anwesen gehört ganz allein mir. *Ich* habe es von meinem Großvater geerbt und nicht Ihr. Es ist meins!

Langsam ritt James in den Innenhof von Bentley Priory in Stanmore nahe London ein und begutachtete missmutig, was sein Stiefvater in der Zwischenzeit aus seinem Hab und Gut gemacht hatte. Der nämlich schien die Tatsache, dass er nur zu Gast auf diesem Anwesen war, einfach zu ignorieren, und führte sich auf, als wäre er der Hausherr, wenn er seine Tory-Freunde in Bentley Priory willkommen hieß. Aber warum ärgere ich mich eigentlich?, überlegte James. Denn so lange er hier wohnt, profitiert ja auch Mutter davon. Auf diese Weise hat sie wenigstens ein repräsentatives Heim.

»James! Wie schön, dich wiederzusehen.« Liebevoll tätschelte der achtzehnjährige Claud dem Pferd den Hals und blickte bewundernd zu seinem älteren Bruder auf. »Hat dir dein Besuch in Woburn Abbey gefallen?«, fragte er, während er das Pferd in den Stall führte.

»Ja, das kann man wohl sagen. Zumal ich auch mit dem Herzog von Bedford und seinem Sohn, Lord John, sehr gut ausgekommen bin. Ich würde sogar fast schon behaupten, dass wir Freunde sind.« Etwas ermattet ließ James sich aus dem Sattel gleiten, während sein jüngerer Bruder sich der Araberstute annahm. »Wie geht es denn eigentlich Mutter?«, hakte er nach. Als er sie beim vergangenen Weihnachtsfest das letzte Mal gesehen hatte, war sie noch immer sehr geschwächt gewesen von der Geburt ihres jüngsten Kindes

Ende November. Alles in allem war es sogar bereits der vierte Junge, den sie Aberdeen geschenkt hatte.

»Ich sage es ja nur ungern, James. Aber sie sieht noch immer etwas mitgenommen aus. Andererseits freut sie sich über meinen Besuch – was wohl in erster Linie daran liegt, dass ich ihr unsere widerwärtigen Stiefschwestern vom Halse halte.«

»Bei Gott«, zischte James zwischen zusammengebissenen Zähnen, »so lange ich hier bin, werden die beiden Mutter ganz gewiss nicht drangsalieren. Dafür werde ich schon sorgen.« Doch auch ihn belasteten die ständigen Rivalitäten zwischen den Geschwistern. Als Erstes waren da seine beiden Stiefschwestern aus Aberdeens erster Ehe zu nennen; als Zweites Harriets Söhne James und Claud, ebenfalls aus deren erster Ehe. Und als Drittes folgten noch insgesamt vier Söhne, die das Paar zusammen in seiner zweiten Ehe bekommen hatte und die dem Familienfrieden leider auch nicht sonderlich zuträglich waren. Ein wenig neidisch dachte James an die Russells und deren bunt gemischte Familie. Dort kamen sowohl die Eltern als auch die Geschwister alle blendend miteinander aus.

Seite an Seite betraten James und sein Bruder Bentley Priory und wurden sofort von dem freudigen Lächeln ihrer Mutter begrüßt. »James, was für eine wundervolle Überraschung!«, rief sie, und gerührt zog Abercorn sie in eine herzliche Umarmung.

»Wie geht es dir?«, fragte er leise und versuchte, die Angst, die er bei ihrem Anblick empfand, zu überspielen. Denn Clauds Bemerkung, sie sähe »ein wenig mitgenommen« aus, war in seinen Augen die Untertreibung des Jahrhunderts.

»Ich fühle mich von Tag zu Tag besser«, erklärte seine Mutter. »Vor allem freue ich mich so sehr, euch beide endlich wieder ein Weilchen bei mir zu haben. Nach dem Abendessen musst du mir unbedingt alles über deinen Besuch in Woburn Abbey erzählen.«

Traurig schaute James seine Mutter an, während er sie im Stillen unwillkürlich mit Georgina Russell verglich. Die Herzogin von Bedford wirkte um so vieles lebendiger und gesünder als Harriet. Sie ist so lustig und so lebensfroh, dachte James. Aber das ist ja auch kein Wunder, wenn man bedenkt, wie viel Liebe sie von ihrem Ehemann bekommt. Nicht zum ersten Mal wünschte er sich, Aberdeen würde endlich das Zeitliche segnen.

Während des Abendessens trugen seine beiden Stiefschwestern nur wenig zur allgemeinen Unterhaltung bei. Und wenn sie dann doch einmal den Mund aufmachten, waren sie einfach nur unfreundlich. Außerdem waren sie beide auffällig blass und fast schon unterernährt. Allerdings aßen sie ja auch so gut wie nichts, und James vermutete, dass zumindest die Ältere schwindsüchtig war.

Nach dem Abendessen schlug Claud seinem Bruder vor, gemeinsam einen Spaziergang hinunter zum örtlichen Pub zu unternehmen. »Die Abende hier sind so unglaublich öde und langweilig. Im Pub dagegen wird wenigstens mal gelacht. Und zum Ale bekommt man Musik und Tanz serviert!«

»Morgen komme ich gerne mit. Versprochen. Heute Abend aber will ich lieber bei Mutter bleiben. Denn wie du weißt, beginnen morgen in Harrow die Sommerferien, das heißt, dass dann auch unsere Brüder wieder zurückkehren. Und sobald die erst mal wieder im Hause sind, verlangen sie Mutters ganze Aufmerksamkeit.«

»Du meinst unsere *Halb*-Brüder«, korrigierte Claud ihn. »Denn auch, wenn sie sich offenbar eine Menge darauf einbilden, in Harrow zur Schule zu gehen, so können sie ihre Eifersucht auf uns doch nicht verhehlen. Vielleicht sollten wir sie morgen einfach mal mitnehmen, um sie dann im Pub so richtig abzufüllen, was meinst du?«

»Du weißt doch ganz genau, dass Aberdeen sie dann wieder nach Strich und Faden verprügeln wird.«

Ein wenig albern wackelte Claud mit seinen dunklen Brauen und lachte: »Ja, was meinst du wohl, warum ich das mit dem Besäufnis vorgeschlagen habe?«

»Tu, was du nicht lassen kannst, nur lass mich da raus«, winkte James ab, während er sich zugleich freute, dass wenigstens sein Bruder das irische Temperament seiner Ahnen geerbt hatte.

Anschließend wartete er, bis seine Mutter ihr Jüngstes gestillt und ins Bett gebracht hatte. Dann setzte er sich zu ihr in ihren privaten Salon, wo Harriet aufmerksam seinen Erzählungen von seinem Besuch in Woburn Abbey lauschte und ein ums andere Mal über seine Schilderungen der erfrischend andersartigen Familie Russell lachte.

»Dann führen der Herzog und die Herzogin von Bedford also eine glückliche Ehe?«

Deutlich hörte James den sehnsüchtigen Unterton in Harriets Stimme, und es tat ihm in der Seele weh. Folglich entschied er sich ganz bewusst, die Ehe der Bedfords etwas weniger rosig darzustellen, als sie es in Wirklichkeit war: »Sagen wir mal so – ihre Ehe läuft nicht schlecht. Sie tolerieren einander. Er tut so, als ob er von ihren Extravaganzen und ihren zahlreichen Liebhabern nichts wüsste, und sie pflegt ihn dafür.«

»Dann muss er sie wohl wirklich lieben«, seufzte Harriet. »Genau so, wie auch dein Vater mich einst geliebt hat.« Ernst blickte sie ihrem Ältesten in die Augen, dann beugte sie sich zu ihm vor und umschloss seine Hände fest mit den ihren, während sie ihn beschwor: »James, versprich mir eines. Und zwar, dass du dich bei der Wahl deiner Ehefrau allein von der Liebe leiten lässt. Eine Ehe zu führen kann zuweilen sehr belastend sein. Wenn man sich dann aber auch noch ungeliebt fühlt und sich nach Zuneigung geradezu verzehrt, dann, ja, dann zerreißt es dir irgendwann dein Herz und raubt dir deine Seele.«

Aufmunternd drückte James ihre Hände. »Das, liebe Mutter, verspreche ich dir gern. Du kannst dich auf mich verlassen.« Zumal ich meine Entscheidung schon längst getroffen habe, fügte er in Gedanken hinzu. Lady Lu tut zwar so, als sei ich ihr vollkommen gleichgültig, doch der Kuss sprach eine ganz andere Sprache. Ich weiß, dass sie mich will. Und ihre Unschuld und Verletzlichkeit sind geradezu unwiderstehlich.

»Dann hast du also bereits jemanden gefunden?«

»Nun ja, ich würde es mal so formulieren: Es gibt da eine gewisse junge Dame, auf die ich ein Auge geworfen habe.«

»James, du bist noch so jung. Du wirst doch wohl nichts Unüberlegtes tun, oder?«

»Aber nein. Zumindest werde ich noch so lange warten, bis ich volljährig bin.« Scherzhaft blinzelte er ihr einmal zu.

Harriet hingegen lächelte nur milde und sagte: »Du bist mein Erstgeborener, James, und darum wirst du für mich immer etwas ganz Besonderes bleiben. Ich trauere täglich darum, dass dein Vater so früh verstorben ist und dass du darum so schnell erwachsen werden musstest. Umso schöner ist es für mich zu sehen, dass du Claud weitaus mehr als nur ein großer Bruder bist. Und wen immer du eines Tages heiraten wirst – die junge Dame darf sich in jedem Fall schon jetzt sehr, sehr glücklich schätzen.«

Wie erwartet, trafen gleich am nächsten Tag James' Halbbrüder in Bentley Priory ein, und sie brachten erstaunliche Neuigkeiten mit. »König George ist tot«, platzte gleich der Erste von ihnen heraus. »Unser Schulleiter hat es uns heute Morgen erzählt, gleich nachdem ihn die Nachricht aus Windsor Castle erreicht hat.«

»Der Arme«, murmelte Harriet voller Mitgefühl. »Das bedeutet dann wohl, dass ab sofort der Herzog von Clarence unser neuer König ist. James, hattest du nicht gesagt, dass auch er und seine Frau in Woburn Abbey zu Gast waren?«

»So ist es«, erklärte James. »Und er hat sich ausgesprochen bodenständig gegeben, gemessen daran, dass er ja bereits die Nummer eins in der Thronfolge war. Mir persönlich jedenfalls ist der Mann überaus sympathisch. Im Übrigen hatte ich ja keine Ahnung, dass ich quasi schon mit der neuen Königin von England tanzte, als ich Prinzessin Adelaide vor ein paar Tagen zu einer Quadrille aufgefordert habe.«

Voller Hass starrten seine Halbbrüder James an. Sie waren ja ohnehin schon neidisch auf seine athletische Figur und seine Titel.

Dass er sich nun aber auch noch als Freund des neuen Königs und der neuen Königin von England auswies – nein, das war nun wirklich zu viel!

Verstohlen schauten James und sein jüngerer Bruder Claud sich einmal kurz an, denn da sie beide wohlunterrichtet waren in den politischen Geschehnissen des Landes, ahnten sie bereits, welchen Aufruhr Prinnys Tod zur Folge haben würde. Wie auf ein geheimes Zeichen hin verließen sie Seite an Seite den Salon und zogen sich zu einem kurzen Gespräch unter vier Augen ins Nebenzimmer zurück.

»Durch den Tod des Königs stehen doch nun automatisch Neuwahlen an, nicht wahr?«, erkundigte Claud sich wissbegierig.

»In der Tat«, bestätigte James. »Die Konservativen werden sich ganz schön ins Zeug legen müssen, um nochmals die Mehrheit für sich zu gewinnen.«

»Aber was geschieht dann mit Aberdeen? Zurzeit ist er doch Außenminister. Bedeutet das dann nicht, dass er sein Amt verlieren wird?«

»Im Augenblick sieht es zumindest ganz danach aus. Wie ich schon sagte: Auch er wird dann noch mal kandidieren müssen. Aber angesichts seines aufbrausenden Temperaments hat er wohl keine guten Chancen. Die Liberalen werden die Konservativen diesmal das Fürchten lehren, so viel jedenfalls ist gewiss.«

»Ich will nicht hier sein, wenn Aberdeen zurückkehrt«, nörgelte Claud. »Ich hasse diesen überheblichen Bastard. Können wir uns nicht schon ein bisschen eher nach Irland verdrücken?«

»Nein, können wir nicht. Ich möchte nicht, dass Mutter seine Wutanfälle über den Verlust seines Amtes ganz alleine ausbaden muss. Außerdem steht ja auch noch die Beerdigung des Königs an. Da dürfen wir auf keinen Fall fehlen. Versuch also bitte, dich noch ein wenig zu gedulden.«

Am Abend desselben Tages bat Harriet ihren Ältesten zu einem privaten Gespräch in ihren Salon. »Wie du weißt, wird Aberdeen in Kürze nach Bentley Priory zurückkehren.« Sie schluckte einmal. »Und wenn ich die Lage richtig einschätze, dann wird er außer sich sein vor Zorn, dass er nun bald sein Amt verliert und demnächst wahrscheinlich auch noch die Whigs die Mehrheit stellen werden. Mit einer Regierung aus lauter Liberalen kann er sicherlich überhaupt nicht umgehen.«

»Hab keine Angst, Mutter. Ich werde dich beschützen. Ich werde nicht zulassen, dass er seine Wut wieder einmal an dir auslässt.«

»Das ist sehr lieb von dir, James. Andererseits denke ich, dass vielleicht deutlich weniger Spannungen auftreten würden, wenn du und Claud … wenn ihr beide gar nicht mehr hier wärt, wenn er kommt. Denn wie wir alle wissen, gehört Bentley Priory ja eigentlich dir. Auch Aberdeen hat das noch längst nicht vergessen – auch wenn er gerne so tut. Und darum fürchte ich bereits den Augenblick, wenn ihr einander das nächste Mal gegenübertretet. Er wird euch schikanieren, wo er nur kann, und wenn es dann mal wieder zu den altbekannten Streitereien kommt, werden nicht nur seine Söhne, sondern auch seine Töchter geschlossen gegen euch sein.«

»Mach dir keine Sorgen, Mutter. Aberdeens Spötteleien prallen einfach von mir ab.«

»Das ist schön zu hören, meine Lieber, und dennoch – für *mich* wär's leichter, wenn ihr nicht hier wärt.«

Unwillkürlich schien sich ein dicker Kloß in James' Kehle zu bilden, und mit starrem Blick schaute er seine Mutter an. »Aber natürlich, Mutter. Wie dumm von mir, dass ich nicht selbst schon darauf gekommen bin.« Traurig schloss er sie einmal fest in die Arme, während er an Prinnys Beerdigung dachte. Louisa wird bestimmt auch da sein, dachte er betrübt, während er die Schultern straffte und seiner Mutter beruhigend versicherte: »Claud und ich werden gleich morgen früh nach Irland aufbrechen. Versprochen.«

· 8 ·

Montagu House, London
August 1894

Langsam löste die Herzoginwitwe Louisa sich von den Bildern aus der Vergangenheit und konzentrierte sich wieder ganz auf ihre Familie. Alle waren sie an diesem Tag gekommen, um mit Louisa auf ihr langes und ereignisreiches Leben anzustoßen.

»Ich danke dir, John Claud.« Durstig griff sie nach dem Glas, das ihr Sohn ihr reichte, und nippte einmal daran. Sie war ja so stolz darauf, dass er es bis zum Adjutanten der Königin geschafft hatte. »Trinkt Königin Victoria eigentlich auch so gern Champagner?«

»Nein.« John Claud schmunzelte verschmitzt. »Die Königin genießt lieber ein ordentliches Glas Whisky.«

»Ich erinnere mich.« Nun musste auch Louisa leise lachen. »Genau genommen hat sie diese Vorliebe sogar bei uns erworben. Ich meine, es wäre während ihres zweiten Aufenthalts bei uns in Schottland gewesen, als sie plötzlich ihre Leidenschaft für Whisky entdeckte. Im Übrigen habe ich auch dein peinliches Auftreten in jenen Tagen noch nicht vergessen.«

»Mutter, ich bitte dich. Wie alt war ich denn damals? Neun, wenn ich mich recht erinnere.«

»Eben! Somit warst du also in jedem Fall bereits alt genug, um zu wissen, dass man sich so nicht vor der Königin aufführt. Du kannst dir ja gar nicht vorstellen, wie peinlich es mir war, als man uns zur Audienz geladen hatte und du einfach so und aus dem Nichts heraus einen Kopfstand machtest. Noch dazu, wo du doch bloß einen

Kilt anhattest! Und dann, als ich dich ausschimpfte und man uns ausnahmsweise abermals eine Audienz gewährte, damit du dich entschuldigen konntest, was hast du da gemacht? Prompt noch einen Kopfstand!«

John Claud grinste. »Mutter, du hast wirklich ein bewundernswertes Gedächtnis.«

»Ein besseres jedenfalls als Königin Victoria. Ansonsten hätte sie dich sicherlich nicht zu ihrem Adjutanten berufen.«

»Das kann man nie wissen. Denn vielleicht hatte sie ja auch Gefallen an meinem Allerwertesten. Vielleicht durfte ich nur deswegen meinen Dienst bei ihr antreten!«

»Schon möglich. Warum sollte sie so viel anders sein als all die anderen Frauen, denen du im Laufe der Jahre den Kopf verdreht hast?« Scherzhaft schlug die Herzoginwitwe ihrem Sohn mit dem Fächer auf den Arm, als plötzlich jemand mit dem Messerrücken an sein Glas klopfte. »Pst! Ich glaube, hier will gerade jemand eine Rede halten. Bestimmt wieder mal solch ein langweiliger Lobgesang auf meine zahlreichen Tugenden.« Die Herzoginwitwe gluckste vergnügt und raunte schließlich: »Ich frage mich bloß, wann sie sich endlich einmal meinen Sünden zuwenden?« Dabei dachte sie flüchtig an Königin Victorias Gemahl, Prinz Albert, und verbarg dezent ein kleines Lächeln.

Louisa Jane, die Herzogin von Buccleuch, musste sich richtiggehend anstrengen, um trotz des lebhaften Geplappers und des allgemeinen Gläserklirrens noch gehört zu werden. »Wie ihr alle wisst, ist unsere liebe Mutter im Laufe ihres Lebens Zeugin einiger bedeutender geschichtlicher Ereignisse geworden –«

Ja, dachte Louisa, während sie ein wenig reumütig zu ihrer Tochter hinüberschaute. Vor allem habe ich zweimal hintereinander die Berufung zur obersten Kammerfrau der Königin abgelehnt, woraufhin du, liebe Louisa Jane, dieses grässliche Amt an meiner statt übernehmen musstest.

»Wusstest ihr zum Beispiel, dass unsere Mutter der einzige noch lebende Mensch in ganz England ist, der seinerzeit Gast im legendären Carlton House, der prachtvollen Residenz von König George IV., war?«

Abermals entführten Louisas Erinnerungen sie in die Vergangenheit und setzten sich über Raum und Zeit hinweg, als wären diese lediglich leere Luftblasen. Oh ja, sinnierte sie im Stillen. Der Tag, an dem der liebe George starb, ist mir wahrlich noch gut in Erinnerung. Und zwar nicht etwa deshalb, weil der arme alte Prinny plötzlich seine wassersüchtigen Zehen in die Luft streckte, sondern weil ich nur kurz zuvor meine Schwester und Abercorn in flagranti unten am See erwischt hatte! Oh, wie ich diesen irischen Teufel doch gehasst habe. Damals, vor langer Zeit …

In der Tat war der Anblick ihrer splitterfasernackten Schwester gemeinsam mit dem ebenfalls nur halb bekleideten Abercorn damals ein echter Schock für Louisa gewesen. Danach sollte es dann noch ein gutes Jahr dauern, bis sie ihn endlich wiedersah …

Belgrave Square, London
Mai 1831

»Ich weiß, dass mit der Ausstellungseröffnung in der Königlichen Akademie der Künste offiziell die Ballsaison beginnt … Und trotzdem wäre es mir lieber, wir müssten da nicht hingehen!« Kummervoll schaute Louisa ihre ältere Schwester an.

»Aber warum? Etwa weil auch Edwin Landseer dort seine Bilder ausstellen wird?«

»Ganz genau. Denn seit Williams Frau, diese dumme Bessy, überall herumerzählt hat, dass Landseer Rachels Vater wäre, ist unsere Familie doch *das* Klatschthema der Hauptstadt.«

»Mag sein. Aber wenn wir nicht bei der Ausstellungseröffnung erscheinen, dann denken sie doch erst recht, dass an den Gerüchten etwas dran ist. Wenn wir fortbleiben, dann sehen sie sich in ihren Verdächtigungen bestätigt. Mal ganz abgesehen davon werden zu der Eröffnung auch so ziemlich sämtliche Londoner Junggesellen erscheinen – das heißt, nur die adligen, meine ich. Also, Lu, nun komm schon. Ich warte schon seit zwei ganzen Jahren darauf, endlich in die Gesellschaft eingeführt zu werden. Und jetzt, da meine erste Ballsaison beinahe begonnen hat, bin ich fest entschlossen, nicht einen einzigen Tag davon zu vergeuden.«

»Tut mir leid, Georgy, daran hatte ich gar nicht gedacht.« Zerknirscht sah Louisa ihre Schwester an. »Selbstverständlich werde ich mitkommen.«

»Wusste ich's doch, dass du es dir schließlich doch noch anders überlegen würdest. Ich habe mich übrigens entschieden, Blau zu tragen. Also such du dir bitte eine andere Farbe aus. Ich habe nämlich gehört, dass Männer Blau am liebsten mögen …«

Würdevoll wie eh und je stiegen der Herzog und die Herzogin von Bedford, gefolgt von ihren beiden Töchtern, aus ihrer Equipage. Anschließend mischten sie sich mit huldvollem Lächeln unter die illustre Menge, die sich vor der Akademie der Künste in Piccadilly versammelt hatte.

Louisa hatte für diesen Tag ein weißes Kleid mit einer tiefroten Schärpe gewählt sowie einen Hut mit Mohnblumen aus Seidenkrepp. Damit, und natürlich mit ihrem pechschwarzen Haar, hob sie sich deutlich von sämtlichen anderen jungen Damen ab.

Kaum dass George Grey, der Sohn des Premierministers, sie sah, stürmte er auch schon auf sie zu und begrüßte sie aufs Herzlichste. »Es wäre mir eine Ehre«, bot er sich an, »wenn ich Euch durch die Ausstellung geleiten dürfte, Mylady.«

Doch da drängte sich bereits forsch Teddy Fox dazwischen, hob Louisas Hand an seine Lippen und raunte: »Ich denke doch, Ihr hättet mehr davon, wenn *ich* mich für den heutigen Tag als Euer Begleiter anböte.« Er grinste Louisa an, fügte dann, als er ihren fragenden Blick sah, aber rasch noch hinzu: »Wenn Ihr darauf besteht, darf George natürlich mitkommen. Er könnte uns ja mit ein paar Schritten Abstand folgen.« Gönnerhaft klopfte er seinem ehemaligen Studienkollegen auf die Schulter.

»Was ist nur los mit Euch?«, zischte Louisa empört. »Keiner von Euch besitzt auch nur das kleinste bisschen Anstand. Oder hat irgendwer von Euch vielleicht auch einmal an meine Schwester gedacht?«

Kaum dass Louisa sie erwähnte, tauchte Georgy auch schon wie aus dem Nichts an ihrer Seite auf und rief: »Mein lieber Teddy! Herzlichen Glückwunsch, dass Ihr die Wahl gewonnen habt und nun für Horsham ins Parlament einziehen durftet.« Georgy tat plötzlich so, als ob sie sich brennend für Englands Innenpolitik interessierte. Erstaunt blickte Louisa sie an. »Lu und ich können es ja gar nicht erwarten, bis wir endlich einen Platz auf der Besuchergalerie im Parlament ergattern. Wir wollen Euch doch dabei zusehen, wie Ihr mutig das Parkett stürmt.«

»Nun ja, ich denke, auf dem Parkett werdet Ihr mich noch nicht so bald sehen«, wiegelte Teddy ab. »Ich sitze zurzeit noch auf einer der Hinterbänke.«

Vertraulich strich Georgy ihm über den Arm und schenkte ihm ein ziemlich zweideutiges Grinsen. »Aber, Teddy, Ihr seid doch sonst nicht so bescheiden. Ich bin mir sicher, Ihr werdet schon sehr bald beherzt *vorstoßen*, um Euch Euren Platz in der ersten Reihe zu sichern.« Besitzergreifend zog sie ihn mit sich. »So, und nun kommt. Ihr erklärt mir jetzt die Bilder.«

Galant hauchte unterdessen Graf Grey einen zarten Kuss auf Georginas Wange und raunte: »Wie ich sehe, ist der Herzog nicht mitgekommen? Euer Hoheit, wenn ich mich anbieten darf, Euch durch die Ausstellung zu führen? Es wäre mir eine Ehre!«

»Aber sicher doch, Herr Premierminister. Wie könnte ich ein solches Angebot auch ablehnen? Ihr müsste wissen: Wenn ich an Eurem Arm durch die Ausstellung flaniere, ist mir der Neid sämtlicher Geschlechtsgenossinnen gewiss.« Mit einem strahlenden Lächeln schob Georgina ihren Arm unter dem des Grafen hindurch. »Im Übrigen ist John sehr wohl hier, aber weil er Landseers Mäzen ist, wird er mit ihm durch die Ausstellung gehen, nicht mit mir.«

Geschmeichelt führte der alte Grey sie mit sich fort und stellte ihr als Erstes seine Schwester Hannah und deren Ehemann, Edward Ellice, vor; als Parlamentsabgeordneter der schottischen Whigs war dieser von Grey erst kürzlich zum Fraktionsvorsitzenden ernannt worden.

»Sehr erfreut, Euch kennenzulernen«, sagte Georgina. »Ich muss Euch unbedingt mit auf die Gästeliste für den Debütantinnenball meiner beiden Töchter setzen. Er findet gleich nächste Woche statt. Ihr kommt doch, oder?«

»Aber selbstverständlich kommen wir«, lachte Lady Grey, die nun ebenfalls hinzutrat. »Und George bringen wir am besten auch gleich mit. Übrigens: Im Juni geben wir einen Ball anlässlich der Wahl meines lieben Mannes zum Premierminister. Ich rechne fest damit, Euch dort zu sehen.«

»Mary, ich freue mich schon jetzt darauf. Ein Premierministerball – das klingt aber *très élégant*. Vielen Dank für die Einladung.«

Verschwörerisch senkte Mary die Stimme. »Seht Euch jetzt bitte nicht um, aber ich glaube, die Herzogin von Kent und ihre Tochter Victoria sind soeben im Anmarsch.«

Unterdessen setzte der Premierminister die Vorstellungsrunde fort, woraufhin sich die Herzogin sogleich an Georgina wandte: »Lady Bedford, soviel ich weiß, ist Euer Ehemann der Mäzen des jungen Landseer, nicht wahr? Meine Tochter ist vollkommen verzückt von seinen Tierdarstellungen. Wir würden ihn also liebend gerne einmal kennenlernen …« Mit erwartungsvoll hochgezogener Augenbraue blickte sie Georgina an.

»Aber gerne doch. Selbstverständlich. Mr Landseer wird sich geschmeichelt fühlen.«

Mit einem Mal hatte Louisa das Gefühl, als ob irgendjemand sie beobachtete, und so schaute sie sich dezent um, als sie plötzlich dem bewundernden Blick von Prinzessin Victoria begegnete. Die blässliche Zwölfjährige starrte sie unverwandt an und betrachtete sie eingehend von Kopf bis Fuß. Allerdings war Louisa mit ihrem feinen Teint und dem prachtvollen schwarzen Haar ja auch wirklich eine einnehmende Erscheinung, von ihrer schmeichelhaften Robe mit den leuchtenden Farben einmal ganz abgesehen.

»Euer Hoheit«, sprach Louisa mit einem freundlichen Lächeln die junge Prinzessin an. »Gefällt Euch die Ausstellung? Gibt es einen Maler, den Ihr besonders bewundert?«

»Oh ja, besonders die Tierbilder von Edwin Landseer finde ich wunderschön. Sie sind so lebendig. Ich hätte so gerne, dass er einmal meinen kleinen Hund malt – er heißt übrigens Dash.«

»Ihr hättet keinen besseren Künstler für das Porträt Eures Hundes wählen können«, bestätigte Louisa mit weisem Nicken.

Derweil musterte auch die Herzogin von Kent Georginas zweitälteste Tochter mit neidischem Blick und zog die Prinzessin dann einfach mit sich. »Komm, Victoria. Es ist sehr unhöflich, die Leute so anzustarren. Außerdem hat Lady Bedford sich gerade angeboten, uns diesen Maler vorzustellen.«

»Ich hoffe doch sehr, dass die Spekulationen über Lanny und mich mit dem heutigen Tag endlich ein Ende haben!« Mit energischer Geste zog Georgina Russell ihren Morgenmantel aus und warf ihn über einen Stuhl.

Ihr Ehemann trat hinter sie und küsste sie zärtlich auf den Nacken. »Zur Hölle mit diesem ganzen dummen Klatsch. Wir beide wissen doch, wie es wirklich gewesen ist, nicht wahr, meine Liebe?«

»Trotzdem kann man nur hoffen, dass auch die *haut ton* nun endlich begriffen hat, dass an diesen Gerüchten nichts dran ist.« Müde kletterte Georgina in das große, weiche Bett, während John ihr nachsichtig lächelnd folgte und sie in seine Arme schloss.

»Warum die ganze Aufregung, mein Mädchen? Der Klatsch der Leute hat dich sonst doch auch nicht interessiert.«

»Ach, es ist bloß so, dass, wenn diese Lügengeschichten von einem Familienmitglied in die Welt gesetzt werden, dann denken die Leute doch meist, dass vielleicht doch ein Körnchen Wahrheit dran ist.«

»Nun, ich habe William jedenfalls klar zu verstehen gegeben, dass wir Bessy nicht mehr in Woburn Abbey willkommen heißen werden. Und auch sonst sollte sie uns lieber nicht noch einmal unter die Augen treten. Ich denke, er hat verstanden, worum es mir ging.«

»Armer John. Es ist nicht leicht mit mir, nicht wahr?«

»Aber ganz im Gegenteil. Du bist genau die Frau, die ich immer haben wollte. Du weißt doch, ich vergöttere dich.« Rasch erstickte John sämtliche Widerreden mit einem leidenschaftlichen Kuss. »Und jetzt zieh dein Nachthemd aus. Ich möchte dich lieben.«

Bereitwillig legte Georgina ihr seidenes Nachtgewand ab und beugte sich dann über ihn. John seufzte lustvoll auf, als ihre weichen, üppigen Brüste gegen seinen Brustkorb drückten und ihr lose herabwallendes Haar zart sein Gesicht streifte. Als Georgina gleich darauf langsam ihre Hand an seinem Körper hinabgleiten ließ und seine Erektion streichelte, da entrang sich Johns Kehle ein lautes Stöhnen der Erregung, so köstlich war das Gefühl, das ihre Liebkosung in seinen Lenden entfachte.

John wusste sehr wohl, dass er sich als der glücklichste Mensch auf Erden betrachten konnte. Denn damals, nach seinem Schlaganfall, als er eine Zeit lang halbseitig gelähmt gewesen war, hatte Georgina sich geradezu aufopferungsvoll um ihn gekümmert und ihn gepflegt, bis er allmählich wieder zu Kräften gekommen war. Ich hatte einen schlaffen Arm zurückbehalten, den ich zu nichts gebrauchen konnte, dachte er, und da hat Georgina mich unterstützt und mir geholfen, meine Manneskraft zurückzugewinnen. Einfühlsam, wie sie ist, hat sie damals ohne zu zögern die dominante Stellung beim

Liebesakt eingenommen, sodass ich mir trotz meines Handicaps nicht wie ein völliger Versager vorkommen musste.

Die Hitze der Leidenschaft hüllte sie ein, während sie sich mehr und mehr in dem sinnlichen Tanz verloren. Und so kam es, dass keiner von ihnen das Klopfen an der Tür hörte. Sowohl John als auch Georgina hatten alles um sich herum vergessen und erlebten gerade einen wilden, heftigen Orgasmus, und daher nahmen sie Louisa erst wahr, nachdem ihre Erregung abgeflaut war und sie wieder in die Realität zurückgefunden hatten.

»Oh! Entschuldigt bitte … Tut mir leid.«

Überrascht hob Georgina den Kopf und fragte mit kehliger Stimme: »Was gibt es denn, Liebling?«

»Ich … ich wollte bloß … ich wollte … Ach, es war nur so eine dumme Frage. Eine Frage wegen unserer Audienz bei der Königin.« Hastig wich Louisa wieder zurück.

»Schatz, ich komme morgen zu dir«, erwiderte Georgina. »Und dann besprechen wir alles, ja?«

Verwirrt, nein, ehrlich schockiert über das, was sie soeben beobachtet hatte, ging Louisa zurück in ihr Zimmer. Ihre Eltern hatten sich geliebt, und sie war mitten hineingeplatzt! Andererseits stellte sich ihr damit auch wieder die Frage, ob John Russell nicht vielleicht doch der Vater von Rachel war. Eine wahre Woge der Scham schlug über ihr zusammen, als sie daran dachte, dass sie doch allen Ernstes geglaubt hatte, ihre Mutter habe ihren Vater betrogen. Was hatte sie im Geiste doch über ihre Mutter geschimpft! Und die wüsten Verwünschungen, die sie gegen Edwin Landseer ausgestoßen hatte, waren sogar noch viel schlimmer. Mit hängendem Kopf und feuerroten Wangen murmelte sie leise: »Ich schäme mich so für meine bösen Gedanken!« Andererseits jedoch freute sie sich auch darüber, dass ihre Eltern ihr Ehegelübde noch immer ernst nahmen und einander liebten und ehrten und vom ersten Tage an treu geblieben waren, so wie sie es sich einst geschworen hatten.

Am nächsten Morgen, als Georgy erwachte, saß Louisa bereits an ihrem Bett.

»Was ist los?«, krächzte Georgy ein wenig heiser. »Was soll dieses selbstgefällige Grinsen?«

»Ich habe letzte Nacht gesehen, wie Mutter und Vater sich geliebt haben.«

»Ich fasse es nicht!«

»In jedem Fall wären damit die Gemeinheiten, die Bessy über Rachel verbreitet hat, wohl endgültig aus der Welt geschafft. Und auch wir hätten von vornherein nicht auf diese Lügengeschichten hereinfallen dürfen, Georgy. Vater hätte es doch niemals zugelassen, dass seine Frau ihm Hörner aufsetzt. Nein, dafür hat er viel zu viel Stolz.«

»Hast ja recht. Aber jetzt erzähl mal: Was genau hast du denn gesehen?«

Verdutzt starrte Lu ihre Schwester an. Das ist ja nicht zu fassen! Georgy will tatsächlich die intimen Details wissen. »Nun, jedenfalls genug«, entgegnete sie ein wenig verlegen.

Aufmerksam musterte Georgina ihre beiden Töchter, ehe man sich gemeinsam auf den Weg zum St. James's Palace machte. Sowohl Georgy als auch Louisa waren ganz in Weiß gekleidet und trugen elegante Roben mit dezentem Halsausschnitt, zierlichen Keulenärmeln und dazu passenden Handschuhen. »Gut, dass Ihr nicht Eure Diamanthalsketten angelegt habt«, murmelte Georgina nachdenklich, während sie hier und da einmal an den Kleidern zupfte. »Wir wollen Königin Adelaide ja nicht den Rang ablaufen, nicht wahr?«

»Und es ist auch gut, dass Georgy als Erste vorgestellt wird.« Sorgenvoll blickte Louisa ihre Mutter an. »Mir selbst krampft sich vor lauter Aufregung schon der Magen zusammen.«

»Aber wie kommt denn das, Louisa? Du hast doch sonst auch keine Probleme damit, dich auf einer Bühne zu präsentieren.«

»Das ist doch etwas vollkommen anderes, Mutter. Auf der Bühne schlüpfe ich in irgendeine Rolle. Heute Abend aber bin ich nur ich selbst. Und das verunsichert mich.«

»Ich kann mich noch gut daran erinnern«, sinnierte Georgina, »als *ich* offiziell in die Gesellschaft eingeführt worden bin. Es ist, als wäre es erst gestern gewesen. Zuerst hatte ich noch riesige Angst, weil ich mir nicht ganz sicher war, ob mein Vater es tatsächlich noch rechtzeitig aus Schottland bis an den Königlichen Hof schaffen würde. Dann aber sah ich in der Menge plötzlich seinen wilden Schopf, und sofort war sämtliche Nervosität verflogen, und langsam kehrte auch mein Selbstbewusstsein wieder zurück. Ihr dagegen habt Glück, ihr braucht euch nicht darum zu sorgen, ob euer Vater wohl dabei sein wird oder nicht. Es gibt nichts, was John davon abhalten könnte, euch zu eurem ersten offiziellen Besuch bei der Königin zu begleiten.«

»Wie gefällt dir eigentlich mein Haar?«, flüsterte Georgy Louisa zu, während Georgina weiter in Erinnerungen schwelgte. »Ich habe es aufstecken lassen. Was meinst du, macht mich das ein bisschen größer?«

»Aber ja doch«, versicherte Louisa ihr leicht enerviert. »Überhaupt siehst du ganz hinreißend aus.«

Vor dem St. James's Palace stiegen John, Georgina, Georgy und Lu einer nach dem anderen aus ihrer Kutsche aus und fügten sich in die Reihe der Wartenden ein, die langsam die riesige Empfangshalle des Palasts betraten. Drinnen angekommen, ging es weiter in das Vorzimmer zum Audienzsaal, wo man abermals warten musste, bis die Debütantinnen und deren Eltern zur Königin vorgelassen wurden.

»Dorothy!«, jauchzte Georgina plötzlich und begrüßte überschwänglich ihre alte Jugendfreundin, die älteste Tochter der damaligen Herzogin von Devonshire. »Dich habe ich ja schon ewig nicht mehr gesehen.« Einst hatten sie zusammen debütiert und waren beide am gleichen Abend der Königin vorgestellt worden. »Jetzt sag bloß nicht, dass auch deine Tochter Blanche heute Abend debütiert? Meine beiden Ältesten sind nämlich auch hier. Was für ein wunderbarer Zufall!« Sofort stellte Georgina ihre beiden Mädchen Dorothy, der Gräfin von Carlisle, und deren Tochter Blanche Howard vor. Dabei machte sie sich im Geiste rasch eine kleine Notiz, dass sie Dorothy und Blanche unbedingt auch zu dem Ball zu Ehren ihrer Töchter einladen musste.

In diesem Moment drängelten sich auch Charlotte, die Herzoginwitwe von Richmond, und ihre jüngste Tochter durch die Menge und steuerten geradewegs auf die Russells zu; auch Sophia debütierte an diesem Tage. »Ist das etwa Dorothy Cavendish?«, flüsterte Charlotte an ihre Schwester gewandt. »Gott oh Gott, ich muss schon sagen – die ist ja immer noch riesig. Und auch ihre linkische Art hat sie über die Jahre nicht eingebüßt. Na ja, immerhin ist sie nicht mehr so mager, Gott sei's gedankt.«

»Ja, ihre Tochter Blanche wird heute Abend ebenfalls debütieren«, seufzte Georgina. »Also noch ein hübsches junges Mädchen, das sich auf dem Heiratsmarkt zu behaupten versucht.«

Flüchtig musterte Charlotte Blanche einmal von Kopf bis Fuß und raunte schließlich: »Aber die ist bestimmt keine Konkurrenz. Schau sie dir doch bloß mal an, so blass und leblos, wie sie ist. Nur gut, dass sie wenigstens das Vermögen der Cavendishs und Howards im Hintergrund hat. Sonst würde die nie einen Mann abbekommen.«

»Ich weiß noch«, murmelte Georgina leise, »wie du bei Devonshires Debütantinnenball gesagt hast, dass offenbar alle Mütter ihre Gänse für Schwäne hielten.« Sie kicherte leise. »Und ich glaube, du hattest recht. Sogar unsere eigene Mutter war ja ein klitzekleines bisschen voreingenommen.«

»Aber, Georgina, ich bitte dich. So etwas soll *ich* gesagt haben? Das ist doch in jedem Fall schon eine Ewigkeit her. Ich für meinen Teil habe es mittlerweile jedenfalls geschafft, ganze sechs meiner

Gänschen sehr lukrativ zu verheiraten. Und ich hoffe« – sie seufzte einmal –, »dass Sophia da keine Ausnahme bilden wird.«

»Natürlich nicht. Die Nummer sieben ist doch schließlich eine Glückszahl. Auch Sophia wird einen präsentablen Ehemann finden.«

Ein wenig abergläublich kreuzte Charlotte die Finger und murmelte ein rasches Stoßgebet, ehe sie sich abermals ihrer Schwester zuwandte: »Falls Lord Thomas Cecil nicht doch noch einen Rückzieher macht, wird Sophia gleich im ersten Jahr nach ihrem Debütantinnenball bereits verheiratet sein. Das wäre doch mal was!«

Endlich wurden die mächtigen Flügeltüren zum Audienzsaal geöffnet, und Schritt für Schritt schob sich die Menge in den lang gestrecken Raum, um sich dann entlang der Wand aufzureihen. Staunend betrachtete man den weitläufigen Saal mit seinen kostbaren Wandtepppichen und den Darstellungen so ziemlich sämtlicher Könige und Königinnen, die jemals an diesem Hof regiert hatten, wobei das Porträt des letzten Königs eindeutig den Ehrenplatz einnahm.

Der Obersthofmeister hatte bereits Posten bezogen und rief nun mit würdevoll näselndem Tonfall in alphabetischer Reihenfolge sämtliche adligen Familien auf, wobei diesmal explizit auch die Töchter mit erwähnt wurden.

Gespannt sah Louisa zu, wie Blanche Howard langsam den langen Saal entlangschritt, bis sie beinahe den Thron von Königin Adelaide erreicht hatte. Dort, in respektvollem Abstand vor der Königin, blieb sie einen Moment stehen, begrüßte Adelaide mit der vorgeschriebenen und immer gleichen Formel, woraufhin diese den Gruß mit gleichsam starrer Floskel erwiderte – und dann war das Zeremoniell auch schon wieder vorbei. Raschen Schrittes ging Blanche weiter, um dem nächsten Mädchen Platz zu machen. Louisa war ehrlich verblüfft, wie schnell doch im Grunde alles ging.

Unterdessen hatte Georgy vor lauter Nervosität damit begonnen, unablässig an ihrer kunstvoll aufgesteckten Frisur herumzuzupfen, sodass sich, als Sophia Lennox' Name aufgerufen wurde, bereits eine dünne Strähne daraus gelöst hatte. Lu hoffte sehr, dass Georgy sich noch ein wenig gedulden konnte, denn da ihr Name fast ganz am Ende des Alphabets stand, würden sie wohl oder übel warten müssen, bis der Großteil der Mädchen an ihnen vorbeiprozessiert war.

Unauffällig neigte der Herzog von Bedford den Kopf und flüsterte an Louisa gewandt: »Die schönsten Damen heben sie sich immer bis ganz zum Schluss auf.« Aufmunternd zwinkerte er ihr einmal zu.

Lu jedoch schaute nur zweifelnd zu ihrem Vater auf, bis sie mit einem Mal das warmherzige Leuchten in seinen Augen sah. Im Bruchteil einer Sekunde begriff sie, wie sehr er sie liebte, und diese Liebe gab ihr die Kraft und die Zuversicht, dem bevorstehenden Prozedere mit Selbstvertrauen zu begegnen.

Fast eine ganze Stunde war schon verstrichen, als der Obersthofmeister schließlich verkündete: »Lady Georgianna Russell, älteste Tochter des Herzogs und der Herzogin von Bedford.«

Lu hielt den Atem an, während sie zusah, wie ihre Schwester durch den langen Audienzsaal strebte. Im Stillen betete sie darum, dass Georgy nicht stolpern möge, und seufzte zutiefst erleichtert, als diese schließlich einen makellosen Hofknicks vor der Königin vollführte.

Und dann war sie an der Reihe. »Lady Louisa Russell«, verkündete der Obersthofmeister, »zweitälteste Tochter des Herzogs und der Herzogin von Bedford.«

Entschlossen straffte Louisa die Schultern, hob das Kinn und schritt würdevoll, doch zügig auf die Königin zu. Sie spürte ganz genau, dass quasi alle Welt sie in diesem Moment neugierig von Kopf bis Fuß musterte, doch davon ließ Lu sich überhaupt nicht aus der Ruhe bringen, sondern setzte, als sie vor der Königin angelangt war, ihr charmantestes Lächeln auf und sank in den vorgeschriebenen Hofknicks.

»Meine liebe Louisa!«, begrüßte Adelaide sie ohne Rücksicht auf die höfische Etikette und vollkommen informell. »Wie schön, Euch heute Abend hier zu sehen. Und zu welch einer Schönheit Ihr Euch entwickelt habt! Ihr seid das Ebenbild Eurer Mutter. Ich hoffe doch, Euch das eine oder andere Mal in meinem Salon begrüßen zu dürfen, solange Ihr noch hier in London weilt?«

Abermals knickste Lu bescheiden und hielt sich, im Gegensatz zu Adelaide, streng an die vorgeschriebene Rede: »Ich danke Euch, Königliche Hoheit. Es ist mir eine große Ehre, zu diesem Ereignis geladen worden zu sein.« Anschließend wartete sie auf das Zeichen der Königin, sich wieder erheben zu dürfen, und blickte erstaunt empor, als diese plötzlich ganz unprätentiös aufstand, Louisas Hand ergriff und sie dann mit freundlichem Nicken bat, sich wieder zu erheben. Erst jetzt bemerkte Lu, dass sie die letzte Debütantin war, die an diesem Abend vorgestellt worden war.

Noch immer lächelnd, geleitete Königin Adelaide Louisa und die anderen adligen Gäste in einen der angrenzenden Säle, wo entlang der Längsseite ein reichhaltiges Büfett mit delikaten Kanapees, köstlichen kleinen Desserts und besten deutschen Weinen auf die hungrige Schar wartete.

Nun endlich mischte sich auch König William unter die Anwesenden und schlenderte als Erstes auf John Russell zu, den er mit herzlichem Lächeln begrüßte, woraufhin die beiden – wie so oft – schon bald in einer angeregten Diskussion miteinander versanken.

»Wie gut, dass wir auch im Privaten mit dem König und der Königin verkehren!«, raunte Georgy, als sie mit selbstgefälliger Miene ein Glas mit feinstem goldenen Rheinwein aufnahm und einmal graziös daran nippte. Wenig später verzog sie aber auch schon angewidert das Gesicht. »Oh Gott, oh Gott, Lu, probiere mal. Das schmeckt ja wie Hengstpisse.«

Lu dagegen grinste nur. »Nun ja, dafür ist es immerhin eine ziemlich kostspielige … Pisse.«

Derweil war Königin Adelaide auf die Herzogin von Bedford zugestrebt und erklärte: »Ich konnte William dazu überreden, im Juli einen kleinen Ball zu geben. Ihr kommt doch auch, nicht wahr?«

»Was für eine wundervolle Idee, Euer Hoheit. Zumal die Damen und Herren der Gesellschaft, nun, da das Land nicht mehr trauert, sich geradezu nach ein wenig Ablenkung verzehren. Wie wäre es, wenn Ihr dem Ball zudem ein Motto verleiht? Zum Beispiel könntet Ihr zu einer Maskerade laden. Ich sage Euch: Ganz London wird sich prügeln, um eine Einladung zu ergattern.«

Gegen Mitternacht war der Zauber wieder vorbei, und gähnend ließen die Russells sich zurück zu ihrem Stadthaus am Belgrave Square kutschieren. »Adelaide hat mir erzählt, dass sie einen Ball plant«, seufzte Georgina müde. »Ich habe ihr vorgeschlagen, dass sie ihn zu einem Motto-Ball, zum Beispiel zu einer Maskerade umdeklarieren könnte.«

»Ich weiß nicht so recht«, widersprach John voller Missfallen. »Auf Maskenbällen verlieren die Leute meist sämtliche Hemmungen.«

Verstohlen tastete Georgina nach seiner Hand und drückte einmal fest seine Finger. »Ja, ich erinnere mich noch gut daran.«

Unterdessen stupste Georgy ihre Schwester unauffällig in die Seite und flüsterte: »Eine Guinea, dass ich mehr Männer küssen werde als du.«

»Die Wette hast du schon jetzt gewonnen. Hast ja auch mehr Übung darin als ich.« Missmutig schaute Lu zu Boden, dann aber, kaum dass die Worte ihrem Mund entschlüpft waren, tat es ihr auch schon wieder leid, was sie gesagt hatte, und sie entschuldigte sich: »Bitte verzeih. War nicht so gemeint.« Sie schluckte einmal. »Und was sagtest du da gerade? Eine Maskerade im Schloss? Das klingt doch aufregend. Ich freue mich schon riesig.«

»Ich habe übrigens Johnny eingeladen, uns morgen ins Theater zu begleiten«, informierte Georgina ihre Töchter. »Und wir haben sogar unsere eigene Loge in Covent Garden. Na, was sagt ihr dazu?«

»Vater, ist es wahr, dass dir das Theater gehört?«, fragte Louisa beeindruckt.

»Nein, ganz so verhält es sich dann doch nicht. Aber immerhin gehört mir das Grundstück, auf dem das Königliche Theater und das Opernhaus erbaut worden sind. Und darum haben wir auch Freikarten für sämtliche Vorstellungen.«

Freikarten!, jauchzte Louisa im Geiste. Das hätte Vater mir ruhig schon eher sagen können. Ich muss es unbedingt hinbekommen, dass ich trotz der Ballsaison einmal einen freien Nachmittag ganz für mich alleine habe. Und dann sehe ich mir eine der Vorstellungen an!

James Hamilton kam bereits eine ganze Stunde vor Vorstellungsbeginn am Theater an und schlüpfte sogleich durch den Hintereingang. Dort sprach er ohne zu zögern eine stämmige ältere Dame an, die gerade schier unzählige Kostüme in den Armen hielt, und fragte: »Ich suche nach einer jungen Dame namens Kitty Conelly. Könntet Ihr mir bitte sagen, wo ich sie finden kann?«

»Ihr meint wohl Kitty Kelly? Folgt mir, Mylord.«

Schwungvoll öffnete die Garderobiere eine Tür und führte James in einen kleinen Raum, in dem sich gerade ein Dutzend junger Damen – einige mehr, andere weniger bekleidet – vor einer Reihe von Spiegeln drängte. James war ehrlich belustigt, dass nicht eine der Damen Anstoß daran nahm, dass plötzlich ein Mann ihre Garderobe betrat. Mit einem amüsierten Lächeln ließ er seinen Blick über die jungen Frauen schweifen, und dann entdeckte er sie auch schon – ihr wundervolles rotes Haar war einfach nicht zu übersehen.

»Hallo, Kitty«, sagte er lächelnd, während er auf sie zutrat. »Ich komme gerade aus Irland zurück, und ich hatte Eurer Mutter versprochen, dass ich auf jeden Fall einmal nach Euch schauen würde, um zu sehen, ob es Euch auch gut geht.« Mrs Connelly war, so lange James sich zurückerinnern konnte, die Haushälterin in Barons Court gewesen, und Kitty war ihre Tochter.

»Lord James!«, wandte Kitty sich mit einem Freudenschrei zu ihm um, schloss hastig ihren abgetragenen Morgenmantel und schlang Abercorn die Arme um den Hals. »Ich freue mich ja so sehr, dass Ihr einmal vorbeischaut! Und was Mutter betrifft: Ich weiß ja, dass sie sich Sorgen macht, weil ich nun in dieser lasterhaften Stadt lebe, wo alle Menschen Verbrecher sind, wie sie meint. Aber ich sage Euch eines – ich komme wirklich prima zurecht. Außerdem habe ich meinen Namen inzwischen in Kitty Kelly umgeändert. Das ist jetzt mein Künstlername, sozusagen.«

»Nun, da bin ich mir, ehrlich gesagt, noch nicht so ganz sicher. Ich meine, was Euer ›Zurechtkommen‹ betrifft.« Zweifelnd schaute er sie an. »Denn ehe ich hierherkam, habe ich bei Eurer Unterkunft haltgemacht – ich dachte, Euch dort anzutreffen, bis Eure Vermieterin mir sagte, dass Ihr schon im Theater seid. In jedem Fall ist mir dabei nicht entgangen, in was für einer … bescheidenen Behausung Ihr dort lebt. Und die Gegend ist auch nicht gerade die beste.«

»Aber Lord James, ich singe doch bloß im Chor. Da kann ich mir mehr ganz einfach noch nicht leisten. Aber dafür kann ich schon ganz gut selbst auf mich aufpassen. Ich fühle mich dort wohl.«

»Nun ja. In jedem Fall würde ich Euch nach der Vorstellung gerne zum Essen einladen. Dann können wir uns mal ganz in Ruhe miteinander unterhalten.«

»Vielen Dank, Lord James. Aber gerne doch!« Kittys Augen funkelten. »Das wäre fantastisch.«

»Als wir noch Kinder waren, habt Ihr mich nie ›Lord James‹ genannt«, mahnte Abercorn sie spielerisch.

»Ja, aber das war doch bloß, weil ich damals noch ein dummes kleines Ding war, das keine Ahnung hatte, wer vor ihm stand.«

Nachdenklich blickte James sie an. Vielleicht war es ja auch umgekehrt, grübelte er. Vielleicht war ich derjenige, der nicht begriffen hatte, mit wem er es eigentlich zu tun hatte. Er räusperte sich einmal. »Also abgemacht. Ich werde dann nach der Vorstellung hier hinter den Kulissen auf Euch warten.«

Unmittelbar bevor der Vorhang sich hob, nahmen der Herzog und die Herzogin von Bedford, ihre beiden Töchter und Lord John ihre private Loge im Covent Garden Theatre ein. Das Theater war bis auf den letzten Platz ausverkauft, denn das Musical *The Brigand – Der Bandit* hatte in der *Times* sehr gute Kritiken bekommen.

Louisa war schon ganz aufgeregt, so sehr freute sie sich auf das Stück. Sie liebte es, die bunte Schar der Zuschauer zu beobachten, die Atmosphäre von Vorfreude und Erregung zu atmen, und überhaupt fand sie das ganze Drum und Dran in einem Theater ganz einfach wunderbar. Neugierig beugte sie sich vor, während aus dem Orchestergraben die Ouvertüre erklang, und musterte gespannt den schon leicht abgewetzten kastanienbraunen Vorhang. Langsam hoben sich die samtenen Falten, der Chor betrat die Bühne und stimmte das erste Thema an; schon bald würden die Hauptdarsteller folgen, und Lu war bereits vollkommen hingerissen von den Kostümen und dem Make-up der Tänzerinnen.

Verträumt stellte sie sich vor, wie es wohl wäre, gemeinsam mit den Darstellerinnen auf der Bühne zu stehen, denn zumindest was ihr Talent anging, konnte Lu mit den meisten dort unten durchaus mithalten, war vielleicht sogar besser als sie. So schüchtern Louisa nämlich normalerweise war, so selbstbewusst wusste sie doch ihre darstellerische Gabe einzuschätzen. Fröhlich klopfte sie mit der Fußspitze im Takt der Musik auf den Boden und versuchte, sich den Text und die Melodie zu merken. Leider jedoch war das erste Lied nur allzu rasch wieder beendet, wie Louisa mit echtem Bedauern vermerkte und bald auch schon wieder vergaß, als nämlich die eigentliche Geschichte des Stücks sich entfaltete.

Als der Vorhang sich zur Pause abermals senkte, applaudierte Lu voller Begeisterung und seufzte: »Ist es nicht wunderbar?«

»Zumindest der Hauptdarsteller kann sich durchaus sehen lassen«, urteilte Georgy und leckte sich mit der Zunge über die Lippen.

Die Herzogin hatte sich derweil bereits wieder erhoben. Für sie waren das Spannendste am Theater von jeher nicht die Vorführungen, sondern die Pausen, wenn man durch das Foyer flanierte, alte Freunde und Bekannte traf und den neuesten Klatsch austauschte. Auch Lord John, der sie wie immer gern dabei begleitete, erhob sich von seinem Platz. Lu und Georgy hingegen zogen es vor, bei ihrem Bruder in der Loge zu bleiben, und sogleich bot Johnny sich an, ihnen ein wenig Champagner zu organisieren.

Allerdings dauerte es auffällig lange, bis John zurückkehrte, und als er endlich wieder da war, brachte er nicht nur den versprochenen Champagner mit sich, sondern auch seine Eltern, denn die Pause war fast schon wieder vorbei, und – James Hamilton!

»Seht mal, wen ich gerade unten im Foyer getroffen habe.«

Stumm vor Entsetzen starrte Lu in die dunklen Augen des jungen Abercorn.

»Setzt Euch doch«, bot unterdessen Georgina ihrem Gast an. »Wie Ihr seht, haben wir hier mehr als genug Platz. Unsere Loge ist für mindestens zwölf Personen ausgelegt.«

Höflich verbeugte James sich vor dem Herzog. »Euer Hoheit.« Dann musterte er einmal flüchtig Georgy und Louisa. »Ladys.« Anschließend wählte er ganz gezielt den Platz unmittelbar hinter Lu.

Um ihren Schock über das plötzliche Erscheinen von Abercorn zu überspielen, nahm Louisa erst einmal einen ordentlichen Schluck Champagner. Jedoch verschluckte sie sich dabei ziemlich ungeschickt und erlitt einen fürchterlichen Hustenanfall. Nicht gerade zimperlich klopfte Johnny ihr ein paarmal kräftig auf den Rücken, und als sie endlich wieder zu Atem kam, gingen auch schon die Lichter aus. Langsam hob sich der Vorhang wieder, und alle blickten wie gebannt auf die Bühne.

Immerhin, schimpfte Louisa derweil im Stillen, ist mir damit fürs Erste eine Unterhaltung mit James Hamilton erspart geblieben. Und sowieso! Ich werde auch sonst kein einziges Wort wechseln mit diesem irischen Halunken!

Energisch verbannte sie jeden Gedanken an Abercorn und ihre

Schwester aus ihrem Bewusstsein, obgleich ihr dies nicht so leichtfiel, denn die Szene, die sie unten am See von Woburn Abbey beobachtet hatte, hatte sich ihr geradezu unauslöschlich ins Gedächtnis gebrannt. Doch Lu gab sich alle Mühe, sich allein auf die Darbietungen des Chors zu konzentrieren, da dieser bereits in gesungener Form erklärte, was sich als Nächstes ereignen würde. Wäre da doch bloß nicht dieser lüsterne Kerl hinter ihr gewesen! Immer wieder musste Louisa ganz gegen ihren Willen daran denken, dass unmittelbar hinter ihr James Hamilton saß, und seine Nähe, seine ganze Ausstrahlung irritierten sie dermaßen, dass ihr Herz schließlich wie wild zu klopfen begann. Sie musste sich wirklich arg zusammenreißen, um überhaupt noch wahrzunehmen, was sich dort unten auf der Bühne gerade ereignete, wobei ihre Gedanken dann auch schon ziemlich bald abermals abschweiften. Sie stellte sich vor, wie Abercorn die Rolle des stolzen Banditen einnahm, und verlor schließlich vollends den Faden der Handlung. Frustriert und zugleich unsagbar wütend auf sich selbst, nahm Lu sich vor, an irgendeinem der nächsten Nachmittage noch einmal wiederzukommen. Dann wollte sie sich das Stück ein zweites Mal ansehen. Und zwar allein.

Als der letzte Vorhang fiel und auch der donnernde Applaus irgendwann verhallt war, lud die Herzogin von Bedford James Hamilton ein, mitzukommen zum Belgrave Square, um dort mit ihnen ein spätes Abendessen einzunehmen.

»Ich danke Euch vielmals, Euer Hoheit«, entgegnete James, »aber ich habe bereits eine Verabredung für diesen Abend.«

Erleichtert atmete Louisa einmal tief durch. Leider verschwand dieses Gefühl der Erleichterung jedoch ziemlich bald wieder, als sie nämlich aus den Augenwinkeln beobachtete, wie James Hamilton sich langsam einen Weg durch die Zuschauermenge hindurch bahnte und schließlich hinter der Bühne verschwand. Eine feine, doch nur schwer zu ignorierende Eifersucht machte sich in ihrem Inneren breit, während Lu im Stillen fluchte: Bestimmt trifft er sich mit einem dieser Chormädchen!

»Ich muss sagen, ich bin wirklich begeistert von dem Stück.« Galant half James Kitty in den Mantel. »Und ich hatte auch keine Schwierigkeiten, Euch im Chor auszumachen.«

»Mit meinem karottenroten Haar bin ich ja auch nicht so leicht zu übersehen«, lachte seine alte Freundin aus Kindertagen und schüttelte ihre üppige Mähne.

Nur einen kurzen Fußmarsch vom Covent Garden Theatre entfernt lag in der Bedford Street ein kleines Hotel, das zudem ein exzellentes Restaurant führte. James beobachtete amüsiert, wie Kitty staunend die luxuriöse Inneneinrichtung betrachtete. Als sie jedoch nur Männer an den zahlreichen kleinen Tischen sitzen sah, blickte sie James mit einem leichten Stirnrunzeln an und raunte: »Seid Ihr Euch sicher, dass wir hier richtig sind?«

»Ja, das bin ich, Kathleen. Vertraut mir. Übrigens dürft Ihr mich auch gerne wieder ›James‹ nennen.«

»Ich nenne Euch ›James‹, wenn Ihr darauf besteht. Dann müsst Ihr mich aber auch ›Kitty‹ nennen.«

»Abgemacht. Und jetzt sagt mal: Was möchtet Ihr denn gerne essen?«

»Keine Ahnung. Bestellt Ihr lieber für mich. Ich esse das Gleiche wie Ihr.«

Ohne lange zu überlegen bestellte James für sie beide einfach Lammschnitzel mit Minzsoße. Dazu reichte man ihnen neue Kartoffeln, Möhrchen und grünen Salat. Und natürlich orderte er auch noch eine Flasche würzig-kräftigen Bordeaux und beobachtete dann voller Genugtuung, wie Kitty kräftig zulangte. Ihm selbst allerdings war nicht ganz so sehr nach Essen zumute, und so nippte er nur hin und wieder an seinem Wein, während er an das Treffen mit seinem irischen Notar und Anwalt Rowan Maloney zurückdachte. Gleich nachdem James volljährig geworden war, hatte er Maloney aufgesucht, um sich von ihm auf den neuesten Stand bringen zu lassen, was sein Vermögen betraf.

Denn wenngleich Abercorn schon im Alter von sieben Jahren die gesamten Titel seines Großvaters geerbt hatte, so waren die jährlichen Erträge, die ihm Barons Court und seine weiteren Anwesen in Irland, England und Schottland einbrachten, doch stets in einen treuhänderisch verwalteten Vermögensfonds geflossen, auf den nur sein Stiefvater, der Graf von Aberdeen, Zugriff gehabt hatte. Von nun an jedoch flossen diese Erträge direkt an James, und sein Stiefvater ging leer aus.

Außerdem hatte sein Anwalt noch eine kleine Überraschung für ihn bereitgehalten, nämlich einen Brief, den James' Großvater einst an ihn verfasst hatte, den dieser aber erst zu lesen bekommen sollte, wenn er erwachsen war. Alles in allem ging es darin in erster Linie um die künftige Verwaltung seines Erbes, an die der Patriarch angenehmerweise nur sehr wenige Bedingungen geknüpft hatte. Auf der zweiten Seite jedoch enthüllte er seinem Enkel plötzlich ein Geheimnis, das dieser nie für möglich gehalten hätte:

Ich habe mit meinem Anwalt eine großzügige Leibrente für meine liebe Mrs Connelly vereinbart. Diese geht direkt von deinen Erträgen ab, ich bin mir jedoch sicher, du wirst es verschmerzen. Denn Kate war für mich in meinen letzten Jahren weitaus mehr als bloß eine Haushälterin, und ich gebe frei und unumwunden zu, dass ich der Vater ihrer Tochter bin – obgleich Mrs Connelly mich bat, Kathleen lieber nichts davon zu erzählen, halte also auch du dich bitte daran. Dennoch verfüge ich hiermit, dass nicht nur du, sondern auch sie in Barons Court stets ein sicheres Zuhause haben sollen.

»Kathleen … Kitty«, setzte James nach einer längeren Pause ein wenig zögerlich an. »Nun, da Ihr bereits eine ganze Weile im *lasterhaften* London verbracht habt, wie Ihr es nennt, wie steht es denn da mit Eurem Wunsch, langsam wieder nach Barons Court zurückzukehren? Ihr könntet dort –«

»Aber, Mylord, wie kommt Ihr denn darauf?«, unterbrach Kitty ihn empört. »Ich liebe es hier! Barons Court ist ja sehr schön, besonders wenn man nur einmal zu Besuch dort ist ... Aber ich könnte doch niemals auf Dauer dort leben! Nicht, nachdem ich London kennengelernt habe.«

James schwieg einen Moment. »Tja, dann möchte ich zumindest, dass Ihr wisst, dass Ihr jederzeit nach Barons Court zurückkehren könnt. Es soll von nun an ein sicherer Hafen, eine Art Zufluchtsort für Euch sein – solltet Ihr jemals einen brauchen. Ihr seid dort stets willkommen. Vergesst das nicht.«

»Danke, James, das ist wirklich sehr nett von Euch. Und überaus großzügig.«

»Eure Mutter jedenfalls«, wechselte James geschickt das Thema, »wäre von der Behausung, in der Ihr zurzeit wohnt, entsetzt. Wir werden gleich zwar noch einmal dort vorbeifahren, aber nur, damit Ihr Eure Sachen packt und dann von dort verschwindet. Ich werde Euch vorübergehend in meinem Stadthaus unterbringen, und von dort aus machen wir uns auf die Suche nach einer angemesseneren Unterkunft.« Um eventuellen Einwänden gleich von vornherein vorzubeugen, hatte James sich bereits eine kleine Lüge ausgedacht. »Mein Anwalt hat mich nämlich kürzlich darüber in Kenntnis gesetzt, dass mein Großvater Euch eine kleine monatliche Rente hinterlassen hat, über die Ihr verfügen dürft, sobald Ihr achtzehn geworden seid. Und natürlich obliegt mir die Pflicht, diese Rente in Eurem Interesse möglichst klug zu verwalten. Ich denke also, es ist sowohl in Eurem als auch in seinem Sinne, wenn wir Euch damit eine ordentliche Unterkunft organisieren. Eine Unterkunft in einem etwas seriöseren Viertel, wenn ich das so sagen darf.«

»Euer Großvater?« Kitty schluckte einmal. »Ich kann mich kaum an ihn erinnern. Nur seinen lockigen Bart habe ich noch gut im Gedächtnis.«

»Ihr wart ja auch sehr jung, als er starb«, beschwichtigte James sie. »Was ich Euch damit jedoch sagen wollte, ist, dass er Eurer Mutter eine jährliche Leibrente hinterlassen hat und dass auch Ihr fortan einen gewissen monatlichen Betrag aus seinem Vermögen bezieht.«

Skeptisch schaute Kitty ihn an. Schließlich lächelte sie. »Ich glaube Euch – obwohl andere Euch sicherlich einen Vogel gezeigt hätten, so seltsam, wie Ihr das Ganze eben dargestellt habt.«

Reumütig blinzelte James sie an. »Euch konnte ich ja noch nie etwas vormachen –« Mehr musste er sich zum Glück nicht mehr zusammenflunkern, denn schon unterbrach Kitty ihn abermals: »Was für eine großzügige Geste. Ich weiß gar nicht, was ich sagen soll.«

»Sagt doch einfach: ›James, von nun an lege ich meine Geschicke allein in Eure treuen Hände.‹« Er grinste verschmitzt.

Und auch Kitty lächelte sehr verführerisch, als sie erwiderte: »Nun dann – es wäre mir ein Vergnügen, James, mein Schicksal von nun an allein in Eure Hände zu legen.«

· 9 ·

Ich bin ja so froh, dass ich euren Vater dazu überreden konnte, das geräumige Haus hier am Belgrave Square zu kaufen. Wie lange ist das jetzt her? Knapp zwei Jahre, glaube ich.« Hoch konzentriert hakte Georgina den winzigen Verschluss an Louisas Collier zu und legte anschließend auch Georgy deren Diamanthalskette um. »Das alte Haus in St. James's hatte ja noch nicht einmal einen Ballsaal.«

Plötzlich ertönte ein kurzes Klopfen an der Schlafzimmertür, und Louisa ging hinüber, um ihren Bruder Edward einzulassen. Zur Feier das Tages hatte er seine Offiziersuniform angelegt, sodass Lu ihn betont charmant begrüßte: »Leutnant Russell. Ihr seht aber schick aus. Ich freue mich, dass Ihr es einrichten konntet, zu unserem kleinen Ball zu kommen.«

»Aber ich bitte dich! Um nichts in der Welt möchte ich den Debütantinnenball meiner Schwestern verpassen. Charles ist übrigens auch schon da, wie ich gesehen habe. Weißt du, was mit Jack ist? Kommt der auch?«

»Ich bin mir nicht ganz sicher, ob er es noch rechtzeitig nach London geschafft hat; hab noch nicht in seinem Zimmer nachgesehen. Dafür ist Charles schon gestern aus Oxford eingetroffen. Und er hat sein Examen mit magna cum laude bestanden!«, verkündete Georgina stolz.

»Dann wird er ja bald ebenfalls eine Uniform tragen. Gott allein weiß, warum er unbedingt zur Armee will.«

»Ihn zieht's bestimmt zur Kavallerie, möchte ich wetten«, erklärte Lu. »So ein Pferdenarr, wie der ist.«

»Nun, zumindest sind wir uns darin einig, dass er ein Narr ist«, witzelte Georgy. »Und, Edward? Hast du Teddy Holland mitgebracht?«

»Aber selbstverständlich. Und ich freue mich schon richtig. Das wird ja fast so etwas wie ein Ehemaligentreffen. Alle meine Lieblingskommilitonen sind hier. George Grey kommt nämlich auch, und natürlich James Hamilton.«

»Wir haben Abercorn erst kürzlich im Theater wieder getroffen«, erklärte Georgina, während sie in den Spiegel schaute und sich eine kleine Locke hinter das Ohr strich. »Und als ich ihm seine Einladung geschickt habe, habe ich auch gleich noch eine Karte für seinen Bruder Claud beigelegt.«

Wie so oft, wenn Louisa James' Namen hörte, begann ihr Puls wieder wie wild zu rasen. Ach, Mutter, seufzte sie im Geiste. Ich wünschte, du hättest ihn nicht eingeladen.

»Eigentlich müssten unsere Gäste auch jeden Moment hier eintreffen. Euer Vater jedenfalls ist, glaube ich, schon unten, um sie zu empfangen.« Zügigen Schrittes verließ auch Georgina das Zimmer, nur um gleich darauf noch einmal umzukehren. »Bevor ich's vergesse: Heute sind die Bestätigungsschreiben eingegangen, dass ihr bei Almack's aufgenommen worden seid. Denkt also daran, euch bei Sarah Jersey und Emily Cowper zu bedanken.«

»Ich hoffe, Wriothesley verspätet sich«, murmelte Georgy an Edward gewandt. »Überhaupt fände ich es viel schöner, wenn wir an deinem Arm durch den Ballsaal gingen, um uns bei allen zu bedanken, und nicht am Arm von Pfarrer Russell. Der schafft es doch regelmäßig, sogar die ausgelassenste Stimmung wieder zunichtezumachen.«

Verschwörerisch zwinkerte Edward ihr einmal zu. »Die Pfarrei von Chenies liegt ja zum Glück ein ganzes Stück von London entfernt. Könnte also gut sein, dass er tatsächlich zu spät kommt.«

»Schämt euch, ihr zwei!«, schimpfte derweil Louisa, die sich aber insgeheim arg zusammennehmen musste, um nicht ebenfalls zu lachen. »Mit ein bisschen Glück können wir ihn ja vielleicht dazu überreden, wenigstens seinen steifen Kragen wegzulassen.«

»So oder so brauche ich jetzt erst einmal einen Drink«, erklärte Edward. »Wir sehen uns dann unten im Ballsaal.«

»Lu, wusstest du eigentlich, dass Lady Cowper ein gutes Jahr lang Lord Palmerstons Mätresse gewesen ist?« Georgy war vollkommen fasziniert von dem Großstadtklatsch und trug jedes kleine Gerücht, das sie aufschnappte, sofort weiter.

»Wo zur Hölle hast du bloß all diese ... Informationen her?«

»Ich habe bloß ein bisschen gelauscht, als Mutter und Lady Holland sich unterhalten haben. Die lassen jedenfalls keinen aus. Jeder bekommt sein Fett weg.« Argwöhnisch musterte Georgy ihr Spiegelbild. »Dein Kleid ist viel hübscher als meines.« Louisa hatte für den Ball eine kostbare Seidenrobe ganz in Rosé gewählt, und um ihren Halsausschnitt reihten sich lauter winzige Seidenröschen, während das Oberteil des Kleides in zahllose schmale Fältchen gelegt war. Georgy dagegen hatte sich wie immer für Himmelblau entschieden und war nun ein klein wenig unzufrieden mit ihrer Wahl.

»Du siehst ganz zauberhaft aus«, beschwichtigte Lu sie. »Und denk dran: Männer mögen Blau am liebsten.«

»Ich kann mir mittlerweile eigentlich nicht mehr vorstellen, dass Männer sich überhaupt dafür interessieren, was Frauen tragen. Die gucken doch erst dann hin, wenn man sich auszieht.« Georgy lachte einmal laut, beherrschte sich dann aber wieder. »Und? Wie sieht's aus? Bereit, mit deinem Charme den Londoner Heiratsmarkt unsicher zu machen?«

Louisa erschauderte. »Ehrlich gesagt kann ich mir nicht vorstellen, überhaupt jemals zu heiraten.«

»Jetzt gib dich nicht so prüde, Lu. Ich zeige dir, wie's geht.«

Die eine Schwester links, die andere rechts untergehakt, flanierte Oberleutnant Edward Russell einmal durch den gesamten Saal. Höflich bedankten Georgy und Louisa sich bei den Gästen für ihr Erscheinen und wünschten ihnen allen einen anregenden Abend. Rund zweihundert Einladungen waren verschickt worden, und nach der großen Menge der Gäste zu urteilen, waren die meisten dem Ruf ins Hause Russell gefolgt.

Als sie Lord und Lady Cowper begegneten, sanken die beiden Schwestern in einen tiefen Knicks. »Meinen allerherzlichsten Dank, dass Ihr uns bei Almack's aufgenommen habt, Mylady«, murmelte Lu und musterte dabei verstohlen den Ehemann der Dame.

»Lady Louisa, es ist mir eine besondere Ehre, Euch und Eure Schwester in unserem Club willkommen zu heißen.«

Es wurden noch ein paar höfliche Belanglosigkeiten ausgetauscht, und dann gingen Edward und seine beiden Schwestern auch schon weiter. »Ein Blick auf Peter Cowper genügt«, flüsterte Georgy voller Schadenfreude, »und man weiß, warum seine liebe Emily in Palmerstons Bett gelandet ist.«

Statt einer Antwort verdrehte Louisa nur vielsagend die Augen.

Als Nächstes blieb Edward vor Wriothesley und dessen Frau Eliza stehen, die ebenfalls endlich eingetroffen waren.

»Georgy – Louisa. Ich entschuldige mich vielmals, dass ich zu spät gekommen bin. Aber die Kutschen reihen sich ja bis zur Kensington Road. Ich hatte ja keine Ahnung, dass hier ein solcher Andrang herrscht.«

»Macht Euch darüber mal keine Sorgen, Reverend Russell«, scherzte Edward. »Ich habe mich derweil Eurer Schwestern erbarmt und bin für Euch eingesprungen.«

Louisa tat so, als hörte sie die Scherze ihres Bruders gar nicht, sondern erhob sich einmal rasch auf die Zehenspitzen und drückte Wriothesley zur Begrüßung einen Kuss auf die Wange. »Beachte ihn einfach gar nicht, Wrioth. Edward war doch froh, dass er auf diese Weise einmal allen seine neue Uniform präsentieren konnte. Und wie bezaubernd du wieder aussiehst, Eliza. Ich danke euch beiden recht herzlich, dass ihr die Zeit finden konntet, zu unserem Ball zu kommen.«

Georgy hingegen starrte voller Missfallen auf den steifen weißen Kragen ihres ältesten Bruders, der ihn ohne jeden Zweifel als kirchlichen Würdenträger auswies, und spottete: »Noch nicht einmal ein ordentliches Halstuch hast du, wie? Vater würde dir gewiss gerne eines von seinen leihen.«

»Georgianna, ich möchte dich darauf hinweisen, dass eine solche Bemerkung für eine Dame deines Standes absolut unangemessen ist.« Mit unnachgiebigem Blick starrte Wriothesley Georgy an, woraufhin zumindest Louisa und Edward den Anstand besaßen, verlegen zu erröten.

Nach einer guten Stunde, als die Schwestern endlich auch den letzten ihrer Gäste begrüßt hatten, folgte der lang ersehnte erste Tanz. Georgy, als die ältere der beiden Schwestern, wurde von ihrem Vater auf die Tanzfläche geführt, Louisa hingegen tanzte mit Lord John.

»Lady Lu«, witzelte Johnny, »ich prophezeie Euch einen überaus erfolgreichen Start auf dem Heiratsmarkt. Es wimmelt hier ja nur so vor lauter Junggesellen, die alle bloß darauf warten, einen Tanz mit Euch zu ergattern.«

»Mir wäre es lieber, die würden mich einfach allesamt in Ruhe lassen«, murrte Lu. »Ja, hast ganz richtig gehört. Ich lasse mir von einem Mann nun einmal nicht gerne die Richtung vorgeben.«

Mit einem vielsagenden Grinsen schaute Johnny auf sie hinab und raunte: »Aber das wird gewiss nicht auf ewig so bleiben, glaub mir. Eines Tages wirst du *den einen* kennenlernen, und plötzlich ist alles anders. Und vielleicht passiert das sogar schneller, als du denkst. Warte es nur ab.«

Lu allerdings antwortete nicht, sondern wechselte abrupt das Thema. »Übrigens, herzlichen Glückwunsch zu deiner Beförderung zum Zahlmeister der Armeen.«

»Ja, es hat sich bereits bezahlt gemacht, dass der Premierminister und ich miteinander befreundet sind.«

»Lass diese Scherze! Du weißt doch ganz genau, dass du die Beförderung allein aufgrund deiner Leistungen erhalten hast. Die Politik war ja von jeher deine große Leidenschaft. Und ich vermute mal, das ist auch der Grund, weshalb du nie geheiratet hast.«

»Du hältst mich also für den sprichwörtlichen ewigen Junggesellen? Nun, dann lass dir sagen, dass ich erst kürzlich eine überaus attraktive junge Witwe kennengelernt habe. Und da du nun schon von dir aus das Gespräch auf das Thema Heiraten bringst –« Wütend funkelte Louisa ihn an, woraufhin John einen Moment innehielt, ehe er mit noch einer Spur mehr Spott in den Augen leise fortfuhr: »Da du dieses dir so verhasste Thema also schon von ganz allein aufs Tapet bringst, verrate ich dir hiermit ganz im Vertrauen, dass deine Eltern bereits hehre Hoffnungen hegen, was deinen zukünftigen Ehemann angeht. Ich rate dir nur eines: Kipp das Kind nicht mit dem Bade aus, und denke erst einmal ein Weilchen nach, ehe du deinem potenziellen Ehegatten einen Tritt versetzt.«

»Johnny, ist das wirklich wahr?«, fragte Lu. »Du bist verliebt?« Seinen kleinen Vortrag schien sie gar nicht mehr wahrgenommen zu haben, so sehr beschäftigte sie die Nachricht, dass ausgerechnet ihr Bruder Johnny offenbar doch mit dem Gedanken spielte, das Ehegelübde abzulegen.

»Warum fragst du?«

»Weil ich mir nicht so ganz sicher bin, wie sich das anfühlt. Ich dachte, du könntest es mir sagen.« Sie schluckte einmal, ehe sie leise fortfuhr: »Vor nicht allzu langer Zeit glaubte ich noch, in Edwin Landseer verliebt zu sein. Irgendwann aber hat sich das dann doch bloß als eine dumme Schwärmerei herausgestellt.«

John blickte seine Schwester stirnrunzelnd an und knurrte: »Er hat sich doch wohl hoffentlich nicht an dich herangemacht?«

»Aber um Himmels willen, nein! Lanny hat sich immer wie ein echter Gentleman verhalten.« Ich glaube sogar, dachte sie, er wusste noch nicht einmal, dass ich mich überhaupt in ihn verliebt hatte – wofür ich auf ewig dankbar sein werde! Sie seufzte einmal. Nicht auszudenken, wenn er davon erfahren hätte, geschweige denn von den hässlichen Vermutungen, die ich bezüglich seiner und Mutters Beziehung hatte.

An dieser Stelle tauschten Lord John und der Herzog von Bedford die Partnerinnen, sodass Louisa auch einmal mit ihrem Vater tanzte. Zu ihrem Bedauern allerdings erschien schon bald ein angespannter Zug um seinen Mund, und sein Gesicht nahm einen leicht enervierten Ausdruck an, woraus Louisa schloss, dass ihm sein Bein wieder Schmerzen bereitete.

Unmittelbar vor James Hamilton hielt er abrupt inne und erklärte mit einem etwas verkrampften Lächeln: »Abercorn, übernehmt Ihr, bitte. Ich vertraue Euch hiermit meine Tochter an.«

Louisa war sprachlos, mit welcher Selbstverständlichkeit dieser irische Teufel einfach ihre Hand ergriff und diese galant auf seiner Schulter platzierte, während er mit plumper Vertraulichkeit flüsterte: »Lady Louisa, Ihr seht heute Abend wieder einmal atemberaubend aus.«

Eigentlich hätte sie sich für dieses Kompliment nun mit einer liebenswürdigen Bemerkung, zumindest aber mit einem kleinen Lächeln bedanken müssen, das war ihr wohl bewusst. Stattdessen aber schwieg sie hartnäckig und schaute James Hamilton einfach nur ernst an. Gleichwohl jedoch registrierte sie fast widerwillig, was für ein exquisiter Tänzer er war, und musste während dieses Walzers zum wiederholten Mal an ihren allerersten gemeinsamen Tanz zurückdenken: diesen verhängnisvollen *Kusstanz*. Sofort verspannte sie sich, und ihre sonst so anmutigen Bewegungen wurden seltsam hölzern.

»Lady Louisa«, fragte James schließlich. »Warum seid Ihr mir gegenüber eigentlich so feindselig gestimmt? Ich wüsste wirklich nicht, womit ich das verdient haben sollte. Würdet Ihr bitte so freundlich sein und mir erklären, womit ich Euren Zorn auf mich gezogen habe?«

Immer noch stumm hob Lu den Blick und funkelte ihn wütend an. Schließlich aber atmete sie einmal tief durch und erklärte so ruhig und beherrscht wie irgend möglich: »Nun, vielleicht rührt das ja daher, dass ich Euch damals an dem Nachmittag nach der Jagd auf Woburn gemeinsam mit meiner Schwester gesehen habe. Unten am See, meine ich.«

James war ehrlich überrascht. Bis zu diesem Abend war er der festen Ansicht gewesen, dass es keinerlei Zeugen für sein kurzes Zusammentreffen mit Georgy gegeben habe. Vor allem wäre er niemals auf die Idee gekommen, dass ausgerechnet Louisa ihn beobachtet hatte. Er schluckte einmal. »Als wir von der Jagd zurückkehrten, bin ich runtergegangen zum See, um noch eine Runde zu schwimmen. Das ist richtig. Und auf dem Weg dorthin bin ich zufällig Eurer Schwester begegnet. Auch das ist wahr. Sowohl Eurer Schwester als auch mir war dieses Zusammentreffen äußerst peinlich, so viel jedenfalls kann ich Euch verraten.«

»Es war Euch peinlich? Was Ihr nicht sagt! Für mich dagegen sah es eher so aus, als ob Ihr meiner Schwester vielleicht eine kleine Gefälligkeit entlockt hättet. Eine Gegenleistung im Austausch für das Collier.«

»Wenn das –« Zum ersten Mal, seit Louisa ihn kannte, schien James die Contenance zu verlieren. »Wenn das wirklich das ist, was Ihr über mich denkt, dann werden wir wohl niemals Freunde werden.« Damit war der erste Tanz dann auch schon zu Ende, James verbeugte sich einmal höflich vor Louisa und verschwand.

Gleich darauf stand Teddy Fox an ihrer Seite und bat sie, als Nächstes mit ihr tanzen zu dürfen. Nachdenklich schaute Louisa Abercorn hinterher, während sie fast willenlos zuließ, dass Teddy ihre Hand ergriff und sie zurück auf die Tanzfläche führte.

Vielleicht stimmt es ja, was James gesagt hat, überlegte sie. Immerhin waren an diesem Tag sämtliche Männer auf der Jagd, und vielleicht wollte Georgy tatsächlich bloß eine Runde durch den See schwimmen. Georgy legte in dem Gefühl, völlig unbeobachtet zu sein, ihre Kleider ab – und plötzlich kommt Abercorn vorbei, und die beiden begegnen sich. Wäre das wirklich denkbar? War es also doch bloß ein rein zufälliges Zusammentreffen und kein heimliches Stelldichein?

»Warum sagt Ihr eigentlich nichts?«, beschwerte Teddy sich plötzlich. »Ihr beachtet mich überhaupt nicht.«

»Ich … Es tut mir leid«, erwiderte Lu. »Ich hatte mich nur gerade ganz auf die Tanzschritte konzentriert.«

»Gibt es da etwa schon jemanden, der Euch den Hof macht, Lady Lu?«

»Aber natürlich nicht!« Sie war beinahe empört. Immerhin jedoch hatte Teddy damit ihre volle Aufmerksamkeit gewonnen. »Warum fragt Ihr?«

Mit selbstgefälligem Grinsen sah er sie an. »Sagen wir mal so: Ich möchte einfach sichergehen, dass ich auch eine Chance bei Euch habe. Eine Frau aus einem so politischen Haushalt wie dem Euren könnte einem ehrgeizigen jungen Mann eine Menge Türen öffnen.«

»Ich danke Euch vielmals für dieses schmeichelhafte Kompliment, Ihr gerissener Teufel«, scherzte Louisa. »Aber wenn Ihr solchen Wert darauf legt, die Tochter eines Herzogs zu heiraten, dann solltet Ihr vielleicht besser Georgy einen Antrag machen.« Abermals endete die Musik, und George Grey wartete darauf, übernehmen zu dürfen.

»Ihr seid die hübscheste junge Dame in ganz London«, versuchte auch er, Louisa zu schmeicheln. »Gäbe es nicht bereits zwei andere und sehr viel attraktivere Verehrer, die um Euch buhlen –« Er seufzte einmal. »Ich würde Euch mein Herz zu Füßen legen! So viel jedenfalls ist gewiss.«

Louisa war gerührt über Georges Naivität und fragte betont leichthin: »Noch zwei andere? Aber wer sollen die beiden denn sein, Mr Grey?«

»Na, Teddy Fox und James Hamilton, natürlich.«

Louisas Herz schien einen Schlag lang auszusetzen, ehe sie mit Nachdruck erklärte: »Ich jedenfalls habe nicht vor, vor meinem dreißigsten Geburtstag zu heiraten.«

»Tja, dann …« Hoffnungsfroh drückte George ihre Hand. »Dann habe ich ja vielleicht doch noch eine Chance.«

Schier zahllose junge Männer wollten an diesem Abend mit Louisa tanzen, doch irgendwann schaffte Lu es, sich für einen Moment von ihren Verehrern loszureißen, und steuerte geradewegs auf ihre Schwester zu. »Georgy, hat Abercorn eigentlich irgendeine Gegenleistung dafür verlangt, als er dir deine Diamanthalskette zurückgegeben hat?«

»Wer weiß?«, entgegnete Georgy und befeuchtete einmal mit vielsagendem Glitzern in den Augen ihre Lippen.

»Georgianna, ich meine es ernst. Hat er nun oder hat er nicht?«

»Wenn du es unbedingt wissen willst …« Genervt verdrehte Georgy die Augen gen Himmel. »Ich persönlich glaube, er hat überhaupt kein Interesse an mir. Ein verdammt attraktiver Kerl ist er ja, das muss ich schon sagen. Aber ich bin ihm wohl ein bisschen zu ungezügelt und nicht tugendhaft genug.«

Dann hat er dich also splitterfasernackt am See angetroffen und hat trotzdem keinerlei Interesse an dir gezeigt? Louisa war schier außer sich vor Freude. Einen knappen Wimpernschlag später begann sie aber auch schon wieder, sorgenvoll zu grübeln. Himmel Herrgott! Ich muss mich unbedingt bei ihm entschuldigen. Dann hat er ja tatsächlich die Wahrheit gesagt.

»Louisa, Liebling«, drängte sich mit charmantem Lächeln Georgina dazwischen. »Erinnerst du dich eigentlich noch an Henry Petty, den Marquis von Lansdowne? Er war mein erster Tanzpartner bei meinem eigenen Debütantinnenball. Und Premierminister Grey hat ihn gerade erst zum Ratspräsidenten ernannt.« Mit eleganter Geste deutete Louisas Mutter auf einen jungen Mann, der dem bereits etwas in die Jahre gekommenen Marquis verblüffend ähnlich sah. »Das hier jedenfalls ist Lord Tom Kerry, Pettys Sohn.«

»Hocherfreut, Eure Bekanntschaft zu machen, Mylord.«

»Das Vergnügen liegt ganz auf meiner Seite, Mylady. Wenn ich Euch um den nächsten Tanz bitten dürfte?«

Louisa lächelte so anmutig sie konnte, obwohl sie gedanklich längst schon wieder bei Abercorn war. »Es ist mir eine Ehre.«

Kaum dass die ersten Takte angestimmt wurden, hob sich ihre Stimmung auch schon wieder, denn die Musiker spielten einen Kotillon, und so hoffte sie, während die Paare sich immer wieder neu zusammenfanden, dass sie auf diese Weise irgendwann auch an James Hamilton geraten würde. Dann, endlich, nach einigen weiteren Tanzpartnern, war es so weit, und *er* stand wieder vor ihr. Allerdings schaute James sie nur düster an und machte keinerlei Anstalten, sie in seine Arme zu schließen, bis Louisa schließlich sagte: »James, ich fürchte, ich muss Euch um Verzeihung bitten. Ich entschuldige mich ausdrücklich für meine Unterstellungen. Sagt, wollt Ihr meine Entschuldigung akzeptieren?«

»Wenn Ihr mich so nett darum bittet ...«, neckte James sie. Er war augenscheinlich bereits wieder besänftigt. »Wie könnte ich mich Eurer Bitte da noch widersetzen?«

»Ihr seid ein Teufel!«, schimpfte Louisa, musste mittlerweile aber ebenfalls lachen. »Und merkt Euch diesen Moment gut. Denn das ist das erste und das letzte Mal, dass ich Euch um etwas bitte. Darauf könnt Ihr Gift nehmen.«

»Wenn Ihr wütend seid, funkeln Eure Augen wie Smaragde«, flüsterte James und überging ihren Spott einfach. Im Übrigen, fügte er in Gedanken hinzu, wirst du mich garantiert noch so manches Mal um etwas bitten, süße Lu. Es kommt der Tag, da wirst du mich darum bitten, dich zu lieben, und allein die Vorfreude darauf ist bereits köstlich.

Abermals verstummte die Musik für einen Moment, und die Tanzpartner wechselten. Diesmal geriet Louisa an den jungen Grafen von Edgecombe, der zu ihrem Missfallen ein derart fliehendes Kinn besaß, dass es fast schon nicht mehr da zu sein schien. Sie seufzte bedauernd, doch der Tanz endete glücklicherweise bald darauf wieder, und mit ausdrucksloser Miene führte der Graf Lu zu Lord John. Johnny wiederum unterhielt sich gerade angeregt mit Abercorn und Charles Lennox, dem Herzog von Richmond, der nicht nur seit Kindertagen ein enger Freund von Johnny war, sondern auch sein Cousin.

Louisa konzentrierte ihre Aufmerksamkeit ganz bewusst nur auf ihren Cousin und rief ein klein wenig zu überschwänglich: »Hallo, Charlie! Wie lange ist das jetzt her, dass wir uns zuletzt gesehen haben? Vielleicht werde ich dich, solange ich noch in London bin, einmal während einer deiner Parlamentssitzungen besuchen kommen.« Kaum aber, dass ihr die Worte aus dem Mund geschlüpft waren, bereute sie sie auch schon wieder; James war ja nun ebenfalls Parlamentsmitglied. Dieser irische Teufel denkt bestimmt, der Parlamentsbesuch wäre bloß ein Vorwand, um ihn wiederzusehen. Ganz flüchtig blickte sie einmal zu Abercorn hinüber und sah prompt, wie es in seinen Augen verräterisch glitzerte.

»Da würde ich mich natürlich freuen, ehrlich«, erklärte Charlie hocherfreut und verbeugte sich. »Ich bitte also darum, meiner Pflicht als Gast nachkommen zu dürfen und die Tochter des Hauses um einen Tanz zu bitten.«

»Nun, bei so viel Galanterie kann ich ja wohl nicht Nein sagen«, scherzte auch Louisa und lachte.

Während das attraktive Paar auf die Tanzfläche schritt, beugte Johnny sich zu James hinüber und bemerkte: »Sie ist genau wie ihre Mutter. Als Charlie und ich noch Jungen waren, haben wir Georgina regelrecht verehrt.«

In genau diesem Moment gesellte sich wie aus dem Nichts auch Johnnys ältester Bruder zu ihnen. »Oh, hallo, Francis!«, wandte Lord John sich erstaunt zu ihm um. »Mit dir hatte ich an diesem Abend, ehrlich gesagt, überhaupt nicht gerechnet. Umso schöner, dich trotzdem hier zu sehen. Dies ist übrigens James Hamilton, Marquis von Abercorn ... James, wenn ich Euch meinen Bruder, Marquis von Tavistock, vorstellen darf.«

Francis nickte einmal kurz und murmelte: »Wollte nur mal sehen, wie viel Geld diese Frau für den Debütantinnenball ihrer Töchter verprasst. Und ich muss sagen: Donnerwetter! Das sind ja bestimmt an die zweihundert Gäste.«

Johnny war entsetzt. Denn »diese Frau«, auf die sein Bruder sich da gerade bezog, war immerhin seine Stiefmutter. Andererseits wusste er ja schon seit Längerem, wie sehr es seinen Bruder wurmte, wenn die Herzogin von Bedford auch nur eine einzige Guinea aus dem Vermögen ihres Mannes ausgab – und dann auch noch für ihre beiden Töchter! Nach wie vor schmerzte es ihn aber sehr, solch missgünstige Worte aus dem Munde seines Bruders zu hören, zumal zwischen den Russell-Geschwistern normalerweise eine überaus herzliche Kameradschaft herrschte; nur der Haupterbe, Francis, hatte sich seit seiner Hochzeit von den anderen Geschwistern distanziert.

»Nun, von ›verprassen‹ kann doch wohl keine Rede sein«, wies Johnny seinen Bruder scharf zurecht. »Ganz im Gegenteil sogar. Ich persönlich würde es als höchst ›wirtschaftlich‹ bezeichnen, dass sie für unsere beiden Schwestern nur einen gemeinsamen Ball ausrichtet. Denn theoretisch hätte sie ja auch jede der beiden einzeln debütieren lassen können.«

»*Stief*-Schwestern«, korrigierte Francis ihn. »Und ›wirtschaftlich‹ war diese Frau auch noch nie.« Missmutig kniff er die Lippen zu einer schmalen Linie zusammen. »Aber eines Tages, das garantiere ich dir, wird es für sie ein böses Erwachen geben.« Es folgte ein knappes Nicken in Richtung von James Hamilton, und dann stolzierte Francis auch schon wieder davon. Einzig seine düstere Prophezeiung schien noch einen Moment in der Luft zu schweben.

Traurig schüttelte Johnny den Kopf. »Als Vater zum Herzog von Bedford ernannt wurde, fand er heraus, dass Woburn Abbey mit mehr als zweihundertfünfzigtausend Pfund in der Kreide stand. Das Anwesen ist bis unter die Dachsparren mit Hypotheken belastet, was wir seinem verstorbenen Bruder zu verdanken haben, der einen sehr verschwenderischen Lebensstil pflegte. Vater hat dieses Wissen zwar stets vor seiner Frau und seinen Kindern geheim gehalten, doch als Francis volljährig wurde, erhielt er von unseren Anwälten natürlich eine Aufstellung seines Vermögensstandes und war außer sich vor Wut. Seither lebt er in der ständigen Angst, irgendwann bloß Schulden und Verbindlichkeiten zu erben.«

In Abercorns Hinterkopf schrillten sofort sämtliche Alarmglocken. Dann hatte dieser Francis wohl recht: Wenn der Herzog von Bedford eines Tages starb, würde es für Georgina und ihre Kinder in der Tat »ein böses Erwachen« geben. Denn so, wie der Marquis von Tavistock sich angehört hatte, würde er es im Erbfall nicht bei der testamentarischen Regelung belassen, sondern er würde versuchen, Georgina und die Kinder zu enterben, um wenigstens noch einen Teil des Vermögens für sich zu beanspruchen. Von diesem Moment an hatte James nur noch ein Bestreben – er wollte Louisa vor der erschreckenden Habsucht ihres ältesten Bruders schützen.

Nachdenklich ließ er den Blick durch den Saal schweifen und entdeckte mit einem Mal seinen Bruder Claud, der sich offenbar blendend mit Charles Russell unterhielt. Langsam schlenderten James und Lord John zu den beiden hinüber. »Und? Hast du denn auch schon ein Tänzchen mit den beiden Debütantinnen gewagt?«, versuchte Abercorn, die Stimmung wieder ein wenig aufzulockern.

»Ich habe mit Georgy getanzt, ja. An Lady Louisa hingegen bin ich bisher noch nicht herangekommen. Die ist viel zu begehrt. Soweit ich weiß, stehen auf ihrer Tanzkarte vor mir noch eine ganze Reihe von anderen heiratswilligen Junggesellen. Ich werde mich also wohl noch ein Weilchen gedulden müssen.«

Charles schenkte James einen mitfühlenden Blick. Schließlich wusste er genau, wie dieser für Lu empfand. »Tut mir leid, alter Kumpel, das zu hören. Aber du kannst dich immerhin mit der Tatsache trösten, dass bisher keiner dieser Kandidaten ihr Herz gewinnen konnte.«

»Keiner außer mir«, erklärte James und zwinkerte einmal vielsagend. »Sie ist nur noch nicht so weit, es sich selbst einzugestehen.«

Anerkennend schlug Claud seinem Bruder auf die Schulter. »Du durchtriebener Kerl!«

»Wann fangen denn eigentlichen die schottischen *Reels* an?«, verlangte Charles zu wissen.

»Auf jeden Fall nicht vor Mitternacht. Der Alkoholpegel der Gäste muss erst noch ein wenig steigen, ehe sie bereit sind, ihre Hemmungen abzulegen und sich an die schottischen Hochlandtänze heranzuwagen.«

»Wenn das so ist«, schlug Claud vor, »dann sollten wohl auch wir noch einen Schluck von dem Champagner nehmen und die eine oder andere Portion von dem delikaten Lachs.«

»Prima Idee«, lobte Johnny. »Wenn wir uns beeilen, sind wir so ziemlich die Ersten am Büfett und werden nicht von den anderen niedergetrampelt.«

Frohgemut nahm jeder sich ein Glas Champagner. »Trinken wir auf Lord Johns Beförderung zum Zahlmeister der Armeen«, schlug James vor.

Anerkennend prosteten alle Johnny zu, und jeder nahm einen kräftigen Schluck, woraufhin Charles ausgelassen fragte: »Und nun? Auf wen könnten wir als Nächsten trinken?«

Die Zunge fest in die Wange gebohrt, um nicht vor lauter Lachen laut loszuprusten, nuschelte Claud: »Ach, ich glaube, ich wüsste da schon jemanden. Trinken wir doch auf Lord Palmerston. Hat Premierminister Grey ihn nicht kürzlich erst zum Außenminister ernannt?«

Spontan brachen alle, auch die Russell-Brüder, in lautes Gelächter aus, war es doch auch an ihnen nicht vorbeigegangen, dass der verhasste Stiefvater von James und Claud, der Graf von Aberdeen, dafür seinen Posten hatte räumen müssen.

»Als Nächstes werde ich einen Kusstanz ausrufen«, informierte Georgina ihre Freundin Beth.

Lady Holland lachte. »Aber diesen Tanz gibt es doch gar nicht. Diese Geschichte hatte ich mir auf Georgys Geburtstagsball doch bloß ausgedacht.«

»Und trotzdem war's der Höhepunkt des ganzen Abends!« Verschmitzt lächelte Georgina ihre Freundin an. »Ich werde jetzt gleich einen ankündigen, und dann wollen wir doch mal sehen, ob wir damit nicht einen neuen Trend gesetzt haben.« Sie weihte die Musiker in ihren Plan ein und hob dann die Hände, um die Aufmerksamkeit der Gäste zu erlangen. Vergnügt kündigte sie den Tanz an und erläuterte einmal kurz, doch klar verständlich die Regeln. Anschließend bat sie Lord Holland, ihr erster Tanzpartner zu sein.

Louisa sog scharf den Atem ein, als sie sich an Abercorns Kuss erinnerte. Nicht nur, dass es ihr erster Kuss überhaupt gewesen war, sondern es war bislang auch ihr letzter gewesen. Argwöhnisch schaute sie sich einmal im Ballsaal um, doch zum Glück war James nirgends zu entdecken. Stattdessen trat der junge Lord Edgecombe auf sie zu, und Lu willigte ein, wenngleich auch bloß deshalb, weil sie ja wusste, dass man die Partner beständig wechselte.

Überall auf der Tanzfläche drängten sich die Gäste, denn natürlich wollte jeder an diesem amüsanten Spiel teilnehmen. Vorfreude und Erregung erfüllten die Luft, und jedes Mal, wenn die Musik für einen Moment verstummte und dann von Neuem begann, steigerte sich die Spannung.

Als dann schließlich irgendwann auch die letzten Klänge verhallten, fand Louisa sich Ned Turnour gegenüber, dem jungen Grafen von Winterton. Mit triumphierendem Lächeln blickte er auf sie hinab. »Was sagt man denn dazu, Lady Lu? Da habe ich doch tatsächlich das schönste Mädchen des Abends ergattert.« Begierig neigte er den Kopf und presste seine Lippen auf die ihren.

Louisa hingegen stand nur ganz ruhig da und wartete darauf, dass der Zauber sie erneut umfinge, der sinnliche Zauber ihres ersten Kusses. Voller Neugier hatte sie nach diesem ersten Erlebnis bereits ihren zweiten Kuss herbeigesehnt, empfand aber plötzlich bloß noch Enttäuschung. Schlimmer sogar noch: Sie empfand nämlich im Grunde überhaupt nichts. Weder wurde ihr schwindelig vor Erregung, noch begann ihr Herz zu rasen, ihre Brüste kribbelten nicht, und auch das wackelpuddingweiche Gefühl in ihren Knien blieb aus. Abrupt öffnete sie wieder die Augen und sah an dem Ausdruck auf Wintertons attraktivem Gesicht, dass ihm dieser Kuss durchaus gefallen hatte. Sie horchte noch einmal tief in sich hinein, doch es blieb dabei – sie empfand überhaupt nichts.

Genau in dem Moment, als die Musik endete, kam Abercorn zurück in den Ballsaal geschlendert und blieb kaum mehr als einen knappen Meter von Louisa entfernt stehen, während diese stumm zu ihrem Tanzpartner emporblickte. Wie bei einem Tiger verengten sich James' Augen zu schmalen Schlitzen, als er beobachtete, wie Winterton den Kopf neigte und von Louisas Lippen Besitz ergriff. Denn auch wenn Lu noch voller argloser Neugier war, so waren ihre Küsse für James schon längst keine Nebensächlichkeit mehr. Ohne zu zögern trat er vor, ergriff Lus Hand und zog sie in seine Arme. Dann presste er sie fest an sich, während Lus Wimpern sich wie schwarze Fächer auf ihre Wangen legten, und eroberte ihren Mund mit einem solch sinnlichen Kuss, als wollte er ihr den Verstand rauben.

Augenblicklich stellte sich wieder dieser köstliche Sternenregen an Emotionen ein, die Lu auch bei ihrem allerersten Kuss empfunden hatte. James' vertrauter männlicher Duft betörte ihre Sinne und ließ in ihrem Kopf bereits verwegene Fantasien erblühen. Ihre Lippen wurden weich und nachgiebig, und ihre Brustspitzen verhärteten sich, als sie seinen muskulösen Oberkörper gegen ihre Brüste drücken fühlte. Unwillkürlich erhob Louisa sich auf die Zehenspitzen und schlang in einem naiven Verlangen, einem Verlangen, das sie nicht mehr kontrollieren konnte, die Arme um James' Hals. Als der Kuss endete, seufzte sie leise, bevor sie schließlich abermals die

Augen öffnete und zu James aufblickte. Leider aber entdeckte sie dann auch schon wieder diesen bedrohlich besitzergreifenden Ausdruck in seinen dunklen Augen – und erschauderte. Am liebsten hätte sie ihm abermals eine Ohrfeige verpasst, doch sie beherrschte sich. Stattdessen brach sie einfach in perlendes Gelächter aus, um James zu zeigen, dass sein Kuss für sie im Grunde überhaupt keine Bedeutung besaß.

Mit gerunzelten Brauen drängte Graf Winterton sich dazwischen und öffnete gerade den Mund, als James ihm gebieterisch ins Wort fiel: »Irgendwelche Einwände, Winterton?«

Verdutzt trat Winterton wieder einen Schritt zurück. »Nein … nein. Keinerlei Einwände, Abercorn.«

Amüsiert schaute Louisa dem bedauernswerten Grafen hinterher, wie er mit hängenden Schultern in der Menge verschwand. »Dem habt Ihr aber gerade einen ganz schönen Schrecken eingejagt.«

»Kann ich was dafür, wenn er einfach kampflos aufgibt und den Schwanz einzieht?«

»Aber, James, Graf Winterton ist doch kein Jagdhund.«

»Oh, der war ganz eindeutig auf der Jagd. Und er schien auch bereits eine bestimmte Witterung aufgenommen zu haben.«

»Und selbst wenn – Ihr seid in jedem Fall so ziemlich der Letzte, von dem ich vor irgendwelchen aufdringlichen Verehrern gerettet werden möchte.«

Nun war es an James, spöttisch zu grinsen. »Und ob Ihr von mir gerettet werden wollt. Vor allem verspreche ich Euch eines: Ich war der Erste, der Euch geküsst hat, und ich werde auch der Letzte sein.«

»Wie könnt Ihr es nur wagen, solche Ansprüche an mich zu stellen, Ihr arroganter irischer Teufel?«

Belustigt zwinkerte James ihr zu. »Ich bin also arrogant und ein Teufel, meint Ihr? Nun, zumindest mit einem von beidem habt Ihr durchaus recht.«

Empört ließ Louisa ihn mitten auf der Tanzfläche stehen und

machte sich auf die Suche nach ihrer Schwester. »Georgy, woher dieser selbstgefällige Ausdruck?«, fragte sie verdutzt, als sie sie fand. »Wen hast *du* denn gerade geküsst?«

»William Cavendish, den Lord von Burlington«, prahlte Georgianna. »Er ist der Erbe des Herzogs von Devonshire! Wäre das nicht absolut fantastisch, wenn er um meine Hand anhalten würde?«

»Mach dir mal lieber nicht zu viele Hoffnungen, Georgy«, warnte Louisa. »Du hast ihn doch gerade erst kennengelernt.«

»Und trotzdem möchte ich darum wetten, dass er der beste Fang an diesem Abend ist. Genau genommen ist er sogar der beste Fang in ganz England. Und ich glaube sogar, mein Kuss hat ihn mächtig erregt.« Verschwörerisch flüsternd beugte Georgy sich zu Lu hinüber. »Als er während des Kusses seinen Schwanz gegen meinen Bauch presste, habe ich einfach meine Hand zwischen uns gleiten lassen und ihn gedrückt.«

Louisa war sprachlos vor lauter Entsetzen und hätte ihrer Schwester am liebsten gehörig den Kopf zurechtgerückt, dafür dass diese sich derart promisk gab. Andererseits aber scheute sie auch davor zurück, sich wieder als »prüde« beschimpfen lassen zu müssen. »Sieh dich vor, Georgy«, war alles, was sie sagte.

»Mach dir darum mal keine Gedanken. Ich bin ja diskret. Oder glaubst du allen Ernstes, dass ich mir meine kleinen Tricks von den anderen abschauen lasse?«

Aufgeregt tuschelte die Herzogin von Bedford einen Moment mit den Musikern, um anschließend abermals die Hände zu heben und zu verkünden: »Meine Damen und Herren – als Nächstes folgt mein ganz persönlicher *Strathspey*. Also, bitte! Wählt einen Partner oder eine Partnerin, und los geht's!« In der Tat war dieser Tanz einst eigens für sie komponiert worden, und Georgina war noch immer mächtig stolz darauf.

»Eure Schönheit ist schier überwältigend«, raunte plötzlich eine Stimme dicht an Louisas Ohr. »Darf ich Euch zu dem nächsten

Tanz auffordern?« Hinter ihr stand Adolphus Seymour, der Erbe des Herzogs von Somerset, und musterte sie bewundernd von Kopf bis Fuß.

Mit charmantem Lächeln reichte Louisa ihm die Hand. »Es ist mir ein Vergnügen, Mylord.«

Sachte hob er ihre Fingerspitzen an seine Lippen, küsste sie verehrungsvoll und führte Louisa anschließend auf die Tanzfläche. Der *Strathspey* begann zunächst ganz langsam, ja, fast schon würdevoll. Dann aber, von einer Sekunde auf die andere, wurde der Rhythmus schneller und immer schneller, und die Tänzerinnen und Tänzer gaben ihr Bestes, um mit dem Tempo mithalten zu können, bis schließlich auch die letzten Hemmungen fielen und man fröhlich und ausgelassen einfach nur noch wie wild durch den Saal hüpfte. Relativ bald, nachdem das Lied begonnen hatte, endete es auch schon wieder, und überall auf der Tanzfläche fanden sich lachende und hochrote Gesichter. Den meisten hatte dieser ganz und gar unprätentiöse Tanz durchaus gefallen, und man wartete bereits auf den nächsten.

Louisa knickste einmal höflich vor Adolphus Seymour und wandte sich dann ihrem Bruder Jack zu, der die ganze Zeit über dicht neben ihr getanzt hatte. Besorgt blickte sie ihn an, meinte sie doch bereits, in seinen Augen wieder diesen gewissen glasigen Ausdruck zu erkennen. »Geht es dir gut, Jack?«, fragte sie, ergriff seinen Arm und führte ihn behutsam von der Tanzfläche. »Hast du auch regelmäßig deine Medizin eingenommen?«

»Ich habe sie auf jeden Fall eingepackt, als ich mich von Woburn Abbey aus auf den Weg gemacht habe. Aber heute habe ich sie, glaube ich, noch nicht genommen.«

»Dann komme ich jetzt einfach mit dir, und du nimmst einen Schluck davon. Was meinst du, schaffst du es die Treppe hinauf?« Mit angstvoll klopfendem Herzen begleitete Louisa ihn ins Obergeschoss und hätte vor lauter Erleichterung am liebsten laut geseufzt, als sie schließlich unversehrt den obersten Treppenabsatz erreicht hatten. Sie führte Jack zu seinem Zimmer, öffnete die Tür und half ihm, sich in einem zierlichen Sessel niederzulassen. Anschließend suchte sie nach dem Betoniensirup. Allerdings konnte sie nirgends einen Löffel finden, sodass sie ihm die Flasche einfach vorsichtig an den Mund hielt. »Ruhe dich besser erst einmal ein Weilchen aus, Jack, und bleib hier, bis es dir wieder etwas besser geht.«

Leise zog Louisa sich wieder zurück und schloss die Tür hinter sich, um zurück in den Ballsaal zu eilen. Auf ihrem Weg durch den Korridor kam sie auch an ihrem und Georgys gemeinsamen Zimmer vorbei und glaubte, von innen Geräusche zu hören. In der Annahme, dass das ja wohl nur Georgy sein könnte, öffnete sie spontan die Tür – und blieb wie angewurzelt stehen. Genaues konnte sie zunächst zwar nicht erkennen, doch nach ein, zwei Schrecksekunden gewöhnten ihre Augen sich an das dämmrige Licht, und sie bemerkte die Silhouette eines jungen Mannes und den Schattenriss ihrer Schwester, die vor ihm kniete. Lu sah zwar nicht genau, was Georgy dort gerade tat, doch sie ahnte, dass es sich dabei wohl um irgendeine Art von sexueller Handlung handelte. Hastig, doch fast vollkommen geräuschlos schloss sie die Tür und musste erst einmal tief durchatmen, so angewidert war sie vom Verhalten ihrer Schwester.

Ob sie mich gesehen hat?, überlegte Lu. Nein, bestimmt nicht. Sie kniete ja mit dem Rücken zur Tür. Und wer auch immer da vor ihr stand, hat mich bestimmt auch nicht bemerkt. Er war ja viel zu sehr damit beschäftigt, vor lauter Lust zu stöhnen. Einen Augenblick lang wusste Louisa wirklich nicht, wie sie sich nun verhalten sollte. Einerseits wollte sie zwar nur ungern eine Szene heraufbeschwören, andererseits wäre sie auch liebend gerne eingeschritten, um dem Treiben in ihrem und Georgys gemeinsamen Zimmer ein Ende zu bereiten. Schließlich entschied sie sich dafür, einmal laut an die Tür zu klopfen und dann eilends in den Ballsaal zurückzukehren.

Aufmerksam hielt Louisa nach ihrer Schwester Ausschau. Sie wollte auf keinen Fall den Moment verpassen, in dem diese wieder den Ballsaal betrat, doch leider erschien ihre Schwester allein, sodass Lu über die Identität von Georgys Flirt fürs Erste auch weiterhin im Unklaren blieb. Dennoch sollte es nicht mehr lange dauern, bis sie erfuhr, um wen es sich dabei gehandelt hatte.

»Ich habe soeben das Interesse des begehrtesten Junggesellen von ganz England für mich geweckt«, flüsterte Georgianna, kaum dass sie ihre Schwester sah. »William Cavendish verzehrt sich geradezu nach mir!« Dabei grinste sie wie eine Katze, die gerade heimlich eine Schüssel mit Sahne ausgeleckt hatte.

»Wie ich schon sagte«, zischte Lu. »Sieh dich vor! Ich fürchte, die Männer versprechen einem zuweilen das Blaue vom Himmel, nur um zu bekommen, was sie wollen.«

»Nun, was *er* will, weiß ich jedenfalls. Cavendish will mich!«

Der nächste *Strathspey* war der Herzogin von Richmond gewidmet. Neil Gow, einer der bekanntesten schottischen Geigenspieler, hatte ihn seinerzeit für sie komponiert, als sie noch Lady Charlotte Gordon hieß. An diesem Tanz nahm Louisa ausnahmsweise einmal nicht teil, sondern gesellte sich lieber zu ihrem Bruder Charles, um gemeinsam mit ihm ihre Mutter und Tante Charlotte beim Tanzen zu beobachten. Lu und Charles waren ehrlich erstaunt, mit welchem Temperament die beiden dem flotten Rhythmus folgten.

»Ich habe Jack nach oben gebracht«, raunte Louisa schließlich. »Er sah ein bisschen mitgenommen aus.«

»Ich werde gleich mal hochgehen und nach ihm sehen – wenn der Tanz geendet hat.«

Als Nächstes wurde der *The Gey Gordons* angekündigt, ebenfalls ein *Reel* zu Ehren von Charlotte und Georgina, als plötzlich William Cavendish vor Louisa stand. »Nun ist es ja wohl höchste Zeit, dass auch ich einmal mit der schönsten Dame des ganzen Abends tanze«, scherzte er. Louisa aber erstarrte.

Stumm blickte sie ihn an, wusste zunächst gar nicht, was sie erwidern sollte, bis sie zu der erstbesten Notlüge griff, die ihr gerade einfiel: »Tut mir furchtbar leid, Lord Burlington. Aber ich habe diesen Tanz bereits Lord Abercorn versprochen.« Panisch schaute sie sich um, wo ihr angeblicher Tanzpartner denn bloß steckte. »Ah, da ist er ja. Er unterhält sich gerade mit meinem Vater. Ihr entschuldigt mich?«

Geschwind eilte sie an Hamiltons Seite. »James, wollt Ihr mit mir den *Gey Gordons* tanzen?« Atemlos blickte sie ihn an.

»Aber mit dem größten Vergnügen.« Verschmitzt grinsend geleitete er sie auf die Tanzfläche. »Aber da steckt doch bestimmt noch etwas anderes dahinter, nicht wahr, Lady Lu? Es geht doch nicht bloß darum, dass Ihr mit mir tanzen wollt.«

Stolz hob Lu das Kinn und blickte ihm direkt in die Augen. »Ja, ganz richtig. Ich wollte mal sehen, ob Ihr tatsächlich solch ein guter Tänzer seid, wie Ihr behauptet, und auch einen echten schottischen Hochlandtanz hinbekommt.«

»Bei uns in Irland hat man schon *Reels* und Gigues getanzt, als Ihr Schotten noch nicht einmal wusstet, wie man das schreibt.«

»Nennt mir einen!«, forderte Louisa ihn heraus.

»*Fig for a Kiss* – Spiel um einen Kuss – ist zum Beispiel ein ganz bekannter. Oder aber mein Lieblingstanz: *The Ladies' Pantaloons* – Die Damenschlüpfer.«

Louisa musste sich arg beherrschen, um nicht laut loszulachen, doch das gelang ihr nicht ganz. »Ihr seid ein ganz vulgärer Teufel«, grinste sie.

James lächelte bloß geheimnisvoll und erwiderte: »Da könntet Ihr recht haben.«

· 10 ·

Hier ist die Anzeige!« Laut las Louisa aus der *Times* vor:

Die Herzoginwitwe von Richmond gibt sich die Ehre, die Verlobung ihrer jüngsten Tochter, Lady Sophia Lennnox, mit Oberst Lord Thomas Cecil, Sohn von Henry und Sarah Cecil, dem Marquis und der Marquise von Exeter, bekannt zu geben.

»Leider ist der gute Thomas jedoch kein Erstgeborener«, hob Georgy mit spöttischer Stimme hervor. »Die arme Sophia wird also wohl nie über den Rang einer Lady hinauswachsen. Und dabei ist sie doch die Tochter eines Herzogs. Ich bin mir sicher, sie hätte auch noch eine bessere Partie machen können.«

»Georgy, das ist sehr missgünstig von dir«, mahnte Georgina sie. »Eine glückliche Beziehung ist allemal wichtiger als irgendein hochtrabender Titel.«

»Aber du hast doch auch einen Herzog geheiratet. Man kann also offenbar auch beides haben – einen Titel und die große Liebe.«

»Man kann«, erklärte Georgina mit ernster Miene. »Und dennoch habe ich deinen Vater seinerzeit allein aus Liebe geheiratet und nicht, weil er ein Herzog ist.«

»Aber selbstverständlich, Mutter. Natürlich. Wie konnte ich nur daran zweifeln?«

»Georgy, ich warne dich, du hast eine sehr scharfe Zunge. Dabei ziehen es die Gentlemen im Allgemeinen vor, wenn eine Dame sich sanft und liebenswürdig gibt, und nicht so sarkastisch, wie du auftrittst.«

»Da irrst du dich, Mutter. Denn einige Gentlemen sind sogar sehr angetan von meiner Zunge«, erklärte Georgy und zwinkerte dabei verschwörerisch ihrer Schwester zu.

Lu hingegen errötete und hoffte inständig, dass diese Doppeldeutigkeit an ihrer Mutter vorbeigegangen sein möge. Um Georgina abzulenken, reichte sie ihr rasch die Zeitung. »Da steht ja überhaupt kein Hochzeitsdatum drin. Gehört das nicht eigentlich dazu?«

»Charlotte sagt, dass zurzeit noch kein Hochzeitstermin feststeht.«

»Dann wollen wir mal hoffen, dass der gute Lord Cecil Sophia zwischenzeitlich nicht doch noch wieder von der Angel springt.«

»Georgy, es reicht. Hör endlich auf, dich so mokant zu geben. Das gehört sich für eine Debütantin einfach nicht. Hast du eigentlich schon entschieden, was du zum Ball des Premierministers tragen wirst?«

»Erst mal möchte ich sehen, was Louisa trägt. Dann entscheide ich mich. Also, Lu, lass uns am besten gleich einmal hochgehen und unsere Ballroben aussuchen.«

Nur wenige Sekunden nachdem die beiden Mädchen nach oben entschwunden waren, kündigte ein Page den Besuch des Marquis von Lansdowne an.

»Henry, Ihr seid aber früh unterwegs«, lachte Georgina betont nonchalant, obgleich sie bereits ahnte, dass Pettys Besuch bestimmt einen ernsteren Hintergrund hatte. Wahrscheinlich wollte er mit John sprechen, denn als neu ernannter Ratspräsident hatte er natürlich ein gewisses Interesse daran, sich noch einmal über das geplante Reformwerk zu beraten. »Ihr wollt bestimmt meinen Mann sehen, nicht wahr? Er ist in der Bibliothek.«

»Also, eigentlich wollte ich heute ausnahmsweise einmal mit Euch *beiden* sprechen. Obwohl … Nein! Im Grunde ist es mir sogar ganz recht, zuerst mit Euch zu sprechen, verehrte Georgina.« Er griff nach ihrer Hand und hob sie an seine Lippen. »Mein Sohn, Lord Kerry, hegt nämlich ernsthafte Empfindungen für Lady Louisa. Hättet Ihr etwas dagegen einzuwenden, wenn er ihr den Hof macht?«

»Aber, Henry, wie kommt Ihr denn bloß darauf, dass ich etwas dagegen haben könnte?«

»Nun ja, damals, als Ihr selbst noch eine Debütantin wart, da habt Ihr meinen Antrag rigoros abgelehnt. Ich erinnere mich noch gut daran.« Henry Petty räusperte sich einmal. »Sollte mein Sohn also ebenso chancenlos dastehen wie ich seinerzeit, dann wäre es mir lieber, Ihr würdet es freiheraus sagen. Er soll sich in dieser Angelegenheit schließlich nicht zum Gespött der Leute machen.«

»Liebster Henry.« Freundlich, doch ernst schaute Georgina ihn an. »Meint Ihr denn wirklich, Ihr hättet Euch damals zum Narren gemacht, als Ihr mir einen Antrag machtet? Denn zumindest, was mich angeht, so habe ich mich von Eurem Antrag ehrlich geschmeichelt gefühlt. Und zugegebenermaßen hegte ich auch gewisse Empfindungen für Euch. Es lag allein an meiner Mutter, dass aus uns beiden dann doch nichts wurde. Sie war der Stolperstein in unserer Beziehung, denn Mutter hatte es sich nun einmal in den Kopf gesetzt, dass ich eines Tages einen Herzog heirate.«

Henry gluckste amüsiert und nickte. »Die Herzogin von Gordon war von jeher eine Frau, der man nur schwerlich widersprechen konnte.«

»Also, mein guter Henry, es besteht überhaupt kein Grund, Euch wegen des Anliegens Eures Sohnes auch noch mit John beraten zu müssen. Außer, Ihr wollt uns gleich einen Heiratsantrag für Louisa überbringen.«

»Nein, nein, so weit gehen die Gefühle meines Sohnes im Augenblick dann doch noch nicht. Ich wollte nur sichergehen, dass keiner von Euch beiden etwas dagegen einzuwenden hat, wenn er Lady Louisa nun offiziell umwirbt.«

»Ich versichere Euch nochmals: Niemand hat irgendetwas dagegen«, erklärte Georgina. »Im Übrigen, nur um auch das noch einmal anzumerken, habe ich ja *zwei* heiratsfähige Töchter, wie Ihr wisst. Nur für den Fall …« Sie lachte betont unbekümmert. »So, und nun darf ich Euch doch sicherlich etwas anbieten. Für einen Tee ist es zwar noch zu früh, aber wie wäre es mit einem guten schottischen Whisky?«

»Ihr wusstet schon immer, wie man das Herz eines Mannes gewinnt, meine Liebe.«

»Was habe ich mir bloß dabei gedacht, als ich bei der Schneiderin war?«, schimpfte Georgy. »Alle drei Kleider sind blau. Zwar in unterschiedlichen Schattierungen, aber trotzdem! Jeder wird denken, dass ich Abend für Abend das gleiche Kleid trage. Dieses lavendelfarbene Seidenkleid, das du dir ausgesucht hast, ist hundertmal schöner als meines. Lu, würde es dir etwas ausmachen, mir dieses Kleid zu borgen?«

Louisa hatte ihrer Schwester noch nie einen Wunsch abschlagen können, und so willigte sie ein: »Aber natürlich. Die Farbe wird dir ganz vorzüglich stehen. Wir müssen nur noch Mutters Schneiderin bitten, es für dich abzuändern.«

Knappe zwei Wochen später war das Oberteil auch schon ausgelassen worden; Georgy hatte eine etwas vollere Figur als Louisa. Und Louisa wiederum hatte sich für ihre blassgrüne Tüllrobe entschieden, die so fantastisch zu ihren dunkelgrünen Augen passte.

»Was meinst du, ob Lord Burlington wohl auch beim Ball des Premierministers sein wird?«, wollte Georgy wissen.

»Das wird er ganz bestimmt.«

»Aha.« Georgianna schwieg einen Moment. »Und was macht dich da so sicher?«

»Na, weil der Herzog von Devonshire doch von Premierminister Grey zum Schatzmeister ernannt worden ist. Und da Lord Burlington wiederum der Erbe des Herzogs ist, wird er quasi bei dem Ball erscheinen *müssen*.«

»Ich kann mir dieses politische Zeug einfach nicht merken«, murrte Georgy. »Aber du saugst das alles ja in dich auf wie ein

Schwamm. Wird dir dabei eigentlich nicht schwindelig? Zumal das auch erklären könnte, warum du bislang noch keinerlei Verehrer hast.«

»Ich will ja auch gar keine Verehrer haben. Dieses ganze Getue darum, wer wen heiratet oder auch nicht, ist mir persönlich völlig schnuppe.«

Verwundert schüttelte Georgy den Kopf. »Aber das ist nicht normal für eine Frau. Alle Frauen wollen heiraten. Und allen ist daran gelegen, eine möglichst gute Partie zu machen – nur für den Fall, dass du das noch nicht begriffen hast.«

»Und gerade darum könnten dir gewisse politische Grundkenntnisse durchaus von Nutzen sein, liebe Georgianna«, schoss Louisa zurück. »Schließlich ist dies das erste Mal seit dreiundzwanzig Jahren, dass die Whigs wieder einmal an der Macht sind. Für Graf Grey und seine Minister ist das gerade eine überaus triumphale Zeit.«

»Umso schöner, dass ich ausgerechnet jetzt debütiere.« Mit vielsagender Miene senkte Georgy ihre Stimme. »Und da wir gerade vom Grafen Grey sprechen – wusstest du eigentlich, dass er, als er noch jung war, der Liebhaber der Herzogin von Devonshire war? Dabei hat er sie sogar geschwängert, woraufhin ihr wütender Ehemann sie nach Frankreich verbannte. Dort hat sie dann ein kleines Mädchen zur Welt gebracht, und der Graf hat dieses Mädchen, also sein illegitimes Kind, zurück nach England geholt und bei seinen Eltern untergebracht. Sie heißt Eliza Courtney. Aber offiziell weiß natürlich niemand etwas davon. Offiziell ist sie seine Schwester.«

Louisa war ehrlich überrascht. »Graf Greys Schwester Eliza ist in Wirklichkeit seine Tochter und die der Herzogin von Devonshire? Wo hast du das denn bloß schon wieder her?«

»So etwas erfährt man, wenn man seine Ohren offenhält und sie vielleicht auch einmal an die eine oder andere Tür drückt. So, und jetzt komm endlich, Lu. Beeile dich. Ich will von dem heutigen Ball nicht eine einzige Minute verpassen.«

Der Ball des Premierministers fand im großen Festsaal des alten Westminster Palace statt. Die Bedfords ließen ihre Kutsche also im Palace Yard, dem Innenhof, halten und machten sich von dort aus durch ein wahres Labyrinth an Korridoren auf den Weg zur Westminster Hall.

Premierminister Grey und seine Frau Mary erwarteten ihre Gäste bereits an der großen Flügeltür, die zum Saal führte. Als der Graf Georgina sah, küsste er sie einmal herzlich auf beide Wangen und wandte sich dann mit jovialem Lächeln an John: »Schön, dass Ihr auch mal wieder da seid. Ich wette, es ist schon einige Jährchen her, seit Ihr Euch zuletzt im Parlament habt blicken lassen, nicht wahr?« Damit spielte er auf Johns aktive politische Zeit an, denn sowohl das Oberhaus als auch das Unterhaus waren im Westminster Palace vertreten.

»Sobald Johnny sein Reformvorhaben vorstellt und ins Oberhaus geladen wird, werde ich mich wieder täglich hier sehen lassen. Ich habe nämlich vor, die Debatte höchstpersönlich zu verfolgen.«

»Aber wie Ihr wisst, entwickeln sich dieserlei Dinge zumeist nur sehr langsam«, wandte Grey mit zweifelnder Miene ein. »Trotzdem, und das verspreche ich Euch, werde ich mein Möglichstes tun, um die zeitliche Planung so zu arrangieren, dass das Gesetzeswerk gute Chancen hat.« Aufmunternd griff er nach Herzog Russells Hand und schüttelte sie einmal kräftig. »Und nun, mein Lieber, will ich die Gelegenheit nutzen und der Erste sein, der Euch zu Eurem neuen Titel gratuliert.«

»Was für ein neuer Titel, wenn ich fragen darf?« Irritiert schaute der Herzog von Bedford den Premierminister an.

»Na, ich meine natürlich, dass Ihr von nun an stolzer Träger des Hosenbandordens seid. Ich habe dem König vorgeschlagen, Euch in die Ritterschaft aufzunehmen, und er hat zugestimmt. Das ist doch wohl das Mindeste, was ich tun konnte, für all die Hilfe und die Unterstützung, die Ihr mir habt zukommen lassen.«

»Ich danke Euch vielmals, und ich freue mich schon, mir das begehrte blaue Band anstecken zu dürfen. Es ist wirklich eine große Ehre. Und auch Georgina, vermute ich, wird sich darüber freuen.«

In diesem Moment trat der Sohn des Premierministers, George Grey, vor und begrüßte Louisa und Georgy. »Ich beide seht heute Abend ja mal wieder fantastisch aus«, raunte er mit kameradschaftlichem Grinsen. »Und darum möchte ich mich auch sogleich auf Euren Tanzkarten eintragen. Bei der einen für den ersten Tanz, bei der anderen für den zweiten – das heißt, nur wenn Ihr erlaubt, natürlich. Hinterher werdet Ihr von Aufforderungen doch sicherlich wieder überschwemmt werden. Allerdings wird es heute Abend leider keine *Reels* geben. So viel nur schon einmal vorweg.«

»Dann dürft Ihr *mich* gerne zum ersten Tanz auffordern«, drängte Georgy sich vor und ergriff seinen Arm. »Wisst Ihr zufällig, ob Lord Burlington schon eingetroffen ist?«

»Bis jetzt habe ich ihn noch nicht gesehen. Aber wenn er da ist, soll ich Euch dann vielleicht miteinander bekannt machen?«

»Gütiger Himmel, nein! Wir sind bereits eng befreundet.« Nachdenklich schaute George Grey seine Tanzpartnerin an, erwiderte jedoch nichts.

Unterdessen hatte Teddy Fox Louisa erspäht und steuerte zielstrebig auf sie zu. »Wenn ich Euch um den ersten Tanz bitten dürfte, Mylady? Ich meine, sofern Ihr ihn noch keinem anderen versprochen habt.«

Kaum dass Georgy seine Stimme hörte, wirbelte sie auch schon herum und jauchzte: »Teddy! Eigentlich hatte ich meinen ersten Tanz bereits George versprochen, aber ich bin mir sicher, es macht ihm nichts, wenn Lu und ich die Partner tauschen.« Abrupt ließ sie Georges Arm fallen und hakte sich bei Lord Fox unter.

Louisa wäre vor lauter Scham am liebsten im Boden versunken; sie war ehrlich entsetzt darüber, dass Georgy ihre Vorliebe für Teddy Fox so offen zeigte. Tröstend tastete sie nach Georges Hand und flüsterte: »Ihr seid solch ein geübter Tänzer. Ich freue mich immer, wenn ich mit Euch tanzen darf.« In diesem Moment begann das Orchester auch schon, den ersten Walzer anzustimmen, und mit nachsichtigem Lächeln führte George sie auf die Tanzfläche.

»Im Übrigen«, raunte er nach einigen wenigen Takten, »ist Teddy, wie es scheint, ein wenig enttäuscht. Er wollte offenbar lieber mit Euch den Ball eröffnen.«

Louisa allerdings vermied es, dieses Thema noch weiter zu vertiefen, und entgegnete: »Nun, da Euer Vater der Premierminister ist, wollt Ihr Euch da nicht auch der Politik zuwenden?«

»Nein, das ist nichts für mich. Ich fühle mich bei der Marine noch immer sehr wohl. Das habe ich schon damals gewusst, als ich noch ein kleiner Junge war und Vater Marineminister und Erster Seelord. Bereits da war mir klar, dass ich eines Tages zur See fahren würde. Und als Politiker wiederum kann man ja auch keine Uniform tragen.« Er lächelte ein wenig verlegen. »Obwohl Vater natürlich nach wie vor der Oberbefehlshaber über unsere Kriegsflotte ist. Aber mich zieht es eben eher aufs Meer statt in die Sitzungssäle. Zumal ich schon früher vollkommen begeistert war, wenn Vater mich mit auf die Werften nahm oder auf eines seiner Schiffe.«

»Dann könnt Ihr Euch ja glücklich schätzen, dass es Euch nun gelungen ist, Euren Kindheitstraum zu verwirklichen. Als ich noch ein kleines Mädchen war, wollte ich unbedingt Bühnentänzerin werden. Aber wie es aussieht, werde ich – im Gegensatz zu Euch – meinen Traum wohl begraben müssen.«

»Was soll ich denn dazu bloß sagen, Lady Louisa? Ihr tanzt wirklich wundervoll, aber die öffentliche Bühne … Nun, das wäre wohl tatsächlich nicht das Richtige für Euch.«

Als der Tanz endete, rechnete George damit, dass Teddy bereits neben ihm warten würde, um ihm Louisa zu entreißen. Doch der war nirgends zu sehen, und auch als George suchend den Blick über die Schar der Gäste schweifen ließ, konnte er seinen Freund nicht entdecken. Hatte er Lu etwa vergessen? Doch für lange Überlegungen blieb George in diesem Moment gar keine Zeit, denn schon stimmten die Musiker den zweiten Tanz an, und so freute er sich einfach, dass ihm noch ein weiterer Tanz mit Lady Lu vergönnt war.

»Möchtet Ihr gerne sehen, wo mein Platz im Unterhaus ist, Mylady?«

»Ihr versucht doch wohl hoffentlich nicht, mich zu entführen, Teddy, oder?« Mit provokativem Blick schaute Georgy ihn an.

Als Antwort biss er ihr einmal zart ins Ohrläppchen. »Doch, genau das hatte ich eigentlich vor. Ich kann mir nämlich durchaus noch interessantere Vergnügungen vorstellen, als bloß einen Walzer nach dem anderen zu tanzen.«

»Dann lasst uns entwischen, solange die Musik noch spielt«, kicherte Georgy amüsiert. »Auf diese Weise wird niemand unser Verschwinden bemerken. Überhaupt ist Westminster Palace mit Sicherheit sehr faszinierend. Hier gibt es bestimmt noch viel zu entdecken, viele Zimmer, die man noch gar nicht kennt. Soweit ich weiß, gibt es hier mehr als eintausend Räume, oder irre ich mich?«

Statt einer Antwort duckte Teddy sich mit ihr verstohlen unter einem schmalen Türbogen hindurch, der seitlich von einer der Saalnischen abzweigte.

»Passt auf, Georgy«, flüsterte er mit geheimnisvollem Unterton. »Ich zeige Euch gleich einen Ort, an dem Ihr noch niemals zuvor gewesen seid.«

»Neue Erfahrungen zu machen hat für mich schon immer einen unwiderstehlichen Reiz gehabt.«

Hand in Hand bahnten sie sich ihren Weg durch das Labyrinth von Korridoren, bis sie schließlich vor dem stockfinsteren Ratssaal des Unterhauses angelangt waren. Leise öffnete Teddy die Tür und tastete sich mit Georgy an der Wand entlang. In dem leeren Saal mit der hohen gewölbeartigen Decke erzeugte jedes noch so kleine Geräusch ein beeindruckendes Echo, und unwillkürlich senkten Teddy und Georgy die Stimmen.

»Schon oftmals haben hier die Abgeordneten für einen Krieg gestimmt«, murmelte Teddy mit theatralischem Unterton. »Aber habt Ihr eine Ahnung, wie viele Frauen von sich behaupten können, sich in diesem Saal einmal einem Mann hingegeben zu haben?«

Georgy schlang ihm die Arme um den Hals. »Keine Ahnung. Aber wie wäre es, wenn wir jetzt ganz einfach mal ein Exempel statuieren?«

Voll ungestümer Begierde drückte Teddy sie gegen die Wand, hob ihren lavendelfarbenen Rock mitsamt den duftigen Unterröcken hoch und legte seine Hand auf ihren weichen Schamhügel. »Ihr seid immer bereit für mich, Georgy.«

Ohne zu zögern griff Georgy hinunter und strich mit den Fingerspitzen über seine harte Männlichkeit, die sich deutlich unter dem Stoff seiner Hose abzeichnete. »Und was ist mit Euch, Teddy? Ich habe ganz den Eindruck, als ob wir beide uns da in nichts nachstehen.«

Mit vor Erregung zitternden Fingern knöpfte er seine Hose auf und zog sein steifes Glied heraus, um dann augenblicklich mit einem kraftvollen Stoß in Georgys Schoß einzudringen. Als er spürte, wie sie mit beiden Händen seine Pobacken packte und sie drückte, stöhnte er laut auf vor Wonne – ein Geräusch, das in dem großen Ratssaal mit der hohen Gewölbedecke ein geradezu unheimlich anmutendes Echo erzeugte.

Jedes Mal, wenn Teddy zwischen ihre Schenkel stieß, prallte Georgys Po mit einem dumpfen Laut gegen die holzvertäfelte Wand. Durch die spezielle Akustik in dem leeren Saal wurde das Geräusch noch um ein Vielfaches verstärkt, sodass es sich schließlich wie ein rhythmisches Trommeln anhörte. Georgy musste unwillkürlich kichern, und das von den Wänden widerhallende Echo klang wie eine Geisterstimme, so als ob irgendein körperloses Wesen ihr wildes Treiben von oben beobachtete und sich über sie lustig machte. Einen Moment später spürte Georgy, wie die Muskeln in ihrem Inneren sich zusammenzogen, und augenblicklich kam Teddy zum

Höhepunkt und ergoss mit einem gedämpften Aufstöhnen der Befriedigung seinen heißen Samen in ihren Schoß. Unmittelbar darauf glitt er auch schon wieder aus ihr heraus, ohne sich darum zu kümmern, dass Georgy noch immer erregt war und ihr Verlangen keineswegs befriedigt.

Während Teddy rasch seine Kleidung wieder in Ordnung brachte, bewegte Georgy sich weiter in den großen Saal hinein. Langsam wanderte sie an den Reihen von grünen Bänken entlang, bis sie ganz unten in der Mitte des Plenums angekommen war. An dem einen Ende stand der Sessel des Speakers, des Präsidenten des Unterhauses. Zielstrebig marschierte Georgy darauf zu und ließ sich auf dem Platz nieder.

Teddy, der ja nun bekommen hatte, was er hatte haben wollen, drängte es, den Sitzungssaal so schnell wie möglich wieder zu verlassen. »Wir sollten jetzt besser gehen«, mahnte er.

Georgy jedoch war noch längst nicht fertig mit dem Herrn Abgeordneten. »Warum denn so eilig? Mir macht es Spaß, hier zu sein.« Mit neckisch gekrümmtem Zeigefinger winkte sie Teddy zu sich her. »Was müsste ich tun, um Euch dazu zu bringen, noch ein Weilchen zu bleiben?«

Teddy trat ein paar Schritte auf sie zu, blieb dann aber neben dem Tisch des Hauses stehen, der in der Mitte des Saales stand. »Nicht doch, Georgy. Es könnte jemand kommen.«

Georgy griff seine Formulierung auf und machte ein Wortspiel daraus. »Es könnte aber auch gut sein, dass jemand *noch einmal kommt*«, versprach sie und lächelte ihn dabei verführerisch an.

Prompt spürte Teddy, wie in seinen Lenden erneut heiß das Blut zu pulsieren begann.

Als er jedoch noch immer keine Anstalten machte, auf ihre Aufforderung einzugehen, erhob Georgy sich wieder von ihrem Platz. »Tja, wenn der Berg nicht zum Propheten kommen will … Was hat eigentlich diese Linie hier zu bedeuten, die über die Mitte des Saalbodens verläuft?«, fragte sie, während sie auf Teddy zuging.

»Wenn ein Abgeordneter einer Partei vortritt, um das Wort zu ergreifen, muss er hinter dieser Linie da bleiben.«

Spielerisch hüpfte Georgy von einer Seite auf die andere. »Also, ich halte mich nie an Verbote. Ich find's langweilig, immer hübsch brav und linientreu zu sein.«

»Genau das gefällt mir so an Euch, Mistress Russell.«

Mit einer lasziven Bewegung ließ sie ihre Hand über die Platte des massiven Eichentisches gleiten. »Ich werde mich jetzt hier drauflegen, die Augen schließen und mir vorstellen, dass sämtliche Bänke hier im Saal dicht an dicht mit Abgeordneten besetzt sind.«

Voller Erregung beobachtete Teddy, wie Georgy ihren Worten unverzüglich die Tat folgen ließ, indem sie ihre Röcke bis über die Hüften hinauf raffte und dann mit ihrem nackten Po über die polierte Tischplatte glitt. Und da wusste Teddy, dass er nie wieder diesen Tisch würde anschauen können, ohne im Geiste unwillkürlich wieder diese Szene vor sich zu sehen, wie Georgy dort in solch schamlos-aufreizender Pose lag. Hastig und mit zitternden Fingern knöpfte er seine Hose auf und kletterte auf den Tisch, um sich auf Georgy zu legen. Als er ihre schimmernden weißen Schenkel streifte, spürte er, wie sein Schaft augenblicklich noch länger und härter wurde. »Nun, wie gefällt Euch das hier, Frau Abgeordnete?« fragte er mit vor Erregung rauer Stimme, und schon drang er mit einem kraftvollen Stoß in sie ein und erstickte ihren wollüstigen Aufschrei mit einem leidenschaftlichen Kuss.

Nur einen kurzen Augenblick nachdem Teddy zum Erguss gekommen war, erlebte auch Georgy endlich den Höhepunkt der Verzückung. Als Teddy erschöpft über ihr zusammenbrach, biss sie ihm spielerisch ins Ohrläppchen und flüsterte: »Der Herr Abgeordnete für Horsham hat dem Haus soeben einen Akt der Unzucht dargeboten. Alle, die dafür sind, heben bitte die Hand und rufen laut ›Ja‹!«

»Wenn ich Euch um diesen Tanz bitten dürfte?«

Wie oft hatte Lu diesen Satz mittlerweile schon gehört? Dennoch lächelte sie liebenswürdig und entgegnete: »Aber mit dem größten Vergnügen, Lord Kerry. Da fällt mir ein – ist ›Kerry‹ nicht ein irischer Titel?«

»Aber ja. Mein Vater wurde zum Grafen von Kerry ernannt, als sein Cousin verstarb, ohne eigene Nachkommen zu hinterlassen.«

»Ich verstehe.« Louisa nickte einmal. »Und nun wurde Euer Vater ja auch noch zum Ratspräsidenten ernannt. Vergebt mir meine Unwissenheit, Lord Kerry, aber seid Ihr nicht ebenfalls Parlamentsmitglied?«

»Auch das ist richtig. Ich bin Abgeordneter für den Wahlkreis Calne in Wiltshire. Bitte, möchtet Ihr mich nicht einfach ›Tom‹ nennen, Lady Lu?«

Louisa zuckte nonchalant mit den Achseln. »Ja, warum eigentlich nicht? Da ja auch Euer Vater und meine Mutter bereits enge Freunde sind, spricht ja wohl nichts dagegen.« Freundschaftlich lächelte sie ihn an.

»Wusstet Ihr eigentlich«, fuhr Tom aufgeregt fort, »dass mein Vater einst um die Hand Eurer Mutter angehalten hat?«

Erstaunt riss Louisa die Augen auf. »Soll das etwa heißen, sie hat seinerzeit den Marquis von Lansdowne abgewiesen?«

»Nun, um bei der Wahrheit zu bleiben: Damals war er ja noch gar kein Marquis. Damals war mein Vater bloß Lord Petty.«

Aha!, dachte Louisa. Das erklärt auch, warum Mutter seinen Antrag nicht angenommen hat. Laut erwiderte sie: »Dann freut es mich natürlich ganz besonders, dass sie dennoch über all die Jahre hinweg so gute Freunde geblieben sind.«

»Ja, auch ich bin darüber sehr froh.« Tom verstummte. Dann holte er einmal tief Luft und raunte: »Denn hätten die beiden schließlich doch noch geheiratet, dann wären wir beide ja nun Bruder und Schwester.«

»Um Himmels willen!«, lachte Louisa unbekümmert. »Ich habe schon jetzt viel zu viele Brüder. Noch einen davon brauche ich ganz bestimmt nicht.« Oje, seufzte sie einen knappen Wimpernschlag später im Stillen. Er sieht mich so komisch an. Ich glaube, ich habe da gerade genau das Falsche gesagt. »Andererseits …«, lenkte sie hastig ein, und in Toms Augen erschien ein hoffnungsvolles Aufleuchten. »Andererseits wärt Ihr bestimmt ein ganz fantastischer *Bruder* geworden, Lord Tom.« Abrupt verblasste das Leuchten in seinen Augen wieder, und wo eben noch Hoffnung gewesen war, regierte nun nur noch tiefe Enttäuschung. Hastig bedankte Lu sich bei ihm für diesen Tanz und eilte zu Johnny hinüber.

»Johnny, Gott sei Dank, dass du endlich da bist. Ich glaube, Lord Kerry hat sich in mich verliebt. Er hat mir erzählt, dass sein Vater einst Mutter einen Antrag gemacht hätte, und ich hatte schon Angst, dass er das zu einer Tradition machen will.«

»Meine liebe Louisa, die Ehe ist doch kein Todesurteil. Zumal genau das doch auch der Hintergrund dieser ganzen Debütantinnenbälle ist. Man debütiert, um Anträge zu erhalten! So einfach ist das.«

»Trotzdem macht mir der Gedanke zu heiraten richtig Angst. Und aufs Kinderkriegen freue ich mich ganz sicher auch nicht. Als Frau hat man so wenig Kontrolle über sein eigenes Leben. Männer können tun und lassen, was sie wollen. Wir Frauen können das nicht. Stattdessen wird man einfach vom Vater an den Ehemann weitergereicht. Und der wiederum hat dann die komplette Kontrolle über dich. Mutter und Vater waren zwar immer glücklich miteinander, aber jeder weiß, dass eine so glückliche Ehe nur den wenigsten Frauen beschieden ist. Tante Susans Ehemann hat sich sogar von ihr scheiden lassen und ihr dann auch noch die Kinder entrissen.«

»So schlimm ist es nun auch wieder nicht«, beschwichtigte Johnny sie. »Und wenn du dich nicht ganz dumm anstellst, dann wickelst du deinen Mann sowieso um den kleinen Finger. Schau dir deine eigene Mutter an. Ich wette, in neunzig Prozent der Fälle setzt sie ihren Kopf durch und nicht unser Vater.«

»Das mag ja alles sein. Allerdings vergöttert er sie ja auch regelrecht. Darum kann er ihr auch keinen Wunsch abschlagen.«

»Und damit hast du dir die Antwort auf die Frage, was eine glückliche Ehe ausmacht, gerade selbst geliefert! Finde auch du einen Mann, der dich anbetet, und schon ist die Sache klar.« Nachdenklich ließ er einmal den Blick durch den Saal schweifen, als er plötzlich James Hamilton entdeckte sowie dessen Bruder Claud. »Wenn man vom Teufel spricht …«, murmelte er wie zu sich selbst.

»Das kannst du laut sagen!« Louisa reckte das Kinn und wandte sich ohne zu zögern an Abercorn. »Ja, was sehe ich denn da? Was machen denn die Torys auf dem Ball des Premierministers?«

»Gib dich nicht dümmer, als du bist«, schalt Johnny sie. »Du weißt doch ganz genau, dass der Premierminister den Vorsitz über beide Parteien hat – sowohl über die Konservativen als auch über die Liberalen. Genauso wie er auch über beide Häuser präsidiert – über das Unterhaus genauso wie über das Oberhaus.«

»Man kann eben nicht immer Glück haben«, zischte Lu und funkelte ihren Bruder böse an.

»Dürfte ich Euch dennoch um den nächsten Tanz bitten?«, fragte Claud höflich.

Abrupt setzte Louisa ihr strahlendstes Lächeln auf und entgegnete: »Aber mit dem größten Vergnügen.«

»Mein Bruder James hat mir schon mehrfach berichtet«, erzählte Claud, »wie erfrischend er Eure kleinen Neckereien findet. Im Übrigen hat auch er selbst einen ausgeprägten Sinn für Humor.«

»Mir scheint, Ihr idealisiert Euren Bruder ein ganz klein wenig«, entgegnete Lou betont leichthin.

»Da muss ich Euch leider entschieden widersprechen!« Plötzlich wurde Claud seltsam ernst. »James ist nämlich immer wie ein Vater für mich gewesen. Ohne seinen unverbrüchlichen Rückhalt und seine Liebe hätte ich die vergangenen Jahre bestimmt nicht ertragen.«

»Ihr meint den frühen Tod Eures Vaters?«, erkundigte Lu sich vorsichtig.

»Das und vor allem die Tatsache, dass wir Aberdeen zum Stiefvater haben. Er war von jeher ein Tyrann, und nur allzu gerne hat er uns seine harte Hand spüren lassen. James dagegen hat mich immer beschützt und sogar manches Mal die Schuld auf sich genommen, wenn im Grunde ich derjenige war, der mal wieder über die Stränge geschlagen hatte. Nicht wenige der Stockschläge, die eigentlich ich hätte ertragen müssen, hat er für mich eingesteckt.« Traurig schaute er sie an. Dann aber trat in seine Augen plötzlich wieder ein Ausdruck größter Genugtuung. »Aber inzwischen hat das Blatt sich ja glücklicherweise gewendet. Heute traut dieser Schlächter sich nicht mehr, die Hand gegen uns zu erheben. Er weiß mittlerweile eben, dass wir uns im Zweifel durchaus zu wehren wissen.«

Trotz der aufgeheizten Luft im Saal überlief Lu ein Frösteln. Sie hatte von Anfang an geahnt, dass Abercorn auch eine sehr dunkle, eine gefährliche Seite an sich hatte. Er hat ein unsägliches Temperament, dachte sie im Stillen. Mag sein, dass er sich im Allgemeinen gut unter Kontrolle hat. Aber sollte er doch einmal wirklich aus der Haut fahren und die Beherrschung verlieren … Sie schluckte. Dann hätte das für seinen Widersacher mit Sicherheit ein tödliches Ende.

Aufmerksam beobachteten Johnny und Abercorn das tanzende Paar. »Bei Eurem Bruder fühlt meine Schwester sich offenbar geborgen«, murmelte Lord John. »Ich vermute mal, weil sie genau spürt, dass er kein Interesse an ihr hat. Zeigt ein Mann ihr hingegen offen seine Zuneigung, dann meidet sie ihn ab sofort wie der Teufel das Weihwasser.«

»Das kommt daher, dass sie eine höllische Angst davor hat, dass jemand ihre Verletzlichkeit erkennt«, erwiderte James.

»Oh ja. Sie wird regelrecht panisch, wenn es um das Thema ›Heiraten‹ geht. Und auch vom Kinderkriegen hält sie nur wenig. Sie hat einfach Angst, dass ihr Ehemann irgendwann die Kontrolle über sie erlangt. Der Gedanke, eines Tages als Ehefrau und Mutter zu enden, ist ihr von jeher ein Graus gewesen. Schon als sie noch ein kleines Mädchen war, hatte sie vor allen geschworen, dass sie sich ihren Lebensunterhalt selbst verdienen wolle, und zwar als Tänzerin. Dann jedoch, als sie ungefähr zwölf war, erfuhr sie, dass es sich einfach nicht schickt, wenn die Tochter eines Herzogs sich für Geld auf einer Bühne präsentiert. Die arme Lu war außer sich vor Kummer. Und mindestens das gesamte folgende Jahr hat sie den Kopf hängen lassen, wenn das Gespräch wieder auf ihre Zukunftspläne kam.«

»In jedem Fall scheint es eine ganze Reihe von Mitbewerbern um ihre Hand zu geben. Ich nehme mal an, dass ich Lord Kerry ebenfalls auf die Liste setzen muss?«

»Unsinn. Macht Euch seinetwegen mal keine Gedanken, James. Louisa hat doch längst begriffen, dass er Gefühle für sie hegt, und wird ihn in nächster Zeit sicherlich erst mal nur noch mit der Kneifzange anfassen, um es mal salopp auszudrücken.«

Abercorn grinste. »Und selbst wenn. Konkurrenz hat mich noch nie geschreckt. Im Gegenteil, zumeist spornt mich das erst recht an, und ich entwickle noch mehr Siegeswillen.«

Der Walzer endete, und galant führte Claud Lu zurück zu James und ihrem Bruder. Lu rechnete bereits fest damit, dass Abercorn sie zum nächsten Tanz auffordern würde, und freute sich schon darauf, ihm einen Korb zu geben. Doch nichts dergleichen geschah, denn James blieb einfach stehen und unterhielt sich weiter mit Lord John. Enttäuscht sah sie ihn an.

Kurze Zeit später verbeugte der Graf von Edgecombe sich vor ihr und bat sie, mit ihm zu tanzen. Louisa lächelte etwas bemüht und erlaubte ihm, sie auf die Tanzfläche zu geleiten. Dabei musste sie all ihre Willenskraft aufbringen, um nicht dauernd auf sein fliehendes Kinn zu starren. Der Arme!, seufzte sie im Stillen. Aber man kann sich seine Ahnen eben nicht aussuchen. Unwillkürlich musste sie an Abercorns kantig-maskulines Kinn denken und hätte sich dafür nur wenig später am liebsten selbst geohrfeigt. Der muss sich um sein Aussehen jedenfalls keine Sorgen machen!, dachte Lu. Jeder sieht, dass er offenbar von einer langen Reihe höchst dominanter Iren abstammt.

Kaum dass irgendwann auch dieser Walzer endete, tauchte vor Louisa wieder der Graf von Winterton auf. Wie angenehm, endlich mal wieder ein hübsches Gesicht vor sich zu haben, dachte sie, und nahm seine Aufforderung dankend an.

»Ich bin ein großer Bewunderer Eures Onkels«, raunte Winterton, augenscheinlich bemüht, ein wenig Konversation zu betreiben. »Der Herzog von Richmond, Lord Lennox, war ein ganz außergewöhnlicher Kricketspieler.« Damit rückte er noch ein Stückchen näher an Lu heran, ganz so, als wollte er ihr ein Geheimnis verraten, und erklärte: »Übrigens haben er und ich eine ganze Menge gemeinsam. Lennox hat für Sussex gespielt, und auch ich spiele für Sussex! Außerdem war auch er ein rechtshändiger Schlagmann, ebenfalls genau wie ich.«

»Ist ja unglaublich!« Louisa gähnte verstohlen, während ihr Blick ins Leere ging. Der Ehemann ihrer Tante Charlotte war schon vor über zehn Jahren gestorben, und selbst, als er noch lebte, hatte Louisa ihn nicht ein einziges Mal spielen sehen. Zumal sie Kricket ohnehin nur mit ihren Brüdern assoziierte, die die harten hölzernen Schläger aber meist dazu zweckentfremdeten, um sich gegenseitig Streiche zu spielen. Und überhaupt dachte sie bei diesem Sport eher an ein ziemlich raues Vergnügen statt an den hehren Wert, den offenbar der gute Winterton ihm zumaß.

Als Georgy schließlich in den Ballsaal zurückkehrte, hielt sie als Erstes nach Lord Burlington Ausschau. Und sie hatte Glück und entdeckte ihn sofort, sodass sie sich zügig einen Weg durch die Menge bahnte, bis sie schließlich direkt neben ihm stand. Angestrengt überlegte sie, was sie denn jetzt bloß sagen sollte, um seine Aufmerksamkeit zu erlangen. Plötzlich fiel ihr wieder ein, was Louisa ihr erst an diesem Nachmittag erklärt hatte, und säuselte: »Hallo, William. Schön, Euch wiederzusehen. Wie ich gehört habe, ist der Herzog von Devonshire von Premierminister Grey zum Schatzkanzler ernannt worden?«

»Ja, so ist es, Lady Georgy. Die führenden Familien aus dem Kreise der Whigs haben endlich wieder die Macht erlangt.« Neugierig musterte er sie einmal von Kopf bis Fuß. »Würdet Ihr gerne mit mir tanzen? Ich muss sagen, unser *Zusammenspiel* auf Eurem Debütantinnenball ist mir lebhaft in Erinnerung geblieben.«

Mit einem koketten Blick ließ sie sich in seine Arme sinken. Ihr möchtet mich wohl abermals vor Euch auf den Knien liegen sehen, stimmt's?, dachte sie im Stillen. Schön, dann will ich Euch diese Hoffnung nicht nehmen. Allerdings müsst Ihr Euch da noch ein wenig gedulden, denn obgleich Ihr den Köder zwar widerstandslos geschluckt habt, hab ich Euch zurzeit doch trotzdem noch nicht fest am Haken. Ich werde Euch also wohl noch ein wenig hinhalten müssen, bis Ihr mir endlich einen Antrag macht! Laut säuselte sie hingegen: »Übrigens habt Ihr mir da bei unserem letzten Ball ein paar sehr interessante Schritte beigebracht. Und Ihr wart solch ein wundervoller Lehrer. Ich habe meine Unterrichtsstunde ehrlich genossen. Ja, das kann man so sagen.«

»Es scheint ganz so, als ob wir beide Gefallen an den gleichen Dingen hätten«, stimmte er ihr mit schelmischem Blick zu. »Wenn wir also auch weiterhin fleißig üben, dann werden wir vielleicht ja noch echte Könner auf diesem Gebiet.«

»Ich stimme Euch zu, was das Zusammenpassen angeht.« Mit vielsagendem Zwinkern leckte Georgy sich einmal über die Lippen.

»Wie wäre es also, wenn wir uns gleich einmal auf die Suche machten nach einem etwas abgeschiedeneren Eckchen? Irgendein Ort, an dem wir uns einmal ganz in Ruhe miteinander … unterhalten können?«

»Aber gerne. Wie könnte ich einer solchen Einladung auch widerstehen? Vorher möchte ich aber gerne noch meinen Durst stillen. Ein Glas Champagner wäre schön.«

»Heißt es nicht sogar, dass Champagner die Hemmungen löst?«

»In jedem Fall prickelt er sehr angenehm auf der Zunge.«

Kaum dass Georgy ihre Zunge erwähnte, wurde Burlingtons Gemächt auch schon von einer Woge heißen Blutes durchströmt, und mit vor Erregung klopfendem Herzen führte er seine Begleiterin in den Saal mit dem Büfett, wo man sich an den köstlichen Getränken gütlich tat.

Graziös nahm Georgy das Glas entgegen, das er ihr reichte. Ehe sie davon trank, spielte sie jedoch zunächst ein wenig daran herum und sah den jungen Burlington dabei kokett-herausfordernd an. Langsam strich sie mit dem Finger um den Glasrand, tauchte ihre Fingerspitze kurz in das perlende Getränk, um sie anschließend in den Mund zu stecken und demonstrativ daran zu saugen. »Mhmm, köstlich!«, seufzte sie und wiederholte diese Geste noch einmal, ehe sie das Glas schließlich in einem einzigen Zug leerte.

Ungeduldig griff Burlington nach ihrer Hand.

»Halt!«, wies sie ihn zurück. »Zuerst hätte ich gerne noch ein Glas. Ehe Ihr mich verführt, meine ich.« Sofort reichte William ihr das nächste. »Vielen Dank, Ihr seid ein echter Gentleman. Das wird meinen Appetit gewiss anregen.« Genüsslich nippte sie an dem Glas und ließ sich diesmal bewusst etwas mehr Zeit, während sie heimlich den Blick durch den Saal schweifen ließ und bereits fieberhaft über eine Ausrede nachdachte, um nicht auch noch mit Burlington intim werden zu müssen. An diesem Abend sollte er nämlich unbefriedigt nach Hause gehen. Sie wollte, dass er ihre Gefälligkeiten nicht als selbstverständlich hinnahm, sondern sich nach ihrem sinnlichen Mund regelrecht verzehrte.

Plötzlich entdeckte sie ganz in ihrer Nähe Teddy Fox und rief: »Liebster Teddy, vergebt mir.« Erstaunt drehte er sich zu ihr um. »Es tut mir ja so leid, dass Ihr mir nun schon hinterherlaufen müsst. Ich hatte vollkommen vergessen, dass ich ja auch Euch einen Tanz versprochen hatte.« Zügig leerte sie ihr Glas und murmelte an Burlington gewandt: »Er ist ein enger Freund der Familie. Ich möchte ihn nicht enttäuschen. Ihr versteht das doch wohl hoffentlich, oder?« Dann, nach einem kurzen Blick auf die unübersehbare Vorwölbung in seiner Hose, fügte Georgy noch hinzu: »Diese Zigarre da rauche ich später noch. Versprochen.«

Ohne ein Wort führte Teddy sie aus dem Speisesaal hinaus. Erst als sie draußen waren, raunte er: »Georgy, ich bitte Euch! Was sollte das denn gerade?«

Geistesgegenwärtig beschloss Georgy, den einen gegen den anderen auszuspielen, und flüsterte mit scheinbar besorgter Miene: »Er ist ja so besitzergreifend! Ich habe allen Grund zu der Annahme, dass er eine Ehe mit mir anstrebt. Immerhin bin ich die Tochter des Herzogs von Bedford.«

»Dann können wir ja von Glück reden, dass er nicht weiß, welchen Experimenten wir uns vorhin hingegeben haben.«

»Da wäre ich mir nicht so sicher. Im Gegenteil, ich habe sogar den Eindruck, dass er speziell nach einer Frau mit ein bisschen Erfahrung sucht.«

Erst bei einem der letzten Walzer – es war schon in den frühen Morgenstunden – bat James Lu, mit ihm zu tanzen. Den ganzen Abend über hatte sie schon mit dieser Aufforderung gerechnet, doch nichts war geschehen, sodass sie irgendwann zu dem Ergebnis gekommen war, dass er wohl genug von ihr hatte und sie gar nicht mehr auffordern würde. Es folgte eine Phase der Grübelei darüber, ob sie über sein Desinteresse nun enttäuscht sein sollte oder eher erleichtert. Eine Grübelei, die, als er sie dann doch aufforderte, noch nicht ganz abgeschlossen war, sodass sie James für einen kurzen Moment erst einmal nur verdutzt ansah.

Mit schelmisch blitzenden Augen blickte er auf sie hinab. »Ihr fragt Euch wohl, warum ich Euch nicht eher aufgefordert habe?« Konnte er etwa Gedanken lesen? »Lasst es mich also mal so formulieren: Ich habe mir das Beste eben bis zum Schluss aufgespart.«

»Ihr wollt mir wohl schmeicheln? Das funktioniert bei mir leider nicht«, erwiderte Lu und zitierte schließlich seine eigenen Worte von ihrem Debütantinnenball: »Da steckt doch bestimmt noch etwas anderes dahinter, nicht wahr?« Verschmitzt grinste sie ihn an.

»Da habt Ihr leider recht«, gestand James ein. »Es war reiner Selbstschutz, dass ich Euch nicht schon eher gefragt habe. Hätte ich Euch nämlich schon bei einem der früheren Tänze aufs Parkett gebeten, dann hättet Ihr meine Aufforderung doch bestimmt abgelehnt, nicht wahr?«

»Ihr seid ein Teufel. Und ein scharfsinniger noch dazu.«

»Wie darf ich das jetzt verstehen? Meint Ihr das als Kompliment oder eher als Kritik?«

»Vermutlich beides.« Louisa war zu müde, um noch weiter Spielchen zu spielen, und antwortete ehrlich: »Eure Cleverness bewundere ich. Ja, wirklich. Die Tatsache hingegen, dass Ihr mich schon so gut kennt, macht mir ein bisschen Angst. Offenbar besitzt Ihr eine sehr viel schärfere Beobachtungsgabe als die meisten Männer.«

»Vielleicht. Ich kann Euch ja mal verraten, was ich glaube, an Euch bereits erkannt zu haben – mal sehen, ob es stimmt. Zunächst einmal seid Ihr genauso schön wie Eure Mutter, das liegt auf der Hand. Allerdings teilt Ihr nicht ihre Freude am gesellschaftlichen Miteinander. Genau genommen verabscheut Ihr diese Bälle sogar. Na, habe ich recht?«

»Sagen wir so …«, räumte Louisa ein. »Ich finde es ziemlich anstrengend, nun offiziell als Mitglied der Gesellschaft zu gelten. Außerdem finde ich, dass wir Debütantinnen zur Schau gestellt werden wie irgendein köstliches Dessert; es ist, als ob unsere einzige Bestimmung darin bestände, zu warten, bis uns irgendein Gentleman aufpickt. Ich persönlich empfinde das Ganze jedenfalls als ziemlich entwürdigend.«

»Ich verstehe.« Nachdenklich schaute Abercorn sie an. »Ihr tanzt lieber allein auf einer Bühne als in einem überfüllten Ballsaal und mit einem Mann, der Euch zwingt, sich seinen Schritten anzupassen. Natürlich lasst Ihr Euch auch gerne bewundern; doch das lieber nur von ferne.«

Ernst erwiderte Lu seinen Blick. »Womöglich habt Ihr recht.« Sie atmete einmal tief durch. »Und nun erzähle ich Euch einmal, was ich bereits an Euch beobachtet habe. Nach außen hin gebt Ihr Euch immer sehr charmant. In Wahrheit aber ist das bloß die Maske, hinter der sich Euer eiserner Wille verbirgt. Denn wenn man Euch mal näher kennenlernt, erkennt man, dass Ihr ein sehr dominanter und zielstrebiger Mensch seid. Und Ihr fühlt Euch eigentlich auch erst dann richtig wohl, wenn Ihr alles unter Kontrolle habt. Unter dieser vielschichtigen Oberfläche allerdings hegt Ihr bloß einen einzigen Wunsch: Ihr wärt gern Teil einer großen und liebevollen Familie.«

»Dann könnt Ihr ja im Grunde auch einfach jetzt schon Ja sagen und hättet damit dieses ganze Debütantinnen-Prozedere hinter Euch.«

Louisa schnappte überrascht nach Luft. War das etwa bereits ein offizieller Heiratsantrag? Forschend blickte sie James in die Augen und erkannte schließlich das neckende Funkeln darin. Nein, entschied sie im Stillen. Der spielt nur mit mir, dieser irische Teufel!

· 11 ·

Zum Atelier von Madame Madeleine, bitte.« Aufgeregt reichte Georgy dem Kutscher den Zettel mit der Adresse. Da sie nämlich das lavendelfarbene Kleid völlig ruiniert hatte, indem sie irgendetwas Klebriges darübergeschmiert hatte, stand für sie nun ein weiterer Termin bei der angesagtesten Schneiderin von ganz London an, um sich ein neues Ballkleid anfertigen zu lassen.

»Ich komme aber nicht mit«, erklärte Lu, als sie hinter Georgy in die herzogliche Equipage stieg.

»Das gibt's doch gar nicht! Du durchtriebenes Ding. Dann hast du also bereits ein heimliches Stelldichein. Sag schon, mit wem triffst du dich? Doch wohl hoffentlich nicht mit Teddy.«

»Mach dich nicht lächerlich, Georgy. Mit dem doch nicht. Aber wenn du es unbedingt wissen willst: Ich gehe ins Theater, um mir die Nachmittagsvorstellung von *The Brigand* anzusehen. Sobald der Kutscher uns abgesetzt hat, nehme ich mir eine Droschke und fahre zum Covent Garden Theatre.«

»Aber du hast das Stück doch schon gesehen.«

»Ich könnte es mir einen kompletten Monat lang jeden Tag aufs Neue anschauen und wäre es noch immer nicht leid. Ich liebe einfach alles an diesem Stück, an diesem ganzen Theater.«

»Aber ich dachte, du hilfst mir, den Schnitt und die Farbe auszusuchen. Du hast ein viel besseres modisches Gespür als ich. Mal abgesehen davon würde Mutter es ganz gewiss nicht gutheißen, wenn du vollkommen allein durch London irrst.«

»Und genau darum vertraue ich ja darauf, dass du ihr nichts davon erzählen wirst. Zumal ich mir ziemlich sicher bin, dass Mutter, als sie in meinem Alter war, sich auch nicht mehr hat vorschreiben lassen, wohin sie gehen durfte und wohin nicht.«

»Wenn du unbedingt meinst. Aber ich sage dir etwas: Dafür wirst du dich revanchieren! Irgendwann kommt der Tag, an dem auch ich etwas zu verstecken habe, und dann vertraue ich darauf, dass du ebenfalls dichthältst. Außerdem finde ich es ziemlich egoistisch von dir, mich ausgerechnet bei der Kleideranprobe alleinzulassen.«

In der Bond Street angekommen, verließen die beiden jungen Frauen das elegante Gefährt, woraufhin ihr Kutscher sofort weiterfuhr, um einen geeigneten Platz zum Parken zu finden. Sobald die Kutsche sich wieder in Gang gesetzt hatte, huschte Louisa auf die andere Straßenseite und winkte eine Mietdroschke heran.

»Kathleen … Kitty, ich muss schon sagen – Ihr habt es Euch hier wirklich sehr gemütlich gemacht.«

»James, wie soll ich Euch nur jemals dafür danken, dass Ihr mir solch eine fantastische Unterkunft zur Verfügung stellt?«

»Ihr braucht mir dafür nicht zu danken. Ich sehe es einfach als meine Pflicht an, Euch während Eures Aufenthalts in London ein sicheres Zuhause zu bieten.« Aufmerksam schaute er sich in dem kleinen Apartment um, das er in einem der hochherrschaftlichen Häuser in der Maiden Lane für sie gemietet hatte. Allerdings verschwieg er ihr, dass er der Vermieterin noch einen kleinen Bonus gezahlt hatte, damit diese stets ein wachsames Auge auf ihre junge Mieterin behielt. »In jedem Fall«, fuhr James fort, »freue ich mich sehr, dass es Euch hier gefällt. Und da Ihr ja heute in der Nachmittagsvorstellung mitspielt, wie wäre es da, wenn ich Euch einfach bis zum Theater begleite? Ich schätze, dass man von hier auch bequem zu Fuß bis nach Covent Garden kommt?«

»Ja, das ist einer der vielen Vorteile daran, wenn man in Maiden Lane wohnt. Alles ist so zentral.«

Galant half Abercorn Kitty in ihren Mantel und beobachtete dann voller Genugtuung, wie sie sorgsam die Tür abschloss. Gemütlichen Schrittes passierten sie das *Rules Restaurant* ganz am Ende der Straße. »Ich glaube, das hier ist das älteste Lokal von ganz London«, erklärte er. »Irgendwann, wenn Ihr mal wieder eine Abendvorstellung habt, werde ich Euch im Anschluss hierhin ausführen.«

»Das wäre wirklich fantastisch. Es ist so elegant dort. Außerdem sind da auch jede Menge Berühmtheiten zu Gast. Ich habe schon so manchen von ihnen hineingehen gesehen.«

James lächelte. »Eines Tages könntet Ihr vielleicht zu dieser illustren Truppe dazugehören. Und dann werde ich vor meinen Freunden damit prahlen, dass ich schon mit Kitty Kelly befreundet war, als sie noch im Chor sang.«

Kitty lächelte geschmeichelt und stellte sich bereits vor, wie sie vielleicht irgendwann die begehrteste Dame von ganz London wäre – und Abercorns Geliebte, wenn sie es nur ein wenig geschickt anstellte.

Genau in dem Moment, als die beiden schräg über die Straße auf das Theater zustrebten, entdeckte James plötzlich Lady Louisa Russell, die gerade aus einer der Mietdroschken ausstieg. Verdutzt beobachtete er, wie sie auf das Kartenhäuschen zueilte, und schloss daraus, dass sie sich wohl die Vorstellung ansehen wollte. Vor allem aber war sie diesmal ganz allein, sodass er Kitty nur noch rasch bis zum Bühneneingang begleitete und sich dann auch schon von ihr verabschiedete. Er hatte Dringlicheres zu tun.

Neugierig schlenderte er zurück zur Vorderseite des Theaters und beschloss, sich ebenfalls die Nachmittagsvorstellung anzusehen. Er kaufte eine Karte, betrat das Theater und schaute als Erstes zu der Privatloge der Russells hinauf. Doch die war leer, und so vermutete er, dass Louisa wohl irgendwo im Publikum saß. Geduldig wartete er, bis die Lichter ausgingen und der Vorhang sich hob; erst dann schritt er langsam an den Stuhlreihen vorbei und musterte die dort versammelten Matronen. Schließlich entdeckte er Louisa – sie saß natürlich ganz vorne – und nahm leise den Platz unmittelbar hinter ihr ein. Lu war so konzentriert auf das Stück und die Darsteller, dass sie gar nicht bemerkte, was sonst noch um sie herum vor sich ging.

James lächelte, als er hörte, wie sie leise die Lieder mitsang. Und er ahnte bereits, dass sie sich im Stillen regelrecht danach verzehrte, ebenfalls dort oben auf der Bühne zu stehen und mitzuspielen. Überhaupt schien sie die Vorstellung sehr zu genießen, und so entschied er, dass er lieber bis zur Pause warten würde, ehe er sich ihr zu erkennen gab.

Langsam wurde der Vorhang hinabgelassen, und das Publikum klatschte und pfiff voller Begeisterung, sodass James die Gelegenheit nutzte, um sich leicht auf seinem Sitz vorzubeugen und zu murmeln: »Lady Lu ist offensichtlich bühnensüchtig, nicht wahr?«

Entsetzt drehte sie sich zu ihm um. »Ihr Schuft! Wie könnt Ihr mich nur so erschrecken? Ich hätte beinahe einen Herzinfarkt bekommen.«

James hingegen grinste bloß. »Aber doch nicht, weil ich Euch plötzlich anspreche, sondern weil Ihr wisst, dass Ihr gerade etwas sehr Ungehöriges tut.«

Empört schaute Lu ihn an. »Ich habe in meinem ganzen Leben noch nichts Ungehöriges getan.«

»Bislang vielleicht noch nicht«, neckte er sie. »Aber verspürt Ihr nicht auch ab und zu das Verlangen, irgendwann etwas Verbotenes zu wagen?«

»Doch, und mir fällt da sogar schon etwas ein. Und zwar werde ich Euch gleich mit meiner Hutnadel erstechen, wenn Ihr nicht endlich aufhört, mich aufzuziehen.«

»Blutdürstige Hexe!«, lachte er, bot dann aber in versöhnlicherem Tonfall an: »Wie wäre es – hättet Ihr Lust, nach der Aufführung mit mir hinter die Kulissen zu schlüpfen und die Schauspieler kennenzulernen?«

Louisa hielt überrascht den Atem an. »Ja, ginge das denn?«

»Natürlich ginge das. Die Frage ist nur, ob auch *ich* Lust dazu habe, Euch mitzunehmen. Es käme ganz auf die Gegenleistung an.«

Hochmütig hob Lu das Kinn und blickte ihn starr an. »Sagt schon! Was verlangt Ihr?«

James wackelte einmal vielsagend mit den Augenbrauen und flüsterte schließlich: »Welchen Preis wärt Ihr denn bereit zu bezahlen?«

»Was für ein Teufel Ihr doch seid!« Abrupt wandte sie ihm wieder den Rücken zu und beschloss wütend, von nun an einfach nicht mehr mit ihm zu reden. Ob er mich wohl wirklich mit hinter die Bühne genommen hätte?, überlegte sie derweil im Stillen und ärgerte sich fast schon wieder, nicht auf sein Angebot eingegangen zu sein.

Mit kerzengeradem Rücken saß sie da, während der kastanienbraune Vorhang sich langsam wieder hob. Doch auch wenn sie James nun nicht mehr anschaute, so war sie sich seiner Anwesenheit sehr intensiv bewusst. Wie konnte er es nur wagen, mir bis ins Theater zu folgen?, dachte sie verärgert. Unterdessen fühlte sie, wie seine Aura sie regelrecht zu umschließen schien, und dieses Gefühl war mindestens ebenso bezwingend wie verstörend. Wie schafft dieser Abercorn es bloß, mich immer wieder so zu reizen? Doch Lu brauchte nicht lange zu überlegen, denn sie kannte die Antwort bereits: Er durchschaute sie ganz einfach. Genau genommen kannte er sie, und das für ihren Geschmack sogar schon viel zu gut; sie fühlte sich regelrecht entblößt vor ihm. Er kann in mir lesen wie in einem Buch!

Die Pause war vorbei, die Lichter erloschen wieder, und abermals hob sich der Bühnenvorhang. Und wieder einmal wurde Louisa von der Vorführung derart mitgerissen, dass sie Abercorn beinahe vergaß. Aber auch nur beinahe. Denn seine geheimnisvolle Ausstrahlung hielt sie hartnäckig weiter umfangen, daran änderten auch ihre Begeisterung und ihre Freude an der Aufführung nichts. Und wenn sie es sich recht überlegte, hatte seine Nähe sogar etwas Provokatives und verlieh der ganzen Situation eine gewisse Brisanz.

Als das Musical zu Ende war, klatschte Louisa vor Begeisterung laut in die Hände. Auch Abercorn applaudierte fleißig, woraufhin Louisa sich doch einmal argwöhnisch nach ihm umschaute.

Leicht belustigt sah er sie an. »Ich vermute, Ihr habt wohl keine Lust mehr, mit mir hinter die Bühne zu kommen?«

Louisa dachte lange und angestrengt nach. Schließlich platzte es geradezu aus ihr heraus: »Ihr wisst doch ganz genau, dass ich durchaus gerne einmal hinter die Kulissen schauen möchte.«

James musste sich alle Mühe geben, um nicht über sie zu lachen, doch er beherrschte sich und erwiderte kühl: »Dann nehme ich Euch mit. Ohne irgendwelche Gegenleistungen. Zumindest dieses eine Mal.«

Sofort begann Louisas Herz aufgeregt zu pochen. Schweigend standen sie auf und warteten im Gang, bis das Publikum den Saal verlassen hatte. Dann führte Abercorn sie in den hinteren Bereich des Theaters. Ihr Puls raste, während sie sich neugierig umschaute und versuchte, die vielen verschiedenen Eindrücke alle gleichzeitig in sich aufzunehmen. Da waren riesige Haufen von Seilen, alte Kulissenpappen, Requisiten aller Art und natürlich schier unzählige Kostüme. Schauspieler beiderlei Geschlechts, Nebendarsteller und Komparsen plapperten alle wild durcheinander oder fluchten auch einmal oder sangen einfach irgendwelche Liedfetzen – es war ein einziges Geschnatter. Und überall schien ein heilloses Durcheinander zu herrschen, zudem war alles so bunt und lebendig und grell, dass Louisa schließlich glaubte, schier ohnmächtig zu werden vor lauter Eindrücken. Allein schon die Tatsache, dass sie nun dieselbe Luft atmete wie die Schauspieler, begeisterte sie und erfüllte sie mit einer feinen Erregung. Tief sog sie die exotische Duftmischung von Make-up, Schweiß und moderigen Kostümen in sich auf, als ob diese eine Art Lebenselixier sei, und hauchte vollkommen selbstvergessen: »Es ist alles so aufregend hier!«

James beobachtete, wie Louisas Gesicht regelrecht glühte, und so erfreute auch er sich an ihrer Begeisterung. Er spürte ganz einfach, dass er sie mit diesem kleinen Besuch hinter der Bühne sehr glücklich gemacht hatte, und er empfand das überwältigende Bedürfnis, sie am liebsten jeden Tag ihres Lebens so glücklich zu machen – von jetzt an bis in alle Ewigkeit. »Hier entlang«, murmelte er knapp und dirigierte Lu auf eine Tür zu, auf der »Garderobe« stand. Vorsichtig klopfte er einmal an.

»Herein!«, erklang glockenhell die Antwort von einer der Damen aus dem Chor.

Langsam öffnete Abercorn die Tür und schob Louisa in die Garderobe, in der rechter Hand gerade zahlreiche Damen herumschwirrten, mal mehr, mal weniger nackt. An der linken Wand wiederum entdeckte Lu eine lange Reihe von Spiegeln sowie ein Bord mit diversen Schminkutensilien und Haarteilen; und auf den Stühlen und sogar auf dem Boden lagen wild verstreut die farbenprächtigsten Kostüme herum, die sie je gesehen hatte.

»James!«, rief plötzlich eine von den Chordamen. »Ihr seid geblieben, um mich spielen zu sehen.« Kitty war eindeutig geschmeichelt und stürmte freudestrahlend auf ihn zu.

»Ja, ich habe mir die Aufführung angesehen. Und ich habe noch eine Bekannte mitgebracht. *Jane* möchte Euch gerne kennenlernen. Sie ist vollkommen fasziniert vom Theater.« Ernst schaute er Louisa an und benutzte abermals mit Nachdruck ihren zweiten Vornamen. »Jane, wenn ich Euch nun Kitty Kelly vorstellen darf.«

Argwöhnisch betrachtete Lu Kittys prachtvolles rotes Haar. »Sehr erfreut, Euch kennenzulernen«, murmelte sie eingeschüchtert. »Es muss furchtbar aufregend sein, vor einem Publikum zu spielen. Ich habe den *Brigand* schon zweimal gesehen, und ich werde bestimmt noch ein drittes Mal kommen. Ich kenne schon alle Lieder auswendig, und auch die Tanzschritte habe ich mir eingeprägt.«

»Das freut mich zu hören, Jane. Toll, dass Euch das Stück gefällt.« Auch Kitty musterte ihr attraktives Gegenüber voller Argwohn.

In diesem Moment bemerkte Lu den leichten Akzent, mit dem das hübsche Mädchen sprach, und dachte: Aha, dann ist sie also Irin! Das ist wahrscheinlich auch der Grund, warum James und sie sich kennen. Vielleicht ist sie sogar mehr als nur eine Freundin? Womöglich sogar seine Geliebte?

Kaum, dass sie an diese Möglichkeit dachte, gefror ihr auch schon das Blut in den Adern, denn ihr war wieder eingefallen, was ihre Schwester einmal gesagt hatte: »Eine Tänzerin kann nicht überleben, wenn sie nicht einen Mann im Hintergrund hat, der ihre Rechnungen bezahlt. Die so genannten Künstlerinnen haben doch allesamt ihre Liebhaber, die für ihre Wohnungen, ihre Kleidung und ihre Kutschen aufkommen, und was die Damen sonst noch so haben.«

Louisas Herz schien sich regelrecht zusammenzukrampfen. Dann ist diese Kitty also seine Geliebte! Verzweifelt versuchte sie sich einzureden, dass wohl alle jungen Männer eine Geliebte hatten. Und selbst wenn – das ist mir doch schnuppe!, schimpfte sie im Geiste. Von mir aus kann Abercorn sogar ein ganzes Dutzend davon haben.

Mit einem Mal dämmerte ihr, dass James dann wohl auch nicht *ihr* ins Theater gefolgt war, sondern er war dort erschienen, um diese Kitty zu sehen. Am liebsten wäre Louisa vor lauter Scham an Ort und Stelle im Boden versunken. Abrupt wandte sie sich zu Hamilton um. »Ich danke Euch, dass Ihr mir diesen Blick hinter die Kulissen ermöglicht habt. Das war sehr nett von Euch. Aber nun will ich Euch nicht länger aufhalten. Guten Abend, Abercorn. Auf Wiedersehen, Kitty.« Damit wandte sie sich von den beiden ab und marschierte geradewegs wieder aus der Garderobe hinaus. Es dauerte eine gute Minute, bis sie bemerkte, dass James ihr folgte. »Ich bitte Euch, bleibt doch!«, fauchte sie ihn an. »Ich will Eure Abendplanung schließlich nicht durcheinanderbringen.«

»Kitty und ich haben nichts miteinander geplant«, erwiderte er ruhig und schaute sie unverwandt an.

»Kitty! Was für ein passender Name«, spottete Lu in betont nonchalantem Tonfall. »Aber das war ja klar. Wie sollte ein irisches Chormädchen auch anders heißen?«

Erst jetzt begriff James, dass Louisa eifersüchtig war, und sein Herz begann regelrecht zu rasen vor lauter Freude. »Ich habe heute Abend nur noch ein Ziel«, beruhigte er sie. »Und zwar möchte ich gerne sichergehen, dass Ihr heil wieder am Belgrave Square angelangt.«

»Das ist nicht nötig, bemüht Euch nicht.« Wütend reckte Louisa das Kinn vor. »Ich bin ja schließlich kein Kind mehr.«

»Ich habe ja auch gar nicht behauptet, dass Ihr noch ein Kind wärt, Lady Lu. Für mich seid Ihr sogar eine höchst begehrenswerte junge Frau. Und genau darum lasse ich auch nicht zu, dass Ihr nun allein durch die Straßen Londons wandert.«

»Von ›wandern‹ ist ja auch gar keine Rede gewesen. Ich wollte vielmehr eine Droschke nehmen.«

»Wie? Ihr wolltet von vornherein mit mir ganz allein in einer Kutsche fahren?«

»Ich bitte Euch, stellt Euch nicht dümmer als Ihr seid!«, murmelte Lu und versuchte, nun nicht laut loszulachen; was ihr jedoch, nachdem es um ihren Mund bereits verräterisch zuckte, schließlich gründlich misslang. »Ihr seid einfach unmöglich, Abercorn!«, schimpfte sie empört. »Warum müsst Ihr mich auch ständig ärgern?«

»Weil ich es einfach liebe, die Regungen auf Eurem Gesicht zu beobachten. Wenn Ihr wütend seid, dann glitzern Eure grünen Augen wie Smaragde. Und Eure Nasenlöcher weiten sich ein klitzekleines bisschen, und Ihr kräuselt die Oberlippe, ganz so, als ob Ihr mich jeden Moment beißen wolltet. Ihr habt eine solch wilde Schönheit«, flüsterte er, »dass ich Euch kaum noch widerstehen kann.«

»Ihr seid ja verrückt!« Louisa tat so, als ob sie entrüstet sei, insgeheim aber fühlte sie sich durchaus geschmeichelt. Sie beobachtete, wie er eine Kutsche heranwinkte, und überlegte bereits voller Aufregung, ob sie ihm wohl trauen könnte. Würde er sich beherrschen und respektvollen Abstand wahren, oder würde er die Kutschfahrt nutzen, um … Als er sich dann aber sittsamerweise ihr gegenüber niederließ, statt gleich neben ihr Platz zu nehmen, war sie doch ein wenig enttäuscht.

Schweigen breitete sich aus, während James scheinbar unbeteiligt aus dem Fenster schaute. Als sie an einer der alten Kirchen vorbeikamen, erinnerte er sich plötzlich wieder an ein Erlebnis aus seiner Kindheit und begann zu erzählen: »Mein Stiefvater, Aberdeen, besitzt ein Haus in der South Audley Street. Als ich noch klein war, sind wir von dort aus jeden Sonntag in die Drury Lane zur Kirche marschiert. Und wieder zurück, natürlich. Aberdeen ist strenger Presbyterianer. Sonntags eine Kutsche zu nehmen war für ihn einfach undenkbar.«

»Von der South Audley Street in die Drury Lane und wieder zurück? Aber das sind ja mehrere Kilometer.«

»Mir und Claud hat das nie viel ausgemacht. Aber für meine Mutter war es sehr anstrengend, zumindest phasenweise.«

Damit meint er wohl jene Phasen, wenn seine Mutter schwanger war. Louisa war entrüstet. »Dieser Aberdeen scheint ein echtes Monster zu sein! Und das alles im Namen der Kirche. Wie kommt es bloß, dass Ehemänner immer die totale Macht über ihre Frauen haben wollen und –«

»Nicht alle Ehemänner wollen das«, unterbrach James sie sanft. »Und ich gehe davon aus, dass auch Euer Vater eher wenig Kontrolle über Eure Mutter hat.«

Louisa lachte. »Manchmal versucht er, ihr etwas vorzuschreiben. Ja, ab und zu kommt das vor. Aber meist scheitert er damit kläglich. Sie hat eben einen richtigen Dickkopf.«

»Ihr könnt Euch sehr glücklich schätzen, Lady Louisa. Denn Eure Eltern lieben sich. Was meiner Meinung nach ohnehin das Geheimnis einer glücklichen Ehe ist –«

»Und trotzdem reizt mich die Ehe nicht«, fuhr Louisa ihm rasch dazwischen. Sie wollte dieses Thema lieber nicht weiter vertiefen, ahnte sie doch bereits, worauf er hinauswollte.

»Ich weiß, ich weiß«, seufzte James leicht enerviert. »Ihr wollt lieber als Tänzerin auf der Bühne stehen, statt als Ehefrau und Mutter zu enden.«

»Oh ja! Und ob ich das will. Tausendmal lieber als zu heiraten. Aber wie es scheint, ist mir dieser Weg ja leider versperrt«, raunte sie missmutig. Mürrisch schaute sie aus dem Fenster. »Wo wohnt Ihr eigentlich, wenn Ihr in London seid? Immer noch in der South Audley Street?«

»Im Leben nicht! Da kriegen mich keine zehn Pferde mehr hin. Ich habe jetzt mein eigenes Stadthaus in der Half-Moon Street.«

Wenig später hielt die Droschke auch schon am Belgrave Square an, und James öffnete die Tür. Behände sprang er auf den Bürgersteig und half Louisa beim Aussteigen, ehe er mit verschwörerischem Unterton raunte: »Ich vermute mal, Ihr wollt Euch nächsten Mittwoch bestimmt abermals die Nachmittagsvorstellung ansehen? Wie wäre es also, wenn ich Euch einfach begleite?«

»Wie kommt es bloß, dass Ihr mit solcher Leichtigkeit meine Gedanken lesen könnt?«

Mit liebevollem Grinsen schaute er sie an. »Irische Intuition, meine Liebe.«

Louisa hingegen zögerte noch, sein Angebot anzunehmen. Andererseits, wenn sie mit ihm ginge, dann bräuchte sie sich nicht wieder eine Ausrede auszudenken. Gegen einen Nachmittag mit Abercorn hätten ihre Eltern sicherlich nichts einzuwenden. »Nun«, entschied sie sich nach längerem Nachdenken, »dann nehme ich Euer freundliches Angebot an. Ihr dürft mich nächsten Mittwochnachmittag hier abholen.«

Louisa war schon seit einer guten Stunde wieder zu Hause und beschäftigte sich mit einigen kleineren Aufräumarbeiten, als ihr plötzlich einfiel, dass James sie ja schon einmal in die Falle gelockt hatte. Und zwar damals, bei der Kinder-Party in Carlton House. Er hatte mir diese winzige Marzipanmaus angeboten, erinnerte sie sich, eine Süßigkeit, der ich einfach nicht widerstehen konnte. Und heute hat er mich schon wieder mit etwas gelockt, bei dem von vornherein klar war, dass ich nicht Nein sagen kann. Abercorn!, fluchte sie im Geiste. Ihr seid ein durchtriebener Teufel!

Während des Abendessens wandte John Russell sich irgendwann mit verschmitztem Grinsen an seine Tochter: »Louisa, sag einmal. War das nicht James Hamilton, der dich vorhin nach Hause gebracht hat?«

Lu errötete. Verdammt! Er muss uns wohl von der Bibliothek aus beobachtet haben. »Ja, Vater. Das war er.« Mit unbeweglicher Miene hielt sie den Atem an und hoffte, dass er nun nicht auch noch fragen würde, wo sie denn eigentlich gewesen war.

»Aber warum hast du ihn dann nicht hereingebeten? Lu, das war wirklich sehr unhöflich von dir.«

In diesem Moment schaltete Georgy sich in das Gespräch mit ein. »Lu, du hattest doch gesagt, du hättest keine Verabredung!«

»Hatte ich ja auch nicht.« Entnervt verdrehte Louisa die Augen. »Wir sind uns durch Zufall begegnet.«

»Gut gemacht, Liebes.« Georgina warf ihrer Tochter einen anerkennenden Blick zu. »Und? Hast du vielleicht noch weitere ›zufällige Treffen‹ mit ihm arrangiert? Willst du James Hamilton wiedersehen?«

»Nein!« Louisa war außer sich. Was dachte Georgina bloß von ihr. »Ich hatte von Anfang an nichts ›arrangiert‹. Aber es stimmt schon. Wir sehen uns wieder. Und zwar begleitet er mich nächsten Mittwoch zur Nachmittagsvorstellung im Covent Garden.«

»Aber das ist ja wunderbar. Es ist schließlich nicht so leicht, einen Marquis dazu zu bringen, einem seine Aufwartung zu machen. Ich gratuliere! Hatte ich eigentlich erwähnt, dass der Marquis von Lansdowne kurz nach eurem Debütantinnenball vorbeigekommen war, um zu fragen, ob auch sein Sohn dich offiziell umwerben darf? Du weißt schon, ich meine den jungen Lord Kerry.«

Louisa blickte einmal flüchtig zu ihrer Schwester hinüber und musste feststellen, dass deren Gesicht wie von einer dunklen Gewitterwolke überschattet war. Es tat ihr unendlich leid, Georgy so zermürbt zu sehen, sodass sie rasch improvisierte: »Ja, Mutter, das hattest du erzählt. Du sagtest, dass Lord Kerry anfragen ließ, ob er Georgy *und* mir den Hof machen dürfte …«

Hochzufrieden mischte der Herzog sich ein: »Wusstet ihr eigentlich, dass Henry Petty, der Marquis von Lansdowne, einst eurer Mutter einen Antrag gemacht hat? Sieht ganz so aus, als ob die Pettys sich nun um meine Töchter bemühen.« Er schmunzelte vergnügt. »Scheint, als ob sie die Hoffnung noch nicht aufgeben wollten. Nun, wir werden sehen.«

Auch Georgy blickte schon wieder etwas entspannter drein, die Herzogin hingegen schaute bedrückt auf ihre Hände, denn sie hatte die Gefühle ihrer ältesten Tochter verletzt. Dann hob sie den Blick wieder und wechselte abrupt das Thema. »Nächste Woche findet übrigens der königliche Maskenball statt. Wir müssen uns morgen unbedingt um unsere Kostüme kümmern.«

»Ich brauche keins«, winkte Louisa ab. »Ich kann ja mein spanisches Kostüm tragen.«

»Aber, Liebling«, wandte ihre Mutter ein. »Dann erkennt dich doch gleich jeder. Nein, nein. Der Sinn und Zweck einer Maskerade ist, dass man eben nicht sofort erkannt wird.«

»Dann könnte ich ja Lus spanisches Kostüm anziehen«, meldete sich Georgy zu Wort. »Dann denken alle, ich wäre sie.«

Letztere hingegen erschauderte, als sie Georgys Vorschlag hörte.

»Unsinn, Mädchen«, übernahm Georgina wieder das Ruder. »Wir werden morgen alle gemeinsam zum Kostümverleih gehen, und dann sehen wir mal, was uns gefällt. Als ich in Eurem Alter war, war ich übrigens auch einmal auf einem Maskenball, und ich ging damals als Diana. Ihr wisst schon: Diana, die Göttin der Jagd.«

»Bitte ermutige deine Töchter nicht zu irgendwelchen frivolen

Geschmacklosigkeiten.« Streng blickte der Herzog seine Frau an. »Provokative Kostüme provozieren im Allgemeinen ein provokatives Benehmen. Das weißt du doch.«

»Oh Gott, oh Gott!«, lachte Georgina. »Dann vergiss aber bitte auch nicht zu erwähnen, wen ich damals ›provoziert‹ habe. Nämlich dich!«

Den folgenden Nachmittag verbrachten die Herzogin und ihre beiden ältesten Töchter damit, gemeinsam die verschiedensten Kostüme anzuprobieren. Angetan mit einer riesigen Halskrause und einem steifen Mieder, musterte Georgina ihr Spiegelbild. »Ich glaube nicht, dass die Rolle der jungfräulichen Königin mir steht. Ich bin eben nicht wie Königin Elizabeth. Außerdem würde Euer Vater sicherlich auch keine Strumpfhosen anziehen. König Charles Stuart hingegen … Nun, den würde er wahrscheinlich sehr gerne spielen.«

»Was für eine grandiose Idee, Mutter!«

»Ja, ja«, lachte Georgina, »hinter meinem Wahnsinn steckt nämlich durchaus Kalkül. Denn wenn er Charles ist, dann kann ich als Barbara Castlemaine, die Herzogin von Cleveland, gehen. Ein König und seine Mätresse – damit werden wir mit Sicherheit Aufsehen erregen. Außerdem kann ich dann einen dieser fantastischen Hüte mit der langen Straußenfeder dran tragen. Und natürlich brauche ich noch eine seidene Maske, ein paar Schönheitsflecken …« Murmelnd eilte sie auf die Umkleidekabine zu, um ihr elisabethanisches Kostüm wieder abzulegen. »Was hast du dir eigentlich ausgesucht, Louisa, Liebes?«, schallte es plötzlich aus der Kabine hervor.

»Ich gehe als Tänzerin«, entgegnete Lu ausweichend, »aber nicht als spanische.«

»Ist es denn wenigstens eine bekannte Tänzerin?«

Louisa seufzte einmal. »Ja doch, nur keine Sorge. Und zwar gehe ich als Nell Gwyn.«

»Das ist aber wirklich eine gewagte Idee«, lobte Georgina sie.

»Dann können wir quasi zu dritt auftreten; dein Vater als King Charles und wir als seine beiden Lieblingsmätressen. Die *ton* wird sich das Maul zerreißen! Nur versprich mir bitte eines: Verrate deinem Vater noch nichts davon. Wir wollen ihn damit überraschen.« Georgina kicherte verschmitzt, ehe sie zur Nachbarkabine hinüberrief: »Und? Georgy? Wofür was hast du dich entschieden?«

»Das verrate ich euch nicht. Genau wie Lu möchte ich nämlich gerne, dass es eine Überraschung bleibt.«

Louisa und Georgina rollten einmal vielsagend mit den Augen, ehe sie lachend davonzogen, um noch ein wenig durch die Kostüme zu stöbern.

»Dieser Aufzug steht dir.« Die Herzogin von Bedford reckte sich einmal auf die Zehenspitzen und küsste ihren Ehemann. »Genau genommen finde ich dich sogar ziemlich verführerisch.« Verschwörerisch senkte sie die Stimme. »Wahrscheinlich ist es Euer schmaler Schnurrbart, verehrter König, der mich so schwach macht.«

»Und was mich an Euch anzieht, weiß ich ebenfalls«, flüsterte John und fuhr mit der Fingerspitze einmal zart über den Ansatz ihrer halb entblößten Brüste. »Das Problem ist nur, dass Ihr damit auch so ziemlich jeden anderen Mann auf Euch aufmerksam macht.«

»Aber das gehört doch zu meiner Rolle als Barbara Castlemaine dazu! Sie war ihrem Charles notorisch untreu.«

In diesem Moment kam seine Tochter in einem bodenlangen weißen Gewand die Treppe hinabgeschwebt. Mit anerkennendem Nicken drehte Charles sich zu ihr um und dröhnte: »Na, *das* nenne ich doch mal eine gelungene Verkleidung. Ja, ich muss sagen, du gibst eine ganz reizende Novizin ab, Lu.«

»Aber ich bin's doch: Georgy!« Sie nahm ihre weiße Seidenmaske ab.

»Gütiger Himmel, Liebes. Niemals hätte ich vermutet, dass du dir ein Nonnenkostüm aussuchst.« Ernst schaute Georgina ihre Tochter an. »Zumal dieser riesige Kopfputz dein schönes Haar verdeckt.«

»Aber genau das ist doch der Trick daran. Niemand wird mich erkennen, und ich wiederum werde heute Abend jede Menge Spaß haben.«

Als Louisa die Treppe herunterkam, hatte sie sich ganz bewusst bereits ihren Umhang umgelegt, sodass niemand ihr Kostüm erkennen konnte. Sogar ihr schwarzes Haar hatte sie versteckt, und zwar unter einer feuerroten Lockenperücke.

Vor lauter Begeisterung klatschte Georgina in die Hände. »Jetzt weiß ich wenigstens, wie Baby Rachel in einigen Jahren aussehen wird. Und nun kommt, die Kutsche wartet schon. Wir kommen sowieso mal wieder zu spät. Aber wie heißt es doch so schön? Je später der Abend, desto schöner die Gäste. Was Königin Adelaide wohl heute trägt?«

Der Saint James Palace war anlässlich des königlichen Maskenballs beleuchtet worden wie ein Weihnachtsbaum, und sogar die livrierten Diener trugen an diesem Abend Masken. Louisa und Georgy konnten es kaum erwarten, sich endlich von ihren Eltern abzusetzen, und mischten sich bei der erstbesten Gelegenheit unter die Schar der Gäste. Neugierig schaute Louisa sich um, um zu sehen, für welche Auftritte sich die anderen entschieden hatten. Als Erstes entdeckte sie Rotkäppchen und wusste sofort, dass das nur Lady Holland sein konnte. Wie zur Bestätigung stand hinter ihr ein Mann mit einer Wolfsmaske. Kokett tippte Lu ihm einmal auf die Schulter. »Hallo, Onkel Holly. Gewagtes Kostüm.«

Abrupt drehte er sich um und starrte auf eine hübsche Rothaarige hinab, die ein eng geschnürtes Mieder trug, welches überaus reizvoll ihre Brüste betonte, und dazu einen kurzen Rock, der ihre wohl geformten Beine entblößte. Zunächst war er ein wenig verwirrt. Dann aber entdeckte er Louisas grüne Augen hinter der Maske und grinste. »Wie um alles in der Welt hast du herausbekommen, dass ich es bin?«

»Das habe ich ja gar nicht. Aber Beth habe ich wiedererkannt. Und da kann der Wolf ja wohl nur ihr Ehemann sein, nicht wahr?

Ansonsten hätte ich wohl nie geahnt, wer hinter dieser Maske steckt. Wie wäre es also mit einem kleinen Tänzchen? Ich habe noch nie mit einem Wolf getanzt.«

Galant führte Henry sie auf die Tanzfläche. »Du erinnerst mich sehr an deine Mutter. Genau dieses Kostüm hätte sie in deinem Alter bestimmt auch getragen.« Schwärmerisch ging sein Blick in die Ferne.

»Ich stelle heute Nell Gwyn dar, Onkel Holly. Nur vor Vater muss ich mich verstecken. Er wäre von diesem Kostüm bestimmt nicht angetan.«

»Übrigens sucht Teddy bereits nach dir. Er geht heute Abend als Robin Hood und – Wie soll ich es nur sagen? Nun, er ist jedenfalls ziemlich interessiert an dir, meine Liebe. Wenn du weißt, was ich meine.«

»Wie schön«, seufzte Louisa. »Zumal wir uns ja schon seit unserer Kindheit kennen.«

»Ganz genau, das habe ich auch gesagt. Überhaupt gäbe es nichts, worüber Beth und ich uns mehr freuen würden, als wenn du und Teddy … als wenn ihr endlich zueinanderfändet.«

Louisa atmete einmal tief durch, ehe sie erwiderte: »Teddy und ich sind gute Freunde, Onkel Holly, das ist schon wahr. Aber ich fühle mich ganz einfach noch nicht bereit für die Ehe.« Sie schluckte einmal. »Egal mit wem.«

»Es besteht ja auch keine Eile, meine Liebe. Aber solltest du irgendwann doch den Wunsch verspüren, unserem Robin eine treue Gefährtin sein zu wollen, dann –« Er überlegte einen Moment. »Nun, dann bist du uns in jedem Fall herzlich willkommen.«

Als der Tanz endete, bedankte Louisa sich bei ihm und verschwand so schnell es ging wieder in der Menge. Zum Teufel aber auch!, fluchte sie im Stillen. Ich hoffe bloß, Teddy ist nicht ernsthaft an mir interessiert. Georgy jedenfalls wäre außer sich vor Wut, wenn sie das erführe. Plötzlich entdeckte sie König William, der sich passenderweise für eine Admiralsuniform entschieden hatte.

Höflich knickste sie einmal vor ihm. »Euer Majestät, ich möchte wetten, in Euren Adern fließt kein Blut, sondern Salzwasser.«

»Nun ja«, schmunzelte er. »Aber Ihr habt nicht ganz unrecht. Ich fühle mich auf dem Deck eines Schiffes nämlich sehr viel geborgener als auf dem Parkett.« Als er erkannte, dass er Louisa Russell vor sich hatte, wurde er sogar noch ein wenig vertraulicher und raunte: »Ehrlich gesagt, würde ich solch ein Schiff sogar dem Thron vorziehen. Aber das bleibt natürlich unter uns!«

Louisa gluckste. »Wo ist denn eigentlich Königin Adelaide? Ich habe sie noch nirgends gesehen.«

»Die tanzt bestimmt irgendwo dort hinten. Haltet einfach Ausschau nach Königin Kleopatra.«

»Das ist aber eine gelungene Idee!« Lu lachte. »Offenbar haben wir heute Abend alle unsere geheimen Fantasien aufgedeckt.« In diesem Moment entdeckte sie Charles Stuart, der zielstrebig auf den König zusteuerte, knickste noch einmal graziös und verschwand.

Mit der Hartnäckigkeit eines Terriers war Georgy mal wieder auf der Suche nach Lord Burlington. Nun, da sie seinen amourösen Avancen während des Balls des Premierministers nämlich so geschickt ausgewichen war und seinen Appetit damit nur noch mehr angeheizt hatte, wollte sie ihr Versprechen endlich einlösen und ihm ihre ganze Gunst gewähren. Doch sie konnte Burlington nirgends entdecken. Schließlich erspähte sie den Herzog von Devonshire und musterte hoffnungsvoll den Mann neben ihm. Besagter Gast trug nämlich einen schwarzen Seidenumhang mit einer roten Borte und eine Teufelsmaske inklusive der dazugehörigen Hörner. Georgy ahnte bereits, dass sie ihr Ziel gefunden hatte, und als Devonshire sich zu einem drahtigen Matrosen umwandte, nutzte Georgy blitzschnell die Gelegenheit und zupfte an seinem schwarzseidenen Ärmel.

»Nimm mich, Teufel!«, flüsterte sie. »Ihr seid der einzige Mann, der mir gefährlich werden kann.«

Natürlich erkannte Burlington sofort Georgys Stimme und wandte sich erwartungsvoll zu ihr um. Als er dann jedoch ihr Kostüm erblickte, legte er den Kopf in den Nacken und brach in schallendes Gelächter aus. »Georgy, um Himmels willen, seid das wirklich Ihr? Aber warum um alles in der Welt habt Ihr Euch denn ausgerechnet als Nonne verkleidet?«

In einer aufreizenden Geste leckte Georgy sich einmal mit der Zungenspitze über die Lippen. »Ich bin die fleischgewordene sexuelle Fantasie jedes Mannes. Denn welches männliche Wesen hat sich wohl nicht schon einmal ausgemalt, wie er eine Nonne zur Sünde verführt?«

»Großer Gott, der bloße Gedanke daran lässt mich bereits hart werden!«

»Nun, dann stellt Euch mal Folgendes vor: Ich bin splitterfasernackt unter meinem Habit.«

»Der Herr steh mir bei! Wie wär's, wenn wir zwei uns irgendeinen ruhigen, abgeschiedenen Ort suchen, wo Ihr meine Seele retten könnt?«

Bereitwillig ergriff Georgy seine Hand. »Folgt mir, und ich werde Euch zu einer religiösen Erfahrung verhelfen, an die Ihr noch lange zurückdenken werdet.«

Gemeinsam bahnten sie sich einen Weg aus dem überfüllten Ballsaal hinaus, eilten durch ein Vorzimmer und strebten dann einen der vielen Korridore des Palasts hinunter, bis sie schließlich einen leeren Raum fanden, der in Halbdunkel getaucht war.

Kaum, dass sie die Tür hinter sich geschlossen hatten, griff Burlington auch schon voller Ungeduld nach dem Saum von Georgys Gewand und hob es hoch. Dann liebkoste er verlangend ihre nackten Brüste, ihren Bauch und ihre Schenkel. »Würdet Ihr vor mir auf die Knie gehen und … äh … für mich beten?«, bat er mit rauer Stimme.

Georgy ließ sich nicht lange bitten. Ohne zu zögern knöpfte sie seine Hose auf und nahm sein hartes erigiertes Glied in die Hand.

»Mmmm … Gott gebe, dass Ihr aufrichtig dankbar sein werdet für die Wohltat, die Ihr nun empfangt.« Damit ließ sie sich vor ihm auf die Knie sinken und nahm seinen Penis in den Mund.

»Ahh … Ahhh …Amen«, stöhnte der Teufel lustvoll, während Georgy ihn gekonnt mit Zunge und Lippen bearbeitete.

Als sie seine erschlaffte Männlichkeit danach wieder zurück in seine Hose schob, stieß Burlington einen abgrundtiefen Seufzer der Befriedigung aus. »Ihr seid ganz einfach die Beste, Georgy.«

»Ganz recht, William, das bin ich. Wir beide sind ein perfekt zusammenpassendes Paar. Wenn Ihr mich heiraten würdet, dann könntet Ihr dieses Vergnügen jede Nacht bis an Euer Lebensende genießen.«

»Oje, da führt Ihr mich aber wirklich arg in Versuchung, Schätzchen.«

»Ich gehe jede Wette darauf ein, dass Männer tatsächlich nur aus einem einzigen Grund heiraten, nämlich damit sie regelmäßig Sex haben können. Und die echten Glückspilze unter ihnen finden eine Ehefrau, die zudem noch unersättlich ist.« Damit ergriff Georgy Burlingtons Hand, hob mit der anderen ihr Gewand hoch und schob seine Finger in ihre heiße, feuchte Spalte.

»Eine unersättliche Nonne!« Der bloße Gedanke daran erregte Burlington so sehr, dass ihm prompt die Knie weich wurden.

Um Mitternacht, so lauteten die Regeln dieser Ballnacht, würden alle Gäste ihre Masken absetzen müssen und ihre wahre Identität enthüllen. Dafür wurden während der letzten Stunde vor Mitternacht noch ein paar mehr Kerzen gelöscht, bis der ganze Saal in schummriges Licht getaucht war und die Atmosphäre noch ein wenig verwegener wurde. Der Effekt war, dass schließlich sogar die zurückhaltendsten Herren richtig kühn wurden.

Lady Louisa musste unterdessen feststellen, dass mehr und mehr ihrer Tanzpartner versuchten sie zu küssen. Doch da ihre Mutter ja einst gesagt hatte, dass ein Kuss ohnehin bloß eine unbedeutende

Nebensächlichkeit sei, erlaubte sie sich die eine oder andere Freiheit. Es war ja schließlich Maskenball. Zumal es ihr auch nicht schwerfiel, die Identität der jungen Lords, die mit ihr tanzten, zu enttarnen. Sie wusste also, mit wem sie es zu tun hatte. Graf Winterton, beispielsweise, erkannte sie sofort wieder; er hatte sie bereits auf dem letzten Ball geküsst. Und Lord Edgecombe wiederum war unverwechselbar aufgrund seines fehlenden Kinns. Wer der Pirat war, war zunächst zwar nicht so einfach zu durchschauen, doch nach den ersten Walzerschritten erkannte Lu, dass das nur ihr Freund George Grey sein konnte. Im Übrigen war sie überrascht, wie sinnlich sein Kuss war, schrieb dies dann aber seiner verwegenen Verkleidung zu.

Plötzlich standen zwei Männer vor ihr, die beide um den nächsten Tanz baten. Der eine war Robin Hood, der andere war Cäsar, komplett mit Toga und Lorbeerkranz. Da Louisa ja bereits erfahren hatte, dass Teddy als Rächer der Armen auftrat, entschied sie sich sicherheitshalber für Julius Cäsar. Gleich in dem Moment aber, da dieser seine starken Arme um sie schlang, wusste Louisa, dass es James Hamilton war.

»Eigentlich war ich ja gekommen, um meine Wut auf Cäsar zu vergessen«, raunte sie, »und nicht, um ihm in die Arme zu sinken.«

»Lady Lu, seid Ihr das etwa?« Damit hatte Abercorn tatsächlich nicht gerechnet. »Mit dieser roten Perücke seht Ihr wie eine vollkommen andere aus. Ihr habt Euch als Nell Gwyn verkleidet, richtig?« Nachdenklich schaute er sie an. »Doch, das seid Ihr. Ansonsten müsste ich mich schon sehr irren.«

»Abercorn!«, jauchzte Louisa ein klein wenig überschwänglicher, als sie eigentlich vorgehabt hatte. »Ihr seid bisher der Einzige, der begriffen hat, wen ich mit meinem Kostüm darstelle.«

»Aber das war doch nicht schwer. Denn da ich Euch ja kenne, wusste ich, dass Ihr auf jeden Fall als Tänzerin gehen würdet. Trotzdem wette ich mit Euch um eine Guinea, dass Ihr keines von Nellys legendären Liedchen im Repertoire habt, oder?«

»Die Wette gilt. Kommt, lasst uns irgendeine stille Ecke finden, und dann beweise ich Euch, dass Ihr Euch irrt, edler Cäsar!«

Gemeinsam machten sie sich auf den Weg in einen deutlich besser beleuchteten Nebenraum, und schon begann Lu mit ihrer Vorführung. Zunächst ein kleiner Knicks, dann einige gewagte Hüftschwünge, und schließlich warf sie auch noch kokett ein Bein in die Luft, um ihren gerüschten Unterrock zu zeigen, während sie mit kräftiger Stimme trällerte: »Wollt Ihr die Milchmädchen nackend sehen? Dann schaut, wie sie morgens ihr Bad im Tau nehmen – das macht sie so schön!«

Gespannt und amüsiert zugleich schaute James zu, wie Lu ihre köstliche kleine Privatvorstellung gab, als ihm plötzlich eine Idee kam. »Lady Lu«, unterbrach er sie mitten im Lied. »Was bekäme ich dafür, wenn ich es schaffen könnte, Eure kühnsten Träume wahr werden zu lassen?«

Louisa stutzte und schaute ihn argwöhnisch an. »Ihr seid Cäsar und nicht Merlin, vergesst das nicht.«

»Aber auch ich habe einen Zauberstab. Nur dass ich den bis jetzt versteckt gehalten habe.«

»Ihr widerwärtiger irischer Teufel!«, schimpfte Lu, musste dann ganz gegen ihren Willen aber schließlich doch lachen. »Nun gut«, forderte sie ihn nach einer kurzen Pause auf. »Dann verratet mal, was genau Ihr damit meint, wenn Ihr behauptet, Ihr könntet meine kühnsten Träume wahr werden lassen.«

»Das erkläre ich Euch erst am Mittwoch. Ein bisschen Geduld gehört schon noch dazu.« Und wieder wackelte er vielsagend mit seinen dunklen Augenbrauen.

· 12 ·

Mit ernster Miene überreichte ein Lakai von Campden Hill, dem Russellschen Anwesen vor den Toren Londons, der Herzogin einen Brief.

»Ach je«, murmelte Georgina. »Das Kindermädchen schreibt, dass Rachel in letzter Zeit sehr unleidlich sei. Wahrscheinlich würde sie sogar krank.« Als die Russells für die diesjährige Ballsaison nach London gekommen waren, hatten sie die beiden Jüngsten der Familie ganz bewusst fernab des ganzen Trubels in Campden Hill gelassen. »Ich muss sofort meine Sachen packen und zu ihr fahren.«

»Soll ich mitkommen, Mutter? Ich begleite dich«, bot Louisa an.

»Nein, Darling, das ist sehr lieb von dir. Aber das möchte ich nicht. Du willst doch heute Nachmittag mit Abercorn ins Theater gehen. Abgesehen davon könnte Rachel auch etwas Ansteckendes haben. Ich will nicht riskieren, dass sich eine von euch beiden noch etwas einfängt – und dann womöglich nicht mehr zu den Bällen gehen kann!«

»Und was ist mit dem Ball bei Almack's, der heute stattfindet?«, hakte Georgy nach. »Ich habe die Aufmerksamkeit eines gewissen adligen Gentleman auf mich gezogen, der, wie ich annehme, auch dort sein wird. Kannst du nicht noch einen Tag warten und erst morgen nach Campden Hill fahren?«

»Nein, das ist unmöglich. Aber macht euch keine Sorgen, euer Bruder Charles wird euch begleiten. Wer ist denn eigentlich dieser junge Herr, wenn ich fragen darf?« Neugierig schaute Georgina ihre Älteste an.

»Ich möchte keine Namen nennen«, gab Georgy sich seltsam bescheiden. »Zumindest so lange nicht, bis ich mir meiner Eroberung wirklich sicher bin. Obwohl ich streng genommen sogar zwei Gentlemen an der Angel habe …« Sie zwinkerte vergnügt.

»Was für ein cleveres Mädchen du doch bist, Georgy. Und tu nichts, was ich nicht auch tun würde.«

»Vertrau mir, Mutter. Du bist mein Vorbild in jeglicher Beziehung.«

Louisa befürchtete derweil im Stillen, dass ihre Mutter nicht die leiseste Ahnung hatte, was genau Georgy damit gemeint haben könnte. Von Georgys Hang zur Promiskuität hatte ihre Mutter nämlich gewiss noch nichts erfahren. »Lass uns bitte wissen, wie es Rachel geht«, rief Lu Georgina nach. »Ich hoffe, es ist nichts Ernstes.«

In Gedanken noch immer bei ihrer kranken Schwester verharrend, nahm Lu ihren Hut mit den zartgrünen Bändern auf und schlenderte in die Eingangshalle hinab. Nachdenklich zupfte sie hier und da an ihrem pfirsichfarbenen Kleid, das sie für diesen Nachmittag ausgewählt hatte, während sie auf James Hamilton wartete. Schließlich hörte sie eine Kutsche vorfahren und öffnete die Tür; zu ihrer Überraschung aber erblickte sie nicht etwa Abercorns Kutsche, sondern die ihres Vaters. »Oh, du bist's«, sagte sie. »Ich dachte, es wäre der Marquis von Abercorn.«

»Tut mir leid, dich zu enttäuschen. Aber wenn er ankommt«, wies ihr Vater sie an, »dann verschwinde bitte nicht gleich mit ihm. Bitte ihn erst noch einmal ins Haus herein. Ich habe nämlich gerade mit Johnny und dem Premierminister zu Mittag gegessen, und es gibt da etwas, das ich Abercorn gerne fragen würde. Ihr findet mich in der Bibliothek.«

In diesem Moment kam auch Georgy die Treppe herab. »Und wenn du klug bist«, riet sie ihrer Schwester mit einem kleinen Zwinkern, »dann machst du auch nicht selbst die Tür auf, sondern schickst einen Lakaien. Und dann lässt du Abercorn erst einmal warten. Vorfreude regt bekannterweise den Appetit an.«

»Jetzt sei nicht albern«, widersprach Louisa. »Er macht mir ja schließlich nicht den Hof. James begleitet mich nur deshalb ins Theater, weil er weiß, dass das Theater nun einmal meine ganze Leidenschaft ist.«

»Und sei du bitte nicht so naiv!«, zischte Georgy. »Denn der will unter Garantie auch noch andere Leidenschaften in dir wecken. Das ist dir ja wohl klar. Diese ganze Sache von ›zusammen ins Theater gehen‹ ist doch bloß eine Farce.«

»Und selbst wenn! Dann wird er ja irgendwann merken, dass er sich ganz umsonst Hoffnungen gemacht hat.«

»Da wäre ich mir nicht so sicher. Ich schätze eher, dass er am Ende doch noch bekommt, was er will. Der ist hartnäckig wie ein Terrier.«

Mit einem Mal wurde von außen so energisch der Türklopfer betätigt, dass Lu erschrocken zusammenzuckte. Den Ratschlag ihrer Schwester, Abercorn erst einmal warten zu lassen, ignorierte sie jedoch getrost und ging einfach selbst zur Tür. »Guten Tag, James.«

»Guten Tag, Lady Louisa. Ihr seht heute außergewöhnlich reizend aus, wenn ich das so sagen darf.«

»Vielen Dank. Leider können wir nicht sofort losfahren. Vater möchte Euch erst noch einmal sprechen. Er ist in der Bibliothek.«

»Dafür braucht Ihr Euch doch nicht zu entschuldigen, Louisa. Ich genieße die Gesellschaft Eures Vater immer sehr.«

Wahrscheinlich mehr als meine Gesellschaft, grummelte Lu im Stillen, entgegnete aber betont nonchalant: »Bitte hier entlang.«

Als John Russell den jungen Hamilton erblickte, erhob er sich. »Kommt doch bitte herein, James.« Er warf Louisa einen forschenden Blick zu und fragte: »Wo ist denn eigentlich deine Mutter?«

»Sie hat dir eine Nachricht hinterlassen. Mutter ist nach Campden Hill gefahren. Das Kindermädchen glaubt, dass Rachel vielleicht krank wird.«

»Oje.« Nachdenklich schaute John auf seinen Schreibtisch,

und dann entdeckte er auch schon die kurze Notiz. »Da ist sie ja.« Scheinbar ein wenig gedankenverloren nahm er sie auf und wandte sich dann auch schon wieder James zu. »Abercorn, wie schön, dass Ihr noch einen Moment Zeit habt. Ich werde Euch auch nicht lange aufhalten; ich will ja nicht, dass Ihr zu spät ins Theater kommt. Es geht nur darum, dass ich soeben mit Johnny und dem Grafen Grey zu Mittag gegessen habe, und da ich, bevor das Parlament sich zur Sommerpause zurückzieht, gerne noch einmal das Oberhaus besuchen würde, wollte ich Euch kurz fragen, was Ihr davon haltet, wenn wir beide einfach zusammen hinfahren?«

»Aber selbstverständlich gern, Euer Hoheit. Es wäre mir eine Ehre.«

»Obwohl …« Mit sorgenvoll gerunzelter Stirn las John Russell den Brief seiner Frau. »Ich denke«, überlegte er es sich doch noch einmal anders, »ich schaue doch besser erst in Campden Hill vorbei. James, am besten wir machen das so: Sobald ich wieder da bin, melde ich mich bei Euch, und dann machen wir einen Termin aus, in Ordnung?«

»Jederzeit. Wie gesagt – ich freue mich schon darauf. Und ich hoffe, es ist nichts Ernstes vorgefallen in Campden Hill, Euer Hoheit.«

Ein wenig angespannt ließ Louisa sich gegen die dicken Lederpolster in Abercorns Kutsche zurücksinken. »Ich vermute mal, dass es noch mindestens eine Woche dauern wird, bis Mutter nach London zurückkehrt. Sie ist immer ganz außer sich, wenn Rachel krank ist. Genau genommen machen wir uns alle große Sorgen um sie. Mutter hat einst einen kleinen Jungen verloren.« Sie schluckte einmal. »Diese Angst lässt einen nie wieder los.«

Aufmerksam schaute Abercorn sie an, denn mit einem Mal begriff er, warum Lu solche Panik vor der Ehe hatte. Sie fürchtet sich davor, ein Kind zu bekommen!, überlegte er im Stillen, versuchte dann aber, Louisa ein wenig zu beruhigen: »Die Herzogin von Bedford ist eine hingebungsvolle Mutter. Ich bin mir sicher, dass sie Rachel unbeschadet durch sämtliche Kinderkrankheiten hindurchgeleiten wird.«

»Was habt Ihr eigentlich für die Zeit der Parlamentspause geplant?«, wechselte Lu rasch das Thema. »Ihr wollt wahrscheinlich zurück nach Irland, nicht wahr?«

»Nein, diesmal nicht. Ich muss vorher noch einige geschäftliche Dinge in Schottland regeln.«

Verdammt aber auch!, fluchte sie in Gedanken. *Wir* verbringen den August und den September traditionell schließlich auch in Schottland. Aber besser, ich behalte das für mich. Abercorn muss ja nicht alles wissen.

»Vorher jedoch«, fuhr James unbeirrt fort, »steht noch das Bootsrennen zwischen Oxford und Cambridge an. Und da ich ja jetzt meinen Abschluss habe, ist dieses Jahr das letzte, in dem ich noch mitrudern darf. Das Rennen wird bei Henley-on-Thames stattfinden, und ich bin mir sicher, Euer Bruder Charles wird auch mit dabei sein. Wie wäre es also, wenn auch Ihr einfach mitkommt? Ich würde mich jedenfalls sehr freuen.«

»Ja, meint Ihr denn, dass Oxford dieses Jahr gewinnen wird?«

»Ich *weiß*, dass Oxford dieses Jahr gewinnt. Cambridge hat überhaupt keine Chance gegen uns.«

Es muss herrlich sein, solch ein Selbstbewusstsein zu besitzen, sinnierte Lu verlegen. An Abercorn gewandt schimpfte sie jedoch: »Ihr arroganter Teufel!«

»Darauf dürft Ihr wetten.«

Im Inneren des Theaters zogen Louisa und James diesmal einen Platz in der Familienloge der Russells vor. Kaum dass der Vorhang sich hob und der Chor die Bühne betrat, begann Louisa auch schon leise zu summen und sang – nachdem sie James schon bald vergessen hatte – schließlich Lied für Lied einfach mit.

Abercorn lächelte derweil siegessicher, glaubte er doch bereits, dass Lu der kleinen Überraschung, die er für sie vorbereitet hatte, gewiss nicht widerstehen könnte.

Als die Pause begann, applaudierte Lu wieder einmal wie verrückt und lachte: »Ich genieße das Stück jedes Mal mehr.« Neugierig beugte sie sich über die gepolsterte Brüstung, um das Publikum zu betrachten. Für sie war am Theater einfach alles faszinierend.

Als das Licht wieder erlosch und abermals der Chor vortrat, neigte Lu sich mit wissendem Lächeln zu Abercorn hinüber und flüsterte: »Da ist wieder Eure rothaarige Freundin.«

Ernst erwiderte er ihren Blick, sagte jedoch nichts. »Was meint Ihr«, raunte er schließlich, »könntet Ihr, wenn Ihr plötzlich dort unten auf der Bühne ständet, ihre Rolle übernehmen?«

»Aber natürlich könnte ich das!« Stolz warf sie den Kopf in den Nacken. »Und ich sage Euch noch etwas: Ich wäre sogar besser als diese Kitty!«

Verschwörerisch beugte James sich zu ihr hinüber. »Darauf würde ich wetten.«

Um Louisas Mundwinkel herum zuckte es zwar verräterisch, doch sie weigerte sich, James anzusehen, und konzentrierte sich stattdessen lieber wieder ganz auf das Stück. Als das Musical schließlich endete, sprang sie von ihrem Platz auf und applaudierte begeistert, ehe sie leise seufzte: »Vielen Dank, dass Ihr mich hierher begleitet habt. Das war wirklich … ziemlich nett von Euch.«

»Vielleicht. Denn wenn ich ehrlich sein soll, so hatte ich dabei natürlich auch so meine Hintergedanken.«

Louisa verstummte. Hab ich's mir doch gedacht! Er ist nur mit mir hierhergekommen, um sich danach mit dieser Kitty zu treffen.

»Ihr erinnert Euch doch noch daran, dass ich Euch versprochen hatte, Eure kühnsten Träume wahr werden zu lassen, nicht wahr? Was würdet Ihr also dazu sagen, wenn ich es arrangieren könnte, dass Ihr für eine Vorstellung hier in diesem Stück mitspielen dürftet? Wie gesagt: nur für einen Abend.«

»Das geht doch nicht«, wies Lu seinen Vorschlag barsch ab. »Meine Eltern würden niemals erlauben, dass ich hier auf der Bühne stehe.«

»Sie bräuchten es ja nicht zu erfahren. Es gäbe keinerlei Mitwisser – nur Euch und mich. Denn wenn Ihr Eure rote Perücke aufsetzt, hält Euch doch jeder für Kitty Kelly. Garantiert.«

Louisa atmete einmal tief durch, während sie langsam realisierte, was James ihr da gerade angeboten hatte. Dann aber wurde sie sofort wieder misstrauisch. »Und was wollt Ihr dafür haben?«

Eindringlich schaute James ihr in die Augen. »Welchen Preis wärt Ihr denn bereit zu bezahlen?«

Eine ganze Minute lang dachte Lu über diese Frage nach, und je länger sie zögerte, desto näher war sie daran, der Versuchung zu erliegen; ihre Angst trat immer mehr in den Hintergrund. Dann aber erahnte sie mit einem Mal, was Abercorn wohl als Gegenleistung verlangen würde, und entgegnete schließlich mit emporgerecktem Kinn: »Meine Antwort lautet Nein.«

Als die Kutsche vor dem Belgrave Square vorfuhr, kam überraschend Charles aus dem Haus gestürmt und konnte es offenkundig kaum erwarten, mit seinem Freund zu sprechen. Fröhlich fuchtelte er mit einem Blatt Papier durch die Luft. »Die Bestätigung ist eingetroffen! Ich gehöre jetzt ganz offiziell zur Königlichen Leibgarde, genauer gesagt zur Königlichen Kavallerie – als Oberleutnant.«

»Herzlichen Glückwunsch, Charles«, lachte Abercorn mit einem Seitenblick auf Louisa. »Dann haben sich ja damit deine kühnsten Träume erfüllt.«

Natürlich hatte er diese Worte ganz bewusst gewählt, wie auch Lu keineswegs entging. Und offensichtlich wollte er ihr damit sagen, dass man seine Träume durchaus verwirklichen könnte, wenn man sein Ziel nur hartnäckig genug im Auge behielt. Nachdenklich schaute sie James einen Moment lang an, dann trat sie lächelnd auf ihren Bruder zu. »Auch ich freue mich sehr für dich, Charles.« Es folgte ein letzter kühler Blick in Richtung des Marquis von Abercorn. »Vielen Dank, dass Ihr mich begleitet habt.«

Damit verabschiedete sie sich und ging ins Haus. Charles jedoch blieb noch eine Weile draußen, um sich mit seinem Freund zu unterhalten, während Louisa von ihrer Schwester bereits ungeduldig erwartet wurde. Doch Lu nahm sich Zeit, ging erst ins Obergeschoss, um sich die Hände zu waschen und den Hut abzulegen, und schlenderte erst dann betont gelassen wieder ins Erdgeschoss hinab, wo Georgy sie schließlich regelrecht mit Fragen bombardierte.

»Und? Hatte ich nun recht oder nicht? Er hat doch versucht, dich rumzukriegen, nicht wahr? Oder war das doch bloß alles rein platonisch?«

Trotz ihrer zur Schau gestellten Gelassenheit breitete sich eine verräterische Röte über Louisas Wangen. »Mach dich nicht lächerlich, Georgy. Von ›platonisch‹ kann gar keine Rede sein. Wir sind ja noch nicht einmal befreundet. Eigentlich sind wir eher so etwas wie … Gegenspieler.«

Zügigen Schrittes kam nun auch Charles ins Haus marschiert. »Gott sei Dank, dass diese Warterei endlich ein Ende hat. Na, ihr wisst ja selbst, wie sehr ich darauf gehofft hatte, in die Leibgarde aufgenommen zu werden. Allerdings hat das Regiment ja auch hohe Anforderungen«, prahlte er. »Nun ja, mit meinen guten ein Meter und achtzig erfülle ich ja durchaus noch das Gardemaß und überhaupt –«

»Jetzt mach mal halblang!«, fuhr Georgy ihm mit spöttischer Miene über den Mund. »Ich möchte doch wohl behaupten, dass deine Aufnahme weniger mit deiner Körpergröße zu tun hatte als vielmehr mit deinem familiären Hintergrund. Unsere Familie ist sowohl mit dem Premierminister als auch mit dem König von England eng befreundet. Von daher war doch von vornherein klar, dass du es in jedes Regiment hineinschaffen würdest. Die Wahl, wohin genau es dich schließlich ziehen würde, lag ganz allein bei dir.«

»Das ist eine verdammte Lüge, Georgy!«, schimpfte Charles. »Ich bin einer der besten Absolventen aus meinem gesamten Jahrgang. Und ich erfülle sämtliche akademischen und physischen Voraussetzungen. Pass bloß auf, was du sagst! Ansonsten begleite ich dich heute Abend nämlich nicht zu Almack's.«

Erstaunt über den plötzlich so autoritären Tonfall, schaute Lu ihn an. Georgy hingegen verdrehte nur demonstrativ die Augen und erklärte: »Charles meint, nun, da Vater nach Campden Hill aufgebrochen ist, habe er das Sagen. Übrigens hat Mutter uns eine kurze Nachricht zukommen lassen. Sie glaubt, dass Rachel die Windpocken hat, und Alexander hat sie sich vermutlich ebenfalls eingefangen.«

»Die Armen«, seufzte Louisa voller Mitgefühl.

»Ja, aber laut Mutters Schreiben hat es die beiden nicht allzu schlimm erwischt. Sie hat nämlich alle Hände voll damit zu tun, dafür zu sorgen, dass sie in ihren Betten bleiben.«

»Das bedeutet dann wohl«, erklärte Charles mit theatralischer Stimme, »dass unsere lieben Eltern mindestens noch eine ganze Woche lang in Campden Hill bleiben werden. Sie hatten ja gesagt, dass sie auf keinen Fall wollen, dass ihre kostbaren Töchter sich womöglich anstecken. Also, nur damit ihr's wisst: Von nun an bin ich das Oberhaupt der Familie!«

Beide Schwestern sahen sich kurz an, dann salutierten sie zackig vor ihrem Bruder und grinsten: »Jawohl, Oberleutnant Russell. Zu Befehl.«

»Und erwartet bloß nicht, dass ich Euch heute Abend über die Tanzfläche schleifen werde. Ich gehe bloß deshalb mit zum Ball, um einmal an den Spieltischen mein Glück zu versuchen und –«

»– und um allen von deiner Ernennung zum Oberleutnant zu erzählen!«, stichelte Georgy.

»Und selbst wenn. Übrigens habe ich Abercorn eingeladen, mit uns zu kommen.«

So beiläufig, wie Charles dies erwähnte, so wütend fiel Louisas

Antwort aus: »Aber warum musstest du denn ausgerechnet *den* mitnehmen?«

»Das fragst du noch? Bei den ganzen verzweifelten Müttern, die heute Abend da sein werden, um ihre heiratswütigen Töchter an den Mann zu bringen? Nun, ich für meinen Teil kann da ein wenig männliche Unterstützung durchaus gebrauchen.«

»Ich für meinen Teil bin weder heiratswütig noch verzweifelt!«, widersprach Louisa ihm mit entschlossener Miene. »Und darum gehe ich auch gar nicht erst hin. Der Ball bei Almack's kann mir gestohlen bleiben.«

»Ach, warum musst du immer so egoistisch sein?«, meldete Georgy sich empört zu Wort. »Die Ballsaison ist doch sowieso nur so kurz. Ich jedenfalls kann es mir nicht erlauben, auch nur einen einzigen Ballabend zu verpassen. Außerdem wollte ich heute mein neues Kleid anziehen ...«

Trotz ihrer Ankündigung, dem Ball fernzubleiben, wartete Louisa dann doch pünktlich und aufwendig zurechtgemacht in der Eingangshalle, während ihr Bruder mit stolzer Haltung und den geforderten Kniebundhosen die Treppe hinabgeschlendert kam. Seit James ihr angeboten hatte, sie einmal heimlich im Covent Garden Theatre auf die Bühne zu schleusen, konnte Lu an nichts anderes mehr denken. Dennoch war sie entschlossen, der Versuchung nicht nachzugeben. So gesehen kam ihr der Besuch bei Almack's also gerade recht; das würde sie auf andere Gedanken bringen.

Es war beinahe schon zehn Uhr, als sie endlich auf dem Ball ankamen. Dennoch leistete Charles seinen Schwestern noch ganze anderthalb Stunden lang treu Gesellschaft und ließ sich sogar zu dem einen oder anderen Tanz mit ihnen überreden. Dann aber hatte er schließlich doch genug und verabschiedete sich ins Obergeschoss.

Unterdessen hielt Louisa unablässig Ausschau nach James Hamilton, während die Verehrer sie regelrecht bestürmten und sich eifrig auf ihrer Tanzkarte eintrugen. Unter anderem tanzte Louisa an diesem Abend also mit Ned Turnour, dem Grafen von Winterton, der diesmal angenehmerweise nicht ein einziges Mal das Thema »Kricket« ansprach. Und auch Lord Seymour stand auf ihrer Karte, der ebenfalls einer der Parlamentsabgeordneten war und als überzeugter Whig unablässig von Lus Bruder Johnny und dessen Reformvorhaben erzählte.

»Ich bin mir ziemlich sicher, dass Lord John Euer Engagement zu schätzen weiß, Adolphus«, beruhigte Louisa ihn mit mildem Lächeln. »Und im Unterhaus dürfte er mit seinem Vorhaben wohl auch kaum auf Widerstand treffen. Im Oberhaus dagegen sieht die Sache schon ein wenig anders aus.«

»Nun, zumindest was meinen Vater angeht, so kann ich den sicherlich überreden, sich meiner Meinung anzuschließen«, prahlte Adolphus mit wichtigtuerischer Miene.

Louisa aber lächelte nur und schwieg, während sie im Geiste spottete: Sei dir da mal lieber nicht zu sicher. Der Herzog von Somerset ist schließlich von jeher ein Anführer und kein Mitläufer.

Gegen elf Uhr am Abend ließ Lu ein letztes Mal suchend den Blick über die Menge schweifen. Doch Abercorn war noch immer nicht erschienen und würde nun wohl auch keinen Einlass mehr finden, denn die Türen wurden bereits verschlossen. Und auch Georgy war nirgends zu entdecken. Enttäuscht ließ sie den Kopf hängen und nahm mit unwilligem Murren Lord Kerrys Angebot an, sie zum Büfett zu begleiten.

Erst gegen ein Uhr morgens sah Lu ihre Schwester wieder. »Und? Wie gefällt es dir hier?«, fragte sie. »Genießt du den Abend?«

»Geht so.« Auch Georgy war leicht enerviert. »Die meisten der jungen Männer hier sind ja bloß Zweitgeborene, die nach reichen Erbinnen suchen. Unter anderem habe ich zweimal mit Maurice Berkeley getanzt, bis ich endlich begriffen habe, dass nicht etwa er, sondern sein Bruder den Grafentitel erben wird. Danach bin ich dann mal durch den Spielsalon geschlendert. Dort gibt es zwar durchaus noch ein paar interessante Kandidaten. Aber wie gesagt: Die tanzen nicht, sondern spielen nur Karten.«

»So wie Charles. Ich fürchte, wir werden wohl noch ein paar Stunden aushalten müssen, bis der sich endlich wieder erhebt und wir nach Hause fahren können.«

»Und dann«, fuhr Georgy fort, »dachte ich, ich hätte gute Chancen beim Herzog von Queensberry. Zumindest hatte er mich geradezu angefleht, mit ihm zu tanzen. Als der Walzer endete, hat mich jedoch – Gott sei Dank! – Lady Cowper kurz zur Seite genommen und mir erzählt, dass er schon im vergangenen Jahr geheiratet hat! Ihrer Schilderung nach taucht der Herzog hier nur noch auf, weil er ständig auf der Suche nach irgendwelchen Affären ist.«

Erstaunt blickte Louisa ihre Schwester an. »Da wir gerade von Lady Cowper sprechen – ihr Ehemann glänzt wohl mal wieder durch Abwesenheit, wenn ich das richtig beobachtet habe. Dafür aber habe ich gesehen, wie Lord Palmerston sie schon mehr als einmal über die Tanzfläche geführt hat.«

»Ganz genau, das habe ich auch bemerkt!«, lachte Georgy. »Da sieht man es mal wieder. Eigentlich heißt es ja, die Mäzeninnen von Almack's dürften gar nicht aufgefordert werden. Aber wie so vieles ist auch das bloß eine Farce.«

»Leise, sie steht genau hinter dir«, warnte Lu. »Sie könnte dich hören.«

Im Gegensatz zu den anderen Ballabenden, die Lu in dieser Saison schon erlebt hatte, schien sich der Ball bei Almack's schier endlos in die Länge zu ziehen. Louisa ahnte bereits, dass dies vielleicht daran lag, dass James Hamilton nicht da war. Gelangweilt ging sie in Gedanken immer wieder die Erlebnisse des Nachmittags durch. Schließlich, gegen vier Uhr am Morgen, kam Charles endlich die Treppe herab, um nach Hause zu fahren. In der Zwischenzeit hatte er sein gesamtes Geld verspielt und schwor, dass dies definitiv das letzte Mal gewesen wäre, dass er einer Einladung von Almack's gefolgt sei.

Müde ließ Louisa sich in ihr Bett sinken – und konnte doch nicht schlafen. Abercorns Angebot faszinierte sie noch immer. Streng genommen wurde seine Offerte sogar mit jeder weiteren Stunde, die verstrich, verlockender. Genau solch einen Auftritt hatte sie sich doch schon ihr ganzes Leben lang gewünscht! Zumal sie genau wusste, dass sie der Rolle gewachsen sein würde und Kittys Darbietung bestimmt noch übertreffen könnte. Das Einzige, was sie noch davon abhielt, James' Angebot anzunehmen, war also diese ominöse Gegenleistung, die er verlangte. Was mochte das wohl sein?

Dann aber erinnerte Lu sich: Alle Bühnendarstellerinnen haben Liebhaber, dachte sie verbittert. Männer, die von ihnen sexuelle Gefälligkeiten erwarten.

Übellaunig warf sie sich in ihrem Bett hin und her und boxte in ihr Kissen. Am Ende gibt es doch nur zwei Möglichkeiten, sinnierte sie. Entweder, ich will einmal im Leben dort oben auf der Bühne stehen, oder eben nicht. Und tief im Inneren wusste Lu ganz genau, dass es auf der ganzen Welt nichts gab, was sie sich sehnlicher wünschte. Das ist eine Chance, wie man sie nur einmal im Leben erhält! Also, was zur Hölle hält mich eigentlich noch davon ab, auf Abercorns Angebot einzugehen? Und überhaupt: Wie sieht das denn aus, wenn ich jetzt einfach kneife und die Zimperliche spiele?

Wenige Sekunden später hatte Lu dann endlich ihre Entscheidung getroffen. Und kaum dass dieses Problem gelöst war, schlief sie auch schon selig ein und erwachte erst wieder am frühen Nachmittag.

»Ich denke, ich werde heute mal Tante Charlotte einen Besuch abstatten und ihr sagen, dass Mutter nach Campden Hill gefahren ist, weil Rachel die Windpocken hat. Es wird sie bestimmt interessieren, dass ihre Schwester frühestens in einer Woche wieder in London ist. Hast du Lust, mich zu begleiten, Georgy?«

»Du meinst, ob ich Lust hätte, einen ganzen Nachmittag lang bei denen auf dem Sofa zu hocken und mir von Sophias Hochzeitsplänen vorschwärmen zu lassen? Nein, danke. Da verzichte ich lieber.«

Lu musste sich arg beherrschen, um ihr Lächeln zu verbergen, hatte sie doch bereits damit gerechnet, dass Georgy ihr genau diese Antwort geben würde. Und genau aus diesem Grunde hatte sie sich ja auch entschieden, einen Besuch bei ihrer Tante Charlotte als Ausflugsziel vorzugeben.

Frohgemut spannte sie also ihren roten Sonnenschirm auf und ging zu Fuß hinab zum Grosvenor Crescent. Zuerst führte sie ihr Weg durch den verwunschenen Green Park, dann einmal quer über Piccadilly und schließlich gleich um die Ecke in die Half-Moon Street. Letztere war zwar sehr kurz und hatte nur wenige Anwohner, gleichwohl aber hatte Lu nicht die geringste Ahnung, welches der Häuser wohl Abercorns war. Doch sie ließ sich nicht entmutigen, sondern stieg entschlossen gleich die erste Vordertreppe hinauf und klopfte einmal kräftig an die Tür des ehrwürdigen Stadthauses.

Ein Diener öffnete ihr und schaute Louisa einmal misstrauisch von Kopf bis Fuß an, dann blieb sein Blick für einen Moment an ihrem roten Sonnenschirm haften. Schließlich aber, da sie keine weibliche Begleitung bei sich hatte, entschied er offensichtlich, dass sie wohl keine echte Dame sei, und murmelte ziemlich unhöflich: »Was gibt's denn, Miss?«

»Wohnt der Marquis von Abercorn hier?«

»Nein, Miss.« Es folgte ein knappes Nicken und der Versuch, die Tür gleich wieder zu verriegeln.

Louisa aber reagierte schnell und schob den Fuß dazwischen. »Wisst Ihr denn, wo Lord Abercorns Haus liegt?«, hakte sie übertrieben höflich nach.

»Kann schon sein, Miss«, erklang die einsilbige Antwort, während der Diener abermals versuchte, die Tür zu schließen.

»Sir! Ich muss doch sehr bitten. Geht man so etwa mit einer Lady um?« Blitzschnell schloss Lu ihren Sonnenschirm und richtete die

Spitze genau auf den mürrischen Lakaien. »Ihr sagt mir jetzt auf der Stelle, wo der Marquis von Abercorn wohnt, oder Ihr bekommt die Spitze meines Sonnenschirms zu spüren!«

Wortlos deutete der Bedienstete auf das gegenüberliegende Anwesen und nutzte den Moment, als Louisa sich umdrehte, um schließlich doch noch die Tür ins Schloss zu werfen.

Zielstrebig ging Louisa auf das ausgewiesene Haus zu und klopfte einmal an die Tür. Wenig später erschien auch hier ein Diener; diesmal aber war Lu bereits gewappnet. Mit blitzenden Augen richtete sie die Spitze ihres Sonnenschirms auf ihn und drohte: »Ich bin Lady Louisa Russell. Und ich möchte den Marquis von Abercorn sehen. Ihr werdet mich ihm jetzt sofort ankündigen, oder ich –«

Der Diener aber grinste nur und fiel ihr ins Wort: »– oder ich bekomme gleich die chinesische Folter zu spüren, richtig? Habe schon verstanden, Mylady. Folgt mir einfach, wenn ich bitten darf.«

Verdutzt betrat Lu die Eingangshalle. »Was, bitte schön, ist denn die ›chinesische Folter‹?«, hakte sie neugierig nach.

»Nun, ich würde mal sagen«, nuschelte ihr Gegenüber mit fröhlichem Grinsen, »das ist, wenn Ihr mir Euern Sonnenschirm in den Allerwertesten geschoben hättet, um ihn dann – aufgespannt! – wieder rauszuziehen.«

Lu musste sich sehr beherrschen, um nun nicht in schallendes Gelächter auszubrechen, als von oben plötzlich eine herrische Stimme erschallte: »Phineas!« Polternd kam James Hamilton die Treppe hinuntergerannt, um seinem Diener die Leviten zu lesen. »So spricht man doch nicht mit einer Dame! Bitte entschuldigt, Lu. Er ist manchmal etwas vorlaut. Kommt doch mit hinauf.«

Noch immer musste Louisa leise lächeln, folgte James aber ohne Zögern ins Obergeschoss. »Na, wer hätte denn gedacht, dass ich das noch mal erlebe?«, sagte sie. »Ein Ire entschuldigt sich für seinen Landsmann!« Doch James schwieg.

Oben angekommen führte er sie sogleich in einen geschmackvoll eingerichteten Salon; Lu allerdings lehnte es ab, auf dem ihr angebotenen Sessel Platz zu nehmen, und schaute ihren Gastgeber stattdessen nur mit vielsagendem Blick an.

James ahnte sofort, warum Louisa zu ihm gekommen war. Tatsächlich hatte er sogar schon auf sie gewartet. Denn genau wie damals, als sie sich vor vielen Jahren das allererste Mal begegnet waren, so hatte er ihr auch diesmal wieder eine Marzipanmaus angeboten. Und auch wenn Louisa sich zunächst ein wenig zierte, so war James doch von Anfang an überzeugt gewesen, dass sie am Ende doch noch anbeißen würde.

»Ich habe mich entschlossen, es zu tun!«, platzte es dann ohne jede Vorwarnung auch schon aus ihr heraus. Fast schien es, als ob sie sich ein wenig vor ihrer eigenen Courage fürchtete.

James aber tat so, als ob er nicht wüsste, wovon sie spräche. »Ihr habt Euch entschieden, *was* zu tun, Lady Russell?«

»Na, dass ich für eine Nacht Kittys Rolle im Covent Garden übernehme.« Misstrauisch schaute sie ihn an. »Das heißt, falls es bei Eurer Zusage bleibt und Ihr noch immer der Meinung seid, das für mich arrangieren zu können.«

»Vertraut mir«, versprach Abercorn. »Das ist ein Kinderspiel für mich.«

Nun, dachte Lu ein klein wenig verdrießlich, wenn Ihr euch da dermaßen sicher seid, dann muss sie wohl Eure Geliebte sein. Warum sollte sie das Risiko eingehen, für einen Abend ihre Rolle aufzugeben und mich an ihrer statt auf die Bühne zu lassen?

»Nun, sofern auch Ihr Euch wirklich traut: Welcher Abend wäre Euch denn am liebsten?«, fragte James, ganz Advocatus Diaboli. »Ihr habt die Wahl. Wichtig ist nur, dass keiner Verdacht schöpft, wenn Ihr eine ganze Nacht lang nicht nach Hause kommt.«

Beinahe hätte Louisa überrascht aufgeschrien: Eine ganze Nacht? Dann aber erinnerte sie sich wieder, dass sie diese Nacht ja mit *ihm* verbringen würde. Andererseits, so versuchte sie sich selbst zu beruhigen, wäre doch selbst das noch immer ein ziemlich bescheidener Preis dafür, dass sich für sie auf diese Weise endlich ihr Lebenstraum erfüllte. Zumindest, wenn man die Sache mal ganz nüchtern betrachtete. Leider aber war Louisa kein nüchterner Mensch, sondern ganz im Gegenteil eine höchst empfindsame junge Dame, und so konnte sie sich in diesem Augenblick immer noch nicht so recht dazu entschließen, sich James nach der Aufführung einfach so hinzugeben.

»Wie wäre es denn mit Mittwoch?«, unterbrach Abercorn abrupt ihre Überlegungen. »Dann könntet Ihr Euch während der Nachmittagsaufführung noch einmal ganz in Ruhe Kittys Darstellung ansehen, und am Abend tretet Ihr dann selbst auf. Na, wie klingt das?«

»In Ordnung ... sehr schön«, stammelte Lu. »Mittwoch wäre wahrscheinlich in der Tat am besten.«

Abercorn warf einen Blick auf den zierlichen roten Sonnenschirm, den Louisa noch immer umklammerte, als ob daran ihr Leben hinge. »Warum legt Ihr den nicht endlich einmal beiseite«, forderte er sie auf, »und setzt Euch noch für einen Moment zu mir?«

In diesem Augenblick wurde auch Louisa bewusst, wie lächerlich sie wohl gerade aussehen musste, und sie versuchte, ihre Verlegenheit mit einem kleinen Witz zu überspielen: »Ihr wollt mich wohl meiner Waffe berauben, wie?«

»Eure Waffen sind verglichen mit meinen Überredungskünsten sowieso wirkungslos«, konterte James mit süffisantem Grinsen und stellte lässig eine bauchige Weinflasche vom Vorabend ins Regal zurück.

Wenn das so ist, dann könnt Ihr mich ja eigentlich auch gleich in Euer Schlafgemach zerren!, schimpfte Lu im Stillen. Ihr unersättlicher arroganter Ire! Allerdings traute sie sich nicht, dies auch laut auszusprechen, aus Angst, dass dann aus ihrem Auftritt vielleicht doch nichts mehr werden würde. Und so schluckte sie einmal, ehe sie mit süßlicher Stimme entgegnete: »Ich nehme mal an, das heißt, Ihr wollt mich betrunken machen?«

»Ganz sicher nicht. Wein werdet Ihr von mir jedenfalls nicht bekommen. Aber wenn Ihr vielleicht noch auf einen Tee bleiben wollt?«

»Natürlich. Gerne.« Lu war ein wenig verlegen, gab sich aber nach wie vor höchst nonchalant und setzte sich. »Zumal wir bei der Gelegenheit auch gleich noch eine andere Sache klären könnten.« Herausfordernd schaute sie Abercorn an, verzweifelt darum bemüht, mit ihrer koketten Bemerkung wieder die Oberhand zu gewinnen.

»Ach, ja?«, erwiderte James verblüfft. »Und welche ›andere Sache‹ wäre das?«

»Nun, da Phineas wie Ihr ein Ire ist, möchte ich doch bezweifeln, ob er imstande ist, einen echten englischen Tee zuzubereiten.«

Sofort wies James seinen Diener an, besagten Tee aufzusetzen, woraufhin dieser wenig später auch schon mit einem zierlichen kleinen Servierwagen zurückkehrte, während um seine Lippen ein selbstzufriedenes Grinsen spielte. Über den einen Arm hatte er sich eine gut gestärkte weiße Leinenserviette gelegt, während auf einem kostbaren Silbertablett verschiedene winzige Sandwiches warteten – einige mit Brunnenkresse belegt, andere mit hauchfein geschnittenen Gürkchen – sowie diverse köstliche Petit Fours. Dazu gab es natürlich den gewünschten Tee.

Vorsichtig stellte Phineas gleich neben Lu ein kleines Tischchen auf, komplett mit edler Damastserviette, einem zarten Porzellanteller, einem winzigen Sahnekännchen und natürlich der obligatorischen Zuckerdose. Anschließend goss er ihr den dampfenden, duftenden Tee ein und reichte ihr die feine Porzellantasse samt passender Untertasse. Das Ganze ging ohne ein einziges Wort vor sich. Erst ganz zum Schluss fragte er: »Darf ich Euch vielleicht sonst noch etwas bringen, Mylady?«

»Nein. Vielen Dank, Phineas.« Ein dezenter Blick auf das Service verriet Lu, dass es sich dabei um das sündhaft teure *Spode*-Porzellan handelte; um den Rand herum verlief eine kräftige weinrote Girlande, geschmückt mit einem zarten goldenen Band, sodass Louisa am

Ende der kleinen Zeremonie ehrlich beeindruckt war – und zwar nicht nur von dem edlen Porzellan, sondern auch von dem Mann, der diesen echt-englischen Teegenuss kredenzt hatte.

Schließlich, nachdem Phineas sich wieder zurückgezogen hatte, erlaubte auch James sich ein Grinsen. »Ich sage nur eines: Unterschätzt die Iren nicht.«

Louisa hatte gerade die Tasse an ihre Lippen gehoben und schaute Abercorn nun mit funkelndem Blick über den Rand hinweg an, während sie eingestand: »Seid gewiss, das nächste Mal, wenn ich mich mit einem Iren anlege, werde ich besser vorbereitet sein.« Dann aber wechselte sie rasch das Thema – es sollte schließlich nicht schon beim Tee allzu persönlich werden – und wandte sich dem Reformvorhaben ihres Bruders Johnny zu.

»Ja, Lord John hat das Potenzial, es noch sehr weit zu bringen«, stimmte James ihren Ausführungen vorbehaltlos zu.

Auch Louisa nickte. »Vater hofft, dass er eines Tages vielleicht sogar ins Kabinett berufen wird. Premierminister Grey hat jedenfalls schon zugestimmt, ihn zu den Kabinettssitzungen hinzuzuladen, das heißt, wenn es so weit ist, dass man sich dort über die geplante Gesetzesreform berät.«

»Ich kann die hehren Hoffnungen Eures verehrten Vaters gut nachvollziehen. Und wie gesagt: Meiner Meinung nach hat Lord John definitiv das Zeug zu Höherem.«

Genüsslich verspeiste Louisa unterdessen zwei der kleinen Sandwiches und ein Petit Four. Anschließend nahm sie mit graziösen Gesten ihre Serviette auf, tupfte sich die Lippen ab und erhob sich, während sie nach ihrem roten Sonnenschirmchen griff. »Ich danke Euch für den köstlichen Tee«, verabschiedete sie sich mit formellem Nicken, um dann ein wenig verunsichert hinzuzufügen: »… und für das Arrangement.«

»Euer Wunsch ist mir Befehl«, erwiderte James deutlich gelassener und stand ebenfalls auf.

Mein Wunsch ist Euch Befehl?, spottete Louisa im Stillen. Dass ich nicht lache! Denn nach meiner Aufführung wird es ja wohl genau umgekehrt sein; dann bin ich diejenige, die sich Euren Wünschen zu fügen hat. Laut hingegen erwiderte sie: »Auf Wiedersehen, Mylord. Ich denke, man sieht sich dann kommenden Mittwoch.«

Am Dienstagabend zog Louisa sich schon ungewöhnlich früh zurück. Doch sie begab sich noch lange nicht zu Bett. Stattdessen übte sie noch einige Stunden lang die Schrittfolgen und die Texte der Lieder. Und als sie sich dann endlich hinlegte, war sie noch immer viel zu aufgeregt, um schlafen zu können, und ging im Geiste schier unzählige Male ihren Auftritt durch. Immer wieder ließ sie vor ihrem geistigen Auge sämtliche Szenen der Aufführung Revue passieren. Nur an eines mochte sie nicht denken: An den Moment, wenn der Vorhang fiel und sie sich Abercorns Wünschen zu unterwerfen hatte.

Am Mittwoch holte James sie wie versprochen gleich nach dem Mittagessen ab, und gemeinsam machte man sich auf den Weg ins Covent Garden Theatre. Ehe sie aber durch den Bühneneingang das Theater betraten, setzte Lu ihre rote Perücke auf und stopfte ihre dunklen Locken unter die künstliche Pracht.

Galant begleitete James sie bis in die Garderobe, wo Kitty sie bereits freudestrahlend erwartete.

»Ihr könnt Euch die Vorstellung heute Nachmittag von hinter der Bühne aus anschauen«, begrüßte sie Lu. »Und die anderen Mädchen habe ich auch schon informiert. Ich habe ihnen bereits gesagt, dass Ihr an diesem Abend meinen Part spielen werdet. Und was die Hauptdarsteller angeht – macht Euch um die mal keine Sorgen, Jane. Die gucken sowieso nicht nach uns einfachen Chormädchen und werden es somit gar nicht bemerken, wenn wir für einen Abend die Plätze tauschen.«

»Ich danke Euch, Kitty«, war alles, was Louisa herausbrachte. Sie war so aufgeregt, dass sie kaum noch atmen konnte.

Unterdessen nahm James ihr vorsichtig den Umhang ab und

hängte ihn an einen der Garderobenhaken. »Und sonst alles in Ordnung mit Euch?«

Lu nickte einmal, während ihre Augen so hell glitzerten wie Sterne.

»Dann lasse ich Euch jetzt wohl besser allein.« Ehe er ging, beugte er sich jedoch noch einmal dicht über Louisa und flüsterte ihr ins Ohr: »Gebt alles und zeigt's Ihnen, Lady Lu.«

Louisa aber schwieg ein wenig verunsichert und wandte sich stattdessen Kitty zu, die gerade in ihr skandalöses Kostüm schlüpfte. »Wie habt Ihr Euch eigentlich kennengelernt, Miss Kitty? Seid Ihr schon lange miteinander befreundet?«

»Wir haben als Kinder zusammen gespielt«, antwortete Kitty ganz arglos und freiheraus, ehe sie sich mit kritischem Blick wieder ihrem Spiegelbild widmete.

Dann sind sie also bloß alte Freunde aus Kindertagen! Am liebsten hätte Lu laut gejauchzt. Sie ist also gar nicht seine Geliebte! Fast schon wäre ihr schwindelig geworden vor lauter Erleichterung, und mit bebenden Knien ließ Louisa sich auf einem der Stühle nieder.

Wenig später erhielten die Mädchen das Zeichen, sich auf ihre Plätze zu begeben, und unter leisem Gekicher eilten sie auf die Bühne. Lu folgte ihnen in einigem Abstand und suchte sich einen Platz gleich rechts neben dem Seitenaufgang. Lautlos sang sie die Texte mit und bewegte nur die Lippen, während sie die tänzerische Darbietung ihrer Kolleginnen begutachtete. Irgendwie fehlt ihrer Aufführung die Lebendigkeit, dachte sie. Es sieht so aus, als ob sie die Schritte schon tausendmal durchgegangen wären und ihr Repertoire nun nur noch abspulen. Man merkt ganz einfach, dass das alles für sie mittlerweile bloß Routine ist. Wie schade.

Die Hauptakteure des *Brigand* hingegen spielten ihre Rollen nach wie vor voller Enthusiasmus. Louisa genoss es, ihnen beim Spiel zuzusehen, zumal ihr Platz neben der Bühne ihr ein noch eindringlicheres Erlebnis der Aufführung erlaubte. Schließlich aber war auch dieser Theaternachmittag irgendwann zu Ende, und alle Darsteller versammelten sich zum Schlussapplaus und einer letzten Verbeugung. Erst, als auch wirklich der allerletzte Vorhang gefallen war, folgte Lu den Mädchen in die Garderobe, wo die meisten von ihnen sich atemlos und verschwitzt auf die Stühle fallen ließen.

Keuchend zerrte sich Kitty ihr Kostüm vom Leib und hängte es sorgsam auf einen der Bügel. »Gütiger Gott«, raunte sie an Louisa gewandt. »Ich kann einen freien Abend wirklich gebrauchen.«

»Trotzdem danke ich Euch, Kitty. Ohne Euch wäre das alles nicht möglich.«

»Ist doch nicht der Rede wert«, winkte Kitty ab. »Ich mache es ja in erster Linie für James. Für ihn würde ich alles tun.«

Derweil zogen auch die meisten anderen Mädchen ihre Kostüme aus; allerdings machten sie sich nicht die Mühe, wieder in ihre Alltagskleidung zu schlüpfen. Stattdessen hüllten sie sich in seidene Morgenmäntel, um ihre Nacktheit zu verbergen, während ein etwa zwölfjähriger Bursche reihum ging, um Geld einzusammeln. Er besorgte das Essen für all jene, die sich zwischen den Vorstellungen ein wenig stärken wollten.

Eine halbe Stunde später war er schon wieder da und reichte den Mädchen je eine heiße Portion *fish and chips*; man aß es einfach mit den Fingern, und das Ganze war eingewickelt in simples Zeitungspapier. Louisa, die sich ebenfalls eine Portion bestellt hatte, war außer sich vor Begeisterung. Auch sie aß mit den Fingern und war der festen Überzeugung, dass sie noch niemals in ihrem ganzen Leben etwas so Köstliches gegessen hatte.

Unterdessen drehten sich die Unterhaltungen der Mädchen fast ausschließlich um deren Verehrer. Für die meisten von ihnen war es selbstverständlich, sexuelle Gefälligkeiten gegen Geschenke oder Essen oder andere nützliche Dinge auszutauschen. Die, die es am besten getroffen hatten, hatten sogar feste Galane, die ihnen die Miete bezahlten.

Ob James wohl auch Kittys Miete bezahlt?, überlegte Lu. Allein die bloße Vorstellung, dass auch Abercorn zu diesen wollüstigen

Mäzenen zählte, war für sie regelrecht zermürbend. Kurz darauf aber schalt sie sich selbst dafür, dass sie ihm so etwas überhaupt zutraute, und verbannte jeglichen weiteren Gedanken in diese Richtung entschlossen aus ihrem Kopf.

Ungefähr eine Stunde vor Beginn der Abendaufführung zog Louisa ihr Kostüm an und setzte sich vor den Spiegel, um sich zu schminken. Unterdessen schien in ihrer Magengegend bereits ein ganzer Schwarm von Schmetterlingen zu wüten, so aufgeregt war sie und so voller Vorfreude. Schließlich, als sie mit ihrem Kunstwerk fertig war, warf sie noch einen letzten prüfenden Blick in den Spiegel – und war zufrieden. Niemand würde sie in dieser Aufmachung als Lady Louisa Russell erkennen, noch nicht einmal ihre eigene Familie. Dieses Wissen verlieh ihr Selbstsicherheit, und über ihre Lippen breitete sich ein verschmitztes Lächeln.

Dann kam das Zeichen, dass sich gleich der Vorhang heben würde, und wie ein Blitz schien eine wahre Woge an Energie sie zu durchströmen. Abrupt sprang sie von ihrem Stuhl auf und konnte es kaum erwarten, ihre erste Vorstellung auf einer öffentlichen Bühne zu geben. Und obgleich Kitty zwar nicht die Primaballerina in den Reihen der Chormädchen war, marschierte Lu nun siegesgewiss voran. Noch ein letzter tiefer Atemzug, und schon berührten ihre Füße erstmals die Bretter, die die Welt bedeuten.

Konzentriert nahm sie ihre Pose ein, und ihre Nervosität schmolz dahin wie Eis im Sommer. Zudem erhob sich ihre klare helle Stimme schon während des ersten Liedes deutlich über die der anderen. Ihre Gesten waren anmutig, ihr Tanz war pure Perfektion, und überhaupt war ihre Darbietung sehr viel professioneller als die Darbietung des offiziellen Chors. Louisa lebte und atmete ihre Rolle und verschmolz am Ende regelrecht mit der Person, die sie darstellen sollte.

James Hamilton, der sich abermals unter das Publikum gemischt hatte, war geradezu fasziniert von Louisa. Ihre Schönheit und ihr Talent waren einfach atemberaubend. Und tief in seinem Inneren musste er sich eingestehen, dass es in der Tat eine Schande war, dass Lu wohl niemals eine professionelle Tänzerin und Chanteuse werden würde. »Ja, eine Schande ist es!«, seufzte er leise, denn Lu besaß wahrlich all das, was es brauchte, um ein echter Star zu sein.

Andererseits aber wollte er sie auch gar nicht erst mit anderen teilen. Dieses Arrangement, dass Lu dort oben auf der Bühne stehen durfte, galt nur für eine Nacht. Die bloße Vorstellung, sie womöglich gar mit der ganzen Welt teilen zu müssen, trieb ihn bereits zur Weißglut. Nein, Louisa gehörte ihm. Ihm ganz allein. »Und ich werde nichts unversucht lassen«, murmelte er, »um sie zu meiner Frau zu machen.«

· 13 ·

So viel Applaus zu bekommen ist doch das herrlichste Gefühl der Welt! Atemlos und wie benommen stand Louisa noch einen Augenblick lang auf der Bühne, nachdem bereits der letzte Vorhang gefallen war, und flüsterte vor sich hin: »Ich hab's geschafft!« Sie legte den Kopf in den Nacken, breitete die Arme aus und schlang sie dann wieder ganz fest um sich, während der Stolz und die Freude sie schier übermannten. Sie war geradezu berauscht von ihrem Triumph, ihre Brüste kribbelten vor Erregung, und überhaupt glaubte sie gerade in höheren Sphären zu schweben. Ein warmes Gefühl der Glückseligkeit durchströmte ihren Körper, und für einige Minuten war sie der glücklichste Mensch in ganz London.

Lu war mit Abstand die Letzte, die die Bühne verließ, und als sie in die Garderobe zurückkehrte, war sie noch immer so voller Selbstvergessenheit, dass sie die hasserfüllten Blicke und das neidische Getuschel der anderen Mädchen gar nicht bemerkte.

Abrupt und ohne anzuklopfen stieß James die Tür zur Garderobe auf, in der Hand einen riesigen Strauß leuchtend roter Rosen und Nelken. »Ihr habt es geschafft!«, jubelte auch er. »Und Ihr wart wunderbar.«

Lachend schaute Lu zu ihm auf und nahm die Blumen entgegen. Dann verbarg sie einen Moment lang ihr Gesicht in den zarten Blütenblättern und atmete einmal tief den berauschenden Duft ein.

James breitete die Arme aus und zog Lu an sich, die sich wiederum seufzend gegen seine breite Brust sinken ließ und murmelte: »Ich danke Euch, James. Danke, dass Ihr das alles möglich gemacht habt.«

Die anderen Mädchen, die sich derweil ihrer Kostüme entledigten, starrten ein ums andere Mal neidvoll auf den attraktiven Adligen, der im Abendanzug und mit einem riesigen Strauß Blumen erschienen war, um Lu seine Aufwartung zu machen. Doch die beiden nahmen die anderen gar nicht wahr. Stattdessen standen sie einfach nur eng umschlungen da, während die Mädchen eines nach dem anderen die Garderobe verließen, bis Lu und James ganz allein miteinander waren.

»Lasst mich Euch aus dem Kostüm heraushelfen«, bot er ihr schließlich an.

Vorsichtig legte Lu die Blumen auf einem Tischchen ab und wandte Abercorn ihren Rücken zu. »Ich hasse es, dieses schöne Kostüm schon wieder abzulegen«, murrte sie leise, während er die Häkchen öffnete. Anschließend stieg sie rasch aus ihrem Bühnengewand heraus und schlüpfte wieder in ihren Unterrock und ihr duftiges Kleid. Dann ließ sie sich auf einem Stuhl nieder, um schließlich auch noch ihre Strümpfe überzustreifen und die Strumpfbänder anzulegen.

Galant kniete James vor ihr nieder und half ihr, in ihre Schuhe zu schlüpfen. »Euer Make-up könnt Ihr später abnehmen.« Anschließend nahm er ihren Umhang vom Haken und legte ihn ihr mit liebevoller Geste um die Schultern, ehe er ihre Hand ergriff und sie hinausgeleitete.

Louisa jedoch nahm noch rasch den Blumenstrauß auf und stellte mit Erstaunen fest, dass die Garderobe menschenleer war. »Wo sind denn all die anderen hin?«

James aber schwieg und führte sie ein letztes Mal auf die Bühne, wo sie bedächtig einen Moment hinter dem Vorhang verharrten. »Es fällt Euch sicherlich nicht leicht, Euch von hier zu verabschieden, nicht wahr?«, raunte er. »Wie wäre es also, wenn Ihr die Gelegenheit nutzt und Euch ein letztes Mal verbeugt?«

Louisa war noch immer so euphorisch gestimmt über die geglückte Vorstellung, dass in ihrem Herzen im Augenblick gar kein

Platz war für den Gedanken, dass dies ihr erster und zugleich letzter öffentlicher Auftritt gewesen war. Stattdessen sank sie in einem graziösen Knicks nieder und schenkte James ein strahlendes Lächeln, während er gedämpft applaudierte. Und sie wollte auch ganz bewusst nicht daran denken, was nun folgen würde. Nichts konnte in diesem Moment die Freude in ihrem Herzen schmälern, nichts konnte ihr ihre gute Laune nehmen. Denn dies war ein Traum, der endlich wahr geworden war, und Louisa wünschte, er würde nie enden.

Schließlich aber atmete sie einmal tief durch und besann sich auf das Arrangement, das sie mit James getroffen hatte. Zumal sie inzwischen der Ansicht war, dass diese Stunden voller Ruhm den Preis in jedem Fall rechtfertigten.

Plötzlich hörte sie hinter sich ein dezentes Räuspern. Erstaunt schaute Louisa sich um, und ihr Blick fiel auf einen älteren Bühnenarbeiter, der leicht versteckt am linken Bühnenaufgang stand.

»Bitte vielmals 'm Entschuldigung, M'lord, M'lady«, nuschelte er. »Aber ich würd nu gern die Lichter ausmachen und abschließen.«

»Tut mir leid, Lady Lu«, sagte James achselzuckend. »Aber ich fürchte, Euer Auftritt am Covent Garden Theatre hat nun ein Ende.«

»Das braucht Euch nicht leidzutun, James«, lachte Louisa. »Ich werde diesen Augenblick der Magie auf ewig in meinem Herzen behalten.«

Nachdenklich verließen sie Seite an Seite das Theater, das mittlerweile in tiefe Dunkelheit gehüllt war, und schlenderten an den Blumenverkäufern von Covent Garden vorbei direkt auf Abercorns Equipage zu; Phineas wartete bereits pünktlich wie immer und am vereinbarten Treffpunkt auf seinen Herrn. Mit einer knappen kleinen Verbeugung öffnete James Louisa die Kutschentür und folgte ihr ins Innere, wobei er jedoch abermals ganz bewusst den Platz ihr gegenüber wählte; und zwar nicht zuletzt deshalb, weil er ihre strahlende Schönheit von dort aus besser bewundern konnte. Ihre Augen leuchteten wie Sterne, und um ihre Lippen spielte jenes feine

Lächeln, wie es sich zumeist nur dann einstellte, wenn einem gerade etwas ganz, ganz Kostbares widerfahren war.

»Zuerst hatte ich ganz fürchterliche Bauchschmerzen vor lauter Aufregung«, flüsterte sie. »Aber dann, kaum dass ich die Bühne betrat, waren sie plötzlich wieder verschwunden – dieser Augenblick war geradezu magisch.«

»Euer Auftritt war wirklich sehr professionell«, lobte James sie. »Verglichen mit Euch sahen die anderen Mädchen aus wie Anfängerinnen.«

»Ich habe wirklich jeden Moment genossen. Und den Applaus – nun, ich fürchte, den habe ich regelrecht in mich aufgesogen.«

Ernst sah James Louisa an. »Ihr habt den Applaus aber auch verdient.«

»Danke … danke für Eure Komplimente und dafür, dass Ihr dies alles überhaupt erst möglich gemacht habt.«

»Ich freue mich, wenn Ihr Euch freut, Louisa.«

Rumpelnd und in rasantem Tempo überquerte die Kutsche die Kreuzung vom Piccadilly Circus. Fast schon glaubte Louisa, dass James ihr Versprechen vergessen hätte und sie nun doch direkt nach Hause begleiten würde. Dann aber, im allerletzten Moment, bog Phineas ab und brauste auf den beiden Außenrädern um die Kurve, ehe er die Pferde in der Half-Moon Street unmittelbar vor Abercorns Stadthaus zügelte.

Trotz ihrer Angst vor dem, was nun kommen würde, flüsterte Louisa kichernd: »Ist er etwa betrunken?«

»Das kann man nie wissen«, erwiderte James mit spitzbübischem Grinsen. »Er ist schließlich Ire.«

Schwungvoll sprang er aus der Kutsche heraus, um Louisa beim Aussteigen behilflich zu sein. Anschließend gingen sie Seite an Seite die Vordertreppe seines Hauses hinauf, James öffnete die Tür und ließ Louisa als Erste eintreten. Galant nahm er ihr den Umhang ab und hängte ihn über den Garderobenständer, während er raunte: »Nach Euch, Mylady.«

Louisa tat einen tiefen Atemzug, raffte dann aber doch ihre Röcke und stieg Stufe um Stufe die Treppe hinauf, dicht gefolgt von James. Unterdessen schien seine Nähe ihr den Atem zu rauben. Verunsichert legte sie die Hand an ihre heiße Wange und murmelte: »Ich trage ja noch immer mein Make-up.«

»Dann nehmt doch einfach ein kurzes Bad«, forderte James sie auf. »Phineas ist zwar gerade außer Haus, um uns ein kleines Abendessen zu besorgen, aber es wäre mir eine Ehre, wenn ich Euch die Wanne dafür einlassen dürfte.« Verschwörerisch blinzelte er ihr einmal zu und führte sie dann, ohne ihre Antwort abzuwarten, auch schon direkt ins Badezimmer. Rasch drehte er die beiden Wasserhähne auf, und schon füllte sich mit lautem Rauschen die von kleinen Löwenfüßen gestützte Wanne. »Bis Phineas wieder da ist, seid Ihr bestimmt fertig.« Damit drehte er sich schwungvoll um und verließ das Bad.

Nachdenklich starrte Louisa auf die geschlossene Tür. Er hat mir überhaupt keine Chance gelassen, seinen Vorschlag abzulehnen, grübelte sie. Andererseits: Warum sollte ich auch nicht ein Bad nehmen? Ein wenig heißes Wasser kann mir nun, nach der Vorstellung, gewiss nicht schaden.

Neugierig sah sie sich im Bad um, wobei ihr vor allem die vielen flauschigen Handtücher und der grün-samtene Morgenmantel von James auffielen. Prüfend hielt sie einen Finger in die Wanne, entschied, dass die Temperatur genau richtig war, und drehte das Wasser ab. Erleichtert riss sie sich die rote Perücke vom Kopf, streifte ihre Kleider ab und glitt dann, mit einen Stückchen Sandelholzseife bewaffnet, in die heiße Badewanne. Ganze drei Mal musste sie sich das Gesicht abrubbeln, ehe die Fettschminke endlich vollends entfernt war. Anschließend wusch sie ihre Arme und ihre Beine und sang dabei das Titellied des *Brigand*; zwar war dies eigentlich eine männliche Rolle, doch Louisa war stolz, dass sie alle Rollen singen konnte.

Schließlich zog sie den Wannenstöpsel wieder heraus, stieg aus der Wanne und schnappte sich eines der dicken Handtücher. Statt jedoch gleich wieder in ihr Kleid zu schlüpfen, beschloss sie, einfach einmal kühn zu sein, und nahm sich kurzerhand James' Morgenmantel. Ein kurzer Blick in den Spiegel verriet ihr, dass ihr Haar sich von der feuchten Luft im Badezimmer wieder einmal in dunkle Löckchen gelegt hatte, die nun zart ihr fein geschnittenes Gesicht umrahmten. Vor allem aber stellte sie mit Erleichterung fest, dass sie ohne die rote Perücke und die viele Fettschminke endlich wieder wie sie selbst aussah. Plötzlich wurde ihr bewusst, dass sie unter dem Morgenmantel ja vollkommen nackt war, und ihr Herz begann laut zu hämmern. Und beinahe wäre sie sogar wieder in ihr Kleid geschlüpft – doch irgendetwas hielt sie zurück.

Bin ich nun eine Schauspielerin oder bin ich es nicht?, schalt sie sich im Geiste, um sich gleich darauf selbst zu antworten: Natürlich bin ich das! Und heute Abend werde ich die Rolle meines Lebens spielen. Ich werde Kitty Kelly in ihre Schranken verweisen, und zwar nicht nur auf der Bühne! Heute bin ich diejenige, die wild und ungezügelt ist. Ein klein wenig selbstverliebt betrachtete Lu ihr verführerisches Spiegelbild.

Sie war noch immer erregt von ihrer Vorstellung im Covent Garden Theatre, und auch die euphorische Stimmung, die nach der geglückten Aufführung einsetzte, beherrschte unvermindert ihr ganzes Wesen. Louisa war an diesem Abend quasi die Verkörperung von Glück und Zuversicht, und so war es auch nicht verwunderlich, dass sie der anfänglich so gefürchteten Nacht mit James Hamilton nun ganz gelassen entgegenblickte. Mehr sogar noch: Sie betrachtete das Ganze mittlerweile als eine Art Herausforderung, als letzten Beweis ihres schauspielerischen Könnens. Dieses unbeschreibliche Glücksgefühl, das James ihr mit seinem Arrangement beschert hatte, war einfach grenzenlos. Und so war Louisa inzwischen auch tatsächlich willens, sich dafür ähnlich großzügig zu bedanken. Außerdem, so dachte sie, waren seine Küsse ja auch in der Tat durchaus verführerisch. Sicherlich, was nach diesen Küssen folgen würde, daran wagte sie im Augenblick nicht zu denken. Und trotzdem freute sie sich beinahe schon darauf, in der Annahme, dass eine Nacht mit ihm sie sicherlich ein für alle Mal von ihrer Naivität kurieren würde.

Langsam öffnete Louisa die Badezimmertür und nahm sofort einen köstlich-würzigen Duft wahr, bei dem es sich nur um Curry handeln konnte. Erst einen Augenblick später entdeckte sie Abercorn. Er hatte zwischenzeitlich sein Jackett sowie das elegante Halstuch abgelegt, und anerkennend stellte Louisa fest, dass seine gebräunte Haut und das schwarze Haar im Kontrast zu dem weißen Hemd nur noch attraktiver und exotischer wirkten. Doch auch James musterte sie mit glühendem Blick und erkannte natürlich sofort, dass sie seinen Morgenrock trug. Louisas Herz schien vor Aufregung einen winzigen Moment lang auszusetzen.

»Habt Ihr Hunger, Lu?«

Erst jetzt spürte Louisa, dass sie in der Tat kurz vorm Verhungern war. »Und wie!«, lachte sie.

Lässig ging er in das kleine Esszimmer hinüber, das an den formellen Salon angrenzte, wo in der Zwischenzeit irgendjemand daran gedacht haben musste, ihre Blumen ins Wasser zu stellen. Höflich zog James Lu den Stuhl heraus und drückte, als sie sich setzte, ganz unvermittelt einen kleinen Kuss auf ihren Scheitel. Dann schlenderte er, als ob nichts gewesen wäre, einmal um den Tisch herum und setzte sich genau ans andere Ende. Anschließend hob er die silbernen Glocken von den beiden silbernen Vorlegeplatten, und zum Vorschein kamen duftend gegrillte Rebhühnchen sowie eine Platte mit Curryreis und Esskastanien. Dazu reichte er Lu ein Glas feinsten Champagners.

»Das riecht ja verlockend«, murmelte Lu, während sie sich fragte, wo Phineas eigentlich war.

Mit funkelndem Blick nahm James seine kristallene Sektflöte auf und sagte: »Einen Toast auf Lady Lus hinreißende Vorführung.«

»Danke.« Mit bebenden Fingern ergriff sie ihr Glas und nippte einmal an dem sinnlichen Getränk, als ihr plötzlich eine Frage durch den Kopf schoss: »Was wäre eigentlich ein passender Trinkspruch auf einen Iren?«

James grinste und verkündete mit echt irischem Akzent: »Lass uns trinken! Einen auf dich und einen auf mich. Und kommt der Tag, da das Schicksal unsere Freundschaft anficht – so scher dich zum Teufel, auf dass ich allein weitertrinke: einen auf mich!«

Abrupt warf Louisa den Kopf in den Nacken und brach in schallendes Gelächter aus. Wie befreiend es doch ist, endlich einmal wieder von Herzen zu lachen, dachte sie und gluckste: »Ich liebe Euren despektierlichen Humor.«

»Nun, ich schätze, wir Iren sind grundsätzlich despektierlich.« Galant legte er Lu ein Rebhühnchen auf sowie eine großzügige Portion Curryreis. »Esst, bevor es kalt wird«, mahnte er sie, griff nach seinem eigenen Hühnchen und riss energisch eine der Keulen ab.

Louisa folgte seinem Vorbild und aß ebenfalls mit den Fingern. »Mhmm, die Haut ist so knusprig.« Sie verschlang die Keule regelrecht und nahm als Nächstes einen Flügel. »Ich fürchte, heute Nacht bin ich unersättlich. Ich hatte vorhin im Theater ja bloß eine Portion *fish and chips.*«

»Ist das wahr?«, fragte James. »Ihr esst tatsächlich etwas, das in *Zeitungspapier* eingewickelt war?«

»Aber natürlich! Und es war köstlich. Obgleich ich noch nie zuvor mein Essen aus einer Zeitung geklaubt hatte.«

»Alle Achtung. Aber bestimmt gibt es da noch eine Menge weiterer köstlicher Dinge, die Ihr noch nie probiert habt.«

Louisa errötete, ahnte sie doch bereits, worauf er hinauswollte. Hastig nahm sie einen Schluck Champagner.

James hatte sein Mahl schon lange vor Louisa beendet und lehnte sich entspannt zurück, um voller Faszination zu beobachten, wie graziös sie speiste. Als schließlich auch Lu fertig war und mit matter Stimme erklärte, dass sie keinen einzigen Bissen mehr hinunterbekäme, beugte James sich grinsend vor, hob eine weitere kleine Silberglocke und präsentierte ihr das Dessert.

»Brombeeren und Sahne!«, seufzte sie. »Wie soll ich da widerstehen?«

Genüsslich kostete sie einen ersten Löffel, woraufhin James langsam aufstand und Lu kurzerhand aus ihrem Sessel hob. Anschließend ließ er sich auf ihrem Platz nieder und setzte sie sich auf den Schoß. Mit glühendem Blick nahm er ihr den Löffel ab und flüsterte mit heiserer Stimme: »Erlaubt Ihr, dass ich Euch füttere, Lady Lu?«

Louisa konnte die Hitze, die von seinen Schenkeln ausströmte, selbst durch den dicken Stoff des Hausmantels spüren. Ihre Haut begann zu prickeln, und sie fragte sich verwirrt, ob es der Champagner war oder eher Abercorns Nähe, die eine solch seltsame Wirkung auf sie hatte. Gehorsam öffnete sie den Mund, und sie schmolz beinahe dahin, als sie abermals den köstlichen Geschmack der Brombeeren und der süßen Sahne auf der Zunge spürte.

Als sie sich danach genüsslich über die Lippen leckte, beugte James sich zu ihr vor und eroberte ihren Mund mit einem langen, verzehrenden Kuss. Dann schob er ihr den Hausmantel über die Schultern hinab und strich dabei liebkosend mit beiden Händen über ihre seidig-glatte Haut. »Ambrosia«, murmelte er selbstvergessen. Schließlich hob er das Champagnerglas an Lus Lippen, und durstig trank sie von der perlenden Flüssigkeit.

Dabei kam ihr unwillkürlich das Hohelied Salomos in den Sinn. *Denn deine Liebe ist lieblicher als Wein.* »Lass mich von deinen Küssen trunken werden«, flüsterte sie.

Wortlos streifte James ihr den Hausmantel ab, hob Lu auf seine Arme und trug sie hinüber in den Salon, wo ein knisterndes Feuer im Kamin entzündet worden war. Seinen einen Arm noch immer fest um sie geschlungen, ließ er Lu langsam an seinem Körper hinabgleiten, bis ihre nackten Brüste gegen seinen muskulösen Brustkorb drückten. Als er sie gleich darauf abermals voller Leidenschaft küsste, konnte sie seine stahlharte Erektion an ihrem weichen Bauch spüren.

Erregt schlang Lu ihm die Arme um den Hals, erhob sich auf die Zehenspitzen und drängte sich verlangend an ihn, sodass ihr Schamhügel sich an James' hartes Glied schmiegte. Die sinnliche Hitze, die von ihm ausstrahlte, das köstliche Gefühl, nackt in seinen Armen zu sein und seinen verführerischen Körper so dicht an dem ihren zu spüren, ließen heiß das Blut in ihren Adern pulsieren. Lu war regelrecht berauscht von der Rolle, die sie spielte. Ein prickelnder Schauer der Begierde überlief sie, bis sie vor Erregung am liebsten laut aufgeschrien hätte. Diese Nacht ist wirklich wie geschaffen für neue und aufregende Erfahrungen!, schoss es ihr durch den Kopf.

Im nächsten Augenblick ließ James sich plötzlich vor ihr auf die Knie sinken und liebkoste die empfindliche seidenweiche Haut unter ihren Brüsten mit kleinen Küssen. Dann drückte er seine warmen, hungrigen Lippen auf Lus nackten Bauch und tauchte seine Zunge in ihren Nabel. Schließlich zog er Lu hinunter auf den Fellteppich und drückte sie sanft zurück, bis sie der Länge nach ausgestreckt dalag, breitete ihr üppiges Haar aus und richtete sich dann wieder auf, um sie mit zärtlich-bewunderndem Blick ausgiebig zu betrachten.

Das Gefühl des weichen, kostbaren Pelzes an ihrer nackten Haut vermittelte ihr zum ersten Mal in ihrem Leben das Bewusstsein, wirklich schön und begehrenswert zu sein. Lu schwelgte regelrecht in James' maskulinem Duft und in der Berührung seiner Hand, während er mit langsamen, sinnlichen Streichelbewegungen ihre Brüste und ihren Bauch liebkoste. Dann wanderte seine Hand allmählich tiefer hinab, um mit den dunklen Löckchen auf ihrem Venushügel zu spielen. Als seine Fingerspitzen gleich darauf kühn zwischen ihre Schamlippen glitten, keuchte Lu überrascht auf, und als er wieder und wieder die winzige Knospe der Lust zwischen ihren Schenkeln umkreiste, bäumte sie sich ihm verlangend entgegen, und ihrer Kehle entrang sich ein Aufschrei der Erregung.

James wollte Lu mit seinen Liebkosungen zum Höhepunkt bringen, ohne sie zu entjungfern, und er war sich bewusst, dass er dabei äußerst feinfühlig und behutsam vorgehen musste. Er durfte sie nur mit der Zartheit eines Schmetterlingsflügels berühren und musste zugleich seinen eigenen schier überwältigenden Drang, sie zu nehmen und sich tief in ihrem Schoß zu vergraben, eisern beherrschen. Als er sie mit seinen Fingerspitzen wieder und wieder behutsam streichelte, spürte er, wie Lu ein Schauer der Wollust überlief. Plötzlich überkam ihn das drängende Bedürfnis, sie zu kosten, und leidenschaftlich presste er seine Lippen auf die ihren. Hungrig ließ er seine Zunge in die heiße Höhle ihres Mundes gleiten und schob sie vor und zurück, vor und zurück, ahmte auf diese Weise die Bewegungen beim Liebesakt nach, nach dem er sich so sehr verzehrte.

Die samtige Liebkosung seiner Zunge steigerte Lus Verlangen noch umso mehr, und unter den sinnlich-verführerischen Streichelbewegungen seiner Fingerspitzen begann das Blut in ihrem Schoß immer heftiger zu pulsieren. Das süße Lustgefühl, das sich zwischen ihren Schenkeln ausbreitete, wurde intensiver und intensiver, und Lu fühlte sich, als ob sie auf einem Meer der Wonne dahintriebe. Dann, ganz plötzlich, schien etwas in ihrem Inneren zu explodieren, und sie wurde in schwindelerregende, abgrundtiefe Verzückung katapultiert.

Sanft legte James seine Hand um ihre Wange und schaute sie an; unter schweren Lidern hervor erwiderte Lu stumm seinen Blick. »Lady Louisa«, nahm James schließlich seinen ganzen Mut zusammen. »Wollt Ihr mich heiraten?«

Zu Tode erschrocken erwachte Lu jäh aus ihrer glückseligen Trance und wich mit einem Ruck vor ihm zurück. »*Ich* soll *Euch* heiraten?«, spie sie ihm regelrecht entgegen. »Ganz sicher nicht!«

Mürrisch runzelte er seine dunklen Brauen. »Aber Ihr hattet doch versprochen, Euch zu revanchieren.«

»Und genau das tue ich ja auch: Ich verbringe gerade die Nacht mit Euch. Aber mehr auch nicht.«

Mit echtem Bedauern schaute James Hamilton sie an. »Aber ich will Euch nicht bloß für eine Nacht. Ich will Euch für den Rest meines Lebens. Und inzwischen müsstet Ihr doch wissen: Für mich gibt es nur alles oder nichts.«

Louisa sog hörbar den Atem ein. Seine Zurückweisung demütigte sie. Sie hatte gedacht, so wundervoll, wie dieser Abend begonnen hatte, so würde er auch weitergehen. Doch nun war alles anders, die prickelnde Magie mit einem Schlag zunichtegemacht, und an ihre Stelle trat blanker Hass. Hass auf James Hamilton, dafür, dass er diesen zauberhaften Abend mit seinen wahnwitzigen Forderungen einfach so zerstörte. »Wie Ihr meint«, zischte sie. »Aber dann lasst Euch sagen: Bei mir geht Ihr leer aus. Fahrt zur Hölle, James Hamilton!«

Louisa hatte schon halb das Zimmer verlassen, als ihr mit einem Mal bewusst wurde, dass sie ja splitterfasernackt war. Wie hatte sie nur so dumm sein können, mit ihren Hemmungen auch zugleich ihre gesamte Kleidung abzulegen? Nun ja, jetzt war es ohnehin zu spät. Hoch erhobenen Hauptes schritt sie weiter in Richtung Badezimmer, wo sie rasch wieder ihren Unterrock und das Kleid anzog, die langen Strümpfe und die Strumpfbänder. Einen kurzen Augenblick lang überlegte sie, ob sie noch einmal zurückgehen sollte, um diesem arroganten Hamilton mit ihren Nägeln die Wangen zu zerkratzen. Aber dann würde ich wohl auch den letzten Rest an Würde einbüßen, warnte eine innere Stimme sie. Wenn ich meinen Stolz bewahren will, dann gibt es nur einen Weg: Ich werde diesen irischen Idioten von nun an strikt ignorieren.

Mit so würdevoller Miene wie irgend möglich verließ sie das Bad – und hielt verdutzt inne. Denn aus ihrem Plan, Abercorn die kalte Schulter zu zeigen, wurde vorerst nichts. Er hatte den Salon längst verlassen. An seiner statt wartete nun Phineas auf Louisa und nuschelte: »Ich hab die Anweisung, Euch heimzufahren, Mylady.«

Unterdessen wurde der Kloß in Lus Kehle immer dicker, sodass sie nur einmal kurz nickte. Grenzenlos enttäuscht folgte sie Phineas die Treppe hinab bis in den Hausflur, wo sie sich ihren Umhang umlegte und die rote Perücke achtlos in die Tasche stopfte. Sie hatte es ja von vornherein geahnt. Die attraktivsten Männer waren zumeist auch die arrogantesten und selbstsüchtigsten. Sie war so unendlich wütend! Immerhin, so schwor sie sich, wollte sie sich diese Demütigung merken, auf dass sie sich niemals wieder zu solch leidenschaftlicher Hemmungslosigkeit verlocken ließe.

Derweil stand James Hamilton an einem der Fenster im Obergeschoss und beobachtete, wie Lu das Haus verließ. Traurig schaute er seiner Kutsche nach, wie diese in Richtung Belgrave Square davonfuhr. Denn obgleich er Lu an diesem Abend ihren Herzenswunsch erfüllt hatte und sie damit wahrscheinlich zur glücklichsten Frau in ganz London gemacht hatte, so würde dieses Bewusstsein wohl sein einziger Lohn bleiben. Zumal Lus kurzes Glück dann ja auch wieder ein jähes Ende genommen hatte – was James ehrlich leidtat. Er hatte ihr diesen Abend ganz sicher nicht verderben wollen. Noch mehr jedoch bedauerte er, dass sie seinen Heiratsantrag klipp und klar zurückgewiesen hatte.

Sie war so euphorisch, überlegte er reumütig, dass ich ihr kaum mehr widerstehen konnte. Wie gerne hätte ich sie in dieser Nacht das erste Mal geliebt! Zumal, wenn mich nicht alles täuscht, auch Lady Louisa durchaus willens war, sich mir hinzugeben.

Ein bitteres Lächeln breitete sich über seine Lippen.

Und doch gab es da noch eine Kleinigkeit, die mich davon abgehalten hat, ihre Euphorie auszunutzen. Ich möchte einfach nicht, dass Lu sich so entwickelt wie ihre Schwester. Ich möchte, dass sie süß und unschuldig bleibt – bis zu unserer Hochzeitsnacht.

Louisas Traum begann wie ein Märchen: Sie befand sich im Garten von Woburn Abbey und pflückte Blumen. Zart, doch eindringlich umhüllte sie der würzige Duft der blauen Lupinen in ihrem Arm und berauschte geradezu ihre Sinne. Ganz unvermittelt blickte sie an ihrem weißen Kleid hinab und bemerkte, dass es über und über von Blut durchtränkt war – und von diesem Augenblick an entwickelte sich die gerade noch so zauberhafte Szene zu einem wahren Albtraum. Entsetzt ließ sie die Lupinen fallen. Sie erlitt gerade eine Fehlgeburt! Nun geschah also genau das, wovor sie sich von jeher am meisten gefürchtet hatte. »Nein! Nein!«, schrie gellend eine Stimme in ihrem Traum. »Hilfe. Ich brauche Hilfe! Warum hilft mir denn niemand?« Lu hatte entsetzliche Angst um Georgina. Dann aber begriff sie, dass diesmal nicht ihre Mutter es war, die schrie, sondern sie selbst.

Schweißgebadet erwachte Louisa aus ihrem Traum und schleuderte ihre Bettdecke fort. Dann untersuchte sie, noch immer schlaftrunken, ihr Nachthemd und stellte fest, dass es noch immer blütenweiß war. Müde setzte sie sich in ihrem Bett auf, zog die Knie an und schlang die Arme darum. Erst jetzt, ganz langsam, dämmerte ihr endlich, warum sie ausgerechnet in dieser Nacht wieder ihren altbekannten Albtraum gehabt hatte. Abercorn hatte sie gefragt, ob sie ihn heiraten wolle. Und die Vorstellung, jemanden zu heiraten, war für Lu gleichbedeutend damit, ihm auch Kinder zu gebären. Und das wiederum barg stets ein enormes Risiko. Wie leicht konnte es passieren, dass man eine Fehlgeburt erlitt, dass das Kind tot zur Welt kam!

Heute Nacht hat mich das Schicksal noch einmal gerettet, überlegte sie. Wäre es jedoch anders gelaufen und ich hätte Abercorn erlaubt, mich zu lieben, dann hätte ich schon von diesem einen Mal schwanger werden können! Abrupt sprang sie aus ihrem Bett auf und entzündete die Petroleumlampe auf ihrem Nachttisch. Ein kurzer Blick auf Georgys Bett verriet ihr, dass diese noch nicht wieder zu Hause war, und so nahm sie rasch den kleinen Schlüssel zu dem Geheimfach in ihrem Schreibtisch zur Hand und zog ihr Tagebuch heraus. Anschließend tunkte sie einmal ihre Schreibfeder in das Tintenfass und begann zu schreiben:

Heute Nacht hatte ich wieder diesen Albtraum! Diesen Traum, den ich schon so oft gehabt habe und in dem ich von oben bis unten mit Blut besudelt bin. Wie immer begann der Traum ganz normal. Ich war wieder im Garten und hatte Lupinen gepflückt. Und eigentlich hatte ja Mutter die Fehlgeburt erlitten, aber in letzter Zeit träume ich immer öfter, dass ich diejenige bin, die ihr Kind viel zu früh und tot zur Welt bringt. Irgendwann habe ich dann begriffen, dass es wohl Abercorns Antrag gewesen sein muss, weshalb ich ausgerechnet heute wieder diesen Traum hatte. Ich habe einfach eine unbeschreibliche Angst vor der Ehe und vor allem, was mit einer Ehe eben einhergeht!

Nachdem Louisa ihre Gefühle zu Papier gebracht hatte, ließ ihre Angst wieder ein wenig nach, und der Traum verblasste. Stattdessen dachte sie an ihre Erlebnisse im Covent Garden Theatre zurück. Heute habe ich mir den Traum meines Lebens erfüllt! Bei diesem Gedanken verzogen sich ihre Mundwinkel zu einem kleinen Lächeln. Am besten, überlegte sie, ich halte alles das, was ich auf der Bühne erlebt habe, den Tanz und Gesang, einmal schriftlich fest. Ich möchte einfach noch einmal dieses herrliche Gefühl erleben, das ich spürte, als ich im Covent Garden Theatre aufgetreten bin. Und niemals will ich diese Euphorie vergessen, die mich erfüllt hat, als das Publikum applaudierte! Abermals tauchte sie die Feder in das Tintenfass und hielt ihre Erlebnisse fest, und als sie fertig war, hatte sie das Gefühl, noch einmal genau die Magie zu spüren, die sie einige Stunden zuvor im Theater erlebt hatte. Abermals begann ihr Herz hektisch zu pochen vor lauter Glückseligkeit. Sorgsam verstaute Louisa ihr Tagebuch wieder in seinem Geheimfach und begann zu tanzen.

Eine Woche später kehrten der Herzog und die Herzogin von Bedford endlich wieder nach Belgrave Square zurück.

»Rachel war eine wirklich tapfere kleine Patientin«, lobte Georgina ihre Jüngste. »Alexander hingegen hat sich benommen wie ein

Wilder. Sämtliche Pusteln hat er sich aufgekratzt, und dann wollte er noch nicht einmal seine Medizin nehmen! Sogar, als der Doktor persönlich ihn zurechtwies, widersetzte er sich noch dessen Anweisungen. Das Ende vom Lied ist, dass Alexander nun darauf besteht, später ebenfalls Arzt zu werden – damit *er* dann die Anweisungen geben kann, wie ich vermute.«

»Du dagegen bist eine wahrhaft aufopferungsvolle Krankenschwester«, erklärte John Russell. »Du besitzt mehr Geduld als jede andere Frau in London.«

Kein Wunder!, grollte Louisa im Stillen. Bei den vielen Kindern hat sie ja auch jede Menge Erfahrung. »Wie schön, dass nun alle wieder gesund sind«, seufzte sie.

»Und? Hat sich hier irgendetwas Interessantes ergeben, während wir fort waren?« Neugierig schaute Georgina ihre beiden Töchter an.

Wie aufs Stichwort breitete sich über Georgys Lippen ein verschmitztes Grinsen. Allerdings zierte sie sich noch immer, Namen zu nennen, und entgegnete bloß mit hochmütiger Miene: »Es würde mich nicht wundern, wenn Vater in naher Zukunft Besuch von einem gewissen adligen jungen Herrn bekommt, der mir schon seit geraumer Zeit den Hof macht.«

Höchst zufrieden musterte Georgina ihre Älteste und fragte ähnlich kryptisch: »Dann darf ich das wohl so verstehen, dass, wenn dein Vater diesen gewissen Besucher empfängt und der um deine Hand anhalten sollte, du dann gewiss möchtest, dass Vater dem Gesuch zustimmt?«

»Ja! Ja! Unbedingt!«, schrie Georgy. »*Natürlich!*«

Misstrauisch musterte Georgina Louisa. »Und was ist mit dir? Was ist, wenn demnächst ein gewisser Herr auch um deine Hand anhält? Soll Vater dann auch diesen jungen Mann als zukünftigen Schwiegersohn willkommen heißen?«

»Nein. Auf *gar* keinen Fall«, entgegnete Lu mürrisch. »Ich will noch keinen Ehemann.«

»Aber, Liebling, was ist denn bloß los, dass du dich so vor den Männern fürchtest? In dieser Hinsicht kommst du jedenfalls nicht nach mir. Von allen Bekannten, die ich habe, sind mir die Männer am liebsten, das heißt, mit Ausnahme von Lady Holland, vielleicht. Obwohl … jetzt, da ich genauer darüber nachdenke, muss ich sagen, dass ich Henry eigentlich sogar noch lieber mag als Beth.«

»Diese Einladungen sind übrigens gekommen, während ihr weg wart«, mischte Georgy sich wieder ein. »Ich habe mir erlaubt, die Einladung deiner Freundin Dorothy Cavendish, der Gräfin von Carlisle, bereits anzunehmen. Sie gibt morgen Abend einen Ball in Devonshire House.«

»Oh, das ist ja wundervoll«, erwiderte Georgina erfreut und zeigte ihrem Mann die Karte. »Es ist Jahre her, seit ich das letzte Mal in Devonshire House gewesen bin. Ihr werdet Augen machen, wie opulent es dort zugeht. Außerdem ist Dorothys Ehemann, George Howard, der Lordsiegelbewahrer unter Premierminister Grey. Ich gehe also fest davon aus, dass die Greys auch dort sein werden.« Eindringlich schaute sie Georgy an. »Könnte es vielleicht sein, dass dieser gewisse junge Mann der Sohn unseres lieben Grey ist?«

Georgy aber brach bloß in spöttisches Gelächter aus. »Ich gebe ja zu, der Sohn des Premierministers wäre eine vorzügliche Partie. Dennoch hoffe ich auf einen weitaus bedeutenderen Fang.«

Damit kann dann ja wohl nur William Cavendish gemeint sein, Lord Burlington, überlegte Louisa. Nun ja, der Erbe des mächtigen Herzogs von Devonshire wäre wohl in der Tat eine noch bessere Partie als George Grey. Und darum ist Georgy auch so erpicht darauf, morgen zu dem Ball zu gehen. Sie hofft bereits, dass dieses Haus eines Tages *ihr* gehört.

»Nun, es kann ja nicht schaden, seine Ziele hoch zu stecken«, murmelte Georgina, »solange die Gegenseite deine Gefühle erwidert.« Interessiert blätterte sie den Stapel an Einladungen durch. »Haben wir tatsächlich schon August? Wo ist dieses Jahr bloß der Sommer geblieben?«

Ich jedenfalls, seufzte Lu im Geiste, bin froh, wenn die Ballsaison bald wieder endet. Ich kann es kaum erwarten, den Londoner Heiratsmarkt endlich wieder hinter mir zu lassen und nach Schottland zurückzukehren. Klugerweise äußerte Lu diesen Gedanken jedoch nicht laut.

Wie immer trafen die Russells erst ziemlich spät auf dem Ball ein, woraufhin Georgina und ihre alte Freundin aus Kindertagen, Dorothy Howard, schon bald in Erinnerungen an frühere Bälle schwelgten, während John und der Graf von Carlisle sich angeregten Diskussionen über die gegenwärtige politische Lage hingaben – beide Männer hatten erst kürzlich den begehrten Hosenbandorden erhalten.

Unterdessen hatte Georgy sich darangemacht, einmal mit hochmütiger Miene das Anwesen zu erkundigen. Plötzlich entdeckte sie Lord Burlington und steuerte quer durch den Ballsaal geradewegs auf ihn zu. Mit einem einladenden Seitenblick bezog sie dicht neben ihm Posten und leckte sich provozierend einmal mit der Zunge über die Lippen.

William zwinkerte ihr verschwörerisch zu, während er mit einer Hand verstohlen ihren Po tätschelte.

Er stellt sich bestimmt gerade vor, wie ich sein Glied in den Mund nehme, dachte Georgy verschmitzt. Aber er weiß ja, dass ich ihm diese Gefälligkeit nur dann erweisen werde, wenn er endlich um meine Hand anhält.

Schließlich forderte George Grey sie auf, mit ihm zu tanzen, woraufhin Georgy William einen koketten Blick zuwarf und an George gewandt hauchte: »Aber gerne doch.«

Das Abenddinner war für Mitternacht angesetzt worden, doch ehe die Schar der Gäste sich geschlossen auf den Weg in den Salon machte, wurden die Lampen im Saal noch einmal aufgedreht, und der Graf von Carlisle und seine Frau betraten das kleine Musikerpodium. Aufgeregt hob Dorothy die Arme und bat um Ruhe.

Es dauerte jedoch noch einige Augenblicke, bis wirklich Stille einkehrte.

»Der Graf und ich haben eine kleine Ankündigung zu machen. Unsere geliebte Tochter Blanche hat kürzlich ihr Einverständnis gegeben, gemeinsam mit dem ehrenwerten William Cavendish, Lord Burlington, in den Bund der Ehe einzutreten. Ich brauche Euch sicherlich nicht zu sagen, meine lieben Freunde, wie sehr wir uns darüber freuen.«

Unter donnerndem Applaus betraten nun auch Blanche und William die Bühne und lächelten leicht verlegen.

Georgy hingegen machte ein Gesicht, als hätte sie soeben einen Geist gesehen. In ihren Ohren rauschte es, und aus ihren Wangen wich alles Blut. Dieser Bastard!, fluchte sie im Stillen. Dieser verdammte Bastard! Ich glaube, mir wird schlecht.

Auch Lus Herz begann aufgeregt zu pochen, als sie von der Verlobung erfuhr, denn sie fürchtete bereits um ihre Schwester. Hektisch schaute sie sich im Ballsaal um, bis sie Georgy stocksteif und mit riesigen Augen in einer Ecke stehen sah. Ich muss unbedingt zu ihr, dachte sie, drängelte sich zwischen den Ballgästen hindurch und ergriff Georgys Arm. »Alles in Ordnung?«, fragte sie besorgt.

Ihre Schwester blickte sie nur starr und ausdruckslos an, und Lu ahnte, dass Georgys Welt ganz und gar nicht mehr in Ordnung war. Vorsichtig führte sie sie aus dem Saal hinaus, bis sie einen kleinen Stuhl fand. Seufzend ließ Georgy sich darauf nieder. Dann machte Lu sich auf die Suche nach ihrer Mutter. »Georgy ist krank«, flüsterte sie ihr ins Ohr. »Ich glaube, wir bringen sie besser nach Hause.«

»Um Himmels willen, Liebes, sind es die Windpocken?«

»Aber nein, Mutter, ich denke nicht, dass es daran liegt. Ihr ist einfach nur ein bisschen übel, und sie hat Kopfschmerzen. Ich werde mit ihr nach Hause fahren und sie ins Bett bringen. Ihr beide, Vater und du, bleibt besser hier. Morgen geht es ihr bestimmt schon viel besser.« Lu wusste zwar, dass ihre Schwester sich auch am nächsten Tag sicherlich noch nicht erholt haben würde, doch was sollte sie anderes sagen? Immerhin hatte Georgy soeben erfahren, dass aus ihrem Traum, William Cavendish zu heiraten und eines Tages die Herzogin von Devonshire zu werden, nun nichts mehr werden würde.

Ein Page überbrachte dem Kutscher der Russells die Aufforderung, sofort vorzufahren, während Lu ihre Schwester behutsam schon einmal an die frische Luft führte. Stumm und in sich zusammengesunken saß Georgy da, als die Kutsche quer über den Piccadilly Circus rumpelte, dann, ein wenig langsamer, in den Grosvenor Crescent einbog, um schließlich am Belgrave Square anzuhalten.

Als sie das Haus betraten, kam ihnen sofort eine Bedienstete entgegengeeilt. Das war doch nicht normal, dass die beiden Schwestern schon so früh von einem Ball zurückkehrten! Als das junge Mädchen dann Georgys fahles Gesicht sah, schnappte sie erschrocken nach Luft: »Mylady, Ihr seid ja krank! Soll ich nach dem Doktor schicken?«

Louisa aber schüttelte den Kopf, während sie den Arm um ihre Schwester legte. »Das wird nicht nötig sein, vielen Dank. Sorgt einfach dafür, dass wir nicht gestört werden.«

Kaum dass Lu die Tür ihres gemeinsamen Schlafzimmers geschlossen hatte, begann Georgy auch schon, wie wild zu schreien. Lu hingegen saß nur schweigend da, während ihre Schwester ihr Kleid zerriss und alle möglichen Gegenstände durch das Zimmer warf. Louisa spürte, dass Georgy ihre ganze Wut nun erst einmal herauslassen musste. Schließlich, nachdem Letztere eine gute halbe Stunde gewütet hatte, gingen ihre Schreie in ein dumpfes Schluchzen über. Tröstend zog Lu Georgy in ihre Arme und wiegte sie für die folgende Stunde geduldig unentwegt hin und her.

· 14 ·

Am nächsten Tag musste Louisa ihre Schwester regelrecht zwingen, zum Essen nach unten zu kommen. »Wenn du jetzt auch noch das Mittagessen ausfallen lässt, werden Mutter und Vater unter Garantie misstrauisch werden.«

Kaum dass Georgy das Esszimmer betrat, musterte Georgina sie dann auch schon mit prüfendem Blick. »Du bist nicht beim Frühstück erschienen, mein Liebling. Geht es dir gut?«

»Danke, Mutter«, erwiderte Georgy und unterdrückte ein Schaudern. »Mir geht es prima.«

»Jetzt verstehe ich auch«, fuhr Georgina beruhigt fort, »warum die Howards einen Ball gegeben haben. Sie wollten bloß die Verlobung ihrer Tochter verkünden.«

»Und dabei ist Blanche Howard noch nicht einmal hübsch.« Abschätzig rümpfte Georgy die Nase.

»Nun, das ist ja wohl die Untertreibung des Jahrhunderts«, erwiderte Georgina ungewohnt sarkastisch. »Andererseits, wenn ich es mir recht überlege, dann ist es eigentlich doch keine so große Überraschung, dass sie sich als Ehemann für ihre Tochter ausgerechnet William Cavendish ausgewählt haben. Schließlich ist er der Erbe von Devonshire; und dann sind Blanche und er auch noch weitläufig miteinander verwandt. Das Geld bleibt also in jedem Fall in der Familie.«

Verstohlen schaute Lu zu Georgy hinüber. »Und wahrscheinlich hatte William in dieser Angelegenheit auch kaum eine Wahl.«

»Der musste gehorchen, das ist ganz klar«, stimmte ihre Mutter ihr zu. »Das ist eine reine Vernunftehe. Trotzdem hoffe ich, dass auch wir bald etwas bekanntzugeben haben.« Verschwörerisch zwinkerte sie Georgy zu. »Bitte, Darling, gib mir einen klitzekleinen Hinweis, wer es ist.«

Georgy erbleichte, sodass Lu unter der Tischdecke hastig nach ihrer Hand tastete und sie beruhigend drückte. Georgianna jedoch hatte nicht viel übrig für diese mitleidige Geste und entwand ihr ihre Finger wieder. Dann atmete sie einmal tief durch, um schließlich mit strahlendem Lächeln zu verkünden: »Es überrascht mich, dass ihr noch nicht bemerkt habt, dass Teddy Fox mich geradezu bedrängt. Er will mich unbedingt heiraten.«

»Oh, Liebling«, jauchzte Georgina. »Glaub mir, es gäbe nichts Schöneres für mich, als wenn ihr beide heiratet.«

»Und er hat mich auch schon mehrfach gebeten, ihn einmal im Unterhaus zu besuchen und ihm dort von der Besuchergalerie aus zuzusehen. Vielleicht gehen Lu und ich morgen einfach hin.«

Hastig wechselte Lu das Thema. »Wo ist denn eigentlich Vater? Er kommt doch sonst nicht zu spät zum Essen.«

»Er und Abercorn essen heute außer Hause. Bevor sie sich ins Oberhaus begeben, meine ich.« Georgina warf ihrer Tochter einen forschenden Blick zu. »Dieser James ist übrigens ein ausgesprochen attraktiver junger Mann, nicht wahr? Und er ist eine sehr gute Partie; er bringt alles mit, was nötig ist: das Geld, den Titel und diesen unwiderstehlichen irischen Charme.«

Lu aber reckte nur trotzig das Kinn. »Auf mich wirkt er eher abstoßend.«

»Und mir wiederum scheint«, lächelte Georgina verschmitzt, »du gibst dir ein bisschen zu viel Mühe, ihn schlechtzureden.«

An diesem Abend aßen sowohl Edward als auch Charles Russell zu Hause.

»Man hat mich der *Britannia* zugewiesen«, erklärte Edward stolz. »Ich bin nur gekommen, um mich zu verabschieden. Wir stechen schon bald in See mit Kurs aufs Mittelmeer.«

John und Georgina gratulierten ihrem Sohn aufs Herzlichste, wussten sie doch genau, dass diese Ernennung genau das war, wonach er sich schon immer gesehnt hatte.

»Ich finde, wir sollten einen kleinen Toast auf Edward ausbringen«, lachte Lu und erhob ihr Glas. »Allzeit eine Handbreit Wasser unterm Kiel!«

»Nein, nicht ›allzeit‹«, korrigierte ihr Bruder sie. »Nur manchmal. Ich will schließlich auch etwas erleben.«

»Und ich«, prahlte Charles, »reise vielleicht demnächst nach Indien.« Er konnte es nur schlecht vertragen, wenn nicht er, sondern sein Bruder im Mittelpunkt stand.

»*Indien?*« Georgy konnte ihren Abscheu nur schlecht verhehlen. »Das ist ja am anderen Ende der Welt. Außerdem sind die Leute und das Essen dort so … fremdländisch.«

»Aber zumindest die Currygerichte sind köstlich!«, platzte es aus Louisa heraus, und sie errötete prompt, als sie wieder an das Dinner in der Half-Moon Street zurückdachte. Sie glaubte beinahe, wieder diesen verführerischen Duft und die pikante Würze des Abendessens zu schmecken, konnte förmlich wieder James' liebkosende Hände auf ihrem Körper fühlen.

»Nun ja«, räumte Charles ein, »im Moment ist das alles sowieso noch nicht spruchreif. Zurzeit ist es eigentlich bloß ein Gerücht.«

»Wenn das so ist, dann willst du bestimmt mit zum Bootsrennen nach Henley-on-Thames fahren?«, erkundigte John Russell sich.

»Das wollte ich sowieso. Teddy Fox, George Grey und ich wollen schließlich James Hamilton anfeuern. Er ist ja im Ruder-Team.«

»Ja, ich weiß. Ich habe den Nachmittag zusammen mit ihm verbracht. Wenn ich ihn richtig verstanden habe, will er schon heute nach Henley aufbrechen. Es steht offenbar noch ein einwöchiges Trainigslager an. Ach, und er hat uns alle eingeladen, uns das Rennen anzusehen.«

»Oh ja, lasst uns hinfahren«, drängte Georgy. »Unbedingt.«

Georgina ahnte bereits, dass bestimmt Teddy Fox der Grund war, warum sich ihre Älteste plötzlich so sehr für das Bootsrennen interessierte. »Warum nicht?«, stimmte sie schließlich zu. »Wir könnten ja gemeinsam mit Henry und Beth fahren. Und wenn wir dann vielleicht auch noch Königin Adelaide für das Rennen begeistern können, dürfen wir bestimmt auf Windsor Castle wohnen.«

Am nächsten Tag beobachtete Louisa, wie Georgy begierig die Abgeordneten des Unterhauses musterte. »Ich bin so froh«, flüsterte Lu, »dass du deine Enttäuschung wegen William Cavendish überwunden hast.«

»*Den* Schock werde ich *niemals* überwinden«, entgegnete Georgy. »Aber für Selbstmitleid bleibt mir keine Zeit.« Sie deutete mit dem Finger auf die Reihen der Abgeordneten. »Da sitzt Teddy. Ganz hinten auf der letzten Bank.«

Louisa hingegen beobachtete lieber ihren Bruder, Lord John, während dieser sich mit dem Grafen Grey beriet. Vielleicht wird Johnny ja eines Tages auch Premierminister?, überlegte sie versonnen.

Als die Sitzung endete, war es bereits fünf Uhr, und die Mädchen verließen ermattet die Besuchergalerie. Auch die Abgeordneten erhoben sich, und Louisa eilte zu Johnny hinüber, während Georgy Teddy Fox bestürmte.

»Ich habe dich von dort oben beobachtet«, flüsterte sie. »Und dabei habe ich mich auch wieder an ein paar sehr unanständige Dinge erinnert.«

»Du hast ja keine Ahnung!«, zischte Teddy. »Sobald ich auf den Tisch schaue, bekomme ich eine Erektion.«

»Du bist eben ein Mann der Tat, das habe ich schon immer gewusst. So etwas müssen wir unbedingt noch einmal wiederholen. Vielleicht ja schon bald?«

»Allein der Gedanke daran lässt mich schon wieder ganz hart werden.«

»Nun, ich wüsste da einen Weg, wie ich diese Beschwerden lindern könnte. Bist du mit deiner Kutsche hier?«

»Ja, schon.« Etwas verunsichert schielte Teddy zu Louisa hinüber. »Aber was ist mit Louisa?«

»Nur weil wir zusammen hergekommen sind, müssen wir doch nicht auch wieder zusammen zurückfahren.« Kokett lächelte sie ihn an. »Zumal ich finde, so ein kleiner Akt während einer Kutschfahrt über holpriges Kopfsteinpflaser klingt ziemlich verführerisch. Aber die Entscheidung liegt natürlich allein bei dir.«

Suchend schaute Louisa sich nach ihrer Schwester um, konnte sie jedoch nirgends entdecken. Auch Teddy Fox war mit einem Mal verschwunden. »Wo sind die beiden plötzlich hin?«

»Ich glaube, Georgy ist mit Edward Fox aufgebrochen«, murmelte Johnny. »Weißt du schon, wie du nach Hause kommst?«

»Mit einer Droschke. So wie wir auch hergekommen sind.«

»Wenn das so ist, dann organisiere ich dir lieber eine Mitfahrgelegenheit. Komm!«, bot Johnny seiner Schwester an, reichte ihr seinen Arm und führte sie auf einen Herrn zu, mit dem Lu bereits gut bekannt war. »Premierminister Grey, dürfte ich Euch bitten, meine Schwester in Eurer Kutsche mitzunehmen und sie am Belgrave Square abzusetzen?«

»Aber sicher doch, Lady Louisa. Es ist mir ein Vergnügen. Ich nehme an, Ihr wart heute Nachmittag auf der Besuchergalerie? Ihr habt Euch hoffentlich nicht gelangweilt?«

»Aber ganz und gar nicht, Lord Grey. Im Gegenteil, ich finde das politische Geschehen sogar überaus faszinierend.«

Auf der Fahrt zum Belgrave Square erzählte der Graf Louisa, dass er und seine Familie sich das Bootsrennen ansehen wollten, woraufhin Lu natürlich erklärte, dass ihre Familie ebenfalls eine Fahrt nach Henley-on-Thames plante. Am Ende, als die Kutsche des Premierministers vor dem Russellschen Anwesen angelangt war, stieg er einfach mit aus und kam auf einen spontanen kleinen Besuch mit ins Haus.

Kaum dass die Herzogin ihn sah, begrüßte sie ihn auch schon aufs Herzlichste. »Bitte bleibt doch noch zum Essen! Es wäre John und mir eine wahre Ehre, den Premierminister zu Gast zu haben.«

»Und wenn ich nicht der Premierminister wäre?«, lachte er.

»Dann würde ich Euch sofort der Tür verweisen.«

Noch ehe das Mahl zu Ende war, waren der Graf und die Russells auch schon übereingekommen, sich gemeinsam das Bootsrennen anzusehen. Und als Georgina dann auch noch erwähnte, dass sie auf eine Einladung nach Windsor für sie alle hoffte, kam George Grey zu dem Entschluss, dem König einfach eine kurze Nachricht zu schicken und ihm nahezulegen, doch einfach mitzukommen. »Ganz inoffiziell, versteht sich«, seufzte Lord Grey. »Denn nur so können er und seine Frau diesem ganzen königlichen Brimborium mal für einen Moment entfliehen.«

John lachte. »Dann gehe ich davon aus, dass unser Kurzurlaub auf Windsor Castle beschlossene Sache ist. Ich meine, wenn *ihr* beide den König bearbeitet, dann kann er ja eigentlich gar nicht mehr Nein sagen.«

Als Georgy zu Hause ankam, war das Abendessen längst beendet. Prompt erkundigte sich ihr Vater, wo sie gewesen sei, doch Georgy entgegnete nur leichthin: »Die Sitzung im Unterhaus war erst sehr spät zu Ende. Und als ich mich dann nach Louisa umsah, war sie schon weg. Teddy war dann aber so nett, mir eine kurze Führung durchs Parlamentsgebäude zu geben. Und dann hat er mich in eine Mietdroschke gesetzt.«

Louisa wusste natürlich, dass ihre Schwester log, brachte es aber nicht über sich, sie dafür vor ihren Eltern zur Rede zu stellen. Die Abfuhr von Lord Burlington hatte Georgianna nun einmal stark mitgenommen, und nun konzentrierte sie eben all ihre Bemühungen auf Teddy. Hoffentlich macht er ihr bald einen Antrag!, betete Lu im Stillen.

Am Freitagabend kamen der Herzog und die Herzogin von Bedford, ihre beiden ältesten Töchter sowie ihr Sohn Charles glücklich auf Windsor Castle an. Erschöpft begaben sie sich in die Prunkgemächer, von wo aus ein königlicher Lakai sie in den Großen Empfangssaal führte. Bei ihrem Erscheinen erhoben König William und Königin Adelaide sich, um ihre Gäste aufs Herzlichste zu begrüßen. Im Übrigen kannten die Russells sich auf Windsor Castle bereits recht gut aus, waren sie doch schon im Juni dort zu Besuch gewesen, als der Herzog den Hosenbandorden verliehen bekommen hatte. Wenig später kamen auch die Greys an und brachten ihren Sohn George mit, gefolgt von Lord und Lady Holland mit Teddy.

Sofort verzogen die drei Oxfordabsolventen sich in eine Ecke, um über das anstehende Bootsrennen zu diskutieren.

»Wie stehen denn die Wetten?«, erkundigte Charles sich.

»Wahrscheinlich Cambridge, denn deren Ruderer bringen ganz einfach mehr auf die Waage. Es ist ja meistens so, dass das schwerere Team gewinnt.«

»Diesmal nicht, mein lieber George. Denn Oxford hat Abercorn.«

»Als wenn Gott zu den Iren hielte!«, warf Teddy spöttisch ein.

»Gott vielleicht nicht«, lachte Charles. »Aber dafür der Teufel!«

Nun brach auch George in schallendes Gelächter aus, nur Teddy verzog noch immer keine Miene.

»Wie wäre es, wenn auch wir eine Wette miteinander abschließen?«, schlug Charles vor. »Ich setze hundert Guineas darauf, dass Oxford gewinnt.«

»Die Wette gilt!«, tönte Teddy. »Ich freue mich schon jetzt darauf, dich auszunehmen. Und was ist mit dir, George?«

»Wie kannst du nur gegen Oxford wetten?« Wütend funkelte George ihn an. »Ich könnte das nicht. Hast du denn gar keine Loyalität.«

»Aber, Gentlemen, ich bitte Euch. Loyalität ist doch bloß etwas für Narren.«

In diesem Moment erklang der Gong zum Essen, und geschlossen begab sich die kleine Gesellschaft in das königliche Esszimmer hinüber. An der Decke des Speisezimmers prangte ein Gemälde von Verrio, das die alten griechischen Götter darstellte – nackt. Sofort drängte Teddy sich vor und nahm den Platz zwischen Louisa und Georgy ein. »Ihr seht heute Abend wieder überaus liebreizend aus, Lady Lu.«

Zu Georgy hingegen sagte er nichts, woraufhin Lu nur missbilligend die Stirn in Falten legte.

»Da sitzt er nun, der Dorn zwischen den beiden Rosen«, sinnierte Teddy mit dramatischer Stimme.

»Und ich kann fast schon seinen Stich spüren.« Mit vielsagendem Blick schaute Georgy ihn an.

»Ja, darauf dürft Ihr wetten«, raunte Teddy, während er sich leicht zu ihr hinüberbeugte, »und zwar noch diese Nacht.«

Nach dem Abendessen zogen sich die Damen in das angrenzende Zimmer, den so genannten Salon der Königin, zurück, während die Herren dem König in dessen Privatgemächer folgten, um eine Runde Karten zu spielen und einen kleinen Brandy zu genießen. Weder im Kreise der Damen noch im Herrensalon fiel auch nur ein Wort darüber, dass Georgy Russell und Teddy Fox plötzlich verschwunden waren.

»Nun beeilt euch endlich mit dem Ankleiden!«, wies Charles seine Schwestern an. »Wir müssen schleunigst aufbrechen und nach Mortlake fahren, sonst bekommen wir nicht mit, wie das Rennen ausgeht.«

»Können wir nicht erst in Putney beim Start dabei sein und dann mit der Kutsche nach Mortlake fahren?«, schlug Louisa vor.

»Himmel Herrgott, nein! Die Straße am Fluss wird von Zuschauern vollkommen überlaufen sein. Da werden wir höchstens totgetrampelt.«

»Aber das Rennen findet doch erst heute Nachmittag statt«, grummelte Georgy. »Warum die Eile?«

»Weil wir uns schon jetzt einen ordentlichen Platz erkämpfen müssen«, seufzte Charles leicht enerviert. »Nachher ist alles voll. Also, entweder ihr seid in zehn Minuten fertig, oder ich fahre ohne euch. Zumal George und Teddy auch mitfahren wollen; die wollen ja schließlich auch einen guten Platz.«

»Onkel Holly hat für die Erwachsenen übrigens ein Boot gemietet«, informierte Lu Charles. »Sie wollen den beiden Rennbooten dann die Themse hinab folgen.«

»Glaubt mir, da sind sie nicht die Einzigen. Und jedes Jahr wieder gibt es üble Havarien. Andererseits: Es wäre ja schon ein echter Kracher, wenn ausgerechnet der König und die Königin ins Wasser fielen.«

»Charles, du bist doch nun bei der Marine«, warnte Lu ihn. »Da würde ich an deiner Stelle besser keine Scherze über sinkende Boote machen.« Plötzlich fiel ihr ein, dass sie ja noch gar nicht gefrühstückt hatten.

»Dafür haben wir jetzt sowieso keine Zeit mehr«, winkte ihr Bruder ab. »Außerdem gibt es dort an allen Ecken und Enden Buden mit Speisen und Getränken.«

Teddy und George wanderten bereits voller Ungeduld im Innenhof auf und ab, als endlich ihr Freund Charles und dessen beide Schwestern zu ihnen stießen. Zudem hatte George, als der Sohn des Premierministers, einen der Kutscher von Windsor Castle dazu überreden können, sie in einem der königlichen Zweispänner nach Mortlake zu kutschieren.

Auf der Chiswick Bridge verließen sie ihr Gefährt, woraufhin Georgy sich prompt bei George Grey unterhakte. Mürrisch fragte Lu sich, wem ihre Schwester eigentlich noch etwas vormachen wollte? Es hatten doch schließlich alle mitbekommen, dass sie die halbe Nacht mit Teddy Fox verbracht hatte. Doch weiter kam sie mit ihren Überlegungen nicht, denn prompt bot Teddy mit galanter Geste Lu seinen Arm an. »Teddy, entschuldigt, wenn ich frage«, entgegnete sie leichthin, »aber meint Ihr nicht, ich bin die falsche Russell?«

»Aber, Lady Louisa«, erwiderte Teddy und küsste ihre Hand. »Ihr wisst doch hoffentlich, wie ich für Euch empfinde.«

Lu aber wandte nur missmutig den Blick ab – und schwieg.

Die ersten Zuschauer waren bereits eingetroffen und suchten eifrig nach dem besten Platz, während es Charles, George und Teddy als Erstes zu einem der mobilen kleinen Wettbüros zog. Ganz der junge Kavalier, bot Teddy den Schwestern an, auch für sie eine Wette zu platzieren, doch als Louisa auf Oxford setzen wollte, versuchte er sie empört umzustimmen.

Lu schwankte für einen Moment, wessen Rat sie nun folgen sollte, dann aber blitzte vor ihrem geistigen Auge plötzlich Abercorns athletische Gestalt auf, und sie schüttelte entschieden den Kopf. »Niemals.«

»Ich dagegen schließe mich gerne Eurem überlegeneren Urteil an, Lord Fox«, zwitscherte Georgy etwas übertrieben.

Nachdem die drei Herren ihre Wetten platziert hatten, kehrten sie mit einer kleinen Zwischenmahlzeit zurück. Als Erstes genoss jeder ein klebrig-süßes Brötchen mit viel Zuckerguss, darauf folgten einige winzige Fleischpasteten mit Erbsen, um zum Abschluss von einer guten Portion Esskastanien gekrönt zu werden. Zudem hatte die in Mortlake angesiedelte *Stag Brewery*, die unter anderem sogar die königliche Armee belieferte, einige Fässer ihres selbst gebrauten Bieres spendiert, das nun großzügig an die fröhliche Schar der Gäste ausgeschenkt wurde.

Doch auch die Bandwarenhändler hatten an diesem Tage reichlich zu tun und verkauften Rosetten in den Farben der rivalisierenden Universitäten: weiße für Cambridge und blaue für Oxford. Charles, George und Louisa trugen natürlich Blau, Teddy und Georgy dagegen hatten sich für Weiß entschieden; den Vorwurf der anderen, Verräter zu sein, ignorierten sie gezielt.

Derweil unterhielten Pantominekünstler, Akrobaten und junge Burschen auf Stelzen die Menge für ein paar Pennys mit ihren Kunststückchen. Überhaupt schien die Zeit rasend schnell zu vergehen, und alle genossen die fröhlich-feierliche Atmosphäre. Nur Teddy gab sich ein wenig zu viel Mühe, Louisa zu beeindrucken, und tastete unmittelbar vor dem Start des Rennens sogar nach ihrer Hand. »Wisst Ihr, Lu, meine Eltern wünschen sich nichts sehnlicher, als Euch in unserer Familie willkommen zu heißen. Wenn ich Euch nun also einen Antrag machen würde – Ihr würdet doch nicht Nein sagen, nicht wahr?«

Starr vor Entsetzen schaute Lu ihn an. »Teddy, ich bitte Euch, lasst das! Georgy wäre außer sich vor Kummer. Wisst Ihr denn nicht, dass sie Euch liebt?«

»Ich weiß, dass sie mich begehrt«, raunte Teddy vertraulich. »Aber Liebe ist da gewiss nicht im Spiel.«

Genau in diesem Moment ertönten aus der Ferne plötzlich gellende Anfeuerungsrufe, und allen war klar, dass in Putney soeben das Rennen begonnen hatte. Ganze vier Meilen mussten die Ruderer sich nun den mäandernden Fluss hinaufkämpfen, doch die Zuschauer in Mortlake begannen schon jetzt, sich gegenseitig mit den Ellenbogen beiseitezudrängen, sodass Lu die Gelegenheit nutzte, Teddy zu verlassen, und sich stattdessen lieber neben Charles stellte.

Je näher die Ruderer kamen, desto lauter johlte die Menge, und irgendwann waren ganz hinten am Horizont endlich die beiden Boote zu erkennen. Zuerst waren sie nur zwei winzige Pünktchen, langsam aber wurden sie größer, und schließlich konnte Louisa erkennen, dass Cambridge vorne lag. »Oxford! Oxford! Oxford!«, rief sie aus Leibeskräften.

Immer näher und näher preschten die Ruderer auf das Ziel zu, und trotz des Lärmens der Zuschauer hörte man schon das Klatschen der Ruderblätter, und dann konnte Louisa sogar ganz klar James Hamilton ausmachen. Nun wurde es richtig spannend, denn die Ruderer aus Oxford setzten zu einem Endspurt an: Langsam, aber sicher holten sie auf und schoben sich schließlich sogar an ihren Gegnern vorbei. Louisa schien schier der Atem zu stocken, als »die Blauen« sich immer weiter nach vorne kämpften. Erregt betrachtete sie James' kräftige Arme und Schultern und das Spiel seiner Muskeln unter der seidenglatten Haut – in diesem Moment glaubte sie, in ihrem ganzen Leben noch keinen so attraktiven Mann gesehen zu haben. Am Ende hatte das Boot aus Oxford die Kontrahenten klar überholt, sodass die Rudermannschaft aus Cambridge ihre Blätter einfach sinken ließ und nur noch müde über die Zielgerade dümpelte. »James! James! James!«, rief Louisa überglücklich.

Auch Charles war vor lauter Freude wie berauscht, hob seine Schwester in die Luft und wirbelte sie einmal im Kreis herum. »Wir haben's geschafft! Komm, lass uns runter ans Ufer gehen und James gratulieren.«

Mit einem Mal aber zögerte Lu, doch Charles und George waren so außer sich, dass sie sie einfach mit sich zogen, um gemeinsam mit ihrem Freund zu feiern. Nur ganz flüchtig schaute Lu noch einmal zu Teddy hinüber, dessen Gesicht plötzlich wie von einer Gewitterwolke überschattet schien. Er war eindeutig eifersüchtig auf Abercorn.

Allerdings waren die Männer aus Oxford bereits von einer solchen Menschenmenge umgeben, dass George und Charles sich regelrecht zu ihrem Freund durchboxen mussten. Erst als die jungen Männer Louisa erblickten, wichen sie galant zur Seite und machten den Weg hinab zum Ufer frei.

James rieb sich gerade mit einem Handtuch den Schweiß ab. Breit grinsend und noch immer ganz außer Atem unterhielt er sich mit seinem Bruder Claud.

»Du hast mir gerade hundert Guineas von Teddy Fox errudert, und dann noch einmal fünfzig von den Buchmachern«, rief Charles glücklich.

»Ja, eine echte Glanzleistung, obwohl ja zwischenzeitlich Cambridge vorne lag«, stimmte auch George zu. »Du hattest bestimmt auch Angst, dass am Ende sie gewinnen würden, oder?«

»Nein«, antwortete James mit einem Lächeln an Louisa gewandt.

»Wenn ich mir ein Ziel stecke, dann glaube ich grundsätzlich daran, dass ich es auch erreiche. Sonst hätte ich ja schon von vornherein verloren.«

Louisa wagte kaum, an ihre letzte Begegnung mit James zu denken. Stattdessen erinnerte sie sich an das Pferderennen in Woburn Abbey. Schon damals hatte sie begriffen, dass Abercorn einen eisernen Willen hatte, und die Entschlossenheit zu siegen schien ihm geradezu angeboren. Wenn der sich ein Ziel steckt, überlegte sie, dann erreicht er es auch, ganz gleich, was es kostet. Sie erschauderte leicht.

Plötzlich erschien Teddy an ihrer Seite. Betont besitzergreifend streichelte er einmal über ihren Arm. »Ich habe Euren Gewinn abgeholt, Lu. Dank mir – immerhin habe ich die Wette für Euch platziert – seid ihr nun zwanzig Pfund reicher.«

»Das ist sehr nett von Euch.« Hastig stopfte sie sich das Geld in die Tasche. »Wo ist eigentlich Georgy?«

»Die hat verloren. Und angeblich ist ihr davon nun übel.«

»Und dann habt Ihr sie allein auf der Brücke stehen gelassen? Ich muss sofort zu ihr.«

»Soll ich mitkommen?«, rief Charles ihr besorgt nach.

»Nein, natürlich nicht. Ihr wollt doch jetzt bestimmt mit Abercorn und seinem Team feiern. Mach dir mal keine Sorgen um uns. Wir kommen schon zurecht.«

»Dann komme ich eben mit«, bot James' Bruder Claud sich an, »und begleite Euch, bis Ihr sie gefunden habt.«

»Danke, Claud«, murmelte Lu und schaute verstohlen zu James hinüber, der sie abermals mit seinem Blick regelrecht zu fixieren schien. In diesem Moment als strahlender Sieger war er für Lu plötzlich der attraktivste Mann, den sie je gesehen hatte. »Genießt Euren Sieg«, sagte sie mit einem schüchternen Lächeln.

James schaffte es unterdessen nicht, den Blick von Lu abzuwenden. Wie sie dort im Sonnenlicht am Flussufer stand, die Wangen vor Erregung gerötet, erschien sie ihm mit einem Mal wie eine verführerische kleine Seejungfrau. Langsam wichen die jubelnden Zuschauer und seine Freunde in den Hintergrund seines Bewusstseins zurück, bis es für ihn nur noch Lu gab. Im Geiste malte James sich bereits aus, wie er sie einfach auf seine Arme heben und zu seinem Boot tragen und dann mit ihr über einen seiner privaten Seen in Irland rudern würde.

Dort, angekommen auf einer einsamen Insel, würde er sie entkleiden. Aber nur ganz langsam. Ein Kleidungsstück nach dem anderen streifte er ihr in seiner Fantasie ab, bis sie schließlich in ihrer ganzen nackten Schönheit vor ihm stand. Einladend lächelte sie ihn an und lockte ihn, näher zu treten. Nun warf auch er sein Hemd und seine Hose ab und ging auf sie zu, bis er ganz dicht vor ihr stand. Bereitwillig schmiegte sie sich in seine Arme, und in ihren smaragdgrünen Augen leuchtete ein Ausdruck reinster Liebe.

»Jetzt komm endlich. Lass uns unseren Sieg feiern.« Lachend hakten Charles und George sich bei James unter, während die zauberhafte Vision von Lu in weite Ferne entschwand.

Nach einer langen Reihe anstrengender Sitzungen legte das Parlament schließlich seine Sommerpause ein. Auch der Herzog war ein wenig müde, als er zum Abendessen wieder zu Hause angelangte, und fragte gähnend, ob bereits alles vorbereitet sei für die Abreise nach Woburn Abbey am folgenden Tag. »Vorher bleiben wir aber noch ein paar Tage in Bedfordshire. Und dann geht es weiter nach Howick. Graf Grey hat uns wie jedes Jahr zu sich eingeladen. Gleich im Anschluss geht es dann aber auch schon weiter nach Schottland.«

»Die Greys sind sehr großzügige Gastgeber«, freute Georgina sich. »Und Northumberland ist im August einfach wunderschön. Von mir aus können wir also gleich morgen früh losfahren, und auf dem Weg holen wir dann noch die Kinder aus Campden Hill ab.«

»James Hamilton war heute Nachmittag übrigens auch im Oberhaus«, warf John ein. »Und ob ihr es glaubt oder nicht, aber er hat demnächst einige geschäftliche Termine in Schottland, sodass ich ihm angeboten habe, einfach mit uns zu fahren. Er hat natürlich sofort zugesagt.«

Wütend öffnete Louisa den Mund und wollte gerade vehement protestieren, schloss ihn dann aber klugerweise wieder. Dabei hatte sie sich doch solche Mühe gegeben, James gegenüber nicht zu erwähnen, dass sie nach Schottland führen! Aber irgendwie musste er die Information wohl aus ihrem Vater herausgekitzelt haben. Lu war außer sich vor Zorn.

Die Herzogin hingegen war offenbar hocherfreut. Schließlich war die Zeit der Einladungen und launigen Unterhaltungen nun erst einmal wieder vorüber. »Ohne Abercorn hätte Oxford das Bootsrennen bestimmt verloren«, erklärte sie im Brustton der Überzeugung, während sie Lu einen prüfenden Blick zuwarf. »Überhaupt habe ich diesen Abercorn schon richtig ins Herz geschlossen.«

Lu schwieg.

Nach dem Abendessen nahm Georgy ihre Schwester einmal dezent beiseite. »Ich möchte, dass du mir einen Gefallen tust.«

»Worum geht es denn?«

»Wenn wir morgen nach Campden Hill fahren, müssen wir unbedingt die Nacht über dort bleiben. Also, denk dir was aus.«

Dabei setzte Georgy ein so ernstes Gesicht auf, dass Louisa sich bereits echte Sorgen machte. Wahrscheinlich, so dachte sie, will Georgy noch einen weiteren Versuch unternehmen, Teddy endlich zu überreden, sie zu heiraten; immerhin lagen das Haus der Russells und Holland House, das Anwesen von Henry Fox, gleich nebeneinander. »Ich lasse mir etwas einfallen«, versprach sie.

»Danke. Ich wusste doch, dass ich auf dich zählen kann. Hilfst du mir, meinen Koffer zu packen?«

Kaum dass am nächsten Tag die große Reisekutsche der Russells vor Campden Hill hielt, kamen Rachel und Alexander auch schon herausgestürmt, um ihre Lieben zu begrüßen. »Mamma! Lulu!«

Lachend schloss Georgina ihre Kleinste in die Arme, während Rachel ihr Gesicht mit Küssen übersäte.

Alex hingegen knöpfte stolz sein Hemd auf. »Guck mal, Lulu, meine Windpockenflecken. Und wenn ich groß bin, werde ich Arzt.«

Interessiert betrachtete Louisa seine Brust. Mittlerweile war er nicht mehr der pausbäckige Sechsjährige, als den sie ihn in Erinnerung hatte, sondern er war schon ganze sieben und wuchs zusehends. »Jede dieser Narben ist ein Beweis für deine Tapferkeit«, lobte sie ihn.

»Das ist ja toll. Hatte gar nicht gewusst, dass das *Narben* sind. Georgy, guck auch mal.«

»Du eitler Fatzke!«, schimpfte sie ihn mit einem Lächeln. »Und was deine Narben angeht … ich finde sie abstoßend.«

Alexander war offensichtlich mehr als zufrieden mit dem Urteil seiner Schwestern und stapfte glücklich hinter seinem Vater ins Haus.

»Rachel, wie wäre es, wenn du mir jetzt mal den Garten zeigst«, forderte Louisa sie auf und ergriff ihre Hand. Langsam führte die Kleine Lu quer über den Rasen auf den Fischteich zu und tauchte ihre Finger hinein; sofort kamen einige Karpfen angeschwommen, um sachte daran zu knabbern, bis Rachel ihre Hand kichernd wieder herauszog. »Und jetzt?«, fragte sie. »Wollen wir rüber zu Tante Holly?«

Gemeinsam stiegen Louisa und Rachel die hohen Stufen bis zur Haustür von Holland House hinauf, als Beth sie mit einem strahlenden Lächeln auch schon willkommen hieß. »Hallo, Louisa. Ich habe Eure Kutsche schon vorfahren sehen und wollte gerade einmal zu Euch hinüberhuschen.«

»Na, das ist ja ein Zufall. Ihr wolltet bestimmt Mutter zum

Abendessen einladen? Ich bin mir sicher, sie würde sich sehr darüber freuen. Dann müssten wir nicht heute Abend noch nach Woburn Abbey aufbrechen.«

»Was für eine herrliche Idee! Ich schätze, bis zum Dinner sind auch Henry und Teddy wieder hier.«

Im Esszimmer der Hollands nahm Teddy wieder einmal genau zwischen den beiden Russell-Schwestern Platz und klagte, wie sehr er sie doch vermissen würde, wenn sie in Schottland wären.

Georgy war die Erleichterung darüber, dass auch er bereits aus London zurückgekehrt war, deutlich anzusehen. Zumal sie dank der Einladung zum Essen auch erst am nächsten Tag nach Woburn weiterreisen würden. Bis zum Dessert hatte sich also ihre letzte Unsicherheit gelegt, und stattdessen erfüllte sie eine stetig wachsende Zuversicht. Zuerst hatte sie ja noch Angst gehabt, nicht mehr mit ihm sprechen zu können, aber nun, da sie neben ihm saß, waren alle Sorgen vergessen. Ihr Mund verzog sich zu einem selbstzufriedenen Lächeln, als sie sich im Stillen die erstaunten Gesichter ihrer Familie vorstellte, wenn sie verkündete, dass sie bald heiraten würde.

Als die Mahlzeit beendet war und Lady Holland sich erhob, um ihren Gästen im Salon noch ein Glas Wein anzubieten, raunte Georgy Teddy zu: »Geh schon mal in den Garten. Ich folge dir in ein, zwei Minuten nach.«

Verschwörerisch zwinkerte er ihr zu.

Wenig später, als die Unterhaltung sich dann wieder einmal der Politik zuwandte, sah Georgy ihre Chance gekommen und entschlüpfte in den von Blumendüften erfüllten dunklen Garten; die Sonne war bereits untergegangen.

Lässig grinsend wartete Teddy unter einer Weide auf sie, und Georgy wollte sich gerade an ihn schmiegen, als er sie plötzlich grob von sich stieß. »Doch nicht hier! Hier können uns doch alle sehen.« Schon wollte er weiter ins Gebüsch zurückweichen.

»Warte, Teddy«, bat sie. »Ich muss dir erst noch etwas sagen.«

»Dann mach aber schnell.«

»Nun gut.« Sie schluckte einmal. »Ich glaube … ich bekomme ein Baby.«

Zu Tode erschrocken stolperte er rückwärts. Dann fuhr er sie mit eisiger Miene an: »Und wer zum Teufel hat gesagt, dass dieses Kind von mir ist?«

»Aber, Teddy«, seufzte Georgy. »Es kann nur von dir sein.«

»Pah!«, schnaubte er. »Nur weil du in Schwierigkeiten bist, versuche nicht, mir die Schuld in die Schuhe zu schieben.«

»Teddy, verdammt noch mal. Du bist der Vater dieses Kindes. Also musst du mir jetzt auch gefälligst einen Antrag machen.«

»Dir einen Antrag machen? Dass ich nicht lache. Wenn ich hier irgendjemandem einen Antrag machen sollte, dann Lu.«

Seine grausamen Worte trafen sie wie Messerspitzen, und unwillkürlich krümmte Georgy sich zusammen. Schließlich richtete sie sich wieder auf, stürzte sich wutentbrannt auf Teddy und grub ihre Nägel in seine Wangen. »Träum weiter! Nie im Leben würde Louisa sich mit einem Schwein wie dir einlassen.«

Abrupt packte Teddy ihre beiden Handgelenke und drückte so fest zu, dass sie vor Schmerz aufschrie. »Mädchen wie dich heiratet man nicht; Mädchen wie du taugen bloß fürs Bett.« Er lachte bitter. »Das weiß doch jeder! Also, bitte, versuche nicht, mich mit deiner billigen Ich-bin-schwanger-Masche vor den Altar zu schleifen. Darauf falle ich nicht herein.«

· 15 ·

Meine Periode ist erst ein paar Tage überfällig. Wahrscheinlich mache ich mir völlig umsonst Sorgen.

Leise schloss Georgy ihre Schlafzimmertür hinter sich. Was für ein Glück, dachte sie, dass Campden Hill so groß ist, dass ich mir hier kein Zimmer mit Lu zu teilen brauche.

Langsam entkleidete sie sich vor dem großen Spiegel und legte die Hand auf ihren flachen Bauch. Ich bin nicht schwanger, betete sie im Stillen. Nein, ganz gewiss nicht. Gott würde nicht so grausam zu mir sein. Ernst schaute sie ihr Spiegelbild an und wischte sich zwei Tränen aus den Augenwinkeln. Ich war mir so sicher, dass Teddy mich heiraten würde. Was für ein grausamer, kaltherziger Bastard er doch ist!

In diesem Augenblick fiel ihr wieder die Aversion ihrer Schwester gegen die Ehe ein; ursprünglich hatte Georgy sich deswegen ja sogar schon über Lu lustig gemacht und ihr geraten, sich besser schnell nach einem Mann umzusehen. Mittlerweile aber war sie sich nicht mehr ganz so sicher, ob Lu nicht vielleicht doch recht hatte. Höhnisch hallten Louisas Worte in Georgys Ohren nach: »Nun, vielleicht bist du ja auch diejenige, die naiv ist? Meiner Meinung nach wachsen die so genannten ›liebenden Ehemänner‹ nämlich nicht auf den Bäumen. Ganz im Gegenteil sogar. Ich denke, dass Männer im Allgemeinen eher selbstsüchtig und arrogant sind.«

Selbstsüchtig und arrogant – ja, das war genau die Beschreibung, die auch auf Teddy Fox passte. Wütend ballte Georgy die Hände zu Fäusten und hieb mit aller Kraft einmal gegen den Spiegel, sodass das Glas mit lautem Klirren zerplatzte. Erschrocken sprang sie einen Schritt zurück und betrachtete ihr verzerrtes Spiegelbild. Teddy wollte mich bestimmt bloß deshalb nicht heiraten, weil ich so hässlich bin! Stattdessen will er Louisa … Ich hasse sie! Ich hasse sie!

Eine knappe Stunde später ging auch Louisa hinauf in ihr Schlafzimmer. Ob Georgy wohl noch immer bei Teddy ist?, überlegte sie. Hoffentlich hat er ihr endlich einen Antrag gemacht. Sie wünscht sich doch nichts sehnlicher, als zu heiraten. Die Reise nach Schottland ist in jedem Fall bestimmt gerade gar nicht nach ihrem Geschmack. Ich wette, sie würde viel lieber hierbleiben.

Nachdenklich legte Lu ihre Kleider ab, schlüpfte in ihr Nachthemd und ging zu Bett. Und was diesen irischen Teufel angeht: Ich frage mich, ob er wohl tatsächlich Geschäftliches in Schottland zu erledigen hat. Ich vermute eher, der will bloß noch einmal versuchen, mich zu verführen. Der ist hartnäckiger als ein Terrier! Dann aber erinnerte Lu sich wieder daran, dass James ja zum Glück bloß einen Teil des Weges mit ihnen zurücklegen wollte und nicht auch noch mit ihnen in The Doune wohnen würde, dem Haus der Russells in den Cairngorms. Und selbst wenn!, schimpfte sie im Stillen. Von dem lasse ich mir meine Ferien ganz bestimmt nicht vermiesen. Energisch verbannte sie jeglichen Gedanken an Abercorn aus ihrem Kopf.

Kaum aber dass sie eingeschlafen war, tauchte er auch schon wieder im Traum vor ihr auf. Louisa träumte, dass sie tanzte. Sie war ganz allein auf einer riesigen Bühne. Zart drang die Musik an ihr Ohr und verführte sie zu graziösen Pirouetten und Sprüngen; leicht wie eine Libelle erhob sie sich in die Luft. Schließlich, nachdem die Musik in einem fulminanten Crescendo endete, sank sie sanft wieder auf den Boden zurück und verneigte sich so tief, dass ihre Stirn fast ihre Fesseln berührte.

Der Applaus, der daraufhin einsetzte, war schier ohrenbetäubend, obgleich es seltsamerweise nur einen einzigen Gast gab: Abercorn. Er saß gleich vorn in der ersten Reihe, warf Dutzende von roten Rosen zu ihr hinauf auf die Bühne und rief laut: »Bravo! Bravo!« Schließlich erhob er sich, kletterte quer über den Orchestergraben, bis er neben Louisa stand, und drückte sie fest an sich. »Lady Lu«, raunte er, »Ihr wart mal wieder fulminant.«

Glücklich schmiegte Louisa sich an ihn, während in ihrem Magen tausend Schmetterlinge zu toben begannen und ihre Brüste leicht kribbelten. Ihr war schon ganz schwindelig vor lauter Freude. Ja, nicht nur in ihrem Inneren, sondern auch rings um sie herum schien reine Glückseligkeit zu herrschen, und sie hatte das Gefühl, als ob sie schwebte. Lachend blickte sie in Abercorns funkelnde Augen. »James, das alles verdanke ich allein dir.«

Mit einem Mal presste er seine Lippen auf ihren Mund schenkte ihr einen so sinnlichen Kuss, als wollte er ihr den Verstand rauben. Und abermals umfing sie sein männlicher Duft und verführte sie zu den leidenschaftlichsten Fantasien. Ihre Lippen wurden ganz weich, und ein heißer Schauer der Erregung überlief sie, als sie James' muskulöse Brust gegen ihre Brüste drücken fühlte. Verliebt schlang Lu ihm die Arme um den Hals und klammerte sich an ihn; sie war gefangen in einem Strudel unschuldigen Verlangens. Als der Kuss schließlich endete, entschlüpfte ihren Lippen ein leiser Seufzer. Dann aber schlug sie schließlich die Lider auf und sah plötzlich wieder diesen besitzergreifenden Ausdruck in seinen dunklen Augen. Sie bekam Angst.

Und genau in diesem Moment drohte James auch schon: »Heiratet mich, Louisa!«

Abrupt löste sich ihr ganzes Glück in Nichts auf, und an seiner Stelle herrschte bloß noch pure Panik. Zitternd erwachte Lu aus ihrem Traum.

Am nächsten Morgen packte Louisa rasch noch einige letzte Kleidungsstücke in ihren Koffer, und dann lief sie auch schon hinab ins Erdgeschoss, wo sie auf Georgy traf. Erstaunlicherweise erwähnte diese aber mit keinem Wort ihr Treffen vom Vorabend mit Teddy

Fox, sodass Lu sich bereits denken konnte, dass Teddy ihr offenbar keinen Antrag gemacht hatte.

Stattdessen erklärte Georgy übertrieben fröhlich: »Ich kann es kaum erwarten, endlich abzufahren. Schottland wird eine willkommene Abwechslung werden.«

Louisa hatte echtes Mitgefühl mit ihrer Schwester, und doch sagte sie lieber nichts.

»Ich bin ja so froh, dass Ihr mit uns reist, James«, sagte Georgina. »Es ist immer gut, wenn man weiß, dass da noch ein Mann ist, auf den man sich verlassen kann – außer auf meinen Ehemann, meine ich. Überhaupt ist es merkwürdig, dass Edward und Charles dieses Jahr zum ersten Mal nicht mehr mitfahren werden. Und Jack wiederum ist ja von vornherein in Woburn Abbey geblieben, um dort während unserer Abwesenheit nach dem Rechten zu sehen.«

»Das Vergnügen liegt ganz auf meiner Seite, Euer Hoheit.«

»Ihr nennt das ein ›Vergnügen‹?«, lachte Louisa und gab sich erst gar keine Mühe, ihre Belustigung zu verbergen. »Dass Ihr Euch da mal nicht zu früh freut. Cosmo, Henry und Alex werden sich alle Mühe geben, Euch den Spaß an der Reise zu verderben.«

»Ich weiß schon, wie man mit Jungen umgehen muss«, beruhigte James sie. »Ich habe ja selbst einen jüngeren Bruder.«

»Claud?« Louisa hielt sich vor Lachen den Bauch. »Ich bitte Euch, macht Euch doch nichts vor. Claud ist ein wahrer Gentleman. Dagegen sind meine Brüder Wilde.«

In diesem Augenblick kam Jack ins Esszimmer getreten. »Die Kutschen wären dann abfahrbereit. Und die Koffer wurden auch bereits verladen. Es befindet sich alles in der Gepäckkutsche.«

»Ich danke dir, Liebling. Was würden wir nur ohne dich tun?« Dankbar küsste die Herzogin ihn einmal flüchtig auf die Wange. »Wir sehen uns dann im September.«

Geschlossen marschierte die Familie hinaus in den Innenhof. Die Kutscher der drei Reiseequipagen hatten bereits hoch oben auf den Kutschböcken Platz genommen, während vor jedem der drei Zweiergespanne ein Pferdeknecht stand, der die Pferde so lange am Zaumzeug festhalten würde, bis die hohen Herrschaften in den Kutschen Platz genommen hatten. Der Herzog von Bedford saß ebenfalls schon im Sattel und hielt die Zügel von Abercorns Araberstute.

Höflich half James Lady Bedford, in die Kutsche zu klettern. Anschließend hob er Rachel hinein und war zum Schluss sogar noch so nett, auch dem Kindermädchen zu helfen, die Stufen des Trittbretts zu erklimmen.

»Ich will aber nicht bei Rachel und dem Kindermädchen sitzen«, murrte Alex plötzlich. »Ich will lieber mit Cosmo und Henry fahren.«

»Oh nein, das wirst du ganz sicher nicht, du Nervensäge.« Grob stieß Henry ihn beiseite.

»Das kann doch wohl nicht wahr sein, dass ihr bereits jetzt miteinander streitet«, mischte Louisa sich ein. »Und dann stellt euch mal vor, Mutter hätte erlaubt, dass ihr drei in der gleichen Kutsche fahrt. Die wäre doch bereits in Stücke zerlegt, noch ehe wir in Northampton angekommen wären.«

In diesem Moment kam Mr Burke, Woburn Abbeys Butler, mit einem großen Proviantkorb und reichte ihn Georginas Zofe, der zweiten weiblichen Angestellten, die die Russells auf ihrer Reise begleiten würde. Sofort stieg Georgy in eine Kutsche mit der Zofe; der Duft des Essens zog sie magisch an.

»Komm, Alex«, lockte Louisa ihren jüngsten Bruder. »Ich überlasse dir meinen Sitzplatz, dann kannst du zusammen mit Georgy reisen.«

»Nein, mit der fahre ich nicht. Die hat gesagt, ich sei abstoßend.«

»Da hat sie ja auch recht. Du bist schon genau so ein Lausebengel geworden wie deine Brüder.«

Stolz grinste Alex vom einen Ohr bis zum anderen.

Allerdings verblasste dieses Lächeln bald auch wieder, als John Russell nämlich plötzlich donnerte: »Verdammt noch mal, Alex! Los, steig in die Kutsche zu deinen Brüdern. Aber sei gewarnt! Sie haben meine ausdrückliche Erlaubnis, dir die Ohren lang zu ziehen, wenn du dich mal wieder danebenbenimmst.«

Genau in dem Moment, als Louisa in der Equipage ihrer Schwester Platz nehmen wollte, rief Georgy ihr entgegen: »Ich habe es mir anders überlegt. Nimm bitte diesen Proviantkorb hier heraus und verstau ihn in dem anderen Wagen. Von dem Geruch wird mir schlecht.«

Gehorsam nahm Louisa den Korb und reichte ihn an Cosmo weiter. Dann, endlich, durfte sie sich neben Georgy setzen, während die drei Pferdeknechte neben den Kutschern auf dem Bock Platz nahmen und der Herzog und James Abercorn bereits in einem flotten Kanter vom Hof trabten. Mit energischem Ruck zogen schließlich auch die drei Kutschen an, und man machte sich an die erste Etappe der langen Reise.

Gute zwei Stunden später zügelte der Herzog von Bedford sein Pferd und ritt im Schritttempo auf einen wundervoll schattigen Rotbuchenhain zu. Mit einem knappen Fingerzeig bedeutete er den Kutschern, ihm zu folgen. Während die Knechte die Pferde tränkten, griff die Herzogin nach dem Proviantkorb. Der allerdings war mit einem Mal verdächtig leicht, und kaum dass sie den Deckel angehoben hatte, starrte sie auch schon ungläubig ihre drei jüngsten Söhne an. »Da ist ja überhaupt nichts mehr drin! Was ist denn bloß mit dem ganzen Essen passiert, das Mr Burke uns mitgegeben hat?«

»Wir dachten, das wäre alles für uns«, murmelte Cosmo und wischte sich mit dem Ärmel den Mund ab. »Habt ihr denn nicht euren eigenen Picknickkorb?«

Wütend trat Lu hinzu, stellte sich neben ihre Mutter und starrte ihre Brüder mit funkelndem Blick an. »Dann muss ich also Völlerei wohl auch noch auf die Liste Eurer Sünden setzen.«

»Nun, immerhin können wir uns eine Kleinigkeit zu trinken

gönnen«, seufzte Georgina. »Die Fässer mit dem Wein und Ale sind nämlich glücklicherweise in der Gepäckkutsche verstaut.« Rasch schickte sie einen der Pferdeknechte los, um die Fässchen herbeizuschaffen. »Lu, wärst du bitte so nett, deinem Vater zu verkünden, dass es heute Mittag leider nichts zu essen gibt? Dir wird er es wohl noch eher nachsehen als mir.«

Zögernd trat Louisa auf ihren Vater zu. »Mutter sagt, wir halten nur ganz kurz an, um etwas zu trinken. Zum Essen bleibt uns im Augenblick leider keine Zeit.« Sie warf Abercorn ein entschuldigendes Lächeln zu.

»Unsinn!«, widersprach ihr Vater. »James und ich brauchen eine Stärkung.«

»Das geht aber leider nicht«, erklärte Lu widerstrebend. »Die Jungs haben schon alles aufgegessen.«

»Verdammt aber auch. Tja, dann werden wir wohl tatsächlich warten müssen, bis wir in Northampton angelangt sind. Kann ja eigentlich auch nicht mehr lange dauern; eine Stunde noch, schätze ich. Allerdings werde ich mich jetzt sicherheitshalber zu den Verrätern in die Kutsche setzen, und du nimmst mein Pferd, Louisa.« Energisch drückte er ihr die Zügel in die Hand.

Zögernd schaute Lu zu Abercorn hinüber, der sich alle Mühe gab, um nun nicht in schallendes Gelächter auszubrechen. »Sollten wir den Pferden zuerst vielleicht noch einen Schluck Wasser gönnen?«, fragte er mit bemüht-ernster Miene.

Lu war die ganze Sache peinlich. »Jetzt wünscht Ihr wahrscheinlich, Ihr wärt doch besser ohne uns gereist, stimmt's?«

»Aber ganz im Gegenteil. Was gibt es Schöneres, als Seite an Seite mit Euch durch unser blühendes Land zu reiten?«

In diesem Augenblick sah James wieder so verführerisch attraktiv aus, dass Lu am liebsten auf der Stelle ein ehernes Bollwerk zwischen ihnen beiden errichtet hätte. Entsprechend verkniff sie sich mit kühlem Lächeln die gepfefferte Antwort, die ihr gerade auf der Zunge lag, und bewahrte Schweigen. Schließlich wäre es für alle beide angenehmer, wenn sie sich nicht gänzlich entzweiten. Zumal die Reise noch Tage dauern könnte, so langsam, wie sie bisher vorankamen. Das Anwesen von Lord Grey jedenfalls, Howick Hall, lag noch in weiter Ferne.

Entsprechend verstrich auch deutlich mehr als bloß eine knappe Stunde, wie Lord John geschätzt hatte, bis die Reisegesellschaft auf dem Landgut der Russells in Corby bei Northamptonshire angelangte. Genauer gesagt war es sogar schon später Nachmittag, sodass John und Georgina beschlossen, ein frühes Abendessen einzunehmen und dann die Nacht dort zu verbringen.

»James, es tut mir ehrlich leid, dass wir heute nur knappe fünfzig Kilometer geschafft haben.«

»Aber das macht doch nichts, Louisa. Ich jedenfalls habe jede Minute davon in vollen Zügen genossen.«

Verlegen schaute Lu zur Seite und hoffte, dass sie nun nicht schon wieder errötete. »Dann lasst uns jetzt einen Pakt schließen. Wenn Ihr mir versprecht, dass Ihr mir für die Dauer dieser Reise keine weiteren Heiratsanträge macht, dann will auch ich so lange keinen Streit mit Euch anfangen.«

»Für mich macht es keinen Unterschied, ob Ihr gerade mit mir streitet oder nicht«, neckte James sie. »Für mich seid Ihr in jeder Stimmungslage begehrenswert.«

Wütend boxte sie ihn einmal gegen seine breite Brust, woraufhin James lachend die Hände hob. »Ist ja schon gut, ich ergebe mich. Von nun an werden wir so tun, als ob wir bloß Freunde wären.« Verschwörerisch zwinkerte er ihr einmal zu. »Nach dem Abendessen unternehmen wir beide aber trotzdem eine kleine Mondscheinwanderung über Euer Anwesen, einverstanden?«

»Ihr seid ein Teufel!«

»*Mea culpa* – Ihr habt ja recht, Lady Lu.«

Nach dem Abendessen erhob der Herzog von Bedford sich mit einem leisen Ächzen von seinem Stuhl. »Meine Lieben, seid gewarnt: Gleich morgen früh bei Sonnenaufgang fahren wir wieder los.« Sein grollender Unterton ließ bereits erahnen, dass alle, die nicht pünktlich an Ort und Stelle wären, auf eigene Faust nachkommen müssten.

Als Louisa und Abercorn das Esszimmer verließen, um den geplanten Rundgang zu unternehmen, schlossen ihre Brüder sich ihnen sofort an. »Nichts da«, wandte Lu sich zu ihnen um. »Ich werde James jetzt eine kleine Führung geben – aber ohne euch. Und wenn ihr meinen Rat hören wollt, dann geht ihr heute lieber zeitig zu Bett.«

Auf ihre lautstarken Proteste hin stellte James sich hinter Lu und erklärte ernst: »Bitte, Jungs. Ich möchte mit eurer Schwester jetzt mal für einen Augenblick alleine sein.«

Johlend und schmatzende Kussgeräusche von sich gebend, schauten Lus Brüder ihnen nach.

Erst John Russell schaffte es, die Jungen endgültig zum Schweigen zu bringen. »Ins Bett mit euch! Sofort.«

Im Garten angelangt erklärte Louisa mit gedämpfter Stimme: »Eigentlich kann ich Euch kaum etwas über dieses Anwesen verraten. Ich komme ja selber nur ganz selten hier vorbei. Meistens dann, wenn wir auf dem Weg nach Schottland sind.«

»Nun, dann lasst mich *Euch* etwas über das Anwesen Eures Vaters erzählen. Dieses Land bildet die Basis Eures Familienvermögens, und die sanften Hügel dort drüben sind der ideale Weidegrund für die hier üblichen Schafherden. Die kleinen Cottages hier gehören allesamt Schäfern, von denen wiederum jeder eine eigene ansehnliche Herde hat. Mit der eigentlichen Landwirtschaft haben diese Menschen nur noch wenig zu tun; sie säen bloß noch Gras aus, um daraus das Heu zu gewinnen, das sie im Winter an die Schafe verfüttern. Nichtsdestotrotz hat jede Familie ihre eigene Kuh, ein Schwein, verschiedene Hühner und natürlich den unerlässlichen und zumeist hochgeschätzten Hirtenhund.«

Langsam schlenderten sie weiter, bis sie an einer steinernen Mauer angelangten. Geschickt erkletterten sie das niedrige steinerne Bauwerk, nahmen obendrauf Platz und ließen den Blick über die in Schatten getauchten Berge und Täler schweifen: Überall sah man im Mondlicht silbrig schimmernde Schafe.

Da Louisa ihm noch immer keine Antwort gegeben hatte, stupste James sie leicht an. »Ihr wollt wohl nicht mit mir reden, wie? Und was ich Euch da eben erzählt habe, wusstet Ihr sicher auch bereits. Also, gibt es vielleicht doch noch irgendetwas, das Ihr mir über dieses Land verraten möchtet?«

»Die Kinder hier sind sehr fröhlich«, sagte sie mit einem leisen Lächeln. »Und alle haben rosige Wangen.«

»Das kommt, weil sie glücklich sind und genug zu essen haben. Euer Vater ist gut zu seinen Pächtern.«

Versonnen schaute Louisa James an, als sein Gesichtsausdruck sich mit einem Mal veränderte, so als ob ein dunkler Schatten darüber hinwegzöge. Irgendetwas schien ihm Kummer zu bereiten. »Was ist los?«, fragte sie.

Abercorn schüttelte nur stumm den Kopf.

»Nun kommt schon! Freunde teilen doch ihre Gedanken«, drängte sie hartnäckig.

Er seufzte schwer. »In Schottland, etwa fünfzig Kilometer südlich von Gordon Castle, gibt es ein Landgut, zu dem einige riesige Ländereien gehören; es heißt Haddo House. Das Gut und das gesamte Land gehören meinem Stiefvater Aberdeen. Irgendwann kam es ihm in den Sinn, sämtlichen Pächtern zu kündigen und ihre Häuser einfach abreißen zu lassen. Das Land wurde quasi dem Erdboden gleichgemacht, sodass Aberdeen dort noch mehr Schafe halten konnte. Tausende von Schafen, so weit das Auge reicht.«

»Und wer kümmert sich um die Tiere?«

»Niemand. Sie vegetieren dort einfach so vor sich hin. Jahr für Jahr ziehen sie über die kargen Hügelketten, wo sie meist bloß trockenes Heidekraut finden, und wenn die Winterstürme über das Land brausen, müssen sie eben zusehen, dass sie sich irgendwie gegenseitig wärmen. Aber, ehrlich gesagt, geht es sogar diesen Schafen noch besser als jenen Menschen, die Aberdeen einfach ihrem Schicksal und dem Hunger überlassen hat.«

»Kein Wunder, dass die Menschen ihn hassen.«

James nickte. »Aber lasst uns jetzt nicht mehr über Aberdeen reden. Ich möchte, dass Ihr glücklich seid.«

Und Louisa wiederum wollte, dass auch Abercorn lachte. »Aber ich bin doch glücklich«, kicherte sie verschmitzt. »Ich habe nun endlich meine erste Ballsaison hinter mich gebracht und kann noch immer stolz behaupten, dass ich mich nicht auf dem Heiratsmarkt habe verschachern lassen. Das ist doch wohl etwas, oder?«

Mit einem müden Lächeln schlang Abercorn den Arm um sie und drückte sie einmal fest an sich. Lu hielt den Atem an – gleich würde er sie bestimmt wieder küssen. Genau genommen wartete sie schon die ganze Zeit darauf, dass er sie küsste, und zwar gleich von dem Moment an, da sie den mondbeschienenen Garten betreten hatten. Doch dann zog er seinen Arm langsam wieder zurück; sehnsüchtig schaute Lu ihn einen flüchtigen Moment lang an.

Kurz darauf hob James sie von der Mauer herab, während er sich alle Mühe gab, seine Belustigung zu verbergen. »Kommt«, sagte er. »Wir müssen morgen früh aufstehen.«

Ihr irischer Teufel!, fluchte Lu im Geiste, bewahrte nach außen hin jedoch eisernes Schweigen.

Gute drei Tage später erreichten die müden Reisenden endlich Howick Hall. Glücklicherweise bot das Anwesen dank seiner großzügigen Ausmaße reichlich Platz für alle. Denn abgesehen von ihren zahlreichen Verwandten beherbergten die Greys während der parlamentarischen Sitzungspause auch stets zahlreiche Freunde.

Fröhlich hießen Hannah, die Schwester des Grafen Grey, und ihr Ehemann, Edward Ellice, die Russells willkommen. »Wir befinden uns übrigens auch gerade auf dem Weg nach Schottland«, erklärte sie Georgina. »Mein Mann und ich möchten uns dort nämlich gern ein Anwesen kaufen. Am besten nicht allzu weit von dem Euren entfernt.«

»Dann hoffe ich doch sehr, dass Ihr rasch fündig werdet. Wir würden uns wahnsinnig freuen, Euch als Nachbarn zu gewinnen. Ich liebe es ganz einfach, Gäste einzuladen.« Mit fröhlich blitzenden Augen schaute Georgina ihre Freundin an.

»Ist George denn nicht hier?«, war gleich das Erste, was Georgy fragte, als man sich zum Abendessen an die lange Tafel begab.

»Nein, mein Liebes«, entgegnete Mary Grey, während sie Georgy neugierig musterte. »Er ist vom Marineministerium erst kürzlich zum Leutnant ernannt worden und wartet nun auf seinen ersten Einsatz.«

Georgy war offensichtlich enttäuscht, als sie dies hörte.

Unterdessen stellte die Gräfin die Gäste einander vor. »Ihr kennt doch sicherlich meinen ältesten Sohn, Henry, und seine Frau, Mary.« Henry war natürlich ebenfalls Parlamentarier und hatte den Abgeordnetensitz für Northumberland inne. »Und Charles Bennet, Henrys Freund, habt Ihr wahrscheinlich auch schon kennengelernt, oder? Lord Ossulston vertritt in London jedenfalls die Region von North Northumberland.«

Sofort spitzte Georgy interessiert die Ohren. »Lord Ossulston, ich freue mich sehr, Eure Bekanntschaft zu machen. Euer Vater ist der Graf von Tankerville, nicht wahr?«

»So ist es, Mylady.« Der junge Lord nickte einmal höflich, wandte seinen bewundernden Blick dann aber wieder Louisa zu.

Georgy stupste ihre Schwester verstohlen in die Seite. »Lade ihn ein, nachher mit uns einen Spaziergang durch den Garten zu machen«, flüsterte sie.

Gehorsam säuselte Louisa also nach dem Dessert: »Lord Ossulston, bitte entschuldigt uns jetzt. Meine Schwester und ich möchten uns gerne noch ein bisschen die Beine vertreten; die tagelange Kutschfahrt und das viele Sitzen waren doch sehr anstrengend.«

Prompt erhob Charles Bennet sich und bot sich als Begleitung an. »Dann lasst mich Euch doch eine kleine Führung durch den Garten geben, Lady Louisa.«

»Aber gerne doch«, mischte sich nun auch James Hamilton ein und stand ebenfalls auf. Er reichte Louisa seinen Arm. »Wir vier unternehmen jetzt gemeinsam einen Spaziergang über die Terrassenanlage. Was für eine wundervolle Idee.«

Mit verschmitztem Lächeln hakte Louisa sich bei ihm ein, während Ossulston sich mit Georgy begnügen musste, und blickte bewundernd zu ihrem Kavalier auf. Abercorn, dachte sie, wie macht Ihr das bloß? Ihr könnt ja beinahe schon meine Gedanken lesen. Und wie schafft Ihr es, aus jeder Situation einen Vorteil für Euch zu schlagen?

Langsam schlenderten sie über die von duftenden Kräuterbeeten umrahmten Terrassen, als James sich plötzlich an Charles wandte: »Es ist doch sehr angenehm, dass Premierminister Grey so tolerant ist uns ›Andersgläubigen‹ gegenüber, nicht wahr? Ich jedenfalls zähle mich aus Überzeugung zu den Torys.«

Charles Bennet lachte. »Bei mir liegt es ganz ähnlich. Graf Greys Sohn Henry und ich kennen uns schon, seit wir kleine Jungs waren. Und für uns beide war von jeher klar gewesen, dass wir eines Tages in die Fußstapfen unserer Väter treten würden. Und so kam es dann auch: Er wurde ein Whig, ich ein Tory.«

»Politik ist ja solch ein faszinierendes Thema«, klinkte Georgy sich in das Gespräch mit ein. »Seid Ihr eigentlich häufiger in Schottland, Charles?«

»Eher selten. Dabei würde ich dort gerne mehr Zeit verbringen. Nirgends macht das Jagen und das Fischen so viel Vergnügen wie in Schottland.«

»Dann, mein lieber Charles, erlaubt mir, Euch auf unser Gut The Doune einzuladen. Es liegt ganz in der Nähe von Kinrara am Ufer des Flusses Spey. Meine Eltern lieben es, dort Gäste zu empfangen. Und mein Onkel, der Herzog von Gordon, kommt uns dort auch regelmäßig besuchen – meistens im August.« Georgy versuchte Charles wahrlich mit allen Mitteln zu überzeugen.

Mit fragend hochgezogenen Brauen blickte der jedoch erst einmal zu Louisa hinüber.

»Aber gewiss doch!«, bekräftigte diese daraufhin und nicht zuletzt deswegen, um damit Abercorn ein wenig zu ärgern. »Wir würden uns sehr freuen, Euch dort begrüßen zu dürfen. Und es gibt im ganzen Land nirgends so herrliche Lachse wie in der Spey.«

Dankbar lächelte Georgy ihre Schwester an. »Und nun würde ich gerne noch einmal rasch zur Kirche hinübergehen; ehe es dunkel wird, meine ich. Ich möchte mir unbedingt die Wasserspeier dort ansehen. Mary hat sie angeblich alle selbst aus dem Stein gemeißelt.« Kichernd sprang sie von der Terrasse ins dichte Gras hinab und zog Lord Ossulston einfach mit sich.

»Dann viel Spaß noch«, entgegnete Abercorn leichthin. »Wir werden derweil die entgegengesetzte Richtung einschlagen. Lady Louisa wollte unbedingt noch ein Stückchen weiter hinaus bis an den Klippenrand, um einen Blick auf die See zu werfen.«

Was natürlich gar nicht stimmte. Lu wusste zwar, dass Georgy gerne mit Lord Ossulston allein sein wollte; andererseits war Louisas Bedürfnis nach ein wenig Zweisamkeit mit Abercorn eher begrenzt. Sollte sie sich den beiden anderen nun einfach hartnäckig anschließen? Oder sollte sie besser Rücksicht auf die Interessen ihrer Schwester nehmen? Am Ende gewann natürlich Georgy.

Müde wanderte sie neben Abercorn her. »Howick ist wirklich wunderschön; eines der schönsten Küstenanwesen, die ich je gesehen habe.«

Wenige Meter von der Felsklippe entfernt blieben sie stehen und starrten hinab auf die wogenden Wassermassen, die gegen die Felsen brandeten. Am Horizont erhob sich bereits der bleiche Mond und ließ die Wellen silbrig glitzern.

»Im Augenblick ist das alles hier in der Tat sehr schön«, stimmte Abercorn zu. »Im Winter allerdings wird Howick sicherlich von

Stürmen gepeitscht. Das strenge nördliche Klima hier kann sehr grausam sein. Aber die Greys sind ja klug genug, den größten Teil des Jahres in London zu verbringen.«

»Nur Mary muss das ganze Jahr hierbleiben, während ihr Ehemann sich in den Parlamentssälen herumtreibt«, murrte Lu. »Kein Wunder, dass die Arme ununterbrochen irgendwelche Wasserspeier aus dem Stein haut.«

Laut lachend legte James den Kopf in den Nacken, hatte er mit irgendeiner Bemerkung dieser Art doch bereits gerechnet.

»Aber ja doch!«, beharrte Louisa. »Ihr Männer könnt genauso grausam sein wie das Wetter, besonders, wenn es um uns Frauen geht.«

»Eure Schwester jedenfalls scheint das nicht abzuschrecken.«

»Georgy würde alles tun, um einem Mann zu gefallen«, platzte es geradezu aus Louisa heraus, ehe sie sich einen knappen Wimpernschlag später auch schon die Hand vor den Mund schlug. »Was rede ich da bloß. Ich wollte damit eigentlich nur sagen, dass die Gegend dort unten bei der Kirche ganz schön sumpfig ist. Und dennoch ist Georgy so nett, durch den Morast zu waten, nur um Charles Marys steinerne Fratzen zu zeigen. Das ist doch sehr selbstlos, nicht?«

»Ja, Charles Bennet kann sich glücklich schätzen. Meine Liebste dagegen ist nicht so entgegenkommend, mit mir durch Sümpfe zu waten und Wasserspeier zu besichtigen, nur um mir damit eine Freude zu machen.«

»Ich bin nicht Eure Liebste!«

»Und ob Ihr das seid. Und das wisst Ihr auch. Streitet es bloß nicht ab.«

Wütend hob Lu das Kinn und trat noch einige Schritte näher auf den Rand der Klippe zu.

James schaffte es nur mit äußerster Willensanstrengung, sich zu beherrschen und nicht vorzustürzen, um Louisa zu packen und gewaltsam vom Abgrund zurückzureißen. Doch Lu hatte anderes vor. Mit klopfendem Herzen beobachtete er, wie sie lächelnd die Arme ausbreitete und unmittelbar an der Steilkante der Klippe eine Pirouette nach der anderen drehte. Übermütig legte sie den Kopf in den Nacken und lachte, während sie es genoss, James mit ihrem gewagten Tanz zu quälen.

»Nein, meine liebe Louisa«, knurrte er schließlich. »Da falle ich nicht drauf herein. Ihr wollt doch bloß, dass ich mich jetzt auf Euch stürze, Euch in meine Arme schließe und Euch küsse, damit Ihr dann wieder Eure perverse Freude daran haben könnt, wenn Ihr mir eine Ohrfeige verpasst und ich wie ein begossener Pudel dastehe.«

Mit einem Mal hielt Louisa abrupt inne und schaute ihn nachdenklich an. Ist es wirklich das, was ich will?, überlegte sie. Habe ich meine Freude daran, ihn lächerlich zu machen?

»Wenn Ihr wollt, dass ich Euch küsse, braucht Ihr es nur zu sagen«, provozierte James sie weiter.

Wütend stürzte sie auf ihn zu und versuchte, gegen sein Schienbein zu treten. »Ihr arroganter irischer Teufel!«

Als die beiden schließlich wieder in der Haupthalle eintrafen, bemerkte John Russell sofort die verräterisch geröteten Wangen seiner Tochter. »James, kommt und nehmt noch einen kleinen Drink mit uns«, forderte er Lus Begleiter auf. »Der Premierminister möchte sich gern Eurer Unterstützung versichern; nicht, dass Ihr da oben im Oberhaus am Ende doch noch gegen die Gesetzesreform stimmt, sobald diese bei Euch angelangt.«

Zwei Stunden später, als der Herzog schließlich wieder aus der Bibliothek geschlendert kam, wurde er sogleich von Charles Bennet bestürmt. »Auf die Gefahr hin, ein wenig anmaßend zu sein, Euer Hoheit«, keuchte er, »so würde ich mich doch gerne danach erkundigen, ob es schon einen Gentleman gibt, der Eurer Tochter, Lady Louisa, den Hof macht?«

»Tut mir leid, Euch zu enttäuschen«, seufzte John. »Aber ich habe Grund zu der Annahme, dass meine Tochter ihr Herz bereits vergeben hat.«

Als Georgy endlich zurückkehrte, lag Louisa bereits in ihrem Bett und war schon fast eingeschlafen. Georgy hingegen drehte rigoros die Nachttischlampe wieder auf; Lu ahnte bereits, dass sie sich unterhalten wollte.

»Meine Schuhe sind hin, das kannst du mir glauben. Aber das soll es mir wert gewesen sein, wenn Ossulston dafür um meine Hand anhält.«

Wie bitte?, dachte Louisa verdutzt. Vor ein paar Tagen hast du doch noch an Teddy Fox gehangen. Und nun soll es auf einmal Charles Bennet sein? »Bist du dir auch wirklich sicher?«, fragte sie. »Ich dachte, du wärst in Teddy verliebt.«

»Verliebt? Ich bitte dich! Was zum Teufel hat denn eine Eheschließung mit Liebe zu tun?«

»Aber, Georgy, ich weiß doch ganz genau, wie du für Teddy empfindest. Du hast dir nichts sehnlicher gewünscht, als seine Frau zu werden. Und nun musst du dir selbst einfach ein bisschen Zeit lassen, um diese Enttäuschung zu überwinden.«

»Aber ich habe keine Zeit mehr! Die Zeit ist mein Feind!«

»Georgy, du machst dir viel zu viele Gedanken um dein Alter.«

Nachdenklich biss Lus Schwester sich auf die Unterlippe, hatte sie an ihr Alter doch ausnahmsweise einmal gar nicht gedacht – bis Louisa sie wieder darauf brachte. »Aber es dauert nicht mehr lange, und dann bin ich schon zweiundzwanzig«, nahm sie den Faden auf. »Dann bin ich offiziell eine alte Jungfer.« Bekümmert legte sie schließlich auch ihre letzten Kleidungsstücke ab und schlüpfte ins Bett. »Ich habe Ossulston nach The Doune eingeladen und ihn wirklich nach allen Regeln der Kunst zu bezirzen versucht. Er ist immerhin der Erbe des Grafen von Tankerville. Wie gerne wäre ich seine Frau! Auch wenn ich die Art und Weise, wie er spricht, einfach furchtbar finde. Aber so sprechen sie im Norden ja offenbar alle.«

»Dann will ich für dich hoffen, dass er deine Einladung auch tatsächlich annimmt.«

»Und wenn er endlich da ist, dann will ich, dass du deine Finger von ihm lässt. Hast du mich verstanden? Es ist ja offensichtlich eine Art Hobby von dir, mir meine Verehrer zu stehlen. *Aber gewiss doch!*«, imitierte sie ihre Schwester mit schneidendem Tonfall. »*Wir würden uns sehr freuen, Euch dort begrüßen zu dürfen. Und es gibt im ganzen Land nirgends so herrliche Lachse wie in der Spey.*«

»Tut mir leid, Georgy, wenn du das so aufgefasst hast. Ich wollte nur helfen.«

»Das brauchst du nicht. Ich komme auch ohne die Hilfe der bezaubernden Lu Russell prima zurecht.«

Es dauerte noch Stunden, bis Lu endlich einschlafen konnte. Sie empfand echtes Mitleid mit ihrer Schwester.

Allmorgendlich, wenn Georgy erwachte, untersuchte sie ihr Nachthemd als Erstes nach kleinen Blutflecken. Doch auch an diesem Morgen erlitt sie wieder eine Enttäuschung – ihre siebte insgesamt. Und dabei war ich mir so sicher, grübelte sie im Stillen, dass nach der anstrengenden Kutschfahrt über die holprigen Straßen endlich meine Periode einsetzen würde! Dann muss ich heute wohl etwas noch Anstrengenderes unternehmen.

Mit sorgenvoll zerfurchter Stirn versuchte Georgy, nicht daran zu denken, dass sie womöglich schwanger war.

Zum Frühstück aß sie an diesem Morgen lediglich eine kleine Portion Porridge. Die meisten anderen taten sich zwar an gebratenen Eiern und saftigem Vorderschinken gütlich, doch Georgy wagte es kaum, auf deren Teller zu blicken, da bereits die herzhaften Düfte eine schier unerträgliche Übelkeit in ihr hervorriefen. Als die Diener den Tisch abräumten, zwinkerte sie einmal zu Charles Bennet hinüber und erklärte betont nonchalant: »Irgendwie ist mir heute danach, etwas Wagemutiges zu unternehmen. Ich denke, ich werde den Klippenpfad hinabklettern, um anschließend ein Stückchen durch die Nordsee zu waten. Hat vielleicht irgendjemand Lust, sich mir anzuschließen?«

»Ja, ich! Ich!«, riefen Cosmo, Henry und Alex prompt.

Georgy hingegen entglitten regelrecht die Gesichtszüge. Das hätte ich mir eigentlich auch denken können!, fluchte sie in Gedanken. Warum bin ich auch so dumm, meine Pläne vor allen anderen herauszuposaunen? Sie wagte noch einen letzten hoffnungsvollen Blick in Richtung von Charles Bennet, doch der blieb stumm und schaute in die andere Richtung.

»Da habt Ihr Euch ja in der Tat ein echtes Abenteuer vorgenommen«, erwiderte Mary Grey bewundernd. »Alle Achtung. Henry und Charles werden derweil meine neuen Wasserspeier an der Nordseite der Kirche anbringen.«

»Passt bloß auf, dass Ihr nicht im Morast stecken bleibt«, raunte Georgy übellaunig den beiden jungen Männer zu.

Der Herzogin von Bedford entging die schneidende Bemerkung ihrer Tochter natürlich nicht, sodass sie sich rasch um einen Themenwechsel bemühte: »Georgy, Liebes, achte bei eurer Wanderung bitte auf Alexander. Du weißt ja, wie wild deine Brüder manchmal sind.«

»Macht Euch keine Sorgen, Euer Hoheit.« Freundlich lächelte Abercorn die Herzogin an. »Ich werde sie begleiten und darauf achten, dass ihnen nichts passiert. Wie steht's mit Euch, Lady Louisa? Wollt Ihr vielleicht auch mitkommen?«

Ein wenig verunsichert musterte Lu die mürrische Miene ihrer Schwester. »Nein … Ich denke, eher nicht. Vielleicht wandere ich heute mal zum Bach hinunter.«

»Aber, Lu, da unten ist es doch so sumpfig«, widersprach ihre Mutter. »Schließe dich doch lieber den anderen an. Wie oft hat man schon die Chance, mit den Füßen durch die Nordsee zu waten?« Nachdenklich blickte sie einmal zu James Hamilton hinüber, ehe sie sich wieder ihrer Tochter zuwandte: »Die anderen werden bestimmt jede Menge Spaß haben.«

Oben auf dem großen Felsplateau angekommen, bestand James darauf, als Erster zum Strand hinabzusteigen. Breit grinsend schaute er die anderen an und scherzte: »Sollte irgendeiner von Euch fallen, dann fange ich Euch von dort unten einfach auf.« Und da er wusste, dass die drei Jungen sich ihm ohnehin gleich an die Fersen heften würden, beschloss er, sie zu einem Wettrennen herauszufordern, und stürmte geradezu die Klippen hinunter. Laut johlend und kreischend vor Begeisterung machten die drei Brüder sich an seine Verfolgung, kamen aber nichtsdestotrotz erst ganze fünf Minuten nach James unten an. Keuchend wartete Abercorn derweil am Fuß der Klippen darauf, dass auch Lu und Georgy folgten.

Lachend und ungestüm wie ein Brauereipferd in vollem Galopp kam Georgy den steilen Weg hinabgepoltert, während sie die drohenden Gefahren und Stolperfallen gar nicht wahrzunehmen schien – Abercorn betete darum, dass sie nicht stürzen möge. Louisa dagegen schritt so leichtfüßig über den steinigen Pfad, als ob der Abstieg im Grunde ein Leichtes sei. Sie hatte eine solch ausgeprägte natürliche Anmut, dass sie James spontan an seine kostbare Araberstute erinnerte.

Derweil rissen sich die drei kleinen Teufel hinter seinem Rücken bereits die Kleidung vom Leibe und stürmten nackt in die Fluten. James hatte von vornherein geahnt, dass ihm das wohl nicht erspart bleiben würde. Auch er würde ein Bad in der Nordsee nehmen müssen; schließlich war er verantwortlich für die Sicherheit der drei. Dennoch wartete er, bis auch Lu und Georgy unten auf dem schmalen Strand angekommen waren, und zog sich derweil schon einmal Hemd und Schuhe aus. Kaum dass die beiden sicheren Boden unter den Füßen hatten, stürmte er dann auch schon über den feinen Kiessand und stürzte sich, nur noch mit seinen Kniebundhosen bekleidet, hinter Henry, Cosmo und Alexander in das kalte Wasser.

Lachend machte er bei den Spielen der drei Jungen mit, erfand selbst noch ein, zwei neue Spielregeln hinzu und hob Lus Brüder schließlich einen nach dem anderen hoch in die Luft und warf sie mit Schwung ins Wasser. Am Ende erlaubte er ihnen sogar, auf seine breiten Schultern zu klettern und von dort aus in die Fluten zu tauchen.

Louisa war ehrlich erstaunt, wie gelassen und gut gelaunt James mit ihren Brüdern spielte. Sie streifte ihre Schuhe und ihre Strümpfe ab, um ebenfalls bis zu den Waden durch das frisch-kühle Wasser zu waten, während sie weiterhin den Jungen bei ihren Wasserspielen zusah. Georgy dagegen wandte sich von ihrer Schwester ab und unternahm ein anstrengendes Rennen den Strand entlang.

Nach etwa einer Stunde hatten die Jungen keine Lust mehr und kamen fröstelnd aus dem Wasser, um rasch wieder in ihre Kleider zu schlüpfen. Die Nordsee war kalt, sogar im August.

James, der noch immer bis zur Hüfte im Wasser stand, schaute Louisa herausfordernd an: »Wollt Ihr denn nicht reinkommen?«

Lu aber schüttelte den Kopf. »Nein. Ich kann nicht schwimmen.«

»Ihr könnt nicht schwimmen?«, hakte James ungläubig nach. »Aber warum das denn nicht? Ihr habt doch einen See in Woburn.«

»Ja, aber Ihr habt die drei Wilden ja eben selbst erlebt. Und jedes Mal, wenn ich mich in den See gewagt habe, haben sie mich sofort unter Wasser gedrückt. Glaubt mir, ich hatte schon ein ums andere Mal befürchtet, dass ich überhaupt nicht mehr auftauchen würde. Und Edward, Charles und Jack sind sogar noch schlimmer gewesen als Cosmo und Henry.«

James' Herz krampfte sich schmerzhaft zusammen, so unschuldig und schutzlos sah Louisa in diesem Augenblick aus. »Irgendwann, Lady Lu«, versprach er, »bringe ich Euch das Schwimmen bei. Und dann könnt Ihr Euch darauf verlassen, dass keine Monster unter der Wasseroberfläche lauern werden.«

Etwas irritiert blickte Louisa auf seine nackte Brust. »Ist Euch eigentlich gar nicht kalt?«

»Nein, ich habe Glück. Ich spüre die Kälte für gewöhnlich kaum.« Rasch warf er sich sein Hemd über und schlüpfte in seine Schuhe.

»James, jetzt kommt schon!«, riefen da auch schon die Jungen im Chor.

»Sieht so aus, als ob sie zurück zum Haus wollten. Aber Ihr seid jetzt sicherlich auch ein wenig durchgefroren, nicht wahr, Lady Lu?«

»Von mir aus können wir ruhig wieder nach Hause gehen. Übrigens werden die drei Euch von heute an schier vergöttern. Sie sind in einem Alter, in dem man sie noch sehr leicht beeindrucken kann.«

James grinste. »Nur schade, dass das bei Euch nicht mehr wirkt.«

»Da kommt Georgy!«, wechselte Louisa rasch das Thema. »Heute scheint sie wohl gar nichts bremsen zu können.«

Die Jungen waren die Klippen schon wieder halb hinaufgeklettert, als die Schwestern sich schließlich ebenfalls an den Aufstieg machten. Dieses Mal ging James ganz bewusst hinter ihnen, für den Fall, dass eine von ihnen stolpern sollte. Kurz bevor sie das Plateau erreichten, strauchelte Georgy, fand dann aber zum Glück rasch das Gleichgewicht wieder. James hatte für einen Moment erschrocken die Luft angehalten; nun atmete er wieder etwas ruhiger.

»Georgy, auf deinem Kleid ist Blut«, bemerkte Louisa.

»Wirklich?«, fragte Georgy hoffnungsfroh. Dann aber spürte sie, wie ihre Knie zu stechen begannen, hob ihren Rock und sah, dass sie sich bei ihrem kleinen Sturz die Haut aufgeschürft hatte. Sie seufzte schwer, während ihre Hoffnungen abermals zerstoben.

· 16 ·

»Ich wünschte, Ihr würdet mit uns nach The Doune kommen, James.« Fast schon wehmütig schaute Henry Russell seinen Helden an. »Ihr seid doch nun der Anführer unserer Bande.«

Auch Abercorn schien die Trennung von den drei Jungs ein klein wenig schwerzufallen. »Glaub mir, auch ich wünschte, ich könnte mit euch kommen. Aber ich habe hier in Edinburgh noch ein paar geschäftliche Dinge zu erledigen. Doch ich sage dir etwas: Dafür bist du von nun an der Anführer!«

Die Russells hatten die Nacht im Stadthaus der Familie verbracht, das nun Georginas Bruder George gehörte, dem Herzog von Gordon. Und natürlich hatte die Herzogin darauf bestanden, dass Abercorn auch nach ihrer Abreise unbedingt dort wohnen bleiben müsse und nicht in ein Hotel umziehen dürfe, während er seinen Geschäften in Edinburgh nachging.

Galant wie immer war James den Damen nun dabei behilflich, in die Kutsche zu steigen, und winkte ihnen lächelnd hinterher. »Wir sehen uns dann im Oktober in London wieder.« Natürlich hatte er seine Worte nur ganz generell an die gesamte Familie gerichtet, Louisa aber wusste, dass er damit speziell sie angesprochen hatte.

Kaum dass die Russells schließlich in The Doune angelangt waren, begann man auch schon mit Begeisterung, sich den zahlreichen Zerstreuungsmöglichkeiten zu widmen, die dieses Anwesen bot. Man angelte in der Spey, ging in dem uralten kaledonischen Wald jagen und unternahm Ausritte über die zerklüfteten Bergpfade der Cairngorms. Zudem besuchte man George Gordon und dessen Frau, die zurzeit in ihrem kleinen Landhaus nahe Kinrara

Urlaub machten, beziehungsweise empfing sie bei sich zu Besuch. Und gegen Ende August war es dann so weit, dass auch Edward Ellice und seine Frau Hannah sich zu ihnen gesellten, nachdem sie das anvisierte Grundstück gleich neben The Doune gekauft hatten. Vor allem aber ließ Georgina es sich nicht nehmen, jede Woche einen kleinen Ball zu veranstalten, zu dem sie traditionellerweise vor allem Fiedler und Dudelsackspieler engagierte, die wiederum in erster Linie *Reels* und Strathspeys spielten. Im Übrigen lud sie nicht nur ihre adligen Nachbarn zu den Tanzabenden ein, sondern auch deren Diener und Pagen.

Georgy hingegen schmollte unentwegt; sie war enttäuscht, dass Charles Bennet ihrer Einladung nicht gefolgt war. Nach einer Weile ging ihre Betrübnis dann in eine Art stille Hoffnungslosigkeit über, bis sie schließlich in einer tiefen Schwermut versank. Denn Schottland, und daran konnte auch Georgys Zweckoptimismus nichts ändern, war so ziemlich der letzte Ort auf der gesamten Welt, an dem sie nun noch eine Chance hätte, rasch einen Ehemann zu finden. Und so weigerte sie sich irgendwann rigoros, Louisa noch länger bei deren Ausritten zu begleiten, und auch an den diversen Aktivitäten ihrer Brüder nahm sie nicht mehr teil. Sie wollte einfach nur noch allein sein. Zudem litt sie unter immer wiederkehrendem Erbrechen, wie zumindest Louisa durchaus bemerkte; vor ihrer Mutter und dem Rest der Familie hielt Georgy ihre Unpässlichkeit jedoch weiterhin und mit Erfolg geheim.

Alles in allem zog sie sich also mehr und mehr in sich selbst zurück, wurde immer blasser und versank schließlich in einer tiefen Depression. Louisa war außer sich vor Sorge um ihre Schwester.

In Edinburgh konsultierte James Hamilton derweil nicht weniger als ein halbes Dutzend Notare. Schließlich übergab er sein Anliegen Angus Murray, dem Geschäftsführer einer alteingesessenen Anwaltskanzlei, die sich auf Erbrecht spezialisiert hatte.

»Ich habe in Irland einige sehr kompetente Anwälte, die sich um die Verwaltung meiner dortigen Anwesen kümmern. In Schottland dagegen habe ich bislang leider noch niemanden gefunden, der sich meiner hiesigen Liegenschaften annimmt; allesamt Besitztümer, die ich von meinem Großvater, dem Marquis von Abercorn, geerbt habe.«

»Es wäre mir eine Ehre, für Euch tätig werden zu dürfen, Lord Paisley.«

James lächelte. »Ich sehe schon, ich habe mich an den richtigen Mann gewandt.« ›Lord Paisley‹ war nämlich sein schottischer Titel, was allerdings nur jene wussten, die sich mit der Materie auch wirklich auskannten. »Wie Ihr vielleicht schon wisst oder spätestens jetzt erfahren werdet«, fuhr er zufrieden fort, »wurde nach dem Tode meines Großvaters mein Stiefvater, der Graf von Aberdeen, zu meinem Vormund erklärt. Da ich aber wiederum im Januar dieses Jahres einundzwanzig Jahre alt geworden bin, möchte ich, dass seine Vormundschaft ab sofort für nichtig erklärt wird und dass sämtliche Besitzurkunden über die mir vererbten Anwesen hier in Schottland nunmehr allein auf meinen Namen umgeschrieben werden.«

»Aber selbstverständlich, Mylord. Ich werde mir umgehend die entsprechenden Grundbuchabschriften zuschicken lassen und Sorge dafür tragen, dass sämtliche Anwesen und Ländereien schnellstmöglich auf Euch umgetragen werden.«

»Zudem möchte ich, dass rückwirkend für die Jahre seit dem Tod meines Großvaters sämtliche Buchungen meiner Konten überprüft werden. Ich habe Grund zu der Annahme, dass in der Vergangenheit Teile meines Vermögens veruntreut wurden.«

»Ihr könnt Euch darauf verlassen, dass meine Nachforschungen ebenso gründlich wie diskret sein werden, Mylord. Wisst Ihr zufällig, ob Graf Aberdeen auch eigene Ländereien in Schottland hat, und wenn ja, wie viele?«

»Ihm gehört zum einen Haddo House und dann noch eine nicht unbeträchtliche Menge Land bei Aberdeenshire. Sämtliches Land in der näheren Umgebung von Paisley hingegen gehört mir. Wie gesagt: Ich bin der Alleinerbe meines Großvaters.«

»Und wie sieht es in England aus? Besitzt Aberdeen auch dort Anwesen?«

»Nicht dass ich wüsste. Er unterhält zwar schon seit einigen Jahren ein Stadthaus in London in der South Audley Street. Aber das Haus ist nur gemietet. Zudem hat er sich als Hauptwohnsitz irgendwann Bentley Priory in Stanmore auserkoren, was ungefähr fünfzehn Kilometer von London entfernt liegt. Aber auch dieses Haus gehört ihm nicht; ich bin der rechtmäßige Eigentümer. Ich erlaube ihm und seinen Kindern bloß deshalb, dort zu wohnen, weil meine Mutter sich dort wohler fühlt als in Haddo House, das ein eher karges Domizil im schottischen Hochland ist.«

»Und fließen die Pachteinnahmen Eurer Güter in Stanmore direkt an Euch oder an Aberdeen?«

»Ich beziehe überhaupt keine Einkünfte aus Stanmore. Das geht alles an ihn. Aber solange er das Geld zur Unterhaltung des Anwesens verwendet und um meiner Mutter das Leben ein klein wenig angenehmer zu gestalten, so habe ich auch dagegen nichts einzuwenden.«

»Nichtsdestotrotz habt Ihr natürlich Anspruch auf eine detaillierte Einsicht in die Bücher Eurer Anwesen. Mit Eurer Erlaubnis würde ich also gerne die wirtschaftlichen Verhältnisse Eurer Liegenschaften in Schottland und England unter die Lupe nehmen.«

»Diese Erlaubnis sei Euch hiermit erteilt, Murray.«

»Ich werde Euch binnen einer Woche einen ersten Bericht an Eure derzeitige Adresse in Edinburgh zukommen lassen, Lord Paisley.«

»Georgy hat schon seit einer Woche nicht mehr gemeinsam mit uns gefrühstückt. Unternimmt sie denn tatsächlich jeden Morgen einen Ausritt, Louisa? Und vor allem: Wohin reitet sie denn immer?«

»Sie unternimmt ja gar keine Ausritte. Sie liegt im Bett.«

»Aber was ist denn los mit ihr?« Mit kummervollem Blick erhob Georgina sich vom Tisch.

»Sie ist einfach nur müde. Vielleicht sogar ein bisschen lethargisch. Ich glaube, es fehlt ihr im Augenblick einfach an Lebenslust.«

»Dann wird sie wahrscheinlich krank sein. Louisa, warum hast du mir das alles denn nicht schon eher erzählt?«

Weil ich Georgy versprechen musste, dass ich niemandem etwas davon sage! Doch statt ihre Antwort laut auszusprechen, folgte Lu ihrer Mutter schweigend die Treppe hinauf.

Als sie die Tür zu Georgys Schlafzimmer öffneten, schlug ihnen sogleich der durchdringende Geruch nach Erbrochenem entgegen. Louisa konnte sich schon gar nicht mehr daran erinnern, wie oft sie den Nachttopf ihrer Schwester bereits heimlich ausgeleert und wieder gereinigt hatte, nachdem ihrer Schwester mal wieder übel geworden war. Aber offenbar hatte sie sich schon wieder übergeben.

»Liebes, ist dir schlecht?« Besorgt setzte Georgina sich ans Fußende von Georgys Bett. »Hast du etwa auch Fieber?« Prüfend legte sie die Hand auf die Stirn ihrer Tochter.

»Manchmal ist mir heiß, und dann friere ich wieder«, improvisierte Georgy, wusste sie doch nur allzu gut, dass ihre Mutter bei ihr kein Fieber feststellen würde.

»Dann müssen wir unbedingt nach einem Arzt schicken.«

Erschrocken setzte Georgy sich auf. »Nein, nein, nicht nötig. Ich fühle mich schon viel besser. Ich wollte sowieso gerade aufstehen.«

»Nichts da, Liebes, du bleibst liegen – und zwar, bis der Doktor kommt. Ich schicke gleich jemanden zu Dr. Nicol. Louisa, bleib bitte so lange hier bei ihr.«

Nur wenige Sekunden, nachdem Georgina die Tür hinter sich geschlossen hatte, zischte Georgy auch schon: »Warum zum Teufel hast du ihr erzählt, dass ich krank sei?«

»Das habe ich ja gar nicht. Ich habe nur gesagt, dass du müde wärst.«

»Das ist alles allein deine Schuld.« Georgy war panisch, ja, geradezu hysterisch. »Ich will nicht, dass der Arzt mich untersucht. Ich bin nicht krank.«

Nein, du bist in der Tat nicht krank, dachte Louisa. Du leidest einfach nur an gebrochenem Herzen. Zuerst macht William Cavendish dir falsche Hoffnungen, dann hat Teddy Fox es abgelehnt, dich zu heiraten, und schließlich versucht auch Charles Bennet, dir aus dem Weg zu gehen. Und mittlerweile bist du am Boden zerstört und hast sämtliche Hoffnung verloren – verständlich.

Laut hingegen erwiderte sie: »Ich werde jetzt erst einmal den Nachttopf ausleeren. Außerdem wird es noch Stunden dauern, bis der Arzt da ist. Er wohnt ja immerhin gute fünfzig Kilometer von hier entfernt.«

Als Louisa mit dem gereinigten Nachttopf zurückkehrte, fragte sie leise: »Und? Gibt es vielleicht irgendetwas, das du mir erzählen möchtest?«

»Nein. Ich will dir nichts erzählen! Und überhaupt: Was weißt du denn schon, wie ich mich gerade fühle?«

»Ich weiß zumindest, dass du ziemlich unglücklich bist.«

»Ja, es ist ja auch alles so schrecklich. Das Essen schmeckt mir nicht mehr. Ich hasse alle meine Kleider. Und wenn ich auf die Berge hinausschaue, dann denke ich nur, wie bedrohlich und ungemütlich sie doch aussehen. Mein Leben ist eine einzige Tragödie. Es gibt im Grunde überhaupt nichts mehr, wofür es sich noch zu leben lohnt.«

»Im Augenblick mag dir ja vielleicht alles düster und sinnlos erscheinen. Und trotzdem gibt es doch so vieles, was das Leben lebenswert macht.«

»Ja, für die *schöne* Lu ist gewiss alles ganz wunderbar. Für mich aber nicht. Verschwinde! Ich will allein sein.«

Zögernd erhob Louisa sich und ging in ihr Schlafzimmer hinüber. »Ich lasse die Verbindungstür offen. Wenn du irgendetwas brauchst, ruf mich einfach.«

Georgys Angst davor, dass Dr. Nicol womöglich feststellen könnte, dass sie ein Kind erwartete, war ungebrochen – obgleich sie sich selbst immer noch einredete, dass sie ganz bestimmt nicht schwanger sei.

Panisch hatte sie die Decke bis unters Kinn hochgezogen, weshalb Dr. Nicol sich fürs Erste damit begnügen musste, ihr nur das Fieberthermometer unter die Achsel zu schieben und ihren Puls zu fühlen.

Dennoch zitterte Georgy vor lauter Angst.

Nachdenklich schaute Dr. Nicol auf das Thermometer. »Im Augenblick jedenfalls ist ihre Temperatur ganz normal. Dennoch zittert sie am ganzen Leibe. Ich diagnostiziere Schüttelfrost.« Entschuldigend blickte er die Herzogin an. »Ich würde Eure Tochter jetzt gerne noch einmal etwas genauer untersuchen, Euer Hoheit, um zu sehen, ob sie Ausschlag hat.«

Das war Georgys Stichwort! Denn wenn er nun zu dem Ergebnis käme, dass sie doch irgendeine Krankheit hätte, dann wäre sie ja vorerst wieder auf der sicheren Seite. »Ja, ich hatte Ausschlag, Doktor. Aber jetzt sind die Flecken wieder weg. Trotzdem, gestern hatte ich noch überall rote Punkte auf meinen Armen und auf der Brust. Ich habe sie sogar meiner Schwester gezeigt. Nur wie gesagt: Jetzt sieht man sie nicht mehr.« Georgy wirkte regelrecht verstört.

Fragend schaute der Arzt Louisa an, die zögernd nickte.

Schließlich erhob er sich von Georgys Bett, verließ das Zimmer und bat die Herzogin, ihm zu folgen. »Euer Hoheit, ich möchte Euch ja nicht beunruhigen, aber schon seit einem guten Jahr wütet hier oben im Norden eine Cholera-Epidemie.« Entsetzt schaute Georgina ihn an, woraufhin er sie sofort zu beruhigen versuchte: »Ich glaube nicht, dass Eure Tochter die Cholera hat, seid unbesorgt. Es könnte jedoch gut sein, dass sie Typhus hat. Die Symptome dafür sind im Allgemeinen Erbrechen, abwechselnd Fieberanfälle und Schüttelfrost und eben Ausschlag.«

»Typhus? Aber soweit ich weiß, ist auch Typhus eine ernste Sache. Und es heißt doch auch, dass die Krankheit hochgradig ansteckend ist, nicht wahr?«

»Sagen wir mal so: Es wäre für alle besser, wenn Lady Georgianna vorerst von den anderen Familienmitgliedern isoliert würde.«

Sorgenvoll rang Georgina die Hände. »Das muss ich sofort ihrem Vater erzählen. Und Ihr bleibt über Nacht hier, Doktor. Untersucht sie morgen am besten noch einmal; vielleicht lässt sich ja dann noch Genaueres sagen.«

»Gerne, Euer Hoheit. Vielen Dank. Sie sollte in jedem Fall im Bett bleiben und viel trinken. Und es wäre gut, wenn eine der Küchenmägde ihr einen Gerstensaft zubereiten könnte, damit ich ihr einen fiebersenkenden Extrakt unterrühren kann.«

Aufgeregt kam Georgina in die Bibliothek gestürmt. »John, wusstest du, dass im Norden von England und Schottland eine Cholera-Epidemie wütet?«

»Gütiger Gott, nein. Georgy hat doch wohl hoffentlich nicht die Cholera?«

»Nein, nein. Dr. Nicol hält das für unwahrscheinlich. Aber er glaubt, dass sie Typhus hat, was ja wohl, nach allem, was ich weiß, fast genauso schlimm ist. Morgen früh will er Georgy noch einmal untersuchen, um sich seiner Diagnose sicher zu sein. Auf jeden Fall werde ich die Bediensteten anweisen, die Sachen der Kinder zusammenzupacken. Nur vorsichtshalber. Obwohl, wenn ich es mir recht überlege, dann wäre es mir doch eigentlich das Liebste, du würdest gleich morgen mit ihnen nach Woburn Abbey abreisen. Wir haben ja schließlich auch schon Mitte September. Mehr als ein, zwei Wochen wären wir mit ihnen doch ohnehin nicht mehr hiergeblieben.«

»Aber ich kann dich doch nicht hier mit Georgy alleinlassen.«

»Und ich möchte nicht, dass auch noch die anderen krank werden. John, Typhus kann einen sehr ernsten Verlauf nehmen. Außerdem bin ich es ja bereits gewohnt, unsere Kinder zu pflegen, wenn sie krank sind. Du dagegen hast darin leider so gar keine Erfahrung. Also glaube mir: Besser, ihr seid in Sicherheit, als dass noch irgendeiner sich ansteckt.«

Angespannt lauschten die Mädchen im Obergeschoss auf das hektische Hin und Her der Bediensteten. »Geh mal runter und frag, was der Doktor gesagt hat«, befahl Georgy Louisa. »Aber komm gleich wieder zurück.«

Louisa eilte hinunter zu ihrer Mutter. »Was hat der Doktor denn gesagt?«

»Er vermutet, dass es Typhus ist. Also packe bitte deine Sachen, Liebes. Typhus ist hochgradig ansteckend, und darum wird euer Vater euch morgen alle mit nach Hause nehmen.«

»Nein … Ich verlasse Georgy nicht.« Louisa hatte echte Gewissensbisse, weil sie ihrer Mutter nicht schon eher erzählt hatte, dass Georgy sich ständig übergab. Besorgt kaute sie auf ihrer Unterlippe. »Und ich dachte«, platzte es schließlich aus ihr heraus, »dass sie bloß ein bisschen niedergedrückt wäre, weil Teddy Fox ihr keinen Antrag gemacht hat.«

»Ich fürchte, die Lage ist erheblich ernster.« Liebevoll nahm Georgina Rachel, die zwischenzeitlich zu weinen begonnen hatte, auf den Arm. »Louisa, geh bitte in die Küche und sag den Mädchen, sie sollen einen Gerstensaft ansetzen.« Mit zärtlicher Geste strich sie Rachel eine feuerrote Locke aus der Stirn. »Und wir, meine Kleine, sammeln jetzt als Erstes mal deine Spielsachen auf.«

»Louisa!«, rief Georgy. »Du musst aber dabei sein, wenn der Doktor mich noch einmal untersucht.«

Es war gerade erst sieben Uhr morgens, doch Louisa war bereits hellwach und komplett angezogen, sodass sie gehorsam in das angrenzende Schlafzimmer geeilt kam. »Du hast die ganze Nacht über tief und fest geschlafen, Georgy. Das ist ja schon einmal ein gutes Zeichen. Wie fühlst du dich denn?«

»Furchtbar!« Und das stimmte sogar, denn Georgy hatte solche Angst, dass sie kaum zu atmen wagte. Außerdem war sie sich noch immer nicht sicher, ob sie wirklich schwanger war, weil ihr Bauch noch immer ganz flach war. Trotzdem fürchtete sie, dass der Arzt vielleicht zu dem Ergebnis kommen könnte, dass sie ein Kind erwartete. »Da! Ich höre sie schon. Mutter und der Doktor kommen.« Ihr Puls beschleunigte sich, und in ihren Ohren rauschte das Blut.

Mit ernster Miene ergriff Dr. Nicol ihre Hand und legte die Fingerspitzen auf ihr Handgelenk. »Ihr Puls geht sehr schnell, und ihre Wangen sind gerötet«, erklärte er schließlich an die Herzogin gewandt.

»Und meine Ohren tun mir weh!«

Der Doktor nickte, nahm ein längliches Instrument aus seiner Tasche und schaute einmal in beide Ohren. »Ein Hörsturz ist oftmals ein erstes Anzeichen für Typhus. Wir können nur hoffen, dass die Taubheit sich nicht manifestiert. Ich rate Euch, Ihr regelmäßig ein bis zwei Tropfen warmes Olivenöl ins Ohr zu geben.«

»Dann bleibt es also dabei: Es ist Typhus.« Mutlos schaute Georgina in die Ferne, während sie an tausend Dinge gleichzeitig dachte. »Nun ja, wir müssen wohl trotzdem dankbar sein, dass es wenigstens nicht Cholera ist. Könntet Ihr vielleicht noch einen Tag bleiben, Doktor?«

»Euer Hoheit, Ihr müsst wissen, dass ich noch zahlreiche andere Patienten habe. Und alle brauchen meine Hilfe. Also gut, ich bleibe noch einen Tag. Aber mehr kann ich Euch wirklich nicht opfern.«

»Ich danke Euch vielmals, Dr. Nicol.«

Eine knappe Stunde später waren die beiden Equipagen und die hoch beladene Gepäckkutsche auch schon abfahrbereit. Der Herzog befahl den Jungen, sich in die erste Equipage zu setzen, während er, Rachel und das Kindermädchen die zweite nehmen würden. Er gab sich alle Mühe, sich seine Besorgnis nicht anmerken zu lassen, als er Georgina zum Abschied zärtlich küsste. Abschließend schaute er besorgt seine Lieblingstochter an: »Willst du es dir wirklich nicht noch einmal überlegen und mit uns kommen, Louisa?«

»Aber Mutter und Georgy brauchen mich doch jetzt. Sobald es Georgy besser geht, kommen wir nach, nicht wahr, Mutter? Und mach dir bitte keine Sorgen, Vater. Wir werden sie schon wieder gesundpflegen.«

Georgina und Louisa winkten, bis die Kutschen nicht mehr zu sehen waren. Schließlich wandte Lus Mutter sich zu ihr um und bat: »Louisa, tu mir bitte den Gefallen und reite hinüber nach Kinrara. Onkel George und Tante Elizabeth müssen unbedingt darüber informiert werden, dass sie uns auf gar keinen Fall hier auf The Doune besuchen kommen. Sag ihnen, dass der Arzt vermutet, dass Georgy Typhus hat. Und dann reite auch noch zum Anwesen von Edward und Hannah Ellice hinüber und sag auch denen, dass unser Haus zurzeit quasi unter Quarantäne steht.«

»Ihr habt den Herzog von Bedford soeben verpasst, Mylord. Aber er hat Euch eine Nachricht hinterlassen.« Der Butler im Stadthaus der Gordons in Edinburgh reichte James Hamilton einen Brief.

»Danke.« Überrascht öffnete James den Umschlag, hatte er doch erwartet, dass die Russells bis Anfang Oktober noch in ihrem schottischen Landhaus bleiben wollten. Hastig überflog er die Zeilen.

Lieber James,
meine Kinder und ich befinden uns gerade auf dem Rückweg nach Woburn Abbey und haben die vergangene Nacht hier verbracht. Schade, dass wir Euch offenbar verpasst haben.
Wie es scheint, ist meine Tochter ernsthaft erkrankt, und der Arzt sagt, er vermutet Typhus. Meine Frau hat natürlich darauf bestanden, dass ich mit dem Rest der Familie umgehend nach Hause zurückkehre, als Vorsichtsmaßnahme sozusagen. Ich brauche Euch wohl nicht zu sagen, wie ungern ich abgereist bin; andererseits ist uns natürlich allen bewusst, dass das unter diesen Umständen das einzig Richtige ist. Wir alle beten darum, dass sie sich schnell wieder erholt.

Ich hoffe, wir sehen uns wieder, wenn auch Ihr wieder in London seid.
John Russell

James spürte, wie sich sein Magen schmerzhaft zusammenzog, während er bereits angstvoll darüber nachgrübelte, welche von Herzog Russells Töchtern wohl erkrankt war. Leider hatte Lord John sich da nur sehr vage ausgedrückt, sodass James bereits das Schlimmste befürchtete. »Seine Hoheit hat also hier übernachtet«, wandte er sich an den Butler. »War Lady Louisa denn auch dabei?«

»Nein, Mylord, nur Lady Rachel und ihre Brüder.«

Abercorn war gerade von einem Besuch seiner Ländereien in Paisley zurückgekehrt; Angus Murray hatte ihm diesbezüglich erst kürzlich einen sehr interessanten Bericht zukommen lassen, woraufhin James sein Anwesen selbst hatte in Augenschein nehmen wollen. Er hatte für diese Reise extra eine Kutsche mitsamt Fahrer angemietet, und glücklicherweise standen beide noch vor der Haustür, sodass er sofort wieder kehrtmachte und in Richtung The Doune davonfuhr.

»Lu, ich bitte dich. Nicht noch mehr Gerstensaft, ja? Mir wird schon übel, wenn ich nur daran denke. Ein Glas Wein wäre mir da schon lieber. Aber da brauche ich dich wohl gar nicht erst danach zu fragen, oder? Ich schlage also vor, dass wir einen Kompromiss schließen und uns auf ein Glas Ale einigen.«

Wie jeden Morgen – Louisa wusste schon gar nicht mehr, wie lange das nun schon so ging – hatte sie gleich nach dem Aufstehen als Erstes die unappetitlichen Hinterlassenschaften aus Georgys Nachttopf entleert. Und sie machte sich auch noch immer große Sorgen um ihre Schwester. Denn obgleich Georgianna kein Fieber hatte und auch keinen Ausschlag, so war sie doch nach wie vor auffällig blass und teilnahmslos. Und natürlich übergab sie sich auch noch regelmäßig.

»Du solltest lieber einmal versuchen, etwas zu essen. Gibt es irgendetwas, worauf du besonderen Appetit hast?«

»Auf jeden Fall schon einmal keinen Schinken … Und auch sonst kein Fleisch. Allein der Geruch verursacht mir Übelkeit.«

»Wie wäre es dann mit einem pochierten Ei oder einem Hörnchen mit etwas Honig?«

»Von mir aus. Ich kann es ja mal versuchen.« Georgy hatte in letzter Zeit ganz bewusst weniger gegessen, denn sie wollte auf keinen Fall zunehmen. Das Letzte, was sie jetzt gebrauchen konnte, waren irgendwelche Kommentare über ihre Figur.

Gehorsam ging Louisa hinab in die Küche, wo sie zu ihrer Überraschung auf ihre Mutter traf. Normalerweise schlief Georgina um diese Zeit noch, da sie Nacht für Nacht an Georgys Bett wachte. »Ich denke, wir haben Grund zu der Annahme, dass es ihr besser geht. Verschlechtert hat sich ihr Zustand jedenfalls nicht. Und sie will auch schon wieder etwas Nahrung zu sich nehmen.«

»Ja, und die Nacht über hat sie auch gut durchgeschlafen. Ich schätze mal, auch das ist ein gutes Zeichen. Sieht ganz so aus, als ob sie sich langsam wieder erholt. Nur ihre Teilnahmslosigkeit macht mir noch immer Sorgen … Aber vielleicht wird sich auch das geben, wenn sie sich erst einmal richtig ausgeschlafen hat.« Mit einem Mal hob Georgina den Kopf und schaute aus dem Fenster. »Verdammt aber auch! Da ist gerade eine Kutsche vorgefahren. Bitte geh raus, Liebes, und sieh nach, wer das ist. Ich bin jetzt wirklich nicht in der Verfassung, Besucher zu empfangen. Außerdem habe ich noch das gleiche Kleid an wie gestern.«

Neugierig schlüpfte Louisa hinaus und lief zu den Ställen hinüber, wo die Kutsche gehalten hatte. Plötzlich öffnete sich die Kutschentür und heraus kam ausgerechnet die Person, mit der sie in diesem Augenblick am wenigstens gerechnet hatte: Abercorn.

»Louisa! Gott sei Dank, dass es Euch wieder besser geht.« Mit wenigen großen Schritten marschierte er auf sie zu und schloss sie in die Arme.

Lu erschauerte, als er sie an seine muskulöse Brust presste; sie hatte ganz vergessen, wie attraktiv dieser irische Marquis doch war. Und überhaupt verzauberte seine Nähe sie geradezu, seine Ausstrahlung war einfach magisch, ja, regelrecht bezwingend.

Schließlich aber besann sie sich und kämpfte sich aus seiner Umarmung heraus; nur widerwillig ließ er sie los. »Was macht Ihr denn hier?«, keuchte sie. »Und sowieso: *Mir* geht es gut. Georgy ist diejenige, die krank ist. Sie liegt im Bett.«

»Euer Vater hatte mir einen Brief hinterlassen, und darin stand, dass eine seiner Töchter Typhus habe. Allerdings hat er nicht gesagt, welche Tochter – aber das ist ja jetzt auch vollkommen nebensächlich. Denn wenn Eure Schwester Typhus hat, dann seid natürlich auch Ihr in Gefahr.«

»Aber ich konnte Georgy und Mutter doch nicht alleinlassen.«

»Natürlich nicht«, räumte James ein. »Eure Mutter ist bestimmt außer sich vor Sorge.«

»Sie versucht natürlich, den Mut zu bewahren. Außerdem geht es Georgy auch schon wieder etwas besser.«

»Das freut mich zu hören. Wirklich.« Langsam ging er zurück in den Stall. »Die Pferde sind erschöpft. Wir sind die ganze Nacht hindurch gefahren.«

»Ich kann Euch aber trotzdem nicht hereinlassen, Abercorn.« Angstvoll schaute Louisa zu ihm empor. »The Doune steht unter Quarantäne.«

»Unsinn. Wenn Ihr willens seid, das Infektionsrisiko auf Euch zu nehmen, dann bin ich es auch, liebste Lu.« Zügig befahl er dem Kutscher, die Pferde auszuspannen und in die Boxen zu führen.

Verdutzt schaute Georgina die beiden an, als Lu und James wenig später das Haus betraten. »James, das ist im Augenblick, glaube ich, ein ganz schlechter Zeitpunkt, um uns einen Besuch abzustatten. Obgleich ich natürlich verstehe, dass Ihr Euch Sorgen um Louisa gemacht habt. Wirklich, es ist eine sehr galante Geste, dass Ihr hergekommen seid.« Nervös strich sie sich übers Haar. »Aber jetzt, da

Ihr nun einmal da seid, gehe ich wohl besser rasch nach oben und ziehe mir etwas anderes an. Ihr bleibt doch sicherlich zum Essen, nicht wahr? Hier zu übernachten kann ich Euch leider nicht erlauben. Das wäre doch gar zu verantwortungslos. Louisa, nach dem Essen wirst du mit James nach Kinrara hinüberreiten. Mein Bruder George wird unseren Gast sicherlich gerne bei sich aufnehmen.«

»Ich danke Euch vielmals, Euer Hoheit.«

»Außerdem wird es Louisa nicht schaden, wenn auch sie etwas anderes sieht als bloß das Krankenzimmer. Louisa ist ja selber schon ganz blass und erschöpft.«

Amüsiert schaute James zu Lu hinüber und gab sich Mühe, sich seine Belustigung nicht anmerken zu lassen. Denn Louisa war alles andere als »blass«; genau genommen hatte sie sogar eine ausgesprochen gesunde Gesichtsfarbe.

Während des Essens bewahrte Louisa größtenteils Schweigen und überließ James und Georgina die Konversation. Sie wusste ja, dass sowohl ihre Mutter als auch ihr Vater sehr viel für James übrighatten und nichts lieber sähen, als dass dieser ihr Schwiegersohn würde – eine Vorstellung, die Lu bereits wieder in Angst und Schrecken versetzte. Hastig verbannte sie die sorgenvollen Gedanken, während sie sich im Stillen selbst beruhigte: Mutter würde mich ja ohnehin nie in eine Ehe drängen.

Nach dem Essen ging Louisa auf ihr Zimmer, um ihr Reitkostüm anzuziehen.

»Louisa!«, rief Georgy sie sofort zu sich. »Ich habe vorhin eine Kutsche vorfahren gehört. Wer ist es?«

Wahrscheinlich hofft sie, dass es Lord Ossulston ist, dachte Louisa bang und entgegnete leise: »Es ist leider nur James Hamilton.«

Enttäuscht schaute Georgy ihre Schwester an.

»Er ist gekommen, um zu hören, wie es dir geht«, versuchte Lu, sie aufzumuntern, »und –«

»Nein, ist er nicht«, fuhr Georgianna ihr über den Mund. »Der kann mich doch überhaupt nicht leiden. Der ist bloß gekommen, um sich davon zu überzeugen, dass es nicht die elfengleiche Louisa Russell erwischt hat. Deine Jungfräulichkeit scheint ihn magisch anzuziehen!«

»Oh nein, da täuschst du dich«, platzte es aus Louisa heraus. »Denn als ich ihm meine Jungfräulichkeit einmal angeboten habe, hat er sie schlichtweg abgelehnt.«

Georgy verschlug es die Sprache, und mit offenem Mund starrte sie ihre Schwester an.

»Sucht Euch einfach ein Pferd aus«, bot Louisa ihm an, während sie für sich selbst einen trittsicheren Cob sattelte.

»Dann nehme ich den Grauen«, beschloss James mit Kennermiene und hob dem groß gewachsenen Tier seinen Sattel auf den Rücken. Anschließend holte er seine Reisetasche aus der Kutsche und verteilte seine Kleidung und Toilettenartikel auf die beiden Satteltaschen. Schweigend folgte Louisa ihm aus dem Stall und blieb für einen Moment stehen, um ihn zu beobachten, während er sich in den Sattel schwang. Wenn Abercorn ritt, dann schienen das Pferd und er regelrecht miteinander zu verschmelzen. Fast schon glaubte Louisa dann einen Zentaur vor sich zu sehen.

Und sowieso war Louisa insgeheim doch sehr geschmeichelt, dass er den ganzen weiten Weg nach The Doune auf sich genommen hatte, nur weil er dachte, dass sie krank wäre. Dieser junge Adlige besaß tatsächlich alles, was man sich bei einem Mann nur wünschen konnte: Er war charmant und gut aussehend, besaß Persönlichkeit, Reichtum und einen Titel. Kurz gesagt: Er war perfekt. Und genau darin lag das Problem.

Ich muss mich unbedingt vorsehen, um nicht seinem unwiderstehlichen Charme zu erliegen. Er hat mir ja schon einmal einen Antrag gemacht – und dennoch möchte ich lieber nicht seine Frau werden. Ich möchte *niemandes* Frau sein.

Denn kaum dass man zur Ehefrau avanciert war, das hatte Lu ja bereits gelernt, wurde man meist auch sehr schnell Mutter. Und die Vorstellung, Mutter zu werden, machte ihr noch immer eine Höllenangst. Darum hatte sie mit der Zeit eine Art eisernen Panzer rund um ihr Herz erschaffen, und bislang hatte den auch noch niemand wirklich durchdrungen. James Hamilton hingegen, so befürchtete Louisa, wäre imstande, sich schließlich doch noch unter die schützende Rüstung zu schmuggeln, und dann wäre sie verloren. Dann würde er sehen, wie verletzlich sie in Wahrheit war, und sie wäre ihm schutzlos ausgeliefert.

Seite an Seite ritten sie den gewundenen Bergpfad entlang, bis sie an einer kleinen Lichtung in dem dichten Kiefernwald angelangten und sich ihnen mit einem Mal eine berauschende Aussicht bot. James zügelte sein Pferd und blieb einen Moment stehen, während er die Schönheit des glitzernden Sees und die majestätischen, heidebewachsenen Berge betrachtete, die sich sanft zum Wasser hinabschwangen, um sich dort in ihrer ganzen Pracht in den kristallklaren Fluten zu spiegeln. Um das Bild abzurunden, erstreckte sich über ihnen auch noch ein strahlend blauer Himmel, während die Berghänge von schier unzähligen Schafen übersät waren. »Jetzt verstehe ich«, murmelte er, »warum Ihr das Hochland so liebt.«

Auch Louisa musste einmal seufzen, als sie die atemberaubend schöne Szenerie betrachtete. »Ja, die schottische Bergwelt hat einen ganz besonderen Platz in meinem Herzen.«

Versonnen lächelnd blickte James sie an und rezitierte:

»Wie ich ihre Hügel liebe
und ihre sanften Täler,
sogar das Blöken der Schafe schmeichelt meinem Ohr –
keine ist mir lieber.
Nur eines könnte mich noch mehr verführen,
und zwar, wenn wir uns im Heidekraut berühren,
während unsere Herzen pochen –
berauscht vom wilden Fieber!«

»Oh, James, wenn Ihr schon unbedingt dichten müsst, muss das dann immer gleich so plump und anstößig sein?«

James lachte. »Diese Zeilen stammen ausnahmsweise nicht von mir, sondern von John Keats, meine Liebe, aber der ist Euch wohl kein Begriff. Allerdings, und da will ich mich Eurer Meinung gern anschließen, geht es in seinen Gedichten zuweilen recht deftig zu.«

Louisa errötete, jedoch nicht wegen des Gedichtes, sondern wegen der lustvollen Fantasien, die dieses plötzlich in ihr heraufbeschwor. Der Duft der purpurroten Heide schien sie zu umstreifen wie ein sinnliches Parfüm, und es war ihr schier unmöglich, auch nur einen einzigen Atemzug ohne diesen Duft zu machen. Und wie in den Versen begann auch ihr Herz mit einem Mal, wie wild zu pochen. Doch sie weigerte sich noch immer sich einzugestehen, dass der Grund für ihr Herzrasen Abercorn war.

Kaum dass sie in Kinrara angelangt waren, sprang James auch schon behände aus dem Sattel und streckte Louisa einladend die Arme entgegen. Umgeben von einem wahren Wirbel von seidigen Unterröcken glitt sie von ihrem Pferd, woraufhin James sie unschicklich lange an sich presste, während er in dem Gefühl schwelgte, wie sie ihre zarten Arme um seinen Hals schlang. Lachend blickte er ihr direkt in die Augen. »Wie schön zu sehen, dass der Ritt Eure blassen Wangen ein wenig gerötet hat.«

Das war nicht der Ritt, fluchte sie im Geiste. Und das wisst Ihr nur zu gut, Ihr ungehobelter irischer Teufel!

Raschen Schrittes kam der Herzog von Gordon aus dem Stallgebäude, und sofort fiel James die Familienähnlichkeit auf.

»Wie geht es Georgy?« Sorgenvoll musterte George Gordon Louisas Gesicht.

»Schon viel besser, Onkel George. Mutter und ich glauben, dass sie das Schlimmste hinter sich hat.« Ein klein wenig verlegen stellte sie ihn und James Abercorn einander vor.

Mit herzlicher Geste schüttelte James Louisas Onkel die Hand.

»Euer Hoheit, es ist mir ein Vergnügen, Euch kennenzulernen. Eure Schwester, die Herzogin von Bedford, hatte mir freundlicherweise erlaubt, einige Tage in Eurem Stadthaus in Edinburgh zu verbringen. Und nun schickt sie mich abermals zu Euch im Vertrauen auf Eure Gastfreundschaft. Euer Hoheit, ich stehe tief in Eurer Schuld.«

Ein Blick auf die beiden genügte Louisa, um zu sehen, dass sie sich sicherlich schon bald miteinander anfreunden würden. Lachend kamen sie sofort miteinander ins Gespräch und unterhielten sich über Gordon Castle und dessen Nähe zu den Ländereien von Aberdeen.

James hatte sich im Übrigen schon die ganze Zeit gefragt, was Gordon wohl über seinen Nachbarn dachte. Wahrscheinlich, so überlegte er im Stillen, kann er ihn genauso wenig leiden wie ich. Allerdings wollte er dieses Thema nicht vor Georges Frau Elizabeth oder vor Louisa anschneiden; dazu war das Ganze dann doch zu unerfreulich. Stattdessen wollte er lieber abwarten, bis sie sich einmal unter vier Augen miteinander unterhielten, ehe er zur Sprache brächte, wie dieser verdammte Mistkerl seine Pächter vom Hof gejagt hatte.

Nach einer knappen Stunde bei ihrem Onkel und ihrer Tante verabschiedete Louisa sich wieder.

Höflich erhob James sich, als sie vom Tisch aufstand, und erklärte: »Auch ich werde nicht lange bleiben. Ich habe noch einige geschäftliche Dinge in Edinburgh zu erledigen, und gleich im Anschluss muss ich wieder zurück nach London.«

»Ganz wie Ihr meint, James«, entgegnete Louisa betont kühl, während ihr seine sinnliche Ausstrahlung schier den Atem raubte. »Aber ich schätze, wir sehen uns ja vorher noch einmal. Ihr habt ja schließlich Eure Kutsche und die Pferde bei uns in The Doune gelassen.«

»So ist es.« Auch James schien nicht so genau zu wissen, was er nun sagen sollte. »Ich werde dann morgen, spätestens übermorgen noch einmal bei Euch vorbeischauen. Und natürlich bete ich dafür, dass es Eurer Schwester dann besser geht. Reitet vorsichtig, Louisa.«

»Es ist wohl am besten«, murmelte George an seine Nichte gewandt, »ich sage einem der Pagen Bescheid, dass er dich begleiten soll.« Forschen Schrittes begleitete er Louisa in die Ställe und kam schließlich mit einem verschmitzten Grinsen wieder zurück. »Louisa hat mir gerade erzählt, dass Ihr nur deshalb nach The Doune gekommen wärt, um Euch davon zu überzeugen, dass nicht sie es ist, die sich mit Typhus infiziert hat«, sagte er zu James.

»Nun, ehrlich gesagt, hatte ich mir natürlich um beide Schwestern Sorgen gemacht. Aber es stimmt schon, ich hätte keine ruhige Minute mehr gehabt, wenn ich mich nicht mit eigenen Augen davon überzeugt hätte, dass es ihr gut geht.«

»Was für eine galante Geste«, staunte Elizabeth und schaute ihn bewundernd an. »Wie lange kennt Ihr Euch denn schon?«

James lächelte. »Meinen ersten Heiratsantrag habe ich ihr gemacht, als ich gerade erst sieben Jahre alt war. Und an meinen Gefühlen für sie hat sich seitdem nichts geändert. Ich bin noch immer fest entschlossen, sie zu meiner Ehefrau zu machen.«

· 17 ·

»Wir haben wirklich Glück, dass es noch nicht schneit. Manchmal liegt hier ja schon Anfang November Schnee.« Sorgsam legte die Herzogin von Bedford eine wärmende Reisedecke um Georgys Schultern, während die Kutsche rumpelnd die Grenze zwischen Schottland und England passierte.

Georgina hatte die Rückreise nach Woburn Abbey und damit die Wiedervereinigung mit dem Rest der Familie ganz bewusst so lange hinausgezögert, bis sie sich absolut sicher war, dass Georgy niemanden mehr anstecken würde.

»Und wenn ich es mir recht überlege«, lachte Louisa, »dann freue ich mich sogar ein bisschen auf die Jungs. Auch wenn sie mich bestimmt schon bald wieder den letzten Nerv kosten werden.«

Georgy hingegen blieb stumm. Schon oftmals hatte sie so getan, als ob sie nicht hörte, was ihre Mutter sagte. Louisa allerdings bezweifelte, ob das Fieber tatsächlich Georgys Hörvermögen beeinträchtigt hatte, und sie war sich auch gar nicht mehr so sicher, ob ihre Schwester überhaupt Typhus gehabt hatte. Mit einem ungewohnt boshaften kleinen Grinsen flüsterte sie ihrer Mutter zu: »Vielleicht würde es ja helfen, wenn wir Georgy ein Hörrohr schenken?«

»Lieber sterbe ich, als dass ich mir ein Hörrohr ins Ohr stopfe!«, schimpfte Georgianna, die urplötzlich aus ihrer Lethargie erwacht war. »Damit mache ich mich doch zum Gespött der Leute.«

»Tut mir leid, Georgy«, lenkte Louisa ein. »Das war doch bloß ein Witz.« Noch immer grinsend wandte sie sich zu ihrer Mutter um. »Vater wird sich bestimmt freuen, dich wiederzusehen. Und ich bin mir sicher, auch Rachel hat dich ganz schrecklich vermisst.«

»Oh ja«, seufzte Georgina. »Denn die Briefe, die wir uns regelmäßig geschrieben haben, waren doch bloß ein ziemlich schlechter Ersatz. Übrigens hat euer Vater noch gar nichts darüber verlauten lassen, ob Johnny nun eigentlich schon sein Gesetzesvorhaben durchbekommen hat. Andererseits denke ich, dass der Premierminister es bestimmt erst dann zur Abstimmung unterbreitet, wenn er sich auch sicher ist, dass das Oberhaus zustimmt.« Spontan breitete sich ein kleines Lächeln über ihre Lippen. »Übrigens sollten wir uns, sobald wir zu Hause angekommen sind, schleunigst an die Weihnachtsvorbereitungen machen.«

»Und Johnny kommt doch bestimmt auch, nicht wahr? Er sagt doch immer, dass er sich während der Weihnachtstage auf Woburn Abbey meist so gut erholt, dass er sich dann im neuen Jahr gleich mit doppelt so viel Schwung wieder an die Arbeit machen kann.«

Ein rascher Blick auf Georgy verriet Louisa, dass diese eingeschlafen war, und eingelullt von dem gleichmäßigen Schaukeln der Kutsche gaben auch Lu und Georgina sich schon bald Morpheus' sanfter Umarmung hin.

Dann ist es also wahr. Ich kann es einfach nicht mehr länger leugnen. »Gütige Mutter Gottes«, flüsterte Georgianna vor sich hin. »Ich bin schwanger. Was soll ich denn jetzt bloß tun?« Voller Verzweiflung betrachtete sie einen Moment lang ihr Spiegelbild. Sie ballte die Hände zu Fäusten, drauf und dran, abermals den Spiegel zu zertrümmern, als sie plötzlich innehielt. Himmel Herrgott nochmal!, fluchte sie im Geiste. Ich kann unmöglich noch einen Spiegel zerschlagen. Genau deswegen habe ich ja so viel Pech.

Heiß brannten ihr die Tränen in den Augen, während sie panisch nachzurechnen begann, wann sie sich Teddy Fox das letzte Mal hingegeben hatte. Es war mittlerweile November, die dritte Woche sogar schon. Und wenn sie sich richtig erinnerte, dann hatte sich die letzte unheilvolle Begegnung mit Teddy Fox in der dritten Juliwoche ereignet. »Vier Monate also schon!«, keuchte sie. Prüfend legte sie die Hand auf ihren Bauch und spürte trotz des engen Reitkostüms, das sie trug, eine deutliche Wölbung. »Ich muss es loswerden! Und es muss bald geschehen. Ich kann nicht länger warten.«

Während der folgenden Woche unternahm sie täglich Ausritte und trieb ihr Pferd dabei meist zu einem halsbrecherischen Galopp, nur um irgendwie das Kind aus ihrem Leib zu treiben. Doch es schien an ihr zu hängen wie eine Klette, so zumindest empfand Georgy es, und Nacht für Nacht verfluchte sie ihr gesamtes Leben. Als schließlich der Dezember anbrach und noch immer keine göttliche Fügung sie von ihrem Baby erlöst hatte, traf Georgy eine folgenschwere Entscheidung.

Sie zog einen warmen Wintermantel über ihr Reitkostüm, um die aufgeplatzten Nähte zu kaschieren, und betrat das Zimmer ihrer Schwester. »Louisa, hast du Lust, mit mir einen kleinen Ausritt zu machen?«

Überrascht schaute Lu auf. Ihre Schwester war in den vergangenen Tagen stets allein reiten gegangen, und überhaupt schien Georgy noch immer so unglücklich und in sich selbst zurückgezogen, dass Lu sich über diese Aufforderung umso mehr freute. »Aber gern. Was meinst du, ob ich wohl einen Mantel anziehen sollte?«

»Tu das«, seufzte Georgy mit verbittertem Lächeln. »Auch du solltest dich warm anziehen. Uns stehen harte Zeiten bevor.«

Irritiert sah Lu ihre Schwester an und fragte sich, was diese doppeldeutigen Worte wohl bedeuten mochten, schwieg aber lieber.

Im Stall sattelte Louisa ihr Pferd wie immer selbst, und auch Georgy mühte sich heute mit dem schweren Sattel ihres Pferdes ab, obwohl sie diese Arbeit sonst immer den Stallburschen überließ.

Anschließend galoppierte Louisas ältere Schwester wie eine Besessene durch den Park und geradewegs auf den Wald von Woburn zu; Lu hatte Mühe, mit ihr mitzuhalten. Als sie die ersten Bäume erreichten, zügelte Georgy ihr Tier schließlich und sprang ab. Müde ließ sie sich auf einen umgestürzten Baumstamm fallen und forderte ihre Schwester auf, sich zu ihr zu setzen.

»Ich möchte dir etwas sagen. Aber es ist ein Geheimnis. Du musst mir versprechen, dass du es auch ganz bestimmt niemandem weitererzählen wirst.«

Langsam ließ Lu sich neben ihr nieder. Endlich!, dachte sie erleichtert. Endlich sagt sie mir, was sie so bedrückt. »Ich werde schweigen wie ein Grab. Dein Geheimnis ist bei mir absolut sicher.«

»Ich bekomme ein Kind.«

Ungläubig musterte Lu das blasse Gesicht und die angsterfüllten Augen ihrer Schwester. Sie war so entsetzt über das, was sie soeben vernommen hatte, dass es ihr für einen Moment schier die Sprache verschlug. Dann aber erinnerte sie sich wieder an das seltsame Benehmen, das Georgy in den vergangenen Monaten an den Tag gelegt hatte, und mit einem Mal ergab alles einen Sinn. Endlich begriff sie, in was für einer ausweglosen Situation ihre Schwester sich befand, und ihr Herz schmerzte vor Mitgefühl. »Georgy, es tut mir ja so leid.« Sanft ergriff sie deren Hand.

Und genau dieses Mitgefühl war es, was bei Georgianna Russell schließlich sämtliche Dämme brechen ließ, und schluchzend verbarg sie ihr Gesicht an Lus Schulter.

Lange Zeit hielt Louisa sie einfach nur fest an sich gedrückt, während sie überlegte, wer wohl der Vater des Kindes war. Doch natürlich sprach sie diese Frage nicht laut aus. Stattdessen flüsterte sie nur: »Seit wann weißt du es?«

Mit bebenden Schultern atmete Georgy einmal tief ein und erlaubte Lu, ihr die Tränen abzutupfen. »Den ersten Verdacht hatte ich schon, kurz bevor wir nach Schottland aufgebrochen waren. Aber dann hat mir dieser Gedanke solche Angst gemacht, dass ich ihn schnell wieder verdrängt habe. Ich habe einfach die Augen davor verschlossen. Meine Periode ist nun zwar schon seit ein paar Monaten überfällig, aber wie gesagt: Ich wollte es nicht wahrhaben. Außerdem hatte ich gehofft, dass das Gerumpel der Kutsche oder die langen anstrengenden Ritte über die Bergketten irgendwann bestimmt eine Fehlgeburt auslösen würden. Aber jetzt kann ich es wohl wirklich nicht mehr länger abstreiten. Ich bin im fünften Monat.« Sie schluckte einmal. »Louisa, wirst du mir helfen?«

Dein morgendliches Erbrechen kam also von der Schwangerschaft?, grübelte Louisa überrascht. Und Typhus hast du dann folglich auch nie gehabt. »Kein Wunder, dass du auf einmal so still geworden warst und so deprimiert aussahst. Aber ich verspreche dir, Georgy, ich helfe dir, so gut ich irgend kann.«

»Vor allem möchte ich, dass du die Sache für dich behältst. Und den Mantel trage ich auch bloß deshalb, weil ich die Nähte meines Reitkostüms auftrennen musste. Schwöre, dass du Mutter nichts davon erzählst.«

»Ich schwöre es, Georgy«, erwiderte Louisa und dachte betrübt: Zumal man dir deine Schwangerschaft ohnehin bald ansehen wird. »Wenn du willst, helfe ich dir auch, die Nähte an deinen Kleidern auszulassen und sie ein wenig weiter zu machen.«

»Ich danke dir, Lu. Du hast ja keine Ahnung, wie viel besser ich mich nun schon fühle, jetzt, da ich dich eingeweiht habe.«

Louisa und Georgy begannen sofort damit, Georgys Kleider weiter zu machen, und während der folgenden Woche, als die gesamte Familie eifrig mit den Weihnachtsvorbereitungen beschäftigt war, trug Georgianna die ganze Zeit über ein Umschlagtuch um die Schultern, das so groß war, dass es auch ihren Bauch verhüllte.

»Ist dir kalt, Liebling?«, fragte Georgina ihre Tochter eines Tages besorgt.

»Ja. Seit ich Typhus hatte, friere ich ziemlich schnell.«

»Dann sollte ich dir zu Weihnachten wohl besser einen Schal stricken. Ja, warum eigentlich nicht? Zumal ich aus Schottland doch so schöne weiche Wolle mitgebracht habe.«

Kurz nachdem Lu sich am Abend in ihr Zimmer zurückgezogen hatte, klopfte es plötzlich an ihre Tür, und Georgy kam herein. »Du musst mir helfen, Lu.« Mit ernster Miene zog Georgy eine Häkelnadel aus ihrer Tasche. »Du musst mir helfen, es loszuwerden.«

Entsetzt wich Louisa zurück. »Das kann ich nicht!«

»Aber du hattest es versprochen! Du wolltest mir helfen.« Georgys Stimme überschlug sich fast vor Panik.

»Aber doch nicht bei so etwas! Wie viele Geschichten haben wir beide schon über irgendwelche Mägde gehört, die das Gleiche versucht haben und dabei gestorben sind?«

Niedergeschlagen ließ Georgy sich auf Lus Bett plumpsen. »Und was soll ich jetzt tun? Ich bin diesem Skandal einfach nicht gewachsen. Lieber sterbe ich, als dass irgendjemand herausfindet, dass ich schwanger bin.«

Tröstend setzte Lu sich neben sie und schlang fest den Arm um Georgys Schultern. »Hast du es denn schon dem Vater des Kindes gesagt?«

»Ja, und er sagt, er will mich trotzdem nicht heiraten! Und wenn das hier bekannt wird, dann will mich ganz sicher auch kein anderer mehr. Schwöre mir, dass du niemandem von meiner Schande erzählen wirst.«

»Ich schwöre es bei meiner Ehre, Georgy. Und jetzt geh zu Bett, und ruhe dich ein wenig aus. Wir stehen morgen ganz früh auf, und dann unternehmen wir einen richtig anstrengenden Galopp. Vielleicht hilft das ja.«

Gleich nach dem Frühstück sattelten die Schwestern ihre Pferde und preschten wieder einmal im wilden Galopp durch die riesige Parkanlage von Woburn Abbey. Als Louisa ihr Pferd dann aber in Richtung Norden dirigierte, drängte Georgy Louisa vom Pfad ab und bat sie, nicht weiterzureiten. »Nicht nach Ampthill, ja? Ich will nicht, dass wir dort womöglich noch Onkel Holly oder Tante Beth begegnen. Lass uns lieber in Richtung Süden reiten.«

Es geht ihr doch sicherlich nicht um Onkel Holly oder Tante Beth, überlegte Louisa irritiert. Es ist vielmehr Teddy, den sie nicht sehen will. Wieder hallten ihr Georgys verzweifelte Worte in den Ohren: »Und er hat gesagt, er will mich trotzdem nicht heiraten!« Es fiel Louisa schwer zu glauben, dass ausgerechnet ihr alter Freund aus Kindertagen so grausam und so unehrenhaft sein sollte. »Es ist Teddy Fox, nicht wahr?«

»Ja, er ist es.« Georgy lachte verbittert. »Und willst du wissen, was genau er gesagt hat? Er hat gesagt: ›Wenn ich hier irgendjemandem einen Antrag machen sollte, dann nur Louisa.‹«

Gütiger Gott!, seufzte Louisa im Geiste, während sie sich bereits mit dafür verantwortlich fühlte, dass Teddy Fox sie lieber mochte als ihre Schwester. Was für ein selbstsüchtiger Bastard er doch ist! Aber so sind sie eben, die Kerle.

Damit wandte Georgy sich auch schon wieder von Lu ab und ritt davon. Louisa hatte echte Schwierigkeiten, mit ihr mitzuhalten, während ihre Schwester die Straßen und Wege einfach ignorierte und quer über die öden Stoppelfelder galoppierte. Zwei Stunden lang folgte Lu Georgy quasi über Stock und Stein, bis ihre Schwester endlich ihr Pferd zügelte und sich aus dem Sattel gleiten ließ. »Ich muss pinkeln«, verkündete sie rüde. »In letzter Zeit muss ich dauern pissen.«

Argwöhnisch hob Georgy ihre Unterröcke und untersuchte sie nach etwaigen Spuren von Blut; doch ihre Röcke waren blütenweiß. Wütend darüber, dass sich ihr Körper einfach nicht ihrem Willen unterwerfen ließ, kletterte sie zurück in den Sattel und ritt wie der Teufel zurück über die Felder.

Zwei Stunden später waren sie wieder in der weitläufigen Parkanlage von Woburn Abbey angelangt. Louisa war erleichtert, dass Georgy ihr Tempo endlich ein wenig gedrosselt hatte und nun gemächlich zurück zu den Ställen trabte, als sie zu ihrem Entsetzen mitansehen musste, wie Georgy plötzlich die Zügel losließ und sich kopfüber aus dem Sattel stürzte. Gütiger Gott!, dachte Lu. Sie versucht, sich umzubringen!

Sofort zügelte Louisa ihr Pferd, sprang ab und rannte zu ihrer

Schwester hinüber, die reglos und in seltsam verdrehter Haltung auf dem Boden lag. Keuchend sank Lu neben ihr auf die Knie. »Georgy, Georgy. Sag doch etwas!«

»Ich will sterben.«

»Nein, Georgy, das willst du nicht. Ich lasse dich nicht sterben.« Mühsam zog Lu ihre Schwester in eine sitzende Position hoch. »Tut dir irgendetwas weh?«

Georgy schloss die Augen, während sie sich verzweifelt fragte, warum noch nicht einmal ihr Selbstmordversuch funktioniert hatte. »Nein«, murmelte sie schließlich. »Mir tut gar nichts weh, außer vielleicht meine Knie und mein Rücken.«

»Kannst du gehen?«, hakte Lu panisch nach. »Oder soll ich dich stützen?«

»Wage … es … ja … nicht«, zischte Georgy ihrer Schwester entgegen und funkelte sie mit unverhohlenem Hass an.

»Ruh dich besser erst einmal einen Moment aus«, seufzte Louisa. »Ich bringe derweil die Pferde in den Stall. Dann hole ich dich, und wir gehen gemeinsam zurück nach Hause.«

Als sie den hallenartigen Hausflur betraten, waren Georgina und die Dienerschaft gerade damit beschäftigt, die Weihnachtsdekoration aufzuhängen, während die Jungs mit vereinten Kräften einen riesigen Tannenbaum aufstellten.

»Das sieht aber schön aus«, staunte Louisa. »Ich ziehe mich nur rasch um, und dann komme ich runter, um euch beim Baumschmücken zu helfen.«

Keiner schenkte Lu und Georgy irgendeine Beachtung, während diese langsam ins Obergeschoss hinaufgingen. Oben angekommen, humpelte Georgy in ihr Zimmer, während Lu ihre Mäntel aufhängte. »Leg dich hin«, riet sie ihrer Schwester. »Ich massiere dir den Rücken.« Vorsichtig zog sie Georgy zuerst die Stiefel aus und knetete dann deren Schultern. »Georgy«, nahm sie schließlich wieder das Gespräch auf. »Du hast mich zu Tode erschreckt. Bitte versprich mir, dass du so etwas nie wieder tust.«

»Hat ja auch sowieso nicht funktioniert«, entgegnete Georgy mit dumpfer Stimme.

»Wenn du willst«, erklärte Lu mit aufmunterndem Lächeln, »dann bringe ich dir gleich ein Tablett mit ein paar Leckereien herauf. Ich sage den anderen einfach, dass der Ausritt dich erschöpft hat.«

»Ich will aber nichts essen.«

Ratlos, wie sie Georgy nun noch beistehen sollte, ging Louisa hinab ins Erdgeschoss und half ihren Brüdern dabei, den Baum zu schmücken; in Gedanken jedoch war sie allein bei ihrer Schwester. Unterdessen waren die anderen damit beschäftigt, über die Geschenke zu diskutieren, die man sich zum Weihnachtsfest erhoffte, sich über die Spiele während der Festtage zu beraten und natürlich darüber, wer in diesem Jahr wohl die Rolle des Weihnachtsmannes übernehmen dürfte. Niemand bemerkte, wie still Lu war.

Und wieder einmal erschien Georgy nicht zum Abendessen. Zum Glück aber hatte Louisa sich bereits eine Geschichte zurechtgelegt, als ihr Vater sie fragte, wo denn ihre Schwester sei. »Die packt gerade ihre Geschenke für uns ein. Und nach dem Essen wollte ich mich ihr eigentlich anschließen – am besten, ich nehme bei der Gelegenheit gleich ein Tablett mit einer Portion vom Abendessen zu ihr hoch.«

»Ich habe übrigens Charlotte und ihre Familie zu uns eingeladen«, verkündete Georgina frohgemut. »Es kann jedoch sein, dass sie die Weihnachtsfeiertage lieber in Fife House verbringen. Mal abwarten. Johnny jedenfalls hat schon zugesagt, bis einschließlich Neujahr bei uns zu bleiben. Und dem Premierminister und seiner Frau sowie den Hollands habe ich natürlich auch jeweils eine Einladung geschickt. Ach ja, und dann wären da noch James Hamilton und sein Bruder Claud.« Es folgte ein rascher Blick zu Louisa hinüber. »Ich hoffe, dass auch sie Zeit finden werden, uns zu besuchen.«

Lu dagegen erwiderte nichts. Sie war so besorgt um ihre Schwester, dass sogar der Name »James Hamilton« für sie kein Reizwort mehr war. Dann wird es hier vor lauter Gästen ja mal wieder nur so wimmeln, dachte sie bedrückt. Für Georgy wird das eine wahre Tortur werden. Ich liebe sie so sehr – wenn ich doch bloß wüsste, wie ich ihr helfen kann!

Vorsichtig setzte sie das Tablett auf dem kleinen Beistelltisch neben Georgys Bett ab. Louisas Schwester hatte sich bereits ausgezogen und war in ihr Nachthemd geschlüpft. »Wie geht es dir?«, fragte Lu.

»Ich habe mir das Knie aufgeschlagen, und der Rücken tut mir weh.«

»Ich glaube, ich habe in meinem Zimmer noch etwas Arnika-Salbe. Ich hole sie dir, die wird die Schmerzen bestimmt lindern.«

Rasch holte Louisa den kleinen Topf mit der kühlenden Creme und rieb etwas davon auf Georgys Knie. Dann hob sie sachte deren Nachthemd an, um sich einmal ihren Rücken anzusehen. »Du hast überall blaue Flecken. Aber eigentlich ist es nicht so schlimm, wie ich befürchtet hatte. Dabei sah der Sturz zuerst ja wirklich übel aus.« Behutsam rieb sie ihrer Schwester den Rücken ein. »Hier, trink deinen Wein, der wird dir beim Einschlafen helfen.«

Doch vor lauter Erschöpfung zitterten Georgy dermaßen die Hände, dass sie nicht mehr selbstständig trinken konnte; seufzend hielt Lu ihr das Glas an die Lippen, während ihr Herz vor lauter Mitleid schon regelrecht schmerzte. »Wir werden das zusammen durchstehen, Georgy«, flüsterte sie. »Ganz bestimmt.«

»Bleibst du noch ein Weilchen bei mir?«, fragte Georgianna, während sie von dem Essen kostete.

»Aber natürlich.«

Müde legte Georgy ihre Gabel nach nur wenigen Bissen beiseite. »Mir ist schon wieder übel, und ich bin dieses ganze Theater so unendlich leid.«

»Dann leg dich hin. Ein bisschen Ruhe wird dir guttun. Ich bleibe bei dir, bis du schläfst.«

Nachdem Georgy endlich eingeschlafen war, ging Louisa zurück in ihr eigenes Zimmer. Traurig streifte sie sich ihr Nachthemd über und ging zu Bett; ihr war schon ganz schwindelig vor lauter Sorgen. Georgy hasst mich, dachte sie. Sie glaubt, dass kein Mann ihr jemals mehr einen Antrag machen wird, und meint, das alles wäre allein meine Schuld. Es tut mir so schrecklich leid für sie, dass sie so niedergeschlagen ist. Aber ich werde zu ihr stehen, egal, was auch passiert.

Schließlich wurde auch Louisa langsam müde – der harte Ritt an der frischen Luft verfehlte nicht seine Wirkung – und sank in einen tiefen traumlosen Schlaf.

Zwei Stunden später erwachte Louisa wieder; Georgy schüttelte sie am Arm. »Lu, ich fühle mich so komisch. Ich möchte nicht allein sein.«

Müde erhob Louisa sich und drehte die Nachttischlampe auf. »Meinst du, du musst dich wieder übergeben?«

»Nein, das glaube ich eigentlich nicht.« Sie erschauderte. »Aber ich habe solche Schmerzen … und zwar überall.«

»Du fühlst dich auch ganz kalt an. Komm, leg dich zu mir ins Bett. Hier ist es schön warm und gemütlich.« Gähnend nahm Lu den Nachttopf aus dem kleinen Fach in ihrem Nachttisch und stellte ihn ans Kopfende. »Nur für den Fall …«

Langsam legte Georgy sich hin und zog die Bettdecke bis unters Kinn hinauf. Dabei stöhnte sie die ganze Zeit leise; es half ihr, die Schmerzen besser zu ertragen. Mit einem Mal setzte sie sich kerzengerade auf und presste die Faust gegen den Mund, um einen gellenden Schrei zu unterdrücken, während ein scharfer Schmerz ihr durch den Unterleib fuhr. Dann setzte nach langer Zeit endlich wieder jenes altbekannte Brennen ein, das zumeist ihre Periode ankündigte, gefolgt von einem Schwall warmen Blutes, der sich zwischen ihren Oberschenkeln ausbreitete. Abrupt schleuderte sie die Bettdecke beiseite und blickte auf die sich rasch ausbreitende Lache.

Mit riesigen Augen starrte Louisa sie an. »Jesus, Maria und Josef. Du hast eine Fehlgeburt!«

»Gott sei Dank! Gott sei Dank!«, flüsterte Georgy panisch und euphorisch zugleich. »Und was machen wir jetzt?«

Zügig breitete sich das Blut immer weiter aus, drang in Georgys Nachthemd ein und durchtränkte Lus Bettlaken.

»Kannst du die Schmerzen aushalten?« Lu fürchtete bereits um das Leben ihrer Schwester.

»Ja«, keuchte Georgy erleichtert. »Ich glaube, das Schlimmste ist schon wieder vorbei.« Dennoch sah Louisa ihr an, welche Angst auch Georgy hatte.

Während der nächsten Stunde saßen die beiden Schwestern schweigend beieinander, während Georgy in die Handtücher blutete, die Lu ihr gebracht hatte. Als die Krämpfe schließlich fast verebbt waren, half Louisa ihr vorsichtig, aus dem Bett aufzustehen. »Hier. Leg dir das Handtuch zwischen die Beine, und drück die Oberschenkel zusammen.«

Drei Handtücher später hatte die Blutung nahezu aufgehört. Sorgsam schnitt Louisa ein frisches Tuch in kleine Streifen, dann zog sie ihrer Schwester das blutdurchtränkte Nachthemd aus und wusch sie. »Und jetzt hole ich dir wohl am besten ein frisches Hemd.« Vorsichtig zog sie Georgy das blütenweiße und gut gestärkte Nachthemd über den Kopf. »So, und die hier nimmst du als Vorlagen.« Müde, doch schon deutlich weniger besorgt reichte sie Georgy die zurechtgeschnittenen Streifen.

Auch Georgy war sichtlich erleichtert, zugleich aber zitterte sie noch immer vor lauter Entsetzen über die plötzliche Fehlgeburt. »Und du versprichst mir, dass du mich nicht verrätst, Lu, ja?«

»Ich verspreche es dir. Und morgen früh werden wir auch deine Bettwäsche noch einmal wechseln und die alten Handtücher verbrennen.«

»Und schwöre mir noch einmal, dass du niemandem verraten wirst, was hier passiert ist«, flüsterte Georgy, während ihr die Tränen der Erschöpfung über die Wangen rannen. »Niemand darf wissen, dass ich schwanger war. Sonst bringe ich mich um.«

»Georgy, ich schwöre dir bei meinem Leben, dass das Ganze unter uns bleiben wird. Und überhaupt solltest du wohl mittlerweile wissen, dass du mir vertrauen kannst. Niemand wird je etwas erfahren.« Mit einem Mal sah Lu, dass ihr Nachthemd und ihre Hände blutbesudelt waren; genau wie in ihrem Albtraum. Mittlerweile war auch sie so erschöpft, dass sie am Rande eines Nervenzusammenbruchs stand und leise zu schluchzen begann.

Plötzlich wurde die Tür geöffnet, und ihre Mutter kam herein. »Was um alles in der Welt –«

Starr blickten die drei Frauen einander an.

»O mein Liebling«, seufzte Georgina schließlich, marschierte auf Lu zu und schloss sie in die Arme. »Mein armer, armer Liebling. Du hast eine Fehlgeburt.«

»Nein, Mutter, ich –« Mit einem Mal fiel ihr Blick auf ihre Schwester, die sie mit totenbleicher Miene anstarrte, und Lu verstummte. Ich darf sie nicht enttäuschen!, mahnte Louisa sich im Stillen. Georgy hat schon einmal versucht, sich umzubringen, und sie würde es wieder tun, um dadurch dem drohenden Skandal zu entgehen. Ich muss die ganze Sache auf meine Schultern nehmen. Ich bin stärker als Georgy.

Energisch riss die Herzogin die blutdurchtränkten Bettlaken von Louisas Bett und legte frische auf. Anschließend holte sie ein sauberes Nachthemd aus der Wäschekommode und zog Lu vorsichtig das blutbesudelte Hemd über den Kopf. »Und jetzt legst du dich besser wieder hin.« Behutsam führte sie Louisa zu deren Bett hinüber, während sie Georgy einen eindringlichen Blick zuwarf. »Ihr beide hört mir jetzt einmal genau zu«, zischte sie. »Niemand darf jemals etwas davon erfahren. Niemand. Auch euer Vater nicht – nein, *vor allem* nicht euer Vater.« Hastig rollte sie die besudelten Handtücher, die Bettlaken und das Nachthemd zusammen. »Ich werde den Dienern sagen, dass *ich* die Fehlgeburt hatte. Ich hatte ja schließlich schon einmal eine. Und diese ganze Sache hier bleibt unser kleines Geheimnis. Niemand darf jemals davon erfahren.«

Georgy nickte stumm, während sie vor lauter Müdigkeit bereits leicht hin- und herschwankte. »Und du gehst jetzt besser wieder zurück ins Bett«, mahnte Georgina sie. »Ich kümmere mich von nun an um deine Schwester.«

Sie beugte sich vor und drückte Louisa einen zärtlichen Kuss auf die Stirn. »Solche Dinge passieren leider, mein Liebling. Aber gemeinsam werden wir das durchstehen.«

Montagu House, London
August 1894

»Nomen est omen«, murmelte die Herzoginwitwe, als sie ihre Tochter Georgianna Susan musterte, während diese sich mit forschem Schritt durch die Schar der Gäste hindurch auf sie zubewegte.

Ich hatte sie nach meiner Schwester benannt, erinnerte Lu sich. Jedoch hätte ich niemals gedacht, dass mein kleines Mädchen ihrer Tante auch noch so ähnlich sehen würde. Aber mach dir nichts daraus, Liebling. Denn auch wenn du weit davon entfernt bist, eine Schönheit zu sein, so hat dich das doch nicht daran gehindert, die fünfte Gräfin von Winterton zu werden.

Louisa lächelte versonnen. Und ich wiederum hätte die vierte Gräfin von Winterton sein können. Earl Winterton hatte sich ja geradezu nach mir verzehrt – und wer weiß? Vielleicht hätte ich seinen Antrag ja sogar angenommen, wenn er nicht so ein verdammter Kricket-Fanatiker gewesen wäre. »Georgy, Liebes«, wandte sie sich ihrer Tochter zu. »Gibt es irgendetwas Wichtiges?«

»Ja, Mutter. Die Leute von der Presse bitten um Erlaubnis, ein paar Fotos für die Zeitung machen zu dürfen.«

Louisa lächelte verschmitzt. »Und eitel wie ich bin, kann ich da leider nicht Nein sagen. Los, trommle alle zusammen und sag ihnen, dass sie jetzt fotografiert werden. Aber achte darauf, dass meine Söhne und Töchter alle vorn stehen. Dahinter möchte ich meine Enkel haben und dann meine Urenkel. Und bitte sorge auch dafür, dass wirklich alle auf dem Bild sind.«

Mit müdem Blick schaute Louisa ihrer Tochter nach, während ihr Herz sich für einen kurzen Moment schmerzhaft zusammenzog. Sie ist meiner Schwester wie aus dem Gesicht geschnitten, überlegte sie. Und auch die Nacht, in der Georgy ihre Fehlgeburt erlitt, ist mir noch lebhaft in Erinnerung. Es ist, als ob es erst gestern gewesen wäre.

Denn jene Nacht damals veränderte mein Leben. Und mein Schicksal nahm eine Wendung, mit der ich nie gerechnet hätte …

· 18 ·

Henry, Beth! Fröhliche Weihnachten, und auf dass noch viele weitere schöne Weihnachten für Euch folgen mögen!« Herzlich begrüßte die Herzogin von Bedford ihre beiden engsten Freunde. »Aber wo ist denn Teddy? Sagt jetzt bitte nicht, dass er nicht mitgekommen ist?«

Mit entschuldigendem Lächeln schaute Beth einmal rasch zu Georgy und Louisa hinüber. »Er ist schon vor ein paar Wochen nach Horsham in West Sussex gereist. Teddy sagte, er fühle sich dazu verpflichtet, seinem Wahlkreis während der Parlamentspause einen persönlichen Besuch abzustatten.«

»Das ist aber sehr anständig von ihm«, lobte Louisa mit zuckersüßem Lächeln.

»Ja«, stimmte Lord Holland ihr zu, »auch wir müssen zugeben, dass wir sehr zufrieden damit sind, wie Teddy sich entwickelt hat. Er ist mit einem Mal so ein verantwortungsvoller junger Mann geworden.«

»Onkel Holly«, grinste Louisa, »du schaffst es immer wieder, mich zum Lachen zu bringen.« Sie blickte kurz zu Georgy hinüber und schenkte ihr ein beruhigendes Lächeln.

»Und trotzdem ist es schade.« Nachdenklich schaute Georgina Holly und Beth an. »Denn auch Edward und Charles und George Grey werden diesmal nicht dabei sein – die drei hat es in die Ferne gezogen, um unserem Land zu dienen. Was ja auch sehr ehrenwert ist, nur leider fürchte ich, werden wir dadurch bei unserem diesjährigen Weihnachtsfest einen akuten Mangel an Junggesellen haben. Hoffentlich kommen wenigstens James Hamilton und sein

Bruder Claud. Ich denke, ich habe in meiner Einladung keinen Zweifel daran gelassen, dass ich mich über ihr Erscheinen sehr freuen würde. Aber ich fürchte, auch die sind wahrscheinlich schon nach Irland abgereist.« Sie schaute Louisa an, die prompt errötete.

Mutter ist ja richtig verärgert darüber, dass Abercorn ihre Einladung nicht angenommen hat, überlegte Lu verblüfft. Ich dagegen finde es herrlich! Denn wenn der jetzt auch hier wäre, würden Mutter und Vater ihn garantiert dazu ermuntern, mir einen Antrag zu machen. Und das muss ja nun nicht sein. »Aber dafür ist doch Johnny da«, erwiderte sie betont munter. »Und Jack hat sich bereits angeboten, dieses Jahr die Rolle des Spielemeisters zu übernehmen.« Dankbar lächelte Lu ihren Bruder an. »Ich bin mir sicher, dass er schon dafür sorgen wird, dass wir alle unseren Spaß haben.«

»Darauf dürft ihr wetten!«, bestätigte Jack. »Und überhaupt: Wie wäre es, wenn ich für heute Nachmittag rasch noch eine kleine Jagd organisiere? Es liegt ja zum Glück noch kein Schnee, und so, wie ich unsere Damen kenne, würden auch die zu einem scharfen Galopp vor dem Abendessen nicht Nein sagen, oder?«

»Was für eine herrliche Idee, Jack«, schaltete die Herzogin sich ein, »aber bitte plane die Jagd ohne die Damen. Du weißt doch, dass Georgy noch immer nicht so ganz genesen ist.« Sorgenvoll blickte die Herzogin zu Louisa hinüber. »Deine Schwestern werden sich stattdessen mit Johnny zusammensetzen und gemeinsam ein kleines Stück zu Papier bringen, das sie dann hoffentlich an Weihnachten aufführen werden.«

Mit ernster Miene nahm Beth neben Georgy Platz. »Wie geht es dir denn eigentlich, meine Liebe? Du hast dich wohl noch immer nicht so ganz erholt?«

»Nun ja, manchmal fühle ich mich noch ein wenig erschöpft.«

»Das glaube ich dir gern.« Mit mitfühlendem Lächeln schaute

Beth sie an. »Du bist auch deutlich dünner als vor deiner Abreise nach Schottland. Wir hatten uns schon ernsthaft Sorgen um dich gemacht.«

Eine knappe Stunde später kamen auch die Greys an, und abermals klagte Georgina über die wenigen Junggesellen, während Georgy von ihrer überstandenen Krankheit berichten musste.

Dafür nahm Jack an diesem Nachmittag sogar seine jüngeren Brüder Henry und Cosmo mit auf die Jagd, und auch Alex durfte mit, wenngleich man ihm vorsichtshalber untersagt hatte, eine Waffe zu tragen.

Die Damen wiederum versammelten sich derweil im Blauen Salon, wo man sich an Weihnachtsgebäck, Champagner und einigen köstlichen kleinen Klatschgeschichten gütlich tat.

Kichernd unterhielt die Frau des Premierministers ihre Freundinnen mit ein paar deftigen Intimitäten über König Williams illegitime Erben: »Königin Adelaide ist sehr gütig zu ihnen und toleriert sie, so gut sie irgend kann. Die Herzogin von Kent hingegen, Prinzessin Victorias Mutter, verabscheut Williams Bastarde geradezu, und John Conroy hat den König sogar aufgefordert, die Illegitimen am besten ganz vom Hofe zu verbannen – um nicht die Moral der jungen Victoria zu gefährden. Das ist doch nicht zu fassen, oder? Ich meine, ganz London weiß, dass Conroy der Liebhaber der Herzogin ist, und dennoch spielen die beiden sich nun als Moralapostel auf.«

»Und weil die Königin keine eigenen Kinder hat, genießt sie die Gesellschaft der jungen Victoria natürlich umso mehr«, fügte Georgina hinzu. »Nicht auszudenken, was passieren würde, wenn die Herzogin ihrer Tochter auf einmal verbieten würde, noch länger Kontakt zu ihrer Tante zu haben. Das würde die arme Adelaide gewiss hart treffen.«

»Aber, Gott sei Dank, sitzen auf dem Thron ja nicht die Herzogin und ihr Liebhaber, sondern immer noch William und seine Königin«, erklärte Lady Holland. »Und darum sollten die auch regieren dürfen, wie es ihnen passt, und nicht, wie diese dumme Herzogin es sich wünscht!«

»Und überhaupt tut die Herzogin doch bloß deshalb so hochwohlgeboren, weil bereits klar ist, dass Prinzessin Victoria eines Tages den Thron besteigen wird. Da meint sie wohl, sich schon jetzt besonders etepetete geben zu müssen, und würde wahrscheinlich sogar behaupten, dass ihre Fürze nach Rosen duften!«

Beth kicherte amüsiert. »Wenn die nächste Ballsaison beginnt, solltet Ihr unbedingt einen Maskenball geben und dazu sowohl die Herzogin als auch des Königs Bastarde einladen. Stellt Euch doch bloß einmal vor, was für ein Spaß das wäre, wenn um Mitternacht alle ihre Masken abnehmen und die Herzogin sich plötzlich ihren Erzfeinden gegenübersieht.«

Während die Damen noch lachten, warf Louisa einen verstohlenen Blick zu ihrer Schwester hinüber. Georgy sah müde aus, sodass Lu entschlossen ihr Glas abstellte und sich entschuldigte. »Besser, wir machen uns jetzt einmal auf die Suche nach Johnny, um unser Stück zu Ende zu schreiben. Und eine kleine Statistenrolle für Rachel wollten wir uns ja auch noch ausdenken. Komm, Georgy, lass uns gehen.«

Kaum dass sie den Salon verlassen hatten, drängte Louisa ihre Schwester aber, sich lieber für ein Weilchen in ihr Zimmer zurückzuziehen und sich hinzulegen, bis der Gong zum Essen ertönte.

Während des Abendessens wandte die allgemeine Unterhaltung sich wie gewohnt schon bald wieder den politischen Geschicken des Landes zu. Zumal sich für Lord John an diesem Abend die einmalige Chance bot, sich unbehelligt von den anderen Parlamentsmitgliedern mit dem Premierminister über das neue Gesetzesvorhaben zu beraten. Und auch sein Vater und Lord Holland klinkten sich interessiert in die Unterhaltung mit ein und befürworteten mit Nachdruck Johnnys ehrgeiziges Ziel.

»Aber wie Ihr wisst«, erklärte John betrübt, »ist dies ja nicht das erste Mal, dass ich versuche, ein Gesetz zur Begrenzung des Wahlbetrugs durchzuboxen. Bislang jedenfalls hatte ich damit leider noch keinen Erfolg.«

»Und das ist auch nur logisch«, pflichtete Lord Holland ihm bei, »wenn man bedenkt, dass nicht wenige unserer Parlamentskollegen sicherlich die eine oder andere Auszählung haben fälschen lassen – Anwesende natürlich wie immer ausgenommen.«

»Und dennoch habe ich so ein Gefühl, als ob ich es diesmal schaffen könnte, das Gesetz durchzubringen.«

»Im Unterhaus werdet Ihr damit sicherlich auch keine Probleme haben«, antwortete der Premierminister. »Da gebe ich Euch durchaus Recht. Es sind diese verdammten Torys im Oberhaus, die das Ganze wieder zum Kippen bringen könnten.«

»Seht Euch vor«, warnte der Herzog von Bedford sowohl seinen Sohn als auch den Premierminister, »das Gesetzeswerk nicht zu früh im Oberhaus vorzustellen. Ihr dürft denen den Entwurf erst dann präsentieren, wenn Ihr Euch absolut sicher seid, dass die wehrten Herren zustimmen werden. Am besten, ich fahre im Januar einfach mit Euch nach London. Vielleicht kann ich ja ein paar der Abgeordneten dazu überreden, der Reform zuzustimmen. Und der liebe Henry wird mir da bestimmt helfend unter die Arme greifen. Es wäre ja nicht das erste Mal, dass wir unseren Einfluss geltend machen, um eine dringend benötigte Reform auf den Weg zu bringen.«

Mit herzlichem Lächeln wandte die Herzogin sich an den Premierminister. »Der Freund Eures Sohnes, Charles Bennet, ist doch auch ein Tory, nicht wahr? Ich denke, wir dürfen davon ausgehen, dass Lord Ossulston Euch bestimmt seine Stimme geben wird. Wie konnte ich bloß so dumm sein, ihn nicht ebenfalls über Weihnachten zu uns einzuladen? Zumal er, als wir Euch damals in Howick besucht hatten, recht interessiert zu sein schien an unserer lieben Georgy … Aber wie dem auch sei! Abercorn wird das Gesetzesvorhaben in jedem Fall unterstützen. Da bin ich mir ganz sicher.«

Mit vielsagendem Grinsen blickte Johnny zu Louisa hinüber. »Ich jedenfalls finde es sehr schade, dass James die Weihnachtsfeiertage lieber in Irland verbringt. Ich hatte mich schon auf seine Gesellschaft gefreut.«

Auch der Herzog von Bedford nickte. »Sobald er wieder im Lande ist, werde ich mich bei ihm melden. Ich denke, ich werde ihm sogar vorschlagen, dass wir uns die Ratssitzungen im Oberhaus gemeinsam anhören.«

Schweigend beendete Louisa ihr Dessert. Gütiger Gott!, seufzte sie im Stillen, sobald das Parlament wieder mit seinen Sitzungen beginnt, geht auch die Ballsaison wieder los und Georgy und ich müssen uns wieder auf dem Londoner Heiratsmarkt präsentieren. Sie schloss die Augen und betete: Bitte lass Georgy recht bald einen Antrag erhalten, und bitte lass mich noch einmal davonkommen. Ich will noch nicht heiraten.

Für Louisa verflogen die Weihnachtstage wie im Nu, was nicht zuletzt an Jack lag, der als diesjähriger Spielemeister dafür sorgte, dass die Tage bis zum Rand angefüllt waren mit allerlei Streichen und Vergnügungen. Der Höhepunkt der Weihnachtstage aber war natürlich der Morgen des fünfundzwanzigsten Dezember, als man seine Geschenke austauschte, gefolgt von der traditionellen Weihnachtsfeier für die Angestellten von Woburn Abbey, die ebenfalls jeder eine kleine Aufmerksamkeit überreicht bekamen. Zudem achtete Jack streng darauf, dass die Dienerschaft mindestens genauso viel Spaß hatte wie die Russells und deren honorige Freunde. Am Abend gab es dann noch einmal ein opulentes Festessen, und im Anschluss daran wurde gemeinsam gesungen.

Am Tag nach Weihnachten gaben die Söhne und Töchter von Georgina und John für ihre Eltern und deren Gäste ihre alljährliche kleine Aufführung zum Besten; dieses Mal hatten sie sich für das Stück *The Old Bailey* entschieden und als Kulisse einige alte Staffagen herbeigeschafft, die Edwin Landseer einst bemalt hatte. Lord

John hatte die Hauptrolle – die Rolle des Richters – übernommen, während seine Brüder nach und nach vor sein Pult geführt wurden, um für ihre Verbrechen zur Rechenschaft gezogen zu werden.

Louisa wiederum hatte sich als Polizist verkleidet, komplett mitsamt Pickelhaube und Schnurrbart, und fuchtelte unablässig drohend mit ihrem Holzknüppel herum, während sie die Delinquenten hereinführte. Georgy schlug derweil unheilvoll klingende Akkorde auf dem Cembalo an.

Als Erstes wurden Henry und Cosmo dem Richter präsentiert. Man hatte sie wegen Trunkenheit und flegelhaften Verhaltens festgenommen, und die beiden waren, als sie vor den Richter geführt wurden, noch lange nicht nüchtern. Der Richter aber meinte, nichts Ungewöhnliches an ihnen bemerken zu können, und entließ sie sogleich wieder. »Die beiden haben nicht einen einzigen Tropfen zu sich genommen, das sieht man doch. Klage abgelehnt.«

Das Publikum nahm die Urteilssprechung mit lautem Applaus entgegen.

Als Nächster trat Alexander auf, der, mit einer Doktortasche und einem Stethoskop ausgerüstet, die Rolle eines Arztes spielte, der angeblich ohne Approbation praktizierte. Der Richter hob die Hand, bat um Ruhe und fragte mit sonorer Stimme: »Ich habe eine Erkältung, und ich huste. Was würden Sie mir verschreiben, Herr Doktor?«

Prüfend horchte der Doktor den Richter ab, strich sich dabei nachdenklich über seinen langen Bart und verkündete schließlich: »Einen Einlauf zu jeder vollen Stunde. Es ist allgemein bekannt, dass ein tropfender Hintern das einzig probate Mittel gegen eine tropfende Nase ist.« Damit öffnete er seine Tasche und zog eine riesige Klistierspritze mit einem langen Gummischlauch daran heraus. »Bitte einmal vorbeugen.«

Doch der Richter ließ sich nicht beirren und donnerte: »Schuldig im Sinne der Anklage. Ich verurteile Euch hiermit zu einem Einlauf nach Eurer eigenen Rezeptur.«

Damit entriss Louisa dem Übeltäter seine Klistierspritze und sperrte ihn ein, während der falsche Arzt schützend die Hände auf sein Hinterteil presste und das Publikum regelrecht schrie vor Lachen.

Als letzten Gefangenen führte Louisa dem Richter Jack vor. Er hatte sich einen Bauernkittel übergeworfen und eine voluminöse Mütze aufgesetzt, und unter dem Arm trug er einen Hirschschädel samt Geweih – eine der Trophäen aus der Bibliothek seines Vaters. Mit strenger Stimme verlas Louisa die Anklage: »Der Delinquent hat es gewagt, während der Weihnachtstage einen Hirsch zu erlegen. Angeblich hat er sich die Erlaubnis zum Jagen bei einem Würfelspiel mit dem Wildhüter ergaunert.«

Drohend deutete der Richter auf das Corpus delicti. »Ihr habt *gewürfelt*? Aber wir haben doch Weihnachten, und da ist das einzig erlaubte Spiel Flaschendrehen!«

Jack grinste zustimmend, zog eine Flasche Champagner aus der Jackentasche, drehte diese einmal schwungvoll um ihre eigene Achse und versuchte, als diese auf Lu zeigte, prompt, sie zu küssen. Der Polizist alias Louisa aber versetzte ihm einen ordentlichen Stoß mit ihrem Stock und warf ihn zu den anderen Übeltätern in die Arrestzelle; dabei riss sie ihm mit einem kräftigen Ruck den Bauernkittel vom Leibe, und zum Vorschein kam eine schwarz-weiß gestreifte Sträflingsuniform.

»Genau wie ich vermutet hatte!«, dröhnte der Richter. »Ein Wiederholungstäter. Sieben Jahre Arbeitslager!« Damit nahm er die Champagner-Flasche auf, reichte Lu seinen Arm, und gemeinsam verließen die beiden die Bühne.

In dem Moment, als sie hinter dem Vorhang verschwanden, erschien auf leisen Sohlen Rachel mit einem kleinen Kuchen. Vorsichtig setzte sie ihn vor der Zelle ab, zog einen Papp-Schlüssel unter dem Kuchen hervor und tat so, als ob sie damit das Papp-Schloss öffnete, woraufhin die Gefangenen johlend und feixend ihre Zelle wieder verließen.

Das Publikum war regelrecht hingerissen von der Vorführung, und stolz marschierte Rachel bis in die Bühnenmitte und verbeugte sich.

Nun aber riefen die jungen Darsteller auch die Erwachsenen auf die Bühne, und es brauchte zum Glück nur wenig Überzeugungsarbeit, bis die Herzogin von Bedford ein sehr stimmungsvolles Lied zum Besten gab. Gleich darauf gesellten sich auch Lady Holland und Mary Grey hinzu, um gemeinsam Händels Messias zu singen. Und auch die Herren waren willens, ihren Teil zum Theaternachmittag beizutragen, und intonierten mit kräftigen Stimmen den *Good King Wenceslas*, ein uraltes englisches Weihnachtslied.

Am Ende drängten alle Lord John, noch einmal König Heinrichs Ansprache an seine Truppen vorzutragen: »Stürmt noch einmal auf die Barrikaden, meine Freunde, nur einmal noch …«

Der einsetzende Applaus, nachdem John geendet hatte, war geradezu ohrenbetäubend, und das Publikum verlangte eine Zugabe. Zu jedermanns Freude ließ John sich daraufhin zu einer weiteren Kostprobe aus Shakespeares *Heinrich IV.* hinreißen und rezitierte einfach aus dem auf die Ansprache folgenden Akt: »Dies ist der Tag, an dem wir unseren Heiland feiern …«

Am Ende erklärte der Premierminister mit bewunderndem Unterton: »Mein lieber Junge, das war gekonnt! Ich rate Euch, die Argumente für die Gesetzesänderung mit genauso viel Verve vorzutragen, wie Ihr eben Shakespeare zitiert habt. Dann dürftet Ihr wohl keinerlei Schwierigkeiten haben, das Reformvorhaben durchzubringen.«

Mitte Februar erhielt der Herzog von seinem Sohn einen Brief, und kaum dass er ihn geöffnet hatte, brach er auch schon in lauten Jubel aus; begeistert rief er seine gesamte Familie zu sich, um die frohe Kunde mit ihnen zu teilen.

»Johnny schreibt, dass der Antrag zur Gesetzesänderung soeben auch die zweite Abstimmung passiert hat.«

»Aber, Vater, das ist ja wundervoll!«, stimmte Louisa in sein Lachen mit ein. »Ich werde ihm sofort schreiben und ihm zu seinem Sieg gratulieren.«

»Nächsten Monat geht der Antrag dann ins Oberhaus, und ich bin fest entschlossen, dabei zu sein und mich der Debatte anzuschließen.«

»Liebling«, mahnte Georgina ihn. »Willst du dir diese stundenlangen Debatten wirklich antun? Meinst du, dass du das durchstehst? Du könntest doch auch einfach bis zur Endabstimmung warten.«

»Nein. Ich möchte auf jeden Fall auch schon bei den Debatten dabei sein. Außerdem habe ich mich in meinem ganzen Leben noch nie so prächtig gefühlt wie jetzt.«

»Aber allein lasse ich dich trotzdem nicht fahren. Wir werden dich nach London begleiten.« Verschmitzt schaute Georgina ihre Töchter an. »Wir hatten ohnehin vor, unsere Garderobe mal generalüberholen zu lassen, ehe die nächste Ballsaison beginnt.«

»Und ich werde gleich an Abercorn schreiben und ihm vorschlagen, gemeinsam mit mir an den Debatten teilzunehmen.«

Energischen Schrittes marschierte John Russell in die Bibliothek hinüber; Georgina hingegen wandte sich mit sorgenvoller Miene zu ihren Töchtern um. »Die Vorstellung, ihn allein nach London reisen zu lassen, gefällt mir überhaupt nicht. Andererseits ... Wie steht's denn mit dir, Louisa? Fühlst du dich auch kräftig genug, um eine solche Reise auf dich zu nehmen?«

Verstohlen schaute Louisa zu ihrer Schwester hinüber, während sie sich einerseits ein bisschen wie eine Heldin fühlte und sich andererseits entsetzlich schämte. Sie hasste es, ihre Mutter anzulügen, auch wenn sie dies eigentlich nur tat, um Georgy zu beschützen. »Mach dir um mich mal keine Sorgen, Mutter«, entgegnete sie tapfer. »Ich schaffe das schon.«

»Es ist aber meine Pflicht, mich um dich zu sorgen«, widersprach Georgina. »Zumal ich mich in der Vergangenheit offenbar etwas zu wenig um dich gekümmert habe. Aber diesen Fehler mache ich kein zweites Mal. Versprochen.«

»Und? Meinst du, das war richtig, was ich gesagt habe?«, fragte Lu, nachdem ihre Mutter den Salon verlassen hatte. »Fühlst du dich wirklich schon wieder kräftig genug, um nach London zurückzukehren?«

»Aber ja, Lu, ganz bestimmt. Genau genommen kann ich es sogar kaum erwarten, bis endlich wieder die Ballsaison losgeht. Und dieses Mal werde ich die ganze Sache ein bisschen anders anpacken. Als Erstes will ich eine komplett neue Garderobe haben, und dann werde ich auch nicht mehr so großzügig sein mit meinen sexuellen Gefälligkeiten. Obgleich ich noch immer nicht so ganz verstehe, warum Teddy Fox mich so gemein behandelt hat und sich geweigert hat, mich zu heiraten. Ich meine, ich habe ihm doch quasi jeden Wunsch von den Augen abgelesen …«

»Georgy«, entgegnete Lu, »die Sache ist doch so: Die meisten Männer sind von vornherein der Ansicht, sie wären mehr wert als wir Frauen. Und wenn du dann auch noch Sex mit ihnen hast, obwohl sie dir noch nicht einmal einen Antrag gemacht haben – tja, dann respektieren sie dich erst recht nicht mehr! Ihr eigener sozialer Status hingegen bleibt von ihren sexuellen Eskapaden natürlich unberührt. Ich würde sagen, du musst jetzt erst einmal lernen, dir selbst mehr Respekt entgegenzubringen.«

»Ja, ich denke, da hast du recht«, stimmte ihre Schwester ihr zu. »Der Nächste wird mir erst einmal einen Ring an den Finger stecken müssen, ehe er in den Genuss meiner sexuellen Gefälligkeiten kommt.«

Ach, Georgy, seufzte Lu im Stillen. Das ist eigentlich nicht ganz das, was ich gemeint hatte. Aber ich schätze, wir haben wohl alle unseren Preis. Du wünschst dir nichts mehr, als einen Ehering am Finger; und mein sehnlichster Wunsch war es, einmal im Covent Garden Theatre auf der Bühne zu stehen.

Wie erwartet fand die Herzogin ihren Mann an dessen Schreibtisch vor. »John, Liebling, schreibst du gerade an Abercorn? Wie wäre es, wenn du ihn dazu einlädst, noch ein paar Tage hier bei uns in Woburn Abbey zu verbringen? Dann könnten wir gemeinsam zurück nach London reisen. Ich glaube nämlich, Louisa war ein wenig enttäuscht, dass er an Weihnachten nicht hier war.«

»Gute Idee, das mit der Einladung. Zumal das ja dann auch schon ein kleiner Hinweis darauf ist, dass wir ihn als Schwiegersohn durchaus willkommen heißen würden.«

Oh, Darling, glaub mir, seufzte Georgina im Stillen. Mit solch einem »kleinen Hinweis« kommt man bei den meisten Männern noch nicht weit.

James Hamilton war erst kürzlich in sein Stadthaus in der Half-Moon Street zurückgekehrt, nachdem er und sein Bruder die Weihnachtstage und den Januar in Irland verlebt hatten, wo Claud unter anderem Erkundigungen darüber eingeholt hatte, wie seine Chancen ständen, als Abgeordneter für den Wahlkreis Tyrone zu kandidieren. James hingegen hatte den Großteil seiner Zeit mit seinem Anwalt und Notar Rowan Maloney verbracht und war mit ihm die Einnahmen und Ausgaben von Barons Court durchgegangen. Zudem hatte er ihm ein kurzes Schreiben seines schottischen Anwalts Angus Murray mitgebracht, in dem dieser sich Maloney kurz vorstellte, um die geschäftlichen Angelegenheiten ihres Klienten in Zukunft gemeinschaftlich regeln zu können.

Im Übrigen dachte Abercorn ernsthaft darüber nach, ein Anwesen in Schottland zu erwerben. Diese Idee war ihm während seiner kurzen Besuche in The Doune und Kinrara gekommen. Die Natur dort hatte ihm schier den Atem verschlagen; vor allem aber Louisas Liebe zu den Felsen und den Seen in den Cairngorms hatte ihn davon überzeugt, dort unbedingt auch ein Haus haben zu wollen.

»Hier ist ein Brief für dich. Und wenn mich nicht alles täuscht, prangt da das Siegel des Herzogs von Bedford drauf.« Grinsend reichte Claud Hamilton seinem Bruder den Umschlag.

Sofort öffnete James das Sendschreiben. »Ja, der Brief ist vom Herzog«, murmelte er. »Er schreibt, dass das Reformvorhaben, das Lord John anstrebt, inzwischen auch die zweite Abstimmung im Unterhaus überstanden hat und dass er glaubt, dass das Gesetzeswerk nächsten Monat im Oberhaus vorgestellt werden wird. Er lädt mich ein, gemeinsam mit ihm an den Sitzungen im Oberhaus teilzunehmen.«

»Nun ja, das ist ja immerhin schon einmal etwas. Auch wenn du natürlich gehofft hattest, dass der Brief von Lady Louisa stammt und sie dich auf ein lauschiges Wochenende in das Landhaus ihrer Eltern einlädt, nicht wahr? Es ist wirklich schade, dass du Weihnachten nicht in Woburn Abbey verbringen konntest. Vielleicht hättest du dann ja die Chance gehabt, Louisa wieder ein wenig näherzukommen.«

»Nicht so schnell«. Warnend hob James die Hand. »Der Brief ist ja noch nicht zu Ende. Der Herzog schreibt nämlich weiter, dass sowohl Lord John als auch Lu es bedauert hätten, dass ich nicht da war, und dass die Herzogin sogar regelrecht erbost gewesen sei über mein Fehlen. Allerdings – so steht es hier zumindest – wäre sie wohl bereit, mir zu vergeben, wenn ich dafür *jetzt* noch ein paar Tage mit ihnen verbringen würde, um dann gemeinsam mit ihnen nach London zurückzufahren.«

»Nun, das sieht doch alles ganz danach aus, als ob die beiden es gar nicht mehr erwarten könnten, dich endlich zum Schwiegersohn zu haben.«

»So weit würde ich jetzt noch nicht unbedingt gehen. Aber es stimmt schon, dass ich mit den Russells sehr gut zurechtkomme. Und ich denke, ich darf wohl darauf vertrauen, dass sie mich nicht grundsätzlich abweisen werden, wenn ich irgendwann um Louisas Hand anhalte. Am besten, ich setze sofort ein kleines Antwortschreiben auf und sage ihnen, dass ich in etwa einer Woche bei ihnen eintreffen werde.«

Als der Herzog Abercorns Antwort erhielt, teilte er dies sogleich seiner Frau mit; als Ankunftstag habe James Hamilton den Montag ins Auge gefasst.

Der Montag also, dachte die Herzogin. Nun, das passt ja gut, denn Henry und Cosmo sind dann in jedem Fall schon mal nicht mehr da.

Es war ausgemacht, dass Jack seine Brüder an diesem Tag zurück ins Internat begleiten würde. Zudem bat Georgina ihren Mann, die Nachricht von James' Besuch zunächst noch ein Weilchen für sich zu behalten; nicht einmal ihr Butler erfuhr von dem erwarteten Gast.

Erst am Montag verriet sie Mr Burke, dass Abercorn in Kürze bei ihnen eintreffen würde. »Und wenn er dann da ist, führt Ihr ihn als Erstes bitte zu mir in den Blauen Salon, ja? Ich möchte gerne noch ein paar Takte unter vier Augen mit ihm reden, ehe mein Ehemann ihn ganz für sich allein beansprucht.«

»Sehr wohl, Euer Hoheit.«

Sanft ergriff Georgina Rachels Hand. »So, und nun wollen wir uns mal auf die Suche nach deinen Schwestern begeben.«

Die beiden saßen noch immer im Frühstückszimmer, wo Louisa sich in eines der Bücher vertieft hatte und Georgy gerade ihre dritte Portion arme Ritter aß. »Ich bin ja so froh, dass du deinen Appetit wiedererlangt hast, Liebling«, freute Georgina sich. »Und wenn ihr beide fertig seid, dann geht ihr bitte jede einmal euren Kleiderschrank durch und entscheidet, was ihr mit nach London nehmen wollt. Fertigt am besten auch noch eine Liste an, auf der ihr notiert, was euch in eurer Garderobe noch fehlt – und diese Liste gebt ihr dann mir.«

Zwei Stunden später führten die Damen gerade eine sehr angeregte Diskussion darüber, wie viele Ballkleider man wohl für eine einzige

Ballsaison bräuchte, als Mr Burke plötzlich den Marquis von Abercorn ankündigte.

»James, wie schön, Euch endlich wiederzusehen!« Schwungvoll erhob die Herzogin sich aus ihrem Sessel und begrüßte Abercorn mit einer herzlichen Umarmung. »Es ist schon wieder viel zu lange her, seit Ihr das letzte Mal hier gewesen seid.«

»Euer Hoheit.« Galant küsste er ihre Hand. »Das Vergnügen liegt ganz auf meiner Seite.« Natürlich entging ihm bei dieser Gelegenheit nicht, dass Louisa und Georgianna offenbar nicht darüber informiert worden waren, dass er sie besuchen würde.

Was zur Hölle geht hier eigentlich vor?, fluchte Louisa im Geiste, während ihr Herz immer schneller pochte und ihre Wangen sich hochrot färbten. Mutter hat ja wohl offenbar gewusst, dass Abercorn kommen würde. Ich frage mich bloß, warum sie *uns* davon nichts gesagt hat?

Nachdem James der Herrin des Hauses seine Reverenz erwiesen hatte, wandte er sich als Erstes Georgy zu. »Es freut mich, Euch wieder so gesund und munter vorzufinden, Mylady. Schön, dass Ihr Euch erholt habt.«

»Ich danke Euch, Mylord«, entgegnete diese ungewohnt schüchtern und wandte den Blick ab.

»Und Ihr seht natürlich mal wieder atemberaubend aus, Mylady«, begrüßte er Louisa mit charmantem Lächeln, wobei der Ausdruck in ihren Augen ihm abermals bestätigte, dass sie von seinem Erscheinen ziemlich überrumpelt war.

Inzwischen hatte auch Rachel James wiedererkannt und begann aufgeregt zu plappern, woraufhin Georgina sie allerdings rasch hochhob und Georgy übergab. »Hier. Bring sie besser nach oben ins Kinderzimmer. Ich würde mich mit James gerne noch einmal kurz unterhalten.« Als auch Louisa sich erhob und gerade gehen wollte, hielt Georgina sie jedoch sachte fest. »Und du bleibst besser auch noch hier, mein Liebling.«

Gehorsam trug Georgy Rachel aus dem Salon, woraufhin die

Herzogin mit Nachdruck die Tür hinter ihr schloss und ein rätselhaftes Lächeln ihre Lippen umspielte. »Setzt Euch doch, bitte.«

Mit ernster Miene blickte James zu Louisa hinüber, und für einen Moment verschmolzen ihre Blicke regelrecht miteinander.

Warum muss dieser irische Teufel auch so verdammt attraktiv sein?, seufzte Louisa im Stillen. Ich brauche ihn nur anzugucken, und schon ist es mit meiner Willensstärke vorbei.

Geschäftsmäßig nahm die Herzogin derweil unmittelbar neben Abercorn Platz und kam sogleich auf den Punkt: »James, ich war sehr enttäuscht darüber, dass Ihr meine Einladung, das Weihnachtsfest mit uns zu verbringen, abgelehnt hattet. Denn nur eine Woche vor dem Heiligen Abend, als Ihr wahrscheinlich gerade auf dem Weg nach Irland wart, hatte Louisa eine Fehlgeburt. Ja, Ihr hört ganz richtig: Sie hat Euer Kind verloren.«

Louisa erbleichte und war zunächst so verwirrt, dass sie nicht einen einzigen Ton herausbrachte. Und auch Abercorn schien einen Moment lang ehrlich konsterniert, bis sich auf seinem Gesicht plötzlich ein Ausdruck rasender Wut breitmachte.

»Mutter, wie konntest du bloß?«, zischte Louisa mit matter Stimme.

»Keine Angst, mein Liebling, es gibt nichts, wovor du dich zu fürchten brauchst. Ich tue das alles nur aus Liebe. Dein Wohlergehen ist für mich das Wichtigste. Vor allem ist mir aufgefallen, dass du in dieser Angelegenheit offenbar große Hemmungen hast und das Thema von alleine sicherlich nicht angeschnitten hättest. Dennoch, denke ich, hat James ein Recht darauf, zu erfahren, was vorgefallen ist. Und ich bin mir sicher, auch er möchte nun gerne seiner Pflicht als Ehrenmann nachkommen.«

Abrupt sprang James auf.

Und auch Georgina erhob sich. »Ihr Vater weiß nichts davon, seid ganz beruhigt. Und das wird auch so bleiben. Die Nachricht würde ihn umbringen. Das Ganze bleibt unser Geheimnis.«

Und ich dachte, Georgys Albtraum läge endlich hinter uns! Ich dachte, diese ganze Tragödie hätte endlich ein Ende. Wie konnte ich bloß so naiv sein! Louisa war schier außer sich.

Unterdessen hatte Georgina offenbar alles gesagt, was sie sagen wollte, und verließ den Raum. Donnernd hallte Louisas Herzschlag in ihren Ohren wider, und ihre Angst davor, nun ganz allein mit Abercorn zu sein, war schier unbeschreiblich. Sie verflocht ihre Finger so fest miteinander, dass ihre Knöchel weiß hervortraten, während sie sich langsam erhob, um sich dem Donnerwetter zu stellen, das nun wohl über sie hereinbrechen würde.

· 19 ·

Die Stille war geradezu ohrenbetäubend.

Überlege dir gut, was du dir wünschst – es könnte wahr werden! Zitternd vor Zorn erinnerte James sich an das alte Sprichwort. Gleichwohl ahnte er bereits, dass das Schicksal ihm mit dieser unerwarteten Wendung doch im Grunde nur einen Gefallen getan hatte – wäre da nicht dieser alles verschlingende Schmerz gewesen, der ihm schier den Verstand zu rauben schien.

»Wer hat Euch das angetan?«, zischte er, während sein Gesichtsausdruck keinerlei Emotionen erkennen ließ.

Louisa presste die Lippen aufeinander, schloss die Augen und schüttelte von Kummer gepeinigt nur stumm den Kopf.

»Ich werde ihn umbringen.«

Abrupt riss sie die Augen wieder auf und stellte mit Entsetzen fest, dass James es offensichtlich ernst meinte – sein finsterer Blick verriet es ihr.

Unterdessen entging ihm natürlich nicht der beißende Hohn, der dieser an sich doch sehr kuriosen Situation innewohnte: Seit ich sieben Jahre alt war, dachte er, habe ich stets nur ein Ziel vor Augen gehabt – Louisa Russell zu meiner Frau zu machen. Bislang allerdings hatte Lu noch alle meine Anträge abgelehnt. Heute hingegen scheint das Schicksal sie mir geradewegs in die Arme zu treiben … das heißt, wenn ich sie unter diesen Umständen überhaupt noch will.

Er fixierte sie mit durchdringendem Blick, während Louisas Atem stoßweise ging und ihre Lippen zitterten. Schließlich schaute sie beschämt zu Boden.

James hingegen dachte noch einmal ruhig und ernsthaft darüber nach, wie es jetzt mit seinen Gefühlen für sie bestellt war: Will ich sie wirklich noch immer heiraten? Auch jetzt noch? Nach alledem? Doch die Antwort darauf zu finden fiel ihm nicht schwer, denn sofort ertönte in seinem Hinterkopf ein lautes und klares Ja! Und wenn er Lu nur auf diesem – und in der Tat etwas verworrenem – Wege bekommen konnte, nun, dann sollte es eben so sein.

Denn schon seit Jahren hatte es für ihn nur noch Lu gegeben, sodass er sie nun, da die Chance zum Greifen nahe war, auf gar keinen Fall entschlüpfen lassen wollte; alles in ihm schrie danach, sie für immer an sich zu binden. Zudem verlieh ihr die verzweifelte Situation, in der sie sich gerade befand, eine geradezu ätherische Schönheit und machte sie andererseits auch wieder ein ganzes Stück menschlicher. Vor allem aber strahlte sie im Augenblick eine solch mitleiderregende Verletzlichkeit aus, dass James beschloss, seine eigenen Emotionen vorerst in den Hintergrund zu schieben und sich nur noch auf das eine Ziel zu konzentrieren: Louisa Russell zu seiner Ehefrau zu machen.

Und dennoch will ich verdammt sein, dachte er, wenn ich jetzt noch einmal so dumm bin, dir einen Antrag zu machen, Lady Lu! Du wärst glatt imstande, ihn abermals abzulehnen.

Schweigend wartete er darauf, dass Lu ihn endlich wieder ansehen würde. Unterdessen schien die Stille immer mehr Raum einzunehmen.

Schließlich hielt Lu es nicht mehr länger aus und schaute zu ihm auf.

James atmete einmal tief durch. »Also gut. Dann werde ich jetzt zu Eurem Vater gehen und um Eure Hand anhalten.« Damit verbeugte er sich einmal kurz vor Lu und verließ den Salon.

Einen Moment lang stand Louisa wie erstarrt da. Dann erwachte sie mit einem Ruck aus ihrer Lethargie, rannte hinter Abercorn her und wollte soeben die Tür aufreißen und schreien: »Nein! Nein! Nein!

Bitte nicht!« Doch als ihre Hand den Türknauf berührte, hielt sie abrupt inne.

Denn wenn sie jetzt tatsächlich ihren Gefühlen den Vorrang ließ und blind herausschrie, dass sie ihn in Wahrheit gar nicht heiraten wollte, dann würde ihre Mutter in jedem Fall eine Erklärung verlangen – und das wiederum würde bedeuten, dass sie Georgy verraten müsste. Und genau das brachte Louisa einfach nicht über sich. Immerhin standen ihre Liebe und ihre Loyalität zu ihrer Schwester auf dem Spiel. Sie durfte ihren heiligen Schwur auf keinen Fall brechen, auch wenn sie sich mit ihrem Schweigen nun quasi selbst in Fesseln legte. Georgy wäre dem Skandal nicht gewachsen.

Sie würde einen weiteren Selbstmordversuch unternehmen, dachte Louisa bedrückt, so viel ist gewiss. Und Gott allein weiß, was dann mit Mutter geschehen würde. Vater könnte einen weiteren Schlaganfall erleiden …

Reglos stand sie hinter der schweren Eichentür in dem großen Salon und versuchte, sich irgendwie mit ihrem Schicksal zu arrangieren. Schließlich ließ sie die Hand langsam sinken. Nun, dann werde ich ihn eben heiraten, überlegte sie. Das ist immer noch besser, als wenn Georgy sich das Leben nimmt. Plötzlich aber tauchte vor ihrem geistigen Auge wieder James Hamiltons grimmige Miene auf, und Lu erschauderte aufs Neue. Tue ich auch wirklich das Richtige?

»James! Wie schön, Euch zu sehen.« Mit freundlichem Lächeln erhob der Herzog von Bedford sich, kam hinter seinem Schreibtisch hervorgetreten und schüttelte Abercorn mit herzlicher Geste die Hand.

Dann hat die Herzogin also tatsächlich die Wahrheit gesagt, dachte James. Der Herzog weiß von nichts. »Euer Hoheit. Ich war gerade erst aus Irland zurückgekehrt, als mich Euer Brief erreichte.«

Höflich bat der Herzog Abercorn, sich zu setzen. »Ja, wir haben Euch in der Tat vermisst. Aber nun seid Ihr ja hier. Es gibt nämlich grandiose Neuigkeiten, was das Gesetzesvorhaben betrifft. Und ich zähle darauf, dass Ihr mich zu den Debatten ins Oberhaus begleiten werdet. Am besten sogar, wir reisen einfach alle gemeinsam wieder zurück nach London. Na, wie klingt das für Euch?«

»Das hört sich in der Tat fantastisch an«, erwiderte James. »Allerdings komme ich eigentlich wegen einer ganz anderen Sache zu Euch.«

Sofort bemerkte John Russell den geschäftsmäßigen Unterton in James' Stimme und hob fragend eine Braue.

»Ich bin hier, um um Lady Louisas Hand anzuhalten.«

»James!«, rief der Herzog überrascht. »Aber das ist ja wundervoll. Und glaubt mir: Nichts wäre mir lieber. Ich muss gestehen, dass Louisas Mutter und ich nämlich sogar schon darauf gehofft hatten, dass Ihr und meine Tochter irgendwann zusammenfinden würdet … Auf alle Fälle haben wir vollstes Vertrauen in Euch und glauben, dass Ihr alles unternehmen werdet, um Louisa glücklich zu machen, nicht wahr?«

Von »glücklich machen« war nie die Rede gewesen, murrte James im Stillen. Denn das Glück einfangen zu wollen, das ist ungefähr genau so Erfolg versprechend, als versuchte man, das Licht der Sonne in eine Flasche einzusperren. Laut hingegen antwortete er: »Aber natürlich. Zuvor müssen sich unsere Anwälte allerdings kurz zusammensetzen und miteinander beraten – ehe wir den Ehevertrag aufsetzen können, meine ich.« Damit legte er Angus Murrays Visitenkarte auf den Schreibtisch des Herzogs. »Dies ist mein Notar und Anwalt in Edinburgh. Zudem werden wir auch noch einige Auskünfte von Rowan Maloney, meinem irischen Anwalt, benötigen. Er kümmert sich um alles, was Barons Court betrifft.«

Der Herzog von Bedford aber lachte nur. »Mein lieber James, finanzielle Abreden können meiner Erfahrung nach schnell etwas hektisch werden. Am besten, wir überlassen das Reglement den Anwälten. Ich werde meinem Notar hier in Woburn, Horace Woodfine, sagen, mit wem Ihr zusammenarbeitet, und er soll sich dann um alles Weitere kümmern.«

»Sehr schön … Dann werde ich wiederum Mr. Murray über die geplante Vorgehensweise informieren.«

»Gut so, James. Und nun, denke ich, sollten wir auch endlich die Damen hinzubitten, nicht wahr? Jetzt dürfte ein kleiner Toast wohl angebracht sein!«

Noch immer lachend rief der Herzog seinen Butler zu sich. »Trommelt die Damen zusammen, Mr Burke. Und bringt auch gleich noch ein, zwei Flaschen Champagner mit.«

Reglos hatte Louisa durch die großflächigen Fenster des Blauen Salons nach draußen gestarrt – und hatte doch nichts gesehen. Erst jetzt, da hinter ihr die Tür geöffnet wurde, erwachte sie aus ihrer Trance und wirbelte herum. Das herzliche Lächeln ihres Vaters schien sich vom einen Ohr bis zum anderen zu erstrecken; nur Abercorn blieb ernst. Und auch Georginas Gesichtsausdruck war nur schwer zu deuten, während Georgys Blick neugierig vom einen zum anderen schweifte und Mr Burke leise lächelnd zwei Flaschen Champagner öffnete.

Vorsichtig füllte der Butler eines nach dem anderen die kostbaren Kristallgläser, welche der Herzog wiederum mit galanter Geste an seine Familie weiterreichte. »Meine Lieben, dies ist ein ganz besonderer Tag«, verkündete er. »James Hamilton hat soeben um die Hand unserer lieben Louisa angehalten, und ich habe mein Einverständnis zu der Eheschließung gegeben.« Damit hob er sein Glas. »Auf das glückliche Paar.«

»Oh, das ist ja wundervoll«, seufzte die Herzogin. »Herzlichen Glückwunsch, James. Louisa, Liebes, ich wünsche dir von Herzen alles Gute.« Glücklich prostete sie den beiden zu.

»Danke, Mutter«, murmelte Lu. Es wäre nur schön, wenn du nicht ganz so überrascht tun würdest; du wusstest doch von vornherein, dass das passieren würde. Rasch schaute sie einmal zu ihrer

Schwester hinüber, die aber eher ein wenig missgünstig dreinblickte. Und Abercorn brauchte Louisa schon gar nicht mehr anzuschauen; sie konnte seinen stillen Zorn fast schon körperlich spüren.

Na, da sitze ich ja schön in der Zwickmühle!, fluchte Lu im Stillen. Heirate ich ihn, dann ziehe ich mir den Neid Georgys zu; weigere ich mich, dann treibe ich sie in den Suizid. Na, prima!

»Mr Burke«, befahl unterdessen Georgina ihrem Butler, »lasst bitte umgehend ein Zimmer für unseren zukünftigen Schwiegersohn herrichten. Und sagt dem Koch, er soll heute Abend etwas Besonderes auftischen.« Lus Mutter wirkte, als ob sie sich keinen besseren Schwiegersohn hätte wünschen können.

James allerdings stellte abrupt sein Glas ab und entschuldigte sich: »Tut mir leid, Euer Hoheit. Aber ich kann leider nicht über Nacht hierbleiben. In London warten noch einige dringende Geschäfte auf mich.«

»Nun, in dem Fall«, entgegnete Georgina leicht enttäuscht, »möchtet Ihr jetzt sicherlich noch einen Moment allein sein mit Eurer Zukünftigen. Lu, Liebes, unternehmt doch einen kleinen Spaziergang durch den Wintergarten. Dort seid ihr ungestört.«

Schweigend und mit gesenktem Blick ging Louisa voran, während Abercorn sich mit einem knappen Nicken von den Anwesenden verabschiedete, um ihr zu folgen.

Mit einem breiten Grinsen auf den Lippen schaute John Russell derweil seine Frau an. »Gütiger Gott, James ist so steif wie ein Brett. Er hatte doch wohl nicht ernsthaft befürchtet, dass ich sein Gesuch ablehnen würde?«

»Abercorn ist Ire, vergiss das nicht. Ich wette, der weiß gar nicht, wie man ›Angst‹ überhaupt schreibt.«

»Wahrscheinlich hast du recht. Das ist schließlich auch einer der Gründe, warum ich ihn so gerne mag.«

»Und trotzdem ist das alles gegen jegliche Tradition«, schimpfte Georgy. »Die älteste Tochter sollte immer als Erste heiraten.«

»Die Russells haben noch nie viel auf die Tradition gegeben«, widersprach ihre Mutter ihr. »Wir setzen stattdessen lieber neue Maßstäbe.«

Verschmitzt zwinkerte John Russell seiner Frau zu. »Das kann ich nur bestätigen.«

Der gesamte Wintergarten war erfüllt vom Duft der Kamelien. Interessiert beobachtete James, wie Louisas Nasenflügel leicht bebten, als sie sich zu ihm umwandte, und auch sein Zorn war noch lange nicht verflogen, doch er beherrschte sich und erklärte mit ruhiger Stimme: »Nun hat Euer Vater mir also seinen Segen erteilt, und Eure Mutter hat mich im Stillen wahrscheinlich zur Hölle gewünscht. Und wir beide stehen hier und wissen nicht, was wir sagen sollen.«

»Es tut mir so leid, James«, war das Einzige, was Louisa herausbrachte.

Nein, *mir* tut es leid, erwiderte er im Stillen. Aber immerhin weiß ich jetzt, warum du bislang sämtliche meiner Versuche, dir näherzukommen, abgelehnt hast. Es gab offenbar die ganze Zeit über schon einen anderen.

Der Gedanke, dass sie einen anderen geliebt hatte, der sie dann auch noch in höchster Not allein gelassen hatte, trieb James schier zur Weißglut. Vor allem aber schmerzte es ihn zu wissen, dass Lu nicht nur ihr Herz, sondern noch so viel mehr an diesen Kerl verschenkt hatte.

»Und dennoch …«, flüsterte Louisa schließlich. »Könnten wir unter diesen Umständen nicht vielleicht trotzdem Freunde werden?«

Unter diesen Umständen, wiederholte eine höhnische Stimme in James' Kopf. »Nein, ich fürchte, nicht.«

Kaum aber dass er den bittenden Ausdruck in ihren Augen sah, bereute er seine scharfe Erwiderung auch schon. Was bin ich doch für ein selbstgerechter Bastard, verfluchte er sich selbst. Sie braucht mich doch jetzt. Wieso bin ich bloß so grausam zu ihr, während sie mir fast schon als Bittstellerin gegenübertritt? James versuchte ein kleines Lächeln und berichtigte sich: »Aber wir können uns ja zumindest bemühen, einen zivilisierten Umgang miteinander zu pflegen. Also, lasst uns ein Friedensabkommen schließen. Und sei es nur unseren Familien zuliebe.«

»Ein Friedensabkommen. Ja, warum nicht.«

Gedankenverloren suchte er nach einem Symbol, einer Art Unterpfand ihres Schwurs, und wollte soeben eine creme-weiße Kamelie abpflücken. Doch er zögerte und entschied sich stattdessen lieber für eine karmesinrote, weil dies die Farbe des Familienwappens der Abercorns war.

Da erschien ein schmerzerfüllter Ausdruck in Louisas grünen Augen; James begriff sofort, dass er einen folgenschweren Fehler begangen hatte. Denn Weiß war das Symbol der Reinheit und der Unschuld und damit die traditionelle Farbe der Braut. Rot hingegen wurde von vielen als die Farbe der »gefallenen Frauen« betrachtet, jener, die ihre Ehre verloren hatten.

Ein bitteres Lachen entrang sich Louisas Kehle, und sie entriss James die rote Kamelie. »Ihr irischer Teufel! Was Ihr mir da gerade anbietet, das ist kein Friedensvertrag sondern eine Kriegserklärung.« Tief atmete sie den schweren Duft der kostbaren Blüte ein. »Andererseits«, lächelte sie, »ist Rot meine Lieblingsfarbe. Und überhaupt – dann herrscht zwischen uns beiden ab heute eben Krieg!«

Abrupt packte James sie an den Schultern, zog sie an sich und presste seinen Mund in einem harten Kuss auf ihre Lippen. Er wollte ihr zeigen, dass er ganz gewiss nicht der Verlierer war in diesem Kampf der Geschlechter.

Louisa aber wandte energisch den Kopf von ihm ab. »Wenn Ihr meint, dass Ihr mich mit bloßer Gewalt zu Eurer Geliebten machen könnt, dann habt Ihr Euch getäuscht, mein Lieber. Um mich zu unterwerfen, braucht es schon schwerere Geschütze.«

Heiß pochte das Blut durch Abercorns Erektion, und abermals

drückte er Lu an sich, um sie spüren zu lassen, wie hart er war. »Glaub mir, Lu, auch diese Art von Geschützen besitze ich.«

Mit funkelnden Augen blickte sie ihn an, während sie wütend zischte: »Für Euch immer noch *Lady* Lu, Ihr ungehobelter Ire!«

»Ich muss schon sagen, Ihr spielt die Rolle der empörten Jungfrau recht überzeugend und –«

Plötzlich wurde ihr eben noch so zorniger Blick wieder weich, und James begriff, wie sehr seine Worte sie getroffen haben mussten. Sein Herz schmerzte regelrecht, als er sie so sah, und er bereute es, Lu verletzt zu haben. »Da verspreche ich Euch erst, mich zivilisiert zu benehmen«, lenkte er in deutlich versöhnlicherem Tonfall ein, »und gleich im nächsten Augenblick breche ich meinen Schwur.« Sanft umfing er ihr Gesicht mit beiden Händen und berührte ganz sachte ihre Lippen mit den seinen. Und mit einem Mal verstand er Louisa: Was sie jetzt braucht, das ist ein Beschützer, dachte er, und kein Gegner.

»Lady Louisa«, setzte er noch einmal von Neuem an. »Wollt Ihr mich heiraten?«

»Euer Charme überwältigt mich«, spie Lu ihm mit zuckersüßem Lächeln entgegen und wollte sich ihm bereits wieder entziehen.

Diesmal aber ließ James sich von ihrem Temperament nicht beirren und umfasste mit festem Griff ihre schmalen Schultern. »Ihr habt mir meine Frage noch nicht beantwortet.«

Verzweifelt schaute sie zu ihm auf, blickte direkt in seine dunklen Augen. Nein, ich will dich nicht heiraten, seufzte sie im Stillen. Ich kann einfach nicht. Dann aber übermannte das schlechte Gewissen sie. Das Ganze ist schließlich nicht seine Schuld, überlegte sie. Er ist doch genauso ein Opfer der Umstände wie ich. Zudem erkannte sie, dass ihn dieser neuerliche Antrag sicherlich viel Überwindung gekostet haben musste. Er hat seinen verdammten Stolz überwunden, überlegte sie, und das nur für mich. »Ja, ich will«, hauchte sie schließlich.

Einer spontanen Eingebung folgend, steckte sie sich die karmesinrote Kamelie in den Ausschnitt, genau zwischen ihre Brüste. Immerhin passte die Blume damit farblich zu Louisas hochroten Wangen, als sie an Abercorns Seite den Wintergarten verließ.

Beim Abendessen wurden sie natürlich nebeneinander platziert, und inzwischen war auch Jack aus London zurückgekehrt und gratulierte James aufs Herzlichste. Es war für alle klar zu erkennen, dass er James geradezu verehrte und bewundernd zu ihm aufblickte.

Und wie so oft in Woburn Abbey wandte sich die Unterhaltung beim Essen der Politik zu; worüber James speziell an diesem Abend sehr erleichtert war, war dies doch ein Terrain, auf dem er sich auskannte. »Lord John dürfte eine ziemlich schwere Zeit bevorstehen, wenn er sein Gesetzesvorhaben im Oberhaus präsentiert. Die Mehrheit der Lords dort sind Torys.«

»Ja, mit Wellington als Anführer. Der Premierminister und ich sind uns bereits darüber einig, dass wir definitiv noch mehr Stimmen von Seiten der Whigs brauchen. Gleich morgen früh werde ich einen Brief an König William aufsetzen und ihn bitten, fünfzig neue Peers zu benennen – die dann aber, bitte schön, ein wenig mehr nach unserem Geschmack sein sollten.«

»Das ist in der Tat eine ziemlich clevere Idee, Euer Hoheit«, staunte James, während ihm abermals bewusst wurde, dass sein zukünftiger Schwiegervater politisch noch lange nicht zum alten Eisen zählte.

»Und ein solches Lob von einem Tory!«, sagte Lu bissig. »Vater, ich denke, du darfst dich geschmeichelt fühlen.«

Ernst schaute James sie an. Warum versucht sie nur immer wieder, die Differenzen zwischen ihrem Vater und mir hervorzuheben? Doch er ignorierte ihre Bemerkung einfach und ging nicht darauf ein.

John Russell hingegen wandte sich ganz klar gegen seine Tochter. »Achtet einfach gar nicht auf sie, James. Auch Ehen mit Partnern aus verschiedenen politischen Lagern können durchaus funktionieren. Georgina und ich sind doch das beste Beispiel dafür –

auch wenn wir uns ab und zu vielleicht doch einmal in die Haare kriegen.«

»Aber so ein paar kleine Auseinandersetzungen beleben doch die Ehe«, mischte Georgina sich ein, »und sorgen dafür, dass keine Langeweile aufkommt.« Lächelnd hob sie ihr Glas und prostete ihrem Ehemann zu.

»In unserer Ehe kommt ganz sicher keine Langeweile auf«, stimmte Louisa ihrer Mutter übertrieben gut gelaunt zu.

Und nun konnte auch James nicht mehr länger widerstehen, hob sein Glas und erklärte: »Darauf trinke ich!«

Kurz nach dem Abendessen verabschiedete sich James.

»Wir sehen uns dann in London.« Der Herzog wollte seinen angehenden Schwiegersohn gerade zur Tür begleiten, als seine Frau ihn am Arm festhielt. »Ich denke, die beiden können sich auch ohne deine Hilfe voneinander verabschieden, Liebling.«

Unten in der Eingangshalle zog James seinen Mantel an und griff nach seinem Hut. Schweigend sah er Louisa an.

»Es tut mir ehrlich leid««, murmelte Louisa. »Das Ganze war wahrscheinlich auch für Euch nicht so ganz einfach.«

»Aber ganz im Gegenteil. Für mich war es ein Kinderspiel. Eure Familie und ich kommen blendend miteinander aus.«

Louisa hob trotzig das Kinn. »Dann bin ich wohl der einzige Wermutstropfen in der Freude an Eurem Sieg.«

James legte seine Hand unter ihr Kinn und musterte eingehend ihr Gesicht. »Nein. Kein Wermutstropfen. Eher ein etwas exotischer und rätselhafter Beigeschmack.« Behutsam zog er die Kamelie zwischen ihren Brüsten hervor und steckte sie ihr ins Haar. »Gute Nacht, Lady Lu.«

Als Louisa nach oben in ihr Zimmer ging, folgte Georgy ihr quasi auf dem Fuße. »Warum hast du mir denn nicht gesagt, dass James heute kommen würde, um um deine Hand anzuhalten?«

Ungläubig starrte Louisa ihre Schwester an. »Das Ganze war doch allein Mutters Werk. Das ist dir doch wohl hoffentlich nicht entgangen, oder? Sie glaubt, *ich* hätte die Fehlgeburt gehabt und James wäre der Vater des Kindes gewesen.« Louisa war ehrlich überrascht, dass Georgy es tatsächlich nicht fertigbrachte, zwei und zwei zusammenzuzählen. »Nur deinetwegen müssen Abercorn und ich heiraten!«

»Aber du hast doch immer gesagt, dass du eigentlich gar nicht heiraten willst«, beharrte Georgy. »Warum hast du seinen Antrag denn dann angenommen?«

»Sein Charme hat mich schlichtweg umgehauen«, entgegnete Louisa voller Sarkasmus, wusste sie doch bereits, dass ihre Schwester auch diesen Witz wieder nicht verstehen würde.

»Dann wirst du ja bald die Marquise von Abercorn«, klagte diese weiter. »Und eines Tages vielleicht sogar Herzogin!« Es gelang ihr nicht, ihren Neid zu verbergen. »Noch dazu ist er bestimmt ein fantastischer Liebhaber. Es ist einfach nicht fair, dass du immer so viel Glück hast und ich noch nicht einmal so einen Idioten wie Teddy Fox kriege!«

Erst sehr spät kam James wieder in seinem Stadthaus in der Half-Moon Street an; doch auch Claud schlief noch lange nicht. »Das war aber ein kurzer Besuch«, begrüßte er seinen Bruder. »Ich hätte nicht gedacht, dass du so schnell wieder da bist.«

»Ich habe Louisa einen Antrag gemacht, und sie hat Ja gesagt«, war alles, was James erwiderte.

»Herzlichen Glückwunsch!«, staunte sein Bruder. »Dann ist es jetzt also offiziell? Du willst sicherlich auch bald eine Anzeige schalten, oder nicht?«

»Erst wenn der Ehevertrag unterzeichnet ist. Vorher werde ich überhaupt gar nichts verkünden.«

Angewidert verzog Claud das Gesicht zu einer spöttischen Grimasse. »Aber natürlich. Ich hatte ja ganz vergessen, dass in unseren ehrenwerten Kreisen einer Eheschließung immer erst ein Ehevertrag vorausgeht – sogar dann, wenn es doch angeblich eine reine Liebesheirat ist. Aber ich denke, Mutter wird sich in jedem Fall für dich freuen.«

An James' Kiefer zuckte ein Muskel. »Ja, ich muss ihr unbedingt schreiben.«

Nichtsdestotrotz war der erste Brief, den James verfasste, als er sich an seinen Schreibtisch setzte, ein kurzes Schreiben an Angus Murray. Und wie immer kam er nach einer kurzen Einleitung auch gleich zur Sache:

Ich erwäge, Lady Louisa, die zweitälteste Tochter des Herzogs und der Herzogin von Bedford, zur Ehefrau zu nehmen. John Russells Anwalt, Horace Woodfine aus Woburn, wird Euch in Kürze kontaktieren, um gemeinsam mit Euch einen Ehevertrag aufzusetzen. Ich werde unterdessen Rowan Maloney, meinen Anwalt in Omagh in der Grafschaft Tyrone, bitten, ebenfalls schnellstmöglich nach Edinburgh zu kommen, um an den Verhandlungen teilzunehmen; ich gehe davon aus, dass Ihr nichts dagegen einzuwenden habt. Sobald Ihr dann den endgültigen Vertrag formuliert habt, werde auch ich dazustoßen.
In der Zwischenzeit möchte ich Euch bitten, einmal genauestens zu recherchieren, welche Liegenschaften und Einkommen der Herzog hat und welche Zahlungsverpflichtungen, Schulden und Hypotheken auf seinen Anwesen lasten. Und falls Eure Quellen es zulassen, möchte ich auch gerne wissen, was er in seinem Testament verfügt hat.
Bedfords Erbe ist Lord Francis Russell, der Marquis von Tavistock. Auch über seinen finanziellen Hintergrund möchte ich so gut es geht unterrichtet werden.
Ich denke, mich auf Eure Diskretion verlassen zu können.
James Hamilton, Marquis von Abercorn

Eine knappe Woche später trafen der Herzog und die Herzogin von Bedford mit ihren beiden ältesten Töchtern in ihrem Stadthaus am Belgrave Square ein.

»Wir haben keine Zeit zu verlieren, Louisa«, mahnte Georgina. »Du musst sofort zur Anprobe. Dein Hochzeitskleid und die Aussteuer müssen in Auftrag gegeben werden – und mach dir ums Geld mal keine Sorgen. Und überhaupt! Meiner Meinung nach brauchst du eine komplett neue Garderobe.«

»Und was ist mit mir?«, fragte Georgy mit weinerlicher Stimme.

»Du bist natürlich die Erste Brautjungfer, Liebling, das ist doch klar. Und die jüngsten Töchter meiner Schwester Charlotte werden den Schleier tragen.«

»Ich meinte: Was ist mit meiner Garderobe?«

Georgina aber machte nur eine wegwerfende Handbewegung. »Du hast doch bestimmt schon alles auf deiner Liste notiert, nicht wahr? Danach werden wir uns richten. In jedem Fall brauchen wir dieses Jahr mehr als eine Schneiderin. Gleich morgen früh werden wir uns aufmachen in die Bond Street.«

Und in der Tat verpflichtete Madame Madeleine am folgenden Tag zwei ihrer Näherinnen dazu, im Haus der Russells am Belgrave Square Quartier zu beziehen und sich fortan ausschließlich um Louisas Aussteuer zu kümmern.

Unterdessen entschied die angehende Lady Abercorn sich bezüglich ihres Brautkleides und der Kleider ihrer Brautjungfern für schneeweiße Seide – so wie es eben Tradition war. Was hingegen ihre restliche Garderobe anging, so bestand sie darauf, sich über die Empfehlungen ihrer Mutter hinwegzusetzen und ausschließlich ihrem eigenen Geschmack zu folgen.

»Ich weiß schon ganz genau, was ich will«, verkündete sie. »Ich möchte in meiner Garderobe viel Rot und andere lebhafte Farben.«

»Rot ist viel zu vulgär für eine Braut«, widersprach Georgina.

»Aber nicht für mich. Außerdem ist Karmesinrot doch die Farbe der Abercorns. Ich brauche also mindestens ein Kleid in dieser Farbe und einen passenden Samtumhang. Und außerdem will ich auch noch ganz viele rote Accessoires: rote Hüte, rote Handschuhe, rote Schuhe, Fächer, Sonnenschirmchen – und natürlich rote Unterwäsche!«

»Deinem Ehemann wird es vor Entsetzen die Sprache verschlagen«, spottete ihre Mutter.

»Oh ja! Genau das ist nämlich auch der Sinn und Zweck der ganzen Sache.«

Ende März begannen im Oberhaus die Debatten über die geplante Gesetzesreform; Seite an Seite verfolgten der Herzog von Bedford und sein zukünftiger Schwiegersohn die Diskussionen. Am letzten Tag der Debatten hielten sie gar dreizehn lange Stunden im Parlamentssaal aus.

»Diese Schlacht dürfen wir wohl als gewonnen betrachten, nicht wahr?« Lachend wandte der Herzog sich zu James um. »Und ehe ich es vergesse: Die Herzogin hat Euch für morgen Abend zum Dinner eingeladen. Ich werde Johnny fragen, ob er nicht auch Lust hat zu kommen. Dann können wir gemeinsam unseren Sieg feiern.«

»Tut mir leid, Euer Hoheit, aber ich muss morgen noch einmal nach Edinburgh aufbrechen. Es gibt da noch einige Details bezüglich des Ehevertrags zu besprechen. Außerdem ist nun auch mein Anwalt aus Irland eingetroffen, der dort mein Anwesen für mich verwaltet … Auch er muss noch einige Dinge mit Angus Murray besprechen. Es war übrigens sehr hilfreich, dass Ihr zwischenzeitlich Euren Anwalt nach Schottland entsandt hattet.«

»Ich dachte, das könnte die Sache vielleicht ein bisschen beschleunigen. Wir können ja schließlich noch nichts bekannt geben, bis nicht alles geregelt ist. Und ich schätze, Ihr könnt es sicherlich kaum erwarten, endlich das Hochzeitsdatum festzulegen.«

James schwieg einen Moment, ehe er entgegnete: »Bitte richtet der Herzogin mein ausdrückliches Bedauern aus. Und was Lady

Louisa angeht – der schicke ich natürlich Blumen.« Am besten, ich bestelle gleich ein ganzes Dutzend weiße Kamelien mit einer einzigen roten darin, überlegte er verschmitzt. Das sollte ihr ein kleines Lächeln auf die Lippen zaubern.

Als er zu Hause eintraf, überreichte Claud ihm den Brief, den James erst vor wenigen Tagen an seine Mutter geschickt hatte.

»Hier. Der ist wieder zurückgekommen. Ein Diener von Bentley Priory war heute hier und sagte, dass Mutter schon vor Monaten nach Haddo House in Schottland abgereist sei.«

Alarmiert runzelte James seine dunklen Brauen. Seine Mutter ganz allein in Schottland? Der Graf von Aberdeen jedenfalls lebte nach wie vor in London; er hatte ihn doch erst am vergangenen Tag im Sitzungssaal des Oberhauses gesehen. »Verdammt aber auch! Ich hoffe bloß, sie hat nicht schon den gesamten Winter dort verbracht. Das schottische Klima ist doch viel zu streng für ihre schwache Konstitution. Sobald ich alles Notwendige mit unseren Anwälten besprochen habe, werde ich sofort nach Haddo House weiterreisen und dort nach ihr sehen. Und bei der Gelegenheit kann ich ihr dann auch gleich persönlich sagen, dass ich Louisa Russell heiraten werde.«

Kaum dass James die Kanzlei betreten hatte, geleitete Angus Murray ihn auch schon in einen privaten Konferenzraum, wo er ihm mit ernster Miene die Zusammenstellung seiner bisherigen Nachforschungsergebnisse überreichte.

»Als John Russell Woburn Abbey von seinem verstorbenen Bruder Francis erbte, musste er gleichzeitig auch dessen Schulden von nicht weniger als einer viertel Million Pfund übernehmen. Sicherlich, der Herzog hatte von Anfang an ein beträchtliches Einkommen – seine diversen Güter werfen so einiges ab. Er konnte den Schuldenberg seines Bruders also quasi auf einen einzigen Schlag tilgen. Im Gegenzug allerdings musste der Herzog einen nicht unbeträchtlichen Kredit aufnehmen, um an seinem neuen Anwesen diverse Renovierungen ausführen lassen zu können. Und dann machte er nochmals Schulden, um das Endsleigh-Anwesen in Devon zu errichten und um sein Stadthaus, Campden Hill in Kensington, erwerben und umbauen lassen zu können. Auf der anderen Seite muss man natürlich bedenken, dass ihm von seinen diversen Anwesen ein nicht unansehnliches monatliches Einkommen zufließt, zumal er seine Ländereien stets bestens in Schuss hält, sodass er nie Probleme hatte, neue Kredite bewilligt zu bekommen. Alles in allem allerdings hat er nun ungefähr genauso viele Schulden angehäuft, wie sein verstorbener Bruder ihm einst hinterlassen hat.

Doch das ist noch nicht der einzige Haken an der Geschichte. Denn auch sein Erbe, Lord Tavistock, hat schon so einige Schulden gemacht, in der Annahme, dass er ja eines Tages einmal ein beträchtliches Vermögen erben würde. Und auch dessen Kreditgeber wiederum sind von jeher sehr freigiebig, weil sie ja wissen – oder zumindest meinen zu wissen –, was Tavistock eines Tages einmal erben wird.«

Mit nachdenklicher Miene schaute James von dem Bericht auf. »Und wie steht es mit dem Testament des Herzogs? Was habt Ihr darüber in Erfahrung gebracht? Welche Besitztümer wird die Herzogin erben?«

»Nur das Haus in Kensington. Und das läuft sogar jetzt schon auf ihren Namen.«

»Und was ist mit Endsleigh?« Es fiel James schwer, seine Überraschung zu verbergen.

Angus schüttelte den Kopf. »Endsleigh geht an Tavistock. So steht es im Testament.«

»Und was ist mit dem Haus am Belgrave Square?«

»Das ist nur gemietet«, erklärte Angus freimütig.

»Aber die Herzogin bekommt doch wohl hoffentlich irgendwelche monatlichen Bezüge, wenn der Herzog eines Tages verstirbt?«

»Nein, Mylord.«

Entsetzt schaute James seinen Anwalt an. »Hat sie denn dann wenigstens eigenes Geld?«

»Auch nicht. Es gibt keinerlei Bankkonten, die auf ihren Namen laufen.«

»Aber was wird denn dann aus den Kindern? Herzog Russell muss ihnen doch irgendwelche Besitztümer zugedenken oder Geld für sie in irgendwelchen Fonds angelegt haben.«

Ernst blickte Angus James über den Rand seiner Brillengläser an. »Tavistock ist der Alleinerbe. Er bekommt alles. Die anderen sind von seiner Gnade abhängig.«

»Ich verstehe.« James war unsäglich wütend, und doch wusste er, dass ihm seine Wut in diesem Fall überhaupt nichts nützen würde.

»Mylord, fühlt Ihr Euch in der Lage, nun Eurem Anwalt aus Omagh und Bedfords Notar, Horace Woodfine, gegenüberzutreten?«

»Natürlich, Angus.«

Als Abercorn Murrays Büro betrat, das mit seinen vielen Bücherregalen eher einer Bibliothek ähnelte, erhoben die beiden Anwälte sich und traten auf James zu; sie hatten gerade noch ein paar letzte Feinheiten an einem ihrer Dokumente berichtigt.

Mit herzlicher Geste schüttelte James als Erstem Rowan die Hand. »Wie geht es Euch, Maloney?«

»Fein! Und Euch, Mylord?«

»Ebenfalls bestens.« In Maloneys Augen erschien ein wissendes Glitzern. Anschließend wandte James sich zu John Russells Anwalt um. »Und Ihr müsst dann wohl Horace Woodfine sein, nicht wahr? Wie geht es Euch, Sir?«

»Ich freue mich, Euch kennenzulernen, Mylord. Und ich fühle mich geehrt, Euch anlässlich dieses glücklichen Ereignisses mit Rat und Tat zur Seite stehen zu dürfen.«

»Dann setzen wir uns doch, Gentlemen.« James nahm den Platz hinter Angus Murrays riesigem Eichenholztisch ein und wartete, bis auch die anderen Herren Platz genommen hatten. »Lady Louisas Wohlergehen ist mir wichtiger als alles andere.« Ein kurzer Blick hinüber zu Maloney und Murray signalisierte ihnen James' Wunsch, dass Woodfine als Erster das Wort ergreifen sollte.

Horace räusperte sich einmal. »Der Herzog von Bedford ist ein sehr großzügiger Mann. Er wird Lady Louisas Mitgift direkt an Euch überweisen, Mylord.« In dramatischer Geste öffnete er die Hände und erklärte: »Der Herzog bietet Euch also eine Mitgift von sage und schreibe ganzen fünftausend Pfund.«

Schweigen trat ein, und es dauerte eine ganze Weile, bis Abercorn erwiderte: »Das sehe ich ein bisschen anders, Woodfine.«

Bedfords Anwalt war sichtlich erschüttert über den dominanten Tonfall, den dieser junge Mann anschlug.

»Ich sage Euch jetzt mal, wie Lady Louisas Mitgift sich gestalten wird«, fuhr James nach einer kurzen Pause fort. »Und bitte notiert Euch das, Murray. Lady Louisa wird nämlich eine Mitgift von zwölftausend Pfund erhalten – nicht etwa bloß fünftausend.« Woodfine schnappte irritiert nach Luft. »Zudem erhält sie feste Zuwendungen aus den Erträgen der Besitztümer des Herzogs von nicht weniger als eintausend Pfund.« James schwieg abermals einen Moment, ehe er hinzufügte: »Pro Jahr, versteht sich.«

»Aber natürlich, Euer Lordschaft.« Woodfine nickte diensteifrig.

Unterdessen fuhr James einfach fort, ganz so, als habe er Johns Anwalt überhaupt nicht gehört: »Und sollte ich vor meiner Frau verscheiden – bitte notiert Euch auch das, Rowan –, so erhält sie eine Einmalzahlung von zehntausend Pfund sowie weitere fünftausend pro Jahr aus den Erträgen von Barons Court.«

»Überaus großzügig von Euch, Euer Lordschaft«, murmelte Woodfine. »Ich befürchte allerdings, dass der Herzog einer Mitgift von zwölftausend Pfund nicht zustimmen wird.«

James lächelte. »Aber, aber, mein lieber Woodfine. Bei Eurem Verhandlungsgeschick dürfte es Euch doch nicht schwerfallen, den Herzog davon zu überzeugen, die Mitgift ein klein wenig aufzustocken. Wenn Ihr uns jetzt bitte für einen Moment entschuldigen würdet?«

Es dauerte einen Moment, ehe Woodfine begriff, dass James ihn soeben aufgefordert hatte, den Raum zu verlassen, um sich ungestört mit seinen Anwälten beraten zu können. Schließlich nickte Johns Notar mit mürrischer Miene und erhob sich.

Rowan Maloney musste arg an sich halten, um nun nicht in lautes Gelächter auszubrechen, wohingegen Angus Murray skeptisch die Brauen hob. »Ihr scheint Euch Eurer Sache ja sehr sicher zu sein.«

»In der Tat. Das bin ich. Die Herzogin wird ihren Ehemann schon davon überzeugen, sich bezüglich der Mitgift ein wenig großzügiger zu zeigen. Setzt den Vertrag also genau so auf, wie ich es Euch eben vorgegeben habe. Ich akzeptiere nicht einen Penny weniger. Außerdem werde ich das Geld, das Lady Louisa dann jährlich von ihrem Vater erhält, natürlich nicht ausgeben, sondern es für sie in einem Fonds anlegen. Aber dass müssen weder Woodfine noch Lady Louisa wissen. Schreibt das also auf gar keinen Fall in den Vertrag.«

Schwungvoll erhob James sich und öffnete die Tür. »Ihr könnt jetzt wieder hereinkommen, Woodfine.« Ernst schaute Johns Anwalt die drei Männer an, während James sich auch schon verabschiedete. »So, ich denke, das wäre es dann wohl für heute, nicht wahr? Ich werde jetzt nach Aberdeenshire abreisen, um dort meine Mutter zu besuchen. Bevor ich nach London zurückkehre, schaue ich aber auf jeden Fall noch einmal hier vorbei, um dann hoffentlich meine Unterschrift unter den Ehevertrag setzen zu können. Ich danke Euch allen für die vorzügliche Zusammenarbeit.«

·20·

»Genau so hatte ich mir das vorgestellt.« Bewundernd drehte Louisa sich vor dem Standspiegel hin und her und betrachtete ihr smaragdgrünes Kleid. Einer der Salons in John Russells Haus am Belgrave Square war vorübergehend in ein Nähzimmer umgewandelt worden, und überall hingen neue Kleider oder lagen kostbare Stoffballen. Entzückt hob Louisa den Saum ihres Kleides, woraufhin ein türkisfarbener Spitzenunterrock sichtbar wurde. »Was für ein grandioser Kontrast. Hervorragend!«

»Ich hatte ja keine Ahnung, was für einen ausgefallenen Geschmack du hast …« murmelte Georgina und untersuchte eingehend ein mandarinfarbenes Kleid, das Louisa zum Spazierengehen tragen wollte. »Und wie sieht der Unterrock für dieses Kleid aus?«

»Zitronengelb, natürlich.«

Unterdessen summte Georgy leise die Melodie von *Oranges and Lemons*.

»Hör auf, dich über mich lustig zu machen«, quittierte Louisa Georgys Spott über ihre neue Vorliebe für leuchtende Farben. »Ihr könnt euch ja gar nicht vorstellen, wie froh ich bin, endlich nicht mehr diese geistlosen Debütantinnenkleider tragen zu müssen. Einer der Vorteile daran, eine verheiratete Frau zu sein, ist es immerhin, dass ich von nun an selbst über meine Garderobe bestimmen kann.« Obgleich ich mir ziemlich sicher bin, grummelte sie im Stillen, dass das wohl auch so ziemlich das einzige Vergnügen sein wird, das mir als Ehefrau noch bleibt.

»Haltet den Wagen an!« Behände sprang James in seinem schweren wollenen Übermantel aus der Kutsche – er befand sich gerade auf der Fahrt durch das majestätische Grampiangebirge – und kletterte spontan neben seinen Kutscher auf den Bock und anschließend weiter auf das Kutschendach. Von dort aus betrachtete er, breitbeinig und die Hände in die Hüften gestützt, die ihn umgebende Natur.

»Seht mal, dort drüben!«, rief er und zeigte auf ein Steinhaus, das im ziselierten Stil eines kleinen Schlösschens erbaut worden war. »Nach genau so etwas habe ich schon die ganze Zeit gesucht.« Mit ausholender Geste deutete er auf das atemberaubende Panorama. »Und da hinten, der See mit den beiden Wasserfällen! Noch nie in meinem Leben habe ich etwas so Schönes gesehen.«

Die Anmut und die Schönheit der Natur schienen ihn schier zu überwältigen, und wie so oft, wenn Abercorn etwas sah, das ihn faszinierte, verspürte er den Impuls, es besitzen zu wollen.

Mutig sprang er wieder zurück auf den Boden, um in seiner Karte nachzuschlagen, wo genau sie sich im Augenblick befanden, und stellte fest, dass das längliche Gewässer mit den beiden Wasserfällen den Namen Loch Laggan trug. Rasch machte James sich ein paar flüchtige Notizen, ehe er den Kutscher bat, weiterzufahren.

Insgesamt dauerte die Fahrt bis nach Aberdeenshire mehr als zwei Tage, denn hier, ganz im Norden des Landes, hatte der Winter die Natur noch immer fest Griff, obgleich es bereits April war. Nachdenklich betrachtete James die zahlreichen Schafe und die klein gewachsenen Rinder mit den winzigen Hörnern, die sich zum Schutz gegen Wind und Wetter dicht zusammengedrängt hinter den Berghängen versteckten oder aber träge über die Hügelketten zogen. Und mit einem Mal musste er wieder an Aberdeen denken, der immerhin verantwortlich dafür war, dass all die Menschen, die hier einst gelebt hatten, das Land hatten verlassen müssen – um Platz zu schaffen für noch mehr Nutztiere. Der altbekannte Zorn auf Aberdeen allerdings blieb diesmal aus. Stattdessen empfand er nur noch

Verachtung für jenen Mann, der, ohne mit der Wimper zu zucken, all die bescheidenen Pachtbauern verjagt hatte, deren Familien seit Jahrhunderten dieses Land bevölkert und nutzbar gemacht hatten.

Dann, endlich, entdeckte er am Horizont Aberdeens Anwesen Haddo House, ein imposantes und repräsentatives Gebäude, wie auch James sich im Stillen eingestehen musste, dem aber dennoch jegliche Spur von Fantasie oder gar architektonischer Raffinesse fehlte. Der Stallmeister, der James' Kutscher dabei behilflich war, die Pferde auszuspannen, hatte einen eindeutig irischen Akzent, und dankbar für seine Hilfe schüttelte James ihm die Hand, wobei er ihm eine 20-Shilling-Münze überreichte, wohl wissend, dass einem Mann, der in Aberdeens Diensten stand, bares Geld noch immer am liebsten war.

Als er dann jedoch das Wohnzimmer betrat und seine Mutter wiedersah, schien sein Herz für einen Moment lang stehen zu bleiben. Sie war so schmal geworden und ihre Wangen so eingefallen, dass sie aussah, als wäre sie eine kranke alte Frau. Dabei war sie doch gerade erst vierzig Jahre alt.

»James!«, rief sie, und über ihr Gesicht blitzte ein glückliches Lächeln, während sie versuchte, sich aus ihrem Schaukelstuhl vor dem Kamin zu erheben.

»Mutter.« Traurig schloss James sie in seine Arme. »Hast du etwa den gesamten Winter hier verbracht?«

Sie nickte. »Ja. Eigentlich hatte ich gar nicht so lange bleiben wollen, aber dann hatte ich mir eine Bronchitis zugezogen und war zu krank zum Reisen, sodass Aberdeen irgendwann einfach ohne mich nach London zurückgekehrt ist. Er musste ja ins Parlament. Und immerhin hat er die Jungs mitgenommen ...«

Behutsam half James seiner Mutter, sich wieder in ihrem Schaukelstuhl niederzulassen, und kniete vor ihr nieder. »Ich hätte dich schon längst einfach mitnehmen und nach Barons Court bringen sollen.«

Sanft streichelte sie ihm über die Wange. »Aber du bist doch inzwischen ein erwachsener Mann. Du brauchst keine Mutter mehr, die auf dich aufpasst. Meine Kleinen hingegen brauchen mich umso dringender. Arthur, zum Beispiel, ist doch erst zwei. Ich habe große Angst, was mit ihm passiert, wenn ich –« Sie sprach den Satz nicht zu Ende, doch James verstand auch so, was sie hatte sagen wollen.

Liebevoll küsste er ihre schmale Hand. »Nichts da von wegen ›Wenn ich …‹. Du wirst mir noch sehr alt, hörst du? In London ist der Frühling übrigens schon längst angekommen. Sobald du wieder kräftig genug bist für die Reise, nehme ich dich mit nach Stanmore. Das warme englische Klima dort wird dir guttun.« Traurig wandte er den Blick ab und seufzte im Geiste: Wenn ich doch bloß selber glauben könnte, was ich da gerade erzähle …

»Wie geht es denn Claud?«

»Bestens. Er brennt geradezu vor lauter Ehrgeiz und setzt gegenwärtig alles daran, um als Abgeordneter für die Grafschaft Tyrone ins Parlament einziehen zu können.«

»Das ist schön. Und um ihn brauche ich mir ja zum Glück auch keine Gedanken zu machen. Du wirst schon für ihn sorgen.«

Mit ernster Miene erhob James sich wieder und nahm in dem Sessel gleich gegenüber seiner Mutter Platz. »Es gibt übrigens Neuigkeiten, die ich dir noch gar nicht erzählt habe.« Nur unter größten Mühen schaffte er es, den Kummer und den Schmerz zurückzudrängen, die ihn jedes Mal übermannten, wenn er an Louisa dachte und daran, dass sie einen anderen offenbar sehr viel lieber gehabt hatte als ihn. Doch er durfte sich nichts anmerken lassen und räusperte sich. »Ich habe Lady Louisa Russell einen Antrag gemacht, und sie hat Ja gesagt.«

»James, du bist verlobt? Und deine Auserwählte ist die Tochter des Herzogs von Bedford?«

»Ja, und sobald der Ehevertrag unterzeichnet ist, werden wir die Sache offiziell machen. Louisa ist übrigens seine zweitälteste Tochter, nicht die älteste.«

Lächelnd blickte Harriet ihrem Sohn in die Augen. »Dann brauche ich nicht zu fragen, ob es eine Liebesheirat ist, oder? Du hattest mir ja versprochen, nur aus Liebe zu heiraten.« Scherzhaft-mahnend hob sie den Finger.

Was soll ich darauf nun entgegnen?, dachte James. Jahrelang hat es für mich nur Louisa gegeben, und, ja, ich habe sie wirklich geliebt. Aber ob ich sie jetzt, nach alledem, was vorgefallen ist, noch immer liebe … Ich weiß es nicht.

»In jedem Fall sind mir die Russells sehr sympathisch«, erwiderte er. »Sie haben mich mit offenen Armen empfangen. Und ich kann es kaum abwarten, bis auch du Lady Louisa kennenlernst. Ich bin mir sicher, du wirst sie mögen.«

»Dann muss ich wohl umso schneller wieder gesund werden, um rasch nach London zurückkehren zu können, wie? Ich möchte doch schließlich unter keinen Umständen die Hochzeit meines Erstgeborenen verpassen. Ich freue mich so sehr für dich, James.«

Mit Erleichterung stellte James in diesem Augenblick fest, dass der kleine Arthur eine kräftige schottische Amme hatte, die seiner Mutter die Hauptlast mit der Kinderbetreuung abnahm. Und auch Aberdeens noch immer nicht verheiratete Töchter aus erster Ehe waren hier in Haddo House. Allerdings erlitt James, als er seine Halbschwestern wiedersah, gleich den nächsten Schock. Sie litten beide an Tuberkulose, und zumindest die Ältere sah aus, als wäre sie bereits dem Tode geweiht.

Wie konnte Aberdeen seine Frau und seine Töchter den Winter über bloß nach Schottland verdammen?, wütete James im Stillen. Das war absolut verantwortungslos von ihm. Die Winter hier sind viel zu kalt. Und überhaupt sehen die beiden aus, als hätten sie spätestens seit Oktober keinen Schritt mehr vor die Tür gewagt.

»Es ist so schön, dich wieder bei mir zu haben«, flüsterte seine Mutter, als sie neben James in dessen Kutsche saß und die karge Landschaft betrachtete. James hatte darauf bestanden, dass Harriet eine kleine Kutschfahrt mit ihm unternähme, allerdings hatte er sie zuvor fest in einige dicke Felle gehüllt, um sie vor der beißenden Kälte zu schützen. Er hoffte, dass die frische Luft seiner Mutter guttun würde. Leider aber schien der Ausflug ihr nur noch mehr von ihrer Kraft zu rauben, sodass er sie, als sie wieder vor Haddo House angelangt waren, ins Haus tragen musste.

Nachdem der Arzt Harriet seinen wöchentlichen Besuch abgestattet hatte, nahm James ihn mit entschlossener Miene beiseite und fragte freiheraus: »Meine Mutter meint, dass es bloß eine Bronchitis gewesen wäre, die ihr die Kraft geraubt hat und sie bisher daran hinderte, wieder nach London zurückzukehren. Aber das ist doch sicherlich nicht das Einzige, oder? Sagt mir die Wahrheit. Hat sie etwa auch noch die Schwindsucht?«

»Nun, ich würde sagen, es war in jedem Fall eine außergewöhnlich schwere Bronchitis, vielleicht sogar eine Lungenentzündung.« Der schottische Arzt zögerte einen Moment, ehe er fortfuhr: »Aber Ihr hattet nach der Wahrheit verlangt, Mylord, und die lautet nun einmal, dass sie sich von der Geburt ihres letzten Kindes nie wirklich erholt hat. Sie ist eine Halbinvalidin und wird dies auch für den Rest ihres Lebens bleiben.«

Ein scharfer Stich durchfuhr James' Herz, so sehr schmerzte ihn die Wahrheit über den Gesundheitszustand seiner Mutter. »Aber *warum* hat sie sich denn nicht mehr erholt?«

»Das ist, wie man so schön sagt, eine Frauengeschichte. Den meisten Männern ist es lieber, wenn man sie nicht damit behelligt.«

»Ich bin aber nicht wie die meisten Männer, Doktor. Ich will wissen, was sie hat.«

Forschend schaute der Arzt James an. Dann erklärte er: »Sie hat zum einen eine Gebärmuttersenkung. Das ist eine der möglichen Folgen des Kinderkriegens. Zum anderen hat sie wahrscheinlich auch noch einen Tumor.«

Schmerzhaft zog sich James' Herz zusammen. »Wie lange noch?«

»Schwer zu sagen, Mylord«, entgegnete der Arzt ausweichend. »Ein Jahr vielleicht … vielleicht auch zwei.«

James nickte. »Ich danke Euch, dass Ihr so ehrlich zu mir wart.«

Am nächsten Tag ließ der Wind ein wenig nach, und eine blasse Wintersonne streifte über die ersten zarten Knospen der Bäume. Warm eingewickelt spazierten Harriet und James durch den Garten.

»Du siehst heute richtig glücklich aus«, freute er sich.

»Ja. Das kommt, weil du mich glücklich machst.«

Zwei Tage später kehrte auch der Graf von Aberdeen zurück auf sein Anwesen. Für diesen Monat war nämlich die Schafschur geplant, und auch die Geburt von unzähligen Lämmern stand kurz bevor – und beides versprach ihm eine nicht unbeträchtliche Mehrung seines Vermögens. Die Gesundheit seiner Frau und seiner beiden ältesten Töchter hingegen schien für ihn nur von untergeordneter Bedeutung zu sein.

Zuerst war Aberdeen natürlich erstaunt, als er sah, dass auch Abercorn sich zurzeit in Haddo House aufhielt und seine Mutter besuchte. Schon bald aber wich das Erstaunen, und an dessen Stelle breitete sich ein höchst selbstzufriedenes Grinsen über sein Gesicht. Er konnte es kaum erwarten, Abercorn die Neuigkeiten mitzuteilen.

Doch noch ehe er den Mund öffnen konnte, rief seine Frau ihm auch schon entgegen: »James wird heiraten! Er ist extra hergekommen, um es mir zu sagen. Er hat Lady Louisa Russell, der Tochter des Herzogs und der Herzogin von Bedford, einen Antrag gemacht, und sie hat Ja gesagt.«

»Nun, dann muss ich dir wohl gratulieren, mein Lieber«, spottete Aberdeen. »Dann heiratest du ja jetzt quasi in die höchsten Kreise der Gesellschaft ein. Zu schade nur, dass die Russells so eingefleischte Whigs sind. Die Liberalen unseres Landes haben nämlich erst kürzlich eine schmähliche Niederlage erlitten. Aber davon weißt du ja noch nichts, oder?« Sein Grinsen war so breit, dass es sein Gesicht geradezu in zwei Hälften zu zerschneiden schien, ehe er mit donnernder Stimme fortfuhr: »Die Gesetzesreform ist gescheitert! Wellington und ich haben uns dafür eingesetzt, dass die Torys dieses seltsame Vorhaben ablehnen, sodass Premierminister Grey am Ende gar keine andere Wahl blieb, als das Ding abzuschmettern.«

James war derart perplex, dass es ihm für einen Augenblick die Sprache verschlug. Kein Wunder, dass Ihr ausseht, als ob ihr gerade eine fette Ratte verdrückt hättet!, grollte er im Stillen. Ich hoffe bloß, der Herzog von Bedford und Lord John wissen irgendwie mit dieser Niederlage umzugehen. »Dann hat König William Wellington wahrscheinlich auch bereits dazu aufgefordert, eine neue Regierung zu bilden, nicht wahr?«

»Oh ja, das hat er. Und darum muss ich auch schnellstmöglich wieder zurück nach London. Die Torys werden schon bald wieder an der Macht sein, und ich bekomme in Kürze meinen alten Posten als Außenminister wieder. Gott, was ich da noch alles vorbereiten muss!«

Noch in derselben Nacht packte auch James seine Taschen. Als Erstes wollte er seine geschäftlichen Angelegenheiten in Edinburgh regeln, und dann wollte auch er auf dem kürzesten Weg nach London zurückkehren. Denn obgleich auch er ein Tory war, so hatte er sich doch mit Leib und Seele *für* die Gesetzesreform eingesetzt. Seiner Meinung nach hätte man sogar schon vor Jahren einen Schlussstrich unter den noch immer allgegenwärtigen Wahlbetrug ziehen müssen; doch wie es schien, blieb dieser weiterhin fester Bestandteil der englischen Politik.

Er wartete bewusst einen Moment ab, an dem seine Mutter und er einmal unter vier Augen waren, um sich von ihr zu verabschieden. »Du weißt selbst, wie gerne ich dich jetzt mit nach Stanmore nehmen würde. Aber so wie es im Moment aussieht, glaube ich, wäre die Reise wohl zu anstrengend für dich.«

»Ja«, seufzte Harriet. »Ich habe nicht mehr viel Kraft. Und wenn ich mich nun auch noch auf eine so lange Reise begeben müsste – ich fürchte, das würde ich nicht überleben.«

James musste schwer schlucken, als er seine Mutter in einer liebevollen Umarmung an sich zog. »Aber versprich mir, dass du Haddo House trotz allem erst dann wieder verlässt, wenn du dich auch wirklich stark genug dazu fühlst. Die Hochzeit kann im Zweifelsfall warten.«

»Im ganzen Land sind Aufstände ausgebrochen«, informierte Bedford seine Gäste. »Und in Bristol wurde gar das Rathaus in Brand gesteckt.« Er hatte den Grafen Grey, Lord Holland und seinen Sohn, Lord John, in sein Haus am Belgrave Square zum Dinner geladen, um mit ihnen die verheerende politische Lage zu besprechen.

»Und auch in Nottingham wurde öffentliches und privates Eigentum zerstört«, pflichtete Lord Holland ihm bei.

»Und nicht wenige der Landeigentümer aus dem Mittelstand verlangen plötzlich, ebenfalls als Stimmberechtigte zugelassen zu werden«, warf Johnny ein. »Sie sind die Korruption und die Manipulation in der Regierung restlos leid.«

»Im Übrigen munkelt man, dass Wellington offenbar massive Schwierigkeiten hat, eine funktionstüchtige Regierung zusammenzustellen. Obwohl auch ich, zugegebenermaßen, mit dem König zurzeit auf Kriegsfuß stehe.« Neugierig blickte Lord Holland zum Herzog hinüber. »Aber Ihr kommt offenbar immer noch gut aus mit unserem lieben William, nicht wahr, Bedford?«

»Ich habe eine Idee!«, mischte die Herzogin sich plötzlich ein und legte Messer und Gabel nieder. Erwartungsvoll schaute Louisa ihre Mutter an. »Wenn, wie Ihr sagt, in Nottingham gerade die Aufständischen wüten, dann ist der Leidtragende davon doch in erster Linie der Herzog von Devonshire. Immerhin ist es seine Grafschaft, die gerade zerstört wird. Ich bin mir also sicher, mein lieber John, es dürfte dir keine große Mühe bereiten, ihn dazu zu überreden, gemeinsam mit dir beim König vorzusprechen.«

Verstohlen schaute Louisa zu ihrer Schwester hinüber, deren Gesicht sich, kaum dass sie den Namen »Devonshire« hörte, zu einer finsteren Grimasse verzog. Die Arme!, seufzte Lu im Stillen. Sie hat die Zurückweisung des jungen Devonshire noch immer nicht verkraftet.

Johnny hingegen blickte hoffnungsvoll zu seinem Vater auf. »Das ist in der Tat eine gute Idee. Denn schon bei den Verhandlungen im Oberhaus hatte Devonshire sich mit Nachdruck *für* die Gesetzesreform ausgesprochen.«

»Ja, und er hat mir sogar persönlich gesagt, dass er befürchtet, wenn die Stimmenauszählung nicht endlich transparenter wird, dass dann womöglich die gesamte Aristokratie schon bald ihren Niedergang erlebt.«

Entsetzt riss Louisa die Augen auf. »Soll das heißen, ihr befürchtet einen … Bürgerkrieg?«

Stumm schauten die anwesenden Herren einander an, bis Lus Vater mit donnernder Stimme erklärte: »Ja! Verdammt noch mal. Genau das könnte passieren. Ich muss unbedingt mit König William reden und ihm erklären, dass er einen Bürgerkrieg riskiert, wenn er nicht endlich so viele neue Peers ernennt, dass wir die Gesetzesreform doch noch durchkriegen. Der Herzog von Devonshire wird mir dabei ganz sicher Rückendeckung geben.«

»Hallo, Angus. Was machen die Verhandlungen?« Lässig ließ James sich in einem der ausladenden Sessel in der Edinburgher Kanzlei seines Anwalts nieder; wieder einmal bemerkte er die Unmengen von Büchern, die dort die Regale zierten.

»Woodfine hat sein Angebot von fünftausend auf sechstausend erhöht«, erklärte dieser mit süffisantem Grinsen. »Dann hat er für eine gute Woche auf stur geschaltet und sich geweigert, auch nur einen einzigen Penny höher zu gehen. Ich glaube, das lag daran, dass Bedford ihm zunächst nur einen sehr engen Verhandlungsspielraum gelassen hatte. Ich habe den Ehevertrag trotzdem schon einmal genau so aufgesetzt, wie Ihr ihn mir vorgegeben hattet, und habe Woodfine gesagt, dass er den doch bitte dem Herzog vorlegen möchte. Zudem habe ich auch noch einen persönlichen Brief an Bedford beigelegt und hervorgehoben, dass diese Übereinkunft Louisa auch für den Fall, dass Ihr vor ihr verscheiden solltet, ein wirklich sehr großzügiges Auskommen sichern würde.«

»Ihr habt ihn also höflich angemahnt, mein großherziges Angebot ähnlich wohlmeinend zu erwidern.«

»Genau das. Und zum Glück ist die Rechnung aufgegangen. Gestern habe ich den Vertrag wiederbekommen – mit Herzog Bedfords Unterschrift.« Bedächtig und unter leisem Knistern faltete Murray das Dokument auseinander, und zügig unterzeichnete auch James.

»Mein Kompliment, Angus, wie gut Ihr diese Angelegenheit geregelt habt. Aber ich habe noch eine andere Aufgabe für Euch. Auf meiner Reise durch Schottland bin ich an einem wirklich wunderbaren Anwesen am Südufer des Loch Laggan vorbeigekommen. Das möchte ich gerne kaufen. Findet bitte für mich heraus, wem dieses Anwesen gehört und was er dafür haben will. Ich werde ein paar meiner Grundstücke in Paisley veräußern, um es bezahlen zu können.«

»James, wie schön, Euch wiederzusehen!« Herzlich umarmte die Herzogin von Bedford ihren zukünftigen Schwiegersohn. »Und es war wirklich klug von Euch, dass Ihr schon so bald nach Schottland gereist seid, um den Ehevertrag unter Dach und Fach zu bringen.«

»Hallo, James«, begrüßte auch Louisa ihn und schenkte ihnen allen je einen kleinen Sherry ein. »Ich hoffe, Ihr hattet eine angenehme Reise?« Und wie gut Ihr wieder ausseht! Ich bin jedes Mal aufs Neue erstaunt, welch verführerische Wirkung Ihr doch auf mich habt.

Schweigend nahm James das Glas entgegen und hob kurz Louisas Hand an seine Lippen.

Leider aber war dies eine rein formelle Geste. Louisa sah genau, dass in seinen Augen nicht mehr dieses gewisse Leuchten war, wenn er sie anschaute.

Die Herzogin hingegen schien von alledem nichts zu bemerken und hob fröhlich ihr Glas. »Nun, da der Vertrag unterzeichnet ist, können wir ja endlich das Hochzeitsdatum festlegen, nicht? Wie wäre es mit Mai? Das ist doch im Allgemeinen der perfekte Monat für eine Eheschließung.«

»Euer Hoheit«, dämpfte James mit ernster Miene ihre Freude, »ich habe in der vergangenen Woche die Gelegenheit genutzt, um meiner Mutter in Haddo House in Schottland einen raschen Besuch abzustatten und um ihr von meiner Verlobung mit Lady Louisa zu erzählen. Leider habe ich sie in einem sehr schlechten gesundheitlichen Zustand vorgefunden. Den Winter über ist sie schwer krank gewesen, und sie scheint auch jetzt noch nicht kräftig genug, um die Strapazen, die die Reise nach London für sie bedeuten würde, zu verkraften. Ich fürchte also, wir werden die Hochzeit noch ein Weilchen verschieben müssen.«

»Oh, James, das tut mir aber leid zu hören«, nahm Louisa ihrer Mutter die Antwort ab. Sie hatte echtes Mitgefühl mit ihm. Dann ist es ja auch kein Wunder, überlegte sie, dass sein Blick so leer und abweisend wirkt. Und meinetwegen können wir die Hochzeit auf jeden Fall um ein paar Monate verschieben. Damit bekomme dann auch ich noch eine kleine Gnadenfrist. Gleich im nächsten Augenblick aber schämte sie sich auch schon wieder für ihre selbstsüchtigen Gedanken und fügte leise hinzu: »Ich hoffe von ganzem Herzen, dass es der Gräfin von Aberdeen bald wieder besser geht.«

In genau diesem Moment betrat auch der Herzog von Bedford den Salon. »James! Schön, dass Ihr wieder sicher in London angelangt seid. Hattet Ihr irgendwelche Schwierigkeiten bei Eurer Reise durch die nördlichen Grafschaften?«

»Nein. Aber ich habe zwischendurch kurz in einem Gasthaus in Derby Rast gemacht, und da habe ich bereits von den Aufständen in Nottingham gehört. Entsprechend habe ich Birmingham in weitem Bogen umfahren und bin dann über Bedfordshire wieder nach London zurückgekehrt. Ich würde sagen, die Revolten sind eine direkte Reaktion darauf, dass aus der Gesetzesreform mal wieder nichts geworden ist. Und Ihr könnt mir glauben, Euer Hoheit, auch ich bedaure das zutiefst. Gibt es irgendetwas, das wir jetzt noch tun können?«

»Vielleicht. Ich bin mir noch nicht ganz sicher; ich komme ja gerade erst aus dem Palast zurück. Aber ich meine, dass Devonshire und ich den König wahrscheinlich davon überzeugen konnten, dass diese Unruhen schon bald in einen Bürgerkrieg ausarten werden, wenn er nicht schleunigst etwas unternimmt.«

»Ja, so etwas in der Art habe ich bereits gehört, denn wie ich Eurer Gattin bereits erzählte: Ich hatte meiner Mutter gerade einen Besuch in Haddo House abgestattet, als plötzlich auch Aberdeen hinzukam. Er konnte es offensichtlich kaum erwarten, mir davon zu erzählen, dass die Gesetzesreform gekippt wurde und dass der König Wellington aufgefordert hat, eine neue Regierung zu bilden.«

»Es ist im Moment ein wirklich unangenehmes Klima im Parlament, das kann man schon sagen. So unangenehm sogar, dass Wellington es bislang nicht geschafft hat, eine regierungsfähige Mannschaft zusammenzustellen, auch wenn er sich wirklich sehr bemüht hat. Aber es gibt auch Anlass zur Hoffnung. Denn schon morgen wird der König den Grafen Grey zurück ins Amt berufen. Zudem wird er Wellington und seinen engsten Vertrauten raten, sich diesmal aus der Abstimmung herauszuhalten, damit dieses Land endlich eine praktikable Wahlregelung bekommt.«

»Was Ihr nicht sagt! Nun, dieses Schauspiel werde ich mir in jedem Fall nicht entgehen lassen. Und dann werde ich so lange auf meinem Platz sitzen bleiben, bis die Gesetzesänderung endlich genehmigt ist!«

»Recht so. Unsere Stimmen werden schließlich dringend benötigt.« Gemeinschaftlich stieß man mit dem Sherry an.

Unterdessen erzählte Georgina leise ihrem Ehemann, dass Lady Aberdeen in sehr schlechter gesundheitlicher Verfassung sei und dass sie im Augenblick noch nicht die lange Reise von Schottland bis nach London auf sich nehmen könne.

»Das tut mir leid, James«, erwiderte der Herzog an seinen zukünftigen Schwiegersohn gewandt. »Ich weiß ja, wie sehr Ihr Euch darauf gefreut hattet, ihr von Eurer Verlobung zu erzählen. Vor allem ist es sicherlich eine große Enttäuschung für Euch und Louisa, dass Ihr die Hochzeit erst noch ein Weilchen verschieben müsst.«

Doch John Russells Vermutung stimmte nur zur Hälfte, denn sowohl James als auch Louisa hatten es im Augenblick nicht sonderlich eilig, zu heiraten; ganz im Gegensatz zur Herzogin, die sich offenkundig bereits große Sorgen machte. Denn Hochzeiten, die verschoben wurden, bargen immer das Risiko, am Ende gar nicht stattzufinden. Und als Mutter der Braut wollte sie ihre Tochter natürlich lieber heute als morgen an der Seite von James vor dem Traualtar stehen sehen. Angestrengt grübelte sie darüber nach, wie man dieses Dilemma vielleicht doch noch lösen könnte.

Etwa eine Stunde später, als man sich zum Essen zusammengefunden hatte, kam ihr plötzlich die rettende Idee: »Mir ist da gerade etwas eingefallen. Wir könnten die Hochzeit doch auch auf Gordon Castle feiern! Ich weiß noch, dass ich als Mädchen einmal mit meinen Eltern nach Haddo House gereist bin, und ich meine, mich zu erinnern, dass Haddo House und Gordon Castle kaum fünfzig Kilometer voneinander entfernt liegen.«

»Eine fantastische Idee!«, stimmte auch John Russell ihr zu. »Zumal dein Bruder George, seit er das Herzogtum und die Burg geerbt hat, unsere Familie ja geradezu mit Einladungen bombardiert.«

»George wird außer sich sein vor Freude, das Fest ausrichten zu dürfen«, stimmte Georgina ihm zu und wandte sich dann direkt an

Abercorn. »Wenn Eure Mutter nicht nach London kommen kann, dann verlagern wir die Hochzeit doch einfach zu ihr! Zumal ich denke, dass die Vorbereitungen und die Reise nach Schottland zusammengerechnet sicherlich einen guten Monat in Anspruch nehmen werden. Da hat sie noch ein wenig Zeit, sich zu erholen. Und wenn es dann so weit ist, wird sie mit ein wenig Glück bestimmt in der Lage sein, die kurze Reise bis nach Gordon Castle auf sich zu nehmen. Und sie braucht auch nicht gleich nach der Hochzeit wieder aufzubrechen. Sie kann so lange auf Gordon Castle bleiben, wie sie will.«

»Eure Großzügigkeit überwältigt mich«, entgegnete James gerührt. »Und der Herzog von Gordon ist mir ja bereits bekannt. Ich bin schon einmal in den Genuss seiner Gastfreundschaft gekommen. Damals, in Kinrara …« Vorsichtig schaute er einmal zu Louisa hinüber, die angesichts des Vorschlags ihrer Mutter jedoch eher verdutzt als glücklich wirkte.

Ich wünschte, die Dinge zwischen uns beiden wären wieder so wie an jenem Tag, als wir zusammen nach Kinrara geritten waren, seufzte James im Geiste. Abermals fühlte er sich von Lus Verletzlichkeit schier überwältigt, und mit einem Mal begriff er auch, dass sein Zorn sich von vornherein nie gegen Louisa gerichtet hatte. Nein, nicht sie verfluche ich, sondern das Schwein, das ihr die Unschuld geraubt hat! Ich werde ihn dafür zur Verantwortung ziehen, das schwöre ich.

Und langsam dämmerte ihm auch, dass man seine Gefühle ohnehin nicht einfach an- oder abstellen konnte, ganz so, wie es einem gerade passte. Stattdessen hatte er sein Herz schon vor Jahren an Lady Louisa verloren, und es ruhte noch immer in ihren Händen. Schon in Kürze werde ich einen heiligen Eid darauf leisten, sie zu ehren und zu lieben, bis dass der Tod uns scheidet, überlegte er. Und – bei Gott! – ich werde diesen Eid halten.

»Louisa«, unterbrach Georgina seine Gedanken, »du und James, ihre beide müsstet Euch jetzt entscheiden, wann das große Fest stattfinden soll. Ich möchte meinem Bruder so schnell wie möglich das Datum mitteilen – am besten sogar, ich wähle statt des normalen Postwegs diesmal einen Kurier. Und auch Charlotte muss ich schnellstmöglich von Euren Plänen erzählen. Auch sie wird sicherlich außer sich sein vor Freude. Zumal das Ganze, wenn es auf Gordon Castle stattfindet, eine Art Familienzusammenkunft wird.«

Nach dem Essen nahm Louisa James zu einem Gespräch unter vier Augen mit in die Bibliothek. Unschlüssig ging sie vor dem Fenster auf und ab. Schließlich wandte sie sich zu ihm um und erklärte mit betrübter Stimme: »Ich kann mich nur noch einmal dafür entschuldigen, dass man Euch auf diese Weise zu einer Ehe mit mir gedrängt hat.«

»Aber, Lu«, mit einigen wenigen Schritten ging er auf sie zu und schaute ihr tief in die Augen, »macht Euch darüber bitte keine Gedanken. Ich bin nicht die Sorte von Mann, die sich zu irgendetwas zwingen lässt. Ganz im Gegenteil sogar: Ich hatte mir von jeher gewünscht, Euch zu meiner Braut zu machen.« Sachte ergriff er ihre Hand, dann drückte er zärtlich ihre Finger.

»Und was ist mit Gordon Castle? Wollt Ihr wirklich dort heiraten, oder wollen wir die Sache nicht doch um ein paar Monate verschieben?«

»Eure Mutter hat diesen Vorschlag gemacht, um meiner Mutter damit entgegenzukommen. Überhaupt ist Eure Familie mir gegenüber wieder überaus großzügig. Und da meine Mutter leider sehr krank ist und ich mir wiederum wünsche, dass sie unbedingt noch bei unserer Hochzeit dabei sein soll, denke ich, wir belassen es bei der jetzigen Absprache. Die Hochzeit noch weiter zu verschieben ist jedenfalls keine gute Idee.«

»Aber natürlich, James. Tut mir leid, dass ich daran nicht schon eher gedacht habe.« Sie nahm den Kalender vom Schreibtisch ihres Vaters auf. »Also, wie wäre es dann mit dem ersten Freitag im Juni?«

»Perfekt. Auf diese Weise können wir den gesamten Sommer in Irland verbringen.«

Louisas Herz begann aufgeregt zu hämmern. Dann ist es also wirklich wahr – ich werde heiraten! Ihre Knie wurden mit einem Mal butterweich. Aber ich fühle mich noch gar nicht bereit dazu, eine Ehefrau zu sein. Abercorn, eines weiß ich bereits jetzt: Wenn Ihr mich heiratet, dann wird diese Ehe die Enttäuschung Eures Lebens.

Sorgsam wurden Lady Louisas Hochzeitskleid und ihre Aussteuer eingepackt, um die lange Reise nach Schottland anzutreten. Der Rest ihrer Kleider sowie jene persönlichen Dinge, die ihr am meisten am Herzen lagen, wurden ebenfalls in Kisten verstaut und schon einmal nach Barons Court in Irland geschafft.

Unterdessen, während der Herzog von Bedford und der Marquis von Abercorn in London blieben, um noch einmal im Oberhaus für die Reform der Wahlgesetze zu stimmen, begleitete die Herzogin die zukünftige Braut und den Rest ihrer Kinder schon einmal nach Gordon Castle. Mit ihnen reisten Lady Bedfords Schwester, Charlotte, die Herzoginwitwe von Richmond, und deren drei jüngste Töchter, sodass die Reisegesellschaft insgesamt ganze fünf Kutschen und zwei riesige Gepäckkarren umfasste. Dann, nachdem sie endlich auf Gordon Castle angelangt waren, brauchten die Damen noch einmal zwei Wochen, um alles für die Hochzeit vorzubereiten.

· 21 ·

»Warum hast du mir denn nicht Bescheid gegeben? Du ahnst ja nicht, was ich durchgemacht habe! Oder ist dir etwa entfallen, dass unsere Tochter übermorgen heiratet?« Georgina war ehrlich erleichtert, dass auch ihr Mann endlich eingetroffen war.

»Ich konnte es ja selbst kaum glauben, als das Gesetzeswerk endlich verabschiedet wurde«, überging John seine Frau einfach. »Und anschließend haben wir mit Johnny natürlich erst einmal ordentlich gefeiert. Aber gleich danach habe ich mich auf den Weg gemacht.«

»Vater, ich freue mich ja so sehr, dass endlich die Parlamentsumbildung bevorsteht.« Überglücklich drückte Louisa ihm einen Kuss auf die Wange. »Du und Johnny, ihr seid jetzt sicherlich sehr zufrieden mit dem, was ihr geschafft habt, nicht wahr? Nach all den Jahren der Anstrengung, meine ich.«

»Ja, das sind wir in der Tat. Und nicht nur wir, sondern das ganze Land ist in Festtagsstimmung, und allerorten werden Feuerwerke gezündet.«

»Herzlichen Glückwunsch, mein Liebling. Ich bin so stolz auf unseren Johnny«, gratulierte jetzt auch Georgina ihm. Dann blickte sie besorgt aus dem Fenster. »Aber wo um alles in der Welt ist James? Wir können doch keine Hochzeit feiern, solange der Bräutigam noch fehlt.«

»Beruhige dich. Er bleibt die Nacht über in Haddo House. Und dann wird er seine Mutter morgen persönlich nach Gordon Castle begleiten. Mach dir also bitte keine Gedanken um ihn.«

»Dann ist ja alles gut. Wir haben auch extra eines der Gästezimmer mit Kamin für die Gräfin und den Grafen von Aberdeen ausgesucht. Wegen der Wärme, meine ich. Ich bin ja so dankbar, dass mein Vater damals weder Kosten noch Mühen gescheut hatte, als er die Burg umbauen ließ.«

»Ja, auch ich muss zugeben, das alte Gemäuer ist deutlich eleganter als die meisten anderen Burgen, die ich kenne. Allein schon das Bewässerungssystem für die Gartenanlage muss ein Vermögen verschlungen haben. Von den laufenden Kosten für die penible Gartenpflege einmal ganz zu schweigen.« Staunend sah Lord Russell sich um.

»John!«, begrüßte ihn da auch schon George Gordon. »Willkommen in meinem bescheidenen Heim. Und? Wie ist es? Habt Ihr heute noch Lust auf eine kleine Jagd, oder ist Euch eher nach einem gemütlichen Angelausflug? Die Lachse in der Spey sind dieses Jahr wieder sehr zahlreich, und die Kiebitze im Wald singen so laut, dass man kaum sein eigenes Wort versteht.«

Auch seine Frau Elizabeth kam mit herzlichem Lächeln vorgetreten und begrüßte den Herzog von Bedford. »Willkommen, John. Es ist einfach herrlich, die ganzen Kinder hierzuhaben.«

John erwiderte die Umarmung. »Du bist wie immer sehr nachsichtig. Wenn du mich fragst, können einem die Rabauken nämlich zuweilen den letzten Nerv rauben. Aber wie auch immer. Ich bedanke mich vielmals, dass ihr meiner Tochter eine solch traumhafte Hochzeit ausrichtet.«

»Aber das machen wir doch gerne. Außerdem haben den Großteil der Organisation doch Georgina und Charlotte übernommen. Und ich sage dir: Sie haben wirklich an alles gedacht. Der ehemalige Wachturm jedenfalls ähnelt mittlerweile eher einem Brautzimmer.« Elizabeth gluckste vergnügt.

Nachdenklich wandte der Herzog sich zu seiner Lieblingstochter um und sah ihre geröteten Wangen. Dann zwinkerte er ihr verschwörerisch zu und flüsterte: »Das hört sich doch alles ganz danach an, als ob wir schon bald eine echte Märchenhochzeit feiern werden.«

Louisa aber wandte den Blick ab. Gott stehe mir bei, betete sie, dass ich es schaffen werde, diese »Märchenhochzeit« durchzustehen, ohne meine Eltern zu enttäuschen.

Am folgenden Nachmittag trafen auch endlich der Bräutigam und sein Bruder Claud auf Gordon Castle ein, begleitet von James' Mutter und seinem Stiefvater. Mit strahlendem Lächeln empfing Georgina den Grafen und seine Frau, und auch der Gastgeber, der Herzog von Gordon, hieß die beiden in seinem Haus charmant willkommen. Derweil stellte James seine Familie den Russells und deren weitläufiger Verwandtschaft vor.

»Dies ist Louisa«, erklärte er ganz schlicht an seine Mutter gewandt.

Louisa knickste einmal, während sie sich arg beherrschen musste, um ihr Entsetzen zu verbergen. Um Himmels willen!, dachte sie. Die Gräfin sieht ja unglaublich zerbrechlich aus. Laut aber entgegnete sie: »Freut mich sehr, Euch kennenzulernen, Lady Aberdeen.«

»Aber ich bitte Euch! Ihr nennt mich ab sofort Harriet, ja? Und überhaupt – James sagte bereits, dass Ihr hübsch wärt, aber ich muss sagen, Eure Schönheit verschlägt einem regelrecht den Atem.«

Nun trat auch die Mutter der Braut vor. »Bitte, bleibt doch nicht hier in der ungemütlichen Eingangshalle stehen. Lasst mich Euch lieber nach oben führen zu Eurem Zimmer. Die Gordons haben extra das beste Gästezimmer für Euch herrichten lassen. Ihr braucht unbedingt einen Ort, an dem Ihr Euch einmal vor unserer lärmenden Rasselbande zurückziehen könnt. Ich werde Euch auch gleich noch einen frisch aufgebrühten Tee hochschicken. Und bitte zögert nicht zu fragen, wenn Ihr noch etwas braucht. Ihr sollt es hier so angenehm wie irgend möglich haben.«

»Ich danke Euch vielmals. Ihr seid sehr umsichtig.« Ein wenig unsicher schaute Harriet zu ihrem Ehemann hinüber, der es sich am anderen Ende des großen Salons mit dem Gastgeber und dem

Brautvater gemütlich gemacht hatte; die drei schienen bereits in eine angeregte Diskussion vertieft.

»Und macht Euch um Euren Mann bitte keine Sorgen«, flüsterte Georgina, während sie beobachtete, wie George dem Grafen bereits ein großzügiges Glas Scotch einschenkte. »Ihr wisst doch, wie die Männer sind. Die reden meist ohnehin bloß übers Reiten, Jagen und ihre Pferde. Über die Hochzeit werden die in jedem Fall nicht sprechen. Stattdessen tun sie lieber so, als ob sie das Ganze im Grunde überhaupt nichts anginge – obwohl ihnen im Geheimen mit Sicherheit bereits die Knie schlottern.«

Harriet erwiderte nichts. Stattdessen musterte sie mit mildem Lächeln noch einmal ihre Schwiegertochter, ehe sie ihren Sohn aufforderte: »Ich werde mich jetzt auf mein Zimmer zurückziehen. Gib mir bitte noch einen Augenblick Zeit, mich einzurichten, und dann kommst du nach – und bring deine Verlobte mit. Ich möchte sie gerne ein wenig besser kennenlernen.«

»Das werde ich, Mutter. Aber erst einmal begleite ich dich nach oben und bin dir beim Auspacken behilflich.«

Wie liebevoll James mit seiner Mutter umgeht, überlegte Lu und seufzte gerührt, als sie beobachtete, wie er seine kräftige Hand auf ihren Rücken legte und sie vorsichtig auf die große Treppe zudirigierte.

»Ich hoffe, mein Bruder weiß, wie viel Glück er hat!«

Abrupt wirbelte Louisa herum und blickte geradewegs in Clauds grinsendes Gesicht. »Willkommen auf Gordon Castle«, lachte sie.

»Und seid Ihr Euch wirklich sicher, dass Ihr diesen irischen Teufel zum Ehemann nehmen wollt?«, neckte er sie weiter.

»Keine Ahnung«, witzelte auch Louisa, wenngleich ein wenig verlegen. »Es ging ja alles so schnell.«

»Schnell?« Claud lachte lauthals. »James hat schon seit Jahren nur noch von Euch geschwärmt.«

Geschwärmt? Louisa erschauderte. Das konnte Claud doch wohl unmöglich ernst meinen, oder?

»Aber gut Ding will eben Weile haben – oder wie sagt man so schön?« Noch immer grinsend schaute er auf seine junge Schwägerin hinab.

»Ja … so sagt man wohl«, erwiderte Louisa mit matter Stimme.

In diesem Augenblick kam auch schon Georgy auf sie zugestürmt und hakte sich mit besitzergreifender Geste bei Claud unter. »Lu, musst du denn tatsächlich sämtliche attraktiven Männer in Besitz nehmen? Ist ein Hamilton noch nicht genug für dich?«

»Mehr als genug«, murmelte Louisa kummervoll, als ihre Schwester aber auch schon weiterplapperte.

»Claud, lasst mich Euch eine kleine Führung durch die Burg geben. Ich habe übrigens noch immer nicht herausgefunden, wo sich eigentlich die Verliese befinden. Aber vielleicht kommen wir dem Geheimnis ja gemeinsam auf die Schliche? Ich brauche nur an die vielen Folterinstrumente zu denken«, raunte Georgy mit anzüglichem Unterton, »und schon möchte ich vor lauter Erregung schreien.«

Mit einem vielsagenden Grinsen verabschiedete Claud sich von Louisa und ließ sich von deren Schwester bereitwillig entführen.

Louisa ahnte bereits Böses, als sie den beiden nachblickte. Bitte benimm dich, Georgy!, ermahnte sie ihre Schwester im Stillen. Weiter kam sie jedoch nicht mit ihren sorgenvollen Gedanken, denn schon erschien James hinter ihr.

»Mutter würde sich freuen, wenn Ihr nun zu ihr hochkommen würdet. Dort oben, in ihrem Zimmer, könnt Ihr Euch ganz ungestört kennenlernen.«

»Also, dann – lasst uns hochgehen.« Graziös legte Louisa ihre Hand auf James' Arm.

Er geleitete sie hinauf ins Obergeschoss und öffnete die Tür zu Harriets Zimmer. »Ich lasse euch beide dann wohl besser einmal für ein Weilchen allein. Louisa, ich hole Euch in etwa einer halben Stunde wieder ab.«

»Kommt, meine Liebe, setzt Euch zu mir«, forderte Harriet ihre zukünftige Schwiegertochter auf. James' Mutter hatte es sich auf einer Chaiselongue bequem gemacht, und Louisa wählte den Stuhl gleich daneben.

»Mylady«, begann sie ein wenig unsicher. »Es bedeutet James so viel, Euch bei unserer Hochzeit dabeizuhaben. Obgleich ich mir natürlich denken kann, dass die Fahrt hierher, nach Gordon Castle, für Euch sicherlich nicht ganz einfach gewesen ist. Sie muss Euch sehr erschöpft haben. Umso schöner, Euch dennoch hier zu sehen.«

»Und mich wiederum freut es, dass Ihr zuerst an andere denkt und nicht nur an Euch selbst. James hat großes Glück, dass er in Euch eine so liebevolle Ehefrau gefunden hat. Ich weiß bereits jetzt, dass mit Euch alles, was ich mir immer für meinen Sohn gewünscht habe, wahr geworden ist. Ihr beide werdet eine wundervolle Ehe miteinander führen, dessen bin ich mir sicher, denn die Liebe zueinander steht Euch ins Gesicht geschrieben.«

»Zumindest werde ich mir alle Mühe geben …« Louisa bemühte sich, ein möglichst optimistisches Lächeln aufzusetzen, obgleich sie im Stillen bereits arge Zweifel hatte, was das »Glück« ihrer Ehe anging.

»Meine erste Ehe war auch eine Liebesheirat. Aber ich schätze, so viel Glück hat man nur einmal im Leben.« Harriet seufzte. »James jedenfalls kennt nur meine Ehe mit Aberdeen. Das ist wohl auch der Grund dafür, warum er so fest entschlossen ist, es in seiner Ehe auf jeden Fall besser zu machen. Ich weiß, dass er alles in seiner Macht Stehende unternehmen wird, um Euch glücklich zu machen.«

Louisa wog ihre Worte sorgfältig ab, ehe sie erwiderte: »Es ist offensichtlich, dass Ihr ihn sehr liebt.«

»Ja, ich liebe ihn, und ich liebe auch Barons Court. Und ich bin mir sicher, auch Euch wird es dort gefallen. Es ist himmlisch dort – ein geradezu magischer Ort. Und die Sommer erst … ich beneide Euch fast schon ein bisschen darum. Meine Zeit dort war leider nur kurz. Versprecht mir, dass Ihr jeden einzelnen Tag dort in vollen Zügen genießen werdet, ja?«

»Aber natürlich. Und auch ich freue mich schon auf das Anwesen Eures Sohnes. Obwohl ich noch nie in Irland gewesen bin.« Zumindest das, seufzte Louisa im Geiste, ist ausnahmsweise einmal keine Lüge.

Als James an die Tür klopfte und Lus Zwiegespräch mit seiner Mutter unterbrach, war Louisa ehrlich erleichtert. Sie hatte die ganze Zeit über unheimlich aufpassen müssen, was sie sagte – Harriet sollte schließlich nicht wissen, wie angespannt das Verhältnis zwischen Lu und James in Wahrheit war. Seine Mutter hatte schon so viel Kummer und Leid ertragen müssen – da wollte Lu ihr zumindest die Sorge um die Ehe ihres Sohnes ersparen. »Das Abendessen ist für sieben Uhr angesetzt«, verkündete James. »Aber wenn es dir lieber ist, kann ich dir auch ein Tablett hochbringen.«

»Nein, danke. Das ist sehr umsichtig von dir, aber ich werde mit nach unten kommen. Ich möchte noch ein wenig Zeit mit Euch beiden verbringen. Allein Euer Anblick macht mich glücklich.«

»Danke, dass Ihr so nett zu meiner Mutter wart«, raunte James, als er und Louisa wieder hinab ins Untergeschoss gingen. »Ihr wisst hoffentlich, dass Mutter sehr viel von Euch hält.«

Die Ironie in seinen Worten – oder zumindest glaubte Louisa, eine gewisse Ironie dort herauszuhören – versetzte ihr einen schmerzhaften Stich. »Ja, sie ist eine sehr warmherzige Frau. Und es freut mich, wie vorbehaltlos sie mich als ihre Schwiegertochter akzeptiert.«

James schwieg. Schließlich wechselte er das Thema: »Unter dem Ehevertrag fehlt noch Eure Unterschrift. Euer Vater und ich haben uns schon vor Wochen über die gemeinsamen Absprachen geeinigt, und auch unsere Anwälte haben den Vertrag bereits ratifiziert. Entsprechend ist Eure Unterschrift zwar bloß eine Formalität, aber ich denke trotzdem, wir sollten das Ganze am besten noch vor dem Abendessen erledigen. Wenn Ihr mir also bitte in die Bibliothek folgen würdet?«

»Ja, natürlich. Wenn Ihr das wünscht.« Willenlos marschierte Louisa hinter ihrem zukünftigen Ehemann her, während der mit laut hallenden Schritten durch den langen Korridor strebte, der zur Bibliothek von Gordon Castle führte. Deutlich spürte Lu den Hass, der von Abercorn ausstrahlte; sie war schon immer sehr sensibel gewesen, was die Emotionen anderer Menschen anging. Und auch sein ausgesucht höfliches Auftreten unterstrich seinen stillen Zorn eher noch, als dass es ihn maskierte.

In der Bibliothek wartete das Dokument bereits auf dem riesigen schwarzen Eichentisch auf sie, während zwei massive Lampen – gefertigt aus versilberten Hirschgeweihen – das Vertragswerk mit ihrem dramatischen Licht illuminierten. Langsam setzte Louisa sich an den Tisch und zog das Schriftstück zu sich herüber. Kaum aber dass sie die ersten Zeilen davon überflogen hatte, stutzte sie auch schon: »Ich glaube, da hat sich ein kleiner Fehler eingeschlichen. Meine Mitgift beträgt keine zwölftausend Pfund. Es sind nur fünftausend.«

»Nein, das ist kein Fehler«, korrigierte James sie. »Das hat so, wie es da steht, seine Richtigkeit.« Zügig schloss er die Tür, die zur Bibliothek führte, ehe er an Louisas Seite zurückkehrte. »Ich hatte Euren Vater gebeten, die Mitgift ein wenig zu erhöhen. Zudem habe ich noch eine jährliche Leibrente von eintausend Pfund für Euch ausgehandelt.«

Abrupt sprang Louisa auf, und ihre einstige Willenlosigkeit war mit einem Mal verflogen. »Mein Vater hat zugestimmt, Euch ganze zwölftausend Pfund für mich zu zahlen?«, fragte sie ungläubig. »Dann hat er Euch ja geradezu bestechen müssen, damit Ihr einwilligt, mich zu ehelichen. Das, mein lieber James, nenne ich aber keinen Ehevertrag. Das ist ein schlichter Kuhhandel!« Ihre grünen Augen blitzten vor Empörung, und wütend hieb sie mit der Faust auf den Tisch. »Ihr seid ein Bastard! Und dieser Vertrag, den Ihr da ausgehandelt habt, ist eine bodenlose Frechheit. Noch nie in meinem Leben hat mich jemand derart beleidigt.«

»Ruhe!«, zischte James sie an. »Ich bitte Euch, Euren Tonfall zu mäßigen.«

»Ihr habt mir überhaupt nichts zu sagen, Abercorn«, erwiderte Louisa. »So wie ich das sehe, wollte meine Familie mir offenbar mit allen Mitteln einen Ehemann erkaufen. Diese exorbitante Mitgift, die Ihr da ausgehandelt habt, ist ja mehr als das Doppelte von dem, was mein Vater ursprünglich für mich zurückgelegt hatte. Und Ihr verlangt, dass ich mich ›mäßigen‹ soll? Die Hochzeit ist abgeblasen! *Mir* muss man keinen Ehemann erkaufen, nein, ganz gewiss nicht.«

Drohend baute James sich vor ihr auf. »Das ist das Selbstsüchtigste, was ich je in meinem Leben gehört habe – selbstsüchtig, grausam und gedankenlos. Eure Familie liebt Euch von ganzem Herzen, und Eure Eltern haben bloß einen Wunsch: dass Ihr glücklich seid! Seht Euch doch bloß einmal die ganzen Vorbereitungen an, die Sorgfalt, mit der sie unsere Hochzeit geplant haben. Und wie dankt Ihr es ihnen? Indem Ihr die ganze Sache einfach abblast und Euch plötzlich weigert, mich zu heiraten!«

Louisa glaubte, jeden Augenblick ohnmächtig zu werden, so wütend war sie. Wie konnte er es wagen, ausgerechnet sie ›selbstsüchtig‹ zu nennen? Das war so unendlich ungerecht und entsprach überhaupt nicht der Wahrheit. »Und sowieso!«, fauchte sie. »Das Ganze ist doch ohnehin bloß eine einzige Farce.«

»Ja, das ist es! Aber wenn ich bereit bin, Euch zuliebe diesen Zirkus mitzumachen, dann könnt Ihr das auch. Schluckt Euren Stolz hinunter und lasst uns die Sache durchziehen.«

Louisa schnappte entsetzt nach Luft; es war ganz so, als nähme diese Beleidigung ihr den Atem.

»Euch mag es ja vielleicht egal sein«, fuhr James fort, »wie sehr Ihr Eure Mutter trefft. Aber ich werde ganz sicher nicht zulassen, dass Ihr auch noch meine verletzt. Und darum schwöre ich Euch: Wir beide *werden* morgen heiraten, Lady Lu, so wahr ich hier stehe.«

Mit einem Mal erschien wieder Harriets trauriges Gesicht vor

Louisas geistigem Auge. James' Mutter würde bald sterben, daran bestand kein Zweifel. Wie sollte Louisa es unter diesen Umständen also über sich bringen, die Hochzeit abzusagen? Und auch meiner eigenen Familie kann ich diesen Schmerz unmöglich zufügen, überlegte sie betrübt.

Dann, urplötzlich, erinnerte sie sich wieder daran, wer sie war, und ihr Stolz kehrte zurück. »Also gut«, verkündete sie mit trotzig gerecktem Kinn, »mein Vater hat mir Euren Namen erkauft, und darum will ich mich in dieses Arrangement fügen. Ich werde morgen Euren Namen annehmen. Aber eines garantiere ich Euch bereits jetzt: Diese Ehe wird nur auf dem Papier bestehen!«

»Eine ganz vorzügliche Idee, Lady Lu«, stimmte James ihr zu. »Genau das ist nämlich auch mein Wunsch: eine Ehe, die nur auf dem Papier existiert.« Energisch nahm er die Schreibfeder auf und reichte sie ihr.

Louisa nahm den feinen Federkiel entgegen und schrieb in erlesenster Kalligrafie: Louisa Jane Russell. Dann schüttelte sie das Schreibwerkzeug einmal wütend, und das kostbare Schriftstück wurde mit unzähligen Tintenflecken besprüht.

»Sehen sie nicht aus wie kleine Engel?«, raunte Louisa ihrem Vater zu, als ihre beiden Blumenkinder, Rachel und Alexander, langsam den Mittelgang der Kapelle entlangschritten. Hinter ihnen folgten ihre Brüder Henry, Cosmo und Jack, am Arm jeweils eine ihrer Cousinen. Das Schlusslicht bildeten Claud, James' Trauzeuge, und Georgy, Louisas Trauzeugin.

Aufmunternd drückte John Russell Louisas Hand und führte sie auf den Altar zu, wo James Hamilton bereits auf seine Braut wartete.

»Liebe Gemeinde«, erklärte der Geistliche mit salbungsvoller Stimme, »wie haben uns heute hier im Angesichte Gottes versammelt, um dabei zu sein, wenn dieser Mann und diese Frau in den heiligen Stand der Ehe treten.«

Louisa wagte kaum ihren Bräutigam anzublicken und starrte stattdessen bloß stumm geradeaus. Der Altar vor ihr war mit einem tiefvioletten Samttuch bedeckt, das mit einer goldenen Stickereiborte eingefasst war. Hohe duftende Kerzen in schweren silbernen Kerzenhaltern flackerten je rechts und links von einer kostbaren Alabastervase, die üppig mit weißen Maiglöckchen und Rosen bestückt war. In Louisas Bouquet steckten, soweit sie dies durch ihren Brautschleier erkennen konnte, neben anderen Blumen auch einige Büschel weißes Heidekraut; Letzteres war der traditionelle Brautschmuck in Schottland. Es war ein Glückssymbol und sollte der Braut seinen Segen erteilen, auf dass all ihre Wünsche sich erfüllen würden. Louisa musste einmal schwer schlucken, als sie die winzigen weißen Blüten betrachtete.

Ihre Gedanken wanderten zurück zu dem Festessen vom Vorabend. Sowohl für sie als auch für James war dieser Abend ein Ritt auf dem Pulverfass gewesen. Zwar hatten sie sich weder durch Gesten noch durch Worte verraten – ganz im Gegenteil sogar: Ihre beiden Familien waren fest davon überzeugt, Louisa und James wären das perfekte Paar. Doch dieser Eindruck basierte eher auf der unausgesprochenen Übereinkunft der beiden, ihren Familien keinen Kummer bereiten zu wollen, statt auf ehrlichen Gefühlen.

»Ich will.«

Laut hallte Abercorns dunkle Stimme durch Louisas Bewusstsein, und die Erinnerungen an den Vorabend zerstoben wieder. Denn soeben hatte James, auf die Frage des Geistlichen hin, bestätigt, Louisa zu seiner rechtmäßig angetrauten Ehefrau zu nehmen. Nun war sie dran. Angestrengt konzentrierte Louisa sich wieder ganz auf die Zeremonie.

»Und willst du, Louisa Jane, diesen Mann zu deinem rechtmäßig angetrauten Ehemann nehmen, um mit ihm nach Gottes Willen im heiligen Stand der Ehe zu leben? Willst du ihm gehorchen und ihm dienen, ihn lieben und ehren, ihm treu sein, in Krankheit und Gesundheit, und allen anderen abschwören und allein ihn in deinem Herzen tragen, so lange ihr beide lebt?«

»Ich will.« Was bin ich doch für eine ausgezeichnete Schauspielerin!

»Und wer übergibt diese Frau an diesen Mann?«

»Ich.« Sanft ergriff John Russell Louisas Hand und legte sie in die von James.

Danke, Vater, fluchte Lu im Stillen, dass du ganze zwölftausend Pfund hingeblättert hast, um mich mit diesem irischen Teufel zu vermählen! Doch natürlich behielt sie ihren Zorn für sich. Und schließlich, im Angesichte Gottes, begriff sie, dass all ihre Wut ohnehin nur eine Art Schutzschild gewesen war. Denn obgleich sie sich natürlich noch immer darüber ärgerte, dass ihr Vater so viel Geld hatte opfern müssen, damit James sie zu seiner Frau nähme, so steckte hinter ihrer Wut doch vor allem noch etwas ganz anderes: nämlich Furcht. Furcht davor, sich diesem verstörend attraktiven Teufel hinzugeben und damit die Kontrolle über sich selbst zu verlieren.

Ernst sprachen beide ihre Treuegelübde, James steckte ihr seinen Ring an den Finger, und dann war die Zeremonie auch schon wieder beendet – der Geistliche erklärte sie zu Mann und Frau. Zaghaft hob Louisa ihren Schleier und senkte den Blick, woraufhin James sich mit unbeweglicher Miene zu ihr hinabbeugte und ihr einen scheuen Kuss auf die Lippen hauchte.

Ganz langsam wandte Louisa sich schließlich wieder vom Altar ab, während die schier engelsgleichen Stimmen des Chors durch das Kirchenschiff hallten. Rings um sie herum sah Louisa nichts als strahlende Gesichter; ihre Brautjungfern und deren Begleiter grinsten vom einen Ohr zum anderen, während ihre Familie, die natürlich in der ersten Reihe saß, unisono versonnen lächelte. Es schien, als würde die Kirche gleich aus allen Nähten platzen, so viele Gäste hatten sich in der alten Kapelle versammelt; sämtliche von Herzog Gordons Nachbarn waren erschienen sowie die gesamte Dienerschaft von Gordon Castle, und alle trugen dem Brautpaar zu Ehren ein weißes Sträußchen am Revers.

Als der Organist den Hochzeitsmarsch anstimmte, bot James Louisa seinen Arm und führte sie den langen Mittelgang hinab. Kaum aber, dass sie die Kapelle verließen, wurden sie auch schon vom Jubel der draußen wartenden Menge empfangen, und eine Flagge wurde gehisst, während ein Dudelsackspieler vorausmarschierte und die Hochzeitsgesellschaft zurück zur Burg geleitete.

Auf Gordon Castle angekommen wurden die Braut und der Bräutigam bald wieder getrennt. Jeder einzelne Gast bestand darauf, Louisa mindestens einmal in die Arme zu schließen und ihr Glück zu wünschen, während die männlichen Gäste James ein ums andere Mal herzhaft die Hand schüttelten und die jungen Damen ihm einen Kuss auf die Wange gaben.

Riesige Büfetttische schienen unter den Mengen von echtem Spey-Lachs, Rostbraten, Fasan und Lamm nahezu zusammenzubrechen. Gekrönt wurden die Platten von ausgestopften und kunstvoll präsentierten Vögeln, wie zum Beispiel Waldhühnern und Regenpfeifern oder auch Reihern und Schwänen. Dazwischen drängten sich zwischen Terrinen mit Schalentieren und großzügigen Portionen von allerlei Gemüse kleinere Tabletts mit zahlreichen Sorten von Früchten, wie etwa Feigen oder Pfirsichen, die man extra aus wärmeren Gefilden hatte anliefern lassen. Und auch Ale und Portwein, Bordeaux und schottischer Whisky flossen reichlich, und keiner der Gäste zögerte, gehörig zuzulangen.

Die Gordons hatten alle ihre Bediensteten und Pächter eingeladen, an dem Festbankett teilzuhaben, und so mischte man sich munter unter die aristokratischen Gäste, um sich später in den traditionellen schottischen Hochlandtänzen miteinander zu messen. Nach einem besonders wilden *Reel* lehnte Claud sich einmal dezent zu seinem Bruder hinüber und raunte: »Es scheint, als ob diese Familie weiß, wie man feiert. Du hast echtes Glück, mein Lieber.«

Gegen Abend, als die Dunkelheit sich über das Land senkte, wurde eine riesige siebenstöckige Hochzeitstorte in den Festsaal gerollt. Obenauf thronte eine winzige Nachbildung der Kapelle, in der Louisa und James geheiratet hatten, und sogar an das Brautpaar vor dem Altar und an die Brautjungfern und deren Begleiter hatte der Zuckerbäcker gedacht.

Gemeinsam schnitten Louisa und James mit einem uralten Schwert aus dem Familienbesitz der Gordons die Torte an. Dazu reichten die Bediensteten den Gästen Gläser mit fein perlendem Champagner. Anschließend begannen die ersten Redner, ihre Ansprachen vorzutragen, und die Zuhörer mussten sich gute zwei Stunden lang gedulden, ehe die Tanzfläche wieder freigegeben wurde.

Um Mitternacht versammelten sich dann all jene, die noch gehen konnten, vor der Burg, und gemeinsam bestaunte man ein wahrhaft fulminantes Feuerwerk. In genau diesem Moment nahm Georgina ihre Tochter sachte an der Hand und führte sie zu James hinüber. »Jetzt ist *die* Gelegenheit, um zu verschwinden«, flüsterte sie. »Aber beeilt euch, ehe ich noch anfange zu heulen.«

Hastig drückte James seine Schwiegermutter einmal fest an sich. »Danke für alles«, flüsterte er. Dann ergriff er Louisas Hand und eilte mit ihr die Treppe hinauf.

Erst als sich die Tür des Hochzeitszimmers hinter ihnen geschlossen hatte, erlaubten die beiden es sich, einmal tief durchzuatmen – und die Masken fallen zu lassen.

»Kompliment«, raunte James. »Deine schauspielerische Darbietung hat alle überzeugt. Ich denke, du hast zumindest deine Eltern und meine Mutter heute sehr glücklich gemacht.« Gähnend legte er seinen eleganten Gehrock und sein seidenes Halstuch ab.

»Ich bin auch froh, dass es endlich vorbei ist.« Müde löste Louisa den Schleier aus ihrem Haar. Aber in Wahrheit ist es ja noch lange nicht vorbei, seufzte sie im Stillen. Das Drama hat gerade erst begonnen! Dabei schaute sie auf das ausladende Bett, das liebevoll mit weißen Rosenblättern bestreut worden war. Unterdessen ging James zum Fenster am anderen Ende des riesigen Zimmers hinüber und drehte Louisa demonstrativ den Rücken zu, um die letzten bunten Lichter des Feuerwerks zu bestaunen.

Schön, dass er wenigstens so viel Anstand hat, sich umzudrehen, während ich mich ausziehe, dachte sie und legte eilig ihr Brautkleid und ihre Unterröcke ab, um in das weiß-seidene Nachthemd zu schlüpfen, das auf ihrem Kopfkissen ausgebreitet lag. Anschließend blickte sie einen Moment lang nachdenklich auf den muskulösen Rücken ihres Ehemannes und stellte fest, dass die Kluft zwischen ihnen beiden sehr viel größer war als die Distanz zwischen Fenster und Bett.

Traurig löschte sie die Lampe und schlüpfte zwischen die Laken. »Gute Nacht, Lord Abercorn.«

Ohne sich vom Fenster abzuwenden, entgegnete James leise: »Gute Nacht, Louisa.«

Eine ganze Stunde lang blieb er noch am Fenster stehen; er wollte mit dem Ausziehen warten, bis Louisa eingeschlafen war. Schließlich legte auch er seine Kleidung ab, ging zu der breiten und weich gepolsterten Chaiselongue hinüber, die ebenfalls zum Mobiliar des Hochzeitszimmers gehörte, und griff nach dem für ihn bereitgelegten Hemd; obgleich er es eigentlich auch nur deswegen überziehen wollte, um nicht das Schamgefühl seiner Braut zu verletzen. Kaum aber hatte er sich das Hemd über den Kopf gestreift, musste er auch schon leise lachen: Das Hemd reichte ihm nur gerade bis zum Bauchnabel. Louisas jüngere Brüder hatten sich offenbar einen kleinen Streich erlaubt und es gekürzt.

Lächelnd zog er das Hemd wieder aus und legte sich nackt schlafen, so wie immer.

Ganz ruhig lag er da und wartete darauf, dass Morpheus ihn einlullen würde, doch er blieb hellwach. Schließlich erhob er sich wieder und trat leise an das Ehebett heran. In dem fahlen Licht des Mondes war Louisa von geradezu ätherischer Schönheit, und ihr liebreizendes Gesicht war von einer solch kindlichen Unschuld überhaucht, dass James bei ihrem Anblick das Herz schmerzte.

Mit kummervoller Miene erinnerte er sich wieder an seine Empfindungen, als er seiner Mutter davon berichtete, dass er Louisa gefragt hatte, ob sie ihn heiraten wolle: Jahrelang hatte es für ihn nur sie gegeben, aber in diesem Augenblick war er sich seiner Gefühle für Louisa plötzlich sehr unsicher gewesen.

Nun jedoch wusste er umso bestimmter, wie er für sie empfand. Ich liebe sie noch immer, dachte er. Sie verkörpert alles, was ich will.

Und wenn er ganz ehrlich mit sich war, so musste er sich eingestehen, dass es im Grunde bloß sein verletzter Stolz gewesen war, der ihn so wütend gemacht hatte, als er erfuhr, dass sie einen anderen offenbar mehr liebte als ihn.

Leise nahm er seinen Gehrock auf und zog das kleine weiße Heidesträußchen aus dem Knopfloch, um es sachte neben Lu auf das Kissen zu legen.

Doch an Schlaf war für ihn auch jetzt noch lange nicht zu denken. Stattdessen ging er mit beständig schneller pochendem Herzen zurück zur Chaiselongue, verschränkte die Arme hinter dem Kopf und schwor sich mit grimmiger Miene: Ich werde diesen Kerl zur Strecke bringen, der Lu so verletzt hat. Ja, das werde ich. Ich schwöre es bei Gott!

· 22 ·

Irland wird seinem Ruf als grüne Insel wahrlich gerecht. Egal, wohin man auch blickt, überall entdeckt man so herrlich malerische Landschaften, dass es einem schier den Atem verschlägt.« Ergriffen blickte Louisa aus dem Kutschenfenster hinaus und betrachtete das geheimnisvoll anmutende Sperrin-Gebirge. »Wie weit ist es noch bis nach Barons Court?«

»Wir befinden uns bereits auf meinem Grund und Boden. Er erstreckt sich über etwa fünfundvierzig Kilometer. Und das Haus liegt in einem geschützten kleinen Tal gleich am Fuße der Berge.« Auch James konnte seine Bewunderung kaum verhehlen, wobei sich sein Blick jedoch nicht auf die Landschaft, sondern auf Louisa richtete. »Im Übrigen finde ich, du bist eine ziemlich tapfere Reisebegleiterin.« Unmittelbar am Tage nach ihrer Hochzeit waren James und Lu nämlich nach Glasgow aufgebrochen, von wo aus sie mit einem Dampfschiff nach Londonderry übergesetzt hatten.

»Vielleicht liegt das ja auch ein klein wenig daran, dass du alles so gut organisiert hast«, gab Louisa das Kompliment zurück. »Alles in allem hat die Reise ja bloß wenige Tage gedauert.« Vor allem aber war sie ehrlich erleichtert gewesen, dass James auf dem Dampfer taktvollerweise zwei Kabinen gebucht hatte und nicht bloß eine. Und auch sonst hielt er sich an ihre Abmachung. Sein Betragen ihr gegenüber war überaus höflich, wodurch es auch ihr leichter fiel, sich charmant und umgänglich zu geben – obgleich sie beide im Stillen noch immer heftig miteinander grollten.

Ergriffen von der Schönheit des Landes tat Louisa einen tiefen Atemzug, während die Sonne sich in einem der Seen widerspiegelte und die Wasseroberfläche in pures Gold zu verwandeln schien. Es folgten noch zwei weitere nicht weniger bezaubernde Weiher, bis schließlich ein entzückendes und ganz aus grauem Stein erbautes Haus ins Blickfeld rückte, dessen besonderer Charme ein kleiner Glockenturm war. »Oh, das ist ja einfach hinreißend.« Lu glaubte, ihr zukünftiges Zuhause zu erblicken.

James aber lachte bloß. »Lu, das ist lediglich das Pförtnerhaus.« Verlegen blickte sie starr geradeaus.

Derweil fuhr die Kutsche zügig weiter und unter einem kleinen Steinbogen hindurch, der gleich neben dem Glockenturm stolz den schmalen Weg überspannte; er markierte die Grenze zwischen James' Wirtschaftsgütern und seinem Privatgrundstück, zu dem im Übrigen auch noch ein kleiner Wald zählte. Und dann, endlich, tauchte jenseits der Kronen des dunklen Gehölzes Barons Court auf, ein mächtiges Anwesen, komplett mit Portikus und den klassischen römischen Säulen. »Das ist ja umwerfend!«, seufzte Louisa und korrigierte sich im Geiste: Nein, es ist nicht bloß umwerfend, sondern es ist das schönste Haus, das ich je gesehen habe. Ob Mutter wohl auch so ergriffen war, als sie zum ersten Mal Woburn Abbey erblickte? Nein, ganz gewiss nicht. Sie war bestimmt schon damals viel zu weltgewandt und bodenständig, um sich von so etwas Profanem wie einem Haus beeindrucken zu lassen. Entschlossen hob Louisa das Kinn. »Mutter wird hingerissen sein. Sie hat mir übrigens versprochen, uns noch vor Ende des Sommers einen Besuch abzustatten.«

Die Kutsche war gerade erst in den Innenhof des Anwesens eingefahren, da sprang James auch schon hinaus, um Louisa beim Aussteigen zu helfen. Respektvoll hatte sich die gesamte Dienerschaft von Barons Court auf der Haupttreppe versammelt, um ihren Herrn und dessen junge Frau zu empfangen.

»Wenn ich vorstellen darf? Dies sind Kate Connelly, meine Erste Hausdame, und ihr hart arbeitendes Gefolge.« James machte eine kleine Pause. »Und dies ist meine Gemahlin, Lady Louisa. Ihr werdet ihr mit der gleichen Zuverlässigkeit dienen, wie ihr auch mir stets zu Diensten wart.«

Die Männer verbeugten sich, und die weiblichen Angestellten knicksten einmal höflich. »Lady Abercorn.«

»Oh, bitte«, mahnte Louisa sie mit einem wohlwollenden Lächeln. »Diese Formalitäten könnt ihr euch aufsparen, bis wir irgendwann einmal wirklich wichtige Gäste zu Besuch haben.« Liebenswürdig schüttelte sie jedem aus der Belegschaft die Hand, wobei sie jedes Mal nach dem Namen desjenigen fragte, und James' Bedienstete quittierten ihre Geste mit einem freundlichen Lächeln. »Und vielen Dank auch für das herzliche Willkommen, das ihr mir bereitet. Ich hoffe, ihr werdet Geduld mit mir haben. Ich muss noch viel lernen.«

»So, und jetzt alle hinein«, beendete James die Begrüßungszeremonie, griff nach Louisas Hand und führte sie ins Innere des Hauses. Dabei beugte er sich leicht zu ihr hinüber und murmelte: »Sieht ja ganz so aus, als hätten sie dich schon in ihr Herz geschlossen. Und ich wette, in Kürze fressen sie dir aus der Hand.« Mit Erstaunen stellte Louisa fest, dass James' irischer Akzent von Minute zu Minute stärker wurde.

Unmittelbar hinter dem noch relativ kleinen Eingangsbereich lag ein kreisrundes Atrium, das von einer Kuppel gekrönt wurde, und in der Mitte befand sich ein auf Hochglanz polierter kleiner Tisch, auf dem sich wiederum eine kostbare Vase aus Bleikristall mit blauem Rittersporn befand. »Dies ist die Rotunde«, erklärte James. »Mittlerweile bricht ja leider schon die Dämmerung herein. Aber am Tage glitzert dieser Raum regelrecht vor lauter Licht.«

»Ich finde die Architektur des Raumes auch im Dämmerlicht fantastisch.« Alles an diesem Gebäude beeindruckte Louisa.

»Vielen Dank. Ich habe ihn ja auch erst kürzlich neu gestalten lassen. Dieser Raum ist das Werk von keinem Geringeren als Sir Richard Morrison, der in meinem Auftrag übrigens auch noch andere Bereiche des Hauses umgebaut hat. Was die Inneneinrichtung betrifft, so habe ich vorsichtshalber noch gewartet. Ich dachte mir, dass du da bestimmt noch ein Wörtchen mitreden willst. Am besten, wir entwerfen einfach gemeinsam einen Plan.«

Louisa aber schwieg, während sie im Stillen schon wieder mit ihm grollte: Tu doch nicht so, als ob du dich für meine Wünsche interessierst – du versuchst doch bloß, höflich zu sein. Sie misstraute ihm noch immer.

»Möchtet Ihr, dass ich Euch auch gleich die restlichen Räumlichkeiten zeige, Lady Abercorn?«, mischte Mrs Connelly sich ein.

»Nein, vielen Dank. Heute Abend fühle ich mich dazu leider nicht mehr in der Lage – oder?« Bittend schaute sie zu James auf.

»Nein, da gebe ich meiner Frau Recht«, bestätigte er mit verständnisvollem Lächeln. »Das Einzige, was Lady Abercorn heute Abend noch benötigt, sind ein heißes Bad und ein weiches Bett.«

Auf ein knappes Zeichen der Hausdame hin verschwand die Dienerschaft wieder in der Küche oder wo auch immer sie sonst gerade zu tun hatten. Außer Mrs Connelly blieben also nur noch zwei junge Frauen übrig. »Ihr werdet sicherlich eine Zofe brauchen«, erklärte die Hausdame mit gewichtiger Miene und deutete auf das Mädchen links neben ihr. »Dies ist Meg. Und die Rundliche da, das ist Molly. Die Entscheidung, welche Euch lieber ist, liegt ganz bei Euch, Mylady.«

Aufmerksam musterte Louisa die diensteifrigen Gesichter der beiden und kam schließlich zu dem Ergebnis, dass es eigentlich recht unfair wäre, die eine der anderen vorzuziehen. »Ich nehme euch einfach beide mit«, entschied sie. »Meg kann mir schon einmal ein Bad einlassen, während Molly mir beim Auspacken hilft.«

Unterdessen holte gerade einer der Diener das Gepäck aus der Kutsche und trug es leise ächzend in den Hausflur. Siedend heiß fiel Louisa in diesem Moment ein, dass sie sich ja noch gar nicht nach ihren vorausgeschickten Gepäckstücken erkundigt hatte. »Sind denn eigentlich meine Truhen aus England schon eingetroffen, Mrs Connelly?«

»Aber sicher. Sind alle da. Ich habe sie schon einmal ins Schlafzimmer hinaufschaffen lassen. Aber wir haben natürlich noch nichts angerührt. Ich habe es meinen Untergebenen strengstens untersagt, auch nur eine einzige Truhe oder einen einzigen Koffer zu öffnen, bis Ihr dabei seid, um das Auspacken persönlich zu überwachen.« Kate Connelly zögerte einen Moment. »Außerdem waren da noch dieser zauberhafte Schminktisch mit dem dazugehörigen Hocker, die angeliefert wurden, sodass ich mir die Freiheit genommen habe, die beiden in das Zimmer gleich neben dem Schlafzimmer schaffen zu lassen. Ich denke, dieser Raum könnte ein wunderbares Ankleidezimmer für Euch werden, Lady Abercorn.«

»Dankeschön. Der Tisch und der Hocker sind ein Set, das mir meine Eltern zur Hochzeit geschenkt haben. Es gehörte einst Joséphine de Beauharnais, gemeinsam mit den Spiegeln und den goldenen Schalen, die zu dem Tisch gehören.«

»Das ist ja nicht zu glauben!«, hauchte Mrs Connelly mit höflicher Bewunderung.

James nahm seine große Reisetasche auf, während der Diener Louisas Koffer ergriff. Mit energischen Schritten ging Abercorn voraus; seine Frau und die beiden Zofen folgten ihm. Unterdessen betrachtete Louisa angenehm überrascht und mit großen Augen die dem Atrium nachgelagerte Haupthalle, in der ihr zu Ehren an diesem Abend sogar sämtliche Kerzen und ein knisterndes Kaminfeuer entzündet worden waren. Doch Louisas Blick schweifte bereits weiter, denn hinter einem ausladenden Mauerbogen schwang sich die Haupttreppe ins Obergeschoss empor.

Das Schlafzimmer, in dem sie und James nächtigen würden, befand sich im ersten Obergeschoss des Ostflügels, sodass die Morgensonne ungehindert durch die deckenhohen Fenster würde einströmen können. Überhaupt war auch dieser Raum von geradezu erschreckenden Ausmaßen. Denn obgleich das Bett bereits sehr ausladend war, so hatten auch noch eine ganze Reihe von bequemen und mit kleinen Kissen bestückten Sesseln darin Platz gefunden, und vor dem breiten Kamin stand sogar ein kleiner Schachtisch. Gegenüber der Feuerstelle, am anderen Ende des Raumes, befand sich ein komplett verspiegelter großer Kleiderschrank, der rechts und links von hohen Bücherregalen gesäumt wurde, vor denen sich wiederum ein kostbarer karmesinroter Perserteppich erstreckte, der dem Zimmer eine zusätzliche Portion Wärme und Großzügigkeit verlieh.

Mit einem höflichen Knicks meldete Meg sich zu Wort: »Ich lass dann jetzt das Wasser ein, Mylady?«

Louisa jedoch antwortete nicht, sondern blickte ein klein wenig verunsichert auf James, der gerade seine lederne Reisetasche neben einem wahren Berg an Koffern und Truhen abstellte: Das meiste davon gehörte Louisa, und nur sehr wenige Stücke stammten von James.

»Darum kümmern wir uns morgen«, entschied er. »Nimm du lieber erst einmal ein Bad.« Prüfend schaute er seine junge Frau an. Denn natürlich hatte auch er ihre Unsicherheit längst bemerkt. Doch statt sie liebevoll in die Arme zu schließen, ging er stumm zu einer kleinen mit Kassetten geschmückten Tür hinüber, öffnete sie und erklärte schließlich: »Myladys Ankleidezimmer.«

»Ich danke dir.« Louisa folgte ihm in den Raum. Dann aber tat sie vor lauter Erleichterung einen tiefen Seufzer, denn zu der Einrichtung des Zimmers gehörte auch ein Bett. Natürlich war der Raum nicht so ausladend wie das Hauptschlafzimmer, aber er war mindestens genauso elegant, und in einer Nische befand sich sogar ein kleiner Sekretär.

Ächzend stellte der Diener Louisas beide Koffer dort ab, woraufhin sie sich mit mattem Lächeln bedankte: »Sehr schön, Joseph. Das wäre dann alles.« Sie hatte sich seinen Namen bereits gemerkt. »Das Auspacken übernimmt Molly.« Sie nickte noch einmal höflich, und dann wandte sie sich neugierig dem riesigen Kleiderschrank zu, während Molly die Ledergurte an Lus Reisetaschen löste.

»Oh!«, staunte ihre junge Zofe plötzlich. »Etwas so Schönes habe ich in meinem ganzen Leben noch nicht gesehen.« Vorsichtig hob sie ein lavendelfarbenes Seidenkleid aus der Tasche und trug es geradezu ehrfürchtig zum Kleiderschrank hinüber. Als sie dann aber sah, dass dazu auch noch eine Reihe von purpurroten Unterröcken und entsprechende Unterwäsche gehörten, verblasste ihr bewunderndes Lächeln rasch wieder, und an seine Stelle trat blankes Entsetzen. Lu grinste bloß still.

Kurz darauf klopfte Meg an Louisas Tür und trat in das Ankleidezimmer ein. »Das Bad ist jetzt fertig, Mylady.«

»Danke.« Verhalten gähnend zog Louisa ein Nachthemd und ein samtenes Nachtjäckchen aus einer ihrer Taschen. »Zeig mir einfach, wo es zum Badezimmer geht. Du brauchst nicht mitzukommen. Hilf lieber Molly, meine Kleider im Schrank zu verstauen.«

Meg ahnte unterdessen bereits, dass ihre Herrin sich nach dem Bad bestimmt nicht mehr ankleiden würde, und fragte vorsichtig: »Dann bringe ich Euch, wenn Ihr Euer Bad genommen habt, ein Tablett mit Eurem Essen hoch, ja?«

»Oh, das wäre wunderbar. Danke.«

Doch Louisas Zofe rührte sich noch immer nicht von der Stelle, während ihre Wangen zunehmend röter wurden und sie schließlich noch einmal nachhakte: »Ich bringe das Tablett dann ins *Schlafzimmer*?«

»Nein«, widersprach Louisa ihr fast schon barsch. »Bring das Essen hierher. Ich werde heute Nacht hier schlafen.«

Erstaunt schauten Meg und Molly sich an.

Ja, ihr habt ganz richtig gehört!, dachte Louisa und reckte trotzig das Kinn. Sollen die beiden doch ruhig wissen, dass die Ehe zwischen James und mir nur auf dem Papier besteht. Und bestimmt werden sie es auch gleich dem Rest der Dienerschaft weitererzählen. Aber umso besser! Je eher alle hier im Hause wissen, was Sache ist, umso einfacher wird es. Entschlossen warf sie sich ihr Nachthemd und ihren Bademantel über den Arm und machte sich auf die Suche nach dem Badezimmer.

Unterdessen leerte James seine Reisetaschen und hängte seine Jacketts und Hosen auf. Dann machte er sich daran, auch die vorausgeschickten Gepäckstücke zu sortieren, räumte Louisas Kleiderkisten auf die eine und seine eigenen auf die andere Seite, und legte seine Unterwäsche in eine der hohen und ganz aus Mahagoni gefertigten Doppelkommoden. Als er fertig war, stellte er leicht erstaunt fest, wie wenig Platz seine eigenen Kleidungsstücke doch einnahmen, sodass noch genügend Raum blieb für Louisas ausladende Roben. Nun ja, dachte er, bei der Menge an Koffern und Truhen, die dort noch darauf warten, ausgepackt zu werden, wird sie den Platz wohl auch brauchen.

Lässig schlenderte er hinab ins Erdgeschoss und lud seine drei Gutsverwalter ein, an diesem Abend mit ihm zusammen zu speisen. Das gut dreihundert Quadratkilometer umfassende Gebiet von Barons Court mit all seinen Pächtern, kleinen Bauernhöfen, Feldern und riesigen Viehherden brauchte nämlich insgesamt drei Verwalter, um die Bewirtschaftung wirklich effektiv am Laufen zu halten. Doch Abercorn war sehr zufrieden mit den Berichten, die seine Verwalter ihm vorlegten, und versprach ihnen, in den nächsten Tagen Einsicht in die Rechnungsbücher und Konten zu nehmen.

Abschließend brachten seine Verwalter noch einen kleinen Toast auf seine Gesundheit aus und wünschten ihm viel Glück in seiner Ehe. Und obgleich zwar ausgerechnet das »Glück« sich in seiner Beziehung zu Louisa bisher noch so gar nicht hatte einstellen wollen, nahm James die gut gemeinten Segenssprüche seiner Angestellten dankend an und stimmte einfach in das allgemeine Gelächter mit ein. Immerhin war ihm auf diese Weise wenigstens einmal eine kleine Auszeit vergönnt von dem zehrenden Zorn und den trübseligen Gedanken, die ihm noch immer zu schaffen machten.

Es war schon spät, als er ins Schlafzimmer zurückkehrte. Vorsichtig legte er sein Ohr an die Zwischentür zum Ankleidezimmer, doch es war nichts zu hören, und so ging er davon aus, dass Louisa nach den

Anstrengungen der langen Reise bereits schlief. Bedrückt drehte er die Flamme in seiner Nachttischlampe ein wenig weiter auf und blickte auf das ausladende Bett; er ahnte bereits, dass er auch diese Nacht keinen Schlaf finden würde.

Dann wanderte er zum Fenster hinüber, doch die Nacht war so dunkel, dass ihm sogar der Ausblick auf sein geliebtes Anwesen verwehrt blieb. Missmutig kniete er vor dem Kamin nieder und entzündete ein kleines Torffeuer; er sehnte sich nach dem fröhlichen Knacken des Feuers und ein wenig Heimatduft.

Anschließend schlenderte er zum Bücherregal hinüber und fuhr mit dem Finger an den vertrauten Titeln entlang, doch keines der Bücher erregte sein Interesse. Plötzlich fiel sein ruheloser Blick auf die zahlreichen Koffer und Truhen von Louisa, die noch aufs Auspacken warteten, und weil James etwas brauchte, womit er sich beschäftigen konnte, öffnete er einen der mit Messing beschlagenen Deckel. Sofort entstieg der Truhe ein verführerischer Duft nach Jasmin, und mit leisem Knistern schlug James das zarte Seidenpapier zurück. Was er dann jedoch sah, verschlug ihm schier den Atem: Vor ihm lag eine karmesinrote Abendrobe aus feinstem Taft und mit einer Korsage, die vor lauter Perlen und Granatsteinen nur so glitzerte.

Aber das sind ja die Farben der Abercorns!, dachte James erstaunt. Sogleich stieg vor seinem geistigen Auge ein Bild von Louisa in diesem Kleid auf, und ihre Schönheit wollte ihm selbst in seiner Fantasie schier den Verstand rauben. Er träumte bereits davon, wie er ihr das Kleid ausziehen würde und … Dann aber besann er sich, hob das Kleid aus der Truhe heraus und wollte es soeben aufhängen, als sein Blick auf ein kleines Buch fiel – im selben Moment, in dem er es in die Hand nahm, wusste er bereits, worum es sich dabei handelte: Es war Louisas Tagebuch.

Und als forderte es ihn auf, das Buch auch auf jeden Fall zu öffnen, steckte der Schlüssel bereits im Schloss.

Wissbegierig trug er es zum Kamin hinüber und ließ sich in einen der bequemen Sessel fallen, wo er das Buch ohne Zögern aufschlug. Denn dies war *die* Chance für ihn, endlich zu erfahren, wer Louisa entehrt hatte. James dürstete regelrecht nach dem Namen dieses Verbrechers; es war ihm absolut ernst mit seinem Vorsatz, Louisa zu rächen.

Als Erstes las er den allerletzten Eintrag:

Mutter hat Abercorn gesagt, dass ich sein Kind verloren hätte. Was soll ich bloß tun? Denn nun ist er ja gezwungen, mich zu heiraten, und das macht ihn natürlich unheimlich wütend. Ich habe richtig Angst vor ihm. Obgleich ich seine Wut andererseits auch verstehen kann.

Hastig blätterte James einige Seiten zurück, bis sein Blick auf einen Eintrag aus dem Dezember fiel:

Eine Fehlgeburt!

Sein Magen schien sich zusammenzukrampfen, während eine eiskalte Hand sein Herz schier zu erdrücken schien.

Abermals blätterte er ein paar Seiten zurück und begann zu lesen:

Heute hat Georgy mir ihr schreckliches Geheimnis anvertraut. Ich musste ihr schwören, dass ich niemandem etwas davon verrate, obwohl sie ja bereits im fünften Monat ist und die Leute ohnehin bald merken werden, dass sie ein Kind erwartet.

Mit angehaltenem Atem blätterte James weiter.

Ich hatte mir gleich gedacht, dass der Vater wohl Teddy Fox ist, und Georgy hat es bestätigt. Sie sagte, sie hätte ihm erzählt, dass sie von ihm schwanger sei, aber er hätte sich geweigert, sie zu hei-

raten. Sie tut mir so unendlich leid! Wie soll sie unter diesen Umständen bloß das Weihnachtsfest überstehen? Und dann auch noch mit all den Gästen, die Mutter eingeladen hat.

James konnte kaum glauben, was er da las. Doch der nächste Eintrag war, sofern dies irgend möglich war, sogar noch alarmierender:

Georgy sagt, dass sie lieber sterben würde, als den Skandal auszuhalten. Ich habe solche Angst, dass sie versuchen wird sich umzubringen. Ich würde so gerne mit jemandem darüber reden, aber ich habe ihr doch versprochen, dass ich keiner Menschenseele etwas verrate. Ich kann doch nicht meine eigene Schwester dem Spott der Leute preisgeben!

Ungläubig schüttelte James den Kopf.

Und dann, heute Nachmittag, nach einem langen und ziemlich harten Ritt über die Stoppelfelder hat Georgy sich einfach aus dem Sattel fallen lassen. Sie wollte wohl auf diese Weise ihr Kind loswerden. Wie leicht hätte sie dabei auch selbst sterben können! Ich habe sie ins Bett gebracht und bin so lange bei ihr geblieben, bis sie eingeschlafen war.

Zitternd blätterte James weiter und langte wieder an dem gleichen Eintrag an, den er vor wenigen Minuten schon einmal gelesen hatte:

Eine Fehlgeburt!

Erstaunt hob er den Blick und murmelte leise: »Dann war *Georgy* also diejenige, die schwanger war, und nicht Louisa. Aber warum glaubt Georgina denn bloß, dass Lu die Fehlgeburt hatte?« Neugierig las er weiter:

In der Nacht kam Georgy in mein Zimmer und sagte, dass sie fürchterliche Schmerzen habe. Ich riet ihr, dass sie sich in mein Bett legen sollte, als sie auch schon zu bluten begann. Es war ein Albtraum, und die Blutung dauerte über mehrere Stunden an. Überall war Blut! Irgendwann hörte es dann zum Glück auf. Ich habe sofort meine Bettlaken heruntergerissen, um sie zu waschen, und habe Georgy ein frisches Nachthemd angezogen.
Die Flecken auf den Laken hatten aber auf mein eigenes Nachthemd abgefärbt, und dann kam plötzlich auch noch Mutter herein. Als sie das Blut und meine Bettlaken sah, meinte sie natürlich gleich, ich hätte eine Fehlgeburt gehabt. Ich wollte ihr gerade sagen, dass sie sich irrte, aber dann sah ich Georgys flehenden Blick. Und am Ende habe ich so getan, als ob Mutter recht hätte und als ob es tatsächlich mein Blut gewesen wäre.

James war ehrlich verblüfft, und langsam verrauchte der Zorn in seinem Inneren, während an seine Stelle ein kaum noch zu beschreibendes Glücksgefühl trat. Sein kummervolles Herz schien regelrecht wieder aufzublühen, als er begriff, dass Louisa – *Seine kostbare Louisa!* – ihn nie betrogen hatte und auch nie schwanger gewesen war. Gleichzeitig wusste er natürlich, dass er sich eigentlich nicht darüber freuen sollte, dass Georgy ihn und noch so viele andere so schmählich zum Narren gehalten hatte, doch in diesem Augenblick überwog seine Freude, dass es zumindest nicht Louisa gewesen war.

Vorsichtig schloss er das Tagebuch und staunte darüber, wie unendlich selbstlos Lu sich in dieser Situation verhalten hatte. Und dann tat sie auch noch so, als ob *sie* die Fehlgeburt gehabt hätte. Und das alles bloß, um ihre Schwester nicht zu verraten! Sogar vor ihrer eigenen Mutter hatte sie die Rolle des gefallenen Mädchens gespielt. Dafür kann man sie wirklich nur bewundern, dachte James und war regelrecht ergriffen, wusste er doch, dass eine solch selbstlose Liebe etwas sehr Seltenes und Kostbares war.

Und je länger er über die ganze Geschichte nachdachte, desto klarer wurde ihm auch, was er alles falsch verstanden hatte, und er war so glücklich, dass er am liebsten laut gelacht und gejubelt hätte und kurz davor war, in seinem Schlafzimmer Purzelbäume zu schlagen. Doch er beherrschte sich, während eine Woge der Erleichterung ihn durchbrandete und er in dem freudigen Bewusstsein schwelgte, ein unschätzbar kostbares Geheimnis entdeckt zu haben. Abermals öffnete er das Tagebuch und las den nächsten Eintrag:

Abercorn ist gefährlich! Denn er ist so verteufelt attraktiv, dass ich mich besser vor ihm in Acht nehme – sonst bin ich verloren!

Erst jetzt, als er diese Zeilen las, erinnerte er sich wieder daran, dass dies immerhin Louisas persönliches Tagebuch war und dass er besser nicht darin herumstöbern sollte. Hastig klappte er das Buch zu und verriegelte das winzige Schloss. Das hier sind Lus ganz private Gedanken, schimpfte er im Geiste, und ich habe gerade auf ziemlich niederträchtige Weise ihre Privatsphäre verletzt!

Nichtsdestotrotz war er natürlich alles andere als betrübt über das, was er in ihrem Tagebuch gelesen hatte. Noch immer erfüllte dieses neu errungene Wissen sein Herz mit einer unbeschreiblichen Glückseligkeit. Er schwelgte sogar regelrecht in der Vorstellung, dass von jetzt an, da er diesen winzigen kleinen Ausflug in Lus Tagebuch gewagt hatte, zwischen ihnen beiden bestimmt alles ganz anders werden würde, und seine Mundwinkel verzogen sich bereits zu einem teuflischen kleinen Grinsen, denn der Marquis von Abercorn kannte nun nur noch ein Ziel: Seine Angebetete schließlich doch noch zu verführen – koste es, was es wolle.

Er trug das Buch zurück zu Lus Koffertruhe, faltete das kostbare karmesinrote Kleid vorsichtig wieder zusammen und schob ihr Tagebuch darunter, genau so, wie er es vorgefunden hatte. Dann schloss er den Deckel der Truhe, ließ die Messingscharniere einrasten und stellte zur Sicherheit noch einen von Lus Koffern obenauf.

Niemals darf Lu herausfinden, was ich soeben getan habe!

Abrupt öffnete Lu die Augen, als in ihrem provisorischen Schlafzimmer mit einem Mal energisch die Vorhänge zurückgerissen wurden. Doch die grelle Morgensonne blendete sie, und so kniff sie die Augen rasch wieder zu. »Verdammt noch mal!«, schimpfte sie empört. »Ich wünschte, der Teufel würde dich holen.«

»Ja, das hätte er auch fast«, lachte James mit einem vielsagenden Grinsen, ging ansonsten aber nicht weiter auf Lu ein. »Los, aufstehen! Ich will, dass du mitkommst.« Erbarmungslos schlug er ihre Bettdecke zurück.

»Ich bin noch nicht angekleidet.«

»Das sehe ich.« Bewundernd ließ er den Blick über ihre verführerischen Rundungen unter dem seidenen Nachthemd schweifen.

»Kann das nicht warten?«

»Nein, definitiv nicht. Also, beeile dich, sonst hebe ich dich einfach hoch und nehme dich so mit nach unten.«

Unterdessen erschien wieder dieses temperamentvolle Blitzen in seinen Augen, und Lu ahnte bereits, dass er es ernst meinte mit dem, was er sagte. »Aber ich brauche zuerst noch meinen Morgenrock«, murrte sie.

»Oh, bitte schön. Wenn es unbedingt sein muss.« Schwungvoll nahm er den weiß-samtenen Morgenmantel auf, der am Fußende ihres Bettes gelegen hatte, und legte ihn ihr um die Schultern, während Lu ihre nackten Arme in die weichen Ärmel gleiten ließ. Dann packte er ihre Hand und zog sie ziemlich unsanft aus dem Bett.

Nur mit knapper Not schaffte Louisa es, sich noch rasch ihre Hausschuhe anzuziehen, als James sie auch schon in Richtung Tür hinter sich her zog. Um mit seinen großen Schritten mithalten zu können, musste sie fast rennen. Und natürlich kamen sie auf ihrem Weg auch an so manchen Dienern und Hausmädchen vorbei, die die Herrschaften mit offenem Mund anstarrten, doch James hatte es dermaßen eilig, als er die große Haupttreppe hinunterstürmte, dass Lu noch nicht einmal mehr die Zeit blieb zu erröten.

Mit großen Schritten marschierten sie einmal quer durch die

Haupthalle, dann durch die Rotunde und durch das schmale Foyer, um schließlich im Eiltempo nach draußen zu gelangen. Erst, als sie unter dem ausladenden Vordach angekommen waren, blieb James für einen winzigen Moment stehen, um dann auch schon kurzerhand einen seiner kräftigen Arme unter Lus Kniekehlen durchzuschieben und sie einfach hochzuheben.

»Die Tradition verlangt es, dass der Bräutigam seine Braut über die Türschwelle trägt. Und keiner soll sagen, dass ich nicht wüsste, welche Rechte und Pflichten ich als Ehemann habe – egal, wie sehr du dich mir auch widersetzen magst.«

Louisa begriff natürlich sofort die Doppeldeutigkeit seiner Worte und errötete prompt, während James sie langsam und feierlich zurück über die Türschwelle trug und dann einmal quer durch das sonnendurchflutete Atrium. Empört versuchte sie, sich seinen muskulösen Armen zu entwinden – doch er war schlichtweg stärker als sie. Es blieb ihr also nichts anderes übrig, als sich zu fügen, zumal sie auch nicht mehr alleine waren, sondern sich rings um sie herum bereits die nachsichtig lächelnde Dienerschaft versammelt hatte.

»Du siehst, das ganze Leben ist eine Bühne«, raunte James ihr leise ins Ohr, während er seinen Weg fortsetzte und sie durch die Haupthalle trug. »Ich rate dir also, dich auf deine Rolle zu konzentrieren. Aber das dürfte dir ja keine Probleme bereiten.«

Nun aber war Lus Kampfgeist erwacht, und mit lauter Stimme, damit auch alle sie hörten, erwiderte sie: »Ich wette, du schaffst es nicht, mich auch noch die Treppe hinaufzutragen.«

Doch auch Abercorn war sich seines Publikums durchaus bewusst und lachte betont charmant: »Nun, ich gebe zu, das wird eine gewisse Herausforderung werden nach den Ausschweifungen der letzten Nacht.«

»Du Teufel!«, zischte Louisa, und ihre grünen Augen blitzten vor Wut. »Das ist ja regelrecht infam!«

Aber James ließ sich nicht beirren, trug sie die Treppe hinauf bis in ihr gemeinsames Schlafzimmer, um sie dort mit Schwung auf das ausladende Bett fallen zu lassen. »Verzeih mir«, flüsterte er. »Das war wirklich gemein. Hier!« Damit reichte er ihr ein Kissen. »Dafür darfst du mir jetzt eine Tracht Prügel verabreichen.«

Das ließ Lu sich natürlich nicht zweimal sagen, stellte sich breitbeinig auf dem Bett auf und ließ das Kissen energisch auf seinen Kopf hinabsausen.

Noch immer breit grinsend darüber, dass sie sich auf dieses kleine Spiel mit ihm eingelassen hatte, schnappte James sich ein kleines Plumeau und schlug Lu damit kräftig auf den Po. Und dann dauerte es nur noch Sekunden, bis sie beide lachend über das Bett kullerten und sich balgten wie kleine Kinder. Die Decken und Laken flogen in Richtung Fußende, während Lu und James auf das Kopfende zurollten, bis es Louisa schließlich doch ein klein wenig zu wild wurde und sie versuchte, auf Händen und Knien vor ihrem Ehemann zu fliehen, um nicht am Ende noch auf dem Fußboden zu landen. Aber James war wieder einmal schneller als sie. Blitzschnell packte er sie an den Hüften, drehte Louisa auf den Rücken und warf sich dann auf sie, ganz so, als wollte er damit abschließend noch einmal demonstrieren: *Ich* bin der Sieger!

»Du verletzt unsere Abmachung!«, fauchte sie.

»Ich verletze überhaupt nichts.« Grinsend blickte er auf sie hinab. »Du musst zugeben, ich habe in den Tagen seit unserer Hochzeit noch nicht einmal *versucht*, meine Rechte als Ehemann einzufordern. Zwischen uns ist also noch alles beim Alten.«

Schwer atmend lag Louisa unter ihm, während er auf sie hinabschaute. Und Lu musste zugeben: Es stimmte, was er sagte. Nichts hatte sich zwischen ihnen beiden geändert; und doch war mit einem Mal alles anders. Und nun begriff Louisa auch, woran das lag: James' Zorn war verschwunden!

»So, und nun hoch mit dir«, mahnte er, während er sich von ihr herunterrollte. »Wir können nicht den ganzen Morgen im Bett herumtoben, sonst ist der halbe Tag bereits verstrichen. Darum zieh dich jetzt bitte an, und komm hinunter ins Frühstückzimmer. Danach werde ich dir die Ställe zeigen. Dort wartet nämlich noch ein kleines Hochzeitsgeschenk auf dich.«

Lu war innerlich hin- und hergerissen. Einerseits wollte sie sich endlich daranmachen, ihre restlichen Kisten und Koffer auszupacken; andererseits wollte sie doch zu gerne wissen, was dort im Stall wohl auf sie warten mochte. Am Ende beschloss sie, dass ihre Koffer ihr nicht davonliefen, und so huschte sie hinüber in ihr kleines Boudoir, um ihr smaragdgrünes Reitkostüm anzulegen.

Genau in dem Moment, als sie mit einem duftigen Taftband ihr Haar zurückband, streckte James ungeduldig den Kopf um die Ecke. »Komm, wir gehen am besten gemeinsam. Sonst gehst du mir hier in dem ganzen Wirrwarr an Gängen und Korridoren noch verloren, und wir sehen dich nie mehr wieder.«

Seite an Seite betraten sie den schmalen, sonnendurchfluteten Frühstücksraum, der von dem deutlich geräumigeren Esszimmer abzweigte. »Na, so schwer war der Weg nun auch wieder nicht zu finden«, erklärte Louisa. »Überhaupt ist die Architektur von Barons Court nicht annähernd so verworren, wie du behauptest. Woburn Abbey jedenfalls ist sehr viel unübersichtlicher, fast schon wie ein Kaninchenbau.«

»Das liegt daran, dass Barons Court ja auch erst vor knapp fünfunddreißig Jahren erbaut wurde. Verglichen damit ist Woburn Abbey ja steinalt.«

Zügig nahmen sie ihr Frühstück ein, und obgleich James einen gesunden Appetit hatte und sich eine gute Portion Räucherschinken, Eier und Kartoffelpfannkuchen auflegen ließ, hatte er seinen Teller doch bereits vor Louisa geleert, die noch von ihren Erdbeeren mit Sahne naschte. Aufmerksam beobachtete er sie, während sie anmutig einen Löffel nach dem anderen zum Munde führte.

»Musst du mich unbedingt so anstarren?«

»Ja, das muss ich. Denn ich finde diese feinsäuberliche Art, mit der du isst, einfach faszinierend. Und wie du deine Lippen ableckst … ich würde sagen, das ist sehr vielversprechend.«

»Und ich würde sagen, du bist und bleibst ein echter irischer Teufel. Dauernd versuchst du, mich zum Erröten zu bringen.«

James lachte. »Aber du musst zugeben: Du springst ja meistens auch voll drauf an.«

Wütend schleuderte Louisa ihm ihre Serviette entgegen.

»Und jetzt komm.« Damit stand er von seinem Platz auf und ergriff ihre Hand. »Unsere kleinen Neckereien heben wir uns für später auf.«

Das große Stallgebäude lag genau auf der anderen Seite des Innenhofs, und kaum dass sie beide durch die ausladende Pforte getreten waren, entwand Lu James auch schon ihre Hand, um neugierig an den Boxen entlangzugehen. Eine ganze Reihe von Stallburschen war gerade dabei, die Boxen auszumisten und mit frischem Stroh zu füllen. »Aber wo sind denn die Pferde?« Erstaunt blickte Lu sich nach ihrem Ehemann um.

Der schlenderte unterdessen weiter zu einer klassischen Stalltür hinüber, von der nur die obere Hälfte geöffnet war. »Die meisten von ihnen sind hier draußen.«

Wissbegierig trat Lu neben ihn und ließ den Blick über zwei weitläufige Koppeln schweifen, die über und über mit Klee bewachsen waren. »Bei diesem Anblick geht einem ja richtig das Herz auf«, schwärmte sie. »Und dieser irische Klee ist so verdammt viel grüner als unser englischer.«

»Was höre ich denn da?«, neckte er sie. »Du fluchst doch sonst nicht, oder?«

»Nein, ich fluche nur sehr selten«, log Lu.

»Das ist aber schade. Denn gerade das Fluchen macht so viel Spaß. Ich werde dir irgendwann einmal ein paar Nachhilfestunden im Fluchen geben, dann können wir ja mal sehen, wer besser fluchen kann. Zumal man hier in Irland sehr viel poetischer flucht als in England.«

»Wie geht das denn?«

»Lass mich mal überlegen.« James schwieg einen Moment. »Ja,

genau, wie wäre es hiermit: Wenn ihr flucht, dann sagt ihr ›Mist‹ oder ›Shit‹ – wir sagen *shyte*. Die Bedeutung ist die gleiche, aber es klingt doch sehr viel vornehmer.«

Louisa lachte. »Ja, das ist in der Tat ein sehr poetischer Fluch. Aber auch ich habe ein ziemlich umfangreiches Repertoire an Schimpfwörtern. Du darfst nicht vergessen: Ich habe immerhin sieben Brüder. Und die fluchen mitunter wie ein paar alte Seebären.«

Mit gespieltem Entsetzen schaute James sie an. »Aber doch wohl hoffentlich nicht Wriothesley?«

»Abercorn! Du bist ganz schön durchtrieben.«

»Komm, folge mir«, wechselte James das Thema und ging tiefer in den Stall hinein, bis er vor einer der wenigen Boxen angelangte, in der noch Pferde standen. Mit feierlicher Geste öffnete er die Tür. »Und? Was hältst du von ihr?«

»Oh, das ist eindeutig eine Araberstute«, staunte Louisa. »Sie ist wundervoll.«

»Freut mich zu hören. Denn sie gehört dir.«

Überrascht riss Louisa die Augen auf: »Hol mich der Teufel!«

»Ja«, lachte James. »Das kannst du laut sagen. Gleich nebenan habe ich übrigens noch eine von der Sorte. Aber die darf zurzeit nicht geritten werden. Sie steht kurz davor zu fohlen. Falls es ein weibliches Fohlen wird, sollten wir es vielleicht ›Lady Lu‹ nennen, was meinst du?«

Neugierig drückte Lu ihre Nase an die Gitterstäbe der Nachbarbox. »Oh, die ist ja hochtragend. Wenn du mich fragst, kann man jetzt jeden Tag damit rechnen, dass das Fohlen zur Welt kommt.« Besorgt schaute sie das Tier an. »Hast du denn gar keine Angst um sie?«

»Nein. Ich erwarte keinerlei Schwierigkeiten. Genau genommen freue ich mich sogar schon auf das Ereignis.«

»Aber sie wird entsetzliche Schmerzen leiden. Und vielleicht stirbt das Fohlen sogar.«

James wandte sich zu Louisa um und sah die Angst, die sich in ihren Zügen widerspiegelte. Und er spürte instinktiv, dass Louisa nun jemanden brauchte, der ihr etwas von ihrer Furcht nahm und ihr Mut zusprach. »Aber eine Geburt ist doch etwas ganz Natürliches. Mach dir keine Sorgen um sie. Außerdem werde ich ja bei ihr sein, wenn es so weit ist.«

»Ja, wahrscheinlich hast du recht. Ich mache mir mal wieder viel zu viele Gedanken.« Abrupt wandte Lu sich von der tragenden Stute ab und konzentrierte sich wieder ganz auf ihr Hochzeitsgeschenk. Zärtlich strich sie dem Tier über dessen eleganten Hals.

Unterdessen hob James schwungvoll einen Sattel von dem nahegelegenen Reck. »Wie wäre es, wenn du einfach schon einmal eine Runde auf ihr reitest?« Mit routinierten Bewegungen sattelte er die Stute und hielt sie dann am Zaumzeug fest.

Elegant setzte Louisa den linken Fuß in den Steigbügel und schwang sich auf den Rücken des Tieres, wobei ihre Röcke hochrutschten und ihre langen Reitstiefel aus feinem, grünen Wildleder hervorblitzten.

Diesmal war es an Abercorn, bewundernd zu fluchen: »Hol mich der Teufel!«

»Ich muss schon sehr bitten.« Louisa versuchte, eine möglichst ernste Miene zu bewahren. »Benimm dich.«

»Ich werde es versuchen. Aber ich kann für nichts garantieren.« Zügig sattelte er auch noch sein eigenes Pferd, und wenig später trabten sie nebeneinander durch das riesige Parkgelände.

»Nochmals vielen Dank für dieses kostbare Geschenk«, rief Louisa ihm zu. »Ich weiß diese wunderschöne Stute wirklich zu schätzen. Hat sie eigentlich schon einen Namen?«

»Das ist die Königin von Saba«, erklärte James mit vielsagendem Unterton, während sein begieriger Blick Louisa wollüstig zu streicheln schien, und Lu hatte bereits so eine Ahnung, als ob er mit diesem Titel auch auf ihre eigene Schönheit anspielte. Insgeheim war sie sogar durchaus geschmeichelt über diese Anspielung, versuchte aber, sich nichts anmerken zu lassen. Stattdessen richtete sie sich stolz noch ein Stückchen höher im Sattel auf und entgegnete: »Der Name kann bleiben. Er ist perfekt.«

Inzwischen waren sie an einem kleinen Waldstück angelangt, das an das Parkgelände angrenzte. »Im Frühjahr ist der Boden in diesen Wäldern von Glockenblumen übersät«, erklärte James versonnen lächelnd. »Schade, dass der diesjährige Frühling bereits verstrichen ist. Der Duft der Blumen ist einfach unwiderstehlich.«

»Nicht so schlimm. Ich erfreue mich lieber daran, dass im Augenblick die Rhododendren blühen und die Azaleen. Die sind doch genauso schön. Überhaupt scheint die Landschaft hier vor lauter Farben regelrecht zu brillieren. Können wir noch ein Stückchen weiter in den Wald hineinreiten?«

»Aber selbstverständlich. Dein Wunsch ist mir Befehl. Allerdings sollten wir, wenn du auch Wildtiere sehen willst, besser zu Fuß gehen.« Behände schwang er sich aus dem Sattel und trat neben sie. Abermals blitzten ihre kniehohen grünen Reitstiefel hervor, als er sie vom Pferderücken hob, und in seinen Augen erschien das dunkle Glitzern der Vorfreude.

Ganz leise streiften sie beide zwischen den zarten Farnwedeln hindurch, die ein wenig an grüne Spitze erinnerten, und unterhielten sich bloß noch im Flüsterton. Denn James hatte recht gehabt: Im Wald wimmelte es geradezu von Kaninchen, Spechten, Hirschkühen und ihren Kälbern, und auf den Zweigen über ihren Köpfen tummelten sich die kleinen Braunammern, die etwas prächtigeren Goldammern sowie noch zahlreiche weitere farbenfrohe Singvögel. Plötzlich aber verstummten sie, stoben unter lautem Geflatter auf und verschwanden. Louisa seufzte enttäuscht: »Wir haben sie verscheucht.«

James jedoch schüttelte den Kopf und deutete auf einen Roten Milan, der sich auf einem der obersten Äste niedergelassen hatte, und Louisa nickte schweigend.

Leise gingen sie weiter, und Lu registrierte mit Begeisterung die zahlreichen bunten Schirmlinge und Wildblumen auf ihrem Weg, bis sie schließlich auf eine kleine Lichtung hinaustraten, in deren Mitte ein dunkler See lag, der von einem Ring aus Binsen und Lilien umgeben war. Gemächlich paddelte ein Stockentenpärchen über den See, während ein Reiher auf Fischfang ging und schillernde Libellen über der Wasseroberfläche tanzten. Gekrönt wurde das Ganze von einem Schwarm duftig-zarter Schmetterlinge.

»Das sieht ja aus wie einer dieser Weiher, wie man sie eigentlich nur aus dem Märchen kennt«, flüsterte Louisa. »Ich kann förmlich spüren, wie auch von diesem See eine gewisse Magie ausgeht.«

»Ein magischer See? Na, dann dürfen wir uns jetzt wohl beide etwas wünschen.«

Louisa nickte eifrig.

Mit einem versonnenen Lächeln auf den Lippen schloss sie die Augen und berührte mit ihrer Zungenspitze ganz zart ihre Oberlippe, während sie sich ganz auf ihren Wunsch konzentrierte. James hingegen hatte seine Augen noch lange nicht geschlossen, sondern betrachtete fasziniert seine junge Ehefrau und fand sie – nicht zum ersten Mal – einfach unwiderstehlich. Langsam streckte er die Hand aus und löste die Schleife aus ihrem Haar.

Üppig und schwer ergossen sich ihre dunklen Locken über ihre Schultern, während Lu wütend die Augen aufriss und zu ihm herumwirbelte.

»Sag schon. Was hat du dir gewünscht?«, wollte er wissen, während er sie mit unverhülltem Verlangen ansah.

»Das kann ich nicht sagen. Dann geht der Wunsch doch nicht in Erfüllung«, erwiderte Louisa.

»Nun, was ich mir gewünscht habe, kannst du dir wohl denken, Lady Lu.« Hungrig starrte er einen Moment lang auf ihre vollen Lippen, um ihr dann tief in die Augen zu blicken.

· 23 ·

»Wenn du noch mehr Platz brauchen solltest … hier ist auch noch ein Kleiderschrank.« Lässig lehnte James in der Verbindungstür zwischen Schlafzimmer und Boudoir und beobachtete Louisa, wie diese ihre Koffer auspackte.

»Wir hatten uns auf *getrennte* Schlafzimmer geeinigt«, wies Louisa ihn in energischem Ton zurecht.

»Lu, ich biete dir doch bloß an, deine Kleider bei mir unterzubringen. Das kannst du doch nicht gleich als Einladung in mein Bett missverstehen.«

Louisa bemühte sich sehr, nicht schon wieder zu erröten, doch ihre Wangen fühlten sich bereits verdächtig warm an. Mürrisch hängte sie ein Kleid, das ganz aus türkisfarbenem Crêpe de Chine gefertigt war, auf einen Kleiderbügel und versuchte, es in ihren Schrank zu quetschen. »Also schön, wie du meinst. Dann will ich dein Angebot gerne annehmen.«

»Nur wenn du es auch wirklich willst. Du weißt ja: Ich zwinge dich zu nichts.«

Louisa ahnte, dass James dabei nicht nur von seinem Kleiderschrank sprach. Er will mir wohl zu verstehen geben, dass er mich nicht zwingen wird, mich ihm hinzugeben, überlegte sie. Laut hingegen erwiderte sie: »Ich danke Euch für Eure Großzügigkeit, Mylord.«

Hilfsbereit trug James eine der erst halb ausgepackten Truhen in das große Schlafzimmer hinüber. Ihr Tagebuch, so vermutete er, hatte Lu bestimmt schon an sich genommen und irgendwo versteckt. Schließlich öffnete er auch noch einige der Schubladen in der linken Hälfte der riesigen Doppelkommode. »Hier kannst du auch noch ein paar Sachen verstauen. Ich habe meine Habseligkeiten auf der rechten Seite untergebracht.«

Plötzlich aber taumelte er in gespieltem Entsetzen zurück, als Louisa nämlich einen ganzen Arm voll schwarzer Spitzenunterwäsche aus ihrem Koffer zog und in die Kommode einsortieren wollte.

»Selber schuld«, zischte Lu angesichts seiner theatralischen Darbietung. »Ich habe dich ja nicht aufgefordert, mir beim Auspacken zuzusehen.«

»Das ist wohl wahr«, räumte James ein. »Und trotzdem bin ich mir ziemlich sicher, dass du dir diese Unterwäsche auch deswegen ausgesucht hast, *damit* ich sie sehe. Du wolltest wohl, dass der Schock mich lähmt, wie? Aber ich muss schon sagen, du hast einen ziemlich verführerischen Geschmack, was deine Kleidung betrifft.«

»*Shyte*!«, fluchte Lu mit einem verschmitzten Grinsen. »Jetzt hast du auch noch mein letztes Geheimnis entdeckt.«

»Und du bist nicht auf den Kopf gefallen.« Laut lachend legte James den Kopf in den Nacken. »Aber mir gefällt so ein kleiner Schlagabtausch. Und überhaupt hat mir der Tag mit dir richtig Spaß gemacht.«

Ja, mir auch, seufzte Lu im Stillen. Doch sie erwiderte nichts, sondern packte lieber weiter ihre Strümpfe aus, ihre Fächer, ihre Nachthemden und einige Dutzend weiterer Accessoires, die allesamt zu ihrer Aussteuer gehörten. Währenddessen ließ sie im Geiste noch einmal ihren ersten Tag auf Barons Court Revue passieren: Nach ihrem kleinen Ausritt hatte James ihr das gesamte Herrenhaus gezeigt, und Lu musste zugeben, dass das Haus mindestens so atemberaubend war wie sein Besitzer. Unter anderem besaß es nämlich eine gut dreißig Meter lange Gemäldegalerie mit einer recht beeindruckenden Kunstsammlung, zu der nicht zuletzt einige seltene Werke von Raffael gehörten, eine Sammlung von Porträts des Künstlers Sir Joshua Reynolds und eine Reihe von Bildern des spanischen Malers Velázquez. Und dann gab es da noch ein paar in Packpapier gewickelte Gemälde, die James offenbar erst kürzlich erworben hatte. Für einen Moment war Lu drauf und dran gewesen, ihn zu fragen, welche Bilder sich in den Paketen verbargen, hatte dann aber entschieden, dass das auch noch warten könnte.

Außerdem verfügte das Anwesen über ganze zwei Dutzend Schlafzimmer sowie über einen Gebäudeflügel, der allein für die Unterbringung der Gäste gedacht war; in diesem befanden sich nicht weniger als vier luxuriöse Apartments, die jeweils aus Schlafzimmer, Salon und Esszimmer bestanden.

Zudem gehörten zum Haus einige Kinderzimmer, wo Louisa sich jedoch lieber nicht allzu lange aufhielt. Und dann war da noch der Küchentrakt! Im Gegensatz zu den alten Kellergewölben in Woburn Abbey war dies eine hochmoderne Kocharena mit allem erdenklichen Komfort, und aus den Öfen stiegen so köstliche Düfte auf, dass Louisa bereits das Wasser im Munde zusammenlief.

Lu lächelte, als sie sich daran erinnerte, wie sie James auf ihrem Rundgang durch die Küchenräume gefragt hatte, was denn diese kleinen runden Dinger in der großen Porzellanschale seien.

»*Swatemates*«, hatte James ihr geantwortet und eine der kleinen Köstlichkeiten herausgenommen. »Komm, probier mal.«

Louisa beschloss, ihm zu vertrauen, öffnete den Mund und biss ein Stückchen ab. »Oh, das ist ja Ingwer«, lachte sie schließlich. »Ingwer mit bunten Zuckerstreuseln.«

»Nein.« Mit spöttischem Grinsen schüttelte James den Kopf und flüsterte: »Bei uns sagt man *swatemate.*«

Sein irischer Akzent hatte eine unglaublich erotische Wirkung auf sie, und ein zartes Prickeln der Erregung rieselte über Lus Rücken.

Und ihr war keineswegs entgangen, dass dies nicht das erste Mal war, dass James sie vor Erregung erschauern ließ. An diesem Abend hatten sie nämlich in dem privaten kleinen Salon, dem Frühstückszimmer gleich neben dem großen Esszimmer, gespeist, und ganz spontan hatte James ihr einen flüchtigen Kuss auf den Scheitel gehaucht, als er ihr den Stuhl zurechtrückte. Außerdem war der Tisch, an dem sie aßen, sehr klein und intim gewesen, und von dem Moment an, da James ihr gegenüber Platz genommen hatte, hatte er kein einziges Mal mehr den Blick von ihrem Gesicht abgewandt.

Galant hatte er ihr aufgelegt und dabei nur die köstlichsten Stücke ausgewählt; James und Louisa aßen an diesem Abend verschiedene Delikatessen vom Wild und typisch irische Zubereitungen von allerlei Gemüse, das auf seinem eigenen Anwesen gezogen worden war. Zudem machte er Lu ein ums andere Mal kleine Komplimente und neckte sie zugleich ein wenig, bis Louisa schließlich schallend lachte. Und auch sonst verfolgte er mit seinen Galanterien natürlich einen ganz bestimmten Zweck: Er wollte ihr ihr Misstrauen nehmen, wollte sie regelrecht entwaffnen. Alles in allem gab James sich Louisa gegenüber so zuvorkommend und aufmerksam, dass diese schließlich das Gefühl hatte, als wäre sie die begehrenswerteste Frau auf Erden, und jedes Mal, wenn sich zufällig ihre und James' Hände berührten, rieselte ein zarter Schauer über ihren Rücken.

Nach dem Abendessen war Louisa wieder ins Schlafzimmer zurückgekehrt und beeilte sich nun, vor dem Schlafengehen noch rasch ihre restlichen Truhen auszupacken.

Doch James wollte den Abend noch nicht ausklingen lassen, und so schlug er ihr vor, noch einen kleinen Schlummertrunk mit ihm einzunehmen. Lässig schlenderte er zu dem grazilen Schachtisch hinüber, unter dessen Tischplatte sich eine kleine irdene Flasche verbarg.

Beim Anblick der Flasche zögerte Louisa jedoch. »Eigentlich mag ich Whisky nicht so gerne. Ein Glas Wein wäre mir lieber.«

»Aber das ist doch kein normaler Whisky«, verbesserte James sie. »Das, was sich in dieser Flasche verbirgt, trägt den klangvollen Namen *Irish Poteen*. Aber wahrscheinlich hast du recht – es wäre unklug, dich davon kosten zu lassen. Das ist nämlich ein extrem hochprozentiges Gebräu, das aus Gerstenmalz und Kartoffeln hergestellt wird. Definitiv nicht das geeignete Getränk für eine Lady …« James spürte genau, dass Louisa trotz ihres ursprünglichen Widerwillens bereits drauf und dran war, ihm die Flasche einfach zu entreißen, und so fügte er als letzten kleinen Köder noch hinzu: »Außerdem ist unser guter alter *Poteen* schwarzgebrannt.«

»Ach, tatsächlich?« Louisas Augen wurden immer größer. »Dann *muss* ich ihn ja geradezu probieren.« Erwartungsvoll setzte sie sich an den Schachtisch.

James holte zwei kleine Gläser, schenkte sie voll und reichte eines davon Louisa.

Doch gleich der erste Schluck raubte ihr beinahe den Atem.

»Ich hatte dich ja gewarnt, dass das ein ziemlich starkes Gebräu ist.« Er leerte sein Glas mit einem einzigen Zug. Anschließend griff er nach Louisas Gläschen. »Ich denke, das solltest du besser nicht mehr austrinken.«

Doch noch ehe er ihr das Glas wegnehmen konnte, wagte Louisa auch schon einen zweiten Schluck, und in ihrem Inneren breitete sich eine angenehme Wärme aus, die ihr eine gewisse Kühnheit verlieh und ihre Leidenschaft wachkitzelte. Ganz leise ertönte in ihrem Hinterkopf noch eine warnende Stimme: Vorsicht! Er hat mir nur deshalb von dem Schwarzgebrannten zu kosten gegeben, um mich anschließend leichter verführen zu können! Doch Louisa war der Macht des Whiskys bereits verfallen und leckte sich begierig über die Lippen, während sie sich an James' sinnlich-laszive Küsse erinnerte. Und so hob sie nur einen knappen Wimpernschlag später nochmals das Glas und trank auch noch den letzten Rest. Dabei frohlockte sie im Stillen: So schnell lasse ich mich nicht rumkriegen. Da braucht es schon noch ein bisschen mehr als bloß ein Gläschen *Poteen*.

»Ich hab's geschafft!«, triumphierte sie und warf Abercorn einen herausfordernden Blick zu. »Und überhaupt: *So* stark fand ich Euren *Poteen* nun auch wieder nicht.« Schwungvoll erhob sie sich von ihrem Platz. Doch mit einem Mal wurde ihr ganz schwindelig. Zögernd wagte sie einen Schritt vorwärts – und stolperte prompt.

Sofort kam James herbeigestürzt, um sie aufzufangen, doch statt Louisa nun an sich zu reißen – wie sie nämlich bereits erwartet hatte –, reichte er ihr einfach nur seinen Arm und lachte: »Ich denke, du solltest dich jetzt besser hinlegen.«

»Ja, da hast du wohl recht.« Sehnsüchtig schielte Louisa bereits zu dem riesigen Bett im Hauptschlafzimmer hinüber.

Doch James tat so, als ob er nichts davon bemerkte, nahm sie an der Hand und führte sie durch die Verbindungstür in ihr eigenes Schlafzimmer. Schließlich, als er sie auf ihrem Bett absetzte, erklärte er noch einmal betont ernst und ohne sich seine Belustigung anmerken zu lassen: »Lu, ich möchte, dass du weißt, dass ich unsere Abmachung niemals verletzen würde.«

Ganz allein in ihrem kleinen Boudoir schälte Louisa sich nun aus ihrem Kleid und schlüpfte unter die flauschige Decke. Derweil schienen die Gedanken in ihrem Kopf noch immer wie wild durcheinanderzupurzeln, und sie schämte sich, dass sie James gegenüber so misstrauisch gewesen war. Wahrscheinlich, so dachte sie in diesem Augenblick, hat Abercorn tatsächlich keinerlei Hintergedanken gehabt.

Wenige Atemzüge später war sie auch schon eingeschlafen und verlor sich in ihren Träumen: Sie und James hatten es sich gemeinsam in dem riesigen Ehebett gemütlich gemacht. Eine volle Stunde lang hatte er sie hingebungsvoll geküsst, beginnend an ihren Schläfen und ihren Augenlidern, bis er schließlich an ihrem zart geschwungenen Hals angelangt war. Er überschüttete sie geradezu mit Liebkosungen, und Louisa fühlte sich unglaublich schön und begehrenswert. Verliebt hatte sie ihm ihre Arme um den Hals geschlungen und genoss den dezenten doch sehr männlichen Duft, der von ihm ausströmte. Schließlich, als seine Lippen zart über ihr Ohrläppchen streiften, erschauerte sie regelrecht vor lauter Wonne. »Ich liebe dich, Lu.« Leise hallten seine zärtlichen Worte an ihr Ohr – und sie erwachte.

Noch immer halb in ihrem Traum verhaftet, hob sie die Hand und wollte James zärtlich über die Wange streicheln, als sie plötzlich feststellte, dass sie ja ganz allein in ihrem Bett lag. Traurig tastete sie über das verwaiste Kissen neben sich, dann seufzte sie einmal, drehte sich auf die Seite und schlief weiter.

»Lu! Du bist ja immer noch nicht aufgestanden.« Wie schon am Vortag riss James ihr abermals schonungslos die Bettdecke weg.

»Du Ausgeburt des Teufels! Das hätte ich mir ja denken können.« Abrupt setzte Louisa sich in den Kissen auf und sah, dass James ihr ein kleines Frühstückstablett mit allerlei Köstlichkeiten mitgebracht hatte.

»Ich und eine ›Ausgeburt des Teufels‹?«, schalt er sie. »Ich würde mich heute eher als Ritter der Tafelrunde bezeichnen, der gekommen ist, um dich aus bitterer Not zu retten.« Mit hungrigem Blick betrachtete er ihre Brüste.

»Um mich zu retten? Wovor? Und überhaupt meinst du doch wohl hoffentlich nicht, dass ich noch an Ritter glaube?«

»Doch, in gewisser Weise schon, denn in Kürze wird hier ein wahres Tohuwabohu ausbrechen, vor dem ich dich gerne bewahren will. Heute kommen nämlich einige Handwerker, die eines der Zimmer im Erdgeschoss umgestalten sollen. Ich schätze also mal, dass man den überwiegenden Teil des Tages vor lauter Gehämmer kaum noch sein eigenes Wort verstehen wird, und darum dachte ich, entführe ich dich einfach auf eine kleine Bootspartie über unsere malerische Seenplatte.« Energisch zog er die Vorhänge zurück und ließ das gleißend helle Sonnenlicht in Louisas Boudoir einströmen. »Sieht so aus, als ob es heute ein richtiger schöner und warmer Tag werden würde. Genau richtig, um ein bisschen im Wasser zu planschen.«

»Um im Wasser zu planschen?«

»Nun ja, um eine kleine Ruderpartie zu unternehmen – unter anderem.«

James hatte an diesem Morgen ein schlichtes Hemd aus weißer Wildseide angelegt, und Louisas Blick wurde wie magisch von seinen breiten Schultern angezogen. Er hat die Muskulatur eines echten Ruderchampions, staunte sie und musste sich sehr beherrschen, um sich nun nicht vorzustellen, wie er wohl ohne sein Hemd aussähe – doch zu spät, denn ihre Fantasie ließ sich keine Zügel anlegen. »Unter anderem?«, hakte sie neugierig nach und verscheuchte ihre unkeuschen Gedanken.

»Also gut, ich gebe es ja zu«, räumte James ein. »Ich wollte dir heute das Schwimmen beibringen. Ich möchte ganz einfach, dass du deine Angst vor dem Wasser verlierst, das heißt, sofern du dich traust.«

»Du fragst mich, ob ich mich traue? Ich habe keine Angst davor, schwimmen zu lernen!«, schimpfte sie. »Ich habe nur Angst vor solchen Rabauken wie meinen Brüdern, die mich einfach unter Wasser drücken.«

»Und meinst du, ich bin auch solch ein ›Rabauke‹?«

»Das müsste man erst einmal abwarten. Bis jetzt jedenfalls«, gestand sie ein, »hast du dich mir gegenüber immer verhalten wie ein echter Gentleman.«

»Du willst mir schmeicheln. Schäme dich.« Vorsichtig stellte er das Tablett genau zwischen ihnen beiden auf Louisas Bett ab. »Wie du siehst, frühstücken wir heute hier oben. Das spart Zeit. Und das Mittagessen werden wir draußen am See einnehmen; der Koch stellt uns gerade einen kleinen Picknickkorb zusammen.« Zärtlich fütterte er sie mit einem kleinen Häppchen Rührei. Anschließend hielt er ihr eine feine Scheibe knusprig gebratenen Specks unter die Nase, und das rauchige Aroma war so verführerisch, dass Louisa nicht widerstehen konnte, sondern sofort hineinbiss. Kaum dass sie die erste Scheibe verspeist hatte, schnappte sie sich auch schon die nächste.

»Halt, nicht so gierig! Lass mir auch noch etwas übrig.«

Spitzbübisch lächelnd nahm Lu sich einen weiteren Speckstreifen und hielt ihn James an die Lippen. Doch noch ehe er hineinbeißen konnte, zog sie den Speck auch schon wieder weg. Schließlich, als sie James' enttäuschten Blick sah, gab sie nach und bot ihn ihm abermals an.

James jedoch war zu klug, um sich noch einmal an der Nase herumführen zu lassen, sondern packte mit eisernem Griff Lus Handgelenk und biss erst dann von dem Speckstreifen ab. Als er den letzten Bissen verspeiste, berührten seine Zähne zart ihre Finger.

Louisa atmete einmal scharf ein, hatte sie doch fast schon damit gerechnet, dass er sie beißen würde; stattdessen aber leckte er genüsslich über ihre Fingerspitzen. Ein wissendes Lächeln breitete sich über seine Lippen, als Louisa unwillkürlich erschauerte. »Hör auf damit!«

»*Ich* soll aufhören?« James ließ seinen Blick einen Moment lang auf den üppigen Rundungen ihrer Brüste ruhen, um dann übertrieben verzückt mit den Augen zu rollen. »Du bist es doch, die schon am frühen Morgen versucht, mich mit ihren Reizen zu betören.«

»Aber da *du* derjenige warst, der mir die Bettdecke weggerissen hat, bist eindeutig *du* der Übeltäter in diesem Spiel. Und darum geschieht es dir nur recht, wenn meine Reize dich nun etwas verwirren. Lord Lüstern!«

James grinste, freute er sich doch jedes Mal wieder, wenn er und Louisa sich ein kleines Wortgefecht lieferten.

»Aber irgendwann«, fuhr Louisa fort, »wenn du lang und hart genug trainiert hast, kannst du es ja vielleicht mit mir aufnehmen.« Kaum dass Louisa diese Worte aus dem Mund geschlüpft waren, errötete sie auch schon. Lang und hart – oh, mein Gott! Ich kann es kaum glauben, dass ich das tatsächlich gesagt habe.

James schwieg, doch in seinen Augen blitzte es amüsiert auf, während er sich wieder seinem Frühstück zuwandte. Als er fertig war, sprang er voller Energie von ihrem Bett auf und erklärte: »So, und nun mach dich fertig. Aber was auch immer du unter deinem

Kleid anziehst: Achte bitte darauf, dass es zum Schwimmen geeignet ist.«

Louisa war schon ganz aufgeregt, als sie an den bevorstehenden Ausflug dachte, und erhob sich eilends aus ihrem Bett, um in ihrer Kommode herumzuwühlen und geeignete Unterwäsche zum Schwimmen auszusuchen. James wird Augen machen!, dachte sie verschmitzt.

Weil es ausgesprochen warm war an diesem Tage, wählte Lu zum Überziehen ein schlichtes cremefarbenes Leinenkleid; mehr brauchte sie nicht für den Ritt hinab zum See. Und auch James ließ den elegant geschnittenen Überrock, mit dem er sich sonst vor seinen Angestellten und Pächtern präsentierte, weg und trug lediglich sein weißes Seidenhemd und ein Paar Reithosen.

Leuchtend blau spiegelte sich der wolkenlose Sommerhimmel in der Seenplatte und ließ sie wie eine zarte Kette glitzern, als Louisa plötzlich auf eine Stelle etwas weiter hinten im Ufergestrüpp deutete und rief: »Sieh mal, da ist ja ein Otter!«

»Und was für ein kräftiger Bursche! Wenn du genau hinsiehst, wirst du bestimmt irgendwo auch seine Gefährtin entdecken. Während der Sommermonate bilden sie feste Paare und sind unzertrennlich.«

»Stimmt, da hinten ist sie. Leider weiß ich so gar nichts über Otter …«

»Nun, die Weibchen nennt man bei uns *queens*, also Königinnen. Und wie ich das sehe, haben wir es bei der hier sogar mit einer ziemlich rundlichen Dame zu tun. Schon bald wird ihr Junges zur Welt kommen.«

»Nur eins?«

»Ja, meistens gebären sie nur ein Jungtier. Manchmal auch zwei. Aber mehr nicht. In jedem Fall sind diese Tiere sehr verspielt und hochintelligent. Sieh dir mal die flachen Steine am Uferrand an. Wenn du dir ein bisschen Zeit nimmst, um die Otter zu beobachten, dann wirst du sehen, wie sie erst nach Krustentieren tauchen und sie dann oben auf den flachen Steinen an der Uferböschung ablegen, um die Schalen mit einem kleineren Stein zu knacken.«

»Ich beobachte sehr gerne Wildtiere. Die meisten von ihnen sind so gewitzt.«

»Und siehst du den Raben dort oben im Geäst?« James deutete auf eine riesige alte Weide, die ganz dicht am Ufer stand. »Der ist sogar noch cleverer, denn er weiß sich das Geschick der Otter zunutze zu machen. Wenn ein Rabe etwas findet, das eine extrem harte Schale hat, wie zum Beispiel eine Nuss, dann lässt er es einfach dort unten auf dem flachen Uferstein liegen und wartet, bis ein Otter heranschwimmt und den Fund für ihn öffnet.«

Gespannt lauschte Louisa James' Erläuterungen. »Ich glaube sogar, das da oben ist ein weiblicher Rabe.«

»Ja, vielleicht. Die weiblichen Raben sind meist sogar noch klüger als ihre männlichen Artgenossen. Vor allem aber sind sie selbstbewusster und kennen immer irgendwelche Tricks und Kniffe, wie sie sich und ihre Jungen sogar in harten Zeiten durchbringen.« Im Stillen wünschte James sich, dass auch Louisa ein wenig mehr Selbstvertrauen entwickeln würde. Denn obgleich sie sich zumeist alle Mühe gab, ihre Verletzlichkeit zu verbergen, so hatte er doch schon längst erkannt, dass sie eigentlich sehr sensibel war. Darum wollte James ihr auch gerne das Schwimmen beibringen. Das, so hoffte er, würde ihr Selbstbewusstsein in jedem Fall schon einmal stärken.

Gemächlich ritten sie weiter, bis sie an einem alten Bootshaus angelangten. »Hier brauchen wir die Pferde nicht anzubinden, Lu. Lassen wir ihnen einfach das Vergnügen, ein wenig am Seeufer entlangzuwandern und von dem saftigem Gras hier zu kosten.« Rasch nahm er den Tieren die Sättel ab und platzierte diese unter einem schattigen Baum. Anschließend öffnete er die Tür des Bootshauses und ging hinein. Im Inneren lagerten zwei Boote: Das eine war ein Rennboot, mit dem er regelmäßig für seine Ruderwettkämpfe trainiert hatte; das andere war ein ganz reguläres Ruderboot komplett mit zwei bequemen Sitzbänken aus karmesinrotem Leder. James kletterte als Erster hinein, um das Boot zu stabilisieren. Anschließend reichte er Louisa die Hand.

Ohne zu zögern legte Louisa ihre Hand in die seine und stieg zu ihm ins Boot. Neugierig ließ sie sich auf einer der Bänke nieder und beobachtete genau, was James nun tat. Zuerst hakte er die Griffe der Ruderblätter an den dafür vorgesehenen Ösen ein, dann nahm er Lu gegenüber auf einer der Bänke Platz und stemmte die Füße jeweils rechts und links gegen die Planken. Und dann begann die Bootsfahrt.

Leicht wie eine Feder glitt das Boot aus dem überdachten Anleger heraus und verfolgte dabei einen solch schnurgeraden Kurs über den See, dass Louisa ehrlich verblüfft war; zumal James sich während der Fahrt nicht ein einziges Mal umdrehte. Irgendwann, nachdem sie bereits geraume Zeit gerudert waren, brannte die Sonne so heiß auf seine Schultern hinab, dass er spontan sein Hemd auszog. »Wenn du willst«, bot er Louisa an, »rudere ich uns bis ganz ans Ende der Seenkette.«

Fasziniert beobachtete Louisa das Spiel der Muskeln unter seiner nackten Haut. »Oh ja, gerne.«

»Zu rudern ist ziemlich anstrengend«, erklärte James. »Aber es ist auch gut für den Geist. Denn der gleichmäßige Rhythmus hat etwas derart Beruhigendes an sich, dass man am Ende beinahe eins wird mit seiner Umgebung.«

Louisa seufzte leise, denn auch für sie hatte diese Fahrt etwas sehr Entspannendes, während James' lange und regelmäßige Ruderzüge sie rasch und fast vollkommen lautlos über den See trugen. Aufmerksam betrachtete sie die Form seiner kräftigen Hände und stellte fest, dass er die Griffe der Ruder nach jedem Zug ein Stück nach unten drückte, woraufhin die Blätter für einen kurzen Moment aus dem Wasser aufstiegen und über die Oberfläche hinwegschwebten, ehe er sie abermals eintauchen ließ. Das Rudern war

James offenbar bereits zur zweiten Natur geworden, und seine Technik war sehr effektiv.

»Vorsicht, hinter dir sind Enten!«, rief Lu plötzlich und stieß einen hörbaren Seufzer der Erleichterung aus, als diese gelassen einfach an dem Boot vorbeipaddelten, ohne dass ihnen auch bloß eine einzige Feder gekrümmt worden wäre.

»Das sind Haubenenten«, erklärte James ihr. »Die leben das ganze Jahr hier.«

»Und sie haben Junge! Sind die aber süß.«

»Ja, sehr viele Tiere haben zu dieser Zeit Junge. Das ist der Lauf der Natur.«

Louisa blickte hinab in das kristallklare Wasser und stellte fest, dass es vor lauter winzigen Fischen nur so wimmelte. Doch schon hatten sie den ersten der drei Seen verlassen, und das Boot glitt hinüber in den zweiten. Dort begegneten sie einer ganzen Schar von Schwänen.

»Du hattest recht, James«, sagte Louisa. »Die Schwäne sind wirklich majestätisch. Und dabei sind ihre Küken so winzig! Die Kleinen sehen aus wie klitzekleine graue Federbällchen.«

»Richtig, doch noch ehe der Sommer vorüber ist, werden sie den grauen Flaum gegen ein schlicht-braunes Gefieder eingetauscht haben. Weiß werden sie erst, wenn sie etwa zwei Jahre alt sind.«

»Du bist ja ein echter Naturfreund«, neckte sie ihn. »Aber das gefällt mir. Vor allem bin ich froh, dass du keiner dieser passionierten Jäger bist.«

Nun, ich jage vielleicht keine Tiere, dachte James. Aber wie jedes männliche Wesen auf dieser Welt bin auch ich auf der Suche nach einer Gefährtin. Und eines kannst du mir glauben, Louisa: Ich komme meiner Beute immer näher.

Als sie am Ende des dritten Sees angelangt waren, wendete James langsam das Boot.

»Willst du denn nicht erst einmal eine kleine Pause einlegen?«, fragte Louisa überrascht.

»Aber nein. Keiner der Seen ist länger als zweieinhalb Kilometer, zusammen also maximal siebeneinhalb Kilometer.«

»Und ich vermute mal«, lachte Louisa, »die insgesamt fünfzehn Kilometer für die Hin- und Rückfahrt wären für dich auch dann noch ein Kinderspiel, wenn man dir einen Arm auf den Rücken binden würde, nicht wahr?«

»Jetzt übertreibst du aber.« Auch James grinste. »Dann würden wir ja konsequent im Kreis fahren.«

Nachdenklich vertiefte Louisa sich wieder ganz in die Betrachtung seines Muskelspiels, als ihr plötzlich der Traum einfiel, den sie in der vergangenen Nacht gehabt hatte. Ich hatte mich in seine Arme geschmiegt, erinnerte sie sich, und seine Umarmung gab mir das Gefühl, wunderschön und begehrenswert zu sein. Hastig senkte sie den Blick und starrte auf den Boden des Ruderbootes, um sich selbst davor zu bewahren, am Ende doch noch der Magie dieses schier unwiderstehlichen irischen Teufels zu verfallen. Doch obgleich sie ihn nun nicht mehr sah, sondern nur noch auf den Boden zu ihren Füßen starrte, so spürte sie doch auch weiterhin den gleichmäßigen Rhythmus seiner Ruderzüge, hörte das leise Plätschern des Wassers, und fast schien es, als ob auch ihr eigener Herzschlag sich diesem beschwörenden Rhythmus anpasste, während Abercorns Nähe sie geradezu verzauberte.

Erst als Lu den Blick irgendwann wieder hob und nicht weit von sich entfernt das Bootshaus entdeckte, zerstob die magische Stimmung.

Langsam steuerte James das Boot an den überdachten Anleger, sprang behände aus dem schwankenden Gefährt und vertäute es. Anschließend streckte er Louisa die Hand entgegen, um ihr beim Aussteigen behilflich zu sein. Vertrauensvoll und ohne jeden Argwohn legte sie ihre Hand in die seine, und in diesem Augenblick begriff James, dass er die Schlacht bereits halb gewonnen hatte. Zuletzt schnappte er sich noch sein Hemd, legte es jedoch nicht wieder an, sondern warf es sich lässig über die Schulter.

Die Sonne stand bereits hoch am Himmel, es musste also in etwa Mittagszeit sein, als James vor den im Schatten lagernden Satteltaschen niederkniete, um den mitgebrachten Proviant herauszuholen. »Ich weiß ja nicht, wie es dir geht, aber nach dem Rudern habe ich immer einen Bärenhunger. Du hast hoffentlich auch ein bisschen Appetit?«

»Kommt ganz darauf an, was Ihr mir anzubieten habt, Mylord«, neckte Louisa ihn.

James lächelte verschmitzt. »Sag mir erst, wo du lieber sitzen möchtest. In der Sonne oder im Schatten?«

»In der Sonne. Und am liebsten dicht am Ufer.«

Galant breitete er sein seidenes Hemd auf dem Gras aus, um Louisas Kleidung zu schützen. Lächelnd nahm Louisa darauf Platz, während James vor ihr niederkniete und eine große Leinenserviette entknotete, in der ein frisches Weizenbrot mit schmackhaft-krosser Kruste zum Vorschein kam sowie ein kleiner weicher Laib aus selbst hergestelltem Käse. Dazu gab es eine Handvoll würziger, luftgetrockneter Würstchen und zwei rotwangige Äpfel. »Ich gebe zu, das ist eigentlich nicht das passende Mahl für eine Lady, sondern wohl eher eine Bauernmahlzeit.«

»Und trotzdem finde ich, es sieht köstlich aus. Ich bin ja sowieso nicht wählerisch.«

»Das macht mir Mut«, scherzte James. »Vielleicht habe ich dann ja doch noch eine Chance.«

Louisa schwieg und ging nicht weiter auf seine Neckereien ein, obwohl sie natürlich begriffen hatte, dass er sich noch immer darum bemühte, ihr Herz zu gewinnen. Stattdessen kostete sie lieber ein Stückchen von dem Brot und ein saftiges Häppchen Käse. »Hmmm«, seufzte sie. »Köstlich.«

Zufrieden schenkte James ihnen beiden je ein kleines Glas Brombeerwein ein. »Ich verspreche dir, dass das nicht wieder so ein starkes Gebräu ist wie unser schwarzgebrannter Whisky.« Herzhaft biss er in eines der kleinen Würstchen. »Hier, die musst du unbedingt kosten.« Doch Louisa weigerte sich und schaute ihn nur skeptisch an, woraufhin James versuchte, sie bei ihrem Stolz zu packen: »Nun komm schon. Du wirst doch wohl genügend Mumm besitzen, um eines von unseren kleinen irischen Würstchen zu probieren. Gott allein weiß, welche Teile vom Schwein sie dort hineinpacken.«

Sofort schnappte Louisa sich eine von den irischen Köstlichkeiten. »Und ob ich genügend Mumm besitze! Ich probiere alles aus.«

In James' Augen blitzte es verräterisch. »Ich werde dich bei Gelegenheit daran erinnern.«

»Du verdorbener Mistkerl!« Genüsslich leckte sie sich die Finger ab, nachdem sie das Würstchen verspeist hatte, und nahm sich dann einen Apfel.

Wie gebannt schaute James ihr zu, als sie begierig in das süße Fruchtfleisch biss, und er lachte amüsiert, als ihr der Saft das Kinn hinunterlief. Als Louisa schließlich auch den Apfel verspeist hatte, erhob sie sich und warf das Kerngehäuse mit Schwung ins Unterholz. »Den Rest kann sich eines der Rehe holen. Die sind ganz wild auf Äpfel.«

Zum Abschluss der Mahlzeit griff James nochmals in die große Leinenserviette und zog ein winziges Etwas heraus, das sorgsam in feines Seidenpapier eingepackt war. Unter Louisas neugierigen Blicken wickelte er das kleine Präsent aus und streckte Lu dann seine Hand entgegen: Mitten auf seiner Handfläche saß eine kleine Marzipanmaus.

»Oh, James!« Entzückt kniete Lu vor ihm nieder und berührte die kleine Maus sachte mit dem Finger. Sie war ehrlich gerührt über diese liebevolle Geste. Vorsichtig nahm sie die Maus auf und leckte einmal daran.

»*Swatemate*«, murmelte James und konnte den Blick nicht von ihren Lippen abwenden.

Louisa ahnte, dass er damit sicherlich nicht die Maus meinte. *Ich* bin sein *swatemate*, dachte sie geschmeichelt.

Nun nahm auch James sich einen Apfel und ließ sich in das üppige Gras zurücksinken, während er das Gefühl der wärmenden Sonnenstrahlen auf seiner nackten Brust genoss. Nachdem er den Apfel aufgegessen hatte, schloss er genießerisch die Augen.

Verstohlen spähte Lu zu ihm hinüber, und als sie sah, dass seine dunklen Wimpern ganz ruhig auf seinen Wangen lagen, nahm sie all ihren Mut zusammen und ließ ihren Blick einmal langsam über seinen nackten Oberkörper wandern. Straff spannte sich James' sonnengebräunte Haut über seine breiten Schultern, den kräftigen Brustkorb und die markanten Muskeln seines Bauches, und abermals kam ihr ihr Traum ins Gedächtnis. Louisa hatte noch genau in Erinnerung, was für ein Gefühl es gewesen war, als er sie mit seinen starken Armen umfangen und an sein Herz gedrückt hatte. Eine seltsame Macht, die so stark war, dass sie sich ihr kaum widersetzen konnte, schien sie zu ihm hinüberzuziehen, und verstohlen rückte Louisa ein Stückchen näher. Fast schon glaubte sie, den Geruch seiner sonnengewärmten Haut wahrzunehmen, und betrachtete neugierig seinen leichten Bartschatten. Dann streckte sie die Hand aus, um vorsichtig die dunklen Locken zu berühren, die seine Brust bedeckten – bis ihre Hand mitten in der Luft innehielt.

Mit einem Mal erinnerte sie sich daran, was er einst in der Bibliothek von Woburn Abbey zu ihr gesagt hatte: »Ich habe Euch an Eurem Parfüm erkannt. Es hat Euch verraten.« Louisa war also gewarnt und wusste, dass James es auch diesmal gewiss bemerken würde, wenn sie sich ihm näherte. Vorsicht, Lu!, ermahnte sie sich im Stillen. Spiel nicht mit dem Feuer. Leise und ganz behutsam rückte sie wieder ein Stückchen von ihm fort. Dann erhob sie sich und wanderte zum Seeufer hinunter, um einen gewissen Sicherheitsabstand zwischen sich und James zu bringen.

Knappe zehn Minuten später erhob auch James sich. Und natürlich hatte er sehr wohl wahrgenommen, wie Louisa sich ihm leise genähert hatte und ihn am liebsten sogar berührt hätte – James hätte laut jubeln mögen vor lauter Freude, doch natürlich behielt er sein Wissen für sich. »Und?«, rief er ihr zu. »Bist du bereit, eine Runde durch den See zu schwimmen?«

Louisa erstarrte. Wenn sie jetzt Nein sagte, dann wusste er ja sofort, dass sie doch nicht so mutig war, wie sie immer tat. Schlimmer sogar noch: Nicht nur er würde über sie spotten, auch sie selbst würde sich für einen Feigling halten. »Aber natürlich!«, erwiderte sie todesmutig.

Rasch packte James die Überreste ihres Mittagessens zurück in die linke Satteltasche und zog aus der rechten zwei flauschige Handtücher hervor. Dann schlenderte er zu Louisa zum Seeufer hinunter und zog seine Reithose aus, um seine junge Ehefrau dann lachend anzublicken: »So, und jetzt bist du dran.«

Erstaunt musterte Lu einen kurzen Moment lang seine leinene Unterhose. Dann aber legte auch sie ihr Kleid ab, ließ es achtlos ins Gras fallen und wartete auf James' Reaktion. Und er enttäuschte sie nicht, sondern taumelte wie schon einmal scheinbar entsetzt vor ihr zurück und rollte theatralisch mit den Augen. Denn statt in Unterröcken, wie er es eigentlich erwartet hatte, präsentierte Louisa sich ihm nun in einer weißen Pumphose und einem schmalen Oberteil; beide waren über und über mit karmesinroten Seidenrüschen besetzt.

»Hätte ich schon während unserer kleinen Ruderpartie gewusst, dass du unter deinem braven Sommerkleid solch verwegene Unterwäsche trägst, dann hätte ich unser Boot bestimmt zum Kentern gebracht.«

Louisa lachte. »Ach, Abercorn, jetzt tu doch nicht so schockiert. Du wusstest doch, welche Sorte von Unterwäsche ich trage. Wie hattest du es doch gleich formuliert? Du meintest, wer meine Unterwäsche sähe, solle wohl einen Schock erleiden.«

»In jedem Fall hast du einen ziemlich ausgefallenen Geschmack, liebe Louisa. Also, bist du bereit fürs Wasserballett?«

Louisa kicherte, ergriff dann aber vertrauensvoll seine Hand und watete mit ihm etwa bis zur Taille in den See hinein. »Himmel Herrgott! Ist das kalt!«

»Ja, zuerst muss man sich ein wenig überwinden, aber dann gewöhnt man sich sehr schnell daran. Ich denke, ehe ich dir beibringe, wie man schwimmt, sollte ich dir zeigen, wie man sich einfach im Wasser treiben lässt. Atme einmal tief ein, damit deine Lungen mit Luft gefüllt sind, und dann lass dich langsam zurückfallen. Ich werde die ganze Zeit meine Arme unter dich halten, damit du nicht untergehst.«

Louisa tat, wie James sie angewiesen hatte, schlug dann zwar noch ein paarmal wild um sich, als sie plötzlich Angst bekam, beruhigte sich jedoch schnell wieder. Derweil achtete James streng darauf, dass sie kein Wasser in Mund oder Nase bekam, geschweige denn, dass sie unterginge. Schließlich hatte Louisa so viel Vertrauen gefasst, dass sie den Kopf zurücklegte und sich ganz entspannt einfach treiben ließ – bis sie mit einem Mal laut lachte: »Ich hab's geschafft!«

»Ja, das hast du. Respekt, Verehrteste.«

»Los, ich will es gleich noch einmal probieren. Bleib du bitte hier stehen und pass einfach nur auf, dass ich nicht untergehe.«

Abermals ließ Louisa sich auf dem Wasser treiben, und James applaudierte begeistert. »Dann bist du jetzt wohl so weit, dass wir mit unserer ersten Schwimmstunde beginnen können. Ich schlage vor, dass wir mit dem Brustschwimmen anfangen.« Unterdessen musste James sich arg beherrschen, um nicht ständig auf ihre weiße Unterhose zu starren, die im Wasser natürlich fast durchsichtig geworden war; Louisa war sich ihrer Nacktheit offenbar gar nicht bewusst.

Sanft legte er eine Hand unter ihr Kinn. »So, und jetzt tu so, als würdest du bereits schwimmen, während dein linker Fuß fest auf dem Boden bleibt. Probier das mal eine Weile. Und wenn du dich bereit dazu fühlst, hebst du auch das linke Bein einfach an und beginnst zu strampeln.«

Immer wieder und wieder versuchte Louisa auf diese Weise ihre ersten Schwimmzüge, aber jedes Mal, wenn sie meinte, genügend Mut gesammelt zu haben, um ihr Bein anzuheben, sank ihr Körper wieder nach unten. Lu hatte panische Angst, dass das Wasser ihr in Mund oder Nase dringen könnte, doch James behielt die ganze Zeit über die Hand unter ihrem Kinn und passte auf sie auf.

»Verdammt noch mal! Ob ich es wohl jemals schaffen werde?«

»Aber natürlich. Glaub mir, es wird nicht mehr lange dauern, bis du einmal quer durch den gesamten See schwimmst. Und ehe der Sommer zu Ende geht, werden wir sogar Seite an Seite mit den Ottern durchs Wasser planschen.«

»Mit den Ottern? Ja, ist denn das möglich?« Vorsichtig versuchte Louisa noch einmal, ihr Bein vom Boden zu heben, war aber auf der anderen Seite auch schon so versunken in die Vorstellung, gemeinsam mit den Ottern zu schwimmen, dass sie diesmal quasi einfach vergaß, unterzugehen.

»Aber sicher doch. Und wie ich schon sagte: Das geht schneller, als du denkst. Du bist soeben nämlich bereits einen guten halben Meter geschwommen.«

Louisa war so überrascht über die Erkenntnis, dass sie offenbar bereits schwimmen konnte, dass sie sich plötzlich entsetzt an ihn klammerte und sie beinahe beide untergegangen wären. Schließlich aber lachte sie aus vollem Halse, so begeistert war sie über ihre Fortschritte. »Ich will es gleich noch einmal versuchen. Aber diesmal hilfst du mir nicht. Achte bloß darauf, dass ich nicht ertrinke.«

Louisa ging ungefähr anderthalb Meter zurück, tat einen tiefen Atemzug und schwamm dann geradewegs in James' Arme. Grinsend fing er sie auf, und beide gluckten vergnügt. »Ich lerne ziemlich schnell, nicht wahr?«

»Ja, und du bist sehr mutig«, bestätigte er und hoffte, damit ihr Selbstvertrauen zu stärken.

»Dann bin ich also mutig *und* schnell von Begriff!«

»Eine tödliche Kombination«, stimmte James ihr zu, während er gebieterisch die Hände auf ihren Po legte und sie noch ein wenig näher an sich zog. »Und jetzt ist es an der Zeit, ein wenig herumzuplanschen.«

Louisa aber spritzte ihm energisch eine Handvoll Wasser ins Gesicht und hörte damit so lange nicht auf, bis er seine Hände endlich wieder von ihr nahm. Lachend schwamm sie vor ihm davon. Dabei gelangte zwar etwas Wasser in ihren Mund und ihre Nase, doch ihre Angst war verschwunden, denn Louisa hatte mittlerweile begriffen, dass es kein Drama war, wenn man einmal kurzzeitig mit dem Kopf unter die Wasseroberfläche gelangte.

Ausgelassen planschten sie noch eine gute Stunde lang zusammen im See herum, bis die Mittagshitze allmählich nachließ und es merklich kühler wurde. Louisa war vom Kopf bis zu den Zehen mit einer feinen Gänsehaut überzogen, als sie aus dem Wasser stieg, und murmelte mit leise klappernden Zähnen: »Ich friere so schrecklich.«

Galant nahm James eines der beiden dicken Frotteehandtücher auf und begann sogleich, sie abzutrocknen. Dabei rieb er ihr fest über Arme und Beine und über den Rücken. »Und jetzt ziehst du die nassen Sachen aus und schlüpfst in dein Kleid.« Dabei hob er, ganz Kavalier, das Handtuch und wandte den Blick ab, um Lu zumindest ein Minimum an Privatsphäre zu gönnen. Als sie sich fertig umgezogen hatte, schlüpfte schließlich auch er in seine Reithose und rollte Lus nasse Unterwäsche in dem feuchten Handtuch ein.

Als er aber sah, dass Louisa noch immer vor Kälte zitterte, nahm er auch noch das trockene Handtuch auf und legte es ihr liebevoll um die Schultern. Anschließend rief er mit einem kurzen schrillen Pfiff die Pferde herbei und sattelte sie, beschloss aber, Louisa diesmal vor sich in seinem eigenen Sattel reiten zu lassen.

Fest zog sie sich das Handtuch um die Schultern und kuschelte sich an ihren Ehemann. Von seinem Körper strahlte noch immer eine deutlich spürbare Hitze aus, die sich sofort auf sie übertrug und ihr ein wohliges Gefühl der Wärme und des Beschütztseins vermittelte; die kühle Nachmittagsbrise konnte ihr nichts mehr anhaben.

Das Absatteln der Pferde überließen sie diesmal einem der Stallburschen und rannten Hand in Hand vom Stallgebäude hinüber zum Haus. Oben im Schlafzimmer angekommen, nahm James ihr sanft das Handtuch von den Schultern. »Halt still, ich möchte dir gerne das Haar trocknen.«

»Nein, lass nur, das mache ich selbst.« Mit einem Mal hatte Louisa es sehr eilig, weiteren Intimitäten mit James aus dem Weg zu gehen, und verschwand in ihrem Boudoir; der Anblick seines nackten Oberkörpers war einfach zu verführerisch gewesen.

Widerspruchslos ließ James sie gehen, zog sich ein trockenes Hemd an und schlüpfte in ein frisches Paar Kniebundhosen. Anschließend klopfte er einmal leise an der Zwischentür zum Boudoir an und trat ein. Auch Louisa hatte sich bereits umgezogen, trug nun ihren Hausmantel und hatte sich ein kleines Handtuch um den Kopf geschlungen. »Ich habe eine Idee«, verkündete er. »Wie wäre es, wenn wir hier oben im Kamin ein duftendes Torffeuer entzünden und uns das Essen einfach heraufbringen lassen? Wir könnten es hier richtig schön warm und gemütlich haben.«

Lu zögerte, doch die Aussicht auf ein knisterndes Kaminfeuer war zu verlockend. Der einzige Grund, weshalb ich so schnell schwimmen gelernt habe, überlegte sie, ist, weil ich James vertraut habe. Er hat sich an unsere Abmachung gehalten. Aber was ist, wenn ich mich nun hier im Schlafzimmer mit ihm vor den Kamin setze? Wird er dann immer noch den Kavalier spielen? Doch Louisa entschied sich, mutig zu sein und auf seinen Vorschlag einzugehen. »Dann musst du mir aber erst einmal beibringen, was man bei einem solchen Torffeuer so alles beachten muss.«

Sie kniete vor dem Kamin nieder, und James reichte ihr einen Bogen Zeitungspapier. Sorgsam knüllte Lu es zusammen und legte den Papierball mitten auf das Kamingitter. Anschließend deutete James auf eine große Holzkiste. »Darüber schichtest du jetzt mit den

Apfelbaumzweigen eine kleine Pyramide auf.« Unterdessen holte er bereits eine kleine Öllampe heran und reichte Louisa ein langes Streichholz.

Vorsichtig hielt Louisa das brennende Streichholz an die Zweige, und kaum dass sie Feuer fingen, breitete sich auch schon ein wunderbar würzig-aromatischer Apfelduft im gesamten Zimmer aus. Als Letztes deutete James auf einen ausladenden Messingeimer, in dem sich Torfbriketts befanden, und rasch legte Louisa noch einige Torfbrocken rund um das brennende Feuerholz herum. Lächelnd ließ sie sich auf ihre Fersen zurücksinken, atmete einmal tief ein und bewunderte ihr Werk.

Zarte blaue Rauchschwaden stiegen von den Torfbrocken auf und entschwanden in sanften Spiralen den Kamin hinauf. Mit einem triumphierenden Lächeln blickte Lu zu James auf. Dann zog sie sich das Handtuch vom Kopf, um ihre Hände daran abzuwischen, und sofort breitete sich eine dunkle Löwenmähne über ihre Schultern. Nicht zum ersten Mal staunte James, wie wunderschön Louisa doch war.

Sie aßen unmittelbar vor dem Kaminfeuer und unterhielten sich über die diversen Abenteuer, die sie an diesem Tag zusammen bestanden hatten – für Louisa waren die Unternehmungen alle noch neu und darum besonders aufregend gewesen. Und weil sie so eine begeisterte Naturliebhaberin war, willigte James ein, ihr schon bald jene Stelle im Wald zu zeigen, wo ein Dachspaar im Unterholz seinen Bau angelegt hatte.

Nach dem Abendessen spielten sie eine ausgedehnte Partie Schach, bis James auf einmal laut auflachte: »Lady Lu, irre ich mich, oder schummelt Ihr da gerade?«

»Alle meine Geschwister schummeln, wenn wir zusammen spielen.«

»Aber ich wette, du bist clever genug, um auch ohne Schummeln gegen sie zu gewinnen.«

Louisa war ehrlich geschmeichelt, was James ihr so alles zutraute, sodass sie versprach, sich von nun an an die Spielregeln zu halten. Am Ende verlor sie natürlich dennoch, woraufhin sie in gespielter Verzweiflung das Schachbrett umwarf und die Figuren im halben Zimmer verstreute. Plötzlich entdeckte sie eine Schüssel mit Esskastanien und schnappte sich sofort die große kupferne Pfanne mit dem langen Stiel, die dicht neben dem Kamin an der Wand hing. Abermals hockten James und Louisa sich vor den Kamin, um die Kastanien zu rösten, und machten es sich anschließend auf dem weichen Teppich gemütlich, wo sie die heißen kleinen Früchte genossen; vorsichtig pellte James eine nach der anderen aus ihrer knisternden Schale heraus und fütterte Lu mit dem mürben Fruchtfleisch.

Sie lachten und plauderten, bis Louisa schließlich zu gähnen begann, und belustigt beobachtete James, wie ihr Kopf immer tiefer sank. Unterdessen war ihr Haar zu Tausenden von kleinen Löckchen getrocknet, und vorsichtig streckte er die Hand aus, um ein wenig darin herumzuspielen. Die kleinen Spiralen wickelten sich um seine Finger und blieben wie von selbst daran haften, während er sich an ihrer seidigen und verführerischen Beschaffenheit erfreute. Als James schließlich noch ein wenig näher rücken wollte, um Louisa zärtlich in die Arme zu schließen, war sie bereits eingeschlafen.

· 24 ·

Früh am nächsten Morgen schlug Louisa die Augen auf. Das helle Sonnenlicht hatte sie geweckt, denn sie hatte am Abend zuvor vergessen, die Vorhänge zuzuziehen. Gleich kommt bestimmt Abercorn herein, um mich mit seiner morgendlichen Routine zu quälen, dachte sie missmutig. Und dann wird er mir wieder die Bettdecke wegreißen und mich aus dem Bett zerren und – Ein spitzbübisches kleines Lächeln breitete sich über ihre Lippen. Ich denke, es ist an der Zeit, den Spieß einmal umzudrehen!

Leise erhob sie sich aus ihrem Bett, schlüpfte in ihren Morgenmantel und schlich zu der Verbindungstür zwischen Boudoir und Schlafzimmer hinüber. Auf Zehenspitzen näherte sie sich James' Bett und riss ihm dann abrupt die Decke weg. Gleich darauf aber wäre sie vor lauter Scham am liebsten im Boden versunken, als sie nämlich entdeckte, dass Abercorn splitterfasernackt war.

Verdutzt öffnete James die Augen und brach prompt in schallendes Gelächter aus, als er den entsetzten Ausdruck auf Louisas Gesicht sah. Er grinste sie an und zitierte sie: »Aber da *du* diejenige warst, die mir die Bettdecke weggerissen hat, bist eindeutig *du* die Übeltäterin in diesem Spiel. Und darum geschieht es dir nun ganz recht, wenn meine Reize dich verwirren. Lady Lüstern!«

Louisa aber hatte sich bereits gefangen und gab sich völlig unbeeindruckt, wenngleich sie sich vorsichtshalber doch lieber von ihm abwandte und aus dem Fenster schaute. »Zieh dich gefälligst an!«, sagte sie, ohne weiter auf seine Sticheleien einzugehen. Im nächsten Augenblick rief sie plötzlich entzückt: »Da unten im Gras sind junge Füchse! Ich glaube, sie spielen.«

»Ja, das kann gut sein.« Lässig trat James hinter sie und legte ihr die Hände auf die Schultern. »Manchmal kommen sie bei Sonnenaufgang hierher, um über den Rasen zu tollen.« Er grinste, als er spürte, wie Louisa unter seiner Berührung erstarrte. »Vielleicht begreifst du ja jetzt, was du alles verpasst, wenn du dich weiter in deinem Boudoir verbarrikadierst. Der Anblick der Gaben der Natur ist doch etwas Wunderbares.«

»Kommt ganz darauf an. Auf den Anblick *deiner* Gaben der Natur jedenfalls kann ich gut und gerne verzichten. Und überhaupt finde ich dich ziemlich unanständig.«

»Schon gut, du hast ja recht. Von Zeit zu Zeit bin ich tatsächlich unanständig.« Sachte beugte er sich zu ihr hinab und flüsterte dicht an ihrem Ohr: »Ein wenig.« Damit trat er wieder vom Fenster zurück. »Heute kommen noch einmal die Handwerker, sodass es wohl wieder ziemlich laut werden wird, und ich dachte mir, dass wir noch einen Ausflug machen könnten, bei dem ich dir meine Pächter vorstelle.«

Begeistert wirbelte Lu herum. »Oh ja, das wäre –« Schockiert riss sie die Augen auf, als sie sah, dass er noch immer nackt war, und beendete ihren Satz leise: »Fantastisch.«

»Vielen Dank auch«, scherzte James und ergötzte sich an Lus knallroten Wangen.

Wütend funkelte sie ihn an und fluchte im Stillen: Ich will verdammt sein, wenn ich noch einmal den Blick von ihm abwende! »Pass bloß auf, mein Lieber, dass ich mich nicht irgendwann an dein frivoles Auftreten gewöhne. Dann war's das nämlich mit dem ständigen Rotwerden!«

»Ich denke, auch dann schaffe ich es noch, dass du vor mir errötest«, grinste James. »Dann zeige ich dir nämlich, welche Anstößigkeiten ich sonst noch auf Lager habe.«

»Was meinst du, James? Dieses Reitkostüm ist doch hoffentlich nicht zu ausgefallen für einen Besuch bei deinen Pächtern?«

Bewundernd ließ James seinen Blick an Lus schlanker Gestalt hinabwandern. »Nein, ganz sicher nicht. Immerhin bist du die Herrin des Hauses. Die Pächter werden also gewiss nicht erwarten, dass du dich in Sack und Asche hüllst. Außerdem kann man in Irland mit einem so frischem Grün, wie du es heute trägst, sowieso nichts falsch machen.«

Zügig ritten James und Louisa von dannen, wobei sich ihnen auf jedem der kleinen Pachtbauernhöfe in etwa die gleiche Szene bot: Kaum dass die Kinder – besonders die Jungen – James erblickten, kamen sie auch schon auf ihn zugestürmt, und erstaunlicherweise kannte James fast alle beim Namen. Wieder einmal wurde Lu bewusst, wie gerne James Kinder mochte und wie sehr auch die Kinder ihn liebten.

Während Abercorn sich also mit den Männern unterhielt und fachmännisch über die Aussaat und das Vieh diskutierte, luden die Frauen ihre junge Herrin in ihr Haus ein und wünschten ihr alles Gute zur Hochzeit. Anschließend boten sie ihr selbst gebrautes Malzbier an und eine kleine Kostprobe von den Genüssen, die bei ihnen gerade im Ofen schmorten. Zumeist folgte dann noch ein kleiner Rundgang durch den hofeigenen Kräutergarten, woraufhin Louisa die Bäuerinnen irgendwann bat, ihr doch bitte ein paar Ableger der Pflanzen zum Herrenhaus hinaufzuschicken, auf dass auch sie ihren eigenen Kräutergarten anlegen könnte. Vor allem lobte Louisa die Bäuerinnen für ihre liebevoll gepflegten kleinen Häuser und beglückwünschte sie zu ihren Kindern und war ehrlich erstaunt, als sie erfuhr, dass die Kinder sich jeden Morgen für ein paar Stunden zusammenfanden, um Lesen und Schreiben zu lernen.

Nachdem James ihr die Höfe der Pachtbauern sowie seinen eigenen privaten kleinen Hof gezeigt hatte, schlug er Lu vor, ihr noch sein neuestes Projekt vorzustellen. »Bis dorthin sind es noch einmal knappe fünfzehn Kilometer. Wenn du meinst, dass du noch so weit reiten kannst? Es würde sich in jedem Fall lohnen, denn nicht alle meine Pächter sind Bauern.«

»Das klingt ja ziemlich geheimnisvoll. Und, ja, ich würde liebend gerne sehen, worum es sich dabei handelt.«

Es dauerte eine Weile, bis sie an ihrem Ziel angelangt waren, doch kaum dass in der Ferne ein großes graues Steingebäude sichtbar wurde, begann James auch schon zu erklären: »Ursprünglich war das mal eine alte Kornmühle gewesen. Aber im letzten Jahr habe ich die Mühle fast komplett umbauen lassen, sodass es nun eine Flachsspinnerei ist. Sie wird von drei Brüdern geführt, den Gebrüdern Herdman, und die haben den Umbau komplett allein bewältigt. Ich habe lediglich die Maschinerie gekauft.«

Stolz stellte Abercorn seiner Frau James, John und George Herdman vor, welche alle drei kräftige junge Burschen waren. George, der Jüngste, gab Louisa eine kleine Führung durch die Spinnerei und erklärte ihr, welche verschiedenen Stadien der Verarbeitung der Flachs durchlaufen musste, ehe das feine Garn auf riesige Rollen aufgespult werden konnte. Interessiert stellte Louisa fest, dass mindestens die Hälfte der Angestellten Frauen waren.

Als sie ihre Besichtigungstour beendet hatten, geleitete George seine junge Herrin zurück zu James, der mit dem ältesten der drei Brüder bereits in ein angeregtes Gespräch über die geschäftlichen Entwicklungen vertieft war.

»Wir drei würden Euch die Spinnerei gerne abkaufen, Lord Abercorn«, verkündete George. »Aber ich fürchte, es dauert noch Jahre, bis wir das nötige Geld zusammengespart haben.«

Nachdenklich schaute James ihn an. Schließlich erwiderte er: »Ich mache Euch einen Vorschlag! Wie wäre es, wenn ich Euch den Betrieb einfach verpachte? Ihr leistet schließlich verdammt gute Arbeit hier, und das Geschäft brummt, und auch die Angestellten scheinen alle hochzufrieden. Ich schlage Euch also vor, dass Ihr mir einfach einen jährlichen Pachtzins zahlt. Dafür dürft Ihr die Erträge aus dem Flachsgeschäft für Euch behalten.«

Aufgeregt steckten die drei Brüder die Köpfe zusammen und diskutierten über James' Angebot, doch man war sich schnell einig. Anschließend wurde noch die Höhe der Pacht verhandelt und die Laufzeit des Vertrages.

»Wie wäre es mit genau einhundert Jahren?«, schlug James vor. »Meinetwegen können wir auch einen Passus in den Vertrag mit aufnehmen, wonach die Pachtdauer alle paar Jahre neu verhandelt und verlängert werden kann.«

Begeistert stimmten die drei Brüder ihm zu. Eine Pacht von mehr als einhundert Jahren war eindeutig ein sehr großzügiges Angebot.

»Gleich morgen«, versprach James, »werde ich nach Omagh reiten und meinem Notar sagen, dass er die Papiere aufsetzen soll.«

Auf dem Rückweg erkundigte Louisa sich, warum James den Brüdern einen solch lächerlich geringen Pachtzins angeboten hatte. »Das ist doch ziemlich wenig, nicht wahr? Und dann auch noch bei einer so langen Laufzeit. Es könnte doch gut sein, dass die Brüder auf diese Weise schon in wenigen Jahren das Geld zusammenhaben, um die Spinnerei theoretisch kaufen zu können. Und dann wirst du dich ärgern, dass du sie ihnen nur verpachtet hast. Denn dann hättest du alles das, was du jetzt schon in den Betrieb hineingesteckt hast, auf einen Schlag zurückbekommen können – und sogar noch etwas mehr.«

»Aber um die Spinnerei geht es doch gar nicht«, erklärte James. »Das Land, auf dem die Mühle steht, ist der entscheidende Faktor, denn das ist von unschätzbarem Wert. Wenn es irgend geht, versuche ich also grundsätzlich, kein Land zu verkaufen, sondern nur zu verpachten. Immerhin ist dieser Grund und Boden hier das Erbe unserer Kinder und Enkel.«

Louisa schwieg. Zumindest ist er ehrlich, dachte sie, und macht kein Geheimnis daraus, dass er Kinder mit mir haben will. Und das ist auch nur naheliegend, wenn man bedenkt, wie vermögend er ist. Er hat ja nicht nur hier in Irland Besitztümer, sondern auch in

England und Schottland. Dennoch begann ihr Herz aufgeregt und angstvoll zu pochen. Wie bringe ich ihm bloß bei, dass *ich* keine Kinder will?

Etwa anderthalb Kilometer von Barons Court entfernt wurde Louisa abrupt aus ihren trübseligen Grübeleien gerissen. Erstaunt deutete sie gen Himmel, der sich für einen Moment zu verdüstern schien, so viele schwarze Vögel waren mit einem Mal über ihren Köpfen aufgetaucht. »Woher kommen plötzlich die ganzen Vögel? Sind das Krähen?«

»Raben«, entgegnete Abercorn. »Das erkennt man an den geschweiften Schwanzfedern und an dem leicht bauschigen Gefieder an den Kehlen. Sie haben ganz in der Nähe ihren Schlafplatz, und jeden Abend, etwa eine Stunde vor Sonnenuntergang, versammeln sie sich hier über der Wiese, um gemeinsam durch die Lüfte zu brausen – einfach aus purer Lust am Fliegen. Übrigens sind Raben sehr soziale Tiere, die eine sehr enge und feste Gemeinschaft mit ihren Artgenossen eingehen. Und wenn sie sich einmal für einen Partner entschieden haben, dann bleiben sie mit ihm ein Leben lang zusammen und sind zudem auch noch fabelhafte Eltern. Vor allem aber sind Raben die einzigen Vögel, die in der Luft Purzelbäume schlagen können.«

James und Louisa blieben einen Moment lang stehen, um sich das grandiose Naturschauspiel anzuschauen. Elegant segelten die Raben durch die Luft, flogen in Spiralen und ließen sich todesmutig gen Erde fallen, um dann mit kleinen Salti wieder abzubremsen. Überhaupt schien es, als ob sie vor dem dämmerigen Abendhimmel ein geheimes Muster webten, und obwohl es so viele Tiere waren, stießen sie doch niemals zusammen. Dazu krächzten sie, als ob es für sie keinen schöneren Zeitvertreib gäbe.

Lu lachte. »Sieht aus, als ob sie sängen und dazu tanzten.«

Ja, genau wie du, dachte James, laut hingegen erwiderte er: »Das ist eben Ausdruck ihrer Lebensfreude.«

Als sie sich schließlich Barons Court näherten, legte James erstaunt die Hand ans Ohr. »Hör mal«, flüsterte er.

Eine volle Minute lang blieb Louisa reglos stehen, ehe sie erwiderte: »Ich höre nichts.«

»Genau das meine ich!« Er grinste. »Kein Hämmern und kein Klopfen mehr. Ich denke also, die Tischler sind mittlerweile fertig. Wollen wir mal schauen, was sie gebaut haben?«

Seite an Seite gingen James und Lu einmal quer durchs Haus, bis sie einen Saal gleich hinter der großen Haupthalle erreichten, und zu ihrer grenzenlosen Überraschung stellte Louisa fest, dass am Ende des Raumes eine Bühne errichtet worden war. Ihr Herz begann aufgeregt zu klopfen, und in ihrer Kehle bildete sich ein dicker Kloß. »James! Du hast mir eine Theaterbühne errichten lassen? Danke. Ich danke dir von ganzem Herzen. Du bist immer so aufmerksam und so großzügig.«

»Es macht mir einfach Spaß, dich lachen zu sehen.«

Sofort zog Louisa ihre Reitstiefel aus und kletterte auf die Bühne. Anmutig wirbelte sie in ihren langen Strümpfen ein paarmal im Kreise, um zum Schluss einen typisch irischen Luftsprung zu vollführen. »Danke!«, rief sie nochmals.

In der Nacht jedoch, als sie wieder allein in ihrem kleinen Boudoir lag, kehrte ihre Angst zurück, und mit sorgenvollem Stirnrunzeln dachte sie über James' Kinderwunsch nach. Schließlich aber verebbte ihre Angst, und an ihre Stelle trat ein Gefühl der Scham. James ist mir gegenüber immer so liebevoll, dachte sie, und dennoch habe ich mich noch in keinster Weise dafür erkenntlich gezeigt. Sämtlicher Zorn, den er mir gegenüber ursprünglich gehegt hat, ist offenbar verraucht, und wir sind fast schon so etwas wie Freunde geworden. Ich aber halte noch immer an der Mauer fest, die ich zwischen uns beiden errichtet habe.

Langsam begriff Louisa, dass das Kriegsbeil zwischen ihr und James längst begraben worden war. Stattdessen kämpfte sie nun mit sich selbst. Denn eigentlich war es ihr vollkommen fremd, sich so selbstsüchtig zu verhalten, wie sie sich im Moment gab, und von Tag zu Tag fiel es ihr schwerer, ihre ablehnende Haltung James gegenüber beizubehalten. Die emotionale Barriere zwischen ihnen beiden schmolz in schwindelerregendem Tempo dahin. Und auch Louisas Angst vor James' physischer Nähe hatte sich seit ihrer Schwimmstunde im See gelegt. Einzig und allein die Furcht vor der partnerschaftlichen Intimität war geblieben. Schlimmer sogar: An dieser Furcht trug James nicht die geringste Schuld, was Louisa nur noch zusätzlich zermürbte.

Wie immer, wenn Lu gerade einen Kampf mit sich selbst austrug, kehrte ihr altbekannter Albtraum zurück und riss sie mit sich in die Tiefe, kaum dass sie die Augen geschlossen hatte: Wieder einmal befand sie sich im Garten von Woburn Abbey und war umgeben von duftenden Lupinen. Wieder hörte sie den angsterfüllten Schrei ihrer Mutter, und wieder sah sie das viele Blut, das das Kleid von Georgina befleckte. Dann aber verlagerte sich der Fokus in ihrem Traum, und Louisa wandte den Blick von ihrer Mutter ab. Nun schaute sie an sich selbst hinab und sah, dass sie ein blütenweißes Nachthemd trug, das plötzlich von ihrem eigenen Blut durchtränkt wurde. Nein! Nein! Hilfe … Hilfe! Abermals drangen die vertrauten Schreie an ihr Ohr, bis Louisa erkannte, dass es nicht die Schreie ihrer Mutter waren, sondern ihre eigenen.

Voller Panik erwachte Louisa aus ihrem Traum, als sie plötzlich spürte, wie zwei kräftige Arme sie einfach aus dem Bett hochhoben; es dauerte einen Moment, bis sie begriff, dass es James war, der sie nun fest an sich drückte. »Was zum Teufel tust du da?«, rief sie entsetzt.

»Du hast einen Albtraum gehabt«, erklärte er ihr mit beruhigender Stimme. »Ich wollte bei dir sein.« Entschlossenen Schrittes trug er sie ins Hauptschlafzimmer hinüber und legte sie in sein Bett. Dann kletterte er zu ihr und kuschelte sich dicht neben sie. »Erzähl mir doch einfach von deinem Traum, Liebes«, flüsterte er, während er ihr sanft das Haar aus der Stirn strich. »Dann legt sich deine Angst bestimmt wieder.«

Nein, dachte sie. Ich kann ihm unmöglich von dem Blut erzählen! Ich möchte auf keinen Fall noch einmal das Thema mit der angeblichen Fehlgeburt anschneiden. Dann würde alles wieder von vorne anfangen und James würde wieder wütend werden. »Ich … ich kann mich nicht mehr an den Traum erinnern. Ich weiß nur noch, dass mir irgendetwas Angst gemacht hat. Aber nun ist der Traum ja vorbei, und ich kann wieder zurück in mein eigenes Bett.«

»Ganz sicher nicht.« James' Tonfall ließ erkennen, dass er in dieser Angelegenheit keinen Widerspruch duldete. »Denn was Albträume betrifft, bin ich sozusagen ein echter Experte. Claud hat früher, als er noch klein war, oft Albträume gehabt. Und der einzige Weg, um ihn davon zu erlösen, war, ihm irgendwie wieder ein Gefühl der Geborgenheit und Sicherheit zu vermitteln.« Was James Louisa hingegen nicht sagte, war, dass auch er lange Zeit unter Albträumen gelitten hatte; nur dass in seinem Fall niemand gekommen war, um ihn zu trösten. Auf alle Fälle wusste er somit aus eigener Erfahrung, wie grauenvoll diese dunklen nächtlichen Traumbilder sein konnten. »Hab ein wenig Geduld«, raunte er. »Sobald dir wieder warm geworden ist und du dich beruhigt hast, kannst du bestimmt auch wieder einschlafen.«

Argwöhnisch nahm Louisa wahr, wie James ihr den Rücken massierte, wobei er mit langsamen Bewegungen von ihren Schulterblättern über ihr Rückgrat bis hinunter über ihren Po strich. Rau fuhren seine vom Rudern angegriffenen Handflächen über ihre zarte Haut, kneteten fast schon ihre Pobacken. Dann fühlte sie plötzlich seinen marmorharten Penis gegen ihren Bauch drücken – Louisa atmete einmal scharf ein.

Unterdessen konzentrierte James sich darauf, sich wieder zu entspannen, auf dass seine Erektion nachließe. Doch je öfter er über Louisas seidenglatte Haut strich, desto härter wurde sie. Er spürte, wie Lu sich versteifte und leise zu wimmern begann. Seine Erektion vermittelte ihr offenbar nicht unbedingt ein Gefühl der Geborgenheit, eher das Gegenteil, und James ahnte, dass Lu, wenn er nicht augenblicklich die Kontrolle über seinen Körper zurückgewann, in Panik aus dem Bett springen würde. Sanft, doch beharrlich drängte er sie, sich umzudrehen, sodass ihr Rücken nun an seiner breiten Brust lag. Ganz vage drang ihr typisch weiblicher Duft an seine Nase und raubte ihm fast den Verstand. Doch James beherrschte sich und schmiegte einfach nur liebevoll seinen Körper um den ihren und hoffte, dass die spürbare Glut, die zwischen ihnen beiden zu glimmen begann, Lu endlich in Sicherheit wiegen würde.

Sein Kinn auf ihren Scheitel gelegt, begann James leise von den Naturschauspielen zu erzählen, die sie in den vergangenen Tagen auf Barons Court beobachtet hatten. Er hoffte, dass die Erinnerung an die Tiere Lu beruhigen würde. Er erzählte von den Füchsen, die in der Morgendämmerung über den Rasen getollt waren, und von den Ottern, die im See getaucht hatten, und natürlich von den eleganten Raben. Und sobald sie einmal eine besonders sternenklare Nacht haben würden und der Mond genügend Licht spendete, wollte er Louisa auf einen Ritt durch die Wälder mitnehmen, um ihr die Dachse zu zeigen.

Und er hatte Erfolg mit seiner Taktik. Denn langsam ließ Louisas Anspannung nach, und sie atmete ruhiger. Tatsächlich fühlte sie sich sogar so geborgen, wie sie sich in ihrem ganzen Leben noch nicht gefühlt hatte; sie genoss es, in James' riesigem Bett zu liegen und seinen warmen, festen Körper an dem ihren zu spüren, genoss das Gefühl seiner schützenden Umarmung. Versonnen lächelnd blickte sie in die Dunkelheit und gab schließlich sogar den Kampf gegen ihre eigene Unsicherheit auf.

Auch James nahm wahr, wie Louisas Körper immer weicher und nachgiebiger wurde und gegen den seinen sank, bis er sich schließlich sicher war, dass sie eingeschlafen war. Ganz still lag er da, um sie nicht aufzuwecken, obgleich in seinem Inneren die Emotionen tobten. Er schloss die Augen, doch während die Stunden verstrichen, blieb James nach wie vor hellwach. Sein Blut kochte geradezu vor lauter nicht ausgelebter Leidenschaft, und sein Verlangen nach seiner jungfräulichen Ehefrau wurde immer stärker.

Als der Morgen heranbrach, konnte James genau sagen, wann Louisa erwachte, denn kaum dass sie die Augen aufschlug, entwand sie sich seinen Armen. Langsam erinnerte sie sich wieder daran, warum sie die Nacht in James' Bett verbracht hatte; nachdenklich drehte sie sich zu ihm um und schaute ihn an. Allerdings war sie keineswegs verärgert darüber, dass er so fürsorglich gewesen war, sie in sein Bett zu holen. Lediglich der Anblick ihrer beider nackter Körper im hellen Sonnenlicht erfüllte sie mit einer gewissen Scham.

Voller Sehnsucht ließ James seinen Blick über Lus zarte Züge wandern, betrachtete begehrlich ihre cremeweiße Haut, ihre zerzausten Locken, um dann tief in ihre leuchtend grünen Augen zu schauen, und abermals verspürte er das drängende Bedürfnis, seine Frau endlich zu verführen. Heiß pulsierte die Leidenschaft durch seine Adern, ließ sein Blut regelrecht kochen und steigerte sich zum alles bestimmenden sinnlichen Verlangen. Aber James war klug genug, um zu wissen, dass er sich Lu nicht aufzwingen durfte, denn sonst würde er riskieren, ihr Vertrauen ein für alle Mal zu verspielen, sodass sie sich vermutlich niemals wieder in sein Bett wagen würde.

James gab sich also nicht zum ersten Mal alle Mühe, seine Begierde irgendwie zu unterdrücken. Und das war keineswegs leicht für ihn, denn so lange er nackt neben Louisa liegen bliebe, so lange würde auch seine sichtbare Erregung nicht nachlassen. Aber er beherrschte sich, während er zugleich im Stillen den festen Entschluss fasste, Lu niemals wieder allein schlafen zu lassen. Von nun an würde sie ihre Nächte nur noch in *seinem* Bett verbringen. Und damit das passierte, brauchte er zuallererst einmal ihr Vertrauen. Lächelnd stützte er sich auf seinen Ellenbogen und blickte liebevoll auf sie hinab. »Siehst du? Dann habe ich also doch recht gehabt: Es ist alles gut gegangen.«

»Was genau willst du damit sagen?«, fragte Louisa verschmitzt. »Meinst du damit, dass ich den Rest der Nacht ruhig durchschlafen konnte, ohne dass die Albträume zurückgekehrt sind? Oder wolltest du sagen, es ist alles gut gegangen, *obwohl* ich in deinem Bett geschlafen habe?«

»Das kannst du deuten, wie du willst. In jedem Fall finde ich dich schon am frühen Morgen höchst verführerisch. Bitte erlaube mir, dich anzuschauen. Ich werde dich auch nicht berühren. Versprochen.« Langsam und ohne auf ihre Zustimmung zu warten, zog James die Bettdecke ein Stück herab.

Zuerst überlegte Louisa noch, ob sie ihm auch wirklich trauen konnte. Und so schwieg sie, klammerte sich jedoch auch nicht an die Decke, sondern erlaubte ihm in stiller Übereinkunft, sie anzusehen. Sein Blick glühte geradezu, als er ihre hübsch geschwungenen, vollen Lippen und ihre Brüste betrachtete, und wieder einmal hatte Louisa das Gefühl, die schönste Frau auf Erden zu sein. Entsprechend fand sie Abercorns offenkundige Bewunderung auch keineswegs beängstigend, sondern eher schmeichelhaft. Sie fühlte sich in diesem Augenblick durch und durch weiblich, und ihr Puls beschleunigte sich, während im Gegenzug auch sie ihn ausführlich musterte und sein markantes Gesicht und das pechschwarze Haar betrachtete. Beinahe hätte sie sogar ihre Hand ausgestreckt, um die dunklen Löckchen zu berühren, die seine breite, muskulöse Brust bedeckten. Aber sie wusste, dass sie James besser nicht noch weiter reizen sollte; anderenfalls müsste sie die Verantwortung für die Konsequenzen übernehmen. »Ich denke, wir sollten besser aufstehen«, murmelte sie ein wenig atemlos. »Wir können schließlich nicht den ganzen Tag im Bett liegen.«

»Eigentlich schade«, erwiderte James mit echtem Bedauern in der Stimme. »Eine Bitte allerdings hätte ich noch: Wenn du dich gleich ankleidest, zieh bitte etwas besonders Hübsches an. Wir beide machen heute nämlich einen kleinen Ausflug nach Omagh, und dort werde ich dich einer ganzen Schar wichtiger Leute vorstellen.«

Louisa konnte genau spüren, wie James verlangend auf ihren Po und ihren Rücken starrte, als sie das warme Bett verließ und in ihr Boudoir hinüberging. Seine konzentrierte Aufmerksamkeit vermittelte ihr das wundervolle Gefühl, unwiderstehlich zu sein, sodass sie schließlich in echte Gewissensnöte geriet. Denn für jemanden, der weder Ehefrau noch Mutter sein will, überlegte sie im Stillen, verfolge ich gerade einen ziemlich riskanten Weg …

Als Lady Abercorn in Omagh aus der eleganten Kutsche Seiner Lordschaft stieg, trug sie ein hochmodisches und speziell für dieserlei nachmittägliche Ausflüge entworfenes Kleid in einem blassen Pfirsichton, zu dem selbstredend auch ein passender Hut mit einer langen schwarzen Straußenfeder gehörte. Und natürlich konnte sie es nicht unterlassen, beim Aussteigen ganz leicht ihre Röcke zu heben, auf dass kurz ihre schwarzen Spitzenunterröcke hervorblitzten; sie wusste ja, dass James dann immer so lustig mit den Augen rollte. Schließlich, nachdem sie ihren kleinen Auftritt hingelegt hatte, schaute Louisa sich einmal neugierig um – und stellte fest, dass die Stadt offenbar sehr viel größer war, als sie erwartet hatte, und dass ihre erste Reiseetappe sie genau vor das Rathaus geführt hatte, wo Abercorn seine junge Ehefrau nun dem Oberbürgermeister, einem gewissen Seamus Fitzgerald, vorstellte.

»Euer Hoheit, es ist mir eine große Ehre, Eure Bekanntschaft zu machen.« Galant verbeugte Fitzgerald sich über ihrer Hand. »Meine Frau wird sicher grün werden vor Neid, wenn sie erfährt, dass ich Euch bereits kennengelernt habe und sie noch nicht.«

»Dann kann ich Eure Frau beruhigen«, schaltete James sich ein, »denn Lady Abercorn wird schon nächsten Freitag eine kleine Dinnerparty bei uns auf Barons Court geben, und Ihr und Eure Frau seid natürlich herzlich eingeladen.«

Erstaunt hob Louisa die Brauen, erwiderte jedoch nichts, wollte sie doch nicht vor dem Oberbürgermeister einen Ehestreit heraufbeschwören. Stattdessen schenkte sie Seamus sogar eines ihrer strahlendsten Lächeln und bestätigte: »Ihr werdet sogar unsere Ehrengäste sein.«

Anschließend gingen sie hinüber in einen anderen Bereich des Rathauses, wo die Abgeordneten von Tyrone County ihre Büros hatten. Dort machte James Lu mit Clive O'Brien, Patrick McGowan, Ross Begley und Joseph Quinn bekannt. Großzügig lud Louisa natürlich auch diese Herren zu ihrer anstehenden Party ein.

Als sie das Rathaus schließlich wieder verließen, bedankte James sich bei Louisa, dass sie sich so widerspruchslos seinen Plänen angepasst hatte. »Und sobald wir zu Hause angekommen sind, schicken wir auch noch dem Herzog und der Herzogin von Caledon eine Einladung. Ich habe da nämlich bereits so eine Idee ...«

»Das hätte ich mir ja denken können, du gerissener Teufel«, lachte Louisa. »Du hast doch bei fast allem so deine Hintergedanken.«

»Da hast du nicht ganz unrecht«, räumte er ein, »denn Caledon ist in Tyrone der offizielle Vertreter der englischen Krone. Und dann könnte ich eigentlich auch gleich noch den königlichen Vertreter von Donegal einladen. Ich möchte nämlich irgendwann gerne selber einmal Vizekönig sein.«

»Vizekönig!«, seufzte Louisa andächtig. »Und ich wäre dann Vizekönigin?«

James wackelte einmal vielsagend mit den Augenbrauen. »Ja, das wärst du. Ich fürchte allerdings, ich muss dir erst noch eine ganze Menge beibringen, ehe du diese Rolle auch wirklich standesgemäß ausfüllen kannst.«

Während James den Richter von Omagh besuchte, schlenderte Louisa einmal durch die diversen Geschäfte des Ortes und dachte dabei bereits voller Vorfreude an die geplante Dinnerparty. Denn das war ihre Chance, sich endlich für James' Großzügigkeiten revanchieren zu können. Ihr junger Ehemann war in politischer Hinsicht sehr ehrgeizig, und sie würde alles daransetzen, ihn in seinem Vorhaben zu unterstützen. Zumal ihre Mutter ihr ja ein leuchtendes Beispiel dafür gewesen war, wie man auch als bloße Gastgeberin durchaus einen gewissen Einfluss auf die Karriere seines Mannes haben konnte. Louisa brannte also geradezu darauf, sich zu beweisen.

James wartete bereits auf sie, als Louisa aus der Buchhandlung kam. Zügig nahm er sie mit zur Kanzlei seines Anwalts und Notars.

»Ich freue mich sehr, endlich die schöne Lady Abercorn kennenzulernen.« Rowan Maloney vollführte eine tiefe Verbeugung und drängte Lu, sich in dem bequemen Ledersessel niederzulassen.

»Ebenfalls sehr erfreut«, antwortete sie und erkundigte sich sogleich: »Und wart Ihr nicht auch einer der Anwälte, die unseren Ehevertrag ausgehandelt haben?« Louisa gab sich höflich, doch distanziert.

Maloney wollte gerade etwas erwidern, als James sich einmischte: »In jedem Fall wird dieser Gentleman hier derjenige sein, der, falls ich vor dir sterbe, dafür sorgen wird, dass du einen nicht unbeträchtlichen Teil der Einkünfte von Barons Court erhältst.« Er schwieg einen Moment, ehe er hinzufügte: »Das Anwesen an sich geht natürlich an meinen zukünftigen Sohn und Erben über.«

Lu begriff sofort, dass dieses Arrangement weitaus großzügiger war als die Vorkehrungen, die ihr eigener Vater für ihre Mutter getroffen hatte. Dennoch hakte sie nach: »Dann verwaltet Ihr wohl auch die jährlichen Unterhaltszahlungen, die ich von meinem Vater erhalte, Mr Maloney?«

»Ja, das tue ich, Euer Hoheit.« Dabei erschien ein verschmitztes Funkeln in seinen Augen. »Lord Abercorn hatte sogar höchstpersönlich mit dem Anwalt Eures Vaters verhandelt, damit der verehrte Lord Russell einer solch umfangreichen Mitgift zustimmte.«

Ernst schaute Lu ihren Ehemann an, ehe sie sich mit scheinbar vollkommen unbeteiligtem Tonfall wieder zu Maloney umwandte:

»Dann habt Ihr ja quasi Hand in Hand gearbeitet, um meinem Vater auch wirklich alles abzuverlangen, was er irgend aufbringen konnte.«

Was Louisa in diesem Augenblick jedoch nicht bemerkte, war, wie James seinem Notar einmal beschwichtigend zuzwinkerte, sodass Maloney nichts mehr erwiderte und einfach Schweigen bewahrte, bis Abercorn geschickt das Thema wechselte und auf die Verpachtung seiner Flachsspinnerei an die Gebrüder Herdman zu sprechen kam. Er bat seinen Anwalt, einen entsprechenden Vertrag aufzusetzen, und lud ihn anschließend ebenfalls zur Dinnerparty nach Barons Court ein.

Als das junge Ehepaar an diesem Abend nach Hause zurückkehrte, fanden beide Post für sich vor: James hatte einen Brief von seinem schottischen Anwalt Angus Murray erhalten, und auf Louisa warteten ein Brief von ihrer Mutter und einer von Georgy. Doch Lu wollte sie nicht sofort lesen, sondern verwahrte sie lieber, um die Briefe dann abends, wenn sie sich in ihrem Boudoir zu Bett begeben würde, ganz in Ruhe zu studieren.

Nichtsdestotrotz dauerte es noch ein paar Stunden, bis Louisa sich endlich entkleiden und in ihr pinkfarbenes Satinnachthemd schlüpfen konnte. Letzteres bereitete ihr besondere Freude, hatte sie sich, als ihre Aussteuer zusammengestellt wurde, doch geschworen, niemals wieder eines dieser unschuldig-weißen Nachthemden anzuziehen, wie sie sie als unverheiratete Frau hatte tragen müssen. Anschließend machte sie es sich auf ihrem Bett gemütlich und öffnete den ersten Brief. Jedoch schaffte Lu es nur gerade eben, die Begrüßungszeile zu lesen, als James auch schon in der geöffneten Verbindungstür erschien.

Lächelnd wedelte er mit seinem Brief durch die Luft. »Willst du nicht zu mir kommen? Ich kann es kaum erwarten, dir mitzuteilen, was Angus mir geschrieben hat.«

Lu zog skeptisch die Brauen hoch. »Sonst versuchst du mich

immer mit einer Marzipanmaus zu locken – und jetzt mit einem Brief?«

James aber grinste bloß. »Ich sehe schon, du bist nicht nur klug, sondern auch noch gerissen. Eine höchst verführerische Kombination! Aber du hast richtig geraten, denn ich versuche in der Tat gerade, dich mit diesen Zeilen in mein Bett zu locken.« Betont gelassen schaute er sie an. »Andererseits … *so* interessant ist es nun auch wieder nicht, was hier drinsteht.« Lässig wandte er sich um und schlenderte zurück ins Hauptschlafzimmer.

Doch so schnell ließ Lu sich nicht manipulieren und las erst einmal Georgys Brief, zumal dieser ohnehin nur recht kurz war. Und überhaupt klang Georgy alles andere als glücklich darüber, dass Lu nun nicht bloß eine verheiratete Frau war, sondern auch noch eine echte Marquise.

Wenn ich Dich besuchen komme, hoffe ich, dass Du mir umgehend sämtliche Junggesellen im Umfeld von Barons Court vorstellst. Aber sie müssen reich sein und adlig, und sie müssen Landbesitz haben. Übrigens hat Teddy England verlassen – habe ich aber auch erst erfahren, als wir von Eurer Hochzeit zurückkehrten. Er ist nach Frankreich gereist, in einer »diplomatischen Mission«, wie es heißt, was im Übrigen absolut lächerlich ist, da Teddy so gar kein diplomatisches Geschick besitzt. Der hat seinen Posten doch bloß bekommen, weil Lord Holland so gute Verbindungen zum Premierminister und zum König hat.

Traurig ließ Louisa Georgys Brief sinken. Ihre Schwester tat ihr leid, denn aus ihrer kurzen Nachricht war klar herauszulesen, dass auch Georgianna begriffen hatte, dass Teddy mit seiner Abreise aus England nicht nur seinem Heimatland, sondern vor allem ihr den Rücken gekehrt hatte.

Als Nächstes las Lu den Brief ihrer Mutter. Diese berichtete zunächst ausführlich von der Rückreise nach Woburn Abbey und dankte Lu dann dafür, dass diese ihre Stoffmaus Rachel geschenkt hatte. Außerdem versicherte sie Lu, wie sehr ihr Vater und sie sie vermissten.

Und dennoch bitte ich Dich, nicht zu oft an uns zu denken. Ich will nicht, dass Du Heimweh bekommst. Stattdessen solltest Du Eure Flitterwochen in vollen Zügen genießen. Glaub mir, Euer Sommer in Irland wird schneller vorbei sein, als Du Dir vorstellen kannst.

Nachdenklich legte Louisa den Brief beiseite und stellte fest, dass ihre Mutter sich ganz umsonst sorgte und sie nicht das kleinste bisschen Heimweh hatte. Ganz im Gegenteil sogar!, dachte sie. Ich finde alles an Irland einfach wunderbar.

Schließlich hob sie den Blick wieder und schaute auf die geöffnete Tür. Entschlossen nahm sie die beiden Briefe in die Hand und marschierte ins Hauptschlafzimmer hinüber; der Drang, herauszufinden, was in James' Brief stand, war einfach zu groß.

· 25 ·

»Ich zeige dir meinen, wenn du mir deine zeigst.« Neckend und mit provokativem Unterton in der Stimme schaute James Lu an. Überhaupt sah er so aus, als ob er nur darauf gewartet hätte, dass sie endlich zu ihm ins Bett käme, und heiß wie eine lodernde Flamme schweifte sein Blick über ihr pinkfarbenes Seidennachthemd. Dann klopfte er einladend neben sich auf die Matratze.

Behände kletterte Louisa auf das Bett und ließ sich vis-à-vis von ihrem Ehemann auf die Bettdecke plumpsen. »Meine Briefe sind von Georgy und Mutter. Möchtest du sie lesen?« Ohne zu zögern, bot sie sie ihm an.

James aber überflog nur ganz flüchtig, was Georgy und Georgina Lu geschrieben hatten, bis er schließlich doch stutzte und laut vorlas: »Genieße Deine Flitterwochen.« Fast hätte er sich verschluckt, so sehr musste er sich bezähmen, um nicht laut loszulachen. »Ich fasse es nicht! Da gibt deine Mutter dir doch tatsächlich Ratschläge für deine Flitterwochen.«

Grinsend nahm Louisa ihm die Briefe weg. »Und was steht in deinem? Ich halte es vor Neugier kaum noch aus.«

»Du erinnerst dich doch sicherlich daran, wie ich nach Doune kam, weil ich befürchtete, dass du krank geworden wärst, nicht wahr? Und dann sind wir doch zusammen über den Bergpfad bis nach Kinrara geritten.«

»Natürlich erinnere ich mich daran.«

»Irgendwann während unseres Ritts tat sich zwischen den Kiefern eine Lichtung auf, und wir hatten einen absolut überwältigenden Blick auf die Landschaft.«

»Ja, wir sind einen Moment lang stehen geblieben, um uns den See und die mit Heidekraut bewachsenen Berge anzusehen, und du sagtest: ›Jetzt verstehe ich, warum Ihr das Hochland so liebt.‹«

James nickte. »Und du hast geantwortet: ›Die schottische Bergwelt hat einen ganz besonderen Platz in meinem Herzen.‹« Gedankenverloren streckte er die Hand nach Louisas nacktem Fuß aus und streichelte einmal sanft darüber. »Ich werde niemals den Ausdruck auf deinem Gesicht vergessen … Auf jeden Fall habe ich damals den Entschluss gefasst, unbedingt ein Haus dort haben zu wollen. Und als ich von Edinburgh nach Aberdeen gefahren bin, um meine Mutter zu besuchen, bin ich an einem Landstrich vorbeigekommen, der so schön war, dass es mir fast den Atem verschlagen hätte und ich mir wünschte, genau dort ein Heim zu besitzen. Ich bat den Kutscher, einen Moment anzuhalten, um dieses wundervolle Panorama auch wirklich genießen zu können. Denn ein so schönes Tal mit einem solch kristallklaren See hatte ich in meinem ganzen Leben noch nicht gesehen, und wie ich so dastand und die Szenerie bewunderte, fiel mein Blick plötzlich auf ein ebenfalls ganz zauberhaftes und komplett aus grauem Stein erbautes Schlösschen. Und du weißt ja – wann immer ich etwas wirklich Schönes entdecke, dann muss ich es ganz einfach haben.« Verlangend streifte sein Blick über Lus lediglich von einem zarten Seidenneglígé verhüllten Körper.

»Zum Glück hatte ich meine Karte dabei, und auf der stand zu lesen, dass der See Loch Laggan heißt. Also habe ich Angus Murray, meinen Anwalt in Edinburgh, gebeten, herauszufinden, wem das Anwesen gehört, und dem Eigentümer in meinem Namen einen angemessenen Betrag dafür zu bieten.« Triumphierend hielt James seinen Brief in die Höhe. »Wie sich herausstellte, gehören das Land und das Haus einem gewissen Cluny, dem Clanführer der MacPhersons. Das Anwesen trägt den klangvollen Namen Ardverikie. Allerdings weigert sich der Clanführer standhaft, es mir zu verkaufen.«

Ein Ausdruck der Enttäuschung breitete sich über Louisas Gesicht. »Ich dachte, du hättest gute Nachrichten.«

Um James' Mundwinkel zuckte ein spitzbübisches kleines Grinsen. »Die habe ich ja auch. Sei unbesorgt, Süße. Cluny hatte mir als Alternative nämlich angeboten, mir sein Anwesen zu verpachten, und dann dauerte es auch nicht mehr lange, bis wir uns auf eine Pachtzeit von fabelhaften fünfzig Jahren verständigen konnten.«

»Dann gehört Ardverikie für die nächsten fünfzig Jahre also dir?«

»Uns!«, verbesserte James, packte Lus schmales Fußgelenk und zog sie zu sich. Er legte den Arm um sie und wollte sie gerade küssen – als Louisa sich auch schon wieder verkrampfte und versuchte, aus dem Bett zu fliehen.

Doch James hielt sie fest und weigerte sich, sie so schnell gehen zu lassen. »Lu, was ist los? Warum hast du denn solche Angst davor, dich von mir berühren zu lassen?«

Für einen langen Augenblick sah sie ihn nur stumm und mit großen Augen an. Alles in ihr sehnte sich danach, sich mit James zu vereinigen, und doch traute sie sich nicht. »Ich habe keine Angst davor, mich von dir berühren zu lassen. Es ist eher der Gedanke, ein Kind zu bekommen, der mir solche Angst macht.« Ihre Worte waren eine regelrechte Offenbarung, und zwar nicht nur für ihn, sondern auch für sie selbst.

Zärtlich zog James Lu an seine Brust und drückte ihr einen Kuss auf den Scheitel. »Aber, mein Liebes, ich würde doch nicht im Traum daran denken, dich zu schwängern, ehe du auch wirklich bereit dazu bist. Es gibt doch so viele andere Wege, einander zu lieben, ohne dass es dabei bis zum Äußersten kommen muss.«

»Du meinst, wir könnten uns einfach bloß küssen? Nun, ich gebe zu, dass mir deine Küsse durchaus gefallen. Und trotzdem habe ich Angst weiterzugehen.«

»Ganz genau, wir könnten uns zum Beispiel küssen. Obwohl auch das nur eine von vielen Intimitäten ist, die wir miteinander austauschen können. Du glaubst ja gar nicht, wie sehr ich mich danach sehne, dich zu lehren, deinen eigenen Körper zu genießen. Ich möchte deine Sinne wachkitzeln, auf dass sie dir dann, wenn wir uns einander hingeben, mindestens genauso viel Genuss bereiten wie mir.«

»Meine Sinne wachkitzeln?«

»Ja, und zwar alle fünf. Komm, ich glaube, ich beschreibe es dir am besten an einem Beispiel: Dich *anzuschauen* erfüllt mich bereits mit einer Art stillen Glückseligkeit; wenn ich sehe, wie du den Raum betrittst, ist es jedes Mal, als würde mein Herz für einen Augenblick stehen bleiben. Und wenn ich dich beim Tanzen beobachte, dann bin ich regelrecht fasziniert. Sogar ein flüchtiger Blick auf deinen schwarzen Seidenunterrock reicht aus, um meine Fantasie zu beflügeln. Und wenn ich dann deinen Mund betrachte, nehmen meine Traumbilder solch verwegene Formen an, dass ich mich gar nicht traue, sie dir zu schildern. Doch es reicht auch schon, wenn du einfach nur deine schwarzen Wimpern hebst und mich aus deinen funkelnden smaragdgrünen Augen anschaust, damit meine Gefühle nahezu mit mir durchgehen. Und wenn ich dich nun so betrachte und den Blick über dein pinkfarbenes Seidennachthemd schweifen lasse … dann verschlägt es mir regelrecht den Atem.«

Louisa lächelte schüchtern.

»Und auch, dich zu *hören*, hat bereits eine sehr verführerische Wirkung auf mich. Wenn du singst, dann will ich am liebsten laut applaudieren. Und sobald du lachst, muss ich sofort mitlachen. Sogar das Rascheln deiner Unterröcke klingt für mich so sinnlich, dass es mich sofort erregt. Und wenn ich am Bad vorbeikomme und höre, wie du im Wasser planschst, dann spüre ich den drängenden Impuls, einfach die Tür aufzustoßen, dir den Schwamm aus der Hand zu reißen und an deinem Baderitual teilzuhaben.«

Louisa lachte leise.

»Vor allem aber mein *Geruchssinn* treibt mich manchmal schier in den Wahnsinn, denn sobald ich dein zartes Jasminparfüm rieche, fühle ich mich wie magisch von dir angezogen. Und der Duft deines Haares verursacht mir eine wohlige Gänsehaut. Und auch das sinnliche Aroma deines Atems, nachdem du ein Glas Wein genossen hast, hat eine fast schon berauschende Wirkung auf mich.« Er atmete einmal tief ein. »Nicht zuletzt riechst du so wunderbar weiblich, dass ich jedes Mal, wenn ich deinen Duft wahrnehme, sofort den schier unbezähmbaren Drang verspüre, dich zu verführen.«

Louisa errötete.

»Doch auch, wenn ich dich *berühre*, löst dies sogleich ein Feuerwerk an Emotionen in mir aus. Unter meinen schwieligen Händen fühlt sich deine Haut an wie pure Seide. Und wenn ich deine Schultern umfasse, verspüre ich sogleich das alles überwältigende Bedürfnis, dich zu beschützen. Allein schon die zufällige Berührung unserer Hände erregt mich bis ins Mark. Als ich dich im See gehalten habe und dir das Schwimmen beigebracht habe, da hätte ich dir am liebsten augenblicklich dein gerüschtes Badekostüm vom Leib gerissen und deine nackte Haut liebkost. Und als du vor mir im Sattel gesessen hast und dein weicher Po über meinen harten Schwanz rieb, da pulsierte das Blut so heiß und wild durch meine Adern, dass ich es dir kaum zu beschreiben vermag.«

»James, hör auf.« Verlegen senkte Louisa den Blick.

»Erst, wenn ich dir auch noch die genussvollen Empfindungen des *Geschmackssinns* beschrieben habe. Wenn ich zum Beispiel deine Hand küsse, lässt der Geschmack deiner warmen Haut auf meinen Lippen meinen Puls regelrecht rasen. Und als du mich mit den gebratenen Speckstreifen gefüttert hattest und ich deine Finger ableckte, da wollte ich am liebsten jeden einzelnen Quadratzentimeter deines Körpers kosten. Als ich schließlich auch noch die Honigsüße deines Mundes schmeckte, war dies ein wahres Feuerwerk an Emotionen für mich.«

Erstaunt riss Lu die Augen auf. »Du bist ja verrückt.«

»Nein, ich bin nicht verrückt. Ich bin bloß verrückt nach dir. Und ich kann auch nichts dagegen machen, denn ich finde alles an dir einfach grenzenlos verlockend.«

»Alles?« Insgeheim konnte Louisa gar nicht genug bekommen von James' Komplimenten, denn sie machten regelrecht süchtig, wenngleich auf eine sehr angenehme Art und Weise.

»Ja, alles. Und ich behaupte, dass ich mindestens zwölf Punkte an deinem Körper benennen kann, die mir schier den Verstand rauben, angefangen bei deinen Füßen. Sie sind so zart und haben solch winzige rosige Zehen und einen solch verführerisch gewölbten Spann …« Langsam rutschte er im Bett ein Stückchen tiefer und nahm einen von Louisas Füßen in die Hand. Aufmerksam betrachtete er dessen grazile Form, streichelte sanft darüber, atmete seinen Duft ein und überzog ihn mit unzähligen kleinen Küssen. Anschließend nahm James sogar eine von Louisas Zehen in den Mund, sog daran und kitzelte sie mit seiner Zunge.

Langsam begann Louisa, das Spiel zu genießen. »Das wäre dann wohl der erste von zwölf Punkten. Wo ist Punkt Nummer zwei?«

»Der liegt hier.« Behutsam schob James seine Hand unter ihr Nachthemd, bis seine Finger die zarte Haut in ihren Kniekehlen berührten. »Ebenfalls eine ausgesprochen sinnliche Stelle.«

Lu hatte Schwierigkeiten, überhaupt noch zu sprechen, und hob nur stumm und mit fragendem Blick drei Finger.

James rutschte wieder ein Stückchen höher. »Nummer drei ist dein Haar.« Andächtig fuhr er mit seinen Fingern durch die dunkle lockige Masse, atmete ihren Duft ein und zog eine von Lus Locken sachte zwischen seinen Lippen durch. Dann hob er Louisa hoch, bis sie auf seiner breiten Brust zu liegen kam und ihre Lockenpracht sich über seine Kehle und seine Schultern ergoss. »Dein Haar zu spüren lässt mich vor Wonne regelrecht erzittern.«

Ernst blickte sie ihm in die Augen. »Und was ist Nummer vier?«

Zärtlich presste er seine Lippen auf ihren Hals und überzog ihn mit einer feinen Spur von Küssen. »Deine Kehle ist schöner als jeder Schwanenhals.«

Ein heißer Schauer der Erregung rieselte über Louisas Haut. »Nummer fünf?«, flüsterte sie.

Lachend warf James sie auf den Rücken und legte sich auf sie. Dann hob er sanft ihre Arme über ihren Kopf und hauchte einen zarten Kuss in jede ihrer Achselhöhlen. Erstaunt über das wohlige Kitzeln schnappte Louisa nach Luft, und James murmelte: »Denn deine Achseln sind ebenfalls ein sehr intimer und verführerischer Ort.«

»Darf ich fragen, wo Nummer sechs sich befindet?«

Genussvoll ließ er seine Hände über ihren Körper gleiten, über den glänzenden und seidenglatten Satin. »Nummer sechs ist deine schlanke Taille. Sie ist so schmal, dass ich sie mit den Händen umfassen kann. Vor allem hat sie einen süßen Punkt in ihrer Mitte.«

»Einen süßen Punkt?« James' Worte raubten ihr schier den Atem.

»Deinen Bauchnabel.« Langsam strich er einmal mit der Fingerspitze um ihren Nabel herum. »Ich kann es kaum erwarten, meine Zunge dort eintauchen zu lassen.«

»James!«

»Ja, bitte?«

»Hör auf. Ich habe sowieso vergessen mitzuzählen.« Was natürlich eine glatte Lüge war.

»Wir sind bei Nummer sieben.« Damit ließ James seine Hände unter ihren Rücken gleiten, knetete ihre Pobacken und fuhr mit seinen rauen Händen in sanften Kreisen über den glatten Satin ihres Nachthemds. »*Sieben* reimt sich auf *Lieben.*«

Louisa spürte, wie es vor lauter Vorfreude in ihrem Bauch bereits sachte kribbelte. Und was ist der nächste Punkt?, dachte sie und setzte Abercorns Reimschema im Geiste fort: Lass mich nicht raten – ich kann es kaum noch erwarten!

Und in der Tat ging James bereits zum nächsten Punkt über. Genießerisch umfasste er ihre Brüste, wog sie in seinen Händen und strich zart mit den Daumen über ihre Brustwarzen; sofort richteten sich diese auf wie harte kleine Diamanten. Selbstvergessen streichelte er weiter, während ein immer heller loderndes Feuer der Erregung in Lus Magen zu wüten begann und drohte, noch tiefer zu wandern. Ihre Lippen waren mit einem Mal ganz trocken geworden, und hastig befeuchtete sie sie mit der Zungenspitze, während James ihr das Nachthemd von den Schultern streifte und ihre nackten Brüste mit Küssen überzog.

»James … ich will … ich will …«

»Nummer neun. Und, ja, ich will es auch«, flüsterte er. Gebieterisch nahm er ihren Mund in Besitz, und der Kuss, den er ihr nun schenkte, schien eine halbe Ewigkeit zu dauern. Schließlich aber löste er seine Lippen von den ihren. »Dein Mund ist übrigens eine der verführerischsten Stellen an deinem gesamten Körper. Von ihm, fürchte ich, werde ich wohl nie genug bekommen.« Abermals eroberte er Lus Lippen in einem leidenschaftlichen Kuss, um diese diesmal sogar ein wenig zu öffnen, seine Zunge in ihren Mund gleiten zu lassen und Lus verlockende Süße voll auszukosten.

Während seine Lippen noch immer auf den ihren lagen, murmelte er: »Und? Bist du schon neugierig, wo der zehnte Punkt liegt?«

»Mhmmm.«

Mit festem Druck ließ er seine Hände ihren Körper hinabgleiten. »Die Innenseite deiner Oberschenkel ist extrem verlockend.« Sachte fuhr er mit seinem Finger über beide Innenseiten.

Louisa erbebte unter seiner Berührung.

Schweigend streichelte und liebkoste James mit seinen rauen Händen ihr weiches Fleisch und spürte dabei, wie er sie immer stärker erregte. »Die Nummer elf befindet sich an einem noch intimeren Ort«, flüsterte er.

Louisa stockte der Atem, während ihre Oberschenkel prickelten.

Rasch ließ er die Hände unter sie gleiten, um ihre Pobacken zu umfassen. Anschließend glitt er mit den Fingerspitzen in die Vertiefung zwischen ihren Gesäßhälften.

Louisa bäumte sich auf, während James mit seinen Liebkosungen immer verlockendere Empfindungen in ihr auslöste; Empfindungen, die allesamt neu und verteufelt köstlich waren.

Begierig schob er ihr Nachthemd noch ein Stückchen höher und raunte mit kehliger Stimme: »Und die Nummer zwölf ist dein Venushügel, unter dem sich deine verborgenen Kostbarkeiten verstecken.« Mit den Fingerspitzen fuhr er durch die dunklen Löckchen, die ihren Schamhügel bedeckten, um dann noch ein wenig tiefer zu gleiten und ihr Honigtöpfchen zu kitzeln und zu streicheln.

»Nein!«, schrie Louisa auf und wollte sich ihm entwinden.

James aber beruhigte sie. »Genieße doch einfach deine Empfindungen, Liebes … gib dich ihnen hin.« Sachte berührte er ihre intimste Stelle und wartete, bis Lu sich an die Liebkosung gewöhnte. Er wusste genau, wann der Moment gekommen war, an dem sie innerlich lustvoll erschauerte, und drückte mit den Fingerspitzen gegen den sensiblen kleinen Punkt, der sich in ihrem duftenden Fleisch verbarg.

Ein winziges Stöhnen entrang sich ihrer Kehle, und James war sich sicher, dass dies gewiss das erste Mal war, dass sie ihre Weiblichkeit auf diese Art erlebte. Langsam neigte er den Kopf und eroberte ihre Lippen mit seinem Mund, dabei ließ er sachte seine Zunge vor- und zurückgleiten, und zwar im gleichen Rhythmus, mit dem er auch die empfindliche kleine Knospe in ihrem Schoß massierte. Er spürte, wie Louisa feucht wurde, und ließ seine Fingerspitze unentwegt in aufreizenden kleinen Kreisen um ihre Klitoris gleiten, um Lu dazu zu verlocken, sich ganz ihrer Leidenschaft hinzugeben. Unterdessen berührte er sie nur ganz behutsam, um die genussvollen Minuten für sie noch ein wenig in die Länge zu ziehen.

Ein brennendes Sehnen breitete sich in Louisas Zentrum aus, ein lustvolles, mit nichts zu vergleichendes Gefühl, das wie flüssige Glut bis in ihren Bauch und ihre Brüste hinaufströmte, bis diese fest wurden und zart kribbelten. Schließlich, als Louisa den Höhepunkt erlebte, schrie sie einmal laut auf, ehe ihr Bewusstsein in einem Schauer der Ekstase in Millionen Teile zu zerspringen schien.

Vorsichtig zog James seine Finger zurück und legte seine starke Hand auf ihren Venushügel, während noch immer ein heißes Pulsieren durch Louisas Unterleib wütete und Lu ein letztes Mal wie unter den Nachwirkungen eines Erdbebens erzitterte. Anschließend zog James ihr behutsam das Nachthemd wieder über die Beine, um ihre Nacktheit zu verbergen. Sanft schloss er Lu in die Arme und hielt sie fest an sich gedrückt, auf dass sie dem Zauber dessen, was sie soeben zum ersten Mal erlebt hatte, noch einen Moment lang nachspüren konnte.

Nach einer Weile entspannte sich ihr Körper wieder, und James murmelte mit rauer Stimme: »Siehst du? Du bist noch vollkommen unberührt. Ich habe dir Genuss bereitet, ohne unsere Ehe zu vollziehen. Du bist noch immer genau die, die du auch vorher warst.«

»Du meinst, die, die ich vor den … zwölf Schritten gewesen bin?« Mag ja sein, dass ich im ehelichen Sinne noch immer unberührt bin, überlegte Lu derweil im Stillen. Aber ob ich tatsächlich noch immer die Gleiche bin? Nein, ich werde niemals mehr die Gleiche sein.

Unterdessen war James ehrlich verwundert, dass er es geschafft hatte, seine eigene Begierde so lange in Schach zu halten. Dabei hatte er sich doch geradezu danach verzehrt, sich auf Lu zu legen und endlich jenem wilden Verlangen freien Lauf zu lassen, das er grundsätzlich verspürte, wenn er in ihrer Nähe war. Doch wundersamerweise hatte er es geschafft, Louisas Lust die oberste Priorität einzuräumen, und so hatte sein Bestreben, zuerst seiner Frau Genuss zu bereiten, seine dunklen und rein instinktiven Begehrlichkeiten gezähmt. Und das aus gutem Grund, wusste James doch nur zu genau, dass er Louisa sachte und liebevoll zu sich locken musste. Er durfte seinen wütenden Hunger nicht die Oberhand gewinnen lassen, sonst würde Lu sofort vor ihm fliehen und dann wahrscheinlich sogar eine so hohe Mauer zwischen ihnen beiden errichten, dass die Erstürmung einer Burg dagegen ein Kinderspiel wäre.

Langsam drehte James sie auf die andere Seite, sodass sie ihm den Rücken zuwandte, und schmiegte sich an sie.

Wohlig kuschelte Lu sich an seinen starken Körper, bis sie sich wirklich geborgen fühlte, und lächelte versonnen, als James einen Arm um sie gleiten ließ und eine ihrer Brüste umfasste; all das vermittelte ihr das Gefühl, von ihm verehrt zu werden. Ehe sie in den Schlaf sank, dachte sie noch einen Moment lang an den verlockenden Körper ihres Ehemannes. Wie gerne würde ich endlich seine starke Brust streicheln, seufzte sie im Geiste. Wie gerne würde ich durch die schwarzen Löckchen auf seiner Haut streichen. Dann wanderten ihre Gedanken weiter, an der Innenseite seiner kräftigen Oberschenkel hinab und wieder hinauf zu seinem Penis, der sich ihr in seiner stolzen Pracht entgegenhob. Abermals jagte eine glühende Spirale des Verlangens durch ihren Unterleib, und Lu erschauerte, als sie sich vorstellte, wie sie schon bald die Rollen tauschen würden und dann sie diejenige wäre, die seinen Körper erforschte.

Am nächsten Tag gingen sie abermals zusammen im See schwimmen. Dieses Mal aber war Lu so mutig, ihre Unterwäsche abzulegen und einfach nackt zu baden. Sie spielten im Wasser wie ein verliebtes Pärchen, spritzten sich nass, berührten einander, lachten und küssten sich. Als sie genug hatten, erlaubte Lu James, sie mit einem flauschigen Handtuch abzutrocknen, wobei er es sich nicht nehmen ließ, jeden einzelnen Quadratzentimeter ihrer Haut sanft abzureiben und trocken zu tupfen. Zum Abschluss ihres Badeausflugs legten sie sich Seite an Seite in die Sonne, während James Lu abermals die köstlichen Empfindungen ihrer fünf Sinne schilderte und sich noch ein wenig ausführlicher als am Vorabend jenen zwölf Stellen ihres Körpers widmete, die ihn so magisch anzogen.

Lu ist heute schon so viel selbstbewusster als gestern, überlegte James. Und das nicht nur im Wasser, sondern auch außerhalb. »Komm, Lady Lu«, murmelte er schließlich. »Erkunde mich.« Lächelnd und voller Genuss wandte Louisa sich dem sinnlichen Spiel zu.

Auf ihrem Nachhauseritt entdeckte Louisa auf dem Boden einen kleinen Vogel. Sofort schwang sie sich aus dem Sattel und kniete neben dem Tier nieder. Der junge Rabe versuchte zu fliehen, doch er konnte nicht fliegen.

Auch James sprang von seinem Pferd und ging vor dem kleinen Tier in die Hocke, um es zu inspizieren. »Sein Flügel ist verletzt«, urteilte er schließlich.

»Dann nehme ich ihn selbstverständlich mit!« In dieser Angelegenheit duldete Lu keinen Widerspruch. »Ich werde ihn so lange pflegen, bis er wieder fliegen kann. Sonst kriegen ihn noch die Füchse.«

Vorsichtig trieb James den Vogel in die Enge, bis Lu ihn aufnehmen konnte. Zwar versuchte das verängstigte Tier sofort, nach ihren Fingern zu hacken, doch Lu lachte nur. »Na, Kleiner, was bist denn du für einer? Bist du ein Junge oder ein Mädchen?«

»Das ist ein junges Weibchen«, erklärte James.

»Woran siehst du das?«

»Das erkennt man an dem nur ganz leicht gewölbten Schnabel. Die Schnäbel der Männchen sind sehr viel stärker gebogen.«

»Ich bin beeindruckt. Du weißt ganz schön viel über Tiere. Sieh nur, ihr Gefieder ist pechschwarz«, sagte Lu bewundernd. »Ich glaube, ich nennen sie Tara. James, ich brauche unbedingt einen Spaten, um im Garten nach Würmern graben zu können.« Vorsichtig wickelte sie den Vogel in ihr Badehandtuch und stieg zurück in den Sattel.

»Du brauchst nicht nach Würmern zu graben«, lachte James. »Die Kleine da ist ein Beutegreifer, was bedeutet, dass es kaum eine

Sorte Fleisch gibt, die sie nicht essen würde – und am liebsten natürlich roh.«

Als sie bei den Ställen angelangt waren, nahm James den Pferden noch rasch die Sättel ab und übergab diese dann einem der Pferdeknechte. »Willst du Tara denn nicht in einer der Boxen absetzen?« Erstaunt blickte er sich nach Lu um.

»Natürlich nicht! Die Kleine kommt mit nach oben in mein Boudoir.« Mit verführerischem Zwinkern schaute Lu James an. »Ich brauche es ja jetzt nicht mehr.«

Behutsam trug Louisa den jungen Raben in ihr ehemaliges kleines Schlafzimmer im Obergeschoss. Suchend schaute sie sich in dem Raum nach einem Platz für ihren Patienten um. Schließlich faltete sie das Handtuch auseinander und setzte Tara in einer der Waschschüsseln ab, die einst Kaiserin Joséphine gehört hatten. Lächelnd beobachtete James die Szenerie. Es gefiel ihm, dass der Vogel für Louisa mehr Bedeutung besaß als die kostbaren Goldschalen.

Rasch bot Louisa dem Raben noch ein Schälchen mit Wasser an, und dann eilte sie auch schon in Richtung Küche, wo sie dem Koch erklärte, was sie brauchte, und um ein scharfes Messer bat. Anschließend gingen sie gemeinsam in die Vorratskammer, wo ein Rehbock zum Abhängen von einem Haken baumelte, und vorsichtig säbelte Louisa sich ein Stückchen von seinem Fleisch ab. Sorgsam zerschnitt sie die Scheibe in viele kleine Fetzchen und trug diese zurück ins Obergeschoss zu Tara.

Der Rabe hatte sich nicht vom Platz gerührt, sondern hatte es sich in seinem Handtuch in der goldenen Schüssel bereits gemütlich gemacht; gleichwohl beobachtete er aufmerksam mit seinen leuchtend gelben Augen jede einzelne von Louisas Bewegungen. »Hallo, Tara. Du hast bestimmt noch Angst, nicht wahr? Aber ich verspreche dir, es gibt nichts, wovor du dich hier fürchten musst.« Vorsichtig legte Lu das kleingeschnittene Wild in die goldene Schüssel und trat ein paar Schritte zurück.

Louisa und James hatten gerade ihr Abendessen beendet, als Mrs Connelly einen der Stallburschen ins kleine Esszimmer führte. Der Bursche brauchte gar nichts zu sagen, sondern James ahnte bereits, dass seine Araberstute nun wohl bald fohlen würde. »Hast du Lust mitzukommen, Lu?«

Louisa zögerte einen Moment, weil die Vorstellung, bei einer Geburt dabei zu sein, sie noch immer mit Unbehagen erfüllte. Andererseits, so überlegte sie im Stillen, sollte etwas schiefgehen, dann wird James bestimmt meine Hilfe brauchen. »Ja, ich komme mit«, willigte sie schließlich ein.

Kaum dass sie den Stall erreichten, eilte James auch schon im Laufschritt zu Jasmines Box hinüber, Louisa ihm immer dicht auf den Fersen. Die Stute war sichtlich nervös und wanderte unruhig hin und her. Als sie jedoch James sah, wieherte sie leise. Er betrat die Box und strich mit der Hand einmal prüfend über den geschwollenen Bauch des Tieres.

Louisa nahm all ihren Mut zusammen und folgte ihm. »Ich nehme an, uns steht jetzt eine lange Nacht bevor, nicht wahr?«

»Warum das denn, Liebes?«

»Na, weil eine Geburt doch grundsätzlich eine ziemlich schmerzhafte und langwierige Sache ist.«

»Nicht für eine Stute. Sicherlich wird auch sie Schmerzen haben, aber nachdem die Wehen einmal eingesetzt haben, wird der Geburtsprozess in spätestens einer halben Stunde auch schon vorbei sein – anderenfalls würde das Fohlen sterben.« Rasch legte James den Überrock ab und zog vorsichtshalber auch noch sein Hemd aus. »Komm, setz dich ins Stroh. Ich glaube, es geht gleich los.« Sanft massierte er mit seinen kräftigen Händen den Bauch seiner geliebten Stute und sprach leise und ermutigend auf sie ein.

Nach ungefähr einer Viertelstunde, die Louisa aber wesentlich länger vorkam, glitt die Fruchtblase mitsamt dem Fohlen ins Stroh. Rasch riss James den Schleimhautsack auf, damit das Fohlen atmen konnte, und ein würziges Aroma erfüllte die Luft. Anschließend nahm er sein Hemd und wischte einige Schleimtropfen von seinem Rock. »Es ist ein kleiner Hengst!«, strahlte er.

Fasziniert beobachtete Louisa, wie Jasmine das kleine Fohlen beschnupperte und es immer wieder mit der Nase anstupste. Es war sofort eine innige Bindung zwischen der Stute und ihrem Fohlen zu spüren, und in Louisas Kehle bildete sich ein dicker Kloß. »Wir sind soeben Zeugen eines kleinen Wunders geworden.«

»Ja, das kann man wohl sagen«, stimmte James ihr zu. »Wie wollen wir ihn denn nennen? Wie wäre es mit Prinz soundso?«

»Nein, wir nennen ihn Sultan. Sultan, Sohn von Jasmine.«

»Perfekt. So nennen wir ihn.« Energisch reinigte James sich die Finger an einer Handvoll Stroh und richtete sich auf. Ergriffen schauten Lu und James noch einen Moment lang zu, wie das langbeinige Fohlen an den Zitzen seiner Mutter saugte, und kehrten schließlich zum Haus zurück. Während James ein kurzes Bad nahm, ging Louisa ins Boudoir und widmete sich ihrem Raben.

Inzwischen hatte sich der Vogel aus seinem Handtuch herausgeschält und hockte nun auf dem Rand der Waschschüssel. »Hallo, meine Kleine. Du bist aber ein braves Mädchen«, begrüßte Louisa den Vogel. Tara hatte nämlich gehorsam ein paar von den Fleischbröckchen verschlungen, und auch das Wasserschälchen war zur Hälfte geleert. Aufmerksam legte das kleine Rabenweibchen den Kopf erst auf die eine Seite, dann auf die andere und schaute Louisa die ganze Zeit über neugierig an, während diese mit ihm sprach.

In diesem Moment kam James, nur mit einem Handtuch um die Hüften geschlungen, ins Zimmer. »Das ist ein gutes Zeichen«, bestätigte er, als er sah, dass Tara ihr Fleisch gefressen hatte und nun Anstalten machte, den Kopf unter die Federn zu stecken. »Sie weiß, dass jetzt Schlafenszeit ist, und bereitet sich auf die Nacht vor.« Er lachte, als Tara ein paar kleine Kotbällchen auf den Frisiertisch fallen ließ.

»*Shyte!*«, lachte auch Louisa und nahm die Hinterlassenschaften des Vogels mit einem Leinentuch auf. Unterdessen begann ihr Puls bereits, wie wild zu rasen, denn natürlich wusste sie, dass James unter seinem Handtuch splitterfasernackt war. »Und?«, fragte sie ihn, nachdem sie etwas Wasser in ihre Waschschüssel gegossen und sich die Hände gewaschen hatte. »Wollen auch wir nun den Kopf unter die Federn stecken?«

Höre ich da etwa richtig?, überlegte James verdutzt. Fragt Louisa mich gerade allen Ernstes, ob sie zu mir in mein Bett kommen darf? Nun, in diesem Fall sollte ich besser mein selbstgefälliges Grinsen ablegen. Sonst sieht sie es womöglich noch.

Vorsorglich faltete James bereits ein kleines Leintuch zusammen und legte es unter sein Kopfkissen. Mit etwas Glück, frohlockte er im Geiste, werde ich das, bevor die Nacht vorüber ist, nämlich noch brauchen.

Voller Vorfreude ließ er einmal den Blick über seine junge Frau schweifen, als diese durch die Zwischentür ins Hauptschlafzimmer getreten kam. Sofort entbrannte in seinem Inneren ein solch glühendes Verlangen, dass es ihn fast um den Verstand brachte, sodass er erst einmal tief durchatmen musste, um sich wieder unter Kontrolle zu bekommen – zumal Louisa in diesem Augenblick begann, die Knöpfe an ihrem Reitkostüm zu öffnen. »Warte«, bat er sie. »Lass mich das machen.«

Ihre Mundwinkel verzogen sich zu einem verführerischen kleinen Lächeln. »Ich habe gehört, dass die Iren sehr abergläubisch sind. Unter anderem meinen sie, dass eine Frau in grüner Kleidung Macht über ihren Mann gewinnt. Hast du keine Angst, dass ich dich in die Knie zwingen könnte?«

Ganz im Gegenteil!, lachte James im Geiste. Denn sobald ich dich entkleidet habe, werde ich von ganz allein vor dir auf die Knie sinken. Laut hingegen erwiderte er: »Nein, ich habe keine Angst vor dir. Lass mich ruhig leiden.« Er machte zwei große Schritte, und dann stand er auch schon hinter ihr, öffnete die letzten Knöpfe an ihrem Kleid und zog es ihr mit schwungvoller Geste über den Kopf. Gebieterisch drehte er sie herum, sodass sie ihm ihren Rücken zuwandte, und hob ihr Haar an. »Hier ist übrigens noch so eine Stelle, der meine Lippen einfach nicht widerstehen können.« Sachte neigte er den Kopf und fuhr mit der Zunge einmal über ihren Nacken. »Du riechst und schmeckst einfach unglaublich.«

Augenblicklich rieselte ein köstlicher Schauer der Erregung über Louisas Rücken.

Fest schlang James von hinten einen Arm um ihre schmale Taille und hob ihren linken Arm an. Dann hauchte er, beginnend bei ihrem Handgelenk, eine ganze Reihe von Küssen über ihre zarte Haut, bis er an ihrer Schulter angelangt war. Mit dem Mund fast an ihrem Ohr pustete er einmal gegen die feinen Löckchen an ihrem Haaransatz. Anschließend öffnete er ihr Mieder und zog ihr den gerüschten kleinen Schlüpfer aus, ehe er mit den Lippen die sanfte Wölbung ihres nackten Rückens hinabglitt. James spürte, wie Louisa erschauerte, als er ihren verführerisch runden Po küsste. Nun war sie ganz nackt, bis auf ihren Strumpfgürtel und die Strümpfe, und so hob er sie einfach hoch und trug sie zu ihrem Ehebett hinüber. Dort legte er sie sanft auf der dicken Bettdecke ab und breitete ihr üppiges Haar großzügig über das Kopfkissen.

»Du bist eine Hexe«, flüsterte er. »Aber eine wunderschöne Hexe.«

Vorsichtig streckte Louisa die Hand aus und strich einmal über die festen Konturen seiner Brustmuskeln. »Willst du mir denn nicht endlich meine Strümpfe ausziehen?«

»Später. Grüne Satinstrumpfgürtel haben nämlich für gewöhnlich eine höchst anziehende Wirkung auf mich.«

Langsam begann Louisa zu begreifen, dass die Magie, die eine Frau über einen Mann auszuüben vermochte, ein nicht zu unterschätzendes Machtinstrument war, und ihre urweiblichen Instinkte drängten sie, endlich etwas wagemutiger zu werden.

Und auch James ahnte, was in Louisas Kopf gerade vor sich ging. Lady Lu, dachte er, Eure Schönheit verleiht Euch eine unwahrscheinliche Macht, nur habt Ihr noch nicht gelernt, damit umzugehen. Sobald Ihr aber begriffen habt, wie Ihr diese Macht einsetzen könnt, kann Euch keine andere Frau mehr das Wasser reichen. Geradezu andächtig ließ James seinen glühenden Blick einmal über ihren gesamten Körper wandern. Das Handtuch noch immer fest um seine Hüften geschlungen, kniete er vor ihr nieder und schob ihre weichen und nur noch mit den grünseidenen Strümpfen bekleideten Oberschenkel auseinander. »Jetzt möchte ich dich kosten –«

Begierig leckte Louisa sich einmal mit der Zunge über die Unterlippe und schloss in stiller Vorfreude auf den Kuss die Augen.

»– und zwar überall.«

Entsetzt riss sie die Augen auf, als sie feststellte, dass James nicht ihren Mund, sondern die feinen Löckchen auf ihrem Venushügel küsste. Sie sah gerade noch, wie sein dunkler Schopf zwischen ihren Schenkeln verschwand. »James, du darfst nicht –«, flüsterte sie atemlos.

»Doch, Liebling, ich muss sogar.«

Deutlich waren das Verlangen und die Leidenschaft in seinen Gesichtszügen zu erkennen. Währenddessen kam sein Mund ihrem geheimen Zentrum immer näher, sodass Louisa fast schon Angst hatte, dass er sie verschlingen würde. Abrupt bog sie den Körper, und in genau diesem Moment berührten James' Daumen ihre Schamlippen und öffneten sie vorsichtig. Dann bedeckte er sie mit seinem heißen Mund und leckte mit der Zunge zart über die feste kleine Knospe in ihrem Schoß. Die Empfindungen, die in diesem Moment durch Louisas Körper jagten, waren so köstlich, dass sie am liebsten laut aufgeschrien hätte.

Er begann, seine Zunge hinein- und hinausgleiten zu lassen, wollte sie damit erregen und ihre Begierde wecken. Louisa war so klein und schmal, dass er sich sicher war, dass sie noch Jungfrau war, und er schwor sich, dass sie zumindest für eine Weile auch noch Jungfrau bleiben sollte. Gleichwohl schwanden vor lauter Verlangen auch ihm fast die Sinne, als er sie mit seinem Mund liebte, und tief in seinem Inneren ahnte er bereits, dass er wohl niemals genug von ihr bekommen würde.

All ihre Sinne waren aufs Äußerste angespannt, als Lu sich plötzlich seinem liebkosenden Mund entgegenbäumte und laut seinen Namen schrie.

Er spürte genau, dass sie in diesem Augenblick ihren Höhepunkt erlebte, da ihre zuckrige Scheide sich plötzlich um seine Zunge zusammenzog, und James genoss das Pulsieren ihres Fleisches, während Lu vor Verzückung erschauerte. Ehe er sich zurückzog, glitt er mit der Zunge noch ein letztes Mal über die geschwollene Knospe in ihrem Schoß und ergötzte sich an Lus Ekstase.

Atemberaubend schön und in ihrer ganzen verführerischen Nacktheit lag sie vor ihm, und nun erlaubte er sich, sich endlich das Handtuch von den Hüften zu reißen und mit einem leidenschaftlichen Kuss Lus Mund zu erobern. Hungrig schob er seine Zunge zwischen ihre Lippen und tat, was er am liebsten mit seinem Schwanz getan hätte. Dabei schwelgte er in dem köstlichen Bewusstsein, dass er Louisa mit seinem harten Schaft schon bald endgültig zu seiner Ehefrau machen würde. Aber noch nicht jetzt, denn dazu war sie noch nicht bereit.

Lu schmeckte sich selbst auf seinen Lippen, und sie fühlte sich sehr verwegen. Zumal es geradezu süchtig machte, wenn er sie mit seinem Mund liebte, und sie wollte, dass er dies wieder und wieder tat.

Und auch James war wie im Rausch. Sein Unterleib schmerzte geradezu von dem Liebesspiel, das dann doch nicht seine natürliche Vollendung gefunden hatte, und wenn er sich nicht bald erleichterte, so würde seine Erektion schon bald sehr schmerzhaft werden. Jede Faser seines Körpers schrie geradezu vor nicht-ausgelebter Leidenschaft, und er flüsterte: »Berühre mich, Lu.«

Damit ergriff er ihre Hand und führte sie langsam an seinem Körper hinab. Dann legte er ihre Finger um sein marmorhartes Glied. »Fass mich fest an.« Anschließend führte er ihre Hand, zuerst langsam, dann immer schneller und schneller, während das heiße Gleiten von Haut auf Haut sein Blut kochen ließ. Doch erst, als er sich vorstellte, dass er tief in ihr sei und sie ihre schlanken Beine um ihn geschlungen hätte, konnte er Erleichterung finden. Er malte sich aus, wie sie unter ihm läge und sich wand und keuchte und stöhnte. Erst dann begann sein Orgasmus. Er hielt ihre Hand, als sein Glied sich aufbäumte und in einer kleinen Fontäne seinen Samen von sich gab. »Danke, Liebling.« James griff unter sein Kopfkissen, um das leinene Handtuch hervorzuholen.

Schüchtern verbarg Louisa das Gesicht an seiner Schulter, während sie ihre Macht über ihn genoss. Zudem erkannte sie, dass die Intimität zwischen ihnen beiden etwas sehr Kostbares war, und dieses riesige Bett war mittlerweile sogar so eine Art Kokon für sie, den nichts und niemand zu erobern vermochte. Hier waren sie ganz für sich allein. Louisa lächelte versonnen, denn vielleicht flüsterte er heute Nacht ja noch einmal »Ich liebe dich, Lu.« Und dieses Mal würde sein Liebesschwur keine Einbildung sein!

· 26 ·

Als Louisa erwachte, schaute sie direkt in James' Gesicht; auf einen Ellenbogen gestützt, blickte er lächelnd auf sie hinab.

Lu reckte und streckte sich genüsslich. »Guten Morgen«, flüsterte sie.

»Guten Morgen.« Sanft ergriff James ihre Hand, hauchte einen Kuss in ihre Handinnenfläche und schloss ihre Finger darüber. »Was meinst du, Lady Lu? Ob es jetzt wohl an der Zeit ist, mir endlich dein kleines Geheimnis zu verraten?«

»Welches Geheimnis?« Forschend blickte Lu ihm in die Augen.

»Nun, ich meine damit die Tatsache, dass du niemals eine Fehlgeburt hattest. Und dass du auch niemals schwanger gewesen bist.«

Entsetzt starrte Lu ihn an. Wie zur Hölle hast du das denn herausgefunden? Hastig befeuchtete sie ihre Lippen, die mit einem Mal ganz trocken geworden waren. »Interessante Vermutung«, entgegnete sie. »Wie kommst du darauf?«

»Weil dein Hymen intakt ist, mein Liebling. Du bist noch Jungfrau.«

»James … ich …« Louisa biss sich auf die Unterlippe. »Das Ganze ist ein bisschen kompliziert. In jedem Fall hat meine Mutter dich nicht wissentlich hintergangen. Ich meine, das war kein Trick gewesen, um dich in diese Ehe zu locken.« Himmel Herrgott! Wie soll ich ihm denn das jetzt bloß alles erklären? Sie seufzte. »*Ich* war diejenige, die dich hintergangen hat.« Und sprach gleich darauf hastig weiter: »Aber dich zu heiraten war damals ganz einfach das kleinere von zwei Übeln.« Oje, so hätte ich das wohl besser nicht sagen sollen, dachte sie erschrocken.

»Wie bitte? Mich zu heiraten war ›das kleinere von zwei Übeln‹?«

»Nein, so habe ich das nicht gemeint.« Louisa atmete einmal tief durch. »James, wenn ich dir schon damals die Wahrheit gesagt hätte, dann hätte ich damit –«

»Dann hättest du damit deine Schwester verraten.«

»Woher weißt du das?« Deutlich war die Verwunderung aus ihrer Stimme herauszuhören.

»Nur so eine Vermutung«, erwiderte James in sarkastischem Tonfall. »Es ist in jedem Fall kein Geheimnis, dass Georgy keine Jungfrau mehr ist.«

Louisa seufzte. »Ich hatte ja selbst erst kurz vor Weihnachten davon erfahren. Und kaum, dass Georgy mir sagte, dass sie schwanger sei, drohte sie auch schon damit, sich umzubringen, falls jemals irgendwer von ihrem Geheimnis erfahren sollte.«

»So ein Unsinn. Georgy ist viel zu egoistisch, um sich umzubringen.«

»Du tust ihr unrecht! Sie ist nicht egoistisch.«

»Nun ja, immerhin hat sie zugelassen, dass *du* die Verantwortung für *ihr* Tun übernimmst. Also, *ich* nenne das egoistisch.«

»Aber ich bin doch viel stärker als Georgy. Und sie hatte solche Angst. Und außer mir gab es niemanden, an den sie sich hätte wenden können.«

»Mag wohl sein. Du hingegen hättest dich durchaus jemandem anvertrauen können – mir zum Beispiel. Ich hätte es auch sicherlich nicht weitererzählt.«

»Aber du sagtest doch, dass du ihn töten wolltest …« Abermals versagte Lu die Stimme.

»Wen? Teddy Fox? Nun, hätte er das Ganze *dir* angetan, dann hätte ich ihn dafür zweifellos einen Kopf kürzer gemacht. Aber da sich dieses Dilemma ja zwischen ihm und Georgy abgespielt hat, sehe ich keinen Grund, mich in die Sache einzumischen. Das ist allein deren Angelegenheit.«

Furchtsam musterte Lu sein Gesicht. »James, kannst du mir vergeben, dass ich dich betrogen habe?«

»Da gibt es nichts zu vergeben, Liebste. Schließlich habe ich dadurch genau *die* junge Lady zur Frau bekommen, die ich schon immer hatte heiraten wollen. Und wer weiß, ob aus unserer Eheschließung überhaupt etwas geworden wäre, wenn deine Schwester dich nicht derart in die Enge getrieben hätte?« Verschwörerisch blinzelte er ihr zu. »Aber da du dich ja klugerweise für ›das kleinere von zwei Übeln‹ entschieden hast, bist du nun zur Belohnung wenigstens die Marquise von Abercorn – bis dass der Tod uns scheidet.«

Überglücklich sank Louisa in seine ausgestreckten Arme und schmiegte ihr Gesicht an seine Schulter. »Ach, James, ich bin ja so froh, dass du nun endlich Bescheid weißt. Mir fällt wirklich ein Stein vom Herzen.« Ernst schaute sie ihn an. »Und sowieso hätte ich schon längst zustimmen sollen, dich zu heiraten. Im Grunde tut es mir von Herzen leid, dass ich nicht gleich deinen ersten Antrag angenommen habe – an dem Abend, als du mir zu meinem Auftritt im Covent Garden Theatre verholfen hast, meine ich.«

»Und ich wiederum hätte dich nicht so einfach von dannen ziehen lassen dürfen. Ich hätte dich bei mir behalten müssen, hätte dich zur Not sogar zu meiner Gefangenen machen müssen, bis du meinen Antrag endlich angenommen hättest.«

»Du irischer Teufel.« Lächelnd hob Louisa den Kopf und gab James einen sinnlichen Kuss. »Ich liebe es, wenn du so dominant auftrittst.«

»Das werde ich mir merken«, versprach James mit einem verschmitzten Grinsen.

Was habe ich doch für ein Riesenglück, seufzte Lu im Stillen. Er hat mir verziehen – weil er mich liebt!

»Toll, Tara, das hast du prima gemacht.« Lachend betrachtete Lu das kleine Rabenweibchen; es war zwischenzeitlich aus eigener Kraft auf die Fensterbank gehüpft. »Du bist ja ganz schön abenteuerlustig.« Sorgsam füllte Louisa Taras Napf mit frischem Wasser. »Dann wird es wohl Zeit, dass ich nach unten gehe, um dir frisches Futter zu holen, nicht wahr?«

Sie strebte auf die Tür zu, als sie plötzlich bemerkte, wie der kleine Rabe zu Boden sprang und ihr folgte. »Du willst mitkommen? Nun, dann komm!« Langsam ging Louisa weiter, bis sie an der Treppe angelangt war, wo Tara aber lediglich zwei Stufen hinabhüpfte und dann einfach sitzen blieb. »Soll ich dich etwa tragen?«, lachte Lu. Doch dann streckte sie auch schon die Hand aus und ließ den Raben draufklettern. Vorsichtig setzte sie das Tier auf ihrer Schulter ab und ging langsam eine Stufe nach der anderen hinunter; Louisa war geradezu berauscht vor lauter Freude darüber, dass das Rabenweibchen in ihr offenbar keine Feindin sah, sondern eher eine Freundin.

»Wie es scheint«, lachte James, der den beiden auf halbem Wege begegnete, »hast du wohl wieder jemanden in deinen Bann geschlagen, nicht wahr?«

Der kleine Rabe krächzte bestätigend. Louisa aber warnte: »Unterstehe dich, sie mir abspenstig machen zu wollen, du Weiberheld! Im Übrigen hat Tara gerade großen Hunger. Und ich glaube, ihr Flügel heilt auch recht gut. Vielleicht können wir sie ja morgen mit rausnehmen und ihr zeigen, wie man fliegt.«

»Lu, ich bin mir ziemlich sicher, dass sie bereits fliegen kann. Sie braucht nur noch ein wenig Selbstvertrauen. Aber kümmere du dich ruhig erst einmal um das Futter für deinen Schützling. Danach gehen wir nämlich zu den Ställen, um nach dem Fohlen zu sehen. Und im Anschluss möchte ich dich bitten, zu mir in die Bibliothek zu kommen. Ich möchte ein paar Räume in diesem Haus neu gestalten und hätte gerne deine Meinung dazu gehört.«

»Du willst meine Meinung hören? Das glaube ich nicht. Du versuchst doch bloß, meinem Selbstvertrauen ein wenig auf die Sprünge zu helfen.«

James aber schüttelte den Kopf. »Oh, nein. Ganz gewiss nicht.

Denn wenn du noch selbstbewusster wirst, dann hast in null Komma nichts *du* hier die Hosen an.«

Louisa schnitt noch etwas Wildbret für den Raben und sah entzückt zu, wie ihr Zögling gierig einige Happen davon verspeiste. Anschließend trug sie das Rabenweibchen zurück in ihr Boudoir, wo es in Sicherheit sein würde.

Wenig später gingen James und Lu auch schon hinüber in die Ställe, wo sie zusahen, wie Jasmine ihr Fohlen säugte. »Kann es sein, dass Sultan schon ein klein wenig gewachsen ist?«

»Nein. Er wirkt nur deshalb etwas kräftiger, weil über Nacht sein Fell getrocknet ist und sich die Härchen aufgestellt haben. Morgen lassen wir die beiden raus auf die Weide. Du darfst dich schon jetzt darauf freuen, ihm zuzuschauen, wie er das erste Mal galoppiert.«

Voller Vorfreude atmete Lu tief ein. »Ach, James. Ich finde alles an Irland einfach so wunderbar.«

Blitzschnell schlang er den Arm um sie und neigte den Kopf, um ihren Mund zu erobern. Dabei streichelte er zärtlich ihre runden Pobacken. »Gib es doch zu«, neckte er sie. »Mehr noch als das Land fasziniert dich dein irischer Ehemann.«

»Du arroganter Kerl!«

»Dieses Zimmer ist doch viel zu klein für eine Bibliothek.« Kopfschüttelnd ließ Louisa den Blick über die vollgestopften Bücherregale schweifen, während James sich über seinen Schreibtisch beugte und den Grundriss von Barons Court anschaute.

»Mit der Bibliothek deines Vaters in Woburn Abbey kann sie zweifellos nicht mithalten«, stimmte James ihr bedauernd zu.

»Aber das kann man doch ändern. Deine Bibliothek könnte sogar doppelt so groß werden wie Vaters. Wir müssten sie bloß in einem anderen und größeren Raum unterbringen.«

»Lu!« Erstaunt sah Abercorn sie an. »Du hast den Nagel auf den Kopf getroffen! Und an passenden Räumlichkeiten haben wir hier ja zum Glück keinen Mangel.«

Sofort machten die beiden sich auf die Suche nach einem passenden Raum, den sie neu herrichten lassen könnten, und wurden auch bald schon fündig: Parallel zu der langen Galerie verlief ein Saal, der von den Ausmaßen her durchaus passend war. Nur leider war es dort etwas düster, und überhaupt schien die Atmosphäre wenig einladend. »Ich möchte gerne, dass meine Bibliothek sich über zwei Ebenen erstreckt – wie die in Woburn Abbey«, sinnierte James laut. »Und Platz genug wäre ja. Trotzdem würde die Bibliothek nicht halb so einladend und sonnig wirken wie die deines Vaters.« Missmutig blickte er sich um.

»Wie wäre es denn, wenn wir einfach eine Kuppel in das Dach einsetzen ließen? So wie in der Rotunde? Die ist doch dank ihrer Kuppel ein echtes Schmuckstück geworden, und durch das Glasdach strömt jede Menge Sonnenlicht.«

Lächelnd legte James einen Arm um Louisa. »Siehst du wohl, was wir alles schaffen können, wenn wir unsere schöpferische Energie zusammentun?« Zärtlich zog er sie an sich, woraufhin ihre weichen Brüste sich sanft gegen seinen breiten Brustkorb pressten. »Solange wir beide ein Team bilden, denke ich, sind unserer schöpferischen Kraft keine Grenzen gesetzt.«

Louisa atmete scharf ein. Denn was James ihr damit hatte sagen wollen, war ja klar. Mit ›schöpferischer Kraft‹ meinst du wohl eher die Kraft deiner Lenden!, schimpfte sie im Geiste, obgleich bereits allein der Gedanke daran ihr einen wohligen Schauer über den Rücken jagte. James Hamilton! Nicht mehr lange, und du hast mich rumgekriegt. Ich muss in Zukunft wohl doppelt vorsichtig sein.

In der Nacht jedoch, als sie Seite an Seite mit James in ihrem riesigen Ehebett lag, verschwand alle Vorsicht, und hemmungslos gab sie sich seinen Liebkosungen hin. Sie wand sich, keuchte und schrie wild ihr Verlangen heraus, während James zart über ihre Oberschenkel hauchte, mit dem Finger in einem geradezu beschwörenden Rhythmus ihre Knospe streichelte und seine Erektion heiß über ihren Bauch glitt.

Doch im Gegenzug ließ auch Lu ihn keuchen und vor Lust stöhnen, als sie seine schweren Hoden umfasste und ihre Finger um seinen harten Schaft schloss.

Während der nächsten Tage verbrachten sie viel Zeit beim Fischen; von dem kleinen Fluss, der durch James' Anwesen verlief, zweigten mancherlei kleine Seen ab, in denen es vor Forellen nur so wimmelte. Außerdem schwammen sie mit den Ottern um die Wette – die Tiere hatten sich mittlerweile an sie gewöhnt – und schlichen des Nachts durch die Wälder, um die Dachse zu beobachten, wie diese mit ihren Jungen auf die Jagd gingen. Und eines Tages nahmen sie auch Tara mit nach draußen; James und Lu wollten die Kleine dazu ermuntern, wieder zu fliegen.

»James, sieh mal!«, rief Lu plötzlich. »Da ist noch ein Rabe. Er hat sich gerade oben im Baum niedergelassen.« Zuvor hatte Lu Tara auf einem der niedrigeren Äste abgesetzt.

»Dann lass uns zurück zu den Pferden gehen und sehen, was passiert.«

Und in der Tat kam der Neuankömmling nach einem Weilchen immer tiefer gehüpft, bis er Tara schließlich erreicht hatte. Krächzend musterten die Vögel einander und wippten aufgeregt mit den Köpfen.

»Ich glaube, das ist ein Männchen«, flüsterte James.

Kurze Zeit später flog der Rabe wieder hinauf in die schwankende Baumkrone und wartete offenbar darauf, dass Tara ihm folgen würde. Die aber schlug nur ein paarmal unschlüssig mit den Schwingen und blieb ansonsten sitzen, wo sie war. Gespannt hielt Lu den Atem an. Mehrfach rief der Neuankömmling nach dem Rabenweibchen, doch Tara antwortete nicht. »Sie hat Angst zu fliegen. Vielleicht tut ihr der Flügel noch weh.« Wie zur Bestätigung sprang Tara in genau diesem Augenblick zu Boden und trippelte zu Lu zurück. »Was meinst du – macht es Sinn, wenn wir an einem anderen Tag noch einmal wiederkommen? Ob der Rabe dann wohl wieder da sein wird?«

»Vielleicht. Wir können es ja morgen noch einmal versuchen.«

»Nein, nicht morgen«, schalt Louisa James lachend. »Der Tag ist bei mir schon komplett verplant. Oder hast du etwa vergessen, dass wir am Abend eine Dinnerparty geben?«

Früh am nächsten Morgen war Louisa auf den Beinen. Seite an Seite mit Kate Connelly begutachtete sie alle vier Gästeapartments und bat die Haushälterin, die Bettdecken und Kissen aufzuschütteln, falls einer der Gäste beschließen sollte, bei ihnen zu übernachten. Den Rest des Vormittags verbrachte Lu in der Küche, wo sie gemeinsam mit dem Koch und den Küchenmägden die Speisenfolge bestimmte und den Wein auswählte, den sie am Abend kredenzen wollte. Anschließend ging es weiter in das große Esszimmer. Sorgsam wählte sie das Geschirr aus, das passende Besteck, die kristallenen Gläser, das Servierbesteck, die Tischdecke sowie die Servietten und die Kerzen und bestimmte, welche Blumen auf dem Tisch arrangiert werden sollten. Sogar den Käse, das Obst und die Nüsse, die man zum Dessert reichen wollte, wählte sie höchstpersönlich aus.

Als James sich schließlich mit einem leicht amüsierten Lächeln zu ihr gesellte, schalt sie ihn sogleich, weshalb er ihr nicht schon eher geholfen hätte. »Komm, mach dich nützlich. Es heißt doch, dass die Iren allesamt so ungemein musikalisch wären. Also, treib ein paar Fiedler auf für heute Abend! Oder von mir aus auch ein Flötenquintett. Die Musiker sollen sich dann im kleinen Esszimmer platzieren, sodass wir sie zwar hören werden, aber nicht sehen.«

Galant verbeugte James sich vor ihr. »Wenn Ihr wollt, könnte ich sicherlich auch noch irgendwo einen Harfenisten ausfindig machen, Lady Abercorn.«

»Eine gute Idee«, stimmte Lu ihm begeistert zu. »Das würde dem Ganzen natürlich noch eine Spur mehr Raffinesse verleihen, Lord Abercorn.«

Mit todernster Miene hakte James nach: »Hast du vielleicht auch noch vor, den Gästen heute Abend ein kleines Tänzchen darzubieten? Denn da dir ja offenbar daran gelegen ist, noch etwas mehr ›Raffinesse‹ ins Spiel zu bringen, wäre ein irischer *Reel* doch sicherlich nicht fehl am Platz. Wie wäre es also mit *The Ladies' Pantaloons*?«

Ohne auf seinen Vorschlag einzugehen, deutete Louisa drohend auf die Tür. »*Raus!*«

Schockiert rollte James mit den Augen, und diesmal war sein Entsetzen nicht geschauspielert. Er war gerade hinauf ins Schlafzimmer gekommen, um sich für die bevorstehende Dinnerparty umzuziehen, als er erstaunt auf eine halbnackte Lu und deren Zofe Molly traf, die angestrengt Lus Korsettschnüre straffzog. James schickte Molly hinaus. »Das mache ich lieber selbst. Ich habe in meinem Leben kein rotes Korsett gesehen.«

»Das fällt mir allerdings ein wenig schwer zu glauben«, neckte Lu ihn. »Ich meine, da du doch mit einer gewissen Dame aus dem Theater sehr vertraut bist.«

James aber ging nicht weiter auf Lus Stichelei ein, sondern zog schweigend die Korsettschnüre fest. Anschließend küsste er seiner Frau einmal zart auf den Nacken. »Wenn es nach mir ginge«, murmelte er, »würde ich dir das Ding gleich wieder ausziehen.«

»Jetzt? Aber ich dachte, das Dinner heute Abend wäre so unheimlich wichtig? Du willst doch schließlich eines Tages zum offiziellen Vertreter der Krone ernannt werden.«

»Ach, das ist doch noch Jahre hin. Du aber stehst jetzt und hier vor mir, du kleine Füchsin.«

»Reich mir bitte mal den Unterrock.« Lu stieg in den mehrlagigen Petticoat und erlaubte James, das Seidenband um ihre Taille zuzubinden. »Und jetzt zu dem eigentlichen Prachtstück des Abends.« Vorsichtig nahm sie ihr Kleid auf, das auf dem Bett ausgebreitet lag, und hob die Arme, damit James es über ihren Kopf gleiten lassen konnte. Lu hatte sich ganz bewusst für das karmesinrote Taftkleid mit den tiefroten Granatsteinen entschieden; jenes ausgefallene Stück, das sie komplett in der traditionellen Farbe der Abercorns hatte schneidern lassen. »Was meinst du? Ob der Ausschnitt wohl ein wenig zu gewagt ist?«

»Nun, die Damen heute Abend werden ganz sicher der Ansicht sein, dass du zu viel Dekolleté zeigst. Die Herren jedoch dürften dich mit ihren Blicken geradezu verschlingen.«

»Wenn das so ist, dann behalte ich das Kleid natürlich an. Im Übrigen kannst du Molly jetzt wieder hereinrufen. Sie soll mir helfen, mein Haar aufzustecken. Aber ich denke, das machen wir sowieso besser in meinem Boudoir, damit du dich in Ruhe umziehen kannst.«

»Das sind der Graf und die Gräfin von Belmore«, murmelte James, als er und Louisa mit strahlendem Lächeln in der kleinen Rotunde Posten bezogen, um ihre Gäste zu empfangen. »Erwähne bitte nicht, dass Claud nächsten Monat nach Irland zurückkehrt, um für den Parlamentssitz der Grafschaft Tyrone zu kandidieren.«

»Aber warum denn nicht?«, flüsterte Louisa gespannt.

»Weil der Graf der gegenwärtige Abgeordnete für Tyrone ist.«

Rasch hob Lu ihren Fächer vors Gesicht, um ihr Grinsen zu verbergen. »Du bist ein echter Teufel.« Doch ihren Gästen gegenüber ließ sie sich natürlich nichts anmerken, sondern begrüßte Amar Lowry und seine aus Kent stammende Ehefrau sogar mit Namen: »Sir Lowry, Lady Emily.« Lu war stolz darauf, sich so gewissenhaft auf den Abend vorbereitet zu haben.

Das nächste Paar, das vor Barons Court vorfuhr, waren der Marquis und die Marquise von Londonderry. Wie sich herausstellte, war Charles Vane Stuart ein echter Charmeur. Und auch seine Ehefrau Frances, die etwa zehn Jahre älter war als Lu, war eine auffallende Erscheinung, deren Schönheit einem nahezu den Atem verschlug.

Es folgten George Chichester und seine Frau Anna, die wiederum den Titel des Marquis und der Marquise von Donegal bekleideten.

Das vierte blaublütige Paar waren der Graf und die Gräfin von Caledon. Und auch bei diesen beiden wusste Lu sofort, um wen es sich handelte: Der Graf war nämlich kein Geringerer als Alexander Du Pre, der gegenwärtige Vizekönig.

»Wir alle sind hocherfreut, dass Barons Court endlich wieder eine Hausherrin hat«, intonierte Lady Catherine. »Ihr müsst uns unbedingt einmal auf Caledon House besuchen kommen.«

»Vielen Dank, dass Ihr mich so herzlich willkommen heißt«, entgegnete Louisa. »James und ich werden Eure Einladung liebend gerne annehmen.«

»Lady Abercorn, auch mir ist es ein echtes Vergnügen und eine Ehre, die Tochter des Herzogs von Bedford kennenzulernen. Euer Vater war der wahrscheinlich beliebteste Vizekönig, den Irland jemals gehabt hat.« Der Graf von Caledon zwinkerte ihr einmal verschwörerisch zu. »Es gab ja bereits Gerüchte, dass James Euch nur wegen des politischen Einflusses Eures Vaters geheiratet habe. Nun aber, da ich Euch endlich einmal selber sehe, glaube ich eher, es ist Eure Schönheit, die ihn in ihren Bann geschlagen hat.«

Lu lächelte liebreizend. »Und ich wiederum hatte bereits befürchtet, dass James wohl eher wegen meines Bruders Johnny um meine Hand angehalten hatte. Denn eines Tages, da bin ich mir ziemlich sicher, wird Lord John Russell der nächste Premierminister von England sein.«

Bewundernd schaute Lady Catherine Lu an, während Lady Frances laut erklärte: »Ich bin ehrlich beeindruckt, meine Liebe. Eure Schönheit wird nur noch von Eurem Intellekt übertroffen.«

Unterdessen behandelte Louisa den Oberbürgermeister Fitzgerald mit mindestens ebenso viel Ehrerbietung wie ihre adligen Gäste; vielleicht sogar noch mit einer Spur mehr Charme, wusste sie doch, dass man die wortführenden Stadtverordneten immer besonders gut behandeln sollte.

Und auch während des Abendessens war es für Louisa ein Leichtes, die Konversation in Gang zu halten, schließlich war sie sowohl in der englischen als auch in der irischen Politik wohlbewandert. Vor allem aber unterhielt sie sich mit den anwesenden Herren über deren Pferde und den Rennsport im Allgemeinen, wohingegen sie mit den Damen mehr über Mode sprach. Und sogar die Flachsspinnerei brachte sie bei passender Gelegenheit ins Spiel: »Unsere Spinnerei spinnt ungeheuer feines Garn, ja, ich möchte sogar behaupten, dass es nirgendwo so feines Leinen oder so feinen Kambrik gibt wie hier in Nordirland. In Kürze werde ich ein paar Ballen davon zu meiner Mutter und meinen Schwestern nach Woburn Abbey schicken.«

Doch auch die neueste Kosmetik und Kräutercremes wurden unter den Damen eifrig diskutiert, denn wie alle Frauen machten auch die an diesem Abend geladenen sich Gedanken über eine vorzeitige Hautalterung. Als das Gespräch jedoch auf die Kinder der Damen kam, verstummte Louisa und lauschte stattdessen aufmerksam den unterhaltsamen Schilderungen ihrer Gäste. Erst als man ihr schließlich nahelegte, James ebenfalls mit einem kleinen Erben zu beglücken, wechselte sie mit charmantem Lächeln das Thema.

Glücklicherweise konnte Louisa mit so mancherlei Anekdoten über die prominenten Untertanen des Landes aufwarten, und sogar die neugierigen Fragen der Damen über den König und die Königin sowie die junge Thronerbin wusste sie mit ebenso viel Takt wie Esprit zu beantworten.

Unterhielt Louisa sich dagegen mit einem der geladenen Herren, so sprach sie eher wenig und schenkte dem Betreffenden stattdessen ihre uneingeschränkte Aufmerksamkeit, was für die meisten der Herren nämlich noch sehr viel verführerischer war als etwaige offenkundige Flirtversuche. Zumal Louisa schon in jungen Jahren von ihrer Mutter gelernt hatte, dass das Lieblingsthema der meisten Männer ohnehin sie selbst waren.

Während des gesamten Abendessens war im Hintergrund leise

Musik zu hören, doch da die Musiker im Nebenzimmer saßen, blieb die allgemeine Konversation durch ihr Spiel unbehelligt. Nach dem Essen geleitete Lu ihre Gäste dann für ein paar Drinks und einige *swatemates* in die große Halle.

Als es schließlich spät geworden war, bot Lu all jenen an, die weiter entfernt als im Nachbarort Omagh wohnten, die Nacht auf Barons Court zu verbringen, und fast alle nahmen die Einladung dankend an; ihre Gäste aus der näheren Umgebung hingegen verabschiedeten sich kurz darauf und erklärten, dass es für sie nun wohl an der Zeit wäre, sich auf den Heimweg zu machen.

Erst gegen ein Uhr morgens konnten Lu und James sich schließlich in ihr Schlafzimmer zurückziehen.

»Unsere erste offzielle Dinnerparty war ein voller Erfolg«, lobte James sie. »Und das alles verdanke ich allein dir. Ich denke, ich habe wohl die richtige Wahl getroffen, als ich die Tochter des Herzogs und der Herzogin von Bedford geheiratet habe.«

»Meinst du das jetzt auf deine politischen Ambitionen bezogen? Oder wolltest du mir damit sagen, dass Barons Court noch nie eine so gute Gastgeberin wie mich gesehen hat?«

»Beides, natürlich. Obgleich da auch noch ein gewisser eher intimer Grund eine tragende Rolle spielt. Während der vergangenen beiden Stunden konnte ich nämlich an nichts anderes mehr denken, als daran, dir endlich dein rotes Korsett auszuziehen.«

»Nun, sagt man nicht, dass die Vorfreude den Genuss im Allgemeinen noch verstärkt?« Mit vielsagendem Lächeln erlaubte Lu ihm, ihr aus dem karmesinroten Taftkleid herauszuhelfen, um dieses sogleich vorsichtig zurück in den riesigen Kleiderschrank zu hängen. »In dem Fall darfst du dich jetzt nämlich freuen und deine Vorfreude noch ein wenig länger auskosten, da ich mich jetzt erst einmal um unseren jungen Raben kümmern werde.«

Begehrlich glitt James' Blick über das provokante Korsett seiner jungen Ehefrau und deren leicht emporgedrückte Brüste.

»Ich warne dich: Reiz mich nicht!«

Louisa lächelte und schmunzelte im Stillen: Doch, genau das hatte ich damit beabsichtigt.

Am nächsten Tag, nachdem ihre Gäste sich verabschiedet hatten, unternahm Louisa mit ihrem kleinen Rabenweibchen abermals einen Ausflug in den Park. »Sie hat die letzte Nacht auf dem Sims über der Gardinenstange verbracht«, erzählte Lu James stolz. »Das heißt, sie muss da selbst hochgeflogen sein. Vielleicht ist sie ja jetzt so weit, richtig zu fliegen.«

Neugierig Ausschau haltend, hockte Tara auf dem Knauf von Louisas Sattel, als sie sich wenig später auf den Weg in den Park machten. Unter einem der riesigen Bäume hielt Louisa an und wollte Tara gerade auf einen der Äste setzen, als James ihr erklärte: »Setze sie so hin, dass sie mit dem Gesicht zum Wind sitzt. Wenn Vögel abheben oder wieder landen, dann am liebsten mit dem Gesicht zum Wind. Dadurch bleiben ihre Federn schön dicht am Körper liegen, und sie können ihre Flugbahn besser steuern.«

»Wo hast du denn das bloß alles gelernt? Du bist ja ein halber Zoologe!«

»Sagen wir so: Ich hatte keine allzu glückliche Kindheit, und da habe ich meine Zeit eben lieber in der Gesellschaft von Tieren und Kobolden verbracht.«

Vorsichtig setzte Louisa Tara auf einem der unteren Äste ab, das Gesicht dem Wind zugewandt. Anschließend traten sie und James leise ein paar Schritte zurück und beobachteten das Tier. Es dauerte eine Weile, doch dann kam auch schon ein Artgenosse von Tara herangeflogen und nahm auf einem der oberen Äste Platz.

»Ich glaube, das ist das Männchen, das vor ein paar Tagen schon einmal hier war«, flüsterte James.

Und wieder einmal schienen die Raben sich krächzend miteinander zu verständigen, während das Männchen immer tiefer und tiefer hinabhüpfte, bis es bei Tara angelangt war. Gespannt hielt Louisa den Atem an. Und wie schon einmal nickten die Tiere einander schweigend zu, bis das Männchen sich wieder in die Höhe schwang und oben in der Baumkrone auf Tara wartete.

Nach einigem Zögern breitete Lus Schützling mutig die Schwingen aus und peitschte einige Male prüfend die Luft, ehe sie hinauf in die Baumkrone flog. »Ich habe dir ja gesagt, dass sie fliegen kann«, raunte Lu.

Nachdem die beiden Vögel sich noch ein oder zwei Minuten lang aus großen Augen begutachtet hatten, schwang das Männchen sich in die Luft und flog in großen Bahnen um den hohen Baum herum, wobei es beständig nach dem Weibchen zu rufen schien. »Sie braucht nur noch ein bisschen mehr Selbstvertrauen«, flüsterte James.

Abermals hielt Louisa gespannt die Luft an, während sie versuchte, ihrem kleinen Schützling durch pure Gedankenkraft Mut zuzusprechen.

Dann, ganz plötzlich, stieß Tara sich von dem Ast, auf dem sie gesessen hatte, ab und folgte ihrem Gefährten. Gemeinsam flogen sie in einem großen Kreis einmal rund um den Baum. »Sieh nur, wie mutig sie ist!«, rief Lu begeistert.

Wenig später aber ließ sich das Rabenweibchen wieder im Baum nieder, um schließlich zu Boden zu springen und zu Louisa zurückzulaufen. »Nein, Tara, das geht nicht. Du darfst nicht zurückkommen. Du sollst doch frei sein.« Lu war so enttäuscht, dass sie kurz davor war, in Tränen auszubrechen. Verzweifelt schaute sie zu James auf in der Hoffnung, dass er die Sache igendwie wieder richten könne.

»Warte einen Augenblick, Liebling, und hab Vertrauen.«

Schließlich, genau in dem Moment, als Lu die Hoffnung beinahe schon aufgegeben hatte, stieß sich das Rabenweibchen mit lautem Krächzen wieder vom Boden ab und flog zurück zu seinem Gefährten. Schweigend standen James und Lu da und blickten hinauf in den Himmel, während das Rabenpärchen sich immer höher in die Lüfte schwang. »Er hat ihr das Selbstvertrauen verliehen, wieder frei sein zu wollen«, flüsterte Louisa ergriffen. »Ich glaube, wir erleben gerade ein echtes Wunder!«

Sanft legte James den Arm um sie. »Jedes Geschöpf braucht einen Partner. Denn sehnen wir uns nicht alle nach ein wenig Liebe?«

Als sie nach Hause zurückkehrten, stellte Louisa hocherfreut fest, dass sie abermals zwei Briefe erhalten hatte – einen von ihrer Mutter und einen von Georgy. »Am besten, ich lese sie sofort. Dann kann ich ihnen noch vor dem Abendessen antworten. Es gibt so vieles, was ich ihnen erzählen muss.«

Der Brief ihrer Mutter handelte in erster Linie von den Neuigkeiten, die es über Lus Brüder zu berichten gab:

Henry hat jetzt sein erstes Jahr in Oxford hinter sich gebracht, und Cosmo freut sich schon darauf, ihm im Herbst folgen zu dürfen. Alexander möchte noch immer Arzt werden, obwohl ich glaube, unser junger Mann wird seine Meinung in den nächsten Jahren wohl noch ein paarmal ändern – er ist ja noch nicht einmal elf.

Edward kreuzt derweil noch immer durchs Mittelmeer und hat uns kürzlich mitgeteilt, dass man ihn zum Korvettenkapitän befördert hat. Und letzte Woche habe ich einen Brief von Charles erhalten; Indien und die dort lebenden Völker scheinen ihn offenbar sehr zu interessieren.

Wriothesley und Eliza erwarten übrigens ihr erstes Kind und hoffen natürlich, dass es ein Junge wird. Und was Deinen Vater angeht: Er ist erfreulicherweise bei bester Gesundheit. Ich denke, die Zeit in Schottland hat ihm gutgetan, und da Jack ja jetzt die Verwaltung von Woburn Abbey übernommen hat, hat Dein lieber Vater nun auch mehr Zeit, um sich zu entspannen und auszuruhen. Ich freue mich schon darauf, Dich und James wiederzusehen. Und natürlich freue ich mich auch auf Barons Court. Ich denke, in weniger als einem Monat werde ich schon bei Euch sein! Meine liebe Louisa, es vergeht kein Tag, an dem ich nicht an Dich denke.

Louisa lächelte. Anschließend griff sie nach dem Brief ihrer Schwester, bei dem sich natürlich mal wieder alles nur um Georgy drehte:

Über Mutters alten Freund Edward Ellice habe ich die Bekanntschaft eines gewissen jungen Mannes namens Charles Romilly gemacht, und ich muss sagen: Der ist durchaus nach meinem Geschmack! Er ist sehr groß und breitschultrig und extrem attraktiv. Allerdings ist er kein Adliger, sondern bloß ein Beamter der Krone, sodass eine Heirat natürlich vollkommen ausgeschlossen ist. Nichtsdestotrotz finde ich ihn sehr interessant. Und darum habe ich auch eigentlich gar keine Lust, London nun schon wieder zu verlassen, um Euch in Irland besuchen zu kommen. Aber wer weiß? Vielleicht sehnt er sich ja dann, wenn ich wieder da bin, nur umso mehr nach meiner Gesellschaft!

Noch immer lächelnd ließ Lu sich an ihrem Schreibtisch nieder. Das Schreiben ihrer Mutter zu beantworten fiel ihr nicht schwer; bei Georgys Brief hingegen stellte sich die Sache schon anders dar. Lu überlegte, ob sie Georgy warnen sollte, lieber nicht zu weit zu gehen mit ihrem neuesten Schwarm. Und überhaupt hätte sie ihrer Schwester am liebsten gehörig die Meinung gesagt, was deren Vorurteile gegenüber dem Bürgertum betraf. Wobei besonders Letzteres Georgy sicherlich empfindlich getroffen hätte, da Lu ja inzwischen immerhin eine echte Marquise war. Am Ende jedoch enthielt sich Lu komplett ihrer Meinung und schrieb ihrer Schwester bloß, dass sie sie vermisste und hoffte, sie schon bald in Irland begrüßen zu dürfen.

Nach dem Abendessen erinnerte Lu sich plötzlich wieder, dass in der Galerie ja noch immer eine Kiste mit Gemälden wartete.

»James, darf ich jetzt endlich sehen, welche Bilder du in England erstanden hast? Ich wüsste wirklich gerne, was du gekauft hast! Vor allem möchte ich die Bilder aufhängen, bevor meine Mutter hier eintrifft.«

Aufmerksam schaute sie zu, während James die Kiste aufstemmte. »Wie viele sind es denn?«

»Nur zwei. Aber dafür sind die Darstellungen extrem lebendig.« Schwungvoll hob er das erste der Gemälde aus der Kiste und reichte es Louisa.

Überrascht riss Lu die Augen auf. »Aber das ist ja von Edwin Landseer!«

»So ist es – und das andere übrigens auch. Ich habe die Werke gesehen, die in Woburn Abbey von ihm hängen, und vor allem das Bild, das er von dir und deinem Pferd angefertigt hat, hat mir wirklich gut gefallen. Also habe ich ihn in seinem Studio in London aufgesucht und diese beiden hier erstanden. Das hier, mit dem Titel *Beim Hufschmied*, ist doch wirklich gelungen, oder? Und auch diesem hier mit der weißen Araberstute und ihrem Fohlen konnte ich nicht widerstehen.«

Auch Louisa war regelrecht ergriffen von den Gemälden. »Oh, James, das Fohlen sieht ja aus wie Sultan! Edwin ist wirklich ein Genie.« Sie errötete. »Damals, als er mich porträtiert hat, war ich sogar ein bisschen verliebt in ihn. Wenig später aber hatten sich meine Gefühle auch schon wieder komplett gewandelt.«

James lachte, während er Louisa nachsichtig einmal über das Haar streichelte. »Ja, es ist schon komisch, wie man in der einen Woche noch glaubt, sich bis über beide Ohren verliebt zu haben, und dann, kurze Zeit später, fragt man sich auch schon wieder, was man bloß jemals an dieser Person gefunden hat.«

Aha! Dann ist dir das wohl auch schon einmal widerfahren, überlegte Lu im Stillen. Hat man dich einmal spontan abserviert! Gleich darauf aber schämte sie sich für ihren missgünstigen Gedanken und entgegnete: »In jedem Fall hast du einen wirklich exquisiten Kunstgeschmack. Und überhaupt sollten diese beiden Bilder hier am besten nebeneinander aufgehängt werden.«

Als sie sich schließlich in ihr Schlafzimmer zurückzogen, war Lu noch viel zu unruhig, um gleich zu Bett zu gehen. Rasch zog sie sich ihr Kleid aus und schlüpfte in ihr schwarzes Seidennachthemd. »Aus irgendeinem Grund ist mir heute Abend danach zu tanzen. Wenn ich auf einer Bühne stehe, habe ich immer das Gefühl, als ob meine Seele plötzlich Flügel bekäme und ich so mancherlei Dinge mit einem Mal aus einem ganz neuen Blickwinkel sähe. Aber du hast wohl keine Lust, mich auf einem Instrument zu begleiten?«

»Oh, doch. Und ob ich das habe. Ich könnte zum Beispiel auf dem Piano für dich spielen. Vielleicht möchtest du ja sogar deinen spanischen Schal-Tanz für mich aufführen? Damit würdest du mir nämlich eine ganz besondere Freude machen.«

»Den Marquis verlangt es nach einer Privatvorstellung? Aber gerne doch! Euer Wunsch ist mir Befehl, Euer Lordschaft.« Lachend öffnete Lu ihren Kleiderschrank, zog den karmesinroten Fransenschal hervor und warf ihn sich mit schwungvoller Geste um die nackten Schultern. Anschließend gingen sie gemeinsam in den großzügig geschnittenen Ballsaal von Barons Court hinab, an dessen Ende Lus junger Ehemann ihr eine Bühne hatte errichten lassen.

Kaum dass er am Klavier Platz genommen hatte, stimmte James auch schon eine geradezu schmerzhaft schöne Melodie an. Lu war dieses Lied zwar vollkommen fremd, und doch hatte sie keine Mühe, ihre Schritte dem Rhythmus anzupassen, war dieser doch quasi ein Spiegel ihres eigenen leidenschaftlichen Herzens. Augenblicklich schienen ihren Gedanken Flügel zu wachsen, und verträumt dachte Lu darüber nach, was für ein magisches Land Irland doch war und dass sie ihr Leben hier von Tag zu Tag mehr genoss. Und überhaupt war sie mittlerweile überglücklich, einen Iren geheiratet zu haben, der sie bereits so vieles über sein Land gelehrt hatte.

Louisa dachte an die Seen und Flüsse, in denen es vor lauter neugeborenem Leben nur so wimmelte. Das Wasser vibrierte nahezu, so viele winzige Fische waren in den vergangenen Wochen geschlüpft, und die Otter schienen den ganzen lieben langen Tag nichts anderes zu tun zu haben, als sich gegenseitig kleine Streiche zu spielen. Auch die Füchse und Dachse hatten Junge bekommen, die rasch und fröhlich heranzuwachsen schienen. Unterdessen durfte James' Araberstute stolz dabei zusehen, wie ihr kleiner Sohn Sultan über die Koppel preschte, bis er sich schließlich wieder dicht an sie drängte und sie ihn säugte – Lu brauchte die beiden nur anzuschauen, und schon spürte auch sie die stille Sehnsucht nach einem eigenen Kind.

Temperamentvoll wirbelte sie über die Bühne und peitschte mit ihrem Schal die Luft, bis ihr mit einem Mal ihr Bruder Wriothesley und dessen Frau Eliza einfielen, die gerade ihr erstes Kind erwartete, und Louisa musste zugeben, dass sie ziemlich neidisch auf die beiden war. Woher kam bloß dieser plötzliche Neid auf das werdende Elternpaar? Gleich darauf wanderten ihre Gedanken aber auch schon weiter zu den beiden Raben. Lu wusste, dass es ein Leichtes für sie gewesen wäre, Tara zu zähmen und sie als eine Art Haustier zu halten. Doch das wäre falsch gewesen. Zudem ahnte sie, wie viel Mut es das kleine Rabenweibchen gekostet haben musste, sich wieder in die Lüfte aufzuschwingen und sich ihrem Gefährten auf seinem Flug in Richtung Glück und Freiheit anzuschließen. Doch dann fielen ihr plötzlich wieder James' Worte ein: »Jedes Geschöpf braucht einen Partner. Denn sehnen wir uns nicht alle nach ein wenig Liebe?« Und mit einem Mal erkannte sie, wie viel Wahres in dem lag, was ihr Ehemann gesagt hatte, und sie begriff, dass auch sie ihren Gefährten gefunden hatte, und dass dieser ihr jeden Tag aufs Neue wieder seine Liebe bewies.

Unterdessen hatte James das Gefühl, als ob Louisas leichter und graziöser Tanz ihn regelrecht hypnotisierte. Wenn Lu tanzte, dann schien sie sich in ein ätherisches Wesen zu verwandeln, eine Art Fee, die sein Herz um ihren kleinen Finger wickelte. Und ihre Schönheit und ihre dunklen Locken erweckten in ihm jedes Mal wieder den brennenden Wunsch, sie mit Haut und Haar zu besitzen. Schließlich hielt James wie gebannt in seinem Spiel inne und betrachtete einfach nur noch seine verführerische Ehefrau, deren Kurven von den Kerzen, die im Saal entzündet worden waren, zum Teil in geheimnisvolle Schatten gehüllt wurden, zum Teil aber auch nur umso provokanter hervortraten, wenn das sanfte Licht die schwarze Seide nämlich in einen durchsichtigen Schleier verwandelte.

Schweigend schritt James auf seine schwer atmende Frau zu, hob sie hoch und trug sie hinauf in ihr gemeinsames Schlafzimmer.

· 27 ·

»Ich musste gerade noch einmal an die Raben denken und daran, dass diese Tiere ein Leben lang zusammenbleiben. Ich bin wirklich froh, dass Tara einen Gefährten gefunden hat.« Louisa überlief ein Frösteln, als James ihr das Nachthemd auszog.

Lächelnd hob James sie hoch und bettete sie auf die weiche Matratze. »Nein, *er* hat *sie* gefunden«, korrigierte er sie.

»Und trotzdem ist es allein ihrem Mut zu verdanken, dass sie sich ihm angeschlossen hat.« Aufmerksam musterte Lu ihren attraktiven Ehemann, als dieser zu ihr unter die Decke schlüpfte. »Ich wünschte, auch ich hätte den Mut, einfach mit dir davonzufliegen.«

Sanft legte er eine Hand an ihre Wange. »Du hast den Mut, glaube mir.«

Louisa aber senkte den Blick. »Vielleicht ein wenig, ja. Aber nicht genügend, um …«

»Jetzt sieh mich an, Lu! Du hast mehr als genug Mut, viel mehr, als du glaubst. Du warst mutig genug, um im Covent Garden Theatre auf der Bühne zu stehen. Und du hattest Mut genug, um die Verantwortung für das Handeln deiner Schwester zu übernehmen. Du hast ihr Wohlergehen vor dein eigenes gestellt! Du wirst also mit Sicherheit auch den Mut aufbringen, dass wir beide endlich die Ehe vollziehen, oder?«

»Ich würde ja liebend gerne mit dir schlafen. Es ist nur so … dass ich …«

Sachte strich er ihr eine Locke aus der Stirn. »Du hast Angst davor, ein Kind zu bekommen«, beendete er den Satz für sie.

»Ja«, flüsterte Louisa.

»Ich bin mir sicher, da bist du nicht die Einzige. Und ich möchte wetten, du wirst bestimmt die beste Mutter der Welt. Aber immer eins nach dem anderen … Ehe ich dich zur Mutter mache, muss ich dich ja erst einmal zu einer echten Ehefrau machen, nicht wahr? Also, Lu, was meinst du? Bist du mutig genug, es mit mir heute Nacht aufzunehmen?«

Mit einem verführerischen Lächeln auf den Lippen schaute Louisa ihn an. »Sagen wir so: Ich finde die Vorstellung schon ziemlich verlockend.«

Langsam zog James die Bettdecke hinab und begann, Louisa allein mit seinem Blick zu lieben: Verlangend betrachtete er jede einzelne noch so intime Stelle ihres Körpers und erlebte einen wohligen Schauer der Vorfreude, ließ sich von Louisas Anblick erregen. Er genoss das sinnliche Gefühl, wie seine Hoden sich leicht zusammenzogen, wie sein Schaft fester wurde und wie die Hitze durch seine Lenden brandete und sein Glied immer stärker und härter wurde. James neigte den Kopf, um Lu zu küssen, und als er seine Lippen wieder von ihrem Mund löste, seufzte Lu leise vor Verlangen.

Unterdessen fragte sie sich, ob es wohl der Wein war, den sie zum Abendessen genossen hatte und der sie nun auf einmal so wagemutig werden ließ. Nein, entschied sie gleich darauf. Das liegt nicht am Wein, sondern an diesem verteufelt attraktiven Iren, dessen pechschwarze Augen vor lauter Leidenschaft leuchten wie glühende Kohlen. Aus den Augenwinkeln warf sie ihm neckende Blicke zu und fuhr sich einmal höchst provokativ mit der Zungenspitze über die Lippen. Unterdessen strich James durch die Löckchen auf ihrem Venushügel, schob behutsam einen Finger in sie hinein und kostete ihren Geschmack. Louisa stöhnte vor lauter Lust.

»Honigtöpfchen«, murmelte er, doch im nächsten Augenblick schlang Louisa ihm auch schon die Arme um den Hals und bot ihm ihre Lippen an. Sein gieriger Mund war heiß, fordernd und gebieterisch, und Lu schloss wie berauscht die Augen, um sich ihm hinzugeben, auf dass er sie liebte, ganz wie es ihm gefiel. Dies war das erste Mal in ihrem Leben, dass sie es genoss, sich zu unterwerfen und von einem anderen dominiert zu werden.

Seine rauen Hände fuhren über ihren Körper, liebkosten und erkundeten sie, neckten sie, bis Lu vor lauter Erregung regelrecht zu glühen schien. Sein Mund und der ihre verschmolzen in einem leidenschaftlichen Kuss miteinander, während sie ihre Lippen öffnete und seine Zunge aufnahm. Hungrig plünderte James ihren Mund, bis seine Stöße sie vor Verlangen laut stöhnen ließen.

Mit einem Mal nahm Lu in ihrem Inneren eine Leere wahr, die unbedingt gefüllt werden musste; und zwar genau so, wie James mit seiner Zunge ihren Mund erfüllte. Mit fieberheißen Fingern tastete sie nach seinem Glied und schnappte erstaunt nach Luft, als sie dessen Größe spürte.

Langsam brachte Louisas Reaktion auch James wieder zur Besinnung, und er ermahnte sich, bei diesem ersten Mal besonders sanft zu ihr zu sein. Er wollte schließlich, dass sie sich auch für den Rest ihres Lebens nach ihm verzehrte, und darum wusste er, dass ihre Vereinigung noch nicht zu leidenschaftlich werden durfte. Stattdessen stand Lus Genuss im Vordergrund. Sanft umschloss er ihren weichen Leib mit seinen starken Armen, hielt sie beinahe schon gefangen unter seinem großen festen Körper. Louisa spreizte die Schenkel und lud seinen harten männlichen Schaft ein, sie zu erobern. James' schwielige Hände glitten über ihre Pobacken, dann drückte er mit seiner samtenen Spitze gegen ihre Scheidenöffnung, und als er Lu vor Verlangen stöhnen hörte, drang er in sie ein und zerriss mit einem einzigen kraftvollen Stoß ihr Hymen.

Louisa biss sich auf die Lippen, um ihren Aufschrei zu unterdrücken, doch wundersamerweise war der Schmerz, obwohl er sehr scharf war, nur von kurzer Dauer. Es folgte ein köstliches Gefühl des Erfülltseins. James blieb ein Weilchen ganz still liegen, damit sie sich an seine Größe gewöhnen konnte, während Louisa verwundert dem Pulsieren seines Herzschlags in ihrem Inneren nachspürte. Derweil schmolz ihr Herz geradezu dahin, solch innige Liebesschwüre flüsterte James ihr ins Ohr.

»Mein Liebes, schling deine Beine um meine Hüften.«

Langsam hob Louisa ihre Oberschenkel über seinen Po und kreuzte die Füße, hielt ihren Ehemann also geradezu gefangen. Liebevoll presste sie ihre Lippen an seine Kehle, während sie noch immer seinem pulsierenden Herzschlag nachspürte. Schließlich begann James, die Hüften vor- und zurückzubewegen und in sie hineinzustoßen, und rasch passte Lu sich seinem sinnlichen Rhythmus an. Unterdessen steigerte ihre Erregung sich in ungeahnte Höhen, und sie grub ihre Fingernägel in James' Schultern, bis sie schließlich einen leidenschaftlichen Seufzer ausstieß und sich von dem unbeschreiblichen Glücksgefühl einfach davonreißen ließ.

Als James spürte, wie Louisa ihren Höhepunkt erlebte, zog er sich rasch wieder zurück und stieß gegen ihren weichen Bauch, bis auch er einen Orgasmus hatte. Mit einem heiseren Schrei ergoss er seinen Samen über ihre seidene Haut.

Ich habe ihm alles gegeben, dachte Louisa, und ich bin froh, dass ich es getan habe. Endlich bin ich eine echte Frau, eine richtige Ehefrau. Ihr Liebesspiel hatte ihr neue Kraft verliehen, und ihr Selbstbewusstsein kletterte in ungeahnte Höhen. Der Vollzug ihrer Ehe hatte all ihre Ängste in nichts aufgelöst, und Louisas Herz schien schier überzugehen vor lauter Liebe für ihren dunklen, attraktiven Ehemann.

Erst als James die Vorhänge zurückzog und das helle Sonnenlicht ins Zimmer fluten ließ, erwachte Lu wieder. Er hatte ein Tablett mit ihrem Frühstück mit nach oben gebracht, und schüchtern lächelte Lu ihn an.

Ihr Haar war noch ganz zerzaust, und ihr Ehemann war der festen Überzeugung, dass Lu noch nie schöner ausgesehen habe als an diesem Morgen. »Lady Abercorn, Ihr raubt mir förmlich den Verstand«, flüsterte er.

Und ich kann endlich mit Fug und Recht deinen Namen tragen!, triumphierte Lu im Geiste. Laut hingegen erwiderte sie: »Das riecht aber gut. Was hast du uns denn mitgebracht?«

»Eine Mahlzeit, wie sie einer Marquise wohl munden dürfte.« Vorsichtig setzte er das Tablett vor ihr ab und gab ihr einen solch leidenschaftlichen Kuss, dass Lu sofort begriff, dass James nicht ein einziges Detail der vergangenen Nacht vergessen hatte. Zumal mit diesem Kuss sofort auch die Möglichkeit eines neuerlichen Liebesspiels im Raume schwebte, und sein dunkler Blick verriet ihr, dass auch er schon daran gedacht hatte. Doch er wusste auch, dass ohne den Epilog der Zyklus des gestrigen Liebesspiels noch nicht wirklich vollendet wäre, und so deutete er schweigend auf das Tablett.

Neugierig hob Lu die silberne Glocke von dem kleinen Teller – doch anstelle einer Morgenmahlzeit prangte dort ein samtenes Kästchen. Eifrig öffnete sie die Schatulle, und zum Vorschein kam ein Paar Ohrringe, die über und über mit Diamanten und Smaragden besetzt waren. »Oh, James, ich liebe Smaragde! Wie kann ich dir je genug dafür danken?«

»Mach dir deswegen keine Sorgen«, beruhigte er sie. »Ich werde mir schon etwas einfallen lassen. Und die Smaragde habe ich natürlich deshalb ausgewählt, weil sie mich an deine funkelnden Augen erinnern. Außerdem dürften sie auch vortrefflich zu deinem Collier aus der Russell-Kollektion passen.«

Lu seufzte ergriffen, während sie die Ohrringe anlegte. »Ich glaube, es gibt zurzeit keine glücklichere Frau auf Erden als mich.«

Nun ließ auch James sich auf dem Bett nieder und hob die Silberglocken von den anderen beiden Tellern. »Komm, lass uns essen, ehe es kalt wird. Außerdem habe ich der Dienerschaft befohlen, uns gleich die große Wanne ins Schlafzimmer zu bringen, dann brauchst du das Zimmer für deine heutige Morgentoilette nicht zu verlassen.«

Als sie das hörte, musste Lu unvermittelt grinsen. »Und das alles hast du natürlich ganz ohne Hintergedanken arrangiert.«

»Du weißt doch, meine Liebe, dass ich immer einen Hintergedanken habe. Genau genommen fantasiere ich nämlich schon seit Jahren davon, dich baden zu sehen. Und heute Morgen, so habe ich spontan beschlossen, wäre doch die perfekte Gelegenheit dazu.«

»Erzähl mir ruhig noch ein wenig mehr von dieser Fantasie«, forderte Lu ihn auf, während sie von dem gebratenen irischen Speck naschte.

»Wie du willst. Also, ich komme ins Zimmer herein und sehe, wie du dich nackt in einer riesigen Wanne räkelst. Ganz gelassen liegst du da, der Inbegriff von Sinnlichkeit, während deine Brüste ein ganz klein wenig aus dem Wasser hervorlugen. Deine langen schwarzen Wimpern werfen kleine Schattenhalbmonde auf deine Wangen, und deine vollen Lippen scheinen sich geradezu nach meinem Kuss zu sehnen. Dein seidiges dunkles Haar hängt über den Rand der Wanne hinab und berührt fast schon den Boden, sodass ich meine Finger ausstrecke, es sachte anhebe und einmal damit über meine Wange streiche. Währenddessen spüre ich, wie mein Schwanz immer größer wird und vor Erregung zu pulsieren beginnt.«

Louisa befeuchtete ihre Lippen mit der Zungenspitze. »Und seit wann hast du diese Fantasien, wenn ich fragen darf?«

»Seit dem Tag, als ich mit deinem Bruder Charles auf Woburn Abbey eintraf, um dort die Sommerferien zu verbringen.«

Erstaunt riss Lu die Augen auf. »Das heißt also, dass du schon seit einer halben Ewigkeit davon träumst, mich nackt zu sehen? Nun, dann ist es jetzt wohl höchste Zeit, dass wir diese Fantasie endlich zum Leben erwecken.« Sie wandte den Blick von dem Frühstückstablett ab und betrachtete die markante Wölbung zwischen seinen Beinen. »Ich meine, du hast jetzt immerhin lange genug gewartet.«

»Da bin ich ganz deiner Meinung. Was hast du eigentlich vor, nachdem du dein Bad – nachdem *wir unser* Bad beendet haben?«

»Ich hatte mir eigentlich vorgenommen, heute einige Rosenkerzen zu gießen. Die Wildrosen stehen zurzeit allerorten in voller Blüte – *irische* Wildrosen.«

Lächelnd blickte James ihr in die Augen und zitierte:

»Und eines Tages wirst du einen Pfad vor dir sehen,
und er ist von Rosen umsäumt.
Rosen, wie du sie noch niemals zuvor gerochen oder betrachtet hast,
so süß wie du, so bunt, so hold.«

»Oh, das ist ja wunderschön. Ich befehle dir hiermit, dass du mir ab sofort jeden Morgen ein kleines Gedicht vortragen musst.«

»Nichts lieber als das. Während du dich heute mit dem Kerzengießen beschäftigst, wollte ich übrigens zur Spinnerei hinunterreiten; ich will den Gebrüdern Herdman den Pachtvertrag vorbeibringen. Und sobald sie ihre Unterschrift daruntergesetzt haben, bringe ich den Vertrag noch rasch nach Omagh hinüber, damit Rowan Maloney ihn dort für mich verwahrt.«

Plötzlich ertönte ein Klopfen an der Tür. »Oh, ich möchte wetten, dass das die Badewanne ist. Schnell, James, beende dein Frühstück, auf dass wir uns dem nächsten Gang widmen können.«

Drei Stunden später winkte Lu ihrem Ehemann mit strahlendem Lächeln nach, während dieser stolz und hoch zu Ross vom Hof galoppierte. Anschließend nahm sie sich ihren großen Weidenkorb und ging in den Park, um Wildrosen zu pflücken. Ihr Herz schien vor lauter Glück überzufließen, und ihre Seele war erfüllt von einem Gefühl tiefster und reinster Liebe. Sie war so froh, dass sie ihren Widerwillen gegen die körperliche Vereinigung mit James schließlich doch noch überwunden hatte. An der Seite dieses irischen Teufels, so dachte sie versonnen, bin ich glücklicher als jemals zuvor in meinem ganzen Leben.

Noch immer lächelnd kehrte sie schließlich mit einem ganzen

Korb voller Rosen ins Destillierzimmer zurück und summte ein fröhliches Liedchen, während sie die Blütenblätter von ihren Stempeln zupfte. Mit einem Mal stach sie sich an einem der Dornen und hielt mit ihrem Lied inne. »Verdammt aber auch!« Hastig steckte sie den Finger in den Mund und leckte das Blut ab.

Durch die Stille, die nun im Raum herrschte, hörte sie ganz vage zwei weibliche Stimmen. Die beiden Frauen schienen recht aufgebracht zu sein; Louisa konnte bereits an ihrem Ton erkennen, dass sie sich stritten. Natürlich war sie neugierig, um wen es sich bei diesen beiden Streithennen wohl handelte, denn in Barons Court herrschte normalerweise nichts als Ruhe und Frieden, und auch die Hausangestellten wirkten im Allgemeinen sehr ausgeglichen. Leise verließ Lu die Destillierkammer und folgte den Stimmen, bis ihr Weg sie auf die Terrasse führte. Dort – zwei der Flügeltüren standen offen – blieb sie schließlich stehen und erblickte im Inneren des Hauses ihre Haushälterin, Mrs Connelly, und eine junge Dame, deren Gesicht Louisa allerdings nicht erkennen konnte, da sie ihr den Rücken zuwandte.

»Wie konntest du es bloß wagen, hierher nach Barons Court zu kommen? Hast du denn überhaupt kein Schamgefühl?«

»James hatte mir versprochen, dass ich jederzeit zurückkehren könnte, dass Barons Court sozusagen mein sicherer Hafen sei.«

»Unterstehe dich, ihn ›James‹ zu nennen. Für dich ist er immer noch Lord Abercorn.«

»Mach dich nicht lächerlich! Er hat mich doch selbst gebeten, ihn mit seinem Vornamen anzusprechen. Wir beide sind nämlich sehr intim miteinander, musst du wissen. Er bezahlt mir meine Miete und lädt mich regelmäßig zum Essen ein. Und dann macht er mir auch noch so mancherlei Geschenke. Warum zur Hölle soll ich ihn dann weiterhin ›Lord Abercorn‹ nennen? Und warum sollte ich sein Angebot nicht annehmen und herkommen, wenn ich seine Hilfe brauche?«

Louisas Herz schien zu Eis zu gefrieren, während eine böse Vorahnung sie beschlich und sie zögernd ins Innere des Hauses trat. »Kitty, bist du das?«

Die junge Frau wirbelte herum, und Lu musste vor Überraschung hart schlucken, als sie sah, dass Kitty hochschwanger war. »Aber – was machst du denn hier?« Bitte, lieber Gott, lass das Kind nicht von James sein!

»Jane! Das Gleiche könnte ich auch Euch fragen. Aber da Ihr nun einmal zuerst gefragt habt: Barons Court ist mein Zuhause. Und Kate Connelly ist meine Mutter. Und überhaupt ist ›Kitty Kelly‹ bloß mein Bühnenname.«

»Aber, Kitty! Wie redest du denn mit der Lady? Das ist die Marquise von Abercorn«, wies die Haushälterin ihre Tochter scharf zurecht.

Kampfeslustig stemmte Kitty die Hände in die Hüften. »Aha. Dann ist Euer Name also gar nicht ›Jane‹. Vielmehr seid Ihr die Lady Louisa, die hochwohlgeborene Tochter des Herzogs und der Herzogin von Bedford. Und als solche hüpft Ihr über die Bühne vom Covent Garden Theatre? Wenn das die noblen Herrschaften wüssten!«

»Es tut mir ja so leid, Lady Abercorn. Aber meine Tochter hat offenbar vergessen, was sich gehört ...«

»Ganz im Gegenteil! Ich weiß ganz genau, was sich gehört, und vor allem, was *mir* gehört. Unter anderem ist nämlich dieser verdammte Herrensitz hier mein Zuhause.« Mürrisch hob Kitty das Kinn. »Also, wo ist Euer Ehemann, Mylady? Er und ich haben einiges miteinander zu besprechen.«

Louisa hatte einen solch harten und schmerzhaften Kloß in der Kehle, dass sie kaum sprechen konnte. »Lord Abercorn ist geschäftlich außer Hause.«

Währenddessen starrte Kate Connelly wie hypnotisiert auf den runden Bauch ihrer Tochter und fragte schließlich mit beschämtem Flüstern: »Sag, wann ist das passiert?«

»Na, als ich über die Weihnachtstage hier gewesen bin natürlich!«

Aha, dann haben Kitty und James also die Weihnachtstage gemeinsam hier auf Barons Court verbracht, dachte Louisa tieftraurig. Ich frage mich nur, warum er mir nie erzählt hat, dass Kitty Kates Tochter ist … Mit einem Mal jedoch begriff sie, und ihre Knie fühlten sich an, als wären sie aus Wackelpudding. Aber natürlich hat er es mir nicht erzählt! Warum sollte er auch? Immerhin ist die Tochter seiner Haushälterin seine Geliebte!

»Und überhaupt«, riss Kitty Louisa sogleich wieder aus deren trübseligen Gedanken. »Hat denn keine von euch beiden auch nur einen Funken Anstand im Leib? Wie könnt ihr mich in meinem Zustand nur so lange hier stehen lassen? Lasst gefälligst ein Zimmer für mich herrichten.«

Schweigend, doch mit funkelndem Blick zog Louisa einmal energisch an der Klingelschnur. Kurz darauf erschien Molly in der Tür. »Bitte zieht in einem der Gästeapartments frische Laken auf«, befahl Louisa ihr. »Und tragt das Gepäck dieser *Dame* hinauf.«

Derweil schienen Molly fast die Augen aus dem Kopf zu fallen, als sie auf Kittys Bauch starrte. »Ja … Mylady«, stammelte sie. Dann nahm sie schweigend Kittys Tasche und ging wieder; Kitty folgte ihr mit hoch erhobenem Kopf.

Aus Kates Gesicht war unterdessen sämtliche Farbe gewichen. »Lady Abercorn, ich schäme mich so dermaßen für das ungebührliche Betragen meiner Tochter.«

Louisa aber presste die Lippen zusammen und schüttelte nur stumm den Kopf. Anschließend folgte sie Kitty Kelly, während diese mit schweren Schritten die Treppe erklomm. Als Molly außer Hörweite war, schlich Lu sich von hinten dicht an Kitty heran und stellte endlich jene eine Frage, die ihr schon die ganze Zeit über auf der Zunge gebrannt hatte: »Ist etwa James der Vater deines Kindes?«

Das hübsche rothaarige Chormädchen musterte Louisa einmal von Kopf bis Fuß und antwortete schließlich mit fester Stimme: »Ja.«

Reglos blieb Lu stehen, während Kitty weiter den Korridor hinabmarschierte; eisig kalt schloss sich die klamme Hand der Trauer um Lus Herz. Noch vor wenigen Minuten war sie die glücklichste Frau in ganz Irland gewesen. Nun aber war ihr Herz gebrochen. Langsam schlich sie zurück in ihr Boudoir und sank auf ihr Bett.

Ist es wirklich erst heute Morgen gewesen, überlegte sie im Geiste, dass ich James erlaubt habe, zu mir in die Wanne zu klettern und mich dort zu lieben? Heiß rannen ihr die Tränen über die Wangen, und sie konnte keinen klaren Gedanken mehr fassen. Ihr ganzes Leben schien bloß noch ein einziger Scherbenhaufen zu sein.

Niedergeschlagen und vollkommen unfähig, sich zu rühren, saß Louisa da – bis ihr Schmerz sich langsam in Zorn verwandelte, und dann, urplötzlich, war sie da: eine schier unvorstellbare Wut! Und in genau diesem Moment sah sie auch noch, wie Molly an ihrer geöffneten Zimmertür vorbeiging. »He, Molly!«, rief sie spontan. »Komm mal her. Ich brauche deine Hilfe.«

Geflissentlich kam Molly in Lus Boudoir geeilt, den Blick zu Boden gesenkt.

»Hilf mir, meine Sachen zu packen. Ich nehme auch bloß die Kleider mit, die dort in dem kleinen Kleiderschrank hängen. Den Rest lass ich später nachschicken.« Rasch rief Lu auch noch einen Lakaien herbei. »Und Ihr lasst bitte umgehend die Kutsche für mich anspannen. Und dann holt Ihr mein Gepäck.«

Sie hob die Hände an ihre Ohrläppchen, wollte sich soeben die Ohrringe abreißen, als sie plötzlich innehielt, denn sie hatte es sich anders überlegt. Nein!, schimpfte sie im Geiste. Du Bastard! Du verdammter irischer Bastard! Du Vater eines Bastards! Diese Juwelen habe ich mir *verdient*. Ich habe mich dir hingegeben, habe dir wahrlich alles gegeben. Und was ist die Belohnung dafür? Dass mit einem Mal Kitty Kelly vor der Tür steht und Besitzansprüche an meinen Ehemann stellt!

Rasend vor Wut packte Lu ihre Bürsten und Kämme zusammen, nahm ihre Puderdose und den Lippenstift und stopfte alles in ihr

Retikül. Dabei stellte sie fest, dass sie kaum mehr als eine Handvoll Goldmünzen in ihrem Täschchen hatte.

Zur Hölle aber auch! Ich habe ja überhaupt kein Geld. Aber ich weiß, wo ich welches bekomme! Auf zu Rowan Maloney, diesem verfluchten Schergen.

Als Louisa in Omagh aus der Kutsche stieg, war sie ganz in Purpurrot gekleidet, und passend zu ihrem Reisekostüm trug sie auch noch einen purpurroten Hut mit einer langen cremefarbenen Straußenfeder sowie cremefarbene Glacélederhandschuhe. »Wartet hier auf mich«, befahl sie dem Kutscher. »Ich bin gleich wieder da.«

»Lady Abercorn«, schallte ihr kurz darauf die Stimme von Rowan Maloney entgegen. »Was für eine angenehme Überraschung.« Der Anwalt sank in eine tiefe Verbeugung.

»Ja, ›Überraschung‹ mag wohl stimmen. Aber ob diese auch noch angenehm ist, möchte ich doch wohl stark bezweifeln.«

Leicht verwirrt, doch nichtsdestotrotz galant bat James' Anwalt Lu, Platz zu nehmen. »Wie kann ich Euch behilflich sein, Mylady?«

Stoisch blieb Lu dicht vor der Nase des Anwalts stehen. »Indem Ihr mir meine eintausend Pfund Jahresapanage aushändigt, Mr Maloney.«

»Aber natürlich, Mylady. Ich nehme an, als Verrechnungscheck?«

»Nein. Ich will das Geld in bar.«

Maloneys Augenbrauen zuckten verräterisch, während er eisern darum kämpfte, Haltung zu bewahren. »Selbstverständlich, Mylady.« Er schluckte. »Wenn Ihr derweil vielleicht doch einmal kurz Platz nehmen möchtet. Ich werde die Auszahlung umgehend in die Wege leiten.«

Fast schon fluchtartig verließ er das Zimmer, während Lu sich hinsetzte. Wenige Minuten später aber sprang sie auch schon wieder aus ihrem Sessel auf, als sie nämlich die Stimme ihres Ehemannes hörte. Himmel Herrgott nochmal!, fluchte sie. Den habe ich ja völlig vergessen! Richtig, er wollte ja heute seinen Notar aufsuchen. Louisa atmete einmal tief durch, um sich für das anstehende Donnerwetter zu rüsten.

Lächelnd betrat James den Raum. »Lu! Das ist aber nett, dass du gekommen bist, um mich hier abzuholen.«

»Mach dir keine falschen Hoffnungen«, wies Louisa ihn scharf zurecht. »Ich bin bloß hier, um mir mein Geld zu holen. Ich fahre nach Hause. Nach England.«

James' Lächeln verblasste, und irritiert runzelte er die Stirn. »Was ist denn los? Hast du schlechte Nachrichten erhalten?«

»Oh ja, das habe ich. Und die Überbringerin war ein gewisses rothaariges Mädchen aus dem Chor am Covent Garden Theatre.« Lus grüne Augen glitzerten vor Zorn.

Unterdessen gruben sich die Runzeln immer tiefer in James' Stirn ein. »Du meinst Kitty?«

»Ja, meine ich. Oder wie viele rothaarige Geliebte hast du sonst noch?«

»Lu, ich bin mir nicht ganz sicher, ob ich dich da gerade richtig verstehe …«

»Schlimmer noch – du hast mich wahrscheinlich noch *nie* richtig verstanden.«

»Wovon zur Hölle redest du eigentlich?«

Louisa verengte ihre Augen zu schmalen Schlitzen. »Ich rede davon, dass ich gerne wüsste, warum du mir nicht erzählt hast, dass Kitty Kelly Kate Connellys Tochter ist. Und warum hast du mir verschwiegen, dass ihr beide die Weihnachtstage zusammen auf Barons Court verbracht habt?«

»Wahrscheinlich, weil ich dachte, dass das so oder so keine Bedeutung für dich hat.«

»Das hättet du wohl gerne! Aber du täuschst dich, denn es hat durchaus eine Bedeutung für mich, dass Kitty heute nach Barons Court zurückgekehrt ist und in ihrem Leib den lebenden Beweis eurer skandalösen Liaison trägt und –«

»Das ist doch vollkommener Unsinn!«

»Dann lass es dir noch ein wenig genauer erklären: Es ist schon schlimm genug, dass du meinem Vater ein Vermögen abgerungen hast, ehe du mich vor den Traualtar geschleppt hast. Und dass du offenbar sehr viel mehr an den politischen Verbindungen interessiert bist, die dir mit dieser Ehe erwachsen, als an mir, deiner Ehefrau, macht die Sache gewiss auch nicht besser. Aber dass du dann auch noch die Dreistigkeit besitzt, mich mit diesem Chormädchen zu betrügen – nein, mein lieber Abercorn, ich sage Euch eines: Jetzt ist Schluss. So lasse ich mit mir nicht umspringen.«

Mit einem dezenten Nicken bat Rowan Maloney James, ihm einmal kurz ins Nebenzimmer zu folgen. »Wäre jetzt nicht der passende Augenblick, um ihr zu sagen, dass Ihr das Geld, das ihr Vater jährlich für sie überweist, in einen Treuhandfonds zugunsten von Lady Abercorn eingezahlt habt?«

»Ganz sicher nicht.«

»Nun, dann habe ich hier das Geld, das Lady Abercorn verlangt hat.«

»Sehr schön. Aber das gebt Ihr jetzt nicht meiner Frau, sondern mir.« Energischen Schrittes marschierte James zurück ins Besprechungszimmer, Maloney ihm dicht auf den Fersen.

»Habt Ihr jetzt endlich meine eintausend Pfund, Mr Maloney?«, verlangte Louisa zu wissen.

Der Anwalt schwieg. Stattdessen antwortete James mit tiefschwarzem Glitzern in den Augen: »*Ich* habe sie.«

Gebieterisch streckte Louisa die Hand aus. »Ihr habgieriges Schwein. Gebt mir sofort mein Geld.«

»Noch ein Wort, Mylady, und ich gebe Euch einen Satz heißer Ohren.«

»Wagt es ja nicht!«

Mit einer einzigen schnellen Handbewegung riss James Lu den Hut vom Kopf und schleuderte ihn zu Boden. »Schweig still, Weib!«

Entsetzt wich Lu einen Schritt vor ihm zurück. So hatte er noch niemals zuvor mit ihr gesprochen, ganz gleich, wie wütend er zuweilen auch schon gewesen war. Doch Louisa ließ sich nicht unterkriegen und nahm nochmals all ihren Mut zusammen: »Nein, Abercorn, eines will ich Euch jetzt nämlich noch sagen – nie wieder werde ich einen Fuß auf Barons Court setzen! Ich weigere mich, mit Euren Bastarden unter einem Dach zu leben. Ich fahre zurück nach Hause.«

»Oh ja, Ihr fahrt zurück nach Hause, da habt Ihr ganz recht. Aber Euer Zuhause ist und bleibt Barons Court. Ihr habt ja den Verstand verloren. Am besten, ich sperre Euch zu Eurer eigenen Sicherheit auf meinem Anwesen ein, bis Ihr wieder bei Sinnen seid.« Wütend trat er vor und griff nach ihrem Arm.

»Fasst mich nicht an!«

In seinen dunklen Augen loderte der Zorn. Und dann packte er Lu einfach, hob sie hoch und trug sie nach draußen zur Kutsche. Dort warf er sie unsanft auf die Polster und knallte die Tür hinter ihr zu. Mit drohender Geste deutete er auf den Kutscher. »Ab nach Hause!«

Eingesperrt im Inneren des Gefährts verdoppelte sich Lus Wut nur noch. Zornig legte sie eine Hand auf den Türgriff, wollte die Tür soeben aufstoßen, doch die Kutsche hatte bereits zu viel Fahrt aufgenommen, war inzwischen sogar so schnell, dass sie nur noch auf den Außenrädern die Kurven meisterte. Zögernd zog Lu die Hand zurück und zwang sich zu warten, bis die Kutsche wieder anhalten würde. Derweil nahm ihr Zorn schier ungeahnte Ausmaße an, und in ihrem Inneren brodelte es wie in einem Hexenkessel.

Behauptet er doch, ich hätte den Verstand verloren!, schimpfte sie im Stillen. Dabei ist *er* doch derjenige, der nicht mehr recht bei Sinnen ist und meint, er könnte mich erst herumschubsen und mir dann auch noch befehlen, wohin ich zu gehen habe und wohin nicht. Aber wollen wir doch mal sehen, ob er auch dann noch alles abstreitet, wenn er erst einmal Kittys geschwollenen Bauch sieht.

Vorsichtig tastete Lu einmal über ihr Haar. Und dann hat er mir auch noch meinen Hut ruiniert, dieser unzivilisierte Teufel!

Kaum dass sie auf Barons Court angekommen waren und der Kutscher die Pferde zügelte, riss Lu auch schon die Tür auf und sprang hinaus. Zu allem Überfluss war James vor ihr auf Barons Court eingetroffen und wartete nun mit drohender Miene bereits vor ihrer Kutsche. Rasch raffte Lu ihre Röcke zusammen und fing an zu rennen, doch Abercorn war schneller und besaß mehr Entschlossenheit und Stärke, und so hatte er sie im Handumdrehen eingeholt. Wie ein Schraubstock schlossen sich seine Finger um ihr Handgelenk, woraufhin Lu mit ihrer freien Hand wie wild auf ihn einschlug und schließlich sogar versuchte, ihm mit ihren Nägeln das Gesicht zu zerkratzen. Doch nichts von alledem hatte Erfolg. Resignierend ballte sie die Hand zur Faust und hieb ihm einmal kräftig gegen die Brust. Dabei verletzte sie sich jedoch mehr ihre eigene Hand, als dass sie James in irgendeiner Weise wehgetan hätte, aber Lu schluckte den Schmerz hinunter und weigerte sich, sich etwas anmerken zu lassen.

Unterdessen zerrte James sie mit festen und weit ausholenden Schritten ins Haus. Allerdings ließ Lus Stolz es nicht zu, sich von irgendwem irgendwohin zerren zu lassen, und so fügte sie sich schließlich und eilte im Laufschritt neben ihrem Ehemann her. Schweigend erklommen sie die große Haupttreppe; unterdessen hätte Lu ihn am liebsten laut verflucht, doch sie spürte instinktiv, dass sie sich damit nur selbst ins Unrecht gesetzt hätte.

Zügig führte James sie ins Hauptschlafzimmer und dann durch die Zwischentür in ihr Boudoir. Erst dort ließ er ihr Handgelenk los und schaute ihr fest in die Augen. »Was genau wirfst du mir eigentlich vor?«, zischte er.

»Kitty Kelly ist schwanger – von dir!«

Eine komplette Minute lang starrte James sie nur wortlos an. »Wenn es das ist, was du von mir glaubst – wenn du mir so etwas wirklich zutraust, dann werden wir beide niemals eine echte Ehe miteinander führen.« Er schwieg einen Moment, dann fuhr er fort: »Es ist mir ja nicht neu, dass du in Konfliktsituationen die Angewohnheit hast, dich komplett von der Außenwelt abzuschotten – wahrscheinlich um zu verhindern, dass man dir noch mehr wehtut. Aber genau darum will ich dir nun einen Gefallen tun. Ich gebe dir hiermit nämlich die einmalige Chance, wieder zu dir selbst zu finden und die Kraft aufzubringen, deine Anschuldigungen gegen mich gründlich zu überdenken – und dich damit am Ende selbst aus deinem Schneckenhaus zu befreien. Vor allem aber solltest du nicht darüber nachgrübeln, ob du *mir* trauen kannst, sondern versuche zu erspüren, ob du *dir* selbst traust, denn in *deinem* Selbstvertrauen liegt der Schlüssel zu unserer Ehe.«

Louisas Boudoir hatte zwei Türen – eine zum Korridor hin und eine zum Schlafzimmer. Rasch schloss James die zum Korridor gelegene Tür ab und ließ den Schlüssel in seiner Hosentasche verschwinden. Anschließend marschierte er hinüber ins Hauptschlafzimmer.

Voller Wut knallte Louisa die Verbindungstür hinter ihm zu. Kaum aber dass die Tür ins Schloss gefallen war, fiel Lu siedend heiß ein, dass sie keine Kleider mehr in ihrem Boudoir hatte. Sie hatte sie alle eingepackt und in die Kutsche verfrachten lassen. Sicherlich, im Hauptschlafzimmer hingen noch so einige … Aber lieber gehe ich nackt, schimpfte sie im Geiste, als dass ich auch nur einen Fuß in diesen Raum setze!

Unterdessen machte James sich auf die Suche nach Kate Connelly. Er fand sie in ihrem kleinen Büro.

»Lord Abercorn«, schluchzte sie, als sie ihn erblickte. »Meine Tochter hat Schande über Barons Court gebracht.«

»Eins nach dem anderen, Kate«, beruhigte er sie. »Erzählt mir erst einmal, was überhaupt vorgefallen ist.«

»Kathleen … Kitty ist heute gegen Mittag auf Barons Court eingetroffen, und sie hat einen kugelrunden Bauch! Sie ist schwanger. Darüber sind wir in Streit miteinander geraten, und unglücklicherweise hat Lady Abercorn diesen Streit gehört. Offenbar kannte Eure

Frau Kitty bereits. Aber sie wusste wohl nicht, dass wir beide Mutter und Tochter sind – bis heute Morgen.«

»Und wo ist Kitty jetzt?«

»Lady Abercorn hatte Molly angewiesen, eines der Gästeapartments für meine Tochter herzurichten. Es tut mir ja alles so leid, Mylord.« Kate zögerte einen Moment. »Kathleen hat übrigens gesagt, dass Ihr ihr die Miete für ihre Londoner Wohnung bezahlt. Stimmt das?«

»Ja. Kitty hat ursprünglich in einer ziemlich schäbigen Gegend gewohnt, einer Gegend, die absolut unpassend war für eine alleinstehende junge Dame. Ich habe deshalb eine Unterkunft ausfindig gemacht, die sehr viel geeigneter ist für sie. Und ich habe der Vermieterin einen kleinen Obolus zugesteckt, damit sie ein wachsames Auge auf Eure Tochter hat. Ich sah also keinen Grund, mir weiterhin Sorgen um Kitty zu machen.«

»Das war sehr großzügig von Euch, Lord Abercorn. Trotzdem hätte sie nicht hierherkommen dürfen. Sie hat Schande über Barons Court gebracht. Kitty verursacht nichts als Ärger.«

»Ich finde, es war ganz richtig, dass sie hierhergekommen ist«, widersprach James. »Zumal mein Großvater mich höchstpersönlich dazu verpflichtet hat, dafür zu sorgen, dass Barons Court auch Eurer Tochter stets ein sicherer Hafen ist.«

»Und trotzdem musste sie ja unbedingt hinaus in die Welt ziehen, um dann in genau die gleichen Schwierigkeiten zu geraten, in die auch ich damals geraten bin.« Kate Connelly rang verzweifelt die Hände. »Als sie nach London abreiste, hatte ich von Anfang an nur eine Sorge – nämlich dass sie mit einem unehelichen Kind nach Hause kommen würde. Und siehe da! Genau das ist dann ja auch passiert.«

Tröstend legte James eine Hand auf ihren Arm. »Und dennoch denke ich nicht, dass das Ganze in London passiert ist. Ich denke eher, die Sache ereignete sich hier. Und zwar während der Weihnachtsfeiertage.«

»Also doch – während der Weihnachtsfeiertage!«

»Ja. Aber zermartert Euch deswegen bitte nicht den Kopf, Mrs Connelly. Das ist schließlich nicht das Ende der Welt. Ich werde sehen, was ich tun kann, um die Sache wenigstens ansatzweise wieder ins rechte Lot zu bringen.« Müden Schrittes verließ er das Zimmer. »Und Ihr macht Euch jetzt am besten erst einmal eine Tasse Tee und legt für einen Moment die Füße hoch.«

Anschließend ging er hinauf in den Gästeflügel und klopfte an eine der Apartmenttüren. »Darf ich reinkommen?«, fragte er, als Kitty ihm die Tür öffnete.

Sie nickte zögerlich und versuchte noch immer, an ihrem Hochmut festzuhalten, doch James sah ihr an, dass sie im Grunde kurz davor war, in Tränen auszubrechen. »Es tut mir ja alles so leid, Mylord.«

»Was tut dir leid, Kathleen?«, fragte er mit sanfter Stimme.

»Ja, seid Ihr denn nicht böse auf mich?«

»Aber nein. Du warst in Schwierigkeiten. Und in London gab es keine Menschenseele, an die du dich hättest wenden können. Du hast genau das Richtige getan, als du zurück nach Irland gekommen bist.« Er hielt einen Moment inne. »Und jetzt ist es an der Zeit, einmal gründlich über deine Zukunft nachzudenken.«

»Ich weiß.« Seufzend ließ Kitty sich auf einen der Stühle plumpsen und legte die Hände auf ihren Bauch.

»Wenn das Kind geboren ist, was willst du dann tun? Willst du es behalten, oder willst du zurück nach London und wieder auf der Bühne stehen?«

»Ich will mein Kind behalten. Ich will ihm eine Mutter sein. Und nach London will ich ganz bestimmt nicht mehr zurück. Andererseits hängt meine Entscheidung auch von gewissen« – sie zögerte kurz – »anderen Umständen ab.«

»Ich verstehe.« Mit einem knappen Nicken deutete James auf ihr Bett. »Warum legst du dich nicht endlich hin und gönnst dir etwas Ruhe? Die Reise muss doch sehr anstrengend gewesen sein.«

Damit verließ er sie und kehrte zurück ins Hauptschlafzimmer. Dort legte er einmal prüfend das Ohr an die Zwischentür zum Boudoir, doch im Nebenzimmer herrschte absolute Stille. Und ich dachte, du würdest meine Liebe zu dir endlich erwidern!, fluchte er im Geiste. Aber Liebe ohne Vertrauen ist ja ohnehin keine richtige Liebe. Einst, da hätte ich alles für dich getan, hätte dir alles verziehen. Aber jetzt hast du den Bogen überspannt, liebe Lu. Von nun an tanzt du nach meiner Pfeife!

·28·

Wutschnaubend zog Louisa ihr purpurrotes Kleid aus – es war schließlich das einzige, das sie noch hatte – und hängte es sorgsam in ihren ansonsten leeren Kleiderschrank. Nun trug sie nur noch ihren gerüschten Schlüpfer, die schmale Korsage und einen lavendelfarbenen Unterrock. Nichtsdestotrotz war ihr keineswegs kalt, sondern sie kochte regelrecht vor Zorn; und dieser richtete sich mittlerweile nicht mehr bloß gegen Kitty. Wie kann dieses irische Schwein es wagen, mich hier drinnen einzusperren?, schimpfte sie im Stillen. Aber wundert mich das? Nein, denn im Grunde ist das bloß ein weiterer Beweis dafür, was für ein ungehobelter Klotz er in Wahrheit ist.

Leise Flüche ausstoßend, marschierte sie in ihrem kleinen Boudoir hin und her. Sie hatte es ja von Anfang an geahnt, dass es ein Fehler wäre, einem Mann *alles* zu geben. Am liebsten hätte sie sich nun sogar selbst in den Allerwertesten getreten, dafür, dass sie James erlaubt hatte, ihre Ehe zu vollziehen. Plötzlich erblickte sie ihr eigenes Spiegelbild und fauchte es an: »Einem Mann sein Herz zu schenken ist so ziemlich dasselbe, als ob man einem Hund einen Strauß Rittersporn schenkt – beide werden einfach bloß drauf scheißen!«

Irgendwann aber blieb Lu abermals stehen und schaute aus dem Fenster hinaus. Die Nachmittagssonne verblasste bereits, und ein feiner Regen hatte eingesetzt, sodass auch ihr Boudoir schon bald in dunkle Schatten getaucht schien. Um die düstere Atmosphäre zu vertreiben, entzündete Lu einige Lampen. Sie konnte noch immer keine Ruhe finden und vermutete, dass es sicher auch nicht mehr lange dauern könne, bis James ihr einen ersten Kontrollbesuch abstatten würde. Wenn er jedoch vor sie träte, das hatte sie sich schon jetzt fest vorgenommen, dann würde sie ihn weder anschauen noch mit ihm reden, so viel war gewiss. Stattdessen wollte sie ihren stummen Zorn für sich sprechen lassen, das hätte allemal mehr Wirkung als ein Wutausbruch.

Wie vermutet, wurde kurz darauf auch tatsächlich mit Schwung die Tür zu ihrem Boudoir aufgestoßen; Louisa zuckte erschrocken zusammen. Ohne anzuklopfen, kam James hereingetreten, in den Händen ein kleines Tablett mit ihrem Abendessen. Doch Lu wandte ihm ganz bewusst den Rücken zu.

»Es wird sicherlich eine recht kühle Nacht werden«, versuchte er ein Gespräch mit ihr anzufangen. »Wenn dir also irgendwann kalt werden sollte, kannst du gerne zu mir herüberkommen und dich an meinem Torffeuer wärmen.«

Doch Lu schwieg, bis James leise wieder die Tür hinter sich zuzog. Dann aber wirbelte sie herum und brüllte ihm hinterher: »Eher erfriere ich hier, als dass ich mich vor dein verdammtes Feuer setze … oder auch nur einen Bissen von deinem Essen zu mir nehme!«

Leider jedoch roch das Mahl, das James ihr hingestellt hatte, so köstlich, dass Lu schier das Wasser im Munde zusammenlief, und sie musste all ihre Willenskraft aufbringen, um es nicht anzurühren – was schwieriger war, als sie vermutet hatte. Außerdem meinte sie zu spüren, wie die Luft in ihrem Zimmer immer feuchter und kühler wurde, doch sie weigerte sich, an das wärmende Feuer im Hauptschlafzimmer zu denken. Suchend schaute sie sich um, hoffte, irgendetwas zu finden, womit sie sich die langen Abendstunden vertreiben könnte, doch sie entdeckte nicht ein einziges Buch in ihrem Boudoir. Das Einzige, was sie an Lesbarem vorfand, waren die Briefe von ihrer Mutter und ihrer Schwester, und so ließ sie sich in den gemütlichen Sessel vor ihrem Sekretär plumpsen und nahm die Nachrichten von ihrer Familie auf, um diese ein zweites Mal zu lesen.

Georgys erster Brief handelte allein von Teddy Fox und der Art und Weise, wie er sich vor seiner Verantwortung drückte, was Lu nur nochmals darin bestätigte, wie selbstsüchtig die Männer dieser Welt doch waren. Und der zweite Brief, in dem ihre Schwester ihr schilderte, wie groß, breitschultrig und überaus attraktiv ihr neuester Schwarm sei, erinnerte Lu nur wieder an ihren eigenen Ehemann und entfachte ihren Zorn aufs Neue. Die attraktivsten Männer sind doch meist auch die egoistischsten und arrogantesten, schimpfte sie im Stillen. Ich hätte Georgy doch besser vor diesem Kerl warnen sollen.

Anschließend nahm sie abermals die Briefe ihrer Mutter zur Hand. *Stattdessen solltest du Eure Flitterwochen in vollen Zügen genießen,* stand da geschrieben. *Glaub mir, Euer Sommer in Irland wird schneller vorbei sein, als Du Dir vorstellen kannst.* »Wenn's nach mir ginge, wären unsere Flitterwochen längst schon vorüber!«, fluchte Lu laut und las weiter: *Ich freue mich schon darauf, Dich und James wiederzusehen. ... Ich denke, in weniger als einem Monat werde ich schon bei Euch sein!* Traurig legte Lu die Briefe zurück in ihren Sekretär. »Ihr braucht nicht herzukommen«, flüsterte sie betrübt. »Wenn ihr hier seid, werde ich schon lange wieder fort sein.«

Seufzend zog sie ihren Schlüpfer und die Korsage aus und behielt nur ihren Unterrock an als Ersatz für ein Nachthemd. Anschließend ging sie zu Bett und dachte darüber nach, wie ungern sie doch im Grunde nach Woburn Abbey zurückkehren würde. Sobald ich wieder zu Hause bin, wird Georgy mich nur wieder dafür einspannen, um ihr ein Alibi für ihre Eskapaden zu liefern, grübelte sie. Hier in Irland dagegen war mein Leben viel schöner. Warum musste Abercorn bloß alles kaputtmachen?

Stundenlang lag Louisa wach und erging sich in Selbstmitleid. Und eigentlich gefiel es ihr überhaupt nicht mehr, alleine zu schlafen, wie ihr irgendwann bewusst wurde. Ihr Bett war kalt; vor allem aber fühlte es sich leer an. Sie hatte sich schon so daran gewöhnt, Nacht für Nacht an der Seite ihres Ehemannes zu schlafen, ja, regelrecht in dessen Bewunderung zu baden, dass sie sich nun, da er ihr seine Liebe entzogen hatte, vorkam wie eine Schneeflocke, die sich nach der Wärme der Sonne sehnte. Sie konnte sich noch gut an das erste Mal erinnern, als sie sein Bett geteilt hatte. Und wenn ich nun vorgeben würde, wieder einen Albtraum zu haben? Wenn ich wieder im Schlaf schreien würde – würde er dann noch einmal kommen, um mich zu trösten? Kaum aber dass Lu diesen Gedanken zu Ende gedacht hatte, erschauderte sie auch schon vor lauter Unbehagen, und dies nicht nur, weil sie sich ihres Kalküls schämte, sondern vor allem deshalb, weil sie sich ihrem Ehemann mit einer solchen List quasi freiwillig ergeben würde! Noch einmal erinnerte sie sich an die Worte, die er ihr entgegengeschleudert hatte, als sie ihm ihre Vorhaltungen machte: »Wenn es das ist, was du von mir glaubst – wenn du mir so etwas wirklich zutraust, dann werden wir beide niemals eine echte Ehe miteinander führen.«

»So etwas Ähnliches hat er doch schon einmal zu mir gesagt«, überlegte Lu laut. »Wann war das bloß gewesen?« Plötzlich erinnerte sie sich wieder. Das war, als ich ihm eine Affäre mit Georgy nachsagte! Sicherlich, zumindest dieser Vorwurf hatte sich am Ende als völlig unbegründet erwiesen. Wäre es also denkbar, dass ich mich auch diesmal irre?

Wütend schüttelte sie ihr Kissen auf und drehte sich um. Ach, Lu, das sind doch bloß Träumereien!, schalt sie sich im Geiste. Werde endlich erwachsen. Kitty Kelly hat selbst gesagt, dass James der Vater ihres Kindes ist.

Lu schlief erst in der Morgendämmerung ein. Dann aber, kaum dass der Schlaf sie schließlich doch noch übermannte, breitete sich ein seliges Lächeln über ihre Lippen, denn sie träumte, dass sie und ihr Ehemann wieder zusammen in ihrem riesigen Ehebett lägen: Er küsste sie eine volle Stunde lang, beginnend bei ihren Schläfen und ihren Augenlidern, um dann eine feine Spur heißer Küsse über ihren Hals zu hauchen. Er überschüttete sie geradezu mit seiner Bewunderung, und Lu fühlte sich in diesem Augenblick, als sei sie die schönste und begehrenswerteste Frau der ganzen Welt. Verzückt schlang sie ihrem Mann die Arme um den Hals, atmete tief seinen herben Duft ein, und als seine Lippen über ihre kleine Ohrmuschel streiften, erschauerte sie vor lauter Wonne.

Ich liebe dich, Lu … Sein zartes Flüstern ließ sie abrupt aus dem Schlaf auffahren. Doch wie sie nun so dasaß und sich verwirrt im Raum umschaute, erkannte Louisa, dass alles bloß ein Traum gewesen war. Und auch seine Küsse, die sie so erregt hatten, waren bloß Einbildung gewesen. Wütend ließ sie sich wieder in die Kissen sinken, während ihr Körper sich nach ihrem Mann verzehrte. Unterdessen stahlen sich sachte einige feine Sonnenstrahlen durch das Fenster, und Lu ließ im Geiste noch einmal ihre ersten Tage auf Barons Court Revue passieren, und sie erinnerte sich, wie James allmorgendlich in ihr Zimmer gestürmt gekommen war, um ihr die Bettdecke wegzureißen. »Zur Hölle mit dir, Abercorn!«, schimpfte sie leise. »Wenn doch endlich alles wieder so wäre wie vor unserem Streit.«

Müde erhob sie sich aus ihrem Bett und ging zum Fenster hinüber. Nach dem Regenschauer der vergangenen Nacht freute sie sich darauf, endlich wieder die Sonne zu sehen. Vielleicht spielen ja auch wieder die kleinen Füchse auf dem Rasen?, überlegte sie. Dies ist doch genau die Uhrzeit, wenn sie normalerweise zu sehen sind. Dann aber fiel ihr ein, dass man die Füchse ja bloß vom Hauptschlafzimmer aus beobachten konnte. Wütend fügte Lu ihrer imaginären Liste von James' Verfehlungen einen weiteren Minuspunkt hinzu.

Mit einem Mal wurde die Zwischentür geöffnet, und Lu atmete scharf ein. Doch es war bloß Molly, die das Zimmer betrat, um Lu ihr Frühstück zu bringen. Enttäuscht ließ Lu die Schultern wieder sinken. »Und ich dachte, es wäre …«

»Ich bedaure sehr, Mylady, aber Lord Abercorn ist schon längst auf den Beinen.«

»Das heißt, er ist nicht nebenan?«, flüsterte Lu erfreut.

Molly schüttelte den Kopf.

»Prima! Dann kann ich ja endlich von hier verschwinden.« Hastig öffnete sie die Tür ihres Kleiderschranks, um sich anzuziehen.

»Nein, das könnt Ihr leider nicht, Mylady«, widersprach Molly ihr mit traurigem Kopfschütteln. »Wenn ich zulasse, dass Ihr von hier flieht, wird Lord Abercorn mich vom Hof jagen, weil ich seinen Befehl missachtet habe.«

»Wie bitte?« Wütend wirbelte Lu zu ihr herum.

»Aber ja doch«, bestätigte Molly kleinlaut. »Lord Abercorn hat nämlich gesagt, dass ich mich zwar um Euch kümmern solle, dass ich Euch aber unter keinen Umständen entkommen lassen dürfe. Ihr müsst in Eurem Boudoir bleiben, bis …«

»Bis was?«

»Ach, ich sage das ja eigentlich nur ungern, Mylady.« Es war Molly deutlich anzusehen, welche Qualen sie gerade ausstand.

»Und trotzdem befehle ich dir hiermit, mir auf der Stelle wiederzugeben, was Lord Abercorn dir aufgetragen hat.«

»Also, er hat gesagt, dass Mylady das Zimmer erst wieder verlassen darf, wenn sie … ›zur Besinnung gekommen ist und um Vergebung bettelt‹.«

»Wenn ich – was? Wenn ich bettle? Hat er das wirklich gesagt? Nun, dann hat er wohl noch nicht verstanden, dass ich eine Frau bin, die einen Mann grundsätzlich um überhaupt gar nichts anbettelt; besonders dann nicht, wenn sie es dabei mit einem Kerl zu tun hat, der das Land mit Bastarden übersät.«

Entsetzt schnappte Molly nach Luft und wechselte rasch das Thema: »Ihr habt gar nichts von Eurem Abendessen probiert, Mylady.«

»Das ist richtig. Und ich werde auch sonst keine Mahlzeit anrühren, bis man mich endlich wieder aus meinem Gefängnis entlässt!«

Molly knickste einmal schüchtern, platzierte aber dennoch das Frühstückstablett auf Louisas Bett; das Abendessen hingegen nahm sie mit und verschwand.

Nun war Lu also wieder allein, und wie sie zu ihrem großen Verdruss zugeben musste, duftete der gebratene Schinken überaus köstlich. Mürrisch dachte sie an die Mahlzeit vom Vorabend zurück, die sie nicht angerührt hatte. Der Schuss ging in jedem Fall nach hinten los!, zürnte sie im Geiste. Denn da dieser irische Teufel schon wieder außer Haus ist, hat er gar nicht mitbekommen, dass ich in den Hungerstreik getreten bin. Ich könnte hier wahrscheinlich sogar sterben, und er würde es überhaupt nicht bemerken! Zwar beherrschte Lu sich noch einige Minuten lang und kehrte dem Tablett entschlossen den Rücken, dann aber hob sie doch die große silberne Glocke vom Teller und verschlang heißhungrig die ihr gebrachten Köstlichkeiten.

Anschließend beschloss sie, solange James außer Hause war, einfach rasch ins Nebenzimmer zu schlüpfen und sich ein paar frische Kleider zu holen. Leise drehte sie den Türknauf an der Verbindungstür – und stellte fest, dass diese verschlossen war! In null Komma nichts hatte Lus Blut wieder den Siedepunkt erreicht. Ja, ist es denn zu fassen? Da hat diese dumme Molly mich doch tatsächlich eingeschlossen!

Wütend marschierte sie kreuz und quer durch ihr Boudoir, versuchte, dadurch einen Teil ihrer Wut loszuwerden, bis sie unmittelbar vor ihrem Fenster plötzlich stehen blieb und in den Innenhof hinabstarrte. Sie war entsetzt, sehen zu müssen, wie James und Kitty – offenbar in eine innige Unterhaltung miteinander vertieft – langsam in Richtung der Ställe schlenderten. Scharf wie ein Messer fuhr die Eifersucht durch ihr Herz. »Wo zur Hölle wollen die hin?«

Schwer atmend starrte Lu den beiden hinterher, bis sie hinter der Stallmauer verschwanden. »Du Lügner! Du hattest doch gesagt, dass du mich liebst. Wie konntest du mich bloß so hintergehen?« Erst ganz langsam dämmerte ihr, dass er ihr bisher nur in ihren Träumen seine Liebe gestanden hatte. In der Realität hingegen hatte James ihr noch nichts dergleichen geschworen. Langsam verließ Lu der Mut, und sie wollte sich gerade wieder vom Fenster abwenden, als sie abermals Kitty Kelly erblickte. Raschen Schrittes kehrte diese zum Haus zurück, jedoch ohne James. Dann blieb Kitty noch einen kurzen Moment stehen und winkte irgendjemandem hinterher – Lu war sofort klar, dass dieser Jemand nur James sein konnte. Er unternahm wahrscheinlich gerade einen Ausritt.

Wütend schnappte Louisa sich den Brieföffner von ihrem Sekretär und versuchte, damit das Schloss der Tür zum Korridor aufzubrechen. Leider aber hatte sie mit ihrem Vorhaben keinen Erfolg, sodass sie sich kurz darauf der Zwischentür zum Schlafzimmer zuwandte. Und Lu gab sich wahrlich alle Mühe, versuchte es wieder und wieder, doch es wollte einfach nicht glücken. Keuchend ließ sie sich in ihren kleinen Sessel fallen und war unendlich wütend und zugleich über alle Maßen enttäuscht. Sie verfluchte ihren Ehemann, den sie als die Quelle ihres Kummers betrachtete, und wünschte, sie könnte endlich ausbrechen und eine Runde im See schwimmen – es war doch solch ein schöner sonniger Tag. Stattdessen jedoch hatte man sie hier eingesperrt, in einem winzigen Zimmer ohne jede Ablenkung, und ihre einzige Gesellschaft waren ihre Erinnerungen.

In Gedanken wanderte Lu zurück zu jenem Tag, als James mit ihr die Bootstour über die Seenkette unternommen hatte. War das ein herrlicher Ausflug gewesen!, seufzte sie im Stillen. Dann erinnerte sie sich daran, wie er ihr das Schwimmen beibrachte und dabei so unendlich viel Geduld bewiesen hatte. Ich hatte ihm vollkommen vertraut und mich ganz in seine Hände begeben, sinnierte sie verträumt. Ja, wahrscheinlich war mein Vertrauen überhaupt erst der Schlüssel dazu, warum ich so schnell schwimmen gelernt habe.

Und als ich ihm schließlich auch noch erlaubte, mich zu lieben, da war es, als ob ich meinen eigenen Schatten übersprungen hätte. Und dann wirft er mir im Gegenzug vor, ich würde ihm nicht vertrauen? Wie konnte er nur so etwas sagen!

Doch nur einen knappen Wimpernschlag später begriff Lu auch schon, was wohl der Grund für James' scharfe Erwiderung gewesen war. Nun, sprach sie im Geiste zu sich selbst, das hat er schlicht und einfach deshalb gesagt, weil ich ihm vorgeworfen habe, Kitty geschwängert zu haben. Aber genau das hatte Kitty ja auch behauptet – sie sagte, James sei der Vater ihres Kindes! Auch wenn James' Entrüstung, als ich ihm genau dies vorwarf, ziemlich glaubwürdig wirkte. Was hat er doch noch gesagt: »Vor allem aber solltest du nicht darüber nachgrübeln, ob du *mir* trauen kannst, sondern versuche zu erspüren, ob du *dir* selbst traust, denn in *deinem* Selbstvertrauen liegt der Schlüssel zu unserer Ehe.«

Mit einem Mal fiel ihr wieder eine der Latein-Lektionen aus ihrer Kindheit ein: *Qui ama, crede* – wer liebt, vertraut. »Genau das hat auch James gesagt«, murmelte sie leise. »Wenn ich ihn lieben würde, dann würde ich ihm auch vertrauen.« Schweigend saß Lu da und hing ihren Gedanken nach.

Aber ich liebe ihn doch! Ich liebe ihn sogar von ganzem Herzen!

Und warum vertraue ich ihm dann nicht?

Weil er ein Mann ist.

Andererseits hat James mir doch schon tausendmal bewiesen, dass er anders ist als all die anderen Männer. Was also wäre, wenn Kitty vielleicht gelogen hätte und Abercorn eben doch nicht der Vater ihres Kindes ist? Sie wäre schließlich nicht die Erste, die in einer solch ausweglosen Situation plötzlich zu einer Notlüge greift. Ich habe ja selbst schon einmal gelogen, als es um eine Schwangerschaft ging …

Nachdenklich öffnete Louisa das Fenster und schüttelte ihr Bett auf. Anschließend goss sie etwas Wasser aus dem großen Krug in eine der goldenen Schüsseln, die einst Joséphine de Beauharnais gehört hatten. Das Wasser war zwar kalt, doch Louisa nahm die Kälte kaum wahr, da sie, als sie sich wusch, in erster Linie an Napoleon Bonaparte und seine Kaiserin dachte. Ich wüsste gerne, ob die beiden sich wohl auch geliebt haben. Mutter erzählte mir zwar einst, dass Napoleon seiner Angebeteten leidenschaftliche Liebesbriefe geschrieben hätte, aber andererseits soll er ihr auch immer wieder Vorhaltungen gemacht haben, was ihre eheliche Treue anbetraf; ich schätze also, er hat ihr wohl niemals wirklich vertraut.

Plötzlich glaubte Louisa Stimmen zu hören und trat ans Fenster. Sie erhaschte gerade noch einen flüchtigen Blick auf James und den Ältesten der Gebrüder Herdman, wie diese den Innenhof verließen und hinter einem der Häuser verschwanden. Dann ist er also zur Spinnerei hinuntergeritten, überlegte Lu. Dieser irische Teufel denkt auch nur ans Geschäft. Wie es mir hier in meinem Gefängnis ergeht, ist ihm vollkommen egal. Ich werde noch den Verstand verlieren, wenn ich länger hier drinnen ausharren muss.

Da fiel ihr mit einem Mal wieder ihr Tagebuch ein. Am besten, ich bringe meine Wut zu Papier. Dann werde ich sie wenigstens nicht so schnell wieder vergessen. Rasch marschierte Lu zum Kleiderschrank hinüber, zog einen ihrer alten Schuhkartons hervor und nahm ihr Tagebuch heraus. Anschließend öffnete sie ihre Schmuckschatulle und tastete nach dem winzigen Schlüssel.

Als sie das Buch aufschlug, griff sie jedoch nicht gleich zur Feder, sondern las zunächst noch einmal ihren letzten Eintrag – und errötete. Diese letzten Zeilen handelten nämlich von ihren Emotionen an jenem Morgen, nachdem sie und James sich das erste Mal geliebt hatten. Rückhaltlos hatte Lu ihrem Tagebuch ihre Empfindungen anvertraut:

Ich war mir gar nicht bewusst gewesen, wie sehr ich mich nach der Liebe und der Bewunderung meines Ehemannes verzehrt hatte, und, ja, ich gebe es unumwunden zu, dass auch sein Körper mich wie magisch angezogen hatte. Was wir beide in der vergangenen Nacht zusammen erlebt haben, war einfach unglaublich, und heute Morgen hat er mir abermals bewiesen, wie sehr er mich liebt. Gestern Nacht habe ich ihm mein Herz geschenkt, und ich weiß, dass ich es niemals bereuen werde, diesen irischen Teufel geheiratet zu haben. Von nun an soll mein Tagebuch ein einziger langer Liebesbrief werden – gewidmet meinem geliebten Ehemann. Denn schon ein einziger Gedanke an ihn genügt, und schon habe ich wieder eine Gänsehaut.

Als Louisa diese Zeilen las, war sie ehrlich ergriffen, wie viel Liebe doch aus ihren Worten sprach, und der Zorn, den sie soeben noch empfunden hatte, schmolz dahin wie Schnee im Sommer. Langsam schloss sie ihr Tagebuch, verriegelte das kleine Schlösschen und legte es zurück in sein Versteck.

Durch das geöffnete Fenster schallte eine Frauenstimme zu ihr herauf, und rasch trat Lu abermals ans Fenster, um zu sehen, wem diese Stimme gehörte. Wie erwartet, war es Kitty, die sie erblickte, und die, flankiert von James und dem ältesten der Gebrüder Herdman, munter plaudernd durch den Innenhof schlenderte. Das Ziel des Trios waren offenbar die Ställe. Was zum Teufel geht da gerade vor?, schimpfte Lu im Stillen. Ah, jetzt kann ich es mir denken: Sie wollen Kitty wahrscheinlich die Spinnerei zeigen. Plötzlich aber grub sich eine sorgenvolle Falte in Lus Stirn. Kitty sollte in ihrem Zustand besser nicht reiten. Denn wenn es an Weihnachten passiert ist, so ist sie doch nun mindestens schon im siebten Monat. Dann aber erinnerte sie sich wieder daran, dass Abercorn gewiss umsichtig genug wäre, um die Kutsche zu wählen, und Lu seufzte erleichtert – bis von Neuem der Zorn in ihr aufwallte: Trotzdem hätte er ja wenigstens einmal zu mir hochschauen können!

Um sich irgendwie die Zeit zu vertreiben, nahm Lu eine Nagelfeile zur Hand. Ihre Nägel hatten es nämlich dringend nötig, wieder einmal gepflegt zu werden, schließlich hatte sie erst kürzlich die Setzlinge in ihren privaten kleinen Kräutergarten eingepflanzt, die die Bauersfrauen ihr geschickt hatten. Während Lu also ihre Nägel bearbeitete, wanderten ihre Gedanken abermals zurück zu Kitty: Wahrscheinlich hat sie Todesängste ausgestanden, als sie feststellte, dass sie schwanger ist. Georgy war es ja nicht viel anders ergangen. Und dann auch noch allein in London, unfähig, länger ihrer

Arbeit nachzugehen – die Sorgen werden sie fast um den Verstand gebracht haben.

Lu konnte sich in diesem Augenblick schlecht entscheiden, mit wem sie mehr Mitleid hatte: mit sich selbst oder mit Kitty.

Als die Nachmittagssonne blasser wurde, trat Lu ans Fenster und schaute sinnend in den Sonnenuntergang hinaus. Mit einem Mal hörte sie das Gepolter von Stiefeln und schaute in den Hof hinab. Es war James, der gerade von den Ställen zurück in Richtung Haus marschierte, und er war allein. Lu hatte zwar nicht erwartet, dass Herdman ihn wieder zurück nach Barons Court begleiten würde, aber andererseits war es doch ein wenig merkwürdig, dass nicht wenigstens Kitty wieder mit zurückgekehrt war. Neugierig grübelte sie darüber nach, warum James' Geliebte wohl bei den Gebrüdern Herdman geblieben war.

»Gütiger Gott!«, flüsterte sie schließlich. »Heißt nicht der älteste der Gebrüder Herdman auch James?« Wie betäubt blieb Lu neben dem Fenster stehen und dachte nach. »Nein, das kann nicht sein«, murmelte sie schließlich und ließ die Schultern wieder sinken.

»Oder doch?« Abermals hob sie hoffnungsvoll den Kopf. »Aber ja! Und ob das sein kann! Schließlich hatte ich Kitty nur gefragt, ob *James* der Vater sei; mehr habe ich nicht gesagt. Und Kitty wiederum hat mit Ja geantwortet. Diese Schlange! In ihrem Kummer wollte sie wohl auch mir einen Stich versetzen und ließ mich glauben, dass mein James sie geschwängert hätte.

Entschlossen marschierte Louisa hinüber zu dem großen Standspiegel, um einmal eine ernsthafte Unterhaltung mit sich selbst zu führen. »Kein Wunder, dass Abercorn verletzt reagiert hat, als ich ihm vorwarf, der Vater von Kittys Kind zu sein.« Nachdenklich kaute sie auf ihrer Unterlippe. »Himmel Herrgott noch mal! Was habe ich ihm da bloß an den Kopf geknallt?« Langsam begriff Louisa, dass sie ihm unrecht getan hatte, und sie schämte sich fürchterlich. Andererseits war ihr Selbstbehauptungsinstinkt noch immer stark genug, um ihr Tun mit irgendetwas rechtfertigen zu wollen.

»Aber warum hat dieser irische Teufel mir auch nicht die Wahrheit gesagt?«, fragte sie laut. »Dann wäre dieses Missverständnis doch gar nicht erst aufgekommen.« Doch schon bald erkannte sie, dass James' unnachgiebiger Stolz es einfach nicht zuließ, sich für etwas zu rechtfertigen, was er gar nicht begangen hatte. Denn James wünscht sich, nein, er *verlangt* von seiner Frau, dass sie ihm vertraut, dachte Lu reumütig.

Grübelnd und mürrisch zugleich hob sie ihr Kinn. Also gut, dachte sie im Stillen. Den Vorwurf, der Vater von Kittys Kind zu sein, können wir also von mir aus von der Liste von James' Verfehlungen streichen. Nichtsdestotrotz hat er mich hier eingesperrt, und das werde ich ihm nicht so schnell verzeihen! Wenn Abercorn also meint, dass ich ihn einfach so davonkommen lasse, dann hat er sich gehörig geschnitten.

Genau in diesem Moment hörte sie im angrenzenden Schlafzimmer leise Geräusche. Entschlossen straffte Lu die Schultern und wollte James sofort, wenn er die Tür öffnete, zur Rede stellen. Aufmerksam beobachtete sie, wie langsam der Türknauf gedreht und die Tür geöffnet wurde und Molly hereingetreten kam, in den Händen das Tablett mit Lus Abendessen. Mit ihr hatte Lu nun am allerwenigsten gerechnet. Sie fühlte sich, als ob man ihr mit einem Mal wieder sämtlichen Wind aus den Segeln genommen hätte.

Vorsichtig setzte Molly das Tablett ab und legte einen frischen Stapel Bettlaken auf Lus Sekretär. »Ich habe Euch saubere Laken gebracht, Mylady. Aber wie es aussieht, habt Ihr Euer Bett bereits selbst gemacht.«

»Ja. Danke, Molly. Ich werde die frischen Laken morgen aufziehen.« Mit einem knappen Nicken deutete Lu aufs Nebenzimmer. »Ist Abercorn da drin?«

»Ja, Mylady.« Molly zögerte. »Und Seine Lordschaft lässt Euch eine Einladung zukommen.«

»Eine Einladung?«

Molly senkte verlegen den Blick. »Ja. Er sagte … wenn Ihr bereit wärt, ihn um Vergebung zu bitten, dann wäre er bereit … Euch zuzuhören.«

Louisa schnappte entrüstet nach Luft. »Na, wenn das so ist!«, schnaufte sie. »Dann richte Seiner Lordschaft doch bitte aus, dass er sich noch knappe einhundert Jahre wird gedulden müssen, bis *ich ihn* um Vergebung bitte.« Entschlossen stemmte sie die Hände in die Hüften. »Und bitte achte darauf, die Tür auch wieder gut abzuschließen. Ich kann sonst leider nicht für die Sicherheit Seiner Lordschaft garantieren. Schließlich bin ich geisteskrank, von Sinnen, wie Lord Abercorn selbst sagte. Und so wie ich die Sache sehe, wird es wohl auch noch geraume Zeit dauern, bis ich wieder bei klarem Verstand bin.«

Schweigend zog Molly sich zurück und schloss leise die Tür hinter sich.

Rasch schlich Lu ihr hinterher und legte ein Ohr ans Türblatt. »Es tut mir leid, Mylord«, hörte sie Molly sagen. »Aber Lady Abercorn meint –«

»Ja, ich habe gehört, was Lady Abercorn gesagt hat. Danke, Molly. Das wäre dann alles.«

Oh nein, das ist noch lange nicht alles!, schimpfte Lu im Stillen. Du wirst noch einen gehörigen Nachschlag erhalten.

Wütend zog sie einen Stuhl heran und machte sich daran, ihr Abendessen zu verspeisen. Als sie schließlich auch den letzten Krümel vertilgt hatte, rieb sie sich einmal genüsslich über den Bauch. »Ah, das war gut«, seufzte sie leise. »Ich muss der Köchin unbedingt mein Kompliment aussprechen.«

Eine gute Stunde vor Sonnenaufgang riss Louisa die Laken von ihrem Bett und trug sie zum Fenster hinüber. Auch den frischen Stapel Bettwäsche, den Molly ihr am Vorabend gebracht hatte, nahm sie mit und knotete die Laken dann eines nach dem anderen sorgfältig aneinander. Das Ende des so entstandenen Seils befestigte sie an einem der schweren Bettpfosten.

Rasch legte sie ihren Unterrock ab und kletterte, nur noch mit ihrer Korsage und ihrem gerüschten Schlüpfer bekleidet, auf die Fensterbank. Sie atmete einmal tief durch, nahm all ihren Mut zusammen und machte sich dann langsam und vorsichtig an den Abstieg. Solange ich nicht nach unten schaue, wird bestimmt alles glattgehen, machte sie sich selber Mut. Zumal ihr Selbstvertrauen durch ihr Verlangen nach Rache nur noch zusätzlich befeuert wurde. Sie freute sich sogar bereits auf die Konfrontation mit ihrem Ehemann und war fest entschlossen, ihm gehörig Kontra zu geben.

Am Ende der Bettlaken angekommen, erlebte Lu dann aber doch noch einen kurzen Moment der Panik, als sie nämlich feststellte, dass das Seil zu Ende war und sie noch immer gute drei Meter über dem Boden schwebte. Mit einem flehentlichen Stoßgebet auf den Lippen schloss sie die Augen und ließ sich einfach fallen. Kurz darauf dankte sie Gott auch schon wieder, denn sie war weich und ohne ernsthafte Verletzungen in einem der Blumenbeete gelandet.

Louisa war richtig stolz auf sich. Aber Vorsicht, denn der schwierige Teil kommt erst noch!, ermahnte sie sich. Schließlich galt es nun, möglichst nicht einem der Bediensteten von Barons Court in die Arme zu laufen, obgleich zu dieser frühen Stunde für gewöhnlich noch kaum jemand auf den Beinen war.

Leise schlüpfte Louisa durch eine der unverschlossenen Hintertüren ins Innere des Hauses. Ein kurzer Blick verriet ihr, dass sie in der Speisekammer gelandet war, gleich neben der Küche. Hungrig schnappte sie sich aus einem der Obstkörbe einen rotwangigen Apfel und legte lauschend das Ohr an die Küchentür, doch alles, was sie vernahm, war tiefe Stille. Leise und ganz behutsam öffnete sie die Tür und schlich eine der Hintertreppen hinauf ins Obergeschoss. Anschließend huschte sie in den Gästeflügel und versteckte sich dort in einem der Gästeapartments. Lächelnd streckte sie sich auf dem komfortablen Bett aus – und wartete.

Abrupt öffnete James die Augen, und gleich sein erster Gedanke war, wie sehr er es doch hasste, ohne Louisa an seiner Seite aufzuwachen; es war der gleiche Gedanke, den er auch schon am Vortag gehabt hatte. Verdammt aber auch!, schimpfte er vor sich hin. Erst braucht es eine Ewigkeit, bis ich es überhaupt schaffe, Louisa dazu zu bewegen, das Bett mit mir zu teilen, und dann, schneller, als man gucken kann, schlafen wir auch schon wieder in getrennten Zimmern! Ich muss wohl verrückt sein, dass ich diesem Theater nicht schon längst ein Ende bereitet habe.

Mürrisch schlug er die Decke zurück und schwang die Beine aus dem Bett, während er im Stillen weiterwütete: Zumal Kitty ja auch gar nicht mehr hier im Hause wohnt! Der Stein des Anstoßes ist also längst aus dem Weg geräumt. Und darum sehe ich auch nicht ein, warum ich bei dieser Posse weiter mitspielen sollte. Louisa *muss* mir vertrauen, und das werde ich ihr jetzt ein für alle Mal einbläuen – auch wenn das wahrscheinlich wieder Krieg bedeutet.

Entschlossen griff James nach seinem Morgenmantel, überlegte es sich dann aber doch noch einmal anders. Fertig angezogen – gespornt und gestiefelt, sozusagen – hätte sein Auftreten allemal mehr Gewicht, als wenn er nun im legeren Morgenrock vor Louisa träte. Hastig warf er sich ein Hemd über, schlüpfte in seine Reithose und zog ein Paar kniehohe Stiefel darüber; und kaum dass er angezogen war, kam auch schon Molly herein, um seiner Frau das Frühstück zu servieren.

»Vielen Dank«, sagte er und nahm ihr das Tablett sogleich ab. »Aber ich werde der Dame des Hauses das Frühstück heute höchstpersönlich bringen.« Amüsiert beobachtete er, wie ein Ausdruck der Erleichterung über Mollys Gesicht huschte und die junge Zofe schleunigst wieder entschwand. Sorgsam entriegelte James die Tür zwischen dem Hauptschlafzimmer und dem Boudoir und stieß, während er das Tablett in den Händen balancierte, mit einem sanften Tritt die Tür auf. Entschlossen trat er in Lus Schlafzimmer, musste zu seinem Entsetzen aber feststellen, dass das Zimmer leer war. »Jesus, Maria und Josef!«, fluchte er. Rasch stellte er das Tablett ab und eilte zum Fenster hinüber. »Gott sei Dank!«, seufzte er kurz darauf, als er nämlich feststellte, dass Lu die Flucht offenbar gelungen war und sie keineswegs verletzt unten im Beet unter den zusammengeknoteten Bettlaken lag.

Gleich im nächsten Augenblick aber begann sein Herz vor Zorn auch schon regelrecht zu rasen. »Wo mag sie bloß hin sein?«

Jeweils zwei Treppenstufen auf einmal nehmend, hechtete James hinab ins Erdgeschoss, wobei er wütend der erstaunten Dienerschaft zubrüllte: »Meine Frau hat das Haus verlassen! Hat irgendjemand sie gesehen?«

Ohne jedoch auf eine Antwort zu warten, rannte er hinaus in den Innenhof und schaute zu jenem Fenster empor, hinter dem Lus Boudoir lag. Angstvoll krampfte sein Herz sich zusammen. Von hier unten sieht es doch deutlich höher aus, als von oben betrachtet, überlegte er. Das ist bestimmt nicht ohne Blessuren vonstattengegangen. Meine Güte, was ist, wenn sie sich vielleicht sogar ernsthaft verletzt hat und sich nun blutend oder mit gebrochenen Gliedern irgendwo ins Gebüsch verkrochen hat? Seine Selbstvorwürfe kannten keine Grenzen. Das Ganze ist allein meine Schuld! Ich hätte sie niemals dort oben einschließen dürfen. Ich hätte mir eigentlich denken können, welchen Freiheitsdrang Louisa entwickelt, wenn man versucht, ihr Zügel anzulegen. Wer genügend Mumm besitzt, um im Covent Garden Theatre auf der Bühne zu stehen, der besitzt auch den Mut, sich ein paar Bettlaken aneinanderzuknoten und dann einfach aus dem Fenster zu klettern – sogar, wenn es das erste Obergeschoss über dem Ballsaal ist.

Wie von Sinnen rannte James zu den Ställen hinab und befahl den Reitknechten und Stallburschen, schleunigst Barons Court nach seiner Frau abzusuchen. »Sie könnte verletzt sein«, warnte er sie. »Und wenn Ihr den Park abgesucht habt, macht Euch daran, auch den Wald zu durchkämmen.« Er selbst eilte unterdessen zu den Koppeln hinab, wo ein paar Pferde friedlich grasten. Doch obwohl er auch die Unterstände der Tiere akribisch durchsuchte, war Louisa nirgends zu entdecken; auch die Stallburschen hatten mit ihrer Suche keinen Erfolg.

Mit schwerem Herzen kehrte er zurück ins Haus, um Mrs Connelly und die Hausangestellten zu sich zu rufen: »Bisher hat niemand auch nur die blasseste Ahnung, wo Lady Abercorn stecken könnte. Wärt Ihr nun bitte so freundlich, auch das Herrenhaus von oben bis unten nach ihr abzusuchen? Das Haus hat so viele Zimmer … Sie könnte quasi überall stecken.«

Zwei Stunden später versammelten sich die Angestellten wieder in der Rotunde, doch niemand hatte irgendeinen Erfolg zu vermelden. Es war, als hätte Lady Abercorn sich einfach in Luft aufgelöst.

»Ich danke Euch allen für Eure Hilfe«, seufzte James schließlich. Sein Gesichtsausdruck war grimmig, und seine einst optimistische Stimmung war auf dem Tiefpunkt angelangt. Schweigend kehrte er zurück in die große Empfangshalle, wo er nachdenklich den Kopf gegen die dunkle Eichenholzummantelung des alten Kamins legte. Louisa hat mich verlassen!, klagte er im Geiste. Sie befindet sich bestimmt längst auf dem Weg nach England. Und dabei hat sie doch weder Kleider am Leib noch Geld in der Tasche! Aber auch davon lässt eine Frau wie Lu sich bestimmt nicht aufhalten. Vielleicht hat sie Rowan Maloney einen kurzen Besuch abgestattet, um sich von ihm etwas Geld für die Reise zu borgen.

Plötzlich marschierte einer der Lakaien an ihm vorbei. »He!«, rief Abercorn ihn zu sich. »Schick bitte einen der Pferdeknechte nach Omagh. Er soll sich dort erkundigen, ob Rowan Maloney irgendetwas von Lady Abercorn gehört hat. Danke.«

Tieftraurig starrte er dem jungen Burschen hinterher. Wer weiß, wie lange es schon her ist, seit Lu aus dem Fenster geklettert ist? Vielleicht ist sie ja schon letzte Nacht geflohen? Gütiger Gott, ich liebe sie so sehr. Ich kann den Gedanken, sie zu verlieren, einfach nicht ertragen. Dann aber erwachte sein Kampfesmut plötzlich wieder. Also gut!, dachte James. Wenn diese störrische kleine Hexe wieder zurück zu ihren Eltern nach Woburn Abbey gefahren ist, dann bleibt mir keine andere Wahl, als ihr hinterherzureisen und sie wieder nach Hause zu holen – nach Irland, wo sie hingehört! Plötzlich aber zuckte er erschrocken zusammen. Was, wenn sie sich weigert mitzukommen? Fest biss er die Zähne zusammen und ballte die Fäuste. Nun, dann werde ich sie notfalls an den Haaren hierherschleifen!

· 29 ·

Natürlich entging auch Louisa nicht das Chaos, das plötzlich ausbrach, als James und so ziemlich jeder verfügbare Diener auf Barons Court plötzlich ausschwärmten, um nach der Herrin des Hauses zu suchen. Doch sie verhielt sich weiterhin mucksmäuschenstill, verließ verschmitzt lächelnd das Gästeapartment, huschte ins Hauptschlafzimmer hinüber und schloss vorsichtig die Tür hinter sich.

Innerlich schwelgte Lu bereits in der Vorfreude auf die Auseinandersetzung, die zweifellos anstehen würde, wenn James sie endlich wiederfände.

Neugierig blickte sie sich im Schlafzimmer um und entdeckte zu ihrer Freude James' Frühstückstablett; er hatte es überhaupt nicht angerührt. Genießerisch ließ Lu sich sein Frühstück munden und seufzte einmal voller Wohlbehagen, nachdem sie ihr Mahl beendet hatte. Anschließend verrichtete sie an James' Waschtisch ihre Morgentoilette, bürstete sich ausgiebig das Haar, legte etwas Puder und Rouge auf und tupfte schließlich noch einen winzigen Tropfen ihres sinnlichen Jasminparfüms zwischen ihre Brüste. Dann schnappte sie sich gut gelaunt den Apfel, den sie aus der Speisekammer mitgebracht hatte, platzierte ihn auf dem kleinen Nachttisch, und ließ sich in genau jene weichen Kissen sinken, in denen ihr Ehemann bis vor wenigen Stunden noch seine Nachtruhe gehalten hatte. Lu tat einen tiefen Atemzug von dem provozierend männlichen Duft, der noch immer an den leinenen Laken haftete.

Dennoch dauerte es einige Stunden, bis Louisa endlich sah, wie von außen der Türknauf gedreht wurde und die Tür aufschwang.

Sofort griff sie nach ihrem Apfel und nahm betont nonchalant einen herzhaften Biss von seinem süßen Fruchtfleisch.

»Lu!«, rief James, als er sie erblickte. »Dann bist du ja gar nicht weggelaufen!« Auf seinem Gesicht spiegelten sich erst Erstaunen und dann grenzenlose Erleichterung wider. »Gott sei Dank, dass mit dir alles in Ordnung ist und –«

Louisa aber warf ihrem freudestrahlenden Ehemann nur einen ziemlich indifferenten Blick zu und biss abermals von ihrem Apfel ab.

Sofort verdüsterte sich James' Miene angesichts dieser kühl-abweisenden Geste. »– obwohl ich dir ja, streng genommen, eigentlich den Hintern versohlen sollte, dafür, dass du mal wieder deinen Kopf durchgesetzt und uns alle in Angst und Schrecken versetzt hast.«

Mit fast schon majestätischer Ruhe hob Lu die Hand und gebot James zu schweigen. »Wage es nicht, auch nur einen einzigen Schritt näher zu kommen.«

Wütend runzelte James die Stirn, und es war ihm deutlich anzusehen, welcher Sturm sich in seinem Inneren bereits zusammenbraute.

»Ich weiß mittlerweile, dass du nicht der Vater von Kittys Kind bist«, fuhr Louisa fort, »aber glaube ja nicht, dass ich es dir *jemals* verzeihen werde, dass du mich quasi entführt und als deine Gefangene gehalten hast. Du irischer Teufel!«

»Und glaube *du* ja nicht, dass ich es dir jemals verzeihen werde, dass du mir unterstellt hast, die Tochter meiner Haushälterin geschwängert zu haben!«

»In jedem Fall erwarte ich jetzt als Erstes eine aufrichtige und ausführliche Entschuldigung von dir, mein Lieber.«

»Wie du willst, Lady Lu. Also, ich bedaure *aufrichtig* und *von ganzem Herzen*, dass du plötzlich den Verstand verloren hattest und ich dich zu deiner eigenen Sicherheit einschließen musste.«

»Das also ist die Strafe dafür, wenn man sich als Frau aus seiner

Angststarre zu lösen wagt!« Wütend schleuderte sie ihm ihren Apfel entgegen.

James aber fing den Apfel aus der Luft auf und nahm einen energischen Bissen davon. Dabei lüpfte er spöttisch eine seiner pechschwarzen Brauen, während um seine Lippen ein süffisantes Grinsen spielte. »›Und er erlag der Versuchung.‹«

»Schluss jetzt! Und überhaupt – unterstehe dich, mir jetzt irgendwelche Bibelzitate vorzuhalten, du unzivilisierter Ire!«

»Ich und unzivilisiert? Wer hat sich denn, mit kaum mehr als einem Rüschenschlüpfer bekleidet, an einem Strang aus Bettlaken aus dem Fenster abgeseilt?«

Kampfeslustig reckte Lu das Kinn. »*Ich* bin immerhin eine Marquise, und darum kann ich tun und lassen, was ich will.«

»Aber nur, solange *ich* es dir erlaube. Denn ich bin dein Marquis und damit Herr und Meister über alles, was auf Barons Court kreucht und fleucht!«

»Du träumst wohl, mein ›Herr und Meister‹.«

»Na, warte. Dir werde ich jetzt erst einmal eine gehörige Tracht Prügel verabreichen. Oder dich bis zum Morgen nicht mehr aus meinem Bett lassen. Oder am besten beides zusammen!« Mit einem großen Sprung stürzte James sich auf Lu und hielt sie unter seinem starken Körper gefangen.

Lu kreischte und versuchte, sich ihm zu entwinden.

»Wie? Du versuchst schon wieder auszubrechen? Das kannst du dir sparen, Lu. Am Ende bin doch ich derjenige, der gewinnt.« Behände erhob er sich auf die Knie und zog Louisa mit einem beherzten Ruck ihren Schlüpfer aus. »Also, du darfst wählen. Zuerst die versprochene Tracht Prügel oder ein kleines Intermezzo mit deinem Ehemann?«

Louisa schmollte, schließlich aber entgegnete sie: »Mir doch egal! Nur, wenn du dich für das Intermezzo entscheiden solltest, wärst du dann wenigstens so freundlich, zuvor deine dreckigen Reitstiefel auszuziehen?«

James grinste. »Da Ihr so nett fragt, Lady Lu, werde ich sogar mehr als meine Reitstiefel ausziehen.«

Aufmerksam schaute Lu ihrem Mann dabei zu, wie er sich entkleidete und sich dann mit unzweifelhaft dominanter Geste auf sie legte. »Du kannst mir ja ohnehin nicht widerstehen«, hauchte sie ihm ins Ohr.

»Ich *will* dir ja auch gar nicht widerstehen, meine liebste Lu. Das ist der Unterschied. Sicherlich, ich möchte schon derjenige sein, der bei uns im Hause die Hosen anbehält. Aber um nichts in der Welt würde ich dich ändern wollen. Ich will, dass du genau die bleibst, die du jetzt bist.« Zärtlich zog er ihr die Korsage aus, und weich schmiegten sich ihre köstlichen Brüste in seine Hände.

Lus glockenhelles Gelächter schien seinen gesamten Körper mit vibrierender Lebensenergie aufzuladen, und James war der festen Überzeugung, in seinem ganzen Leben noch kein schöneres Lachen gehört zu haben.

»Schwöre, dass du mich niemals wieder irgendwo einsperren wirst«, zischte Louisa. »Oder du kannst lange warten, bis ich dich wieder an mich heranlasse.«

»Du drohst mir?« Lachend ließ er die Hände von ihren Brüsten zu ihrer Taille hinabgleiten und hob ihren Oberkörper an, sodass ihr Gesicht nur noch wenige Zentimeter von dem seinen entfernt war. »Ich wette, drei Küsse genügen, und schon sind auch deine letzten Verteidigungslinien gefallen.«

Genau genommen reichte sogar bereits ein einziger Kuss.

Leidenschaftlich ergriff sein heißer Mund Besitz von ihrem, und ihre Zungen vereinigten sich in wilder Lust. Wenig später stieß er mit seinem harten Glied zwischen ihre Schenkel, glitt in sie hinein und drängte sie, ihre Beine um seine Hüfte zu schlingen, auf dass er sie zur Gänze erobern konnte. Lus und James' Liebesspiel war so ungezügelt, dass sie schließlich völlig vergaß, noch weiter mit ihm zu streiten, und kaum mehr einen klaren Gedanken fassen konnte. Ihre Empfindungen reduzierten sich aufs Schmecken, Riechen und Fühlen. Kurz nachdem Lu ihren Orgasmus erlebte, ergoss auch James seinen Samen in ihre seidenglatte Scheide.

Schwer atmend ließ er sich neben ihr auf die Matratze sinken, umschloss sie mit seinen muskulösen Armen und flüsterte ihr solch hingebungsvolle Liebesschwüre ins Ohr, dass ihr Herz geradezu dahinzuschmelzen schien. Anschließend küsste er sie einmal auf beide Mundwinkel und hauchte mit seinen Lippen dicht an ihrem Ohr: »Ich liebe dich, Lu.«

Lu stockte der Atem, als sie das hörte.

»Und mir tut es leid, dass ich dir vorgeworfen habe, Kitty geschwängert zu haben«, erwiderte sie. »Aber als ich sie sah, so kugelrund, und dann auch noch erfuhr, dass sie die Weihnachtstage hier auf Barons Court verbracht hatte, da habe ich mich auf einmal so schutzlos und verletzlich gefühlt. Zu lieben heißt zu vertrauen – ich weiß. Und darum lasse dir nun sagen, James: Ich liebe dich von ganzem Herzen.«

»Wenn das so ist, dann will auch ich dir ein Geheimnis verraten. Dein Vorwurf hatte mich unter anderem nämlich deswegen so sehr gekränkt, weil Kitty die Tochter meines Großvaters ist. Kate Connelly war weit mehr für ihn als seine Haushälterin.«

Erstaunt riss Lu die Augen auf. »Aber das bedeutet dann ja, dass Kitty deine Tante ist!« Mit einem Mal erschien ihr die gesamte Situation so verworren-komisch, dass sie in lautes Gelächter ausbrach.

»Ja, so ist es. Und trotzdem hat Kate Connelly Kitty nie erzählt, wer ihr Vater war. Obgleich ich denke, dass es langsam an der Zeit ist, dass Kitty die Wahrheit erfährt. Ich werde Kate gleich morgen auf das Thema ansprechen.«

»Und wird James Herdman Kitty heiraten?«

»Aber ja. Als er erfuhr, dass sie von ihm schwanger ist, hat er auf der Stelle um ihre Hand angehalten.« Ernst blickte James Louisa in die Augen. »Wärst du sehr böse, wenn ich Kitty etwas Geld schenke? Mein Großvater hat Kate seinerzeit zwar eine Leibrente vermacht, seiner Tochter hingegen hat er nichts hinterlassen.«

»Aber nein, natürlich habe ich nichts dagegen einzuwenden. Du hast so viel Geld, James, da kannst du dir diese kleine Gefälligkeit wohl erlauben. Zumal du ja auch meinem Vater eine nicht unbeträchtliche Summe für mich abgerungen hast.«

»Oh, nein. Bitte, nicht schon wieder diese Vorwürfe wegen deiner Mitgift.« Zärtlich strich er ihr eine dunkle Locke aus der Stirn. »Denn ich habe das Geld doch gar nicht für mich behalten! Noch vor unserer Hochzeit habe ich deine Mitgift in einem Treuhandfonds angelegt. Einem Treuhandfonds zu *deinen* Gunsten.«

»Wie bitte?« Verblüfft starrte Lu ihn an.

»Ja. Du hast ganz richtig gehört. Wahrscheinlich wirst *du* das Geld zwar nie brauchen, aber deine Mutter könnte, wenn dein Vater eines Tages stirbt, darauf angewiesen sein. Du wirst ihr dann wahrscheinlich aushelfen müssen, Lu, denn laut dem Testament deines Vaters geht nach seinem Tode alles an seinen Haupterben. Deine Mutter bekommt lediglich das Haus in Campden Hill.«

»Aber woher weißt du denn das alles?«

»Sagen wir mal so: Meine Anwälte beziehen ein recht großzügiges Gehalt von mir, Liebling.« Sachte hauchte er über ihre Schläfen. »Und da wir gerade vom Geld sprechen, kann ich dir auch gleich noch beichten, dass ich vorhabe, die Kosten für Clauds Wahlkampagne zu tragen. Ich will schließlich, dass auch er einen Sitz im Parlament bekommt.«

»Auch dagegen habe ich nichts einzuwenden.« Lus Augen funkelten verschmitzt. »Und überhaupt heißt es ja, dass beichten gut für die Seele ist. Also, gibt es vielleicht noch etwas, was du mir mitteilen möchtest?«

»Nun ja, eine Kleinigkeit gäbe es da vielleicht noch. An dem Abend, als wir auf Barons Court eintrafen und du dich sogleich in deinem Boudoir verschanzt hattest, da hattest du fast deine gesamten Koffer und Truhen die Nacht über bei mir im Schlafzimmer stehen gelassen. Und weil mir so langweilig war, habe ich eine der Truhen geöffnet – und dein Tagebuch entdeckt.«

Louisa erstarrte. »Du hast mein Tagebuch gelesen?«

»Tja, was soll ich sagen? Ich fürchte, so war's.«

Wutschnaubend entwand sie sich seinen Armen. »Du Teufel! Und *du* redest von Vertrauen? Dass ich nicht lache! Du bist doch nichts weiter als ein unzivilisierter Ire.«

James aber zog Lu zurück in seine Arme und hielt sie dort mit eisernem Griff gefangen. »Aber versteh doch! Es hat mich fast um den Verstand gebracht, nicht zu wissen, wer der Kerl war, der dich geschwängert hatte. Du hattest immerhin eine Fehlgeburt erlitten – dachte ich. Aber als ich dann dein Tagebuch las und erfuhr, dass es in Wahrheit Georgy war, der das alles passiert ist, da war mit einem Mal sämtliche Last von mir abgefallen, und ich war der glücklichste Mann auf Erden.« Er hielt einen Moment inne und schmunzelte vergnügt, ehe er fortfuhr: »Im Übrigen war das auch die Nacht, in der ich mich dazu entschloss, dich trotz unserer Absprache irgendwann doch noch zu verführen. Koste es, was es wolle.«

Eine volle Minute lang blickte Lu ihn stumm an, während sie darüber nachdachte, was er ihr soeben alles gestanden hatte. Schließlich aber lächelte sie. »Und worauf wartest du dann noch? Ich dachte, du wolltest mich verführen, Abercorn.«

Nun war es an James, sie nachdenklich anzuschauen. »Dann muss ich dich aber davor warnen, dass unser Liebesspiel darin enden könnte, dass du schwanger wirst.«

»Ach, James«, seufzte Louisa, und ihre Lippen verzogen sich zu einem geheimnisvollen Lächeln. »Du weißt doch: Ich vertraue dir. Sorge nur bitte dafür, dass es ein Mädchen wird!«

· 30 ·

Ardverikie, Schottland
Sommer 1846

Gott schütze unsere liebreizende Königin Victoria.« Galant hob Lord Abercorn das Glas, um seiner Königin zuzutoasten, die mitsamt ihrer Familie gerade einen zauberhaften Kurzurlaub auf James' Anwesen in Schottland verlebte.

»Ich danke Euch, James. Wir wissen Eure Gastfreundschaft sehr zu schätzen. Überhaupt haben Wir uns in diese malerische Landschaft regelrecht verliebt und sind zu dem Entschluss gekommen, dass Wir unbedingt unser eigenes Anwesen hier in Schottland brauchen.«

James musste sich sehr beherrschen, um nicht amüsiert zu grinsen, als Victoria – wie so oft – im Pluralis Majestatis von sich sprach. Doch er nahm sich zusammen und ließ nur einmal verstohlen den Blick von der Königin zu seiner Frau hinüberschweifen, die in eine höchst angeregte Diskussion mit dem Prinzen vertieft war. Nicht zum ersten Mal fiel James auf, wie klein und rundlich die Königin doch war, und dass sie, obgleich sie eigentlich recht einnehmende Gesichtszüge besaß, doch keineswegs als Schönheit bezeichnet werden konnte. Seine Ehefrau, Lady Lu, hingegen raubte einem noch immer schier den Atem, dabei war sie fünf Jahre älter als die Königin.

Sein Blick schweifte zu dem attraktiven und erst siebenundzwanzigjährigen Prinzen Albert hinüber, der zu Louisas Rechten saß. Seit wir uns zum Abendessen hier niedergelassen haben, grollte James im Geiste, hat er nicht ein einziges Mal den Blick von Louisa abgewandt! Es ließ sich also nicht verhehlen, dass James noch immer sehr eifersüchtig war, wenn es um seine schöne Ehefrau ging. Was aber auch nur verständlich war, schließlich wusste Lu nur allzu genau, wie man mit einem Mann flirtete, und sie besaß die Selbstsicherheit einer Göttin, die unter schlichten Sterblichen wandelte. Lady Lu ist eindeutig nicht mehr das verletzliche kleine Mädchen, das ich einst geheiratet habe, überlegte James. Ihre Aufgaben als Frau an meiner Seite haben ihr Selbstvertrauen gegeben – und die Tatsache, dass ausnahmslos jeder männliche Gast, der Barons Court je betreten hat, sofort von ihr begeistert war, hat ihren Charme und ihren Esprit vervollkommnet.

Zwei Jahre zuvor war der Marquis von Abercorn zum offiziellen Stellvertreter der britischen Krone in der Grafschaft Donegal ernannt worden, eine Ehre, die er zu einem nicht gerade geringen Teil auch seiner Frau zu verdanken hatte. Nun aber war seine Amtszeit vorüber, und James hatte es sich zum Ziel gesetzt, auch noch den Titel des Vizekönigs von Irland zu erringen. Im Übrigen hatte Louisas Bruder, Lord John Russell, inzwischen das Amt des britischen Premierministers inne und besaß damit zweifelsohne die richtigen Verbindungen, um James' Ernennung zum Vizekönig durchaus günstig beeinflussen zu können.

»Darf ich zu meinem Dessert ein Glas Wein haben, Mama?«, fragte Lady Harriett, die inzwischen zwölf Jahre alt war, ihre Mutter.

»Ja, Harry, darfst du. Aber nur, wenn es Neguswein ist.« Neguswein war eine Spezialität aus stark verdünntem Wein, Zucker und Wasser, die zumeist Kindern gereicht wurde.

»Ich auch!«, verlangte Edward, der fünfjährige Thronerbe.

Prinz Albert aber verzog nur missbilligend die Mundwinkel. Er hatte sehr entschiedene Ansichten darüber, wie Kinder erzogen werden sollten. »Nein, Teddy, für dich gibt es keinen Neguswein.«

Louisa aber warf dem Prinzen unter ihren dichten schwarzen Wimpern hervor einen neckenden Blick zu. »Aber warum denn nicht? Ihr habt doch schließlich auch Gefallen an unserem Wein gefunden, und ein klitzekleiner Schluck würde unserem lieben Teddy bestimmt nicht schaden. Also, Euer Hoheit, erlaubt dem Jungen eine kleine Kostprobe.«

Ohne weitere Widerrede ließ Prinz Albert sich überzeugen und fügte sich in Louisas Vorschlag.

Nun jedoch war es an Abercorn, sorgenvoll die Stirn zu runzeln. Um Himmels willen!, dachte er. Der arme Prinz ist ja bis über beide Ohren verliebt. Verliebt in meine Louisa. Hat sie es doch tatsächlich geschafft, ihn um den kleinen Finger zu wickeln! In diesem Augenblick spürte James eine sanfte Hand auf seinem Ärmel und wandte sich wieder zu Königin Victoria um.

»Albert herrscht über das Kinderzimmer wie ein Generalmajor«, raunte sie ihm zu. »Er ist ein echter Pedant, was das Betragen der Kinder angeht. Und ich muss gestehen, auch *Wir* sind eher etwas strenger, was die Erziehung unserer Kinder betrifft.«

»Und ich kann Euch zu Euren Kindern nur beglückwünschen, Euer Majestät«, erwiderte James galant, ehe er geschickt das Thema wechselte. »Im Übrigen bin ich mir sicher, dass auch Ihr Eure Freude daran haben werdet, wenn Ihr Euch demnächst ein Anwesen in Schottland zulegt. Zumal dieses Land besonders für unsere Kleinen eine so herrlich gesunde Umgebung ist.«

Denn in der Tat waren nur zwei der insgesamt fünf Kinder der Königin zum Essen in den großen Speisesaal gekommen: Prinzessin Adelaide, sechs Jahre alt, und Prinz Edward, fünf. Die anderen drei schliefen bereits im Kindertrakt.

»Vielen Dank. Doch auch Eure Kinder sind eine wahre Zierde für Euer Haus. Und Wir sind erstaunt, wie gut sie bereits mit ihren Ponys umzugehen verstehen.«

»Zu gütig von Euch. Im Übrigen haben wir das Louisa zu verdanken, denn kaum dass die Kinder laufen können, gibt sie ihnen auch schon Reitunterricht.«

»Ihr wollt damit doch wohl hoffentlich nicht sagen, dass *sie selbst* die Kinder unterrichtet?«

»Oh, doch, Euer Majestät. Genau so ist es«, erklärte James stolz. »Ihre Energie ist schier grenzenlos.«

»Dabei sieht Lady Abercorn noch so jung aus. Man würde ihr nicht zutrauen, bereits acht Kinder zur Welt gebracht zu haben.« Königin Victoria wirkte ein wenig verstimmt. »Zumal sie trotz allem eine solch schmale Taille behalten hat … Wir werden in jedem Fall versuchen, sie davon zu überzeugen, zu Uns an den Hof zu kommen und Unsere oberste Kammerfrau zu werden. Vielleicht könntet Ihr Unserem Wunsch ja etwas Nachdruck verleihen?«

James lächelte verschmitzt. »Ich werde mein Bestes geben, Euer Majestät.« Unterdessen musste er im Stillen leise schmunzeln. Louisa und die oberste Kammerfrau der Königin? Dass ich nicht lache! Die einzige Garderobe, für die Lu sich interessiert, ist doch ihre eigene. Und wie zum Beweis hatte Lu auch an diesem Abend wieder einmal ein ganz und gar exquisites Kleid aus karmesinroter Seide angelegt, der Farbe der Abercorns also, die ihre dunkle Schönheit noch stärker zum Strahlen brachte. James spürte eine feine Erregung in sich aufwallen, als er an die ebenfalls karmesinrote Korsage dachte, die Lu unter diesem Kleid trug. Unruhig rutschte er auf seinem Stuhl hin und her. Schließlich schweifte sein Blick abermals zu dem jungen Prinzen Albert hinüber. Ich wette, grollte James im Geiste, Prinz Alberts Schwanz ist inzwischen so hart, dass er damit Walnüsse spalten könnte. Aber das ergeht ja leider fast allen Männern so, die Lu begegnen.

Weiter jedoch kam er nicht mit seinen Grübeleien, denn schon erhob Lu sich von ihrem Platz und erklärte mit heller Stimme: »Wie wäre es, wenn wir alle unsere Weingläser mitnehmen und in den Salon hinübergehen? Ich hatte den Kindern versprochen, dass ich vor dem Zubettgehen noch eine Runde Verstecken mit ihnen spiele.«

Sofort sprang auch Prinz Albert auf und half seiner Frau, sich von ihrem Stuhl zu erheben; sie hatte erst vor zwei Monaten eine weitere Tochter zur Welt gebracht und war folglich noch etwas unbeholfen.

Unterdessen nahm James dezent seinen ältesten Sohn zur Seite und ermahnte ihn mit ernster Miene: »Sei nicht zu grob zu Prinz Edward. Er ist schließlich erst fünf, und du bist schon acht.«

Der junge James blickte zu seinem Vater auf und erklärte mit wichtiger Miene: »Für einen Fünfjährigen kann Teddy aber manchmal schon richtig wild sein.«

Abercorn brach in schallendes Gelächter aus. »Nein, mein Lieber, komm mir jetzt nicht damit. Denn wenn es ums Wildsein geht, dann bist *du* ja wohl der ungeschlagene Meister.«

»Muss ich ja auch!«, erwiderte der junge James gekränkt. »Mit vier älteren Schwestern, meine ich. Da muss man schließlich wild sein, wenn man nicht vollkommen untergebuttert werden will.«

Abercorns Miene wurde wieder ernster, und er flüsterte: »In Ordnung. Hast ja recht. Wenn man die Weibsbilder nicht auf ihre Plätze verweist, tanzen sie einem noch auf der Nase herum. Also, lauf los und zeig ihnen, wer der Stärkere ist.«

Als die Königin sich schließlich in einem der bequemen Sessel niedergelassen hatte, um das Spiel der Kinder zu beobachten, hielt Lady Harry sich auch schon die Augen zu und begann zu zählen, während die anderen Kinder sich versteckten.

Aufmunternd griff Louisa nach Prinz Alberts Hand und flüsterte: »Kommt! Ich weiß einen Platz, wo sie uns bestimmt nicht finden werden.«

Etwas verwundert zog Königin Victoria die Brauen hoch und schaute James an. »Nimmt Eure Frau etwa an dem Spiel der Kinder teil?«

Auch James rollte einmal vielsagend mit den Augen und raunte: »Ja, Euer Majestät. Ich fürchte, das kann ich nur bestätigen. Ihre Mutter, die Herzogin von Bedford, hatte es sich seinerzeit zur Gewohnheit gemacht, an dem Spiel der Kinder teilzuhaben, und wie es aussieht, führt meine Frau diese Tradition fort.«

»Wie seltsam.«

Nachdem das Königspaar beschlossen hatte, dass es Zeit wäre, sich zurückzuziehen, nahmen James und Louisa die Kinder mit nach oben zu den Kinderschlafzimmern. Auf Barons Court hatte zwar jedes der Kinder ein eigenes Zimmer, aber hier auf Ardverikie teilten sich ihre vier ältesten Töchter einen großen Raum.

»Ich glaube nicht, dass Prinzessin Adelaide jemals zuvor Verstecken gespielt hat«, bemerkte Beatrice, die schon elf Jahre alt war. »Sie ist so schüchtern.«

»Ja, das mag schon sein«, seufzte Louisa. »Bei euch hingegen brauche ich mir da ja zum Glück keine Sorgen zu machen, meine Lieben – so laut und wild, wie ihr zuweilen miteinander seid.« Lächelnd brachte Louisa ihre Töchter zu Bett und gab Louisa Jane noch einen liebevollen Klaps auf den Po. »Morgen wird euer Vater die Königin auf eine kleine Rundfahrt mitnehmen. Er will ihr unser Anwesen zeigen. Wenn ihr wollt, dürft ihr sie in eurer Ponykutsche begleiten. Harry ist alt genug, um die Zügel zu übernehmen.«

»Au ja«, stimmte Katherine Elizabeth begeistert zu. »Aber nur, wenn auch ich mal die Pferde lenken darf.«

»Nun ja, da du ja immerhin schon neun bist, bist du mittlerweile wohl alt genug, um es zumindest einmal zu versuchen. Allerdings ist Harry morgen die Kutscherin. Sie bestimmt also, ob du die Zügel halten darfst. Ich lasse die Lampe noch einen Moment an; euer Vater kommt gleich auch noch einmal herein, um euch Gute Nacht zu sagen.«

»Gute Nacht, Mutter«, riefen die vier Mädchen im Chor.

»Gute Nacht, meine Lieben. Schlaft gut – und träumt was Schönes.«

Leise lachend ging Louisa hinüber ins Nebenzimmer, wo ihr Mann sich gerade alle Mühe gab, seinen Sohn ins Bett zu befördern, der natürlich viel lieber noch eine Weile auf dem Boden liegen bleiben und mit seinen Spielsachen spielen wollte.

»Ich habe Edward versprochen, dass er morgen mein Pony reiten darf«, erklärte James junior, der beschlossen hatte, großmütig zu sein.

»Aber erst mal muss auch sein Vater zustimmen«, korrigierte James senior seinen Sohn.

»Mach dir da mal keine Sorgen. Mama wird es schon irgendwie schaffen, dass auch der Prinz einverstanden ist. Sie kann sehr überzeugend sein.«

Mit hochgezogenen Brauen schaute Abercorn seine Frau an. »Kinder und Narren sprechen die Wahrheit.«

Lu verbarg ein amüsiertes Lächeln und schimpfte: »Was ihr wieder für einen Unsinn redet, ihr zwei.«

Als Lord und Lady Abercorn das Zimmer der Kleinsten betraten, schliefen Claud und George schon tief und fest. »Sehen sie nicht aus wie kleine Engel?«, flüsterte James gerührt.

»Ja, aber nur, solange sie schlafen. Wenn sie hingegen wach sind, dann sind sie zwei ausgekochte irische Teufel – wie ihr Vater.«

»Ich gehe nur noch rasch hinüber und sage den Mädchen Gute Nacht. Und dann werde ich mir alle Mühe geben, die despektierliche Meinung, die du von mir hast, noch einmal nach Kräften zu untermauern.«

»Lass mich nur nicht zu lange warten. Du weißt doch, ich habe heute mein bestes Kleid an. Da brauche ich deine Hilfe beim Ausziehen.«

Binnen zehn Minuten war James ins Hauptschlafzimmer zurückgekehrt, durchquerte zielstrebig den riesigen Raum und half seiner Frau dabei, die kleinen Haken an ihrem Kleid zu öffnen. »Ist dir eigentlich nicht aufgefallen, wie Prinz Albert dich die ganze Zeit anschaut?«, murmelte James hoch konzentriert. »Nun, ich vermute, du hast es noch gar nicht wahrgenommen.«

Lu warf ihm einen mitleidigen Blick über die Schulter zu. »Liebling, eine Frau merkt es immer, wenn ein Mann sich zu ihr hingezogen fühlt.«

Mit einem kleinen Seufzer öffnete James auch das letzte der Häkchen. »Albert hatte in jedem Fall ziemlich auffällig gerötete Wangen, als ihr beide aus der Waschküche zurückgekehrt seid, oder wo auch immer ihr euch versteckt hattet. Hör bitte auf, deine Spielchen mit diesem armen Teufel zu treiben.«

Nun war es an Lu, spöttisch die Brauen zu lüpfen. »Vielleicht sollte ich mein Korsett heute Nacht einfach anbehalten, Lord Abercorn? Ich habe nämlich gerade den Eindruck, als ob Ihr versucht, über mich zu bestimmen. Und das gefällt mir gar nicht!«

Aufmerksam beobachtete James, wie Lu aus ihrem Kleid schlüpfte und zu dem großen Kleiderschrank am anderen Ende des Zimmers hinüberging, um es dort aufzuhängen. Er schluckte einmal, dann verebbte seine Eifersucht auch schon wieder, und er grummelte: »In jedem Fall glaube ich nicht, dass Ihre Majestät allzu oft irgendwelche Spielchen mit ihm spielt.«

»Ach, wer weiß?« Energisch schleuderte Lu ihre hochhackigen Schuhe in die Ecke. »Sie hat ihm immerhin bereits fünf Kinder geboren. Und das, obwohl sie erst sechs Jahre miteinander verheiratet sind. Ich vermute also, ab und an wagt sie doch mal das eine oder andere Spielchen.«

»*Königin Victoria war ein bisschen prüde,*
und kam ein Mann ihr zu nahe, so zeigte sie ihm die Türe.
Aber es wäre doch gelacht,
hätte sie nicht auch einmal eine Ausnahme gemacht –
sofern ihr lieber Albert war nackt.«

James konnte es sich einfach nicht verkneifen, diesen kleinen Spottvers zu zitieren, der in Irland gerade sehr populär war.

»Nun, so attraktiv er im bekleideten Zustand auch sein mag«, erwiderte Lu, »aber nackt möchte ich ihn lieber nicht vor mir sehen – im Leben nicht!«

»Du bist ganz schön frech!«, lachte James und zog seine Frau an sich.

»Da muss ich dir ausnahmsweise einmal Recht geben.« Langsam

ließ sie die Hand zwischen ihre beiden Körper gleiten und streichelte sein immer härter werdendes Glied. »Und das ist wohl auch der Grund, weshalb du noch immer nicht genug von mir hast.«

Nach einem mehr als einstündigen und überaus leidenschaftlichen Liebesspiel ließ Louisa sich seufzend zurück in die Kissen sinken und blickte mit versonnenem Lächeln in die Dunkelheit. Es ist doch interessant!, dachte sie. Wann immer wir einen attraktiven Herrn zu Gast haben, verspürt James offenbar das Bedürfnis, mir seine Position als Ehemann mit besonderem Nachdruck bewusst zu machen.

Am folgenden Morgen fuhr Abercorn mit seiner besten Ponykutsche, ausgestattet mit zahlreichen Kissen und einer wärmenden Kniedecke, vor dem Haupteingang von Ardverikie vor, um Königin Victoria abzuholen und dieser das Pachtanwesen der Abercorns zu zeigen. Gut gelaunt machte die Königin es sich in der Kutsche bequem, neben sich den Thronfolger, und kurz darauf nahm James auch schon die Zügel auf, und los ging die Fahrt.

Doch die Kutsche fuhr nicht allein, sondern ihr folgte ein weiterer kleiner Ponykarren, auf dem Kutschbock Abercorns zwölfjährige Tochter Harry und auf den Sitzbänken eine ganze Schar lachender Kinder.

Nur Seine Königliche Hoheit Prinz Albert fehlte. Er war der Ansicht, dringend wieder einmal ein wenig körperliche Ertüchtigung zu benötigen, und zog es vor, einen ausgedehnten Spaziergang durch das schottische Hochland zu unternehmen; Lady Abercorn schloss sich ihm freundlicherweise an.

Fröhlich winkte das Paar den Kutschen nach, und dann machte es sich auf den Weg, wobei Albert einen dicken, handgeschnitzten Spazierstock bei sich trug. »Und Ihr?«, fragte der Prinz seine Gastgeberin neugierig. »Ihr wandert wohl ganz ohne Stab?«

Tja, den »Stab« tragt ja Ihr bereits bei Euch, dachte Lu verschmitzt mit einem raschen Seitenblick auf seinen ausgebeulten Hosenstall.

Laut hingegen erwiderte sie galant: »Euer Hoheit, ich bin mir sicher, sollte ich in Schwierigkeiten geraten, würdet Ihr mir gewiss Euren starken Arm reichen, oder täusche ich mich da?«

»Aber sicher doch. Und überhaupt gibt es nichts Erfrischenderes, als einmal so richtig auszuschreiten, nicht wahr? Also, in welche Richtung wollen wir marschieren?«

»Nun, da Ardverikie zwei ganz fantastische Wasserfälle hat, würde ich vorschlagen, schauen wir uns doch einfach einmal den näheren der beiden an. Und wenn Eure überaus beeindruckende Kondition dann noch immer nicht erschöpft sein sollte, machen wir auch noch einen kleinen Spaziergang hinüber zum zweiten.«

Albert lachte schallend. »Lady Abercorn, ich muss schon sagen, einer solch unterhaltsamen Dame wie Euch bin ich noch nie begegnet.«

»Meine Freunde nennen mich Lady Lu, Euer Hoheit.«

Etwa eine Stunde später, als der Prinz und Louisa gerade ganz versunken waren in die Betrachtung des zweiten Wasserfalls, begann es plötzlich zu regnen. Zuerst bemerkten sie den Regen gar nicht, da auch der Wasserfall einen steten feinen Sprühnebel erzeugte. Als dann jedoch dicke Tropfen auf sie niederprasselten, warfen sie doch einen Blick gen Himmel und zogen verärgert die Nasen kraus.

»Kommt«, drängte Lu den Prinzen. »Dort drüben zwischen den Tannen hat einer unserer Wildhüter einen kleinen Unterschlupf errichtet. Dort können wir ausharren, bis der Regen nachlässt.« Hastig deutete Lu auf eine Baumgruppe.

»Nun gut, Mylady. Dann geht diesmal wohl am besten Ihr voran.«

Als sie den Unterschlupf erreichten, waren beide ganz außer Atem, so schnell waren sie gerannt und so sehr hatten sie dabei gelacht. Noch immer grinsend legte der Prinz seinen Tweedumhang ab, schüttelte ihn einmal kräftig aus und hängte ihn dann an einem einfachen Wandhaken auf. Anschließend half er Lu, sich aus ihrer nassen Jacke zu schälen.

Schließlich aber breitete sich ein besorgtes Runzeln über seine Stirn. »Ich hoffe doch sehr, dass meine liebe Victoria von diesem Regenguss verschont geblieben ist …«

»Und selbst wenn!«, neckte Lu ihn. »Sie wird schon nicht einlaufen.« Kaum aber dass die Worte ihrem Mund entschlüpft waren, biss sie sich auch schon verlegen auf die Unterlippe. »Ich bitte um Entschuldigung, Albert. Ich wollte mich ganz gewiss nicht über die Größe der Königin lustig machen.«

Prinz Albert jedoch grinste gutmütig. »Nun ja, meine Frau ist ja auch in der Tat ziemlich klein.«

»Aber nur körperlich; im übertragenen Sinne ist sie von imposanter Größe«, erwiderte Lu lachend.

»Das ist wohl wahr«, stimmte der Prinz ihr mit leisem Bedauern zu. »Im übertragenen Sinne versinke ich fast schon in ihrem Schatten.« Spontan griff er nach Louisas Hand und presste sie an seine Lippen. »Lady Lu, Ihr seid so schön, dass es mich fast um den Verstand bringt. Allein Euch anzuschauen lässt meinen Puls rasen.«

Sachte entzog Lu ihm ihre Hand. »Ich danke Euch für das Kompliment, Albert. Jedoch habe ich einen sehr eifersüchtigen Mann geheiratet, der es unter keinen Umständen dulden würde, wenn ich –«

»Bitte entschuldigt.« Gekränkt schaute Albert sie an. »Und in der Tat kann ich über meine Ehe mit Victoria ja eigentlich auch nicht klagen. Nichtsdestotrotz habe ich den Eindruck, dass sie eine kleine Schwäche für Euren Ehemann entwickelt hat. Sie will ihn sogar in ihren Geheimen Kronrat berufen und hatte mich bereits gebeten, ihn zusätzlich auch meinem Haushalt anzugliedern, und zwar als Oberkammerherr.«

»Oh, Euer Hoheit, ich bin mir sicher, James wird über diese Ernennung über alle Maßen geschmeichelt sein.«

Albert lächelte. »Ja, und es geht noch weiter. Denn Victoria hat mich zudem angewiesen, auch Euch davon zu überzeugen, in den königlichen Dienst einzutreten und ihr als ihre oberste Kammerfrau zu dienen. Es gibt zurzeit keine einzige Dame bei Hofe, die so elegant gekleidet ist wie Ihr.«

»Oh, es tut mir furchtbar leid. Aber diese Ehre muss ich leider ausschlagen. Als Mutter von acht Kindern und Ehefrau eines Oberkammerherrn und Mitglieds des Geheimen Kronrats fürchte ich, wäre ich zeitlich einfach nicht in der Lage, mich der Garderobe Ihrer Majestät mit der Sorgfalt zu widmen, wie es ihr gebührt.«

Ein bedauerndes Lächeln breitete sich über Alberts Lippen. »Ihr seid vermutlich die einzige Dame in ganz England, die es wagt, der Königin eine Abfuhr zu erteilen.«

Lu lächelte geheimnisvoll. Vor allem aber bin ich wohl die einzige Frau in unserem Land, dachte sie, die es wagt, auch ihrem royalen Ehemann einen Korb zu geben.

Nach dem Abendessen nahm die Königin Lord Abercorn dezent beiseite und erklärte ihm, dass sie ihn schon in Kürze zum Mitglied ihres Geheimen Kronrats berufen würde. »Außerdem würde Prinz Albert Euch gerne zu seinem Oberkammerherrn ernennen.«

James verbeugte sich galant. »Ich fühle mich zutiefst geehrt, Euer Majestät.«

Nur eine knappe Stunde später jedoch – er und Lu befanden sich in ihrem Schlafgemach – hatte sich sein Ton abrupt gewandelt, und er machte lautstark seinem Ärger Luft.

»Was zur Hölle ist da eigentlich vor sich gegangen, als ihr beide euch in der Wildhüterhütte verkrochen habt?« Mit funkelndem Blick starrte er Lu an.

»Mach dich nicht lächerlich!«, fauchte Lu zurück. »Obwohl – doch, genau das machst du ja gerade. Du machst dich zum Affen mit deiner ständigen Eifersucht.« Wütend hob sie das Kinn.

Fest packte James sie mit seinen starken Händen an den Schultern und schüttelte sie einmal. »In jedem Fall pfeife ich auf diese ganzen royalen Ernennungen, wenn ich die nur bekomme, weil der

Mann der Königin dich damit in sein Bett locken will!«, knurrte er zwischen zusammengebissenen Zähnen hervor.

Lu dagegen lachte ihn lauthals aus. »Ja, was kann ich denn dafür, wenn er lieber *mich* neben sich sähe als Victoria?«

Immer fester und schmerzhafter grub James seine Finger in Lus Schultern. »Wie dem auch sei – ich erlaube es einfach nicht, dass du dem Prinzen Hoffnungen machst. Hast du mich verstanden?«

Louisa aber hob nur störrisch das Kinn noch ein Stückchen höher und schaute ihm geradewegs in die Augen. »Ja, ich habe dich gehört. Laut und deutlich. Aber wenn wir uns schon auf diese Diskussionsebene hinabbegeben müssen, dann lass dir sagen, dass es in Wahrheit vielmehr die *Königin* ist, die *dich* ins Visier genommen hat. Und das kann dann ja wohl nur daran liegen, dass *du* sie wiederum dazu ermutigt hast!«

Erstaunt schaute James seine Ehefrau an, und dann brachen sie beide plötzlich in ein so herzhaftes Gelächter aus, dass sie am Ende kaum noch Luft bekamen. Seufzend und noch immer leise kichernd, ließ Lu sich auf das Bett fallen, woraufhin James sich geradezu auf sie stürzte und sie unter seinem starken Körper gefangen hielt. »In jedem Fall möchte ich noch einmal eines klarstellen: Ich will nicht, dass es zu irgendwelchen Flirtereien kommt, während ich mich meinen Pflichten bei Hofe widme.«

»Du meinst wohl, dass *ich* nicht flirten darf, nicht wahr? *Du* hingegen … Nun, lass es mich einmal so formulieren: Wenn du deine Karten nur geschickt genug ausspielst, dann schätze ich, könnte uns am Ende gar ein Herzogtum winken.«

»Hmm, was du nicht sagst. Und wenn ich es mir recht überlege, klingt ›Herzog von Abercorn‹ auch eigentlich durchaus verlockend, nicht wahr?«

Abermals brach Lu in glockenhelles Gelächter aus. »So ist es. Und darum rate ich Euch, Lord Abercorn, zeigt mir doch vorsichtshalber schon mal, was es mit Euren legendären Verführungskünsten denn so auf sich hat!«

Epilog

Montagu House, London
August 1894

»Ich danke dir, dass du meinen Geburtstag ausgerichtet hast – noch dazu bei euch zu Hause«, erklärte die Herzoginwitwe Louisa kurz und knapp an ihre Tochter gewandt.

»Aber, Mutter, ich bitte dich«, erwiderte die Herzogin von Buccleuch. »Platz haben wir hier in Montagu House ja allemal genug.« Schwärmerisch ließ Lus Tochter, ebenfalls auf den Namen Louisa Jane getauft, den Blick durch den prunkvollen und mit modernsten Deckenlampen ausgestatteten Salon schweifen. Es war genau der richtige Rahmen für den historischen Nachmittagsempfang, Lus achtzigsten Geburtstag. »Du möchtest dich nun wohl zurückziehen, Mutter, nicht wahr?«

»Ja, die Gäste, die jetzt noch anwesend sind, reizen mich nicht. Es wäre mir aber ganz lieb, wenn du Maud sagst, dass sie mir noch rasch die Briefe von Königin Victoria und Prinz Edward bringen soll.«

Bewundernd schaute Lu ihrer Tochter nach, als diese einmal quer durch den Salon auf Lady Maud zustrebte. Ja, James, unsere Tochter Louisa Jane ist zweifellos die Schönste von unserer ganzen Kinderschar, seufzte Lu im Stillen. Kein Wunder also, dass sie schließlich die Aufmerksamkeit des Herzogs auf sich gezogen hat. Und überhaupt hattest du mir ja versprochen, dass wir mehr Mädchen als Jungen bekommen würden – und hast dieses Versprechen auf wundersame Weise sogar gehalten!

Wenig später brachten Maud und ihre Cousine, deren Name Lu aber bereits wieder entfallen war, die königlichen Glückwunschschreiben zu ihrer Urgroßmutter hinüber. »Dürfen wir Euch die Treppe hinaufhelfen, Euer Hoheit?«, fragte Maud mit charmantem Lächeln.

»Auf gar keinen Fall! Die Treppe da schaffe ich auch noch alleine. Auf die Hilfe von euch beiden Frischlingen bin ich zum Glück nicht angewiesen.« Dann aber erbarmte Lu sich ihrer Urenkelinnen, als sie deren enttäuschte Gesichter sah. »Aber wenn ich mich richtig erinnere«, raunte sie, »wolltet ihr ja noch wissen, wie viele Liebhaber ich gehabt habe, nicht wahr? Also, lasst mich mal überlegen … Da war zum einen ein Baron gewesen, dann noch ein Viscount, ein Graf, ein Marquis und … ach ja, auch noch ein Herzog. Gerade den darf ich natürlich nicht vergessen – diesen irischen Teufel.« Lady Lu lächelte geheimnisvoll. Dass alle fünf ein und derselbe Mann waren, dachte sie, brauche ich den beiden ja nicht zu verraten!

Bewundernd schauten ihre Urenkelinnen ihr nach, als ihre Ahnherrin die Treppe erklomm, in der Hand einen karmesinroten Fächer aus Straußenfedern.

Schließlich aber, als Lu den obersten Treppenabsatz erreicht hatte, drehte sie sich noch einmal um und lächelte Maud und deren Cousine zu. »Nun aber ins Bett!«, sagte sie leise zu sich selbst und konnte es kaum erwarten, endlich einzuschlummern, auf dass James sie nachts wieder in ihren Träumen besuchen käme und leise in ihr Ohr raunte: »Ich liebe dich, Lu.«